ullstein

LEA THANNBACH, geboren 1991, wuchs in der Nähe von München auf. Sie studierte Journalistik. Neben dem Schreiben gilt ihre Leidenschaft dem Reisen in ferne Länder, wo sie oft Inspirationen für neue Geschichten findet.

Lea Thannbach

Im Land der Weihnachtssterne

Roman

Ullstein

Besuchen Sie uns im Internet:
www.ullstein.de

MIX
Papier
FSC FSC® C083411

Originalausgabe im Ullstein Taschenbuch
1. Auflage Oktober 2020
2. Auflage 2020

Umschlaggestaltung: bürosüd° GmbH, München
Titelabbildung: Trevillion Images/ © Laurence Winram (Frau),
www.buerosued.de (Landschaft)
Innengestaltung: deblik Berlin
Gesetzt aus der Quadraat Pro powered by pepyrus.com
Druck und Bindearbeiten: CPI books GmbH, Leck
ISBN 978-3-548-06136-8

Vor langer Zeit lebte ein kleines Mädchen in Amerika. Es war so arm, dass es dem Christkind zu Weihnachten kein Geschenk kaufen konnte. Vielleicht finde ich ein schönes Geschenk in der Natur, dachte es sich und machte sich voller Hoffnung auf. Doch obwohl das Mädchen suchte und suchte, fand es nichts außer einer unscheinbaren Pflanze am Wegesrand, die nicht einmal blühte. Niedergeschlagen legte es diese in der Kirche vor den Altar. Es wünschte sich so sehr, ein schöneres Geschenk für das liebe Christkind zu haben! Da färbten sich auf einmal die Blätter der Pflanze dunkelrot. Jenem wundersamen Zauber ist es zu verdanken, dass die Pflanze seither »die Weihnachtsblume« genannt wird.

1

3. Dezember 2005
9 Tage bis zum Poinsettia-Day

Stella war Tausende von Metern über dem Boden. Zwölftausendachthundertfünfzig Meter, um genau zu sein, wie der Kapitän des Flugzeugs eben durchgesagt hatte. Mit Zahlen hatte Stella noch nie etwas anfangen können, und zwölftausend Meter konnte sie sich nicht ansatzweise vorstellen. Sie wusste nur, dass das verdammt hoch oben war. Was jedoch keinen der anderen Fluggäste zu beeindrucken schien. Ohne auch nur ein einziges Mal aufzusehen, tippte der Mann im Anzug neben ihr seit Stunden auf den Tasten seines Reiselaptops herum. Und die zwei hübschen Frauen in der Reihe vor ihr mit den glänzend lackierten Fingernägeln steckten immer wieder ihre Köpfe zusammen und kicherten vergnügt.

Stella hatte versucht zu schlafen. Hatte versucht, sich abzulenken. Erst mit dem Rolling-Stones-Album, das sie sich für den langen Flug von ihrem mehr oder weniger letzten Geld geleistet hatte, dann mit einer Graphic Novel über Frida Kahlo. Und zu guter Letzt sogar mit dem Bordmagazin der Airline. Aber nichts half. Denn eigentlich ging es gar nicht um die zwölftausendachthundertfünfzig Höhenmeter. Es ging um die Erinnerungen, die sie jedes Mal hinterhältig überfielen, wenn Stella es am wenigsten erwartete. Zum Beispiel die Erinnerung an die Legende der Weihnachtsblume, die ihre Mutter ihr jedes Jahr an Heiligabend erzählt hatte, als Stella noch ein kleines Kind gewesen war.

Eine eiskalte Faust schloss sich um ihr Herz. Noch immer waren Tränen übrig, was eigentlich kaum möglich war, denn seit zwei Wochen hatte Stella nur geweint und kaum Flüssigkeit zu sich genommen. Vor Mister Anzug (so nannte sie ihn insgeheim) wollte sie sich nicht so jämmerlich zeigen, denn der hatte eben schon miesepetrig geguckt, als sie nur Musik gehört hatte. Also wischte sie sich unauffällig die Tränen von den Wangen und fragte ihn, ob er kurz aufstehen könne, sie müsse sich frischmachen.

Das Gesicht, das ihr der Spiegel in der engen Flugzeugtoilette zeigte ... das war doch nicht ihres. Sie sah ein blasses Mädchen mit rot geschwollenen Augen und dunklen Ringen darunter. Wo war ihr Dauerlächeln? *Der Stella-Zauber*, so hatte Andreas ihr Lächeln genannt. *Wenn du lächelst, kann ich nicht mehr ohne dich sein.*

Konnte er doch. Immerhin hatte er eine Frau und zwei Kinder, wie Stella herausgefunden hatte.

Aber nicht einmal das war jetzt noch wichtig.

Wo hast du denn deine Sommersprossen gelassen?, hörte sie die warme, starke Stimme ihrer Mutter sagen.

Stella wischte sich die dunklen Ränder ihrer verlaufenen Wimperntusche unter den müden, grünbraunen Augen fort und kühlte ihre Wangen mit den feuchten Händen. Die Klinke der Flugzeugtoilette wurde nach unten gedrückt. »Einen Moment noch!«, rief sie.

Aus der Innenseite ihrer Baseballjacke zog sie das inzwischen leicht geknitterte Kuvert. *Lizzy Licht* stand mit goldener Tinte darauf geschrieben. *California, Laguna Beach.* In dem Kuvert steckte eine Einladungskarte für den alljährlichen Poinsettia-Ball.

Ihre Mutter Inge war Gärtnerin gewesen, deshalb kannte Stella sich gut mit Pflanzen aus und wusste, dass »Poinsettia« ein anderer Name für Weihnachtsstern war. Weihnachtssterne waren die Lieblingspflanzen ihrer Mutter gewesen.

»Wer bist du nur, Lizzy Licht?«, murmelte Stella leise. »Warum feierst du diesen Ball und schickst meiner Mutter eine Einladung?«

Es war doch erst zwei Wochen her, dass sie gemeinsam in der Gärtnerei die Weihnachtssterne für dieses Jahr hergerichtet hatten! Es konnte nicht wahr sein, dass ihre Mutter so plötzlich nicht mehr da sein sollte ...

Erneut stürzten die Erinnerungen auf sie ein.

Das Foto.

Der Brief.

Der Schneesturm. Weiße Luft. Flocken, die aus allen Richtungen zu kommen scheinen, sogar von unten.

Dann ein blaues Licht in all dem Weiß.

Ein letztes Mal wusch Stella ihr Gesicht und richtete das dezente Band in ihrem kurzen, kupferfarbenen Haar. Es war eine der beiden fröhlichen Frauen, die vor der Toilette wartete. Stella entschuldigte sich bei ihr und dann gleich noch einmal bei Mister Anzug, als der erneut seine Arbeit unterbrechen musste, damit sie sich auf ihren Platz setzen konnte. Er nahm es hin. Kein Wunder, dass er sie so despektierlich behandelte. Mit ihrer Jeans und dem mintgrünen Pulli kam Stella sich in der ersten Klasse unter all den Geschäftsreisenden und gestylten Damen vor wie im falschen Film. »Sei's drum«, sagte sie sich, schob sich die Kopfhörer über die Ohren und legte *Heroes* von David Bowie in ihren CD-Spieler.

Despektierlich. Eines dieser Wörter, das sie von Andreas übernommen hatte.

Es war alles komplett verrückt. Dies war das erste Mal in ihrem Leben, dass Stella ein Flugzeug von innen sah. Und dann flog sie gleich zwölf Stunden nach Los Angeles. In der ersten Klasse, wo man ihr zum Frühstück Sekt, Rührei mit Lachs und – passend zur Weihnachtszeit – Marzipanstollen serviert hatte. Nichts davon hatte sie angerührt. Das Verrückteste war jedoch immer noch, dass sie zu ihren Verwandten flog, von deren Existenz sie bis vor zwei Tagen nicht mal etwas geahnt hatte! Jahr für Jahr hatte Stella sich als kleines Mädchen eine Familie vom Christkind gewünscht. *Bitte mach, dass Mama und ich nicht mehr allein sind.* Dabei hatte sie in Kalifornien längst Familie gehabt! Warum nur hatte ihre Mutter ihr das verschwiegen?

Du erzählst nie etwas von deinen Eltern. Wie waren sie?

Sternchen, du weißt, dass ich nicht gerne darüber spreche. Irgendwann vielleicht, wenn ich so weit bin.

Jetzt war es zu spät.

»Ladies and Gentleman, es ist elf Uhr dreizehn. In wenigen Minuten beginnen wir mit dem Landeanflug. Bitte kehren Sie zu Ihren Sitzplätzen zurück, stellen die Rückenlehnen hoch und klappen die Tische ein.«

Kalifornien. Vor Stellas innerem Auge tauchten Luxusboutiquen, hautenge, rote Badeanzüge an durchtrainierten Körpern, Silicon Valley, Westernlandschaften und Arnold Schwarzenegger auf. Sie schob das Verdeck ihres Fensters hoch und musste erst einmal blinzeln, so hell war es. Der Anblick, der sich ihr bot, war atemberaubend. Sie schwebten über ein weißgolden funkelndes Meer, tief genug, um die Wellen ausmachen zu können. Kaum vorzustellen, dass Stella vor zwei Tagen noch den Briefkasten hatte suchen müssen, weil der komplett eingeschneit und der gesamte Garten ein einziges großes, mehr oder weniger formloses Weiß gewesen war.

Der Pazifik ging über in ein zweites Meer aus Häusern und Gebäuden, aus dem wie eine kleine Insel Wolkenkratzer im Zentrum herausragten, deren gläserne Fassaden im Sonnenlicht golden schimmerten. Und direkt dahinter erhoben sich Berge!

Stella rieb ihre feuchten Handflächen über die Knie. Adam hatte in seiner Mail geschrieben, dass er sie vom Flughafen abholen würde. Wer auch immer Adam war. Irgendetwas musste an dieser Familie faul sein. Warum sonst hatte ihre Mutter nie über sie gesprochen? Lizzy schien viel Geld zu haben, immerhin hatte sie Stella ein Flugticket der ersten Klasse bezahlt. Bestand ihre kalifornische Verwandtschaft etwa aus stinkreichen Snobs? War Adam am Ende ein brezelbraun gebrannter Onkel, der sich bereits die ersten Falten hatte wegliften lassen? *Geh nicht gleich vom Schlimmsten aus*, mahnte Stella sich. Lizzy war am Telefon sehr gefühlvoll und lieb gewesen. Es half ohnehin nichts, sich unnötig den Kopf zu zerbrechen. Schon in wenigen Minuten würde sie Klarheit haben, denn dann würde sie Adam persönlich gegenüberstehen.

Die helle, moderne Ankunftshalle war vollgestopft mit Menschen. Der Anblick hatte etwas von dem Schneegestöber, das in Deutschland geherrscht hatte. Mit ihren ein Meter fünfundsechzig war Stella durchschnittlich groß, aber unter all den hektischen Menschen fühlte sie sich wie ein kleines Kind. Wie zur Hölle sollte sie hier Adam finden, von dem sie nicht einmal wusste, wie er aussah? So viele Gesichter ... Pärchen, die sich küssten, Backpacker, Surfer mit Haifischzahnketten um den Hals, die ihr Brett an den sich umarmenden Familien vorbeimanövrieren mussten, Geschäftsmänner, die eine japanische Touristengruppe mit riesigen, den Weg blockierenden Koffern verfluchten, Schilder mit Namen darauf, die in die Höhe gehalten wurden, indische Taxifahrer riefen: »Taxi! Taxi! Need a taxi?« ...

Inmitten des lauten Durcheinanders hörte Stella auf einmal ihren Namen. »Stella! Hier!«

Hinter einer Reisegruppe stellte sich ein junger Typ auf die Zehenspitzen und winkte ihr mit einem Schild, das er in die Höhe hielt. Darauf war in dicken Lettern ihr Name gemalt, in Rot, ihrer Lieblingsfarbe, und daneben zwei Sterne. Das also war Adam.

Sein Lächeln war breit und freundlich, und Stella mochte ihn auf den ersten Blick. Vermutlich, weil er ihre Rettung aus dem Durcheinander war. Aber auch, weil er der erste Mensch war, den sie nach der Beerdigung vor einer Woche so richtig wahrnahm. Nach sieben Tagen der Einsamkeit.

Jedenfalls ging von ihm, als er sich durch die Menschenmenge bahnte, das Schild noch immer hoch erhoben, etwas aus, das Stella sofort für ihn einnahm. Sie lächelte, woraufhin sein Lächeln noch breiter wurde, sodass ihr Lächeln noch breiter wurde und so weiter, bis Stella am liebsten geweint hätte, weil Adam ihr wie ein Lichtblick nach zwei grausamen, furchtbaren, schrecklichen Wochen erschien.

»Habe ich dich«, sagte er.

Dann umarmte er sie, ganz selbstverständlich, als würden sie sich schon seit Jahren kennen und als wäre es Tradition, dass Stella um die Weihnachtszeit zum Truthahnessen nach Kalifornien kam. Es war so ziemlich die schönste Umarmung, die sie je bekommen hatte. Zumindest war es die, die sie am dringendsten gebraucht hatte. Als würde Adam das spüren, drückte er sie noch ein bisschen fester. Er duftete angenehm schlicht. Ein wenig nach Aftershave, aber hauptsächlich nach sonnengewärmter Haut und frisch gebügelter Kleidung. Sein Hemd war blütenweiß, dazu trug er eine schwarze Anzughose. Vielleicht hätte Stella doch etwas Schickeres anziehen sollen als Jeans, Pulli und die dunkelblaue Baseballjacke, die aus dem Secondhandladen direkt unter ihrer Wohnung stammte. Zu Beginn ihres Studiums war Stella von zu Hause ausgezogen, auch wenn sie die kleine Jugendstilvilla im Münchner Süden liebte, in der sie bis dahin mit ihrer Mutter gelebt hatte. Mit ihren zwei besten Freunden Judith und Tobi wohnte sie nun seit fast vier Jahren in einer WG in Schwabing. Aber wann immer es ihr möglich war, besuchte sie ihre Mutter, um ihr in der Gärtnerei zu helfen, die direkt an das schöne Gebäude anschloss.

Adam sah nicht gerade so aus, wie Stella sich den typisch kalifornischen Klischee-Typen vorstellte (blondes Strubbelhaar, goldbraune Haut, Zahnpastalächeln). Er war so ziemlich das Gegenteil davon. Sein Lächeln war echt, und Stella mochte es, wie er die Augen dabei zu zwei Halbmonden zusammenkniff, als würde er in die Sonne blinzeln. Doch wer war er? Ein Cousin?

»Nice to meet you«, stammelte Stella. Ihr Englisch war armselig. Kein Wunder, sie hatte ja keine Übung. Hin und wieder wechselte sie ein paar Wörter mit englischsprachigen Auslandsstudenten an ihrer Uni, aber das war's auch schon. »Thank you so much for ...«

»Klang mein Deutsch so schlecht?« Adam spielte den Empörten.

O Mann, er hatte ja tatsächlich gerade noch Deutsch gesprochen. »Sorry ... ich ... Der Flug war lang.« Sie zuckte entschuldigend mit den Schultern.

»Ich bin zweisprachig aufgewachsen«, erklärte Adam.

Adam hatte einen starken amerikanischen Akzent, aber das gefiel Stella. Es machte die deutsche Sprache, die sonst so hart klang, weicher und lässiger.

»Dann bringen wir dich mal lieber schnell aus dem Getümmel raus«, sagte er und nahm ihr die Reisetasche ab.

»Woher wusstest du, dass ich es bin?«, fragte Stella, als sie durch die Drehtür nach draußen traten.

»Du warst die Einzige, die absolut hilflos aussah«, erwiderte er mit einem Zwinkern über die Schulter.

Stella lachte. Doch ihr Lachen klang unbeholfen. Es fühlte

sich seltsam an. Als würde sie eine Grimasse ziehen. *Du solltest dich schämen, zu lachen, obwohl deine Mutter erst vor zwei Wochen gestorben ist.*

Sie hatte Angst gehabt, wie ihre Ankunft in Kalifornien sein würde. Aber Adam gelang es mit seiner fröhlichen energievollen Art, sie spüren zu lassen, dass es die richtige Entscheidung gewesen war, spontan zu Hause alles zurückzulassen und nach Kalifornien ins Ungewisse zu fliegen. Stella hatte ja nicht einmal Zeit gehabt, darüber nachzudenken, dass in Kalifornien das Wetter ganz anders war! Wahllos hatte sie ein paar Pullover, Jeans und Kleider in ihre Sporttasche gestopft. Sie besaß ja nicht einmal einen Koffer! Geld für Urlaub war nie da gewesen ...

»Willkommen in Los Angeles, Kalifornien!«, verkündete Adam feierlich und streckte den freien Arm aus. »Es hat angenehme sechzehn Grad, wobei gegen Mittag sogar achtzehn angekündigt sind.«

Ein wenig erfüllte Adam das kalifornische Klischee doch noch, denn sein Auto war ein schwarzer Jeep mit getönten Scheiben, dessen Lichter zweimal aufblinkten, als er ihn per Knopfdruck aufsperrte. Galant hielt er Stella die Beifahrertür auf und legte ihre Reisetasche sowie das Schild im Kofferraum ab.

Die hellen Ledersitze des Jeeps dufteten wie frisch aus dem Werk und waren durch die Sonne, die durch die Frontscheibe fiel, angenehm gewärmt. Adam wartete, bis sich das Panoramadach geöffnet hatte, und fädelte sich dann geschickt in den Verkehr ein.

Eines wurde schnell klar: Los Angeles war voller Autos. Sogar der mehrspurige Highway war vollgestopft, sodass sie nur langsam vorankamen. Adam machte eine Geste, als hielte er zwei Äpfel auf Höhe seines Schlüsselbeins. Das sollte wohl die Kopfhörer um ihren Hals darstellen, aber das wurde Stella erst bewusst, als er die dazugehörige Frage stellte. »Was hörst du für Musik?«

»Ich stehe eher auf Klassiker. Bruce Springsteen. David Bowie.

Aber ich stöbere auch gern einfach so in Plattenläden herum und höre mir Bands an, deren Namen gut klingen.«

»Ich kenne einen ziemlich coolen Plattenladen, dorthin nehme ich dich mal mit.«

Dann sprach er von Seafood am Strand und einer Band, die gestern in der Hillbar gespielt hätte und absolut fantastisch gewesen war, und dann hörte sie noch die Namen Romeo und Juliet ...

Etwas rüttelte sanft an Stellas Schulter.

»Stella, aufwachen ...«, sagte eine melodische Männerstimme.

Nur schwer gelang es ihr, die Augenlider zu heben. Es dauerte einen Moment, bis sie sich zurechtfand. Sie war in Kalifornien. In einem Jeep, den Adam fuhr. Offenbar war sie eingeschlafen. Jetzt machten sich die schlaflosen Nächte bemerkbar, die sie hinter sich hatte.

»Wir sind gleich da«, sagte er mitfühlend. »Dann hast du ein richtiges Bett.«

»Laguna Beach«, las Stella laut, als sie unter dem Willkommensbogen hindurchfuhren, der die Straße überspannte. Mit einem Mal war sie nervös. »Adam ...«, setzte sie an. Die Frage, die ihr auf dem Herzen lag, war ihr peinlich.

»Ja?« Sein Blick war halb neugierig, halb belustigt.

»Ich komme mir dumm vor, wenn ich das frage ... Aber Lizzy ... Als ich mit ihr telefoniert habe, hatte ich keine Gelegenheit, sie zu fragen, inwiefern sie mit mir verwandt ist.«

Als Stella Lizzy angerufen hatte, war sie davon ausgegangen, dass sie eine gute Freundin ihrer Mutter aus vergangenen Tagen war. »Wir kennen uns ja leider nicht persönlich ... Aber Sie scheinen meine Mutter zu kennen. Jedenfalls muss ich Ihnen etwas mitteilen«, hatte Stella ins Telefon gestammelt und darum gekämpft, noch ein kleines bisschen durchzuhalten.

Stille. Hatte Lizzy es da bereits geahnt? So wie Stella es geahnt hatte, als das Blaulicht in der Nacht vor ihrem Haus aufgeleuchtet war?

»Sag, was dich bedrückt, Liebes«, hatte Lizzy leise gesagt.

»Meine Mutter ist gestorben.«

Die Stille, die dann eingesetzt hatte, war noch viel, viel länger gewesen als die erste. Es war so leise gewesen, dass Stella draußen den Schnee hatte fallen hören können. So leise, dass sie meinte zu hören, wie etwas in Lizzy zerbrach. Nein, diese fremde Frau war sicher nicht nur eine alte Bekannte. Sie war weit mehr.

»Die Beerdigung war heute Morgen. Ansonsten wäre erst in einer Woche ein Termin frei gewesen. Es ging alles ganz schnell.«

»Hast du jemanden, der sich um dich kümmert?«, hatte Lizzy mit zittriger Stimme gefragt. »Dein ... dein Vater vielleicht?«

Ihren Vater kannte Stella nicht. Judith und Tobi, ihre zwei besten Freunde, waren die Einzigen, denen sie sich hätte anvertrauen wollen. Doch die waren bereits nach Hause gefahren, um die Weihnachtsfeiertage mit ihren Familien zu verbringen.

»Nein, niemand. Ich habe keine Familie.« Wie weh es getan hatte, das auszusprechen.

»Doch, das hast du«, hatte Lizzy leise gesagt, fast so leise wie das Knistern in der Telefonleitung. »Du hast sogar eine große Familie, und die wartet hier in Kalifornien auf dich. Ich rufe Adam an, er soll dir einen Flug buchen. Du kommst erst einmal zu uns. Oder hast du bereits andere Pläne?« Ihre Stimme war nun fest gewesen, und genau das hatte Stella gebraucht. Sie hatte jemanden gebraucht, der sie an die Hand nahm und aus ihrer Hilflosigkeit herausführte. Deshalb hatte sie zugesagt, nach Kalifornien zu kommen.

Erst nachdem sie bereits das Gespräch beendet hatte, war ihr aufgefallen, dass sie noch immer nicht wusste, wer Lizzy eigentlich war. Ihr einziger Anhaltspunkt war ein Brief, den ihre Mutter vor drei Wochen erhalten hatte. Stella hatte beobachtet, wie ihre Mutter ihn gelesen und dann in die unterste Schublade ihres Schreibtischs geschoben hatte.

Stella war neugierig gewesen. »Wen kennst du denn in Kalifornien?«

»Nicht so wichtig«, hatte ihre Mutter nur geantwortet.

Stella hatte sich Sorgen gemacht. Seit wann hatten sie Geheimnisse voreinander? Heimlich hatte sie in der Schublade nachgesehen und die Einladungskarte für den Ball sowie einen Brief von Lizzy gefunden. Ein Brief, der nur aus einem einzigen Satz bestanden hatte. *Ich werde nicht aufhören, um dich zu kämpfen.*

Stella wischte sich Tränen aus den Augenwinkeln, in der Hoffnung, dass Adam es nicht sah. Aber er war aufmerksam, schenkte ihr ein tröstliches Lächeln und drückte mit einer Hand ihre unentwegt an ihrem Pullover nestelnden Finger.

»Das ist keine dumme Frage«, sagte er. »Bis vor zwei Tagen wusstest du ja offenbar noch nicht mal, dass du Familie in Kalifornien hast. Lizzy ist deine Oma.«

»Meine Oma ...«, stieß Stella fassungslos aus. »Mamas Mutter! ... Und du bist ...?«

»Ich bin dein Cousin. Lizzys Bruder David ist mein Opa. Er ist verheiratet mit meiner Oma Theresa. Keine Sorge, du wirst sie alle nach und nach kennenlernen. Frag ruhig, wenn du noch etwas wissen willst.«

Es gab noch so viele Fragen, die gestellt werden mussten, aber sie wirbelten alle in Stellas Kopf durcheinander, sodass sie gar nicht wusste, wo sie anfangen sollte.

Die Straße führte direkt am Strand der kleinen Küstenstadt

vorbei. Laguna Beach war einer dieser Orte, in denen die Welt märchenhaft gut zu sein schien. Hier hatte man Zeit, in der angenehmen Mittagssonne seinen Hund am Strand Gassi zu führen, Yoga im Park zu machen oder auf den Bänken unter den Palmen zu plaudern. Hier lag ein elegantes Rooftop-Restaurant über einem gemütlichen Pub, eine italienische Osteria Tür an Tür mit einem mexikanischen Fast-Food-Lokal und ein weihnachtlich dekoriertes Waffelhaus neben einer Smoothie-Bar. Die kleinen Boutiquen, Surfershops, Galerien, Hundefriseure oder Läden mit selbst gemachten Seifen luden allesamt zum Stöbern ein. Laguna Beach – das waren achtzehn Grad im Dezember. Das waren Surfer auf einem sonnenglitzernden Meer. Jugendcliquen am Strand. Rentner in lässig-eleganten Leinenhemden. Kurzum: Laguna Beach war pure Lebensfreude und damit genau das, was Stella brauchte.

Sie bogen in einen Privatweg ein, der einen sanft ansteigenden Hügel hinaufführte. Stella pfiff beeindruckt, denn Villen wie diese hier hatte sie bisher nur in Serien wie *OC California* gesehen. Am Ende der Straße lag ein modernes, elegantes Haus mit einer breiten Glasfront, die zum scheinbar endlosen Ozean hin ausgerichtet war und im Licht der Mittagssonne leuchtete. Von der Veranda führte eine Treppe die Klippen zum Strand hinab. Gerade noch dachte Stella, dass dies bei Weitem das schönste Haus in Laguna Beach war, da parkte Adam den Wagen schon in dessen Einfahrt.

»Es gibt da noch etwas, was du über Lizzy wissen solltest …«, setzte Adam an und presste die Lippen leidvoll zusammen.

»Okay, und was?«, fragte Stella nervös.

Da war sein freches Grinsen zurück. »Sie ist vermutlich die beste Oma, die du dir wünschen kannst. Du wirst sie sofort gernhaben.«

Wie auf Kommando öffnete sich die Haustür. Stellas Herz

schlug, als würde sie gleich dem Papst höchstpersönlich begegnen.

Im Flugzeug hatte sie in ihrer Fantasie mehrere Szenarien durchgespielt, wie es sein würde, Lizzy – die zu diesem Zeitpunkt noch nicht ihre Oma, sondern nur eine mysteriöse Verwandte gewesen war – das erste Mal gegenüberzustehen. Da war alles dabei gewesen. Von einem unterkühlten Händeschütteln bis hin zu einem tränenreichen Sich-in-die-Arme-Fallen. Aber mit dem, was tatsächlich geschah, hatte sie natürlich nicht gerechnet.

Zwei helle Blitze schossen auf sie zu. Stella machte vor Schreck einen Satz zurück, stolperte über ihre Reisetasche, die Adam hinter ihr abgelegt hatte, und landete im nächsten Moment schon mit dem Hintern voraus auf den Pflastersteinen.

»Romeo! Juliet! Aus! Sofort! Sitz!«

Die zwei Collies hörten zwar und setzten sich brav, aber ihren wedelnden Schwänzen war anzusehen, dass sie nur darauf warteten, wieder loszuspringen.

Adam half Stella vom Boden auf, während Lizzy sich bei ihr entschuldigte. »Diese beiden Rabauken sind erst zwei Jahre alt und sprühen nur so vor Energie.«

»Ist ja nichts passiert.« Stella musste über sich selbst lachen. Es wäre ja zu schön gewesen, wenn bei ihr einmal alles glattlaufen würde.

Wenigstens war nun an steife Willkommensfloskeln nicht mehr zu denken. Als Lizzy Stella in die Arme schloss, lachte auch sie. Lange ließ sie Stella nicht los, als würde sie all die verpasste Zeit aufholen wollen. Stella war selig. Ihre erste Oma-Umarmung.

Als sich Lizzy von ihrer Enkelin löste, glänzten ihre Augen. »Stella ... Endlich bist du da. Ich habe mir schon Sorgen gemacht. Hat Adam dich etwa warten lassen?«

Adam küsste seine Großtante auf die Wange. »Keine Sorge, ich war überpünktlich. Wir standen nur im Stau.«

Es war, wie Adam prophezeit hatte: Stella hatte ihre Oma auf Anhieb gern. Sie sah entzückend aus in ihrem adretten himmelblauen Kostüm. Für ihr Alter war sie eine attraktive Frau, was vor allem an ihren wachen, lebensfrohen Augen lag.

Auch Lizzy nahm sich Zeit und versank scheinbar ganz in Stellas Anblick. »Du bist ihr so ähnlich …«, sagte sie.

Lizzy meinte es nur gut, und Stella freute sich über ihre Worte. Aber gleichzeitig traf der Schmerz sie wie ein Pistolenschuss. Adam, der das zu bemerken schien, legte einen Arm um die Schultern seiner Großtante. »Für Sentimentalitäten ist später noch genug Zeit. Lass Stella erst einmal ankommen.«

»Adam hat recht, du bist sicher sehr erschöpft von der langen Reise und willst dich vielleicht ein wenig ausruhen.«

Alles war reibungslos gelaufen, und Stella fühlte sich mehr als willkommen, aber sie merkte, dass sie tatsächlich dringend einen Moment für sich brauchte, um einmal durchzuatmen.

»Adam, sei so lieb und bring Stellas Tasche ins Gästezimmer«, wies Lizzy ihren Enkel an.

Adam salutierte. »Wird gemacht.«

Das Gästezimmer sah aus wie aus einem Möbelkatalog. *Der Beachhouse-Stil – Urlaubsfeeling garantiert!* Die Tür zum Balkon stand offen, als würde jeden Moment jemand mit sandigen Füßen und Salzwasser auf der Haut die Holzstiegen vom Strand hinaufkommen und sich sonnenschläfrig auf das breite, einladende Bett werfen. Die Korbstühle, der Holzboden und die gebeizten Möbel waren alle in einem hellen Sandton gehalten. Die Klippen, auf denen das Haus gebaut war, waren nicht sonderlich hoch. Vielleicht wirkte das Zimmer deshalb, als wäre es Teil des Meeres selbst, vielleicht lag es aber auch nur an der liebevollen Dekoration aus

Muscheln, Seesternen und Treibholz. Der sanfte, warme Wind spielte mit den Vorhängen, die sich nach dem Bett ausstreckten. *Hier, das ist es, was du brauchst*, schienen sie zu sagen. Mit einem Mal war Stella unglaublich müde.

Nachdem Adam sich zurückgezogen hatte, ließ Stella sich auf die Bettkante sinken. Sie verspürte das dringende Bedürfnis, ihre Mutter anzurufen und ihr von ihrem verrückten Tag zu erzählen.

In dem Durcheinander ihres Rucksacks wühlte Stella nach ihrem Handy. »Hallo, hier ist Inge«, meldete sich die warme, ruhige Stimme ihrer Mutter auf der Mailbox. »Ihr kennt mich, ich vergesse eh, euch zurückzurufen, also versucht gar nicht erst, mir auf die Mailbox zu sprechen, sondern ruft einfach noch mal an.«

»Hallo, Mama. Ich bin ...« Stellas Stimme zitterte. Sie holte tief Luft. »Rate mal, wo ich stecke ... In Laguna Beach bei Lizzy, deiner Mutter. Verrückt, nicht wahr? Bestimmt würde es dir hier gefallen. Von meinem Zimmer aus kann ich das Meer sehen. Ich muss nur eine Holzstiege hinab, und schon bin ich am Strand! Und Lizzy hat zwei Hunde ... Ich hätte dir das alles so gerne erzählt ...« Heiße Tränen liefen ihre Wange hinab. »Warum wolltest du all das hier nicht? Warum hast du mir nie von deiner Familie erzählt? Warum, Mama?«

Alles in Stella sehnte sich danach, sich unter die seidige Bettdecke zu kuscheln, doch vorher wollte sie den langen Flug von sich waschen. Ein eigenes, kleines Bad schloss sich an ihr Zimmer an. Stella ließ heißes Wasser in die Wanne laufen und gab ein wenig von dem Orangen-Zimt-Schaumbad hinein, das auf dem Wannenrand stand. Der Duft und die Wärme lockerten ihre Muskeln. Das erste Mal seit Tagen konnte sie richtig durchatmen.

Als sie kurz davor war, in der Wanne einzunicken, schlüpfte sie in den weißen Bademantel, der an der Tür für sie bereithing, und zog ins Bett um. Das beruhigende Meeresrauschen, der Duft der frisch gewaschenen und gebügelten Bettwäsche und der weiche Frotteestoff … Innerhalb weniger Atemzüge war Stella eingeschlafen.

Als sie aufwachte, war es bereits nach acht Uhr abends, wie die Uhr zeigte. »Oje«, murmelte sie und fuhr sich durch ihr kurzes Haar, das vermutlich in alle Richtungen abstand.

Ratlos blickte sie auf ihre noch nicht ausgepackte Reisetasche. Lizzy hatte in ihrem Kostüm so schick ausgesehen, doch das einzig Schicke, was Stella eingepackt hatte, war ein leuchtend rotes Cocktailkleid, das für den Poinsettia-Ball vorgesehen war. Der Rest ihrer Kleidung war alles andere als elegant. »Was soll's«, redete sie sich gut zu und folgte dem köstlichen Duft nach Braten und Blaukraut die Treppe hinab. Er führte sie direkt in die Küche, wo ihre Oma gerade mit einem Holzlöffel die Sauce probierte.

Lizzy lachte liebevoll, als sie Stellas Kleidungswahl sah. »Wie schön! Genug Weihnachtsstimmung können wir hier im sonnigen Kalifornien nie haben!«

Stella hatte sich für ihren Weihnachtspullover entschieden. Darauf waren zwei Elche abgebildet, deren Geweihe ineinandergriffen und ein Herz formten. Damit passte sie perfekt in die Küche, denn in der herrschte Weihnachtsstimmung pur. Weihnachtliche Handtücher, Kühlschrankmagneten, Spitzendeckchen, Salzstreuer … und gleich mehrere Weihnachtssterne. Je genauer Stella hinsah, desto weihnachtlicher wurde es.

Stella fiel auf, dass Lizzys Augen gerötet und leicht geschwollen waren, als hätte sie geweint. Nach und nach wurde der Blick ihrer Oma weich. Zögerlich streckte sie die Hand aus und strich Stella über die Wange. »Ich mag deine Frisur. Sie bringt dein hübsches Gesicht zur Geltung. Nicht wahr, Adam?«

Adam kam gerade über die Veranda herein. Offenbar war er

mit Romeo und Juliet am Strand gewesen, denn er klopfte sich den Sand von den nackten Füßen. Inzwischen trug er Jeans, die er bis zu den Waden umgekrempelt hatte, und einen Pullover mit einem Bandlogo darauf. Vielleicht lag es daran, dass Stella nun ausgeschlafen war, jedenfalls fiel ihr erst jetzt auf, dass ihr Cousin wirklich hübsch war. *Nicht-ihr-Fall-* hübsch, aber hübsch.

»Steht ihr sehr gut«, pflichtete er Lizzy bei, was Stella leicht erröten ließ.

Als Stella ihrer Oma das Gastgeschenk überreichte, das sie mitgebracht hatte, strahlte diese über beide Ohren. In einem Trödelladen in München hatte Stella einen bayerischen Zinnkrug gekauft. Zum Glück hatte auch die Flasche Augustiner Helles, die sie zusätzlich mitgebracht hatte, den Flug heil überstanden.

»Ich hatte nicht mehr die Zeit, den Krug einzupacken«, entschuldigte sie sich.

»Ach, Liebes! Als ob das wichtig wäre! Das ist ein ganz wundervolles Geschenk! Du glaubst ja gar nicht, wie sehr ich mich darüber freue! Oft genug vermisse ich das bayerische Bier.«

»Du warst schon mal in Bayern?«

»Ja, zweimal. Einmal fast ein ganzes Jahr. Das ist meiner Mutter Feli zu verdanken. Sie ist in München groß geworden. In der kleinen Villa, in der du mit …«, ihr Lächeln bröckelte, die fröhlichen Falten um ihre Augen verschwanden. » … die dein Zuhause ist.«

»Meine Urgroßmutter hat dort bereits gelebt?«

»O ja. Felis Mutter konnte sich nie wirklich von ihrem Zuhause trennen, deshalb haben sie und ihr Mann Johann die Villa nicht verkauft, sondern nur vermietet, als sie nach Kalifornien auswanderten. So wurde es beibehalten. Als deine Mutter ihrem Zuhause in Kalifornien den Rücken gekehrt hat, ist sie in die Villa gezogen.

Später hat sie dann die Gärtnerei auf dem Grundstück errichtet, die nun in deinen Besitz übergegangen sein dürfte, nicht wahr?«

Da war sie wieder, die eisige Faust, die sich um Stellas Herz schloss. »Ja, rein theoretisch schon ... Aber die Gärtnerei meiner Mutter ist verschuldet. Wenn ich das Erbe annehme, dann erbe ich auch die Schulden, meinte der Notar.« Ihre Augen brannten. Hilflos zuckte sie mit den Schultern. »Ich weiß nicht, was ich machen soll.«

Lizzy umarmte sie fest. »Mach dir keine Sorgen. Alles wird gut, das verspreche ich dir.« Stella spürte, wie viel Beherrschung es ihre Oma kostete, nicht zu weinen. Es musste schrecklich sein, die eigene Tochter zu verlieren, ohne die Gelegenheit gehabt zu haben, sich mit ihr auszusprechen.

Lizzy atmete einmal tief ein und sagte dann mit neu gewonnener Kraft: »Gleich morgen rufe ich den Notar an und rede mit ihm, wie klingt das? Jetzt essen wir erst einmal, Adam kommt mir sonst noch um vor Hunger. Ich hoffe, du magst Böfflamott.«

Böfflamott war ein Rinderschmorbraten, wie Stella an diesem Abend erfuhr. Und er war köstlich. Ebenso wie das Blaukraut, das herrlich weihnachtlich nach Zimt und Nelken duftete. Als Stella aufgegessen hatte, lud Lizzy ihr erneut den Teller voll. »Iss nur, Liebes, du kannst es vertragen!«

Stella wehrte sich nicht. Seit Tagen hatte sie kaum etwas angerührt und merkte nun, wie ausgehungert sie war. Die Abendluft war mild, deshalb aßen sie draußen auf der Veranda. »Ich hoffe, das ist in Ordnung«, hatte Lizzy gesagt. »Wenn du willst, gebe ich dir eine Baumwolldecke, die kannst du dir über die Beine legen.«

Es war mehr als in Ordnung, auf einer Veranda umgeben von Palmen köstlichen Rinderschmorbraten zu essen, während im Hintergrund das Meer rauschte. Vor allem, wenn in Deutschland knöchelhoch der Schnee lag.

Lizzy tastete sich mit ihren Fragen langsam vor. Besonders interessierte sie Stellas Studium der Landschaftsarchitektur.

»Im Garten zu arbeiten, beruhigt mich«, erzählte Stella. »Am liebsten arbeite ich ohne Handschuhe. Ich liebe das Gefühl von warmer Erde an den Händen.«

»Das wundert mich kein bisschen!«, erwiderte Lizzy sichtlich stolz. »Das liegt ja in deinem Blut!«

»Seit drei Generationen buddelt unsere Familie sozusagen in der Erde«, erklärte Adam, der Stellas fragenden Blick bemerkt hatte. »Warte kurz.« Er verschwand ins Innere und kam mit einem der vielen Weihnachtssterne zurück, die Stella überall im Haus bemerkt hatte. »Testen wir einmal dein botanisches Wissen. Was ist das?«

Stella lächelte. »Ein Weihnachtsstern, auch Christstern, Adventsstern oder Poinsettia genannt«, referierte sie.

»Sehr gut. Und es ist niemand Geringerem als deinem Urgroßvater Philipp Licht zu verdanken, dass diese Pflanze ein elementarer Bestandteil der Weihnachtszeit ist.«

»Tatsächlich?«, staunte Stella. »Mein Urgroßvater hat Poinsettien gezüchtet?«

»So ist es«, erwiderte Adam. »Er hat sich einst in diese wundervolle Pflanze verliebt. Er und seine Ehefrau Felizitas haben sie weltberühmt gemacht. Weihnachtssterne sind heutzutage ebenso wie der Tannenbaum oder Plätzchen nicht mehr aus der Weihnachtszeit wegzudenken.«

»Vor drei Jahren, also im Jahr 2002, wurde sogar der sogenannte Poinsettia-Day eingeführt«, ergänzte Lizzy. »Er wird jedes Jahr am zwölften Dezember gefeiert. Unsere Familie veranstaltet an diesem Tag einen großen Ball.«

Da kam Stella das Foto in den Sinn, das sie vor zwei Wochen

im Kleiderschrank ihrer Mutter entdeckt hatte. Konnte es sein, dass …? Sie war noch nicht bereit, ihre Oma darauf anzusprechen.

Sofort stürzten erneut Erinnerungsfetzen auf Stella ein.

Das Foto. *Ich will nicht darüber sprechen, Stella! Bitte lass die alten Geschichten ruhen!*

Ihre Mutter, die halb verzweifelt, halb wütend die Haustür hinter sich zuschlug.

Tausende wirbelnde Schneeflocken.

Und auf einmal das blaue Polizeilicht.

»Komm, wir gehen nach drinnen und machen es uns noch ein bisschen vor dem Kamin gemütlich«, sagte Lizzy. Sie schien zu spüren, dass Stella auf einmal von Trauer überwältigt wurde. »Aber dafür brauchen wir unbedingt eine heiße Schokolade!«

»Ich lasse euch dann mal allein«, verabschiedete sich Adam. »Ihr habt sicher noch viel zu bereden, und ich muss morgen früh aufstehen.« Er versprach, die Tage wieder vorbeizuschauen, um Stella die Gegend zu zeigen.

»Er ist so ein fleißiger Junge«, sagte Lizzy, als sie kurz darauf in der Küche Milch auf dem Herd erwärmte. »Neben seinem Wirtschaftsstudium arbeitet er für die *Licht-Ranch*. So nennt sich die Firma, die dein Urgroßvater Philipp einst gegründet hat.«

»Meinen Urgroßeltern ist es also zu verdanken, dass jedermann Christsterne zu Weihnachten kauft«, sagte Stella, die das noch immer kaum glauben konnte.

»So ist es. Aber der Weg dorthin war nicht leicht. Als Philipp seinem Vater sagte, er wolle Poinsettien züchten, hat der ihn für verrückt erklärt! Damals kannte kaum jemand diese Pflanze.«

»Wie hat er es denn dann geschafft, sich gegen seinen Vater zu behaupten?«

»Oh …« Lizzy lächelte. »Die Liebe hat ihm Flügel verliehen. Die Liebe zu Feli, meiner Mutter.«

»Erzähl mir davon«, bat Stella. Das waren ihre Wurzeln, ihre Familie. Das, wonach sie sich immer gesehnt hatte.

Lizzys Augen leuchteten. »Alles begann im Jahr 1911. Philipp war ein kalifornischer Cowboy. Und Feli ein adrettes Fräulein, das Tausende Kilometer von ihm entfernt im schönen Münchner Süden lebte, in dem Haus, in dem auch du aufgewachsen bist. Aber das Schicksal wollte, dass die beiden sich finden, denn Felis Vater beschloss eines Tages, nach Kalifornien auszuwandern …«

2

1911

Kaum hatte die Mietdroschke am Hafen Neapels gehalten, war Feli bereits aus dem Wagen gesprungen. Sie blinzelte ein paarmal, ehe sich ihre Augen an das helle Januarlicht gewöhnt hatten, doch als es so weit war, funkelten sie vor Begeisterung. Am Ende des lang gezogenen Quais lag die *Romulus* vor Anker, ein Dampfschiff, das sie zu ihrem neuen Leben bringen würde.

Es gab ja so viel zu sehen am Hafen! All die feinen Damen und Fräuleins mit ihren ausladenden Hüten und schicken Reisekostümen, die aufgeregt mit Freunden und Verwandten plauderten. Daneben die Herren in Anzug, teils mit modischem Gehstock ausgerüstet, die über den Ozeandampfer fachsimpelten. Immer wieder fuhren Motordroschken und Kutschen vor, Kofferträger holten das Gepäck aus den Wägen, Zeitungsverkäufer wedelten mit den neuesten Schlagzeilen in der Luft, Pferde mit glänzendem Fell plusterten ihre Nüstern auf und scharrten mit den Hufen auf dem Kopfsteinpflaster. Am meisten gefiel Feli jedoch das Lächeln der jungen Männer, die mit einfachen Jutesäcken über der Schulter dem Schiff und der damit verbundenen Hoffnung auf ein besseres Leben in Amerika entgegenstrebten. Wie verbunden sie sich mit ihnen fühlte!

Einen Monat. Nur einen einzigen Monat hatte Feli Zeit gehabt, sich mit dem Gedanken anzufreunden, ihr Zuhause zu verlassen, sich von ihren Freundinnen zu verabschieden und ihr Leben in wenige Koffer zu packen. Wenn ihre Kommilitonen sie gefragt hatten, wo sie mit ihrer Familie hinzog, hatte sie stolz gesagt: »In den goldenen Staat.« Denn so nannte man Kalifornien inoffiziell auch. Das hatte sie sich in der Universitätsbibliothek angelesen. Vor etwa sechzig Jahren hatte man im American River Gold gefunden, was einen regelrechten Goldrausch zur Folge gehabt hatte.

»Darf ich zum Wasser gehen und das Schiff anschauen? Bitte, Mama!«, bettelte Felis kleiner Bruder Fritz. Entzückend sah er aus mit seinem Matrosenanzug, wie es im Deutschen Reich aktuell Kindermode war, auch wenn sein über und über mit Sommersprossen gesprenkeltes Gesicht und das ständige Umherlichtern seiner Augen verrieten, dass er ein ordentlicher Lausbub sein konnte. »Unseren Nachzügler« nannte ihn ihre Mutter, denn mit seinen zehn Jahren war Fritz nur halb so alt wie Feli. »Der Beweis, wie sehr wir uns noch immer lieben«, verbesserte ihr Vater seine Frau dann stets voller Zuneigung.

»Das kommt natürlich nicht infrage.« Ihre Mutter winkte einen Gepäckträger herbei. »Wir bleiben zusammen. Am Ende gehst du mir noch in dem Durcheinander verloren. Oder willst du etwa hierbleiben?«

»Nein …«, enttäuscht ließ Fritz das Kinn auf seine Brust sinken.

Feli strubbelte ihm durch sein weizenblondes Haar. »Du wirst noch lange genug auf dem Schiff sein, um es zu bewundern.«

»Passt auf eure Sachen auf, Kinder«, mahnte ihre Mutter sie, während sie unaufhörlich unsichtbare Falten aus ihrem Kostüm aus goldbraunem Brokatstoff strich. »Euer Vater meinte, in Neapel wimmelt es nur so vor Taschendieben.«

»Wie sehr du nur deiner Mutter gleichst«, pflegte ihr Vater oft zu Feli zu sagen. Ein Kompliment, denn Alice Schönberger war eine noch immer sehr attraktive Frau. Die Grübchen hatte Feli von ihr geerbt, und auch die zierliche Gestalt. Doch charakterlich hätten die beiden nicht unterschiedlicher sein können. Während ihre Mutter eine sehr elegante Ausstrahlung besaß und eine preußisch strenge Erziehung genossen hatte, war Feli ein Wirbelwind. Sie liebte es, in auffälligen Farben zu leuchten, während ihre Mutter ihre Kleider meist in dezenten Erdtönen auswählte. Das Reisekostüm, das Feli an diesem Tag trug, war hellblau wie der wolkenlose Himmel über ihnen.

Ihr Vater war bereits vor zwei Wochen nach Kalifornien gereist, um mit der Hilfe seines Freundes Albrecht eine Farm zu kaufen, die sie bewirtschaften würden. Eine verrückte Idee, doch Feli hatte sich inzwischen mit dem Gedanken angefreundet, auch wenn es anfangs eine schmerzhafte Vorstellung gewesen war, ihr Leben in München zurückzulassen. Wie viel Kraft es sie einst gekostet hatte, sich ihr Medizinstudium zu erkämpfen und sich unter ihren männlichen Kommilitonen zu behaupten! Denn in Bayern war es Frauen erst seit acht Jahren gestattet zu studieren.

»In Amerika teilen sich die jungen Damen schon seit über siebzig Jahren mit Männern die Vorlesungssäle!«, hatte ihr Vater sie zu überzeugen versucht. Wusste er denn nicht, dass sie ihre Familie ohnehin niemals im Stich lassen würde?

»Ich hoffe doch sehr, dass meinem Meißner Porzellan nichts zugestoßen ist!« Gedankenverloren und leicht melancholisch verfolgte ihre Mutter, wie zwei kräftige Gepäckträger den Schrankkoffer mit ihrer Reisekleidung auf einen Wagen wuchteten.

Die wunderschöne Jugendstilvilla, in der Feli mit ihren Eltern im Münchner Süden gelebt hatte, war bereits das Elternhaus ihrer Mutter gewesen. Als Landschaftsgärtner der Schönen und Reichen hatte ihr Vater gut verdient. Oberflächlich hatte es also keinen Grund gegeben, dieses Leben zurückzulassen.

»All das hier macht mich einfach nicht mehr glücklich«, hatte ihr Vater eines Abends gesagt. Knapp eine Woche, nachdem sein Freund Albrecht Licht zu Besuch nach München gekommen war.

Albrecht lebte mit seiner Familie bereits seit fast zwanzig Jahren in Kalifornien und bewirtschaftete dort eine Molkerei. Er hatte Johann vorgeschwärmt, wie gut es sich anfühlte, sein eigener Herr zu sein und wie traumhaft dieses wilde Land war, das keinen Winter kannte.

Ihre Mutter hatte sich auf den Schoß ihres Mannes gesetzt, die Arme um ihn gelegt und gesagt: »Und ich bin nur glücklich, wenn du glücklich bist. Wenn du also nach Kalifornien gehen willst, dann gehe ich mit dir.«

»Kommt Kinder, vertreten wir uns noch ein wenig die Beine, bevor wir an Bord gehen«, schlug Alice Feli und Fritz vor.

Wie gut es tat, nach der langen, ermüdenden Zugfahrt die frische, salzige Meeresluft einzuatmen. Der Wind löste einzelne Strähnen aus Felis locker gebundenem Zopf und spielte mit ihnen. Möwen schwebten zwischen den Schornsteinen des Ozeandampfers hindurch und kreisten über den Fischerbooten, die zu dieser frühen Stunde mit vollen Netzen am Hafen Neapels anlegten. Und erst all die Geräusche! Hier ein aufgeregtes Lachen, dort ein tränenreicher Abschied. Matrosen riefen sich an Bord des Dampfers gegenseitig die letzten Anweisungen zu. Die an Holzpfählen angebundenen Boote schaukelten wie Kinderwiegen. Die Morgensonne funkelte golden auf dem bewegten Wasser. Hinter alldem thronte mächtig der Vesuv.

Am Rande des Getümmels gab es einen kleinen Markt, an dem frischer Fisch, Gemüse und italienisches Gebäck, aber auch feine Stoffe sowie künstlerisch gestaltete Damenhüte angeboten wurden. Feli verliebte sich sofort in einen perlweißen Hut mit ausladender Krempe und leuchtend roten Stoffblumen. Ein Andenken aus Neapel brauchte sie unbedingt, und Hüte konnte man ohnehin nie genug haben!

Eine halbe Stunde später stand sie mit ihrer Mutter und Fritz an der Schiffsreling und winkte. Die roten Bänder des neu erstandenen Huts flatterten im Wind. Die Eisenketten rasselten laut, als die mächtigen Anker eingeholt wurden. Felis Herz zog sich zusammen.

»Glaubst du, wir werden in Kalifornien glücklich werden, Mama?«, fragte sie ihre Mutter, doch sie strahlte dabei wie jemand, der fest mit einer guten Antwort rechnet.

»Ich weiß es nicht, Felizitas«, erwiderte diese. »Ich glaube aber ganz fest daran.«

Nach drei langen Wochen legte der Dampfer in New York an. Eine weitere Woche verbrachten sie im Zug. Es war faszinierend zu verfolgen, wie die Landschaft sich veränderte. Sie sahen reißende Flüsse, mächtige Berge, saftige Felder, aber auch weite, trockene Steppe.

Schon bald begann Felis Körper vom ewigen Sitzen zu schmerzen. Sie hatte keine Lust mehr auf Kartenspielen, keine Lust mehr auf das dürftige Essen im Zug und keine Lust mehr, höfliche Konversation mit den anderen Reisenden zu betreiben. »Wann sind wir denn endlich da?«, fragte Fritz inzwischen alle fünf Minuten. Nicht mehr lange, und Feli würde es ihm gleichtun.

Als der Zug endlich im Bahnhof von Los Angeles einrollte, war sie sogar noch vor Fritz am Fenster, um ihre Nase an die Scheibe zu drücken und nach ihrem Vater Ausschau zu halten. Er würde sie nach Hause bringen, wo sie erst einmal ein langes Bad nehmen und den Schmutz der Zugfahrt von sich waschen würde! Heute

Morgen hatte sie extra ihr schönstes Reisekostüm angezogen. Es hatte die Farbe von sonnenbeschienenem Flieder und war sehr tailliert geschnitten.

»Ich kann Vater gar nicht finden. Wo ist er denn?«, sprach Fritz die Frage aus, die Feli sich ebenfalls gestellt hatte.

Der Bahnhof im viktorianischen Stil war zwar hübsch, jedoch erinnerte die kleine Ankunftshalle eher an ein Landhaus, in das man ein paar Holzbänke gestellt hatte. Mit dem prächtigen Münchner Hauptbahnhof war er keineswegs zu vergleichen. Während die anderen Reisenden ihren Familien und Geliebten in die Arme fielen, nahmen Feli und ihre Mutter ihr Gepäck an, das aus einem der hinteren Abteile abgeladen wurde. Die Dampflok zischte und keuchte nach der langen Fahrt, und die Eisenverstrebungen knisterten. Alice erschrak schrecklich, als zwischen den Waggons auf einmal ein rußverschmierter Gleisarbeiter auftauchte.

Zehn Minuten später war der Bahnsteig leer. Fritz saß auf dem Koffer mit Felis feiner Spitzenunterwäsche darin und hämmerte aus Langeweile mit den Fersen dagegen, während ihre Mutter, die Hände sorgenvoll an die Brust gepresst, nicht ruhig stehen konnte und immer und immer wieder sagte, wie ungewöhnlich es für ihren Mann war, zu spät zu kommen. »Hoffentlich ist Johann nichts passiert!«

»Am Ende hat er das Telegramm nicht erhalten, das wir ihm aus New York geschickt haben«, meinte Feli.

Gepäckträger gab es hier weit und breit keine, und vor dem Büro in der Halle hing ein Schild, auf dem »Closed« stand. Abgesehen von einem älteren Herrn, der den Holzboden der Halle fegte, war hier keine Menschenseele mehr. Der Herr rief ihnen etwas zu, wobei die Zigarette in seinem Mund auf und ab wippte.

Kurz war Feli sich nicht sicher, ob er überhaupt Englisch mit ihr sprach, so stark war sein Akzent.

»Was hat er gesagt?«, drängte ihre Mutter.

»Ich bin mir nicht sicher«, antwortete Feli. »Vielleicht will er, dass wir vom Bahnsteig gehen? Wir sollten besser draußen warten.«

»Felizitas! Was tust du da?«, rief ihre Mutter aus, denn Feli hatte einen Griff ihres Koffers gepackt und schleifte ihn mühsam über den Boden der Halle.

»Nach was sieht es denn aus? Fritz, pack mal mit an.«

Alice sah sich flüchtig um, als wolle sie überprüfen, ob jemand sie beobachtete. »Wie ihr Vater …«, murmelte sie, dann schlossen auch ihre behandschuhten Finger sich um einen der Griffe.

»Siehst du, war doch ganz leicht«, lachte Feli, als sie kurz darauf auch den Schrankkoffer mit vereinten Kräften nach draußen geschleift hatten. Ihre Mutter seufzte nur.

Voller Enthusiasmus wandte Feli sich um. Das also war Los Angeles, wenn auch nur das Bahnhofsviertel. Sie erlaubte es sich nicht, enttäuscht zu sein. Auf der anderen Seite der breiten Straße lag eine Reihe verwitterter Häuser und Schuppen. Vor einem der Gebäude quietschte ein Schild im Wind. Feli konnte einen Kramerladen erkennen, ein Hotel mit einer blumendekorierten Veranda und einen Laden, der Sättel und Pferdegeschirr verkaufte. Es war unerwartet warm. Schweißtropfen sammelten sich zwischen ihren Brüsten. Innerlich verfluchte sie das Batisthemd und den gesteppten Unterrock, die sie unter ihrem Reisekostüm trug. Doch was sie wirklich quälte, war ihr Korsett, das den Bauch einzwängte und die Hüften nach hinten drückte.

Neben dem Bahnhof parkte eine Mietdroschke neben zwei Kutschen, doch zu sehen war niemand.

»Ich frage mal in dem Laden dort drüben, ob Vater hier irgendwo steckt«, beschloss Feli.

»Ich finde, wir sollten zusammenbleiben«, meinte ihre Mutter sorgenvoll. »Wer weiß, was …«

Doch Feli war schon auf dem Weg. Leichtfüßig drehte sie sich einmal und rief dabei: »Du hast doch Fritz, der passt auf dich auf!«

Wie auf Kommando drückte ihr kleiner Bruder die Brust raus. Das hatte er sich auf der letzten Militärparade in München von den Soldaten abgeschaut.

Ein Einspänner fuhr schnell an Feli vorbei und wirbelte Staub auf. Sie hustete und hob dann tapfer ihre Röcke an, um einen Weg zwischen den Pferdeäpfeln über die Straße zu finden. Auf der Veranda des Hotels sah sie einen Mann in einem Schaukelstuhl sitzen. Er starrte unhöflich auf ihre Beine. Empört ließ Feli ihren Rock sinken und wollte gerade den Kramerladen betreten, da entdeckte sie, dass daneben eine Kneipe war, oder wohl eher ein Saloon, wie sie in Fritz' Western-Romanen genannt wurden. Neugierig spähte sie über die halbhohen Schwingtüren. Durch den Tabakrauch sah sie eine Reihe Männer an der Theke lehnen, ein Anblick, der etwas von angebundenen Pferden hatte. Unter dem Bild einer halb nackten Frau saß jemand auf einem Schemel und spielte ein wildes Ständchen auf einer Ziehharmonika. Nein, diesen Saloon würde sie gewiss nicht betreten!

»Feli!« Dieses halb Rufen, halb Flüstern kam von ihrer Mutter. Nur wenige Meter von ihr entfernt war ein Indianer auf einem Pferd! Alice war wie erstarrt, nur ihre Augen schielten zu dem mit Federschmuck behängten Mann herüber. Sie hielt Fritz an der Hand fest, der wie gebannt auf den Wilden starrte. Denn so waren Indianer: wild und gefährlich. Zumindest wenn man den Völkerschauen glaubte, die derzeit in Deutschland so beliebt waren.

Feli wollte ihrer Mutter zu Hilfe eilen, da schwang die Saloontür hinter ihr auf. Das Erste, was sie sah, war ein Paar robuste Stiefel mit Sporen daran. Ein breitschultriger Mann baute sich vor ihr auf. Mit einem flüchtigen Blick erkannte Feli, dass eine Pistole in einem Ledergurt um seine Hüfte steckte.

»Guten Tag, Madam«, grüßte er sie und zog den verstaubten Hut vom Kopf. Er sah recht gut aus mit seinem markanten Kinn und den dunklen Augenbrauen, die seinem Gesicht etwas sehr Ausdrucksstarkes verliehen. »Ich wusste ja nicht, dass sich solche Schönheiten zu uns verirren. Wie können wir Ihnen denn behilflich sein?« Immerhin sprach er weitaus deutlicher als der Herr in der Bahnhofshalle.

»Ich suche meinen Vater. Johann Schönberger. Kennen Sie ihn?«

Erneut schwang die Saloontür auf, und ein zweiter Kerl trat auf die Veranda. Ganz offenbar hatte er gelauscht. »Kommt drauf an. Nicht wahr, Jerry?« Mit seinem verfärbten Bart und den schlechten Zähnen war er weitaus weniger ansehnlich. Er spuckte Kautabak auf den Boden.

»Was wären Sie denn bereit, für eine Auskunft zu geben?«, fragte Jerry mit lüsternem Grinsen.

»Danke, aber ich höre da einen unmoralischen Unterton, der mir nicht gefällt. Guten Tag, die Herren.«

Jerry stellte sich ihr in den Weg. »Keine Angst, Fräulein. Ich will nur einen Tanz.«

Ein drittes Mal schwang die Saloontür auf. Feli wandte sich um und blickte direkt in den Lauf eines Gewehrs. Sie wagte nicht einmal mehr zu atmen. Jerry hingegen schob die Waffe beiseite, als handle es sich um nicht mehr als einen Kochlöffel. »Nur die Ruhe, alter Freund ...«

»Nix da! Du hast deinen Whiskey schon wieder nicht bezahlt,

du Lump!«, fuhr ihn der Kerl hinter der Waffe an. »Glaubst wohl, du kannst mich für dumm verkaufen! Ich will mein Geld!«

Vorsichtig raffte Feli ihre Röcke und sah zu, dass sie fortkam. Doch in der Mitte der Straße wurde sie an der Taille gepackt. »Eine Abfuhr kann ich leider nicht akzeptieren.« Jerry roch nach Schnaps, und genau das war es, was Feli nervös machte. Männer und Alkohol konnten eine gefährliche Kombination sein.

Mit all ihrer Kraft versuchte Feli sich aus seinen Armen zu befreien. Doch Jerry war viel stärker als sie. Ihr Hut, den sie sich in Italien gekauft hatte, fiel ihr vom Kopf auf die dreckige Straße. »Lassen Sie mich los!«

Auf einmal hörte sie das Schlagen von Pferdehufen. Da kam jemand direkt auf sie zu galoppiert! Feli schrie. Aus einem Reflex heraus hielt sie die Arme schützend vors Gesicht. Wie durch ein Wunder brachte der Reiter das fuchsbraune Pferd knapp vor ihr zum Stehen und war im nächsten Moment schon abgesprungen.

Staub wirbelte um ihn herum auf. »Lass sie los«, sagte er ruhig.

»Du hast mir nichts vorzuschreiben«, erwiderte Jerry und schubste den Neuankömmling, sodass dieser einen Schritt zurücktaumelte.

»Was hast du überhaupt am helllichten Tag hier zu suchen?«, erwiderte der noch immer gelassen, während er Felis Hut vom Boden aufhob und ihn ihr reichte. »Hast du nichts zu arbeiten?«

»Ich arbeite genug. Aber im Gegensatz zu dir führe ich nicht das Leben einer Klosterschwester.«

Der Neuankömmling rollte nur mit den Augen und packte Feli dann am Unterarm. »Gehen wir«, sagte er, als wäre es das Selbstverständlichste der Welt, dass sie ihm folgen würde. Tatsächlich folgte sie ihm auch, denn von dem Fremden ging etwas aus, das sie nur schwer fassen konnte. Jedenfalls zweifelte sie nicht daran, dass sie bei ihm in Sicherheit war. Erst jetzt wurde ihr bewusst, dass der Fremde mit ihr Deutsch gesprochen hatte. Sie wollte ihn darauf ansprechen, kam jedoch nicht dazu, denn in diesem Augenblick war Jerry vor ihm und packte ihn am Kragen seiner braunen Weste.

»Du bist so ein arroganter Mistkerl, weißt du das eigentlich? Hältst dich für was Besseres!«

»Na, wenn du das sagst, dann wird es wohl so sein.«

»Glaub mir, irgendwann wirst du schon noch von deinem Thron gestoßen, das kannst du mir glauben!«

»Warum sollte ich einem Säufer glauben?«

Dann ging alles ganz schnell. Jerrys Faust traf den Fremden im Gesicht. Der blieb noch immer ruhig, betastete seine aufgeplatzte Unterlippe, sah, dass Blut an seinen Fingern klebte, sagte noch zu Feli: »Sie sollten jetzt besser ein Stück zur Seite treten«, und hatte sich im nächsten Moment schon auf Jerry gestürzt. Jemand rief laut: »Schlägerei«, und auf einmal waren sämtliche Männer aus dem Saloon auf der Straße ineinander verkeilt.

Fassungslos taumelte Feli zurück, als sie auf einmal erneut gepackt wurde. Doch es war nur ihre Mutter, die sie hinter den Schrankkoffer in Sicherheit zog. »Wo sind wir hier nur gelandet ... wir sind am falschen Bahnhof ausgestiegen, ja, so muss es sein ...«, wisperte sie.

Fritz hingegen fand die Massenschlägerei großartig und lugte am Schrank vorbei, um nichts davon zu verpassen. Viel schlimmer könnte es nicht mehr kommen, dachte Feli. Wie falsch sie lag.

Denn auf einmal hatte Jerry ihren Koffer gepackt und in die Höhe gewuchtet.

»Nein!«, schrie sie noch. »Neinneinnein!«

Zu spät. Jerry warf das Gepäckstück in Richtung des fremden Reiters, der gerade noch auswich. Der Koffer krachte zu Boden, platzte auf, und sein Inhalt verteilte sich auf den staubigen Pflastersteinen.

Kurz war es still. Dann begriffen die Männer, was da vor ihnen lag. Nämlich feine Spitzenunterwäsche. Von einer Sekunde auf die andere war die Schlägerei vergessen, und die Männer grölten gemeinsam vor Begeisterung, während Felis feine Seidenleibchen durch ihre schmutzigen Hände wanderten. Als einer der Männer eine sehr aufreizende Korsage in die Höhe hielt, bekreuzigte sich ihre Mutter. Feli hatte sie sich heimlich in einer französischen Boutique gekauft. Was sollte sie sagen? Sie liebte Mode nun mal ...

Verzweifelt versuchte sie, den Männern die Leibchen, Korsagen und seidenen Hosen zu entwenden, aber es waren unzählige Hände. Auf einmal ertönte ein Schuss. In Felis Ohren piepte es ein paar Sekunden lang, so laut war der Knall gewesen. Ihr schwindelte. Wie durch Schlieren sah sie den fremden Reiter, den Lauf des Gewehrs noch immer in die Höhe gerichtet. Offenbar hatte er dem Saloonbesitzer seine Waffe abgenommen.

Ein dumpfer Schlag ertönte hinter Feli. Ihre Mutter war in Ohnmacht gefallen.

Fünf Minuten später war Alice wieder zu sich gekommen. Noch immer leicht benommen, trank sie einen kräftigen Schluck von dem Wasser, das der Fremde ihr im Saloon geholt hatte, um sogleich das Gesicht zu verziehen. »Das ist ja gar kein Wasser. Das ist Schnaps!«

»Was anderes sollte man dort auch nicht trinken«, erwiderte der Fremde und blinzelte in die Sonne. »Ich kann Ihnen versichern, dass das nicht der Alltag hier ist. Normalerweise geht es bei uns sehr ruhig zu. Johann wird mir jedenfalls den Kopf abreißen, wenn er hört, was passiert ist.«

»Warten Sie …«, meinte Feli. »Johann Schönberger? Sie sprechen von meinem Vater?«

»Richtig. Habe ich mich noch nicht vorgestellt? Mein Name ist Philipp Licht, ich bin Albrecht und Henriettas Sohn.«

Höflich genug, den Hut vom Kopf zu ziehen, wenn man sich Damen vorstellte, war er jedenfalls. Endlich konnte Feli sein Gesicht ganz sehen. Er hatte einen schönen Mund, den ein sanftes Lächeln umspielte, und braune Augen, die leicht misstrauisch waren und sie auf Distanz hielten. Er war attraktiv, aber auf eine Weise, die nicht nach Aufmerksamkeit schrie. Philipp gefiel ihr, das musste sie sich eingestehen, deshalb stieg ihr auch helle Röte in die Wangen, als er sich bückte und ein Seidenleibchen vom Boden auflas, das sie übersehen hatte.

»Sie sind ja bestens ausgerüstet«, meinte er trocken.

War das seine Art von Humor? Oder wollte er sie provozieren? Jedenfalls gelang es ihm, Feli zu verunsichern, und ehe sie sich's versah, war der Moment für eine schlagfertige Antwort verstrichen.

»Philipp Licht«, sagte sie schließlich. »Ich würde sagen, die doch eigentlich leichte Aufgabe, uns vom Bahnhof abzuholen, ist Ihnen auf grandiose Weise missglückt.« So wie er ließ sie es offen, ob es ein Scherz oder eine Provokation sein sollte.

»Felizitas!«, zischte ihre Mutter.

Philipp deutete ein Grinsen an. »Wieso? Wir fahren doch jetzt.«

Er hielt ihrer Mutter den Arm hin, damit sie sich bei ihm einhaken konnte. »Kommen Sie, Frau Schönberger, ich bringe Sie zum Wagen.«

Der Wagen war ein Anhänger mit zwei vorne eingespannten Pferden. Ein schmächtiger Chinese war der Fahrer. Er nickte zum Gruß. »Das ist Minho. Er arbeitet auf der Farm ihres Gatten«, erklärte Philipp, als er Felis Mutter half, den freien Platz auf der Fahrerbank zu erklimmen. »Er spricht kaum Englisch. Und Deutsch versteht er gar nicht.«

»Und das ist also … Los Angeles …«, sagte Alice und versuchte sich an einem Lächeln, das Philipp durchschaute.

»Keine Sorge. Das Bahnhofsviertel mag etwas rustikal wirken, aber Los Angeles hat viel zu bieten. Die Stadt kann durchaus mit München mithalten.«

Gemeinsam wuchteten Minho und Philipp ihr Gepäck auf den Anhänger, dann ging es los. Fritz und Feli hatten am Ende des Anhängers Platz gefunden, wo sie die Beine vom Wagen baumeln ließen und die Rücken gegen den Schrankkoffer lehnten. Philipp ritt auf seinem Pferd neben ihnen her. Seine großen, offensichtlich tüchtigen Hände hielten locker die Zügel. Der warme, würzige Wind bog die Krempe seines Huts um. Langsam ruckelten sie voran, während die Stadt immer kleiner wurde.

Feli betrachtete ihre Schnürschuhe mit den seidenen Bändern, die ganz verstaubt waren. Wehmütig dachte sie daran, wie gern sie mit ihren Freundinnen in München die Maximilianstraße entlangflaniert war, beidseits umgeben von klassizistischen Gebäuden, die für sie Ausdruck von Zivilisation und Kultur waren. Das Brummen der Automobile und Klingeln der Trambahnen hatten Fortschritt und eine glänzende Zukunft versprochen. Die Straßen waren sauber gefegt gewesen, es hatte nach italienischem Kaffee, französischen Hörnchen oder feinem Parfüm aus den Boutiquen geduftet. Wohin hatte ihr Vater sie nur geführt?

Eben hatte sie mit Fritz »Ich sehe was, was du nicht siehst« gespielt, es aber recht schnell aufgegeben.

»Ich sehe was, was du nicht siehst, und das ist stachelig und grün.«

»Ein Kaktus?«

»Richtig. Ich sehe was, was du nicht siehst, und das ist … groß und hat viele kleine Zahnstocher an sich.«

»Fritz, du kannst nicht immer Kakteen nehmen, das wird langweilig!«

Aber viel mehr war da nicht. Ein paar Büsche, hier und da eine Farm. Dennoch erfüllte der Anblick Feli mit einer wundersamen Ruhe. War es die endlose Weite? Das Gefühl der Grenzenlosigkeit?

Der warme Wind war etwas stärker geworden, sein Pfeifen begleitete das Klirren des Pferdegeschirrs und das Knirschen der eisenbeschlagenen Räder auf dem steinigen, holprigen Boden. Er spielte mit ihrem Haar, streichelte ihren Nacken und flüsterte ihr ins Ohr: *Ehe du dich versiehst, hast du dich in mein Land verliebt; in die Wunder, die in den Bergen, wilden Flüssen und der Unendlichkeit stecken.*

Kurz waren Feli doch tatsächlich die Augen zugefallen. Als sich ihre Lider hoben, bemerkte sie, dass Philipp sie ansah. Sie erwiderte seinen Blick, doch schon bald wandte er sich ab. Fast gelangweilt, als wäre sie seine Aufmerksamkeit nicht wert. Inzwischen waren sie in die Berge vorgedrungen.

Schweigen hatte Feli noch nie gelegen, deshalb beschloss sie, ein höfliches Gespräch mit Philipp zu beginnen. Ihr Start war nicht gut gewesen. Insgeheim wusste Feli jedoch, dass es schlichtweg sein Desinteresse war, das an ihr nagte.

»Sie tragen keine Waffe bei sich«, sagte sie.

»Nein«, erwiderte er, den Blick weiter geradeaus gerichtet. »Ich halte nichts von Waffen. Nur wenn ich in die Wildnis reite, trage ich eine bei mir.«

»Wegen der Indianer?«

»Die Indianer tun nichts. Sie sind friedlich.«

»So friedlich wie diese Männer in der Stadt?«

»Sie sind also noch sauer«, stellte er fest.

»Bin ich nicht.« Doch ihr Gesichtsausdruck und die Weise, wie sie die Arme vor der Brust verschränkte, verrieten das Gegenteil.

»Wer's glaubt. Nehmen Sie's den Jungs am Bahnhof nicht übel. Die sind solch feine Stoffe nicht gewohnt.«

Feli lachte auf. »Na dann bin ich ja froh, wenn ich ihnen eine Freude damit bereiten konnte! Auch wenn der Großteil dieser feinen Stoffe nun ruiniert ist.«

»Sei's drum. Damit können Sie hier ohnehin nicht viel anfangen.«

Meinte er das etwa ernst? Sie setzte ein ironisches Lächeln auf. »Wieso? Haben die Männer hier etwas gegen eine Frau in feiner Unterwäsche?«

Noch immer war sein Blick unergründlich, und das machte sie wahnsinnig! »Wir sind gleich da. Ich reite schon einmal vor, um Ihren Vater zu benachrichtigen«, sagte er nur und gab seinem Pferd die Sporen.

Tatsächlich bogen sie kurz darauf in einen kleinen Weg ein, der zu einer Farm führte. Feli fühlte eine gewisse Ernüchterung, denn das Haus, auf das sie zufuhren, war umkleidet von einem Baugerüst. Das halbe Dach fehlte. Und die Veranda bestand bloß aus einem Haufen Bretter. Selbst ihre Mutter, die doch sonst stets um Beherrschung bemüht war, konnte ihre Enttäuschung nicht verbergen.

Doch dann entdeckte Feli ihren Vater. Seine große, starke Gestalt erschien im Türrahmen. Er eilte ihnen entgegen, und mit einem Satz war Feli schon vom rollenden Wagen gesprungen und hatte sich in seine Arme geworfen. Mit einem Mal war sie wieder fünf Jahre alt und wusste, dass alles gut werden würde, denn ihr Vater war bei ihr und beschützte sie, komme, was wolle.

»Endlich habe ich euch wieder«, sagte er.

»Papa!«, rief Fritz und rannte auf ihn zu. Ihr starker Vater hob den Jungen hoch, als würde er nichts wiegen. Ihre Mutter gestattete es sich sogar, sich den Tränen hinzugeben, so ergriffen war sie davon, ihren Mann wiederzuhaben. »Ab jetzt wird alles gut«, sagte Johann und küsste sie.

»Ja, das wird es«, erwiderte sie.

»Führst du uns herum?«, fragte Feli. Sie brannte darauf, ihr neues Zuhause kennenzulernen.

»Das wäre schön«, meinte ihre Mutter. »Ich würde mich auch gerne ein wenig frisch machen.«

»Natürlich ... Aber da gibt es noch ein kleines Problem«, sagte ihr Vater und lächelte auf eine Weise, als würde er sich bereits vorab entschuldigen wollen.

3

»Ich weiß, es ist nicht das Adlon ...«, sagte ihr Vater zögernd.

Nein, das Adlon war es wirklich nicht. Genaugenommen war es eine Scheune, in der sie die nächsten Nächte verbringen sollten. Zwischen Sensen, Wasserkanistern und einer dampfbetriebenen Bohrmaschine. Die ursprünglichen Besitzer der Farm hatten zunächst nicht ausziehen können, warum auch immer, und ihr gutmütiger Vater hatte es ihnen gestattet, ein paar Tage länger in ihrem alten Zuhause zu bleiben. So hatten die Renovierungsmaßnahmen verzögert begonnen und waren noch immer in vollem Gange, weshalb ihr Vater es für zu gefährlich hielt, im Haus zu schlafen.

Feli blinzelte in die Sonne. Ihren Hut hatte sie abgelegt, ebenso die Seidenhandschuhe. Beides passte nicht hierher. Sie und Fritz waren von ihrer Mutter nach draußen geschickt worden und saßen nun mehr oder weniger gelangweilt vor besagter Scheune auf gestapelten Brettern. Sie brannten darauf, das Grundstück zu erkunden. Sogar die Berge, die sich vor ihnen erhoben, waren anders als in Bayern. Dort hatten sie etwas Gezähmtes an sich. Hier waren sie stark und unbezwingbar und lachten nur, wenn man sich ihnen näherte. *Versuch's doch. Vielleicht hast du Glück, und ich verschone dich.* Genau das machte sie so faszinierend.

»Ich weiß, ich verlange viel von euch, Alice«, hörte sie ihren Vater sagen. »Aber es ist nur vorübergehend. Ich verspreche dir, wenn alles fertiggestellt ist, wirst du in der schönsten Farm Kaliforniens leben!«

»Ach, du bist ein Träumer, Johann! Wie oft hast du mich schon an den Rand der Verzweiflung gebracht ...«

»Und du standst jedes Mal hinter mir. Du bist die beste Frau, die ein Mann sich wünschen kann.«

Ihre Mutter seufzte. Fritz und Feli grinsten sich an. So lief jeder Streit zwischen den beiden ab.

Die Sonne senkte sich langsam hinter den Bergen hinab, die zarten Wolken fächerten auf wie Federn und schimmerten golden im Abendlicht. Ein Wiehern zog Felis Aufmerksamkeit auf sich. Sie warf einen Blick um die Farm und entdeckte eine Koppel mit zwei Pferden darauf. Eines davon war eine weiße Stute, die friedlich graste. Das andere war ein prachtvoller Hengst mit schwarz schimmerndem Fell, unter dem sich kräftige Muskeln abzeichneten. Er scharrte unruhig mit den Hufen, blähte die Nüstern und warf den Kopf hin und her, als würde er böse Geister vertreiben wollen. Als sie näher an die Koppel trat, schreckte er zurück.

Feli lockte die Stute herbei und streichelte ihren Hals. »Eine wie dich habe ich mir immer gewünscht«, sagte sie sanft.

Konnte es sein, dass der schwarze Hengst etwas ruhiger geworden war?

Das Schlagen von Hufen ließ Feli herumfahren. Zwei Pferde kamen angaloppiert. An der lockeren Haltung und der groß gewachsenen, schlanken Statur erkannte Feli, dass einer der beiden Reiter Philipp war. Zwischen den beiden Hengsten sprang ein großer Mischlingshund herum, mit einem Fell, so braun wie die Steppenlandschaft.

»Philipp, warum hast du mit keinem Sterbenswörtchen erwähnt, dass Johanns Familie angekommen ist?!«, sagte der zweite Reiter tadelnd, brachte sein Pferd zum Stehen und schwang sich aus dem Sattel. »Es ist mir eine große Freude.« Er zog seinen Hut vom Kopf, ergriff Felis Finger und deutete einen Handkuss an.

Ihr entging nicht, dass Philipp die Augen verdrehte. Immerhin schmunzelte er dabei.

»Sie sind Engländer?«, fragte sie.

Er lachte. »Meinen Oxford-Akzent werde ich wohl nicht los.«

»Ich habe es eher an den guten Manieren erkannt.« Und an den roten Haaren, aber das behielt Feli für sich.

Ihr Kostüm war ohnehin schon schmutzig, deshalb war es Feli gleichgültig, dass der Hund an ihr hochsprang. Sogar auf den Boden kniete sie sich, um den Mischling hinter den Ohren zu kraulen. Sie hatte sich immer ein Tier im Haus gewünscht, aber ihre Eltern hatten sich geweigert, eines anzuschaffen. *Und wer kümmert sich dann darum?*, hatten sie immer gesagt.

»Das ist Buddy«, erklärte der Engländer. »Er gehört Philipps Familie.«

»Und Sie sind?«

»Mein Name ist Sam Watkins. Aber Sam genügt. Hier draußen haben wir es nicht so mit Nachnamen, und man siezt sich auch nicht, stimmt's Philipp?«

Wieder nur dieses Schmunzeln. Sprechen konnte er aber, sie hatte es ja schon gehört. Er schwang sich aus dem Sattel und band das Halfter seines Pferdes an dem Anhänger fest, mit dem sie vor etwa einer Stunde angekommen waren.

»Na, wenn das so ist«, sagte sie gut gelaunt zu Sam. »Ich bin Feli.«

Vielleicht war das eine gute Gelegenheit, einen Neuanfang mit Philipp zu wagen. Sie streckte Philipp die Hand hin. »Feli«, wiederholte sie ihren Namen. »Freut mich, dich kennenzulernen.«

Philipp blickte auf ihre Hand hinab, als befürchtete er, sie wäre aus hauchzartem Porzellan. »Philipp«, sagte er und schlug ein.

»Arbeitest du für meinen Vater?«, wandte sie sich nun wieder Sam zu.

»So ist es. Man könnte sagen, ich bin sein Mädchen für alles. Egal, ob es um die Finanzen, die Technik oder Verhandlungen geht. Gerade war ich mit Philipp am Wasserfall. Er und dein Vater haben dort einen Staudamm gebaut. So kann man das Wasser gezielter nutzen und vielleicht sogar auch Energie gewinnen.«

»Oh, den Staudamm würde ich gerne einmal sehen! Wer hatte denn die großartige Idee dazu?«

Sam klopfte Philipp lobend auf die Schulter. »Dieser schlaue Kerl hier.«

»Ohne Johann hätte ich es nie geschafft, meine Idee umzusetzen«, erwiderte Philipp.

»Nicht so bescheiden«, neckte Sam ihn.

»Auf der Koppel habe ich einen schwarzen Hengst gesehen«, sagte Feli. »Was ist mit ihm? Er wirkte unruhig.«

»Das ist Prince«, antwortete Sam. »Er ist ziemlich störrisch. Muss was Traumatisches erlebt haben, der Arme. Ich habe so eine Vermutung, was es gewesen sein könnte, aber Beweise habe ich nicht.« Sein Blick galt Philipp, aber der wandte sich ab, als würde er davon nichts hören wollen.

Der Abend war perfekt. Eingehüllt in eine warme Decke am Lagerfeuer, der weite Sternenhimmel über ihnen. So leicht war Felis romantisch veranlagtes Herz zufriedenzustellen. Philipps Eltern waren zu Besuch gekommen, um die Neuankömmlinge willkommen zu heißen. Sie hatten frisch gebackenes Brot mitgebracht sowie einen Topf mit einer kräftigen Bohnensuppe, die über dem Lagerfeuer köchelte. Philipps Vater Albrecht war ein Mann, der nur wenig sprach (der Apfel fiel bekanntlich nicht weit vom Stamm), aber wenn er es tat, dann war jeder Satz bedacht und wie von einem unsichtbaren Papier abgelesen. Vor einem halben Jahr war er vom Pferd gestürzt, seitdem schmerzte ihn das rechte Bein. Philipps Mutter Henrietta hingegen war herzlich und offen und fand genau die richtigen Worte, um Alice Schönbergers Vertrauen zu gewinnen, obwohl diese für gewöhnlich Fremden gegenüber eher zurückhaltend war.

»Kalifornien ist ein so wildes, unberührtes Land«, sagte sie. »Ich kann mich noch gut an den Tag erinnern, an dem wir hier angekommen sind. Am liebsten wäre ich sofort umgekehrt und in den Zug zurück nach New York gestiegen.«

»Und wie ist es jetzt?«, fragte Alice.

»Ich könnte mir nicht mehr vorstellen, woanders zu leben.« Sie lächelte, als spielten sich wundervolle Erinnerungen vor ihrem inneren Auge ab. »Jedenfalls kann ich sehr gut nachvollziehen, wie es euch beiden gerade wohl gehen mag, und habe immer ein offenes Ohr für euch. Wir wohnen gleich dort drüben.« Sie deutete auf ein Licht in der Ferne.

»Ich würde mich gerne an der Universität einschreiben«, warf Feli ein.

»Philipp wird dir dabei gewiss behilflich sein. Er studiert Biologie.«

Ohne auf seine Mutter einzugehen, konzentrierte Philipp sich ganz darauf, mit einem Stück Brot seinen Teller sauber zu wischen.

»Nimm seine wortkarge Art nicht persönlich«, flüsterte Sam ihr zu. »Er verhält sich jedem hübschen Mädchen gegenüber so.«

Feli zog die Wolldecke fester um ihre Schultern. »Danke, aber ich denke, ich komme auch sehr gut allein zurecht.«

»Was möchtest du denn studieren?«, fragte Henrietta.

»Medizin. In München hatte ich bereits vier Semester hinter mir.«

»Dann bist du nicht nur ein sehr schlaues, sondern auch tapferes Mädchen. Als wir aus Deutschland ausgewandert sind, war noch nicht daran zu denken, dass Frauen irgendwann einmal studieren dürfen. Vermutlich haben sich die Männer noch immer nicht daran gewöhnt, oder?«

»Leider nicht. Meine männlichen Kommilitonen hielten es für abartig und pervers, dass eine Frau einen toten Körper aufschneidet. Aber es ist nun einmal ein Teil des Studiums.«

Damit hatte sie endlich auch Philipps Interesse gewonnen. Er sah Feli an und hielt ihren Blick, als würde er versuchen, aus ihr schlau zu werden. Ein dunkelgoldener Feuerschein flackerte auf seinem fein geschnittenen Gesicht. Fand er es ebenfalls abartig, dass eine Frau Medizin studierte? Oder war es vielleicht sogar etwas Respekt, der sein Gesicht so ernst werden ließ?

Schon bald konnte Feli kaum noch die Augen offen halten. Sie wünschte allen eine gute Nacht. Fritz war schon eine Weile vor ihr zu Bett gegangen, der Kleine war vollkommen erschöpft gewesen. Zu ihrem Leidwesen bat ihr Vater ausgerechnet Philipp darum, ihr die Waschgelegenheit zu zeigen. Auf der anderen Seite der Farm hatte man provisorisch hinter einem Wellblech auf ein paar gestapelte Kisten eine Schale gestellt, in die Philipp frisches Wasser aus einem Kanister füllte. Was würde Feli nur dafür geben, könnte sie ein wohlduftendes Bad nehmen … Sie war verschwitzt und spürte all den Staub der holprigen Fahrt an sich kleben.

Als hätte er ihre Gedanken erraten, sagte Philipp: »Baden kannst du morgen da drinnen.« Er deutete auf ein altes Holzfass, das gleichzeitig als Regentonne diente, und hängte dann die Gaslampe an einem Haken auf. »Ich warte.«

»Danke«, murmelte sie und versuchte zu lächeln, aber es misslang.

Ein Riss zog sich durch den rahmenlosen Spiegel und teilte Felis Gesicht in zwei Hälften. Sie sah aus wie eine Furie. Ihre Haare waren vom Wind zerzaust und ihre Augen gerötet. Und wie sollte sie ohne Hilfe aus ihrem Korsett kommen? Philipp konnte sie ja wohl kaum um Hilfe bitten. Nach mehreren Anläufen ertasteten ihre Finger die festgezurrte Schlaufe an ihrem unteren Rücken. Dabei verlor sie jedoch das Gleichgewicht und taumelte gegen das Wellblech. Es krachte laut, als wäre ein Elefant hinter dem Blech zugange.

»Alles in Ordnung?«, rief Philipp.

»Ja, danke. Alles bestens.«

Nach einer kleinen Ewigkeit und vor Anstrengung schmerzenden Armen gelang es ihr, das Korsett zu lösen und ihr Nachtkleid überzustreifen. Sie öffnete ihr Haar und kämmte es, bis es in weichen Wellen über ihre Schultern fiel.

»Ich wäre dann so weit«, sagte sie und kam schüchtern hinter dem Wellblech hervor.

Ein Schauer lief ihr den Rücken hinab, als Philipp sie ansah. Noch nie hatte sie einem Mann im Nachtkleid gegenübergestanden.

»Gut«, sagte er. Er räusperte sich. Nahm die Lampe vom Haken. »Sorgen wir dafür, dass du ins Bett kommst.«

In der Scheune flüsterte Philipp, um Fritz nicht zu wecken. »Wenn du morgen in der Früh zum Waschen gehst, vergiss bitte nicht, dass Kalifornien nicht München ist. Hier leben Bären, Wölfe, Kojoten, ganz zu schweigen von einer Reihe giftiger Insekten. Es gibt ein paar Regeln, an die du dich halten solltest. Entferne dich nie allein vom Grundstück, sondern bitte entweder deinen Vater, Sam oder mich, dich zu begleiten. Schlüpfe niemals einfach so in deine Schuhe, sondern klopfe sie vorher aus. Skorpione mögen es, sich darin zu verstecken.«

»Traust du uns Frauen eigentlich auch etwas zu?«, neckte sie ihn, während sie sich die Hände eincremte, um dann endlich, endlich unter die Bettdecke zu schlüpfen.

»Ich traue Frauen sehr wohl etwas zu, aber es lauern hier nun mal einige Gefahren und ...«

Auf einmal ging alles ganz schnell. Feli hatte gerade die Bettdecke umgeschlagen, da stieß Philipp sie beiseite. Im nächsten Moment war er nach draußen verschwunden. Ein paar Atemzüge lang war Feli wie erstarrt. Bis ihr bewusst wurde, was gerade geschehen war. Sie begann am ganzen Körper zu zittern. Hatte da wirklich eine Schlange in ihrem Bett gelegen? Philipp hatte sie gepackt ...

»Was ist denn?«, fragte Fritz müde.

»Nichts, schlaf weiter ...«, stammelte Feli mechanisch. Noch immer stand sie unter Schock.

»Eine Klapperschlange«, war alles, was Philipp sagte, als er zurückkam. »Die Dinger sind ziemlich gefährlich.«

Feli kämpfte darum, die Tränen zurückzuhalten. »Danke«, wisperte sie.

»Nicht der Rede wert«, sagte er nur, wünschte noch eine gute Nacht und verschwand.

Mitten in der Nacht wachte Feli auf. Die Scheunentür stand einen Spaltbreit offen, und Mondlicht fiel herein. Ihre Mutter schmiegte sich an die Brust ihres Mannes und atmete tief und gleichmäßig. Ihr Vater schnarchte leise. Alles war gut. Trotzdem konnte Feli nicht wieder einschlafen. Ein paarmal wälzte sie sich hin und her, aber es war hoffnungslos. Vielleicht würde ihr etwas frische Luft helfen, ihr bewegtes Herz zu beruhigen.

Draußen schien es, als wäre die Welt in einen zauberhaften Schlaf verfallen. Auf einmal hörte Feli Stimmen. Sie warf einen Blick um die Scheune und sah, dass Philipp und Sam noch immer am Lagerfeuer saßen. Über ihnen blühte die Unendlichkeit des Sternenhimmels.

»Wie glücklich Johann heute war, als seine Familie ankam«, sagte Philipp. »Ich freue mich für ihn. Die letzten Tage haben ziemlich an ihm gezehrt.«

»Und was ist mit dir?«, fragte Sam. »Du kriechst doch auch auf dem Zahnfleisch daher.«

»Das ist nicht so wichtig. Ich hoffe nur, dass Johanns Familie noch eine Weile bleibt.«

»Wie meinst du das?«, fragte Sam.

»Na ja, Mutter und Tochter wirken nicht gerade, als wären sie für das Leben und die Arbeit hier gemacht. Vor allem Feli.«

»Du meinst, weil sie schön wie eine Blume ist?«, schwärmte Sam im Dichtertonfall. Es klang so, als würde er sich über Philipp lustig machen. »Gibt Schlimmeres, findest du nicht auch?«

»Ich kenne solche wie sie schon.«

»Ach, Philipp. Nach so langer Zeit solltest du Catherine …«

»Lass gut sein, Sam«, schnitt Philipp seinem Freund hart das Wort ab. »Aber mal im Ernst. Hast du gesehen, wie zart ihre Hände sind? Kann schon sein, dass sie schön wie eine Blume ist. Aber sie ist eine Gewächshauspflanze. In der Wildnis Kaliforniens geht sie ein. Sie scheint ja ganz in Ordnung zu sein, aber stundenlang auf dem Boden knien und Saatgut pflanzen? Oder Wasser vom Fluss herbeischleppen? Nein …«

»Warte mal ab«, lachte Sam. »Ich wette eine Whiskeyflasche, dass sie dich noch überraschen wird.«

»Und ich wette eine Whiskeyflasche, dass sie in zwei Wochen

ihre Sachen packt und mit dem nächsten Überseedampfer in ihr schönes München zurückkehrt.«

Feli kochte vor Wut. »Philipp Licht«, flüsterte sie leise zu sich selbst, »kauf schon mal eine Flasche Whiskey.«

4

4. Dezember 2005
8 Tage bis zum Poinsettia-Day

Am nächsten Morgen wurde Stella von Musik geweckt. War das etwa *Time Warp* aus der *Rocky Horror Picture Show ...?*

Stella erinnerte sich daran, dass das ihr aktueller Handyklingelton war. Sänger und Musik kamen jetzt erst so richtig in Fahrt, was sich in etwa so anfühlte, als würde eine Lastwagenkolonne durch Stellas Kopf brettern. Sie hatte so tief und fest geschlafen, dass sie noch ganz benommen war. Ihr Körper hatte sich offenbar gesagt: *Es reicht! Jetzt hole ich mir all die schlaflosen Nächte zurück!*

Stella blinzelte ein paarmal ins Licht, das durch die dünnen Vorhänge hindurchschien. Doch die Sonne glänzte nicht auf Schnee, sondern auf Wasser. Und dieses Rauschen war auch nicht der Winterdienst, der Salz auf die Straßen streute, sondern es waren die Wellen, die an den weitläufigen Strand rollten.

Schon neun Uhr, sagte ihr Handy. Hoffentlich hatte Lizzy nicht mit dem Frühstück auf sie gewartet! Es war Andreas gewesen, der sie angerufen hatte. Oder falsch. Nicht angerufen, sondern *zurück*gerufen hatte er sie. Denn sie war diejenige, die sich gestern nicht hatte beherrschen können und seine Nummer gewählt hatte. Es war die Nacht gewesen, die ihren Zauber hatte wirken lassen und einen oftmals Dinge tun ließ, die man am nächsten Tag bereute. Und Stella hatte jemanden zum Reden gebraucht, jemanden aus ihrem alten Leben, dem sie das alles erzählen konnte. Dass sie das erste Mal in einem Flugzeug geflogen war, wie wundervoll ihre Oma war und das Haus, in dem sie lebte. Und davon, wie verloren Stella sich fühlte, seit ihre Mutter nicht mehr da war.

Andreas hatte ihr auf die Mailbox gesprochen. *Nicht abhören, gleich löschen*, flüsterte ihre Vernunft. Aber die hatte bei Stella noch nie viel zu sagen gehabt.

»Grüß dich, Stella.« Beim Klang von Andreas' angenehmer Philosophenstimme wurde ihr schwer ums Herz. Wie sehr sie es vermisste, dass er ihr aus seinen Manuskripten vorlas ... »Du hast angerufen? Du weißt doch, dass ich in meiner Mittagspause die Kinder von der Schule abholen muss und nicht ans Telefon gehen kann.«

Bei ihr war es ja auch nicht ein Uhr mittags, sondern zehn Uhr abends gewesen. Sie hatte die Zeitverschiebung vergessen. Aber Andreas wusste ja nicht mal, dass sie gerade auf der anderen Seite des Pazifischen Ozeans steckte.

»Jedenfalls finde ich es schön, dass du nun offenbar so weit bist und wir wie Erwachsene über alles sprechen können«, sagte er. »Ich bin morgen Abend länger im Büro, das heißt also, du kannst mich anrufen. Ich würde mich freuen. Ich vermisse dich.«

Ich vermisse dich.

Nur ein Satz, aber er brachte die Mauer, die Stella innerlich zu ihm hochgezogen hatte, ins Wanken. All die Nächte, die sie wegen ihm geweint hatte, seit sie herausgefunden hatte, dass er verheiratet und Vater von zwei Kindern war, waren nicht mehr von Bedeutung. Sie ertappte sich sogar dabei, wie sie sich einredete, überreagiert zu haben, als sie die Beziehung beendet hatte. Andreas hatte ihr doch geschworen, sich scheiden zu lassen, weil er so unglücklich in seiner Ehe war ...

Stella beeilte sich im Bad. Als sie die Treppe hinabkam, duftete es genau so, wie ein perfekter Morgen duften sollte, nämlich nach frisch aufgebrühtem Kaffee und nach etwas Zimtig-Süßem, das in Butter brutzelte. Der Duft kam von den Pancakes, die sich in der Küche neben dem Herd auf einem Teller stapelten. Ein zufriedenes Summen war zu hören, das von einem leisen Zischen überdeckt wurde, als Lizzy großzügig Teig in die Pfanne schöpfte.

»Guten Morgen!«, begrüßte Lizzy ihre Enkelin und schloss sie in eine weiche, warme Oma-Umarmung. »Hast du gut geschlafen?«

Erneut waren ihre Augen gerötet und geschwollen, wie auch Stellas Augen.

»Zu gut. Ich hoffe, du hast nicht mit dem Frühstück auf mich gewartet.«

»Ach nein, am Wochenende lasse ich es immer etwas langsamer angehen. Adam dürfte jeden Moment mit den Semmeln hier sein.«

Sahen Omas eigentlich bewusst so niedlich aus? So wie manche Teenager besonders cool und Erwachsene besonders erwachsen aussehen wollten? Oder war es wie bei Kleinkindern, die mit ihrer hohen Stirn und den großen Augen ganz von selbst Herzen im Sturm eroberten, nur dass es bei Omas die liebenswerten Falten und diese lebenserfahrenen Augen waren? Oder hatte Stella mit ihrer Oma einfach nur riesengroßes Glück? Jedenfalls sah Lizzy entzückend aus mit der gerüschten Schürze, auf der lachende Weihnachtsmänner auf Rentieren ritten und Geschenke wie Schneeflocken vom Himmel rieselten.

Es zischte laut, als Lizzy gekonnt den Pancake in der Pfanne wendete. Etwa im selben Moment schlugen die Hunde an. Sie hatten wohl Adam gehört, der kurz darauf die Haustür aufsperrte. Er hielt die Tüten mit den Semmeln außer Reichweite von Romeo und Juliet, die vor Freude wie Welpen herumtollten, während er umständlich aus seinen Chucks schlüpfte. »Die sind noch warm«, sagte er stolz, als hätte er die Semmeln selbst gebacken.

»Sitz!«, wies er die zwei Collies an. Wirklich ernst nahmen die beiden ihn nicht, aber immerhin trotteten sie zu ihrer Decke im Vestibül. (*Vestibül* – noch so ein Wort, das Stella von Andreas gelernt hatte.) Adam drückte Stella die Tüten in die Hand, um Romeo und Juliet zu loben und hinter den Ohren zu kraulen. »Hunger?«, fragte er.

Und wie. Stella war sich sicher, noch nie einen solchen Kohldampf gehabt zu haben, dabei hatte sie doch gestern Abend schon so viel gegessen.

Adam zu sehen, war wie morgens von der Sonne geweckt zu werden. Sein Lächeln schenkte Stella die Gewissheit, dass dieser Tag ein guter werden würde. Es gab sie, diese Menschen, die man ohne Wenn und Aber gernhatte, und Adam war einer von ihnen. Sie wagte es, Witze zu reißen, die sie sich bei Andreas wahrscheinlich verkniffen hätte. War es genau dieses Gefühl der Vertrautheit, das Familie ausmachte?

»Ich habe heute Morgen gleich mit dem Notar telefoniert«, sagte Lizzy am Frühstückstisch. Er hatte Lizzy dasselbe gesagt, was er auch schon Stella gesagt hatte: Die Gärtnerei hatte in den letzten Jahren rote Zahlen geschrieben. Stella würde nie in der Lage sein, die Schulden zu begleichen.

»Mama hätte mir sagen sollen, dass wir in Schwierigkeiten sind«, sagte Stella und schloss die Hände um ihre *Happy Christmas*-Tasse, in der Kaffee dampfte. Lizzy nahm Weihnachten wirklich ernst.

»Inge wollte dich gewiss nur nicht mit ihren Sorgen belasten. Sie hat lieber alles mit sich selbst ausgemacht. Ich war früher genauso. Dabei ist es wichtig, die Dinge beim Namen zu nennen, auch wenn es schmerzhaft ist.«

Lizzy klang nachdenklich. Doch Stella wagte es nicht nachzuhaken.

»Jedenfalls ist die Lösung für das Problem ganz leicht«, fuhr sie fort. »Die Villa in München ist mit vielen schönen Erinnerungen verbunden, und sie ist dein Zuhause. Deshalb werde ich mithilfe meines Bruders die Schulden begleichen. Ich habe bereits mit ihm darüber gesprochen. Ist das in Ordnung für dich?«

Hatte Stella sich gerade verhört? Das war zu schön, um wahr zu sein. »Ähm, danke. Das ist sehr freundlich. Aber ich kriege das schon irgendwie hin.«

»Liebes, wir unterstützen dich wirklich gerne. Es würde mir viel bedeuten, wenn ich helfen kann. Ehrlich.«

Stella war sprachlos. So sprachlos, dass ihr Tränen kamen. Lizzy, die neben ihr saß, legte ihre warme Hand auf Stellas. »Ich deute das als ein Ja.«

»Zur Feier des Tages sollten wir etwas unternehmen«, schlug Adam vor, der sich aufrichtig für Stella zu freuen schien. »Wenn du willst, kann ich dir den Ort zeigen.«

»Das wäre toll!«

In diesem Moment klingelte Adams Handy. Adam lächelte Stella entschuldigend an, doch sein Lächeln verschwand schlagartig, als er einen Blick auf das Display warf. »Bin sofort wieder da«, sagte er und verschwand in Richtung Küche. Doch die lag neben der Terrasse, und das Fenster war gekippt.

»Amber ...«, hörte man ihn leise sagen. Allein die Art, Ambers Namen zu seufzen, drückte alles aus. »Es ist gerade ungünstig ... Du hast was?!«

Was diese Amber getan hatte, erfuhr Stella leider nicht, denn in diesem Moment wurde das Fenster geschlossen.

»Amber ist seine Ex-Freundin«, erklärte Lizzy und legte dabei die Stirn in Falten, als würde sie sich Sorgen machen. »Die beiden ... ach, bestimmt hat er dir das schon erzählt.«

Hatte er nicht, und Stella hätte nur zu gerne gewusst, was zwischen den beiden vorgefallen war. Aber da kam Adam schon zurück auf die Veranda. »Ich muss los.«

»Wolltest du nicht etwas mit Stella unternehmen? Es ist ein so wundervoller Tag!«

»Gerne morgen. Es tut mir wirklich leid. Aber ...« Er zuckte hilflos mit den Schultern. Auch das sagte viel über diese Amber aus. Allein der Name ließ ein Bild von ihr vor Stellas innerem Auge entstehen. Blond, langbeinig und zwei Cheerleaderpompons schwingend.

Adam nahm nicht mal den Weg durchs Haus, sondern die Abkürzung über die Veranda am Haus vorbei.

»Dann musst du den Tag leider mit deiner alten Oma verbringen«, seufzte Lizzy und lächelte spitzbübisch. »Ein richtiger Ladies-Day.«

Vielleicht war das genau richtig, denn wenn Stella Lizzy darum bat, würde sie ihr bestimmt noch etwas mehr über ihre Familie und ihre Wurzeln erzählen.

»Wie wäre es, wenn ich dir Fotos von früher zeige?«, schlug Lizzy vor, als hätte sie Stellas Gedanken gelesen.

In der Kommode im Gästezimmer, in dem Stella untergebracht war, bewahrte Lizzy die Fotoalben auf, alle sorgsam mit Jahreszahlen beschriftet. Stella schämte sich für die Unordnung, die sie heute Morgen hinterlassen hatte. Pullover und Jeans von gestern hingen noch immer über der Lehne des Korbstuhls. Und auch das Bett hätte sie machen können. Aber Lizzy schien keine Notiz davon zu nehmen.

»Das hier ist eigentlich Inges Zimmer«, sagte sie vorsichtig.

Sie machte eine kurze Pause, in der sie herauszufinden versuchte, wie Stella darauf reagierte, wenn man über ihre Mutter sprach. »Ich hatte immer die Hoffnung, dass sie irgendwann zu mir zurückkommt.«

Sie zog eines der Alben heraus und setzte sich dann neben Stella auf die Bettkante. »Manchmal saß ich hier stundenlang und habe die alten Alben durchgesehen. Schau, hier ist Inge gerade eingeschult worden. Zwar kennt man hier bei uns Schultüten nicht wirklich, aber ich habe ihr trotzdem eine gebastelt.«

Auf dem Foto hielt ihre Mutter strahlend eine Schultüte in den Armen. Wie niedlich sie war. Aber schon damals hatte sie dieses Feuer in den Augen gehabt. Das war das erste Mal, dass Stella Kinderfotos von ihrer Mutter sah. Und das tat weh. Es fühlte sich so an, als hätte ihre Mutter sie von einem wichtigen Teil ihres Lebens ausgeschlossen. Als hätte Stella ihre Mutter gar nicht richtig gekannt. Was Unsinn war, denn ihre Mutter hatte sie über alles geliebt. Trotzdem ...

Lizzy, die mal wieder genau zu bemerken schien, was in Stella vorging, schlug schnell ein anderes Album auf. Zum Glück war das Foto, das sie ihr zeigte, lustig genug, um Stella von ihren trüben Gedanken abzulenken. Darauf grinste eine jüngere Version von Adam mit Partyhut auf dem Kopf in die Kamera. Ein ziemlich hübsches Mädchen mit weizenblondem Haar und herzförmigem Gesicht klammerte sich an ihn.

»Das ist Amber«, sagte Lizzy. »Die beiden kennen sich jetzt schon seit sechs Jahren. Das Foto ist vor zwei Jahren auf dem Poinsettia-Ball aufgenommen worden.«

Stella hätte ewig mit ihrer Oma Fotos von früher anschauen können. Es war, als würde sich ein Puzzle in ihrem Kopf zusammensetzen. Ein Puzzle ihrer Familie, ihrer Wurzeln.

»Auf diesem hier siehst du sogar ein klein wenig von der

Ranch, auf der wir damals gelebt haben.« Lizzys Augen leuchteten.

Stella hatte die Ranch schon einmal gesehen. Sie holte das Foto aus ihrer Tasche, das sie bei ihrer Mutter gefunden hatte. Die Aufnahme zeigte eine stolze Großfamilie vor einer Farm. Jetzt oder nie. »Ich bin vor ein paar Wochen zu Hause durch Zufall auf das Foto gestoßen«, sagte sie. »Ich wollte mir etwas zum Anziehen von meiner Mutter leihen, da lag es in ihrem Kleiderschrank unter den Pullovern.«

»Moment mal«, sagte Stella auf einmal, als sie das Foto genauer betrachtete. »Der Säugling bist doch wahrscheinlich du!«

Lizzy lachte. »O ja, da war meine Mutter Feli etwa achtundzwanzig. Hast du Inge auf das Foto angesprochen?«

Das hatte Stella. Daraufhin war ihre Mutter wütend geworden. Und dann ...

Ablenkung. Sie brauchte dringend Ablenkung. »Hast du auch Fotos von Feli und Philipp?«, fragte sie.

»O ja!« Lizzy zog ein weiteres Album aus der Kommode hervor und schlug es auf. »Das ist deine Urgroßmutter Feli. Auf dem Foto ist sie etwa zwanzig Jahre alt.«

Feli war bildhübsch gewesen. So hübsch, dass sogar Stella sich ein klein wenig in sie verliebte. Wie war es möglich, dass Philipp nicht von Anfang an hin und weg von ihr gewesen war?

5

1911

Es war nicht leicht gewesen, sein Vertrauen zu gewinnen. Aber mit Äpfeln und Beharrlichkeit eroberte Feli sich einen Platz in seinem scheuen Herz. Sein Name war Prince, und mit seinem nachtschwarzen, schimmernden Fell war er der prächtigste Hengst, den Feli je gesehen hatte. Irgendjemand musste ihm Leid zugefügt haben, dessen war sie sich inzwischen sicher, denn bei jeder ruckartigen Bewegung schreckte er zurück.

Weniger Aufwand wäre es natürlich gewesen, sich mit der Stute namens Snow anzufreunden. Aber Feli liebte Herausforderungen. Ihre Mittagspausen verbrachte sie auf der Koppel, wo sie sich auf einen Schemel neben dem Wassertrog setzte, ein belegtes Brot aß, ihren Apfel mit der Stute teilte und sanft zu dem Hengst sprach. Vertrauen zu gewinnen, brauchte Zeit, und die wollte sie ihm lassen. Früher oder später würde er zu ihr kommen, dessen war sie sich sicher.

Zur Farm gehörten ein halber Hektar ungenutztes Ackerland sowie zwei verwahrloste Orangenhaine, die auf Vordermann gebracht werden mussten. Die Arbeit war anstrengend, aber Feli genoss es, alte Wurzeln aus dem Boden zu reißen, Steine aus der Erde zu lesen oder den von Snow gezogenen Pflug zu führen. Es erfüllte sie mit einem Gefühl der Befriedigung, zu sehen, wie die scharfe Klinge die trockene Erde aufwühlte und nach und nach aus der Wildnis ein richtiges Feld wurde. Schon bald sprossen die ersten dünnen Triebe aus dem Ackerboden, die wachsen und gedeihen und sie im Sommer mit Gemüse versorgen würden.

Die Arbeit auf den Orangenfeldern mochte Feli am meisten. Vor allem nachmittags, wenn die Sonne langsam hinabsank, mit den rotbraunen Bergen eins wurde, sodass es wirkte, als seien sie es, die den Orangenhain mit Licht fluteten. In diesen wenigen Minuten erschienen ihr die Berge noch geheimnisvoller, noch mächtiger, noch unbezwingbarer. Das Insektensummen verwob sich mit dem Rauschen, wenn der warme Wind mit den Zweigen spielte. Ein hauchzartes Geräusch, als würden Hunderte von Schmetterlingen aufflattern. Noch leiser war das Plätschern der Bewässerungsanlage, ein im Boden eingelassenes, offenes Rohr aus Ton, mit dessen Wasser Feli sich gerne Stirn und Wangen kühlte. Dann und wann meldete sich ein Vogel, oder sie hörte ihren Vater oder Sam, doch direkt nach dem Mittagessen herrschte eine Stunde lang vollendete Ruhe. Als würde die ganze Welt Mittagsschlaf halten. Ihr Vater und ihre Mutter dösten dann im Schatten auf der Veranda, Fritz machte in der Küche Hausaufgaben, die Katze, die ihnen vor einer Woche zugelaufen war, streckte sich lang auf der Bank vor der Scheune aus, und Sam und Philipp ritten meist zum Wasserfall.

Feli nutzte diese Stunde, um zu lernen. Dafür legte sie sich bäuchlings unter die dichte Blätter- und Blütenhaube eines Orangenbaums auf eine Decke, winkelte die Beine an und genoss es, mit einem ihrer schlauen Bücher ihren Kopf zu gebrauchen. Wenn sie die Vielfalt der Düfte einatmete – die Würze der Erde, die fruchtige Süße der Orangen, die Aromen der uralten Stämme und Wurzeln –, dann war sie voll und ganz zufrieden. Oft erwischte sie sich dabei, wie sie mit ihren Gedanken von Grippesymptomen und Wundheilungen abdriftete und sich vorstellte, welche Geschichten und Abenteuer die alten Bäume wohl erlebt hatten.

Abends kamen manchmal andere Einwanderer von den verstreut liegenden Farmen zu Besuch, um am Lagerfeuer Bohneneintopf zu löffeln. Sie stammten aus England, Schottland, Schweden oder Italien, weshalb ihr Vater auf einen interessanten kulturellen Austausch gehofft hatte. Wenn man so wollte, gab es diesen auch, nur hatte er in der Vorstellung ihres Vaters anders ausgesehen. Die Männer zählten verbittert auf, was sie an ihren Heimatländern vermissten. Dann fielen Sätze wie: »Zu Hause wäre das nicht passiert«, oder: »Hier herrscht halt eine andere Kultur«, und: »Mal sehen, was die Zeit bringt«. Mit jeder Schaueranekdote über Buschfeuer, tödliche Insektenstiche oder Schlägereien wurde ihre Mutter blasser und presste die Lippen noch fester zusammen.

»Na, Feli, verfluchst du deine Entscheidung schon, dein schönes Nest in Deutschland zurückgelassen zu haben und in dieses verfluchte Land gekommen zu sein?«, fragte einer sie und nahm einen Schluck hochprozentigen Whiskey, von dem er einen Teil ins Feuer spuckte.

Feli hatte schon öfters beobachtet, dass die Männer das taten. Den Grund dafür hatte sie noch nicht herausgefunden.

»Nein«, erwiderte sie.

»Glaub mir, du wirst die Knochenarbeit bald leid sein.«

»Mir macht harte Arbeit nichts aus.«

An diesem Abend verkrochen sich Feli und Fritz früh ins Bett, um im matten Gaslampenlicht Karten zu spielen. Feli wollte sich ein eigenes Bild von Kalifornien machen.

Sam stand jeden Tag pünktlich um acht Uhr auf der Matte. Ihr Vater war nicht der Typ dafür, Aufträge zu erteilen, er machte eher Vorschläge im Sinne von »Jemand könnte mal einen Blick auf das

Bewässerungssystem werfen«. Aber Sam hatte ohnehin ein gutes Auge dafür, was zu erledigen war. Nachmittags brütete er meist über den Büchern, um die Ausgaben zu notieren und zu kalkulieren, welche Anschaffungen in der kommenden Zeit möglich waren. »Ich befürchte, die Regentonne muss noch eine Weile als Badewanne herhalten«, erwiderte er entschuldigend, als Feli ihn mit flehendem Blick danach fragte. »Vielleicht nächste Woche.«

Auch Philipp ließ sich oft blicken, um zu helfen. Er kam und ging wie es ihm passte, blieb aber nie zum Essen. Alles an ihm war Feli ein Rätsel. Sein entspannter Gang, obwohl er doch stets tausend Dinge gleichzeitig zu erledigen hatte. Sein blütenweißes, gebügeltes Hemd. Sein Miniaturlächeln, das für Feli, deren übersprudelndes Lachen vermutlich bis ins Dorf zu hören war, ganz besonders befremdlich war. Sie ertappte sich dabei, wie sie heimlich lauschte, wenn er sich während der Arbeit mit ihrem Vater unterhielt. Er kritisierte, dass Kinder chinesischer, japanischer oder koreanischer Einwanderer keine gewöhnlichen Schulen besuchen durften, sondern auf sogenannte »Oriental Schools« geschickt wurden. Er sorgte sich, da ihm die politische Situation in Europa zunehmend angespannt erschien und Deutschland immer mehr Geld in die Aufrüstung der Kriegsmarine investierte. Und er schwärmte von der New Year's Day Floral Parade, einem großen Blumenfest in Pasadena, das er hoffte, nächstes Jahr besuchen zu können. Ihr Vater hörte ihm gerne zu und sagte nur wenig.

An manchen Nachmittagen halfen Fritz und sie auf der Licht-Ranch aus. Sie reinigten die Glasflaschen, in denen die Milch ausgeliefert wurde, schrubbten die Wassertröge der Kühe und verplemperten ihre Zeit damit, Pippa zu verwöhnen, die alte Schäferhündin, die über die Ranch wachte. Felis Mutter und Henrietta verstanden sich sehr gut, was Feli erleichterte, denn so hatte ihre

Mutter jemanden, dem sie auch mal ihr Herz ausschütten konnte. Sie selbst hatte niemanden. Sie sehnte sich nach einer Freundin.

Bei ihrer Arbeit auf der Licht-Ranch lernte sie auch Anton kennen, Philipps kleinen Bruder. Er war achtzehn Jahre alt und ein keckes Bürschchen, das an Feli das Flirten übte. Feli genoss diese Spielerei, denn sie ließ die Zeit schneller vergehen. Und natürlich schmeichelte es ihr auch.

Anton redete gern und viel, meist über Mädchen, die er kennengelernt hatte. Mit seinem dunklen, gewellten Haar und den hellen, netten Augen verdrehte er gewiss einigen Mädchen den Kopf. Wenn er abends ausging, fragte er immer erst Feli nach ihrer Meinung bezüglich seiner Kleiderwahl. »Gut so?« Dann streckte er die Brust heraus und präsentierte sich ihr mit frisch gewichsten Schuhen und in einer schicken Weste, auf die er lange gespart hatte.

Feli mochte Anton. Wenn man so wollte, war er ihr einziger Freund.

»Ich glaube, dein Bruder mag mich nicht«, sagte sie einmal zu ihm.

Antons Antwort darauf war die eines Achtzehnjährigen, der keine Ahnung hatte, was er erwidern sollte, und auch kein besonderes Interesse hatte, über dieses Thema zu sprechen. »Philipp ist Philipp«, sagte er, zuckte mit den Schultern und half Feli damit kein bisschen weiter.

»Philipp ist ein Cowboy«, pflegte ihre Mutter zu sagen, wenn über ihn gesprochen wurde. Sie sagte es auf bewundernde Weise und mit einem kleinen, geheimnisvollen Lächeln auf den Lippen. Wie zum Teufel war es Philipp gelungen, das Herz ihrer Mutter zu erobern, obwohl diese doch immer etwas an den Manieren junger Männer auszusetzen hatte?

»Philipp ist wie ein Indianer!«, sagte Fritz, denn Philipp hatte ihm beigebracht, Spuren zu lesen. Er ließ ihn auf seinem Pferd reiten und zeigte ihm, wie man ohne Angel Fische am Fluss fing. All das, obwohl er kaum Freizeit hatte und Feli sich schon wunderte, ob er überhaupt jemals schlief.

Kurzum: Alle mochten Philipp. Und Philipp mochte alle außer Feli, und genau das war es, was sie nicht verstand. Was war an ihr so anders? Warum war sie die Ausnahme?

Eines Abends wagte Feli es am Feuer, sich über Philipp lustig zu machen. »Keine Zeit«, imitierte sie seine lässige Art, ihrer Mutter eine Abfuhr zu erteilen, wenn diese ihm mal wieder eine warme Mahlzeit, Kaffee oder auch nur ein Glas Limonade angeboten hatte.

»Sprich nicht so von ihm. Philipp ist mir eine große Hilfe«, wies ihr Vater sie für seine Verhältnisse ungewöhnlich streng zurecht. »Und das, obwohl er mit der Arbeit auf der Ranch seines Vaters kaum hinterherkommt.«

Philipp half ihrem Vater, Bretter zuzuschneiden, das Dach neu zu decken, alte Möbel zu Brennholz zu verarbeiten, Regenrinnen zu richten, den Wasserspeicher zu überprüfen oder neue Leitungen zu legen. Außerdem hatte er ein Bewässerungssystem ausgetüftelt. Angeordnet wie ein Haarkamm führten Rohre Wasser vom Staudamm die Orangenbaum- und Gemüsereihen entlang. Das Raffinierte war, dass diese Rohre geöffnet und geschlossen werden konnten, je nachdem wie durstig die Bäume und Pflanzen waren. Er war also nicht nur schlau, sondern auch fleißig, prinzipiell also ein guter Kerl. Niemand konnte nachvollziehen, warum Feli ein Problem mit Philipp hatte. Sie sahen nicht, dass eigentlich er es war, der ein Problem mit ihr zu haben schien.

»Ich will damit nur sagen, dass er verschlossen ist«, verteidigte Feli sich.

Fritz und ihre Mutter hatten an diesem Abend Abwaschdienst

und machten sich mit dem schmutzigen Geschirr nach drinnen auf. Ihre Eltern waren ein sehr fortschrittliches Ehepaar. Es herrschte das Prinzip der Gleichheit, was bedeutete, dass auch ihr Vater in der Küche zu helfen oder die Wäsche an die Leine zu hängen hatte. Immerhin erledigten seine zwei Frauen ja auch Männerarbeit, wenn sie Bretter schleppten.

Ihr Vater legte noch etwas Holz ins Feuer. Rotgoldene Funken explodierten und stiegen dann in Zickzackbahnen in die Höhe. Die Nächte hier waren so viel dunkler als in München, der Sternenhimmel so viel klarer.

Er rieb sich über seinen Bart, den er sich, seit er hier lebte, wachsen ließ, und sagte schließlich: »Philipp ist nicht verschlossen. Er ist nur zurückhaltend.«

»Zurückhaltend?« Feli dachte an diesen einen seltsamen Moment, als sie im Schatten der Scheune gesessen hatte. Staub hatte auf ihrer verschwitzten Haut geklebt, sogar auf der Zunge hatte sie ihn geschmeckt. Sie hatte ein kleines Gemüsebeet angelegt und Kartoffeln gesetzt, den ganzen Tag schon, Kartoffeln, Kartoffeln, Kartoffeln, Loch graben, Kartoffel hineinlegen, Erde drauf, andrücken, bewässern, graben, drücken, graben, drücken.

Auf einmal hatte Philipp vor ihr gestanden. Sie hatte zu ihm aufgeblinzelt.

»Ich brauche nur kurz eine Pause«, hatte sie gesagt und sich noch im selben Moment geärgert. Sie musste sich ja nicht vor ihm rechtfertigen, aber er sollte auch nicht glauben, ihr wäre schon nach ein paar Tagen alles zu viel.

»Hier«, hatte er gesagt und ihr eine Flasche Wasser gereicht. »Sonst kippst du noch um.«

»Wäre dir das nicht eigentlich recht? Dann wärst du mich los.«

»Und wer erledigt dann deine Arbeit?«

War das ein flüchtiges, freches Schmunzeln gewesen?

Feli hatte getrunken, ihm die Flasche gegeben und dann noch einmal daraus getrunken.

»Frisch vom Fluss«, hatte er gesagt.

»Du warst wieder am Wasserfall?«

Er hatte zögerlich genickt, so als hätte er geahnt, welche Frage sie nun stellen würde.

»Darf ich das nächste Mal mit?«

»Zu gefährlich.«

Darauf war sie vorbereitet gewesen. »Wie soll ich mich hier jemals zurechtfinden, wenn …«

»Nicht heute.«

Es hatte sie getroffen. Seine knappe Art, mit ihr zu sprechen. Dass er sich nicht mal die Mühe machte, Ausreden vorzuschieben, sondern sie einfach so abfertigte. Es traf sie, dass er ihr nicht die Chance gab, ihm zu beweisen, dass sie es wert war. Noch nie hatte sie Schwierigkeiten gehabt, jemanden für sich zu gewinnen. Vor allem Männer schenkten ihr für gewöhnlich viel Aufmerksamkeit.

Doch wollte er sie am Ende gar nicht verletzen, sondern war er wirklich nur zurückhaltend?

»Gib ihm eine Chance«, sagte ihr Vater.

»Er sollte wohl eher mir eine Chance geben«, erwiderte sie.

Sie spürte, dass ihr Vater sie aufmerksam ansah, tat aber so, als würde sie es nicht bemerken.

Sie strengte sich an. Versuchte Philipp mit banalen Fragen in Gespräche zu verwickeln. *Wie gefällt dir dein Studium? Und in deiner Freizeit, was machst du da so?*

»Gut«, antwortete er. Und: »Ich habe keine Freizeit.«

Sie versuchte ihn mit anspruchsvollen Fragen in Gespräche zu verwickeln. *Vermisst du Deutschland? Hast du schon immer davon geträumt, irgendwann die Molkerei zu übernehmen?*

Dann sah er sie nur an, mit diesem Blick, der alles sagte und nichts und der sie jedes Mal innerlich zusammenzucken ließ.

Sie gab ihre Bemühungen auf und spielte die Gleichgültige. *Wie du willst, Philipp Licht, dann halt nicht.* Wenn er sich doch mal dazu herabließ, abends mit ihnen am Lagerfeuer zu sitzen, dann sprach sie mit allen, nur mit ihm nicht.

Sie ertappte sich dabei, wie sie ihn beobachtete. Wie er abends über das Feld ritt und die Gesundheit der Pflanzen prüfte. In der Molkerei, wenn ihm die Mittagssonne zu heiß wurde, zog er seine Weste aus und knöpfte sein Hemd auf, manchmal bis zum Bauchnabel. Dann lag ein V-förmiger Teil seiner Haut frei. Wenn er an den Fluss ging, der direkt am Grundstück der Lichts vorbeilief, wenn er dort sein Hemd von den Armen streifte und sich seine Muskeln am Rücken hervorhoben, dann gab sie vor, ganz und gar ins Schlagen der Butter vertieft zu sein. Seine Arme waren gebräunter als der Rest seines Oberkörpers, das faszinierte sie. Diese innere Aufregung, wenn er zusagte, mit ihnen zu Abend zu essen, und diese Erleichterung, die doch eigentlich Enttäuschung war, wenn er es doch wieder nicht schaffte. Nicht er war mehr das Rätsel. Feli war sich selbst zum Rätsel geworden.

Doch je länger Feli ihn beobachtete, desto sicherer war sie: Philipp hatte ein Geheimnis.

Oft, wenn er sich von ihrem Vater verabschiedete, sagte er, er müsse jetzt »seinen Dingen nachgehen«. Vielleicht ritt er nach Arquata, dem nächstgelegenen Ort, aber was sollte er dort wollen? Das kleine Nest hatte nicht viel zu bieten. Die Southern Railroad Company hatte versucht, dort Fuß zu fassen, es jedoch wieder aufgegeben. Erst waren die Gleise von starkem Regen geflutet worden, und dann war das Geld für den Weiterbau ausgegangen. Die wilde Natur eroberte sich langsam ihr Land zurück, doch an manchen Stellen tauchten noch immer geisterhafte Schienen unter

Sand oder trockenem Gebüsch auf. Es gab ein »Fire Department«, das auf Initiative der Einwanderer gegründet worden war und vor allem im Sommer, wenn es trocken und heiß war, fast jeden dritten Tag zum Einsatz gerufen wurde. Als vor ein paar Monaten der Saloon eines Nachts lichterloh in Flammen gestanden hatte, hatten die Feuerwehrleute jedoch nicht mehr machen können, als die umliegenden Häuser zu schützen. Die Gerüchte, die sich um den Brand rankten, waren vielfältig. Rache, weil der Saloonbesitzer von jemandem Geld eingefordert hatte, bis hin zu einer wütenden Ehefrau, die es satthatte, dass ihr Mann jede Nacht dort all ihr Erspartes versoff. Die Männer tranken ihren Whiskey nun zwangsweise im Hotel, das mit den hellblau gestrichenen Fensterläden und den weißen Korbstühlen auf der Veranda einen sehr ordentlichen Eindruck machte. Dort musste man sich benehmen, deshalb ritten einige von ihnen bis nach Los Angeles, wo der Alkohol ohnehin billiger war. Gut für Feli, denn dieses Hotel sollte der Ort werden, an dem sie sich mit ihren Freundinnen, die sie hoffentlich an der Universität finden würde, nachmittags zu Kaffee und Kuchen treffen wollte.

Zu guter Letzt gab es noch den *Verein zur Bewahrung der Kultur*, dessen Ziel es war, auch die letzten Indianerstämme zu verdrängen. In keiner dieser Einrichtungen konnte Feli sich Philipp vorstellen. Was also machte er?

Ihr Vater wusste mehr, denn er begleitete Philipp hin und wieder, ohne ein Wort darüber zu verlieren. Wie sollte sie ihn danach fragen, ohne dass er etwas in ihr gesteigertes Interesse hineininterpretierte?

»Ich würde Philipp gerne etwas Arbeit abnehmen«, sagte sie eines Morgens zu ihrem Vater, als sie Haferbrei und Kaffee in der Küche frühstückten. Noch immer waren die Schränke mit Planen abgedeckt, um sie vor dem Baustaub zu schützen. »Wo reitet er denn nachmittags manchmal hin? Vielleicht könnte ich ihn begleiten. Dann würde ich auch mal etwas anderes sehen.«

Ihr Vater lehnte sich in seinem Stuhl zurück und legte die Hände auf seinen Bauch, ein geheimnisvolles Lächeln umspielte seinen Mund. Er durchschaute sie. »Ich finde, du solltest ihn selbst danach fragen.«

Das tat sie natürlich nicht. Sie zog es vor, ihn heimlich zu beobachten. Zwei Tage später verfolgte sie, wie Philipp, ausgerüstet mit einem Spaten und einem vollen Leinensack über der Schulter, dem Weidefeld entgegensteuerte, das die Lichts besaßen. Wie immer war sein Gang ruhig, doch zweimal warf er einen Blick über die Schulter, und das machte ihn verdächtig. Er sah Feli nicht, die im Stall eines der Kälbchen streichelte, aber sie sah ihn.

Feli hatte davon gehört, dass Leute ihr Geld und ihren Schmuck vergruben, aus Angst, jemand würde sie bestehlen. War es das, was Philipp vorhatte? Doch woher sollte er Geld haben?

Das Feld lag an einer leichten Steigung, hinter der Philipp verschwand. Vielleicht hatte Feli zu viele von Fritz' Detektivromanen gelesen. Jedenfalls konnte sie dem Drang, herauszufinden, was Philipp heimlich trieb, nicht widerstehen.

Am nächsten Tag, als sie Gewissheit hatte, dass Philipp ihrem Vater aushalf, erklomm sie den Hang. Hinter dem Hügel wuchsen hohe Kakteen wie ein natürlicher, quadratischer Zaun, wie Wächter über Philipps Geheimnis. *Du bist hier unerwünscht*, schienen sie zu sagen.

Aber Felis Neugier war entfesselt, denn zwischen den Kakteen hindurch leuchteten bunte Farben. Sie suchte nach einem Eingang, doch es schien keinen zu geben, und das machte das Geheimnis, das hinter diesem Zaun lag, noch reizvoller. Sie vermutete, dass Philipp das Grundstück durch die kleine Hütte betrat, die direkt daran anschloss, doch die Tür war abgesperrt. Davor ragte ein rosa blühender Baum in die Höhe, der wie ein Leuchtturm in dieser recht eintönigen Gegend wirkte.

Als Feli es wagte, durch eine größere Lücke am Boden zu robben, griffen die Nadeln der Kakteen nach ihrem Kleid und kratzten ihr die Haut auf.

Das, was sich ihr dann zeigte, verschlug ihr die Sprache. Sie befand sich in einer Oase mitten im Nirgendwo. Ein geheimer Garten, ein bunt blühender Traum. Leuchtend gelbe Sonnenblumen, himmelblaue Lupinen, dunkelrote Rosen … und das waren nur die Pflanzen, deren Namen Feli kannte!

Auf den ersten Blick schien der Garten ohne System zu sein, doch als Feli dem schmalen Weg folgte, der hindurchführte, erkannte sie, dass Philipp ein Bild komponiert hatte. An der Hütte wucherte ein Wildrosenbusch, dessen Gezweig überging in einen blühenden Schlehenbaum mit winzigen, rosafarbenen Blüten. Im Zentrum des Gartens schimmerte es bläulich, und Feli glaubte erst, Philipp hätte einen kleinen Teich angelegt. Aber es war ein Beet aus filigranen Blumen, die so dicht aneinanderdrängten, dass sie eine flaschenblaue Einheit bildeten. Wenn der Wind die winzigen Köpfe bewegte, glitzerten sie wie Wasser. Sie wurden umrahmt von duftenden Salbei- und Rosmarinbüschen, die heranwuchsen zu einem Eukalyptusstrauch. Vom Fluss, der nicht weit entfernt war, hatte er eine Wasserleitung hierhergelegt, in der es friedvoll plätscherte.

Es war ein Garten, wie ihn nur ein sanftmütiger, liebevoller Mensch schaffen konnte. Konnte es wirklich sein, dass Philipp hinter diesem märchenhaften Werk steckte? Dieser wortkarge, abweisende Mann? Sie würde wohl nie aus ihm schlau werden.

Feli behielt das Geheimnis um Philipps Garten für sich. Offenbar wollte er nicht, dass – abgesehen von ihrem Vater vielleicht – jemand davon wusste. Außerdem stimmte sie der Gedanke zufrieden, dass sie eine der wenigen war, die diese Seite an ihm kannte. Es war ihr, als hätte sie sich ihm dadurch nähergebracht, was natürlich Unsinn war. Er ahnte ja nicht einmal etwas davon, dass sie ein Geheimnis teilten.

Wenn Feli bei Prince war, spürte sie oft genug Philipps Blick auf sich.

»Vor mir musst du keine Angst haben«, sagte sie zu dem scheuen Tier. »Ich bin gut zu dir.«

Dann kam der Tag, an dem Prince sich ihr das erste Mal näherte. Wie üblich verbrachte sie ihre Mittagspause auf der Koppel und teilte ihren Apfel mit einem Messer in vier Schnitze, als sie seinen dunklen, kraftvollen Pferdekörper aus dem Augenwinkel wahrnahm. Feli blieb ganz ruhig. Prince scharrte mit den Hufen, kam ein Stück näher, sein Schweif schlug hin und her, er kam noch näher, ein aufgeregtes Schnauben, und auf einmal stand er vor ihr.

»Feiner Junge«, sagte sie leise. Langsam, ganz langsam streckte sie die Hand aus, auf der ein Apfelschnitz lag.

Er schnupperte erst an ihr, ehe er das Stück mit den Lippen von ihrer Hand las und davontrabte. Feli spürte einen Blick auf sich ruhen. Philipp stand hinter ihr. Er hatte den Hut abgezogen.

»Siehst du«, sagte sie zu ihm. »Es ist gar nicht so unmöglich, mich zu mögen.«

Er setzte den Hut wieder auf, doch es war zu spät. Sie hatte das kleine Lächeln gesehen.

Es gab eine goldene Regel hier auf dem Land, und die lautete, dass man einander unterstützte. Sie war in etwa so wichtig wie die Regel, dass es hier keine Nachnamen gab und niemand anzuklopfen brauchte, sondern einfach eintreten durfte. Oder dass man sonntags in der Kirche zu sein hatte. Mein, dein, sein wurde zu einem großen Unser, sodass Feli einmal bei ihrer Mutter spitz anmerkte, weshalb sie die Farm nicht einfach direkt neben die Licht-Ranch gebaut hatten, dann würden sie sich das nervige Hin und Her sparen. Bei allem Sarkasmus mochte Feli diese Einstellung dennoch.

Jeder half dort, wo er am nötigsten gebraucht wurde, deshalb trieb Philipp größtenteils die Renovierungsarbeiten an der Farm voran.

Zwei Wochen nach ihrer Ankunft sagte ihr Vater beim Nachmittagstee auf der Veranda zu Feli: »Du hilfst Henrietta und Albrecht bitte morgen früh beim Melken.«

»Gut, und wann?«

Er schlug die Zeitung auf, versank in den Schlagzeilen und sagte mehr nebenbei: »Um sechs Uhr solltest du dort sein.«

»Ist das dein Ernst?« Vielleicht war das nur eine Neckerei, gleich schon würde er sagen: *Reingelegt, um zehn geht's los, schlaf ruhig aus.*

Er sagte es nicht.

Sechs Uhr. Kühe melken. Milch in Flaschen füllen. Austragen. Auf einem rostigen Fahrrad quälte Feli sich tagtäglich den Hang hinauf, während die mit noch euterwarmer Milch gefüllten Flaschen in den zwei Körben – einer vorne, einer hinten – klapperten. Die Berge thronten in ihrem Rücken, eine rußschwarze Masse, die langsam blasser wurde und bald die Farbe des Rauchs hatte, der sich von den Frühstücksfeuern der Tagelöhner erhob. Sie wärmten Kaffee und Milch darauf, ein köstlicher und qualvoller Duft.

Henrietta hatte ihr genau erklärt, an welche Häuser sie die Milch liefern sollte. Bald schon kannte Feli die Gesichter. *Guten Morgen, Ms Austin, was macht Ihr Schwindel? Sie sehen besser aus heute. Oh, wie schön! Ihre Enkel sind wieder zu Besuch!*

Wenn sie den Hang dann mit leeren Körben hinabrollte, war sie ganz versöhnt mit der Arbeit, dann sprudelte sie vor Energie und atmete tief die würzige, trockene Luft ein. Kräftig trat sie in die Pedale, schoss den staubigen Weg hinab, vorbei an der Kirche und dem Zeitungshändler, dessen Zeitungen flatterten, so dicht sauste sie an ihm vorbei, und sie breitete die Arme aus und wusste, dass das hier – die Sonne auf ihrem Gesicht, obwohl doch erst Februar war, die schmerzhaft schöne Natur, dieses unglaubliche Gefühl der Freiheit – dass all das, dass all die Arbeit es wert war.

Das also war von jetzt an ihr Leben. Sie fragte sich, wie es sein konnte, dass es sie glücklich und traurig zugleich machte.

6

Schon bald wurde Fritz in die Schule geschickt, was ihm gar nicht gefiel. Er wollte viel lieber seinem Vater bei den Renovierungsarbeiten auf der Farm helfen. In der ersten Woche begleitete Feli ihren kleinen Bruder jeden Morgen bis zum Eingang des Schulgebäudes und wartete, bis er hinter der hohen Flügeltür verschwunden war. Mittags holte sie ihn wieder ab. Ihre Mutter schob vor, sich darum kümmern zu müssen, dass etwas Warmes auf dem Tisch stand, wenn sie wieder nach Hause kamen. Aber Feli vermutete, dass sie Angst davor hatte, in die für sie unglückliche Lage gebracht zu werden, Englisch sprechen zu müssen.

Eine seltsame Melancholie erfasste Feli jeden Morgen, wenn sie sah, wie die Freunde, die Fritz zum Glück recht schnell gefunden hatte, auf ihn warteten und ihre mit Büchern und Heften gepackten Rucksäcke in der Schule verschwanden. Sie glaubte, sie wäre einfach sentimental, weil ihr kleiner Bruder inzwischen schon so groß war. Als wäre es gestern gewesen, erinnerte sie sich daran, wie ihr Vater ihn ihr einst in die Arme gelegt hatte, als Fritz auf die Welt gekommen war. Wie klein er gewesen war …

Immer leichter fand diese Melancholie zu ihrem Herzen Zugang, als sei ein Muskel, der sie bisher vor dieser Schwere bewahrt hatte, ausgeleiert. Einmal verbrachte sie den ganzen Nachmittag damit, eines der Felder mit Kuhmist zu düngen. Natürlich war die

Arbeit ekelerregend, und selbst nach einer Stunde hatte sie sich noch immer nicht an den Gestank gewöhnt. Aber das, was ihr Herz schwer werden ließ, war nicht die Arbeit an sich. Es war die Tatsache, dass sie niemandem ihr Herz ausschütten konnte. Sie hatte keine Freundin, bei der sie darüber schimpfen konnte, dass ihr Haar noch immer nach Kuhmist stank, obwohl sie es zweimal mit Lavendelseife gewaschen hatte. Gut, sie hatte Anton, aber der hatte noch die Eierschalen hinter den Ohren und interessierte sich außerdem nicht für solche Dinge.

Mit jedem Tag, der verging, wurde dieses Gefühl schlimmer, sodass sie manchmal nicht schlafen konnte. In den feinen Münchner Gärten oder auf den Seegrundstücken in Starnberg hatte ihr Vater Kirschbäume gepflanzt und Buchsbaum in Form gebracht. Wie hatte er das gegen diese Art von Arbeit tauschen können? Außerdem war Februar, es hatte zu schneien. Stattdessen schien diese unerbittliche Sonne.

»Hast du dich an der Universität eingeschrieben?«, fragte ihr Vater sie eines Morgens.

Das reizte sie. Wer dann all die Arbeit erledigen würde, wenn sie an der Uni wäre, fragte sie ihn.

»Lass das mal meine Sorge sein«, sagte er und tätschelte ihre Hand. »Ich will nur, dass du glücklich bist. Du sollst nicht auf etwas verzichten, nur weil dein verrückter Vater nach Kalifornien auswandern wollte.«

»Es ist ohnehin zu spät, um sich einzuschreiben. Das Semester läuft doch schon längst.«

»Na und?«, erwiderte ihr Vater. »Hält dich das wirklich auf? So kenne ich dich ja gar nicht.«

»Ich darf doch nicht mal alleine ausreiten! Wie soll ich denn nach Los Angeles kommen?«

»Aber jemand könnte dich begleiten. Ich bitte Philipp darum.«

Philipp. Immerzu Philipp, Philipp hier, Philipp da …

Wie bereits zu erwarten gewesen war, war der nicht gerade begeistert von der Bitte ihres Vaters. Er könne Felis Bewerbung auch alleine nach Los Angeles bringen. Oder Minho könne sie fahren …

Der Chinese sprach noch weniger als Philipp. Eigentlich sprach er kein Wort, wenn sie gemeinsam auf den Feldern arbeiteten. Er aß auch allein und ging früh ins Bett. Nachts schlief er in einer Hängematte unter freiem Himmel, obwohl ihr Vater ihm eine Matratze in der Scheune angeboten hatte. Wenn die Farm renoviert war, würde er bei ihnen sein eigenes Zimmer bekommen. Die Vorstellung, dass Minho in ihrem Zuhause leben würde, behagte Feli nicht. Er war ihr unheimlich. Sie wusste, dass ihre Mutter ebenso empfand, nur war sie zu wohlerzogen, dies zu äußern. »Er stammt nun einmal aus einer anderen Kultur«, wich sie diplomatisch aus. Das hatte Feli anfangs ja auch noch spannend gefunden. Sie hatte sogar versucht, ihm ein paar deutsche Wörter beizubringen. Aber er hatte sie immer nur angeguckt, mit seinen fast schwarzen Augen, und dann langsam den Kopf geschüttelt.

»Es tut euch beiden ganz gut, wenn ihr mal hier rauskommt«, meinte ihr Vater, zwinkerte Philipp und Feli zu und ging dann summend davon, als wäre er völlig zufrieden mit sich und der Welt.

»Dann mache ich mal den Wagen startklar«, seufzte Philipp.

»Ich kann reiten.« Sie versuchte denselben gleichgültigen Blick aufzusetzen, den er ihr gegenüber immer hatte. *Was auch immer du von mir hältst, interessiert mich nicht.*

Er sah nicht überzeugt aus. »Wie du meinst«, sagte er jedoch und verschwand in der Scheune, um einen Sattel zu holen. Kalkulierte er damit, dass sie es mit der Angst bekam, wenn sie vor einem der Pferde stand?

Als er auf die weiße Stute zusteuerte, hörte sie sich selbst sagen: »Ich würde gerne Prince nehmen.« Sie wollte sich beweisen. *Alles auf eine Karte, lassen wir es darauf ankommen.*

»Das wäre verrückt«, sagte er. »Das lasse ich nicht zu.«

»Warum nicht? Er ist ein Pferd, und ich würde ihn gerne reiten.«

»Nur weil du vielleicht ein-, zweimal auf einem Pferd gesessen hast, heißt das nicht, dass du reiten kannst.«

Darauf ging sie gar nicht erst ein. Sie nahm ihm den Sattel aus der Hand und hängte ihn über den Zaun. *Du kannst gehen, ich schaffe das hier allein.*

Auf einmal packte er sie am Oberarm. »Ich werde ganz sicher nicht zulassen, dass dir etwas passiert.«

Damit hatte sie nicht gerechnet. Sie mochte es, wenn er ihr so tief in die Augen sah, als würde er versuchen, bis zu ihrer Seele vorzudringen. Das waren die Momente, in denen er hinter seine Fassade blicken ließ. *Endlich, endlich bin ich auch an der Reihe.* Selbst wenn sie ihn dafür erst aus der Reserve locken musste.

»Vertrau mir«, sagte sie.

Er zögerte, schüttelte dann den Kopf und ließ von ihr ab. »Wenn du dir unbedingt das Genick brechen willst, nur zu.«

Prince scharrte unruhig mit den Hufen, als sie sich ihm näherte. Sie sprach mit ihm, und das beruhigte ihn. Er ließ es zu, dass sie ganz langsam die Hand nach ihm ausstreckte und an seinen Hals legte. »Du kennst mich doch inzwischen«, sagte sie sanft.

Vorsichtig nahm sie den Sattel vom Zaun. Es kostete sie all ihre Kraft, ihn auf den Rücken des Hengstes zu wuchten. Er wieherte und schreckte zurück, jedoch nur ein kleines Stück. Feli schloss daraus, dass er ihr noch eine Chance gab. Erleichterung, aber auch Erstaunen durchströmten sie, als sie den Sattelgurt befestigt hatte. Da erst merkte sie, dass sie gar nicht damit gerechnet hatte, dass Prince sie so weit vordringen lassen würde.

»Feli …« Das erste Mal hörte sie ihren Namen aus Philipps Mund. Es war ungewohnt. Aber es gefiel ihr.

Als kleines Mädchen hatte Feli Reitunterricht genommen, und auch während ihres Studiums hatte sie, wann immer sie die Zeit gefunden hatte, die Pferde des nahen Hofes besucht und war hin und wieder mit ihnen ausgeritten. Sie wusste mit Pferden umzugehen.

Sie stellte einen Fuß auf den Steigbügel. »Ich zähle bis drei«, sprach sie mit ruhiger Stimme zu dem Hengst. »Eins, zwei … drei.«

Sie hatte bereits damit gerechnet, dass er steigen würde, deshalb reagierte sie schnell und hielt sich am Sattel fest. »Ruhig«, sagte sie, wieder und wieder. Er wehrte sich, sprang, und kurz glaubte sie, sie würde zu Boden stürzen.

Prince verfiel in einen leichten Trab. Schließlich blieb er stehen. Felis Herz schlug wie verrückt. Sie zitterte sogar leicht, aber sie wollte nicht, dass Philipp das bemerkte, und setzte deshalb ein strahlendes, selbstsicheres Lächeln auf. *Siehst du, wusste ich's doch.*

»Ich denke, wir können dann los«, rief sie Philipp zu.

Auf seinem Gesicht war Unglaube abzulesen. Doch dann schmunzelte er auf einmal und schüttelte dabei fassungslos den Kopf. »Gut«, sagte er. »Sehr gut …«

Auf dem Weg nach Los Angeles sprachen sie kaum ein Wort miteinander, aber das störte Feli nicht. Sie war zufrieden mit sich und der Welt.

Inzwischen war die Veranda fertig. Feli genoss es, dort die Abende mit ihrem Vater zu verbringen, wenn ihre Mutter und Fritz bereits zu Bett gegangen waren. Manchmal sprachen sie miteinander, manchmal lauschten sie einfach nur dem Zirpen der Grillen, freuten sich an der Nacht und hingen jeder für sich ihren Gedanken nach.

Wie üblich trank ihr Vater auch an diesem Abend Kamillentee und hatte ein Buch über Pflanzenkunde auf seinem Schoß liegen. Er wurde nie müde, seinen Horizont zu erweitern, was vermutlich auch einer der Gründe gewesen war, sein sicheres Nest in Bayern zu verlassen. Dicke Kerzen standen auf dem Gerüst der Veranda. Ihr Licht lockte ein paar Falter an.

Feli setzte sich neben ihn in den breiten Schaukelstuhl. Eine Weile lang schwiegen sie. Wie jeden Abend leuchtete das grünliche Licht in der Ferne, dort, wo Albrecht und Henriettas Ranch lag.

»Erzähl mir, wie es dir geht«, sagte ihr Vater und zündete sich eine Zigarette an, die letzte, die er sich an diesem Tag gönnte. Als würde nun der angenehme Teil des Abends beginnen, schlug er die Beine übereinander und rutschte in der Schaukel ein Stück tiefer.

Wie ging es ihr? Sie freute sich darauf, dass ihr Studium im nächsten Halbjahr begann. Das sonnige Wetter gefiel ihr. Sie sprach davon, dass Prince sich an sie gewöhnt hatte. Mit ihm würde sie nach Los Angeles zur Universität reiten – eine Vorstellung, die ihr gefiel. Und sie konnte den Fastenball kaum erwarten, der in ein paar Tagen zu Beginn der vorösterlichen Fastenzeit gefeiert werden würde.

»Vermisst du dein Zuhause?«

Mit jedem Tag mehr. »Manchmal«, antwortete sie.

Es dämmerte Feli, dass ihr Vater auf etwas Bestimmtes hinauswollte. Sie merkte es an den Fragen, die er ihr stellte. *Und die Leute hier? Kommst du gut mit ihnen klar? Hast du Freunde gefunden?* Es waren Umwege, die er nahm, aber dann auf einmal lauerte das, worauf er hinauswollte, hinter der nächsten Ecke.

Er machte eine kleine Pause und nahm einen langen Zug an seiner Zigarette. Dann: »Und Philipp?«

»Philipp ist Philipp«, wiederholte sie Antons kryptische, wenig aussagekräftige Worte, aber bemühte sich, sie klingen zu lassen, als würden sie alles ausdrücken. Ihr Vater hielt viel von ihm, weshalb Feli nicht schlecht über ihn reden wollte.

»Philipp und du«, setzte ihr Vater an, doch er ließ die Worte in der Schwebe. So machte er das oft. Er begann einen Satz und schwieg dann. Es war eine Anregung nachzudenken. Eine Art Rätsel, das er ihr aufgab, doch diesmal weigerte sie sich, es zu lösen.

Das spürte ihr Vater. »Ihr seid sehr unterschiedliche Charaktere«, half er ihr auf die Sprünge.

»Ich weiß nicht, wie er ist. Er spricht kaum mit mir.« *Nicht, dass mir das etwas ausmachen würde*, sollte ihr beschwingter Tonfall bedeuten, aber ihr Vater war zu klug, um sich von ihr täuschen zu lassen.

»Würdest du dir wünschen, dass er mehr mit dir spricht?«

Es schien, als wäre ihr Vater etwas auf der Spur, und davon wollte sie ihn fortlocken. »Es würde den Alltag mit ihm leichter machen. Aber ich zwinge niemandem meine Freundschaft auf. Wenn er mich nicht leiden kann, akzeptiere ich das.«

»Hast du das Gefühl, er sei ein unrechter Kerl?«

Nein, das hatte sie nicht.

Ihr Vater strich sich mit Daumen und Zeigefinger über den Bart, in dem die ersten grauen Strähnen zu finden waren. »Du trägst ein solches Lauffeuer in dir«, sagte er. »Das ist beneidenswert, denn das macht dich zu einem besonders lebendigen Menschen. Aber die meisten Menschen sind langsamer als du. Oder vorsichtiger.« Ihr Vater klopfte die Zigarettenasche in das Tongefäß auf seinem Schoß und richtete den Blick auf das grüne Licht.

»Ich soll Philipp also Zeit lassen?«

»Du sollst versuchen, ihn zu verstehen. Philipp schleppt etwas mit sich herum, wie ein Fisch einen Angelhaken. Je weiter er schwimmt, desto tiefer reißt der Haken ein. Ich befürchte, er schafft es nicht allein, den Haken zu lösen. Stattdessen legt er sich um die Wunde herum eine Rüstung an. Je mehr Zeit vergeht, desto härter wird die Rüstung und desto schwerer wird es, zu ihm durchzudringen.«

Sie sah ihren Vater an. Seine Offenheit entwaffnete sie. Worauf wollte er nur hinaus?

»Philipp reagiert auf dich in besonderer Weise«, fuhr er fort.

Feli wollte erwidern, dass das wohl sehr euphemistisch ausgedrückt war, aber ihr Vater fuhr schon fort. »Du scheinst etwas in ihm zum Schwingen zu bringen und erreichst ihn offenbar an einer Stelle, zu der bisher kein anderer vorgedrungen ist.«

Sie schüttelte den Kopf. »Ich bin mir da nicht sicher …«

»Ein Versuch ist es zumindest wert, nicht wahr?«

Johann drückte seine Zigarette im Aschenbecher aus, erhob sich aus dem Schaukelstuhl und wünschte ihr eine gute Nacht.

7

Sie zog das rote Kleid an. Fatalrot, so nannte sie die Farbe. Ein Rot, das Aufmerksamkeit verlangte. Feli liebte dieses Rot.

Hoffentlich würde es von ihrem Haar ablenken, das von Sonne und Staub wie Stroh war. Außerdem hatte sie Augenringe, weil sie nicht sonderlich gut schlief. Ihre Hände waren rau, die Nägel abgebrochen. Summa summarum war es gar nicht mehr so schlimm, dass der am Wellblech angebrachte Spiegel so klein war. *Danke, das genügt.*

»Fast wie früher«, sagte ihre Mutter, als sie ihr etwas von dem duftenden Öl in das frisch gewaschene Haar massierte.

Wenn Feli die Augen schloss und sich nur darauf konzentrierte, wie ihre Mutter ihr einen aufwendigen Zopf flocht, konnte sie tatsächlich für einen kleinen Moment glauben, sie wäre im Badezimmer der Münchner Villa. Waren es wirklich die Grillen, die unentwegt zirpten, oder war es nicht eigentlich das leise Surren der elektrischen Lampe? War es wirklich der würzige Duft der Steppe, oder waren es nicht eigentlich die Räucherstäbchen, die ihre Mutter entzündet hatte, um es gemütlicher zu machen? War es der Wind, der an dem Wellblech vorbeirauschte, oder war es das ferne Brummen der Automobile?

»Weißt du noch, wie ich dir früher jeden Tag die Haare mit diesen winzigen Rosenspangen hochstecken sollte?«, schwelgte ihre Mutter in Erinnerungen und lachte dabei, wie man nur lachen konnte, wenn man an etwas besonders Schönes zurückdachte. »Abends war deine Frisur immer ganz durcheinander, weil du so ein Wildfang warst. Trotzdem hast du jeden Morgen darauf bestanden, dass ich sie dir erneut hochstecke.«

Wie könnte Feli diese Zeit ihres Lebens nur vergessen? Nichts war je prägender gewesen. Alles hatte begonnen, als Feli zwölf Jahre alt war. Ihr Vater hatte sie in den Ferien mit zur Arbeit genommen, mit zu seiner reichen, feinen Kundschaft, deren Gärten er gestaltete. Er hatte ihr beigebracht, Blumenbeete anzulegen, Obstbäume zu schneiden und Rosen auf den Winter vorzubereiten.

Eines Tages, im Frühling, hatte Feli unter einer Allee blühender Apfelbäume das erste Mal die Klingenberg-Töchter gesehen. Herr Klingenberg war Juwelier und Besitzer von Filialen in München, Paris und Mailand. Seine wertvollsten Schmuckstücke waren jedoch seine drei Töchter, die in Felis Alter waren. Wie vom warmen Sommerwind getragen, waren die drei Elfengestalten durch den Garten getänzelt, in leuchtend weißen Kleidern mit seidigen Spitzen und Rosetten.

»Träumst du?«, hatte ihr Vater Feli gefragt, weil sie vor Verzückung ganz vergessen hatte, dass sie eigentlich dabei war, den Buchsbaum in Form zu bringen.

Ja, sie hatte geträumt. Sie hatte davon geträumt, eines Tages eine solche Märchengestalt zu sein wie die drei Schwestern. Von diesem Tag an hatte Feli ihren Vater regelrecht angebettelt, sie mitzunehmen, wenn er wieder im Garten der Klingenbergs arbeitete. Sie hatte gelauscht, wenn die drei über bevorstehende Bälle geplaudert hatten oder darüber, dass sie wie Kaiserin Sisi ihr Haar mit einer Mischung aus Ei und Cognac pflegten. Feli hatte angefangen, ihre Hände jeden Abend in Milch zu baden und ihre Gesichtshaut mit Gurkenmasken zu pflegen.

Ihr Eifer hatte ihre Mutter stolz gemacht. »Komm, wir fahren in die Stadt und kaufen dir die schönsten Kleider, die wir finden«, hatte sie gesagt. Wie vermutlich jede Mutter hatte sie sich insgeheim gewünscht, dass ihre Tochter, wenn sie hübsch genug war, einen schönen, reichen und wohlerzogenen Mann fand, der ihr die Welt zu Füßen legte.

Eines Tages, inzwischen waren gewiss schon drei Jahre vergangen, hatte die älteste der Dreien schrecklich geweint. Ihr Vater hatte darauf bestanden, sie mit einem fast zwanzig Jahre älteren Baron zu verheiraten. Nach und nach waren auch die beiden jüngeren Schwestern einem Mann versprochen worden. Die Haarkuren, die feinen Kleider, der Perlenschmuck – all das war Feli mit einem Mal wie eine Vorbereitung erschienen. So wie man ein Schwein mästete, um es irgendwann zu schlachten.

Nicht mit mir, hatte sie sich gesagt, obwohl ihre Eltern ihr ohnehin niemals vorschreiben würden, wen sie heiraten sollte. Wenn sie sich hübsch machte, dann weil sie Lust darauf hatte und nicht, um eine gute Partie zu landen. Als sie sich nun für den Fastenball herrichtete, tat sie das ausschließlich für sich selbst.

Etwas Puder, nur ein Hauch von Rouge. Alles ganz natürlich. Korsett. Seidene Strümpfe, seidene Handschuhe. Schnürschuhe mit weißen Bändern. Ohrringe mit zartgrünen Steinen, auf die sie eine Ewigkeit gespart hatte. Zufrieden betrachtete sie sich im Spiegel. So könnte sie in die Münchner Oper gehen. Genau das ließ ihr Lächeln bröckeln. »So passe ich nicht hierher.«

»Nur weil du dich nicht anpasst, heißt das nicht, dass du nicht hierherpasst«, sagte ihre Mutter, legte den Zeigefinger unter Felis Kinn und hob es an. Ihre Blicke trafen sich im Spiegel. »Du bist nur einmal jung und schön. Du hast also alles Recht der Welt darauf, diese Zeit zu genießen und dich herauszuputzen, wenn dir danach ist. Und wer sagt, es schließe sich aus, tagsüber im Boden zu graben und abends zu strahlen, hat keine Ahnung. Beweise den Leuten hier das Gegenteil!«

Hatte Feli nicht etwas Ähnliches auch ihren Kommilitonen an der Universität beweisen wollen? Dass nicht automatisch jede Frau, die sich für ihre Rechte einsetzte, ein Mannsweib war? Dass sie dennoch weiblich und hübsch sein konnte?

»Du hast recht«, sagte sie. »Beweisen wir es ihnen.«

Minho brachte sie mit dem Einspänner nach Arquata.

»Du holst uns dann um Mitternacht ab, in Ordnung?«, sagte ihr Vater zu ihm. Minho nickte, schnalzte einmal mit der Zunge und trieb das Pferd wieder an.

»Armer Fritz«, sagte Feli, denn die heitere Musik, die aus dem Vereinsheim drang, war vielversprechend. Ihr Bruder war für diese Nacht in die Obhut von Henrietta und Albrecht gegeben worden. Er war noch zu jung, um sich die Nacht um die Ohren zu schlagen. Philipps Vater ging nicht gern aus, und deshalb war auch seine Frau zu Hause geblieben.

Die Dekoration des Vereinsheims war ... gewöhnungsbedürftig. Vom Bierfass auf der Veranda starrte ein Büffelschädel mitsamt Hörnern in Felis Richtung. Das goldene Licht einer Kerze flackerte aus den Augenhöhlen des Schädels heraus. Netter anzusehen waren das blumengeschmückte Wagenrad und der Balkon, um dessen Holzgeländer bunte Girlanden geschlungen waren.

Wahrscheinlich lag es daran, dass sie alle froh waren, einen Abend mal nicht am Lagerfeuer zu sitzen, jedenfalls turtelten ihre Eltern wie zwei frisch Verliebte. Felis Vater drehte ihre Mutter einmal und ließ sie dann zurückfallen, um sie sicher aufzufangen und zu halten. »Was bin ich nur für ein Glückspilz«, sagte er, und seine Augen glänzten vor Rührung. Er zog seine Frau an sich und schenkte ihr einen kleinen, liebevollen Kuss. »Ich bin mit den zwei schönsten Frauen Kaliforniens hier.«

»Du Schmeichler«, lachte ihre Mutter und hakte sich bei ihrem Mann ein. Sie sah wirklich großartig aus in dem graublauen Kleid aus Seidenatlas. Es hatte einen Manteau aus mit Pailletten verzierter Silberspitze und eine hochgesetzte Taille, die ihrer zierlichen Figur schmeichelte.

Doch es war vor allem das Fatalrot von Felis Kleid, das die Aufmerksamkeit auf sich zog. Zudem war es sichtlich kostbar, denn es war mit Seidenstickereien und venezianischer Spitze verziert. Zufrieden sah Feli, wie zwei Frauen die Köpfe zusammensteckten und offensichtlich über sie tuschelten. Es bedeutete nur, dass sie neidisch waren.

Die Bar bestand aus mehreren aneinandergestellten und mit Girlanden verzierten Tischen. Gitarre, Banjo, Fidel und Kontrabass sorgten für eine ausgelassene Stimmung. Die Leute tanzten und scherten sich nicht darum, wie sie dabei aussahen. Wann immer sie einander anrempelten, wurde nur umso lauter gelacht. Kurzum: Es war großartig. Ihre Mutter schien Felis Meinung nicht zu teilen, denn ihr Lächeln war angespannt. Sie wirkte eingeschüchtert vom Lärm und all dem Gedränge und nestelte unentwegt an ihrer Kette.

Natürlich war Philipp auch anwesend. Er winkte nur, denn er war gerade im Gespräch. Mit einer Frau. Seiner Freundin? Sie war keine typische Schönheit, hatte aber mit ihren großen, klugen Augen und der charmanten Zahnlücke einen besonderen Reiz. Das schien sie jedoch nicht zu wissen. Aus welchem Grund sollte sie sich sonst in diesem langweiligen braunen Rock und der formlosen Bluse verstecken? Die beiden Haarspangen trug sie allem Anschein nach nur, damit ihr keine Strähnen ins Gesicht fielen.

Sie sagte etwas, das Philipp zum Lachen brachte. Dieses Lachen versetzte Feli einen Stich. Ihr war es noch nicht gelungen, ihn derart zu erheitern.

»Willst du nicht zu ihm gehen und ihn begrüßen?«, fragte ihr Vater sie, der offensichtlich bemerkt hatte, dass Feli die beiden beobachtete.

»Wenn er mit mir sprechen will, dann kommt er schon«, erwiderte sie stur. Wenigstens brachte sie ihren Vater mit ihrem Kommentar zum Lachen. *Diese jungen Leute*, drückte sein anschließendes Kopfschütteln aus.

Das Lied endete, und ein Mann sprang auf die Bühne. Zu ihrem Leidwesen erkannte Feli, dass es Jerry war. Nur zu gut erinnerte sie sich daran, wie er sie einfach gepackt hatte und ihr sein alkoholschwerer Atem ins Gesicht geschlagen war. Er machte eine Geste, die nach und nach die Gespräche verstummen ließ. »Ich finde, jemand sollte an diesem Festtag ein paar Worte sagen, hab ich recht?!«

Seine kurze Rede war so dürftig wie die schale Zitronenlimonade, die ihr Vater Feli an der Bar geholt hatte, aber die Stimmung war so ausgelassen, dass sich daran niemand störte. »Bevor die Fastenzeit beginnt, wollen wir es uns noch mal richtig gut gehen lassen, nicht wahr?!«

Die Männer grölten. Als Jerry sein volles Whiskeyglas in die Höhe riss, hielten alle Anwesenden ihre Getränke ebenfalls in die Höhe.

»Wir sollten die Gelegenheit nutzen, um unsere neuen Freunde offiziell zu begrüßen.« Jerry deutete mit dem Glas auf ihren Vater. »Familie Schönberger aus München. Sagt alle Hallo zu Johann Schönberger … «

Ihr Vater zog den Hut vom Kopf und nickte freundlich in die Runde.

»... zu seiner reizenden Gattin Alice Schönberger ...«

Ihre Mutter hob angespannt die Hand.

»... und zu seiner überaus bezaubernden Tochter mit dem Namen Feli. Ihr kennt sie vielleicht schon. Oder besser gesagt das, was sie unter ihrem hübschen Kleid trägt.«

Feli versuchte, das allgemeine Lachen auf ihre Kosten mit Würde zu tragen, und knickste wie eine Theaterschauspielerin. *Jerry, so werden wir zwei gewiss keine Freunde*, dachte sie sich.

»Es wäre mir eine Ehre, der Erste zu sein, dem dieses junge Fräulein einen Tanz schenkt.«

Es war wie vor zwei Wochen am Bahnhof. Schon war er von der Bühne heruntergekommen und hatte sie gepackt. Widerstand zwecklos. »Musik!«, rief er.

Jerry wirbelte Feli herum, bis die Gesichter um sie nur noch bunte Schlieren waren. Sie sagte, ihr sei schwindelig, doch sein Griff wurde nur umso besitzergreifender.

Erst nach drei Liedern wurde Feli erlöst, denn auf einmal stand eine Frau neben ihnen. Ein Blick von ihr genügte, und Jerry ließ von Feli ab. Sie war schön, auf beeindruckende und Angst einflößende Weise zugleich. Schwarz wie Ebenholz war ihr Haar. Als Kind hatte Feli sich oft gefragt, wie diese Farbe aussah, als ihr Vater ihr aus Schneewittchen vorgelesen hatte. Jetzt wusste sie es. Ihre Haut war fast durchscheinend, ihre Lippen kirschrot. Aber all das war nicht der Grund, weshalb Feli nicht aufhören konnte, sie anzusehen. Es war der intensive Blick ihrer fast schwarzen Augen.

»Ich denke, mein Mann hat jetzt genug getanzt«, sagte sie, schenkte Feli ein gefährliches Lächeln und zog dann ihren Gatten von der Tanzfläche.

»Mit der legst du dich besser nicht an«, sagte eine hohe, dünne Frauenstimme hinter Feli.

Als sie sich umwandte, sah sie sich Philipps Freundin gegenüberstehen.

»Eva hasst Konkurrenz«, sagte sie und lächelte dabei entschuldigend, als würde sie sich dafür schämen. »Ich bin übrigens Anne. Freut mich, dich kennenzulernen.« Als Feli ihr ihren Namen nannte, nickte Anne aufgeregt. »Ich weiß. Seit zwei Wochen wohnt ihr hier, nicht wahr? Ihr habt die Farm neben den Lichts gekauft.«

Anne war also eine, die ganz genau Bescheid wusste.

»Ich bin eine Freundin von Philipp«, sagte sie, als erkläre das irgendetwas. »Und von Sam, der ja für euch arbeitet. Meine Eltern bewirtschaften eine Walnussfarm. Eva und Jerry betreiben eine Pferdezucht.«

»Ich bin dieser Eva eigentlich dankbar, dass sie mich von ihrem Mann erlöst hat«, scherzte Feli. »Ich wusste gar nicht, dass er verheiratet ist.«

»Jetzt weißt du es. Eva ist übrigens Philipps Schwester.«

Das war Philipps Schwester? Henrietta und Albrecht hatten hin und wieder etwas von ihr erzählt, aber Feli hatte sie sich ganz anders vorgestellt. So wie Henrietta, nur in jünger.

Anne genoss es offenbar, Feli mit etwas Klatsch und Tratsch zu versorgen. »Philipp kann Jerry nicht ausstehen.«

»Das«, sagte Feli, dachte an die Schlägerei am Bahnhof und zog dabei die Augenbrauen hoch, »ist mir allerdings auch schon aufgefallen.«

Zunächst guckten die Männer nur immer mal wieder verstohlen zu Feli herüber. Doch nachdem ein älterer Herr aus dem Ort es gewagt hatte, sie zum Tanzen aufzufordern, kam einer nach dem anderen an, sodass ihre Füße schon bald schmerzten. Die Tanzschritte waren ihr fremd, wobei von Tanzschritten eigentlich nicht die Rede sein konnte. Es war eher ein wildes »Mach einfach, wonach dir ist«. Feli fühlte sich wie eine Trophäe, die jeder mal anfassen wollte und die herumgereicht wurde. Zum Glück bemerkte Anton ihr Unwohlsein und nahm sie für die nächsten Tänze in Beschlag. In seiner Nähe fühlte sie sich wohl.

»Würdest du denn nicht lieber mit einem Mädchen in deinem Alter tanzen?«, fragte sie ihn.

»Wieso sollte ich, wenn ich mit dir tanzen kann?«, schmeichelte er ihr.

Seine Aufmerksamkeit freute Feli, aber sie nahm sich vor, in seiner Gegenwart etwas vorsichtiger zu sein. Sie wollte nicht, dass er sich am Ende noch falsche Hoffnungen machte.

Anne stand allein an der Bar. »Die Arme«, sagte Feli. »Sei doch so lieb, und tanze mit ihr. Ich schnappe draußen etwas frische Luft.«

Wie wohl das tat nach all dem Zigarrenrauch, der lauten Musik und den verschwitzten Körpern! Feli legte den Kopf in den Nacken, Hunderte blühender Sterne über ihr. Ein paar junge Kerle erleichterten sich draußen zwischen den Kutschen und störten den Frieden. Deshalb trat Feli aus dem Lichtkreis und tastete sich durch die Dunkelheit hinter das Vereinsheim. Von dieser Nacht ging eine Magie aus, die sie die Musik vergessen ließ. Es war ihr, als würde der Mond sie mit seinem silbernen Licht übergießen. Ein milder Wind war aufgekommen, der sie mit dem würzigen Duft der Steppe umhüllte. Noch immer war ihr dieser Duft fremd, aber sie mochte ihn. Ihr Herz wurde ganz leicht, und mit einem Mal erfüllte sie eine tiefe Ruhe, eine Gewissheit, dass alles gut werden würde.

Auf einmal hörte sie ein Geräusch. Eine Bewegung. Sie fuhr herum, doch es war zu dunkel, um zu erkennen, wer ihr auflauerte. »Wer ist da?«

»Ich bin's nur.«

Philipp.

In der Dunkelheit war er kaum auszumachen. Erst als er ein Streichholz entflammte und es an die Zigarette zwischen seinen Lippen hielt, war sein Gesicht zu sehen. Doch dann schüttelte er das Streichholz aus, und es war noch dunkler als zuvor.

«Was machst du hier draußen?«, fragte sie.

»Was machst du denn hier draußen?«, antwortete er mit einer Gegenfrage.

»Ich habe einen Augenblick für mich gebraucht.«

Er nahm einen Zug an seiner Zigarette, dann noch einen, und sie dachte schon: *Das war's, genug geredet, jetzt schweigt er wieder*. Aber er sagte: »Ganz anders als die Feiern im schönen München, oder?«

»Das ist es. Aber nur weil etwas anders ist, heißt das nicht, dass es deshalb schlecht ist.«

Er legte den Kopf schief, als würde er darüber nachdenken. Auf einmal schnippte er seine Zigarette auf den Boden und trat sie aus. »Ich gehe mal wieder rein.«

Sie wollte nicht, dass er ging. Irgendetwas sagte ihr, dass das hier eine Gelegenheit war. Eine Chance, sich mit ihm auszusprechen und ihm zu beweisen, dass sie es wert war, sie zu mögen. »Schon verrückt, wie schnell die Zeit vergeht, nicht wahr?«, sagte sie. »Die letzten Wochen sind wie im Flug vergangen.«

Er schwieg. Wartete ab, worauf sie hinauswollte.

»Ich befürchte, du schuldest Sam eine Flasche Whiskey.«

Manch einer hätte versucht, sich herauszureden. *Du hast das falsch verstanden, es ist eigentlich ganz anders.* Aber Philipp stritt nicht ab, was er in dieser Nacht zu Sam gesagt hatte. Er entschuldigte sich auch nicht. »Wer hätte das gedacht«, sagte er.

»Oh, um ehrlich zu sein, glaube ich, dass du der Einzige warst, der daran gezweifelt hat.« Sie sagte es freundlich, mit scherzendem Unterton, hoffte aber, dass er heraushörte, wie verletzt sie war.

»Du verstehst das nicht.«

»Was verstehe ich nicht? Dass du mir gar nicht erst eine Chance gibst, sondern mich von Anfang an in die Schublade der verwöhnten Stadtprinzessin steckst?«

»Es wird kalt«, sagte er und wollte allem Anschein nach gehen.

»Offenbar bist du es nicht gewohnt, dass man dir Widerworte gibt. Oder warum flüchtest du?«

Er fuhr herum. »Du ...«, setzte er an.

»Was?!« Jetzt war sie wütend. »Na los, sprich's aus, Philipp. Wenigstens redest du dann endlich mit mir!«

Er machte zwei Schritte auf sie zu, stand nun unerwartet dicht vor ihr und blickte auf sie herab. »Dieses Land ist wie ein schlafender Löwe. Man muss ständig auf der Hut sein, denn wenn es aufwacht, ist es gnadenlos. Wir haben schon Brände und Erdbeben hinter uns. Vor drei Wochen ist der alte Billy an der Grippe gestorben. Und ein paar Tage davor eines seiner Kinder an einem Schlangenbiss. Und jetzt sag mir, wie du hierherpasst mit deinen Seidenkleidern?«

Es kam unerwartet, dieses leichte Kribbeln in Felis Bauch. Es lag an seinem Blick, denn der war so direkt, so unerhört intensiv, dass sie innerlich zurückschreckte. Es war ihr, als wäre ihr noch nie zuvor jemand so nah gekommen. Er entwaffnete sie. Sie, die sie doch sonst immer eine schlagfertige Antwort parat hatte.

»Du bist oberflächlich«, war alles, was sie herausbrachte.

»Das hat nichts mit Oberflächlichkeit zu tun, sondern mit Erfahrung!«, sagte er. Sie lachte, das brachte ihn noch mehr zur Weißglut. »Immer wieder kommen Leute von überallher und meinen, in Kalifornien ein neues Leben beginnen zu müssen. Die wenigsten bleiben.«

»Aber ich werde bleiben!«, rief sie. »Ich werde bleiben, weil ich nicht so leicht aufgebe! Weil ich meine Familie liebe! Und weil ich glaube, dass ich auch dieses Land lieben kann!«

Eine Reihe verschiedenster Emotionen zeigte sich auf seinem Gesicht. Erst war es Zweifel, der seine Stirn in Falten legte. Dann schreckte er zurück, machte einen Ausdruck, als wäre er unsicher. War das ein Lächeln, das da über seine Lippen huschte? Wie sehr sie dieses Lächeln mit Stolz erfüllte, so flüchtig es auch war. Und wie gut es ihm stand. Sie mochte sein Gesicht. Es war feiner geschnitten als die meisten Männergesichter, die sie bisher hier gesehen hatte. Aber vor allem war es Philipps Blick, der ihn von den anderen abhob. Er ging tiefer, versuchte zu verstehen, und drückte all das aus, was er nicht aussprach.

»Ich werde bleiben«, sagte sie noch einmal. Ihr Atem war beschleunigt, als wäre sie gerannt.

Sie hielt ihm die Hand hin. Ein Friedensangebot. Nach einem kurzen Zögern schlug er ein. Beschämt stellte sie fest, dass ihre Hand vor Aufregung feucht war.

»Ich sollte jetzt wirklich reingehen«, sagte er, ohne ihre Hand loszulassen.

»Solltest du«, sagte sie, ohne seine Hand loszulassen.

»Es wird sonst kalt.«

»Und du darfst nicht krank werden. Mein Vater braucht dich.«

Ein neues Lied begann. Fröhlich, beschwingt, voller Energie. Wie Felis Herzschlag.

»Lass uns tanzen«, hörte sie sich auf einmal sagen. Die Worte hatten die Direktverbindung von ihrem Herzen zu ihren Lippen genommen. Der Kopffilter, der bei Menschen wie ihrem Vater oder Philipp ausgeprägt war, kam bei ihr so gut wie nie zum Einsatz.

Philipp sah sie an, als hätte er sie nicht richtig verstanden. »Tanzen? Jetzt?«

Genau das war es, was sie jetzt brauchte. Wie wenn man nach einem Ball spätnachts nach Hause kam und Heißhunger hatte. So fühlte sie sich nach ihrem Streit mit Philipp. Nur dass ihr nach Tanzen zu Mute war und nicht nach Butterbroten.

Er könne nicht tanzen, sagte Philipp, aber davon wollte sie nichts hören. Praktischerweise hielt sie ja schon seine Hand, so zog sie ihn in Richtung des Eingangs, und auf wundersame Weise sträubte er sich nicht. Vermutlich weil er noch immer perplex war.

»Also dann«, sagte Philipp, als sie einen Platz zwischen den herumwirbelnden Paaren gefunden hatten. »Tanzen wir.« Es klang, als müsse er sich selbst überzeugen. Etwas unbeholfen legte er eine Hand auf Felis Rücken. Ihre Finger verschränkten sich.

Philipp hatte gelogen, als er gesagt hatte, er könne nicht tanzen. Er tanzte sogar ziemlich gut. Auf den Münchner Bällen hatte Feli irgendwann die Lust an Walzer oder Bayerischer Polka verloren. Es war nie einfach nur ein Tanz gewesen, denn jedes Mal hatte sie danach erklären müssen, dass sie sich auf ihr Studium konzentrieren wolle und deshalb leider keine Zeit hätte für einen Ausflug zum Starnberger See, einen Kaffee im Englischen Garten oder einen Theaterbesuch.

Feli bemerkte, dass Philipp sie ansah. Sein Blick ließ sie verlegen werden, gleichzeitig konnte sie nicht wegsehen. *Was denkst du nur, Philipp Licht?*, fragte sie sich einmal mehr.

Ein anderes Paar rempelte sie an. Es waren Anne und Anton, die es beide nicht fassen konnten, Philipp auf der Tanzfläche zu sehen. »Philipp! Bist das wirklich du, oder trügen mich meine Augen?«, scherzte Anne. »Was hast du mit ihm angestellt, Feli?«

Feli ließ ihrem glockenhellen Lachen freien Lauf, sodass sie einige Blicke auf sich zog. Es war, als sprühe sie Funken. Funken, die auf Philipp übersprangen und ihn Feuer fangen ließen, denn auf einmal lachte auch er, erst scheu und mit einem fassungslosen Kopfschütteln verbunden, aber dann immer lauter. Er wirbelte Feli herum, ließ sie zurückfallen, fing sie auf und zog sie im nächsten Moment wieder an sich.

Es war perfekt. Zumindest bis Anne auf einmal innehielt. »Oh, verdammt«, sagte sie.

Auch Philipp war mit einem Mal wie erstarrt. Sein Blick war auf eine junge Frau gerichtet, die am Eingang des Vereinsheims stand und sich in der Menge umsah. Eine klassische Schönheit, wie sie auf Seifenwerbungen gedruckt wurde.

»Catherine«, sagte Philipp und ließ von Feli ab.

Da richtete sich Catherines Blick auf Philipp. Sie hatte gefunden, was sie gesucht hatte. Langsam kam sie auf ihn zu. »Hallo, Philipp«, sagte sie, als sie schließlich vor ihm stand. »Ich bin zurück.«

8

5. Dezember 2005
7 Tage bis zum Poinsettia-Day

Sie hatte Andreas gestern Nacht angerufen.

Es war die Feuerzangenbowle gewesen, die Stella das Genick gebrochen hatte. Nicht weil sie zu viel davon getrunken hatte. Wobei der Alkohol wahrscheinlich auch einen gewissen Einfluss gehabt hatte ... Es war die Erinnerung gewesen. Die Erinnerung daran, wie sie jedes Jahr zu Weihnachten mit ihrer Mutter Feuerzangenbowle zubereitet hatte. Wie sich die Aromen von Zimt, Nelken, Orangen, Sternanis und warmem Rotwein im Haus ausgebreitet hatten. Wie sie sich nebeneinander auf das Sofa gekuschelt und mit dampfenden Tassen, Lebkuchen und Spekulatius *E-Mail für dich* geguckt hatten, während vor ihnen auf dem Fernsehtisch der Zuckerhut in den Punsch schmolz. Lizzy hatte es nur gut gemeint. Aber der Duft und das leise Zischen, wenn Zuckertränen in die rote Bowle tropften, hatten Stella nach München zurückversetzt.

Sie hatte jemanden zum Reden gebraucht. Ansonsten wäre sie zersprungen, so stark hatte dieser Schmerz an ihr gerissen. Bei Andreas war es drei Uhr nachmittags gewesen, um diese Zeit erledigte er für gewöhnlich seine Büroarbeit. Und sein Büro war eine sichere Zone.

Es hatte lange geklingelt, fast hatte Stella aufgelegt, da erklang seine Stimme. Seine tiefe, beruhigende Philosophenstimme. Seine *Ich habe erkannt, was die Welt im Innersten zusammenhält und kann mich nun beruhigt zurücklehnen*-Stimme. »Stella, Sternchen«, hatte er gesagt. »Wie schön, dass du dich meldest. Wie geht es dir?«

Eigentlich mochte sie es nicht, wenn er sie so nannte. Ihre Mutter hatte sie immer so genannt, sie hatte diesen Kosenamen für Stella eingeführt, und damit hatte auch nur sie das Recht darauf, Stella so zu nennen. Andreas hatte diesen Namen einfach übernommen. Aber vielleicht war es auch kleinlich, so zu empfinden.

»Na ja, es ist ziemlich viel passiert in letzter Zeit«, hatte Stella geantwortet. »Meine Mutter ist gestorben.«

»Ja«, hatte er gesagt. »Das ist schlimm.« Es hatte so geklungen, als würde Stella ihm nichts Neues erzählen. »Ich habe es durch eine Kommilitonin von dir erfahren.«

Wie schnell so etwas ging. Dabei hatte Stella niemandem außer Judith und Tobi vom Tod ihrer Mutter erzählt, und von den beiden würde niemals jemand etwas herumtratschen, dessen war Stella sich sicher. Aber eine der Damen im Studienbüro war nicht gerade für ihre Diskretion bekannt …

»Du warst lange nicht an der Uni, da habe ich mich mal nach dir erkundigt«, war Andreas fortgefahren.

Erkundigt hatte er sich also nach ihr. Warum hatte er nicht einfach mit ihr gesprochen? Vielleicht hatte er es ja vorgehabt, vielleicht hätte er sich heute bei ihr gemeldet. Er hatte viel zu tun, da durfte sie nicht zu viel verlangen.

»Ich bin in Kalifornien. Bei meiner Familie«, hatte sie gesagt.

»Ich wusste nicht, dass du dort Familie hast.«

»Ich auch nicht. Das habe ich erst vor ein paar Tagen erfahren. Es ist alles echt ziemlich viel …«

»Das glaube ich. Aber das Schicksal nimmt nur, was es auch gegeben hat.«

Das war ein ganz typischer Andreas-Satz. »Ja …«

»Hör zu, Sternchen, ich muss los. Ich rufe dich morgen noch einmal an, dann kannst du mir alles in Ruhe erzählen.«

»Musst du zu deiner Frau?«, war es ihr herausgerutscht.

»Auch. Ich habe mit ihr einen Termin in der Schule. Der Kleine macht uns Ärger.«

»Oh. Das verstehe ich natürlich«, hatte Stella gesagt. Sie hatte immer versucht, in Andreas' Gegenwart besonders vernünftig und reif zu klingen.

»Wenn du wieder zu Hause bist, lade ich dich auf einen Kaffee ein«, hatte er noch versprochen und dann aufgelegt.

Man sah Stella sofort an, wenn sie geweint hatte. Zwei Tränen genügten, und ihre Augen waren rot geschwollen. »Oh, Schätzchen!«, sagte Lizzy, als Stella am nächsten Morgen die Treppe hinabkam, und schloss sie sogleich in ihre Arme.

»Nicht so schlimm«, sagte Stella. »Ich weiß selbst nicht, was los ist. Ich habe nur mit meinem Ex-Freund telefoniert und …« Hilflos zuckte sie mit den Schultern.

»Dich so traurig zu sehen, bricht mir das Herz. Willst du darüber sprechen? Glaub mir, auch ich habe so meine Geschichten mit Männern hinter mir.«

»Nein, danke … schon gut.«

Da fiel Stella auf, dass sie bisher gar nichts über ihren Opa wusste. War er gestorben? Aber das hier war nicht der richtige Moment, um Lizzy danach zu fragen. Allgemein hielt sich ihre Lust zu reden in Grenzen.

In diesem Moment wurde die Haustür aufgesperrt, und Adam kam herein. Offenbar hatte er für Lizzy die Einkäufe erledigt, denn er wuchtete zwei volle und offensichtlich ziemlich schwere Plastiktüten herein. Solche, wie man sie bei Ikea bekam. Romeo und Juliet flitzten an ihm vorbei ins Haus und rollten sich schnurstracks auf ihren Decken ein. »Nie wieder nehme ich die beiden mit! Romeo hat einer älteren Dame die Salami aus dem Korb stibitzt und ... Oh ...« Er hatte bemerkt, dass die Stimmung nicht so gut war.

Jeder normale Kerl würde bei einem weinenden Mädchen vermutlich auf dem Absatz kehrtmachen. *Sorry, aber ich bin mir nicht sicher, ob ich die Handbremse gezogen habe. Sorry, aber ich glaube, ich habe den Herd angelassen. Sorry, aber ich muss dringend die Meerestemperatur messen.* Doch so war Adam nicht. Er stellte die beiden schweren Plastiktüten ab. »Kann ich etwas tun?«, fragte er.

»Sie ist traurig, weil sie mit ihrem Ex-Freund telefoniert hat«, erklärte Lizzy.

Stellas Familie war also eine von der Sorte, in der es keine Geheimnisse gab und Neuigkeiten sich wie ein Lauffeuer verbreiteten. Oder stopp, es gab ja Geheimnisse. Ihre Mutter war ja offenbar die Meisterin der Geheimnisse gewesen.

»Habe ich dir nicht gesagt, dass du den Einkaufstrolley nehmen sollst? Wenn du so schwer wuchtest, machst du dir den Rücken kaputt! Du hast nur einen!«

»Großtante Lizzy«, sagte Adam und atmete dabei aus, als würde er ihr etwas Schwerwiegendes verkünden. »Der Trolley in allen Ehren. Du weißt, meine Schmerzgrenze ist hoch, und ich will nicht den Eindruck vermitteln, ich sei oberflächlich. Aber wenn ich mich auch nur ein einziges Mal mit dem Trolley in Laguna Beach blicken lasse, wäre das mein sozialer Tod. Dann könnte ich auch gleich mit Crocs herumlaufen.«

Stella prustete los.

»Wie ich sehe, tut Adams Gesellschaft dir gut«, stellte Lizzy erfreut fest. »Adam, nimm dir den Nachmittag frei, und lenke Stella doch ein bisschen ab! Ich kläre das mit deinem Vater und sage ihm, dass du heute nicht mehr auf der Poinsettia-Ranch erscheinen wirst.«

»Klingt ziemlich gut! Sollen wir die Hunde ...«

»Nein, nein, nein. Genießt den Rest des Tages.« Lizzy griff nach ihrer Tasche, die auf dem Canapé unter der Garderobe stand, und zückte ihren Geldbeutel. »Eine kleine Finanzspritze, damit ihr etwas Schönes unternehmen könnt, Kinder.«

»Und der Preis für die omahafteste Oma dieser Welt geht an Lizzy Licht«, verkündete Adam, als sie die Einkäufe verstaut hatten und nun in der Einfahrt überlegten, was sie unternehmen sollten. »Wir haben ganze zwanzig Dollar, die wir verprassen können. Die Welt steht uns offen.«

Adam hatte Lizzys Geld nicht annehmen wollen, aber Lizzy war stur gewesen und hatte versucht, es in seine Hosentasche zu stecken, was ihr nicht gelungen war, weil Adam sich gewehrt hatte. Also hatte sie es ihm kurzerhand in den Ausschnitt seines Shirts gesteckt.

»Wenn du mir Geld in den Ausschnitt steckst, gibst du mir das Gefühl, ich müsste mir den Körper einölen und für dich an einer Stange tanzen. Willst du das etwa?«

Lizzy hatte ihm einen leichten Klaps auf den Hinterkopf gegeben. »Also wirklich ...«, hatte sie empört gemurmelt und war eilig in die Küche gelaufen.

»Gibt es etwas Männlicheres als von seiner Großtante Geld zugesteckt zu bekommen?«, scherzte Adam.

Stella lachte. »Ich zumindest kann mir nichts Männlicheres vorstellen.«

»Auf was hättest du denn Lust? Ich könnte dir Laguna Beach

zeigen. Und im Anschluss können wir uns die Bäuche im Waffelhaus vollschlagen. Das mache ich immer, wenn's mir nicht so gut geht«, sagte Adam.

Das mit »Laguna Beach zeigen« wurde nichts, denn als sie auf halber Strecke waren, wurden sie von einem spontanen Wolkenbruch überrascht. Im Rennen zog Adam seine Jeansjacke aus. »Halt sie dir über den Kopf«, rief er, denn das Prasseln des Regens auf den Asphalt war ziemlich laut.

Der strömende Regen machte alles nur noch schwer erkennbar, doch durch all das Grau sah Stella schließlich blinkende Lichter. Sie gehörten zum Waffelhaus. Ein Glöckchen bimmelte, als Adam die Tür aufriss und Stella galant trotz Wolkenbruch den Vortritt ließ. Beide waren sie pitschnass. Zum Glück war es im Inneren mollig warm. Und es war ziemlich viel los, offenbar hatte sich eine gesamte Schulklasse inklusive leicht überforderter Lehrerin hier drinnen vor dem Regen gerettet.

Es roch nach Bratfett, aber auf verführerische Weise. Reihte man sich links in der Schlange ein, duftete es eher würzig, stand man rechts, duftete es nach Zucker, was wohl daran lag, dass links die Waffeln mit Käse, Schinken und Zwiebeln gebacken wurden und rechts die mit Nutella, Zimt, Honig ...

Sie reihten sich rechts ein, denn Zucker war genau das, was Stella brauchte. Aus zwei Lautsprechern neben der Kasse tönte *Wonderful dream* von Melanie Thornton. Adam verzog das Gesicht.

»Ein sehr ambivalentes Lied«, sagte Stella. *Ambivalent*. Noch so ein Wort, das sie von Andreas gelernt hatte.

Adams Augenbrauen hoben sich. Stella wünschte, sie könnte es sich abgewöhnen, Wörter wie diese in seiner Gegenwart zu verwenden. Aber es war schwer, sich etwas abzugewöhnen, wenn man es sich gerade erst für eine andere Person mühsam angewöhnt hatte.

»Ambivalent im Sinne von ...?«, fragte er.

»Ambivalent im Sinne von man ist hin- und hergerissen, wenn man es hört. Einerseits bekommt man einen Würgereiz, weil es so kitschig ist und es in der Weihnachtszeit im Radio rauf und runter läuft. Aber gleichzeitig mag man es irgendwie, weil es halt zu Weihnachten dazugehört und die Weihnachtszeit erst richtig begonnen hat, wenn man es das erste Mal im Radio gehört hat.«

Es wurde Zeit, das Thema zu wechseln. Zum Glück waren sie die Nächsten in der Schlange.

»Frohe Weihnachten, ich bin Hazel«, sagte das Mädchen hinter der Kasse. »Was kann ich für euch tun? Wir haben Christmas-Specials im Angebot.« So emotionslos wie Hazel klang, war es heute nicht das erste Mal, dass sie ihren Text runterleierte. »Das wären dann Waffeln mit Glühwein, Bratapfel, Spekulatius ...« Sie zählte an den Fingern mit. Auf ihren silber lackierten Nägeln klebten winzig kleine Schneemänner. Stella war ganz fasziniert davon, wie klein diese Schneemänner waren. Das war wirkliche Nagelkunst! »Sweet Pumpkin, Chinnamon Rolls ...« Sie musste Luft holen.

»Einfach zweimal die Classics bitte«, sagte Adam.

Erst jetzt schien Hazel Adam, der hinter Stella stand, wahrzunehmen, denn schlagartig straffte sie sich und fing an, mit einer blonden Haarsträhne zu spielen. »Oki doki«, zwitscherte sie. »Super Wahl.«

Adam lächelte freundlich, zahlte, nahm die Waffeln entgegen und steuerte auf den einzigen freien Tisch zu, der noch übrig war. Ihm schien nicht bewusst zu sein, dass er gerade von einem wirklich hübschen Mädchen angeflirtet worden war.

Es gab einen Tisch mit Extra-Toppings wie Puderzucker, Smarties, Sirup, Sprühsahne oder Zimt und Zucker, an dem sie sich austobten.

»Ich prophezeie dir: Das werden die besten Waffeln sein, die du je gegessen hast«, sagte Adam.

Er wartete, bis Stella den ersten Bissen genommen hatte. »Und?«

»So schmeckt der Himmel«, seufzte sie.

Gut, sie hatte einen ziemlichen Heißhunger, was ihrem aufwühlenden Vormittag und dem Rennen im Regen zu verdanken war. Und wenn man Heißhunger hatte, dann war immer alles noch viel leckerer. Aber wenn sie Adam so ansah, wie er mit Sirup einen Stern auf eine Waffel zeichnete, da ahnte sie, dass es größtenteils ihm zu verdanken war, dass es tatsächlich die besten Waffeln waren, die sie je gegessen hatte.

»Danke«, sagte sie. »Ich meine, dass du mit mir hier bist. Du hast sicher andere Pläne, als deine Cousine mit Waffeln zu füttern.«

»Ich könnte mir nichts Besseres vorstellen.«

Sie lächelten einander an. Adam zog die Augenbrauen hoch und setzte einen Blick auf à la *Na, bin ich charmant oder bin ich charmant?*, woraufhin Stella lachen musste, auch wenn diese Situation ein klein wenig merkwürdig war. So als würden sie an einer verbotenen Tür kratzen.

Auf einmal weiteten sich Adams Augen vor Schreck. »O nein!«

»Was ist denn?«

»Der Song«, sagte Adam und deutete mit dem Zeigefinger in die Luft, als würde eine materialisierte Form des Liedes dort irgendwo schweben. »*Last Christmas* von Wham! Wir wurden gewhamt!«

»Ge-was?«

Offenbar gab es dieses Jahr in Kalifornien ein Spiel unter Freunden, das daraus bestand, bloß nicht *Last Christmas* von Wham! zu hören. Wer doch von diesem Weihnachtsklassiker getroffen wurde – sei es aus Versehen im Radio, im Supermarkt oder in einer Bar – war *gewhamt* und damit raus. »Das Ganze ist inzwischen sogar so bekannt, dass es Bars gibt, die damit werben, das Lied nicht zu spielen. Ich hätte mir denken können, dass im Waffelhaus das Risiko groß ist.«

»Gibt's denn auch was zu gewinnen bei diesem Wettkampf?«

Adam schüttelte den Kopf. »Nicht wirklich. Zumindest nicht in meinem Freundeskreis. Ist ja auch schwer nachweisbar, wer ehrlich war und wer geschummelt hat. Vor dir sitzt der lebende Beweis, wie leicht es ist, rauszufliegen.«

»Klingt nicht gerade vertrauensvoll.«

»Früher war ich total vertrauensvoll, geradezu leichtgläubig könnte man sagen. Aber Amber hat mich misstrauisch gemacht.«

Stella wusste nicht so recht, was sie darauf entgegnen sollte.

Durch die Hitze, die von den Waffeleisen ausging, der Menschenwärme und der Nässe, die von draußen hereingeschleppt worden war, waren die Fenster beschlagen. Die weihnachtlichen Aufkleber wellten sich an den Rändern. Adam zeichnete mit dem Zeigefinger sinnlose Linien auf die Scheibe. »Vermutlich willst du nicht über deinen Ex-Freund reden«, sagte er, »aber …«

»Es ist wirklich kompliziert«, platzte es aus Stella heraus, als hätte sie nur auf ein Stichwort gewartet. Hatte sie nicht zu Lizzy gesagt, dass sie nicht darüber reden wolle? »Er ist Literaturprofessor an meiner Universität.«

Adam zog die Augenbrauen hoch. Stella hatte das Gefühl, sich rechtfertigen zu müssen. »Er ist wirklich sehr attraktiv. So George-Clooney-mäßig. Und ungemein schlau. Er schreibt Artikel für Zeitschriften, aber auch Romane. Keine Unterhaltungsliteratur, nicht so ›Trivialliteratur‹, wie er immer sagt, sondern eher …« Sie wusste nicht genau, wie sie es bezeichnen sollte.

»Fachliteratur?«, half Adam ihr.

»Eher Romane mit richtigen Lebensweisheiten. Man fühlt sich wahnsinnig schlau, wenn man was von ihm gelesen hat.« Es gelang ihr nicht wirklich, Andreas cool darzustellen. »Viele meiner Kommilitoninnen stehen auf ihn«, fügte sie deshalb hinzu.

»Wow«, sagte Adam unbeeindruckt. »Wenn er so toll ist, warum hast du dann geweint?«

»Ich habe nicht wegen ihm geweint. Ich habe geweint, weil alles etwas viel war. Mit dem Tod meiner Mutter ... Andreas hat gesagt, dass das Schicksal nur nimmt, was es auch gegeben hat. Er hat ja recht. Ich hatte ein solches Glück mit meiner Mutter. Ich sollte mich auf die schönen Tage mit ihr konzentrieren, nicht auf den Verlust. Er sagt oft solche schlauen Dinge. Ich meine, ich hätte auch in einem Waisenhaus aufwachsen können. Oder irgendwo in Afrika, ohne Essen und Wasser ...«

»Oder als Kind eines herzlosen Milliardärs, der sich kein bisschen für dich interessiert.«

»Oder als Kind eines indonesischen Feldarbeiters.«

»Oder als Kind der kolumbianischen Farc.«

»Ja. Exakt!« Adam verstand sie. Natürlich verstand er sie.

»Das ist doch totaler Blödsinn!«, sagte er auf einmal. »Du hast deine Mutter verloren. Das ist so ziemlich das Schrecklichste, was einem jungen Mädchen in deinem Alter passieren kann. Und dein toller Andreas speist dich mit so einem Müll ab!«

»Wow«, sagte Stella nach einem Moment der Sprachlosigkeit. »Danke für deine Ehrlichkeit.«

»Gern geschehen. Hat dein schlauer Andreas dich denn auch unterrichtet?«

Stella schüttelte den Kopf. »Nein, wir haben uns in der Bibliothek kennengelernt. Er hat mich angesprochen.«

»Er hat dich in der Bibliothek angesprochen«, wiederholte

Adam und zog die Augenbrauen noch höher. »Das klingt irgendwie pervers.«

»Er ist nicht pervers!« Stella war verletzt. Dass Adam Andreas schlechtmachte, machte ja auch sie irgendwie schlecht.

»Ich könnte jedenfalls wetten, dass er Frau und Kinder zu Hause sitzen hat und sich in der Uni an junge Studentinnen ranmacht.«

Stella schwieg, und Adam begriff. »O Mann, ich hab recht, nicht wahr?«

Sie zuckte mit den Schultern und versuchte auf diese Weise, alles runterzuspielen.

»Für mich klingt dein lieber Andreas jedenfalls nicht so unglaublich toll, wie du ihn findest«, sagte Adam.

»Und was ist mit dir und Amber?«

»Hat Lizzy dir was gesteckt?«

»Nein, hat sie nicht.«

Adam rieb sich über das Kinn. »Dazu gibt's nicht viel zu sagen.«

»Wahrscheinlich würde ich sie genauso verurteilen müssen, wie du Andreas verurteilt hast, nicht wahr? Und davor hast du Angst.«

»Das mit Amber und mir ist wirklich kompliziert. Ich meine *wirklich* kompliziert«, betonte er.

»Ach ja? Dann erzähl's mir.«

Er schwieg. Und auch Stella schwieg. Die Stimmung war dahin.

»Übrigens stammt das Schicksals-Zitat nicht von deinem tollen Andreas«, murmelte Adam nach einer Weile. »Es stammt von Seneca. Ich dachte mir nur, das solltest du wissen.«

»Gut«, sagte sie.

»Gut«, sagte er.

Stella wischte mit der Hand auf Augenhöhe eine Bahn in die beschlagene Scheibe, starrte nach draußen und sah ja doch nichts. Noch immer prasselte der Regen hinab und hüpfte auf der wie leer gefegten Straße. Adam schob ihr den Teller mit der letzten Waffel hin. Er hatte mit Smarties ein lächelndes Gesicht daraufgelegt.

Und auf einmal, obwohl sie gerade noch gestritten hatten, platzte aus ihr heraus: »Das war schon immer so bei mir. Ich hänge mich an die Leute, die mich am schlechtesten behandeln. Zumindest was die Liebe angeht.«

Wie oft hatte ihre Mutter versucht, das Stella klarzumachen? Nie hatte sie auf sie hören wollen. Jetzt fiel es ihr wie Schuppen von den Augen, als wäre sie selbst darauf gekommen.

»Das kenne ich«, sagte Adam und lächelte aufmunternd. »Das kenne ich sogar nur zu gut.«

Wie gern hätte sie ihn in diesem Moment in die Arme geschlossen. Eigentlich sollte das bei einem Cousin auch keine große Sache sein, aber seltsamerweise, obwohl Adam ihr so sehr ans Herz gewachsen war, sträubte sich etwas in ihr. Es schien ihr besser, Distanz zu ihm zu halten.

Noch ein paarmal an diesem Tag dachte Stella an dieses Gespräch. Es hatte etwas in ihr bewegt. Sie rätselte, was so wirklich, wirklich kompliziert sein konnte, dass Adam sich weigerte, darüber zu sprechen.

»Adam scheint Amber aufrichtig gernzuhaben«, sagte Stella zu Lizzy, als sie abends nebeneinander auf der Veranda saßen, beide eingepackt in Baumwolldecken, und die reingewaschene Luft genossen.

»Er glaubt, sie gernzuhaben. Das ist ein Unterschied. Der

Junge braucht ein anständiges Mädchen, das ihm zeigt, wie schön die Liebe ist. Nicht, wie schwer sie ist.«

Warum sah Lizzy Stella dabei so durchdringend an?

»Tja ...«, war alles, was Stella dazu einfiel. »Ist Feli denn dieses Mädchen für Philipp gewesen?«, lenkte sie von dem Thema ab, das sie selbst angeschnitten hatte. »Das Letzte, was du erzählt hattest, war, dass eine gewisse Catherine auf dem Fastenball aufgetaucht ist ... War sie seine Ex-Freundin?«

»Das war sie«, antwortete Lizzy und seufzte wissend. »Aber vor allem war sie – verzeih mir das Wort – ein ordentliches Miststück ...«

9

1911

Auf dem Fastenball hatte Anne Feli versprochen, ihr zu zeigen, wo sie Reitkleidung kaufen könne. Die kalifornische Reitkleidung war unerwartet fortschrittlich. Sie ermöglichte es der Frau, wie ein Mann auf einem Pferd zu sitzen und dennoch wie eine Dame auszusehen, denn die Hose war so weit geschnitten, dass sie auf den ersten Blick mit einem Rock zu verwechseln war. Ihr Vater hatte Feli gleich nach ihrer Ankunft eine solche Reithose in Arquata gekauft, aber sie hatte die Farbe *Darauf sieht man den Dreck nicht so schnell*. Das war zwar praktisch, aber Feli träumte von einem zweiten Modell, einem in einer leuchtenden Farbe, am liebsten in einem Rot wie dem der Sonne, wenn sie sich hinter den Bergen hinabsenkte.

Der Besitzer des Stoffladens – sein Name war Richard – war ein zartes Pflänzchen, das in dieser Stadt wie ein Wesen eines anderen Planeten erschien. In einer Stadt, in der die Männer auf den Boden spuckten und es als eine Art Pflicht ansahen, sich einmal am Tag zu prügeln, und in der die Frauen noch nie zuvor von *Point à l'aiguille*-Spitzen gehört hatten.

Anne war die perfekte Informationsquelle für Feli. Sie wusste alles über jeden und liebte es, aus dem Nähkästchen zu plaudern. Feli brannte es auf den Nägeln, mehr über Philipp zu erfahren. Aber sie wollte nicht zu auffällig nachfragen, nicht dass Anne noch glaubte, sie interessiere sich für ihn. Sie wollte ihr nur einen kleinen Stups in eine bestimmte Richtung geben.

»Philipps Ex-Freundin ist sehr hübsch«, sagte sie hinter dem Vorhang der Kabine.

»Schon«, gab Anne widerstrebend zu. »Aber das weiß sie auch.«

Felis Verdacht, dass Anne ein Auge auf Philipp geworfen hatte, verstärkte sich. Warum sonst tauchte sie neuerdings jeden Tag auf der Farm auf? Gewiss auch, um Feli besser kennenzulernen, was Feli sehr freute. Endlich hatte sie eine Freundin, und auch wenn sie sich noch nicht gut kannten, gab ihr dieser Gedanke Kraft. Doch anstatt Feli auf dem Feld zu helfen, half sie lieber bei den Renovierungsarbeiten der Farm. Wer zog sich schon freiwillig beim Bretterschleppen Splitter in den Finger? Anne wollte in Philipps Nähe sein, dessen war Feli sich sicher. Man konnte es ihr nicht verdenken, denn Philipp war ein attraktiver Kerl.

»Jedenfalls hat Catherine sich an diesen Hotelier rangemacht, der vor drei Jahren in die Stadt kam«, fuhr Anne fort. »Vom einen Tag auf den anderen hat sie Philipp sitzen lassen und ist mit diesem feinen Pinkel nach Paris.«

Feli, die gerade einen himmelblauen Reitrock anprobierte, riss den Vorhang auf. »Obwohl sie diesen Mann kaum kannte?«

Anne nickte eifrig, erleichtert, Felis Interesse gewonnen zu haben. »Sie hat Philipps mühsam erspartes Geld gestohlen und war weg. Kein Wort des Abschieds. Dabei waren die beiden zwei Jahre lang ein Paar. Philipp war siebzehn Jahre alt, als er Catherine kennengelernt hat. Er hatte wirklich schwere Jahre hinter sich. Er war ja noch ein Kind, als er mit seinen Eltern Deutschland verlassen hat, und alles hier war so anders. Die Sprache, die Sitten, die Leute ... Catherine war sein Halt in all dem Durcheinander. Aber sie ... Sie hat schon immer gesagt, dass sie hier nicht versauern will. Dass sie in Paris, Rom oder Berlin in einem schicken, sauberen Haus mit einem grünen Garten leben will. Sie hat zum teuflischen Trio gehört.«

»Das teuflische Trio?«, fragte Feli. Sie trat aus der Kabine, um sich im Spiegel zu begutachten.

»So habe ich Philipps Schwester und ihre Freundinnen getauft. Jetzt, wo Catherine zurück ist, sind sie wieder vereint. Sie insgeheim so zu nennen, war wohl mein einziger Triumph gegen sie.« Rote Flecken waren an Annes Hals aufgetaucht. »Glubschauge haben sie mich genannt. Oder Hasenzahn, wegen meiner Zahnlücke.«

Feli hasste Ungerechtigkeit. Wut auf das teuflische Trio brodelte in ihr. »Zum Glück sind wir beide Freundinnen. Gemeinsam werden wir es dem teuflischen Trio schon zeigen! Warte nur ab!« Sie drehte sich, sodass der Reitrock um ihre Knöchel schwang. »Was sagst du?«

»Sitzt perfekt.«

»Ich finde, die Farbe macht mich blass. Ich hätte gerne ein kräftiges Burgunderrot.«

»Burgunderrot«, wiederholte Anne und nickte dabei, aber Feli wurde den Eindruck nicht los, dass ihre Freundin gerade das erste Mal von dieser Farbe hörte, geschweige denn sich darüber Gedanken machte, dass man Kleidung auch zu seinem optischen Vorteil aussuchen konnte. Anne trug nur *Darauf sieht man den Dreck nicht*-Töne.

»Du hast so viel Ahnung von Mode«, sagte Anne und fuhr mit dem Zeigefinger über die Rücken der gestapelten Stoffbarren. »Ich hingegen kenne mich kein bisschen damit aus.«

»Ich könnte dir helfen.«

Anne war nicht überzeugt. »Ich habe auch gar nicht das Geld. Letztes Jahr hat die Napfschildlaus die Walnussernte fast um die

Hälfte verringert. Deshalb drehen wir gerade jeden Cent dreimal um.«

Richard nahm gerade in der Kabine an Feli Maße, als die Ladenglocke bimmelte.

»Das teuflische Trio«, hörte sie Anne flüstern.

Feli wagte einen Blick aus der Kabine und sah Eva mit ihren zwei Anhängseln, darunter Catherine. »Ich war nur erstaunt, dass Philipp getanzt hat. Normalerweise war er nie auf die Tanzfläche zu bewegen«, sagte sie.

»Mach dir keinen Kopf. Sie ist ein Luder.« Das war Eva. »Natürlich laufen ihr die Männer hinterher. Oder hast du etwa nicht gehört, was an ihrem ersten Tag hier geschehen ist?«

Hatte Catherine nicht.

»Das Erste, was sie bei ihrer Ankunft in Los Angeles tat, war ihre Unterwäsche vorzuführen. Vor dem Saloon. So etwas nennt man Kundenakquise. Du hättest mal all die Korsagen und halbdurchsichtigen Teile sehen sollen!« Eva wandte sich an die Dritte im Bunde. Feli hatte sie Brigit getauft. Nicht weil sie tatsächlich so hieß, sondern weil eine Brigit ihrer Vorstellung nach so aussah. Sie war sehr blond und nickte eifrig, wenn Eva etwas zu ihr sagte.

»Trägt eine anständige Frau solche Unterwäsche? Tragt ihr so etwas? Tut ihr nicht. Na also, da habt ihr die Antwort.«

»So eine Schlange«, flüsterte Feli zu sich selbst.

»Im Übrigen eine sehr geschmackvolle Korsage«, sagte Richard leise und nickte, denn sie trug außer eines klatschmohnroten Reitrocks nur Unterwäsche, damit er Maße an ihr nehmen konnte.

Sei nicht immer so impulsiv!, hörte sie ihre Mutter sagen.

Ihr Blick fiel in den Spiegel. Schnitt sich dann mit Richards, dessen Augen groß vor Schreck wurden, als ahnte er, was sie vorhatte.

Die drei zucken zusammen, als Feli den Vorhang der Kabine aufriss. Mit gerecktem Kinn trat sie nach draußen. Sie gab vor, das teuflische Trio nicht zu bemerken. »Vielleicht sollte ich doch lieber ein anderes Rot aussuchen. Eines, das nach mehr Aufmerksamkeit schreit. Was sagst du, Anne?«

Die Korsage, die sie heute trug, war cremeweiß und wurde mit fliederfarbenen Bändern geschnürt. Am Dekolleté war sie mit Spitzen in derselben Farbe verziert. Ihr straffer Busen sah darin besonders hübsch aus.

»An welches Rot hättest du denn gedacht?«, stammelte Anne. Ihre Augen waren groß. Die nervösen Flecken hatten sich nun bis in ihr Gesicht vorgearbeitet. Die Arme. Aber da musste sie nun durch.

Feli begutachtete sich im Spiegel von allen Seiten und setzte dabei ihren schlanken Körper besonders in Szene. »Ich weiß nicht. Wie wäre es mit einem leuchtenden Luderrot? Das würde doch zu mir passen.« Dann wandte sie sich zum teuflischen Trio um. »Oh, entschuldigt, ich habe euch gar nicht bemerkt.«

Brigit hatte die Hände vor den Mund geschlagen. Catherine hatte die Augenbrauen hochgezogen und blickte auf sie herab. Nur Eva hatte ein schiefes und gefährliches Lächeln aufgesetzt. »Offenbar magst du große Auftritte«, sagte sie. Sie nickte in Annes Richtung. »Und wie ich sehe, hast du dich mit dem unscheinbarsten Mädchen der Stadt zusammengetan. Das Flittchen und das Mauerblümchen. Klingt nach einer großartigen Geschichte.«

»Und was macht ihr so, außer herumzulaufen und Gift zu verspritzen?«

»Wir suchen Stoffe für Kleidung, was man wohl nicht von allen hier behaupten kann.« Das kam von Catherine.

»Darf's vielleicht auch noch ein reicher Hotelier sein?«, erwiderte Feli und lächelte zuckersüß.

Catherine schnappte nach Luft. »Kommt, Mädels, wir gehen«, sagte sie.

Der Vorfall im Stoffladen machte natürlich die Runde. Alice Schönberger war entsetzt, als sie hörte, welches Benehmen ihre Tochter an den Tag gelegt hatte. Es zählte nicht, dass Feli sich nur verteidigt hatte. Sie waren gerade erst in diesen Ort gezogen, deshalb hatten sie mit einem tadellosen Benehmen zu glänzen, wie ihre Mutter ihr einschärfte. »Selbst wenn du dich nur verteidigt hast – wem glaubt man wohl eher? Dir oder den Mädchen, die hier aufgewachsen sind?«

Feli bekam zwei Wochen Hausarrest. Zudem überluden ihre Eltern sie mit Arbeit, sodass sie zweimal in Folge das Abendessen ausfallen ließ, um sich sogleich schlafen zu legen, so erschöpft war sie. Selbst als Anne sie zu ihrem Geburtstag einlud, musste Feli zu Hause bleiben. Obwohl sie flehte, weinte und Versprechungen machte, die nächsten zwei Wochen den Küchendienst zu übernehmen, blieb ihr Vater unnachgiebig, aus Respekt zu seiner Frau.

»Es ist nur zu deinem Besten«, sagte ihre Mutter mit diesem leicht nervösen Ausdruck, als entzögen sich die Dinge ihrer Kontrolle. Dabei nestelten ihre Finger an dem filigranen Kreuz, das sie um den Hals trug. »Ich habe dich nicht zwanzig Jahre lang mit bestem Gewissen erzogen, damit du hier innerhalb kürzester Zeit jeglichen Anstand verlierst. Es ist nicht dein Fehler. Es ist der Umgang, den du hier hast. Wenn du dich erst einmal an der Universität eingelebt hast, wirst du gleichgesinnte Freundinnen finden.«

Widerstand war aussichtslos. Ihre Mutter begriff nicht, worum es Feli ging, nämlich darum, einmal rauszukommen, etwas anderes zu sehen, sei es auch nur eine Farm auf der anderen Seite von Arquata.

Wütend und frustriert begann Feli, wahllos Lehrbücher, Stifte und einen Notizblock in eine Tasche zu packen. Ihre Bücher lagerte sie im Küchenschrank, doch selbst dorthin war der Baustaub vorgedrungen und hatte sich auf die liebevoll eingebundenen Bücher gelegt.

Sie konnte das hier nicht mehr. Dieses Land täuschte mit seiner Weite. Lockte mit dem Gefühl, dass es hier keine Grenzen gab, dass man nur die Arme ausbreiten müsse, um loszufliegen. Dabei war es eben jene Weite, die dem Land Grenzen auferlegte! Der Fortschritt, der in Städten wie eine Flüsterpost rasend schnell weitergetragen wurde, versickerte hier irgendwo zwischen Kakteen und trockenem Gestrüpp, das einem die Knöchel aufkratzte.

Erst als Tränen ihre Wangen hinabkullerten, begriff Feli, dass sie eigentlich gar nicht wütend war. Sie war traurig. Und das schon seit Tagen. Sie hatte es nur nicht wahrhaben wollen.

Aber sie hatte noch immer ihr Studium, mit dem sie im nächsten Semester beginnen würde. Sie würde einfach noch mehr lernen und einen Abschluss erzielen, der ihr sämtliche Türen öffnete. Wissen ist Macht, pflegte ihr Vater doch immer zu sagen. Vielleicht, wenn ihre Eltern sahen, wie strebsam sie war, würden sie zulassen, dass Feli nach Los Angeles in ein Frauenwohnheim zog! Oder sie könnte ein Praktikum in einer großen Stadt absolvieren. Vielleicht sogar in New York?

Der Schatten ihrer Mutter fiel schmal und lang in den Raum, sie hielt sich am Türrahmen fest. »Wo willst du hin?«

»Ich habe vor zu lernen«, entgegnete Feli und fügte dann noch hinzu: »Auf der Licht-Ranch. Dort habe ich meine Ruhe. Oder darf ich nicht einmal dorthin?«

Ihre Mutter zögerte. Trat dann beiseite. »Es ist nur zu deinem Besten.«

Es entsprach nicht ganz der Wahrheit, dass Feli auf der Licht-

Ranch lernen wollte. Es zog sie zu Philipps geheimem Garten. Er war ihr eine Art Rückzugsort geworden. Inzwischen hatte sie entdeckt, dass Philipp den Schlüssel zur Hütte hinter einer mannshohen Kaktee versteckte.

Den Garten zu betreten, war wie in eine andere Welt zu schlüpfen. Die Zeit schien hier stillzustehen. Noch immer fiel es Feli schwer, sich vorzustellen, dass es Philipp war, der so etwas Wundervolles geschaffen haben sollte. Tief atmete sie den Duft des Salbeis ein, des Rosmarins und der Minze. Folgte dem Buchsbaum, der ihr bis zur Brust reichte, und ließ sich schließlich auf ihrer Decke unter dem Mandelbaum nieder, der inzwischen in voller rosa Blüte stand. Darüber strahlte das reine Himmelsblau, über das langsam Wattewolken zogen.

Feli versuchte zu lernen, konnte sich aber nicht konzentrieren. Seufzend gab sie auf, verschränkte die Hände hinter dem Kopf und ließ ihre aufgewühlte Seele von den Lichtpunkten heilen, die zwischen den wippenden Blättern hindurchfielen, auf ihr Gesicht sprenkelten und sie umtanzten. Das Wiegenlied all der Insekten, die zwischen den Blüten und Zweigen umhersummten, machte sie schläfrig.

»Nicht einschlafen«, murmelte sie noch, doch ihr Atem war schon verräterisch gleichmäßig und lang, und im nächsten Moment war sie hinübergeglitten in einen sanften Schlaf.

Hufschläge weckten sie. »O nein«, sagte sie und setzte sich auf. Es konnte sich nur um Philipp handeln. Wie spät war es? Wie lange hatte sie geschlafen?

Sie verkroch sich tiefer unter die Zweige des Mandelbaums. Von hier aus konnte sie zur Hütte spähen, deren zum Garten hin ausgerichtete Tür aufschwang. Breitbeinig blieb Philipp stehen, stemmte die Hände in die Hüften und betrachtete mit einem seligen Lächeln sein Werk.

Das war das erste Mal, dass Feli sah, wie er mit seinen Pflanzen umging. Er berührte sie, als wären sie Schmetterlinge. Sprach mit ihnen, als hätten sie Seelen. Aber am schönsten war, wie entspannt er wirkte. Er schien glücklich zu sein, er summte ja sogar!

Erneutes Hufschlagen.

»Catherine«, hörte Feli Philipp kurz darauf sagen. »Was machst du hier?«

Es wunderte Feli nicht, dass Catherine einst mit einem Hotelier durchgebrannt war. So schön wie sie war, stand ihr die Welt offen, und es gliche einer Sünde, dies nicht zu nutzen. Sie war wie die Elfengestalt, die diesem Zaubergarten noch gefehlt hatte.

»Ich wollte dich sehen.«

»Das kannst du auch am Sonntag in der Kirche.«

»Aber ich wollte in Ruhe mit dir reden.«

»Es gibt nichts, was ich dir zu sagen hätte.«

»Kann ich wenigstens versuchen, es dir zu erklären, bevor du mich davonjagst?«

Philipp schwieg.

»Ich hatte Angst, Philipp! Ich war noch so jung, und meine Gefühle für dich waren auf eine Weise intensiv, dass ich damit nicht umgehen konnte. Und dir ... dir ging es immer nur um deine Blumen ... «

»Schieb nicht mir die Schuld zu. Du hättest mit mir reden können.«

»Das hätte ich tun sollen. Wenn ich könnte, würde ich die Zeit zurückdrehen ...«

Philipp presste die Lippen fest aufeinander.

»Du hast ihn also noch immer, deinen Garten«, brachte Catherine nach einer Weile hervor. »Hat sich dein Vater inzwischen damit angefreundet?«

»Nein.«

»Das tut mir leid. Er ist jedenfalls wunderschön.«

»Dir hat er doch auch nie gefallen«, brummte Philipp.

»Doch! Alle Frauen mögen Blumen! Ich ...« Sie verstummte.

Philipp senkte den Blick, als hätte Catherine Salz in eine Wunde gestreut.

»Ich habe dich vermisst, Philipp«, wisperte sie nach einem Moment des Schweigens. »Und ich weiß, dass du mich vermisst hast. Die Leute sagen, du hättest dich seitdem zurückgezogen.«

»Du meinst, seitdem du mich von einem Tag auf den anderen für einen dahergelaufenen Hotelier hast sitzen lassen? Sprich es ruhig aus. Und mach dir nichts aus dem, was die Leute sagen. Die reden viel, wenn der Tag lang ist.«

Catherine nickte, als wisse sie, dass dieser Seitenhieb verdient war. Aber Philipp hatte sie verletzt. Ihre Hände zitterten. Feli kannte Frauen wie sie. Gleich würde sie anfangen zu weinen, und dann würde Philipp sie trösten, und sie würden sich in den Armen liegen. Prompt flossen die Tränen. Feli schüttelte in ihrem Versteck entsetzt über so viel weibliche Kalkulation den Kopf.

»Gib mir eine Chance, es wiedergutzumachen. Du bist doch einsam ...«

»Wie sollte ich dir noch trauen können?«, fuhr Philipp sie an.

»Es tut mir alles so leid ...«

Philipp ignorierte Catherines Weinen, was Feli ein kleiner Triumph war. Aus einem Korb mit Werkzeug holte er eine Gartenschere. Von dort aus hatte er einen gefährlich guten Blick auf Feli, und kurz glaubte sie, er hätte sie entdeckt, weil er in der Bewegung innehielt. Doch dann fuhr er herum.

»Ich ... ich werde darüber nachdenken. Geh jetzt.«

Vorsichtig zog Feli ihre Decke, deren Zipfel unter den Ästen hervorragte, an sich. Die Zweige des Buchsbaums stachen ihr in den Rücken.

»Ist es wegen ihr? Diesem Flittchen, das jetzt neben euch wohnt?«

Felis Mund klappte auf.

»Dein Vater kann sie nicht leiden«, fuhr Catherine fort. »Letzten Sonntag hat er mir in der Kirche gesagt, dass sie ...«

»Hör auf«, schnitt Philipp ihr das Wort ab. »Es hat nichts mit ihr zu tun.«

Es wunderte Feli kein bisschen, dass Albrecht nicht viel von ihr hielt. Albrecht schien von nichts und niemandem etwas zu halten.

Erneut nickte Catherine. »Ich gehe dann. Aber ich würde mir wünschen, du würdest die Schuld nicht nur bei mir sehen.«

»Eins noch«, sagte Philipp, als Catherine sich zum Gehen gewandt hatte.

»Ja?«

»Hört auf, Feli im Ort schlechtzumachen. Sie hat euch nichts getan.«

»Aber sie hat ...«

»Sie hat sich verteidigt. Und das ist ihr gutes Recht.«

Feli merkte erst, wie lange sie schon nicht mehr geatmet hatte, als sich die Luft schmerzhaft in ihren Lungen staute. Sie bestand nur noch aus Herzschlag. Philipp hatte sich für sie eingesetzt. Ausgerechnet Philipp.

Nachdem das Hufschlagen von Catherines Pferd in der Ferne verklungen war, ließ sich Philipp auf den Boden nieder. »Einsam ...«, brummte er, zog seinen Hut tief ins Gesicht und fluchte leise. Er wusste nicht, dass Feli auf der anderen Seite des Buchsbaums kauerte, glaubte, seinen Herzschlag hören zu können und genauso fühlte wie er. Dieses eine Wort hatte etwas in ihr zum Schwingen gebracht. Auch sie war einsam.

Dass Philipp sie verteidigt hatte – bedeutete das etwa, dass er sie vielleicht doch ein klein wenig gernhatte?

Sie dachte daran, wie er sie am vorherigen Tag beobachtet hatte. Abends hatte sie sich nach einem anstrengenden Tag auf der Veranda die Schnürschuhe ausgezogen und die geschwollenen Füße in kaltem Wasser gebadet. Dafür hatte sie ihren Rock bis über die Knie geschoben, sich seufzend in den Schaukelstuhl zurückgelehnt und mit den Zehen im Wasser geplätschert. Als sie die Augen geöffnet hatte, hatte Philipp sich schnell abgewandt.

Feli hatte keine Ahnung, wie viel Zeit so verging, dass sie Rücken an Rücken saßen, nur der Buchsbaum zwischen ihnen. Dieser Tag brachte sie einander näher, ohne dass Philipp davon wusste. Und etwas in Feli wollte mehr davon.

10

Es zehrte an Feli. Alles. Das Schlafen in der Scheune. Die Rückenschmerzen von der Feldarbeit. Die ständige Angst vor gefährlichen Tieren. Das Schwitzen, obwohl Winter war. Keinen richtigen Spiegel zu haben und das Gefühl, langsam zu verwahrlosen, egal, wie sehr sie sich anstrengte. Und natürlich das Baden in der Regentonne, während Fritz Wache hielt, damit nicht gerade Sam, Philipp oder Minho oder wer auch immer ums Eck kam. Zäune gab es hier ja nicht, hier war alles offen, ein herzliches Willkommen.

Am quälendsten war jedoch das Gefühl der Einsamkeit. Das Wissen, nicht akzeptiert zu werden. Eva und ihre Freundinnen ließen noch immer keine Gelegenheit aus, um über Feli zu spotten, wie sie von Anne erfuhr, und wenn Feli nach Arquata ritt, spürte sie, wie die Leute sie anstarrten. Wo war die Feli hin, die ihre Schultern gestrafft und hoch erhobenen Hauptes den Spott an sich hätte abprallen lassen? Wo war die Kämpferin? Sie kämpfte nicht, weil sie nicht hierhergehörte. In einen Ort, wo es keine Bibliothek gab, in der sie nachmittags in aller Ruhe stöbern konnte. Sie vermisste den Viktualienmarkt, die schicken Pferdekutschen, die Automobile, die durch die Stadt fuhren und von allen bewundert wurden, die Verflechtungen der Trambahnschienen auf den Straßen, das riesige Kaufhaus Tietz am Karlsplatz und die Parfümerie mit Düften aus aller Welt, die nicht weit von der Frauenkirche entfernt lag. All das war Glanz, das war Fortschritt, das war Weltbürgertum. Und sie vermisste die Eleganz der Münchner! Vor zwei Tagen hatte Fritz beim Essen laut gerülpst. Ihre Mutter hatte ihm dafür eine schallende Ohrfeige verpasst. »Offenbar hast du deine Manieren vergessen!«

Fritz hatte geschmollt. Das hätten ihm seine Freunde in der Schule beigebracht. Das mache man hier so.

Dass Philipp Feli weiterhin mied, schien niemand zu bemerken. Sie hatte gehofft, dass sie nach ihrem versöhnenden Gespräch auf dem Fastenball darüber hinaus waren. Immerhin hatte er sich doch, als Catherine sie als Flittchen bezeichnet hatte, für sie eingesetzt! Er wünschte ihr einen guten Morgen, wenn er kam, und einen schönen Abend, wenn er ging, aber gab ihr dabei mit einem undurchdringlichen Blick zu verstehen, dass sich darüber hinaus kein Gespräch zwischen ihnen entwickeln würde.

»Er leidet darunter, dass Catherine zurück ist«, versuchte Anne eine Begründung für Philipps abweisende Art zu finden, als sie gemeinsam Wäsche am Fluss scheuerten.

»Na und? Das hat doch mit mir nichts zu tun!«

Abstand – das war es, was sie brauchte. Sie wollte ins Lichtspielhaus gehen, in ein nettes Café, in den Tierpark, in der Unibibliothek pauken, bis ihr Kopf rauchte, oder in die Elektrische steigen, um eine Freundin zu besuchen. Aber hier gab es ja nur diese ewige, ewige, ewige Weite.

Dieser Druck in ihrer Brust schwoll immer mehr an, bis sie eines Nachts kein Auge zubrachte. Zwei Grillen saßen an dem Netz vor dem offen stehenden Fenster der Scheune, durch das hin und wieder ein würzig süßer Luftzug drang. Er strich ihr über die Wangen, blätterte die Seiten ihres medizinischen Lexikons um und huschte durch die Ritzen in den Holzwänden wieder nach draußen, wo er vergnügt pfiff. Man sprach auch von den Geistern der Steppe, die nachts umherschlichen und ihr Unwesen trieben. Je besser Feli dieses Land kennenlernte, desto mehr glaubte sie an solche Mythen. Das Zirpen der Grillen, das sie sonst in den Schlaf gewiegt hatte, hielt sie wach. Das Bellen der Kojoten brachte ihr Herz zum Vibrieren.

So leise wie möglich zog sie sich Reithose und Bluse an und schlich nach draußen. Es war diese zauberhafte Stunde, in der der Himmel hell wurde und die Sterne langsam verblassten. Bald würde die Sonne aufgehen. Sie dachte daran, wie oft Sam und Philipp schon vom Wasserfall gesprochen hatten und davon, wie schön dieser in den friedvollen Morgenstunden sei.

Sie sattelte Prince. Wenn Philipp ihr den Wasserfall nicht zeigen wollte, dann würde sie ihn eben selbst suchen.

Der Boden knirschte, Feli fuhr herum. Ihre Mutter näherte sich ihr. Sie trug ihr Nachtgewand und hatte gegen die Kälte die Arme um den Körper geschlungen. »Was machst du da?«, fragte sie.

Sie reite aus, entgegnete Feli.

»Das kommt nicht infrage. Es ist zu gefährlich. Philipp meinte, dass …«

»Mir fällt die Decke auf den Kopf, Mutter! Tag für Tag für Tag immer dasselbe? Wie hältst du das aus? Zu Hause hast du soziale Vereine unterstützt, bist zum Literatursalon oder zum Turnen gegangen. Und jetzt? Jetzt ist alles, was du machst, zu kochen, zu putzen und im Boden zu graben!«

Es tat ihr leid, so streng mit ihrer Mutter zu sein und sie zu verletzen, aber es war nun mal die Wahrheit. Es half niemandem, sich selbst etwas vorzumachen.

»Das hier ist jetzt unser Zuhause«, erwiderte ihre Mutter mit Nachdruck.

»Wenn das mein Zuhause sein soll, dann muss ich mich hier frei bewegen können«, erwiderte Feli und gab Prince die Sporen.

Wie gut es sich anfühlte, einfach draufloszureiten. Eine Weile lang folgte sie dem Weg, doch der versandete irgendwann, und so ließ sie sich vom Fluss leiten, ritt einfach hinein in die Steppe, immer geradeaus, den Bergen entgegen. Grauschwarz lagen sie in der Dämmerung vor ihr, als würden sie noch schlafen. Felis Herz schlug, als würde sie sich an ein gefährliches Tier heranpirschen. Hinter ihr ergoss sich ein Glockenton über die Weiten, ein himmlischer Ruf, eine Warnung vielleicht.

Sie wusste nicht genau, wo sich der Wasserfall und der Staudamm befanden, aber es konnte wohl nicht so schwer sein, den richtigen Weg zu finden. Eigentlich musste sie doch nur dem Fluss folgen. Bald schon ging es steil hinauf. Nebelschwaden zogen an den mannshohen Kakteen vorbei und heulten geisterhaft zwischen den Felsritzen.

Feli fürchtete sich ein wenig, aber auf eine gute, aufregende Weise. Die Fesseln um ihre Brust lösten sich, sie konnte frei atmen. Köstliche, würzige Morgenluft. Der Himmel silbergrau über ihr, die Natur noch ganz verschlafen. Es war, als gehöre die Welt ihr allein.

Feli saß von Prince ab und führte ihn. Es schien, als hätten die Berge zwei Gesichter, wie siamesische Zwillinge, die eins waren, aber deren Charakter doch unterschiedlich sein konnte. Auf die der Farm zugewandten Seite trafen harte Winde, die im Sommer teils wüstenhaft heiß waren, und deshalb war sie kahl und verlassen. Die andere Seite hingegen lag im Windschatten. Im Vergleich zu ihrem Zwilling war diese Seite recht grün. Hier und da wuchsen flüstervolle Büsche und hohe, uralte Kiefern. Aus den dichten Zweigen guckten gelbe Augen auf Feli herab. Nicht weit von ihr bellte ein Kojote. Die Berge wachten auf. Ihr wurde mulmig zumute.

Auf einmal knackste es hinter ihr, als wäre jemand auf einen Ast getreten. Ihr Puls raste. Was wenn ihr jemand gefolgt war? Sie fuhr herum. »Hallo?«, rief sie. »Ist da wer?«

Ein Hase hüpfte unter einem Busch hervor und flüchtete eilig hinter den nächsten Felsvorsprung. Feli legte den Kopf in den Nacken und lachte laut über sich selbst. »Hast du jetzt schon Angst vor einem Hasen?«, sagte sie zu sich selbst.

Doch ihr Lachen verstummte schlagartig, als auf einmal ein Bär zwischen den Bäumen hervortrottete. Er brummte, als er sie sah, und richtete sich zu seiner vollen Größe auf. Prince stieg und jagte im nächsten Moment davon. Feli war wie gelähmt. Selbst ihr Herz schien einen Schlag auszusetzen, ehe es wie verrückt gegen ihre Brust trommelte. *Weg, weg, weg!*

Wahrscheinlich wäre sie tatsächlich weggerannt, hätte nicht in diesem Moment jemand hinter ihr gesagt: »Bleib ganz ruhig. Nicht bewegen.«

Philipp! Langsam, jede Bewegung mit Bedacht, schob er sich vor sie. Als der Bär näher kam, legte er das Gewehr an.

Die Panik schärfte Felis Sinne. Sie nahm alles überdeutlich wahr. Die großen, scharfen Krallen des Tieres. Die Muskeln, die sich unter dem dicken Fell anspannten. Das Schnauben des Bären, als hätte auch er Angst. Die tiefbraunen, eigentlich friedvollen Augen ... Philipp durfte ihn nicht erschießen! Es war ihre Dummheit gewesen hierherzukommen, ihr Fehler, dafür sollte der Bär nicht büßen müssen!

Erneut gab der Bär ein gefährliches Brummen von sich. Philipps Finger legte sich auf den Abzug. Sie konnte seine Anspannung spüren, so nah war sie ihm.

»Das Rot«, sagte er. »Das macht ihn nervös.«

Das verdammte Burgunderrot ihrer Hose.

Philipp begann zu zählen. »Eins … zwei …«

Auf einmal riss der Bär die Tatzen in die Höhe und gab einen Angst einflößenden Laut von sich. Er machte einen Satz nach vorne – um dann auf alle viere zu fallen, kehrtzumachen und in den Büschen abzutauchen.

»Alles klar?«, fragte Philipp.

Feli nickte. Sie zitterte am ganzen Körper, brachte kein Wort hervor.

»Was machst du hier?«, fragte er.

»Ich … ich musste raus.«

Philipp war nun richtig wütend. »Deshalb riskierst du dein Leben?! Hatte ich dir nicht gesagt, wie gefährlich das ist?«

»Ich …«

»Verdammt, Feli! Du könntest tot sein, ist dir das bewusst?«

»Ich weiß!«, rief sie auf einmal. Seine Vorwürfe halfen ihr nun auch nicht weiter. Und die Panik ließ ihre Gefühle überkochen. »Du musst mich deshalb nicht anschreien!«

Sein Blick glühte vor Zorn, aber statt etwas zu sagen, schüttelte er nur den Kopf, stemmte die Hände in die Seiten und wandte sich leicht von ihr ab. Das ewige Philipp-Schweigen. So ewig wie diese elendige kahle Steppe am Fuß der Berge, in der sie offenbar nicht einmal alleine ausreiten konnte. Warum konnte Philipp sie nicht einfach in den Arm nehmen? Was war so schwer daran, sie zu trösten?

»Wie oft habe ich dich darum gebeten, mich mitzunehmen?«, entgegnete sie. »Du wolltest mich nie dabeihaben! Wundert es dich, dass ich mich irgendwann alleine aufmache?«

»Ja, es wundert mich, weil ich bisher dachte, du hättest Verstand!«

Sie schreckte zurück, als hätte er sie geohrfeigt. Was er gesagt hatte, tat ihm leid, das sah sie ihm an. Aber er war zu stolz, um seine Worte zurückzunehmen. Auf einmal wirkte er fast hilflos, wie er so dastand, nicht wusste, wohin mit den Händen, mit ihnen sinnlos gestikulierte. »Du bist so stur!«, platzte es auf einmal aus ihm heraus.

»Und du bist etwa nicht stur?«

»Ich habe nur versucht, dich zu beschützen! Kalifornien ist kein Spielplatz!«

»Ausgesperrt hast du mich! Ignoriert!«

Er schüttelte den Kopf und rieb sich mit Daumen und Mittelfinger über die Augen. »Du bist so ... viel.« Es klang nicht so, als würde er es wirklich ernst meinen, aber Feli war ohnehin schon verletzt. Diese Worte streuten nur noch Salz in die Wunde.

Sie schlug ihn mit beiden Händen auf die Brust. »Dann geh doch, wenn ich dir zu viel bin! Ich finde schon allein nach Hause!«

»Ich werde sicher nicht ...«

»Hau ab!«

Er schien hin- und hergerissen zu sein. »Gut«, sagte er schließlich. »Wie du meinst.«

»Vielleicht hast du Glück, und ich treffe wieder auf den Bären, dann bist du mich los!«

Er wirbelte herum. »So ein Blödsinn! Ach ja, solltest du eventuell dein Pferd suchen: Prince kam mir von Westen entgegengaloppiert. Westen liegt dort.« Er deutete in die Richtung.

»Ich weiß, wo Westen liegt!« Das war gelogen.

»Natürlich.« Seine Stimme triefte vor Spott.

Philipp ging tatsächlich und ließ sie allein zurück.

Er hatte nach ihr gesucht ... Abgesehen davon war es der falsche Zeitpunkt, um trotzig zu sein. Sie raffte ihre Reithose und eilte ihm hinterher. »Philipp!«

Er blieb stehen.

»Es tut mir leid«, sagte sie. »Es tut mir leid, dass ich alleine ausgeritten bin. Ohne dich wäre ich jetzt vermutlich nicht mehr am Leben und überhaupt, alles ...«

Als er sah, dass sie weinte, erschrak er zunächst, dann wurde sein Ausdruck auf einmal ganz weich. »Was ist denn alles?«, fragte er.

»Dass ich so unfähig bin. Dass es mir offenbar nicht genug ist, auf einer Matratze zu schlafen. Dass ich mir ein richtiges Bett wünsche. Dass ich mich nach einer Badewanne sehne. Du hast recht. Ich bin nicht für diese Gegend hier gemacht. Ich gebe mir Mühe, aber es gelingt mir nicht ... Das Beste wäre es, wenn ich meine Sachen packen und nach Hause fahren würde.«

»Hör auf, das zu sagen.«

»Aber es stimmt!«

»Es stimmt nicht.« Er kam auf sie zu und legte eine Hand auf ihren Oberarm und die andere unter ihr Kinn, damit sie ihn ansah. Er schenkte ihr ein kleines, schüchternes und versöhnliches Lächeln.

Wie hübsch er war. Er hatte sich noch nicht rasiert, wodurch sein Gesicht noch männlicher wirkte. Sie fühlte sich sicher und beschützt.

Philipp strich ihr eine Haarsträhne hinter das Ohr. Weil sie von ihm kam, von dem jungen Mann, der sie sonst immer so sehr auf Distanz hielt, war es die zärtlichste Berührung, die Feli je erlebt hatte. »Wenn du willst, zeige ich dir den Wasserfall«, sagte er.

Philipp beschloss, dass sie Prince später holen und gemeinsam auf seiner Stute reiten würden. Als er hinter Feli auf dem Rücken des Pferdes aufsaß und um sie herum nach den Zügeln griff, wurde sie von einem Schauer erfasst. Mal wieder schwiegen sie, doch Feli störte sich nicht daran, genoss sie doch zu sehr, wie nah sie einander waren.

Viel zu schnell hatten sie den Wasserfall erreicht.

»Das ist er«, verkündete Philipp zufrieden und stolz, als wäre diese Naturgewalt das Beste, was er zu bieten hatte.

Die Luft war feucht und frisch. Keine Spur von Zivilisation – kein Haus, kein Weg, nicht ein Schuhabdruck im feuchten Boden.

Feli schwindelte ein wenig, als sie näher an den Abgrund trat, um ins Becken zu blicken, in das die Wassermassen stürzten. Auf einmal schloss sich seine Hand um ihre, nur um sie festzuhalten, sollte der Abgrund sie noch näher locken. Doch der wahre Abgrund, der lag hinter ihr, in Philipps Berührung, seiner Nähe und den Stromschlägen, die ihren Körper erzittern ließen.

Die Felswand zum Becken hinabzuklettern, war gar nicht so leicht, aber Philipp half ihr. Sie ertappte sich dabei, wie sie seine Hilfe öfter annahm als eigentlich notwendig. Seine Hand erneut spüren, testen, wie sie sich auf ihrem Rücken, ihrer Taille anfühlte …

»Und? Ist dieser Ort die Aufregung heute Morgen wert?«, rief Philipp über das laute Rauschen des Wassers hinweg.

Hinter den Bergen erhob sich nun glühend die Morgensonne und ließ das Wasser wie die Schuppen eines Rotbarschs funkeln.

»Ja, ist er. Das Schönste, was ich seit Langem gesehen habe.«

»Die Stelle gehört mir meistens ganz allein.«

»Bist du denn gerne allein?«

Philipp zuckte mit den Schultern. »Ich bin gut darin. Ich habe gerne meine Ruhe.«

»Das wissen wir ja jetzt schon eine ganze Weile«, sagte sie. Sollte er ruhig heraushören, dass sie noch immer verletzt war.

Er zog nur die Augenbrauen hoch.

Ihr war nicht klar gewesen, dass sie nicht nur hierhergewollt hatte, um endlich den Wasserfall bewundern zu können. Sie hatte auch Philipp besser kennenlernen wollen, wenigstens ein kleines bisschen. Mehr über ihn erfahren.

»Warum eigentlich Medizin?«, fragte er auf einmal.

Sie hätte die Standardversion herunterleiern können. *Weil ich Menschenleben retten will. Weil ich etwas in der Welt bewegen will.* Aber sie wollte, dass Philipp sie kannte. Dass er etwas von ihr erfuhr, was andere nicht wussten. Sie wollte sich ihm selbst näherbringen, indem sie voll und ganz ehrlich zu ihm war.

»Wahrscheinlich weil es das anspruchsvollste Studium von allen war. Ich wollte mich beweisen.«

»Nichts anderes hatte ich erwartet.«

Ob es ihr denn auch Freude mache, wollte er wissen.

»Ja. Ich denke schon. Ich will unbedingt etwas bewegen. Etwas im Leben erreichen. Und das Studium hat mir das Gefühl gegeben, dass ich auf einem sicheren Weg dorthin bin. Erzähl mir etwas über dich. Was ist deine Leidenschaft?«

»Da gibt es nichts Besonderes.«

»Das glaube ich nicht. Was ist mit dem Blumenfeld?«, rutschte es ihr heraus.

Woher sie von den Blumen wisse. Sie sagte ihm die Wahrheit, dass sie ihn beobachtet hatte und ihm sogar heimlich nachgeschlichen war, um hinter sein Geheimnis zu kommen. Zu ihrem Erstaunen störte es ihn nicht, es ließ ihn nur unsicher werden. »Du lachst nicht?«, fragte er leise.

»Warum sollte ich?«

Er sah sie an und sah wieder weg. »Mein Vater meint, ich verschwende meine Zeit mit den Blumen. Vermutlich hat er recht.«

»Sei nicht so bescheiden.«

»Das hat damit nichts zu tun. Es ist nur ein Hobby ... Eine Art

Forschungsobjekt für mein Studium.« Doch so, wie er es sagte, hörte sie heraus, dass es weit mehr als ein Hobby war.

»Schade eigentlich. Du scheinst ein wundervolles Gespür für Pflanzen zu haben.«

Er schien sich nicht sicher zu sein, ob sie ihn auf den Arm nahm. Als er erkannte, dass es ihr ernst war, lächelte er. Natürlich versuchte er sein Lächeln im Zaum zu halten, dieser stolze Cowboy.

»Du könntest dich deinem Vater beweisen, indem du mit deinen Blumen bei Wettbewerben mitmachst und gewinnst.«

»Wettbewerbe sind nichts für mich.«

»Dann verkaufe deine Blumen!«

»Du meinst, ich soll sie züchten? Dafür fehlt mir die Zeit. Und jetzt los, du Quasselstrippe, wir sind zum Baden hier!«

In einer fließenden Bewegung zog Philipp sich sein Hemd über den Kopf. Feli spürte, wie Hitze in ihre Wangen stieg, hätte es jedoch als albern empfunden, sich wegzudrehen. Es war ja auch nicht so, dass sie noch nie einen halb nackten Mann gesehen hatte. Während ihres Studiums hatte sie auch schon völlig nackten Männern gegenübergestanden. Aber ihr gefiel, was sie sah. Vor allem die kleinen Details. Die Farbnuancen seiner Haut. Die dunklen Stellen: Schultern, Arme, Hände. Dann die Stellen, wo weniger Sonnenlicht hinfiel: der flache Bauch. Die Beine, denn er hatte sich inzwischen die Hose aufgeknöpft und ausgezogen. So viel unerhörtes Verhalten, so viel Skandal.

»Na los!«, rief er, watete ins Wasser und tauchte ab.

Sie schnürte ihre Lederschuhe auf, zog sie von den Füßen, raffte ihre Reithose und wagte sich bis zu den Knöcheln ins Wasser. Er spritzte etwas Wasser nach ihr, was sie vor Freude quieken ließ. Das hier war anders. Hier lag etwas in der Luft, eine plötzliche Spannung, die sie noch einmal innehalten ließ, ehe sie ihre

Bluse aufknöpfte. Einen Knopf nach dem anderen. Tief erschrocken dachte sie, dass nun alles möglich war. Erst als ihre Finger auf Höhe ihres Bauchnabels waren, sagte sie, dass er sich umdrehen solle. Er gehorchte, hatte jedoch einen winzigen Moment zu lang gezögert. *Wir haben also zu spielen begonnen*, dachte sie sich. Er war zu sehr Ehrenmann, um sich noch mal umzusehen, aber ein Teil in ihr hätte es als prickelnd empfunden, würde er es tun. Schon bald trug sie nichts mehr außer einem gerüschten, sehr figurbetonten Laibchen und einer Seidenunterhose, die nur knapp über die Knie reichte. Feli fühlte sich wohl in ihrem Körper, warum also sich ihm nicht so zeigen? Sollte er ruhig nachts an sie denken.

»Das Wasser ist ja eiskalt!«, rief sie.

»Vielleicht kühlt das dein feuriges Temperament ein wenig ab.«

Wie entspannt er aussehen konnte, wenn er lachte.

Sie wagte sich tiefer ins Wasser vor. Legte den Kopf in den Nacken, breitete die Arme aus und drehte sich, bis ihr schwindelig wurde. *Sieh mich an, sieh mich an, sieh mich an!* Er sah sie an, auf eine Weise, als gefiele ihm, was er sah. Es war ihr gleichgültig, dass der zarte Stoff ihres Laibchens nun durchscheinend war. Dass er auf ihrer Haut klebte. Genau so war es richtig.

»Du zitterst«, sagte er, doch er bewegte sich nicht. »Vielleicht sollten wir aufbrechen.«

»Vielleicht«, sagte sie, näherte sich ihm dabei aber. Sollte er ruhig die Erwartung in ihren Augen aufflammen sehen. Sollte er ruhig sehen, was sie von ihm wollte.

»Vielleicht ist es besser«, sagte er, senkte dabei den Blick und wollte aus dem Wasser.

Aber das ließ sie nicht zu. Als er auf ihrer Höhe war, nahm sie seine Hand und hielt ihn zurück. Und auf einmal berührten ihre

Lippen seinen Mund. Es war nur ein kleiner, unschuldiger, eigentlich keuscher Kuss, wenn man davon absah, dass sie beide nur sehr wenig Stoff an ihren Körpern hatten.

»Wofür war das?«, fragte er mit rauer Stimme, als sie sich von seinen Lippen gelöst hatte.

»Dafür, dass du mich gerettet hast.«

Erneut hob sie ihm ihr Gesicht entgegen und küsste ihn, fast brutal nun, als würde sie so die Zeit gutmachen wollen, die er sie ignoriert hatte. Die glühenden Felsen, die Morgensonne, deren Licht wie ein Heiligenschein über den Bergspitzen erstrahlte, das gewaltige Rauschen und die winzigen Wasserpartikel, die frisch und kühl durch die Luft schwirrten. Philipps Körperwärme, der Duft seiner Haut, seine weichen Lippen, die sich ihr gegenüber so oft verschlossen hatten, das angenehme Kratzen seines Barts – wer hätte ahnen können, wie sehr sie all das genoss? War es, weil sie einsam war? Weil sie dankbar alles entgegennahm, was die Leere füllte?

Also ruhig bleiben. Wer wusste schon, wohin das führte? Am Ende war es auch nur eine Art Triumphgefühl, das sie empfand, weil sie ihn so weit gebracht hatte.

»Ich denke, wir sollten jetzt gehen.« Diesmal klang Philipp entschlossen.

Seine Reaktion traf sie. Der Kuss hatte einen bitteren Nachgeschmack bekommen.

»Ich finde nur, wir sollten brav bleiben«, sagte er.

11

Sei nicht immer so impulsiv. Wie oft hatten ihre Eltern Feli diesen Rat schon gegeben? Als sie in der Mädchenschule eine Schülerin geschubst hatte, weil diese das Butterbrot ihrer Freundin in die Toilette geworfen hatte. Als sie einen Professor zu Hause aufgesucht hatte, weil er sie in einer Prüfung ungerecht benotet hatte. Als Justus Schwindler, einer ihrer Kommilitonen, sich vor seinen Freunden hatte beweisen wollen und ihr in der Eingangshalle der Universität an den Hintern gefasst hatte – da hatte sie ihm auch an den Hintern gefasst. »Ich dachte, das macht man so?«, hatte sie gesagt.

»Sei nicht so impulsiv …«, wiederholte sie wie ein Mantra.

Feli stand vor dem gesprungenen Spiegel, hinter dem grauen Wellblech. Eine Art Schutzschild. Auf der anderen Seite der Farm war Philipp und ließ mit Sams Hilfe die Holzfassade der Ranch mit Öl ein. Sie hatte eine Pause gebraucht, weil sein Anblick sie verwirrt hatte. Seit dem Kuss, also seit zwei Tagen, hatte er bis auf ein »Guten Morgen« oder ein »Gute Nacht« noch nicht mit ihr gesprochen. Das war nichts Neues, das kannte sie bereits. Doch wo sie zuvor damit hatte umgehen können, machte es sie nun wahnsinnig.

Sie beobachtete ihn heimlich. Versuchte jede kleinste Regung seines Gesichts zu deuten. Wie stand er zu dem Kuss? Was ging ihm durch den Kopf? War er wütend auf sie? Hatte er Angst vor ihr? Was, wenn er mit ihrem Vater darüber sprechen würde? *Entschuldige, Johann, aber deine Tochter bedrängt mich.*

Unsinn!, beruhigte sie sich selbst. *In München haben die jungen Männer Schlange gestanden, um mit dir einen Kaffee zu trinken.*

Als sie vom Wasserfall aufgebrochen waren, hatten sie erst einmal nach Prince suchen müssen. Dafür war Feli mit Philipp erneut auf seiner Stute geritten. Sie hatten sich verhalten, als wäre nichts geschehen. Was nicht leicht war, wenn man so dicht aneinander saß, dass man den Geruch des anderen wahrnehmen konnte, seine Körperwärme, seinen Herzschlag …

Der Kuss hatte auch Feli überrascht. Noch nie hatte sie jemanden einfach so geküsst.

O Gott, hatte sie Philipp dasselbe angetan wie einst Justus Schwindler ihr? War sie am Ende eine weibliche Variante der Schwerenöter, gegen die Frauenrechtlerinnen so erbittert kämpften? Hielt er sie nun auch für das Flittchen, für das sie ohnehin schon alle hielten? Der Gedanke war unerträglich. Wie sollte sie ihm je wieder unter die Augen treten können?

Es war nicht so, dass sie eine Wahl hatte. Sie musste Anne helfen. Ihre neu gewonnene Freundin strich auf dem Hof die Fensterläden in einem dunklen Rot, das im kupfernen Licht der Abendsonne, die in ein, zwei Stunden hinter den Bergen verschwunden sein würde, noch stärker zur Geltung kam.

»Ich dachte schon, du würdest einen nachträglichen Mittagsschlaf halten!« Annes Hamsterbacken schoben sich nach oben, wie immer, wenn sie lächelte.

»Schön wär’s«, entgegnete Feli und machte sich wieder ans Werk.

Sie zwang sich, nicht zu Philipp zu schauen. Aber sie spürte seine Anwesenheit.

Neuerdings machte sie sich besonders hübsch. So gut es eben ging, wenn man nur eine Schüssel mit Wasser und einen an einem Wellblech befestigten, gesprungenen Spiegel hatte. Sie lachte lauter über Sams Witze. *Ich brauche dich nicht, um glücklich zu sein.*

Aber ihr Selbstbewusstsein hatte einen Knick bekommen. Sie brauchte etwas, worauf sie stolz sein, woraus sie Kraft schöpfen konnte. Die Universität in Los Angeles hatte sie erst für das kommende Halbjahr zugelassen, das hatte Feli auch zunächst akzeptiert. Doch nun hatte sie danach gelechzt, sich wieder mit dem zu beschäftigen, was ihr ein gutes Selbstwertgefühl gab. Deshalb hatte sie fast eine Stunde mit den Professoren diskutiert, um an den letzten Tagen des Semesters teilnehmen zu dürfen, sie würde auch für die Prüfungen pauken wie kein anderer, nur bitte, bitte, wenn sie endlich wieder studieren dürfte! Schließlich hatten sie eingewilligt, vermutlich hauptsächlich, um sie endlich los zu sein. Morgen Nachmittag würde sie ihre erste Vorlesung haben.

Es war ein heißer Tag, und in der Luft stand der Geruch von frischer Farbe. Von den Feldern her war ein monotones Dröhnen zu hören, da Albrecht mit der neu angeschafften Dampfmaschine das Weidefeld pflügte.

Sie konnte es nicht verhindern, sie sah zu Philipp. Er stellte gerade eine Holzleiter auf. Sam reichte ihm die Wasserflasche, Philipp trank und goss sich etwas von dem Wasser über das Gesicht. Die Wolken ballten sich über den Bergen und drückten die Hitze zu ihnen herab. Philipp schwitzte. Sein weißes Baumwollhemd klebte an seinem Rücken. Philipp, der Cowboy. Philipp, der Indianer. Philipp, der heimliche Blumenzüchter. Philipp, ihr Retter. Er sei arrogant, hatte Jerry gesagt. Er sei schüchtern, hatte ihr Vater gesagt. Philipp, wer bist du denn nun?

Er knöpfte sein Baumwollhemd auf, zog es aus und hängte es über das Geländer. Ihre Eltern waren in die Stadt gefahren, um etwas wegen des Grundstücks zu regeln. Da konnte man natürlich schon etwas mutiger werden und sich das Hemd ausziehen. Sam pfiff, spielerisch wie es sonst nur die Kerle taten, die ein hübsches Fräulein auf sich aufmerksam machen wollten. Schweiß glänzte auf Philipps muskulösem Rücken. Auch Sam hatte sich inzwischen das Hemd ausgezogen, aber wen interessierte das schon?

Anne holte sie aus ihren Gedanken. »Er sieht gut aus, nicht wahr?«

Hatte Anne etwa bemerkt, dass Feli Philipp beobachtete? Sie zuckte betont gleichgültig mit den Schultern. »Mein Geschmack ist er nicht.«

»Ehrlich nicht?«

»Ganz ehrlich«, schwor Feli.

»Das beruhigt mich«, gestand Anne schüchtern. »Ich habe ihn nämlich ein klein wenig gern, weißt du?«

Das hatte Feli bereits geahnt. Wann immer es Anne möglich war, klebte sie an Philipps Seite. Dann war sie ganz still, brachte kaum noch ein Wort heraus und hatte riesengroße Augen.

»Aber ich glaube nicht, dass ich bei ihm eine Chance habe. Ich habe einfach nichts zu bieten.«

»Was redest du denn da?!«

»Sieh mich doch an. Ich habe Pausbacken wie ein Kleinkind, und meine Zähne sind einfach nur lächerlich.«

Feli knipste die Spange auf, die den Dutt in Annes Nacken zusammengehalten hatte, legte sie beiseite und kämmte mit den Fingerspitzen die zu einem strengen Mittelscheitel geordneten Haare zur Seite. »Ach was«, sagte sie, während sie ihr einen lockeren französischen Zopf flocht, den sie mit der Spange feststeckte. Neuerdings hatte Feli immer einen dezenten Lippenstift in der Tasche ihres Arbeitskleides, von dem sie etwas auf Annes Lippen auftrug. »Was ist denn schon an all den Evas und Catherines dort draußen so besonders? Man sieht sie und vergisst sie wieder. Aber du bist auf besondere Weise hübsch.« Vom Haufen mit Bauschutt las Feli ein Stück Blech, das spiegelte und das sie vor Anne hielt, damit sie sich betrachten konnte. »Was sagst du?« Feli klang so begeistert, dass Anne gar nicht anders konnte, als ebenso zu empfinden.

Anne lächelte, doch dann machte sie sich wieder daran, Farbe auf den Fensterladen aufzutragen. »Danke. Aber all das wird in meinem Fall vermutlich nicht ausreichen. Du hast eine solche Ausstrahlung, und du bist so hübsch und interessant, bestimmt himmelt er dich an.«

»Oh, du täuschst dich«, schoss es aus Feli heraus. »Er kann mich nicht ausstehen.«

Anne sah von dem Fensterladen auf. »Aber ihr lacht doch immer so viel miteinander?«

»Wir wechseln kein Wort miteinander.«

Anne schien nicht überzeugt. »Jedenfalls weiß ich ja nicht mal, ob er eine Freundin hat.«

Ein Stich in Felis Brust. »Ich dachte, er hätte keine?! Warte mal, von wem reden wir?«

»Na, von Sam!«

In diesem Moment lachten die beiden Männer herzhaft miteinander. Sofort schoss es heiß und kalt zugleich durch Felis Körper. Hatte Philipp Sam von ihrem Kuss erzählt? *Sie hat sich einfach auf mich gestürzt, ich hatte keine Chance!*

Anne schüttelte kichernd den Kopf. »Philipp ist wie ein Bruder für mich. Du glaubst also, dass Philipp dich nicht leiden kann?«

War das nicht offensichtlich?

»Ich wäre mir da nicht so sicher«, sagte Anne. Sie sah zu Philipp, der im Inneren der Farm verschwand. »Seit du hier bist, erinnert er mich wieder mehr an den Philipp, der er früher einmal war.«

Da ertönte auf einmal Musik. Mit einem zufriedenen Grinsen trat Philipp wieder auf die Terrasse.

»Du hast tatsächlich das alte Grammofon wieder zum Laufen gebracht?«, rief Sam.

Es war eines dieser Lieder, bei denen man nicht lange stillhalten konnte. Trotzdem war Feli sich sicher zu träumen, als Philipp leichtfüßig auf Sam zutänzelte, zwar mehr zum Scherz, aber immerhin.

»Siehst du«, sagte Anne neben ihr. »Genau das meine ich.«

Als Sam sich eine Stunde später verabschiedete, ergriff Feli kurzerhand für ihre Freundin die Initiative: »Das trifft sich gut«, sagte sie. »Anne wollte auch gerade nach Hause gehen. Du könntest sie doch ein Stück begleiten, Sam, oder?«

»Natürlich«, erwiderte er. »Sehr gerne.«

In Sekundenschnelle glühten Annes Wangen wie die Abendsonne, die auf einer der Bergspitzen zu balancieren schien. »Danke«, murmelte sie. »Lieb von dir.«

Die beiden brachen auf.

Die Luft war schon dämmrig grau und schien zu flirren, die Umrisse der Farm waren leicht verschwommen. Feli mochte es, wenn der Tag ausklang, wenn am Horizont ein matter orangegrauer Streifen hing und darüber bereits die Nacht wartete. Die Atmosphäre war ruhig, heimelig und irgendwie intim.

Es war nur noch ein Fensterladen übrig, und Felis Kopf schwirrte vom schweren Geruch der Farbe, den sie seit Stunden einatmete. Leise summte sie zu der Musik, die die Arbeit noch immer aus der Farm heraus begleitete, und dachte sehnsüchtig an das Abendessen.

»Hallo«, hörte sie Philipp auf einmal hinter ihr sagen.

Von einer Sekunde auf die andere schlug ihr Herz so kräftig und laut, dass sie sicher war, er würde es hören.

»Ich …« Er nahm seinen Hut ab und fuhr mit dem Zeigefinger über den Rand. »Ich wollte dich fragen, ob ich dir die Gegend zeigen soll. Damit du dich besser auskennst. «

»Das ist eine sehr gute Idee«, sagte sie.

»Gut«, sagte er. Selbe Tonlage, selber Blick, selbe Haltung. Und dennoch meinte Feli sehen zu können, dass ihm ein Stein vom Herzen gefallen war. »Sagen wir morgen früh? Ich hole dich hier ab.«

Morgen hätte sie eigentlich ihre erste Vorlesung. Und dennoch hörte sie sich sagen: »Gut. Abgemacht.«

In der Nacht hatte es viel geregnet, und der Boden war noch immer feucht, vor allem hinter der Scheune, wo der Matsch schmatzende Geräusche von sich gab, als die Pferde hintereinander durch ihn hindurchwateten. Feli erfreute sich an dem Geräusch, und auch Philipp musste schmunzeln.

Feli war glücklich. Der wolkenlose Himmel, mittendrin ein Greifvogel, der sie hoch in den Lüften verfolgte, um sie herum der Duft der Steppe, raue, wilde Landschaft, das Zirpen der Grillen, das Schlagen der Hufe auf dem staubigen Boden. So viel zu sehen, so viel wahrzunehmen, und doch hatte sie nur Augen für Philipp. Für seinen schönen Rücken, als er vor ihr ritt, den Hut auf dem Kopf. Er saß fest und sicher im Sattel. Ja, sie gehörten zusammen, Philipp und die Steppe, Philipp und die Wildnis. Philipp und die Einsamkeit.

Der große, schwarze Vogel am Himmel sei ein Kondor, und aus der roten Frucht, die an manchen Kakteen wüchse, würden die Indianer Medizin herstellen, erklärte er. Feli hatte nicht geahnt, wie viele Kakteen es gab. Kakteen, so schlank und hoch wie eine Säule, rund wie eine Kugel oder flach wie eine Scheibe. Sie hörte nur mit halbem Ohr zu. *Was geht dir nur durch den Kopf, Philipp? Wie soll es jetzt weitergehen? Wirst du mich morgen schon wieder ignorieren?*

»Und was ist das da?«, fragte sie und deutete auf eine Reihe Büsche mit leuchtend roten Blättern. Sie begrenzten etwas, das vielleicht mal eine Art Beet gewesen war, daneben stand eine verwahrlost wirkende Hütte.

Philipp straffte die Zügel, um sein Pferd zum Stehen zu bringen. Seine Augenbrauen zogen sich zusammen, er dachte nach. »Das ist eine Poinsettia. Die meiste Zeit im Jahr ist sie einfach nur grün.«

»Gehört das Grundstück denn noch jemandem?«

»Nein, nicht mehr. Es hat mal einer mexikanischen Familie gehört. Aber die Leute hier haben sie schikaniert, deshalb sind sie fortgezogen. Der Vater der Familie hat mir mal erzählt, dass sie sämtliche Pflanzen, die sie angebaut haben, aus Mexiko mitgebracht hatten. Es waren Heilpflanzen. Dieser Busch, den du meinst, hat wohl bei einem Schlangenbiss Leben gerettet. Die Azteken haben aus seinen Wurzeln einen Sud gebraut, der das Gift aus dem Blut ziehen soll. Ausprobiert habe ich es noch nicht, und ich habe es auch nicht vor.« Er schwang sich von seinem Pferd.

Pflanzen waren seine Leidenschaft, das war nicht zu übersehen. Er brach einen Zweig der Poinsettia ab, zerrieb die weiße Milch, die austrat, zwischen den Fingern, befühlte die Blätter, schnupperte an ihnen.

Auch Feli stieg von Prince ab. »Wie wunderschön sie ist. Ihr Rot ist so kräftig!«

Philipp hielt inne. Die volle Intensität seines Blicks entlud sich, als er ihr den dünnen Zweig hinter das Ohr steckte. »Hübsch«, sagte er. Sein Kehlkopf hüpfte mehrmals auf und ab.

Wenn du mich küssen willst, dann tu es, Philipp. Ich halte dich nicht davon ab.

Doch der Moment verstrich. Um abzulenken, sagte Feli: »Ich finde, die Poinsettia fehlt noch in deiner Sammlung.«

»Ich weiß nicht, wie man sie pflegt.«

»Ich habe das Gefühl, du magst Herausforderungen.« Sie zwinkerte ihm zu und drehte sich dann auf dem Absatz um.

12

Mitte Mai wurde das Land von Dauerregen überrascht. Erst war es nur ein leises Prasseln auf dem Dach, doch schon bald wuchs es heran zu einem lauten Hämmern. Das Unwetter blieb in den Bergen hängen, und die Wolken taten ihren Ärger darüber lauthals mit tosenden Gewittern kund.

»Was, wenn der Fluss übertritt und die Farm unter Wasser setzt?«, sorgte sich Felis Mutter.

Und die Ernte, dachte Feli. Gestern hatte sie sich zu den Feldern vorgewagt. Die feinen Wurzeln der Erdbeeren, die bereits grüne Früchte getragen hatten, waren vom Regen ausgegraben und die Blätter zerdrückt worden. Ähnlich sah es beim Gemüse aus. Nur der Orangenhain hatte sich bisher gut gehalten, doch mochten die Bäume eigentlich nur wenig Wasser.

Zum Glück waren sie vor ein paar Tagen in die Farm umgezogen, denn die Renovierungsarbeiten waren endlich so gut wie abgeschlossen, und die Farm erblühte in neuem Glanz. Obwohl noch ein paar Kleinigkeiten wie das Lackieren der Möbel oder das Anbringen von Gardinen im Gange waren, war der Umzug bereits mit einem Fest gefeiert worden, zu dem halb Arquata erschienen war. Auch musste Feli sich noch mit Fritz ein Zimmer teilen. Ihres diente gerade als Abstellkammer, doch wenn alles an Ort und Stelle sein würde, hätte auch Feli endlich ihren eigenen Rückzugsort. Doch selbst mit ihrem kleinen Bruder wie die Sardinen in einem Einmannbett liegen zu müssen, störte sie kein bisschen. Alles war besser, als weiterhin wie die Tiere in der Scheune zu hausen. Auch für Minho war ein Zimmer vorgesehen, ein recht schönes sogar, mit einem Fenster, das zur Pferdekoppel hin ausgerichtet war. Aber bisher hatte er es vorgezogen, unter freiem Himmel zu schlafen. Er war ein seltsamer Kauz, dieser Chinese.

Felis Mutter verbrachte Stunden damit, die Farm wohnlich zu gestalten, hier einen Spiegel aufzuhängen, dort ein Familienfoto, Lampenschirme zu nähen und Tischdecken zu stricken. Sie arbeitete, als hinge das Familienglück davon ab, und vielleicht war es auch wirklich so, denn als Feli das floral verzierte Meißner-Porzellan in der Vitrine stehen oder ihre hübschen Kleider ordentlich in einem richtigen Schrank hängen sah, da fiel ihr ein Stein vom Herzen. Es war also doch möglich, hier zivilisiert zu wohnen. Feli unterstützte ihre Eltern, wo sie nur konnte, auch wenn das bedeutete, dass sie sich bisher kaum an der Universität hatte blicken lassen.

Das Klopfen des Regens an der Fensterscheibe hielt Feli eines Nachts wach. Auch Fritz konnte nicht schlafen. Er wälzte sich trotz des engen Betts hin und her und trat Feli aus Versehen ein paarmal mit dem Fuß.

»Stürzt das Dach jetzt ein?«, flüsterte er.

»Nein, natürlich nicht«, beruhigte Feli ihren kleinen Bruder. »Schlaf weiter.«

Gleich nachdem Fritz' Atemzüge wieder lang und gleichmäßig geworden waren, schlich sie auf Zehenspitzen auf die Veranda. Sie hatte ein ungutes Gefühl im Bauch. Würde sie nicht zumindest einen Blick nach draußen werfen, um sich zu vergewissern, dass alles in Ordnung war, bekäme sie kein Auge mehr zu.

Die Luft war kalt und feucht, als sie auf die überdachte Veranda trat. Regen strömte vom Himmel hinab, schlug hart auf den Boden auf und spritzte bis zu ihren nackten Füßen. Selbst der Mond war hinter all den Wolken und Wassermassen nur als ein mattes Silbergrau zu vermuten. Inzwischen war ihr das Rufen der Käuzchen vertraut, das immer gleiche Grillenzirpen hörte sie kaum noch. Wohl fiel ihr jedoch auf, wenn beides fehlte. In dieser Nacht war es bis auf das laute Trommeln des Regens still.

Auf einmal wieherte eines der Pferde aufgeregt. Erst jetzt fiel Feli auf, dass da noch ein anderes Geräusch war. Ein Rauschen. Es schien von den Feldern zu kommen.

Eine unheilvolle Vorahnung beschlich Feli. Hastig schlüpfte sie in ihre Stiefel. Kurz dachte sie an Philipp. Sie sah ihn vor sich, wie er den Kopf schüttelte, weil sie nicht überprüft hatte, ob sich ein Skorpion in ihren Schuhen versteckte. *Tut mir leid, Philipp, aber dafür ist jetzt keine Zeit.* Sie rannte. Schlamm spritzte an ihren Unterschenkeln hoch.

Das, was sich ihr auf den Feldern zeigte, ließ ihr Herz einen Moment lang aussetzen. Die Felder waren überflutet. Die Leitungen waren geöffnet worden! Gluckernd schwollen Wasserströme über die Ränder der Aquädukte. Wasser schoss aus den Ösen der Rohre.

»Papa!«, schrie Feli, während sie zurück zur Scheune rannte. »Schnell! Wach auf! Wir müssen die Rohre schließen!«

Es herrschte Chaos. Da war ihr Vater, der erst einmal begreifen musste, was hier geschah. Der das, was er sich gerade erst aufgebaut hatte, unter Wasser begraben sah, und dann anfing, Anweisungen zu verteilen. Da war ihre Mutter, die Fritz aufforderte, sofort wieder ins Haus zu gehen. Und Minho, der ans andere Ende des Feldes rannte, um die Leitungen abzudrehen. Das Wasser überdeckte die Erdbeerpflanzen, reichte Feli schon bis zu den Knöcheln. Wer nur hatte die Leitungen überhaupt aufgedreht?

Auf einmal ein lauter Knall. Eines der Rohre war geplatzt, der Druck war zu hoch. Wasser schoss in einer Fontäne hoch. Ihre Mutter versuchte, das Loch mit einer Decke zu stopfen, doch die Massen waren zu stark. Ein zweiter Knall, ein zweites Rohr, das geplatzt war. Die Kräfte, die wirkten, waren so gewaltig, dass nicht allein der Regen dafür verantwortlich sein konnte.

Jemand muss die Schleuse geöffnet haben, schoss es Feli auf einmal durch den Kopf. Wenn das wirklich der Fall war, dann würde innerhalb kurzer Zeit das Grundstück überflutet sein, und die Felder sowie die Farm würden unter Wasser stehen.

»Wo willst du hin?«, rief ihre Mutter, als Feli zur Koppel rannte. Auch sie trug nur ein Nachtkleid, aber wenigstens hatte sie sich ihren Morgenmantel darübergezogen, dessen seidiger Stoff ganz nass war und an ihrem schmalen Körper klebte.

»Zum Staudamm!«

Im Gegensatz zur Stute stand Prince nicht unter dem Dach, das ihr Vater den Pferden gebaut hatte. Er lief aufgeregt am Zaun entlang und wieherte. Sein pitschnasses Fell glänzte im Mondlicht.

Ohne Sattel zu reiten, war schwierig, aber in München hatte Feli es auf dem Pferdehof schon ein paarmal probiert und wusste, dass sie es schaffen würde. Vom Zaun aus kletterte sie auf Prince' Rücken und hielt sich so gut es ging an seiner Mähne fest.

»Los!«, rief sie und trieb Prince an.

Auf dem Rücken des Hengstes jagte sie durch die Nacht. Der Regen peitschte ihr ins Gesicht. Sie sah kaum etwas, und kurz hatte sie Angst, in der Dunkelheit niemals den Weg zum Staudamm ausmachen zu können. Doch sie musste Prince gar nicht leiten. Er schien zu wissen, wohin sie wollte.

Dort angekommen, sprang Feli von seinem Rücken. Der Boden schien unter ihren Füßen zu vibrieren. Das Rauschen und

Donnern war hier so laut, dass sie trotz der Dunkelheit wusste, was los war. In diesem Moment rissen die Wolken ein kleines Stück auf, der Mond leuchtete die Umgebung aus, und Feli sah, was sie bereits vermutet hatte: Jemand hatte das Schleusentor geöffnet. Wassermassen schossen daraus hervor, stürzten etwa drei Meter in die Tiefe und jagten den Flussverlauf ins Tal hinab. Wo war nur das verfluchte Rad, über das die Schleuse geschlossen oder geöffnet werden konnte?

Ein schmaler Weg führte über die Staumauer, von welcher aus Feli das Rad entdeckte: Es befand sich am Fuß der Mauer, direkt neben dem Tor, wie Feli mit Schrecken feststellte. Eine Stahlleiter führte zu ihm hinab. Immer wieder schwappte das reißende Wasser schwallartig über den Vorsprung unterhalb der Leiter. Es grenzte an Selbstmord, dort hinabzuklettern. Aber welche Wahl hatte sie schon? Wie sollte sie zulassen, dass alles, wovon die Zukunft und das Glück ihrer Familie abhingen, überflutet wurde?

Mit einer Hand hielt sie sich an der Leiter fest, mit der anderen versuchte sie, das Rad zu drehen. Aber das Tor war schwer, und Feli zu schwach, um das Gewicht zu bewegen. Immer wieder rutschte sie auf dem mit Algen und Grünspan überzogenen Vorsprung aus.

Sie stemmte sich gegen die Leiter, um mehr Druck ausüben zu können. Auf einmal wurde Feli an der Hand gepackt und keine Sekunde später mit dem Rücken gegen die Stahlleiter gedrückt. »Bist du verrückt? Verschwinde von hier!«, fuhr Philipp sie an. »Hier ist es viel zu gefährlich für dich!«

Mit all seiner Kraft versuchte er, das Tor zu schließen, doch das Rad war alt und ließ sich kaum bewegen. Es ächzte nur. Ohne ihre Hilfe hätte Philipp keine Chance. Seinen wütenden Protest ignorierend, zog Feli von der anderen Seite an dem Rad. Mit vereinten Kräften gelang es ihnen, das Tor endlich hinabzusenken, bis nur noch ein dünner Wasserstrahl unter ihm hervorquoll.

»Wir haben es geschafft!«, rief Feli aus, den Tränen nah vor Erleichterung.

Im nächsten Moment rutschte sie auf dem Vorsprung aus. Stürzte hinab in den Fluss. Sie kämpfte sich an die Oberfläche, rang nach Luft. Alles ging viel zu schnell. Eine Welle traf sie. Wasser überall, in ihren Augen, ihrer Nase, ihren Lungen. Sie hatte kaum noch Kraft.

Nicht aufgeben. Nicht aufgeben ...

»Halt durch!«, hörte sie Philipp schreien.

Im nächsten Moment schlug sie mit dem Kopf gegen einen Stein.

Alles wurde schwarz um sie herum.

Eine Stimme. Leise und verschwommen, wie wenn ein Künstler zu viel Wasser in seine Farben mischte. »Atme, Feli! Atme ...«

Etwas drückte auf ihre Brust.

Wärme an ihren Wangen. Auf ihren Lippen.

Im nächsten Moment schüttelte ihr Körper sich, und sie erbrach einen Schwall Wasser.

Luft ...

»Feli! O Feli ...«

Ein Lichtschein drang in ihre Augen ein und blendete sie. Sie blinzelte, bis sich nach und nach Philipps schönes Gesicht vor ihr abzeichnete.

»Bleib bei mir ...«, sagte er.

Sie lächelte schwach und schloss die Augen.

13

6. Dezember 2005
6 Tage bis zum Poinsettia-Day

Stella war völlig übermüdet. Beim Frühstück konnte sie gerade ein wenig an ihrem Kaffee nippen. Sie befand sich im Selbstzerstörungsmodus, wie ihre Mutter Stellas schlechte Laune genannt hatte. Stella war nicht oft schlecht drauf, aber wenn sie es war, dann war alles schlecht und falsch und nervig. Lust auf Toast hatte sie nicht, der Geruch von Rührei reizte ihren Magen, die Kinder am Strand waren zu laut, und diese Wolken am Himmel sahen doch nach Regen aus.

Ihr Traum war an ihrer Laune schuld. Sie war in einem Labyrinth gewesen. Und sie hatte unbedingt den Ausgang des Labyrinths finden müssen, was auch immer sie dort erwartete. Während ihrer Suche waren ihr ständig Menschen begegnet. Da war die schöne, starke Feli gewesen, die ihr gesagt hatte, sie solle durchhalten. Und Philipp, der sie gar nicht wahrgenommen hatte, sondern völlig in Gedanken gewesen war. Sie hatte Andreas gesehen, der seine zwei Kinder an den Händen gehalten hatte, und auch Adam, Lizzy und ihre Mutter waren dort gewesen. »Wir sind unsere Familie«, hatte Lizzy gesagt. »Und unsere Familie ist unsere Vergangenheit.«

Das hatte wie ein Rätsel geklungen, das Stella nicht zu lösen vermochte. Entsprechend blass war sie an diesem Morgen. Als sie die Treppen hinabkam, hörte sie Lizzy auf der Terrasse telefonieren. »Ich sehe das anders. Nur weil er sie gezeugt hat, macht ihn das nicht zum Vater. Es geht ihn nichts an, was mit ihr ist.«

Kurze Pause.

»Aber er hat sich meines Wissens nie für sie interessiert!«

Sprach Lizzy von ihr? Wusste sie etwa, wer Stellas Vater war?

Stella fühlte sich, als hätte sie Treibsand unter den Füßen.

Die Treppenstufe knarzte, Lizzy fuhr herum und beendete schnell das Gespräch. Von ihrem Muntermach-Morgenspaziergang mit Romeo und Juliet hatte sie noch ganz rosige Wangen. Sie sprühte vor Energie. »Ich habe gerade mit meinem Bruder gesprochen. Was hältst du davon, wenn wir heute die Licht-Ranch besuchen? Dann würdet ihr einander endlich kennenlernen!«

»Das wäre toll«, sagte Stella und versuchte sich an einem Lächeln. »Ich wollte David gerne persönlich danken, weil er doch einen Teil der Schulden übernommen hat, die auf der Gärtnerei gelegen haben.«

Die Licht-Ranch lag etwa vierzig Minuten von Laguna Beach entfernt außerhalb von Encinitas.

In Stellas Vorstellung war die Licht-Ranch einfach eine sehr, sehr große Gärtnerei. Ziemlich naiv, wie sie feststellte, als sie auf die Schranke zufuhren. Lizzy begrüßte den Pförtner und plauderte kurz mit ihm über seine Enkel. Dann fuhren sie den »Garden Drive« entlang, eine Allee, hinter der sich eine Reihe Gewächshäuser verbarg. Ja, das Gelände war so groß, dass die Wege Namen hatten.

Es gab exakt zwanzig Gewächshäuser. Das wusste Stella, weil auf dem Besucherparkplatz, wo Lizzy den Jeep abgestellt hatte, eine Tafel einen Überblick über das Gelände schenkte. Auf der gedruckten Karte sah sie auch, dass es vier Felder gab, drei Lagerhallen für Traktoren und weitere Gerätschaften sowie ein Hauptgebäude mit einem Forschungsbereich, einer Marketingabteilung, weiteren Büroräumen und der Kantine.

All das hatte ihre Familie über drei Generationen hinweg aufgebaut. Stella war grundlegend eingeschüchtert.

Ihre Nervosität legte sich, als sie im Vestibül auf Adam stießen. Er balancierte mit einem Fuß auf einer Leiter vor einem etwa zwei Meter hohen Weihnachtsbaum aus roten Poinsettien. Stella schämte sich, so etwas zu denken – aber verdammt, in dieser schwarzen Anzughose hatte er das, was man wohl als einen Knackarsch bezeichnete!

Adam schob die Kopfhörer von den Ohren. »Das nenne ich eine schöne Überraschung! Hätte ich gewusst, dass ihr vorbeischaut, hätte ich mich mit meinem Kunstwerk etwas mehr beeilt«, sagte er und wies mit beiden Händen auf den Poinsettia-Weihnachtsbaum. »Ist er nicht großartig?«

»Fall bloß nicht runter!«, sagte Lizzy.

Stella deutete auf einen undefinierbaren Fleck aus weißen Poinsettien in der Mitte des Baums. »Was soll das sein?«

»Ich tippe ja auf einen Stern«, vermutete Lizzy und kicherte frech hinter vorgehaltener Hand.

»Ich feile noch daran. Habt ihr schon mal einen Stern aus Poinsettien gemacht?«

Als Lizzy Adam fragte, wo ihr Bruder sei, warf Adam einen Blick auf seine Armbanduhr. »Kurz vor zwölf, da macht er doch immer seine übliche Kontrollrunde. O Mann, lenkt ihn bitte für mich ab! Wenn er meinen missratenen Stern sieht, darf ich mir nur wieder einen Vortrag anhören, wie man so etwas ordentlich angeht. *Man macht sich zuerst einen Plan, dann misst man aus, und dann erst beginnt man sein Werk. Ihr jungen Leute habt ja alle keine Geduld mehr!*«, machte Adam Lizzys Bruder mit gespielt tiefer Stimme nach.

»Hör auf, dich über deinen Opa lustig zu machen«, tadelte Lizzy ihn halbherzig. »Machen wir uns einfach mal auf die Suche.«

Stellas Herz schlug ihr bis zum Hals. Gleich würde sie ihren Großonkel kennenlernen! Ein weiteres Familienmitglied! Wie würde er ihr gegenübertreten? Würde er sie herzlich aufnehmen?

Sie suchten zunächst in der chemischen Abteilung. Hier forschte man, um die Poinsettien noch gesünder, noch langlebiger, noch einzigartiger zu machen. Zwischen all den Mikroskopen, langen, weißen Tischen, Reagenzgläsern und schlauen Büchern war kein Großonkel zu finden.

»Wow«, staunte Stella, als sie das erste Gewächshaus betraten. Sie hatte schon einige Gewächshäuser und Gärtnereien in ihrem Leben gesehen. Aber das hier ... das war ein buntes Meer aus Weihnachtssternen! Weinrote, cremeweiße, pinke, blaue, aprikosen- und fliederfarbene Poinsettien plusterten verkaufsbereit ihre kräftigen Blätter auf wie Spatzen ihr Gefieder. Wie ein Süchtiger auf Entzug atmete Stella den Duft nach Erde, Düngemittel und Pflanzen ein. Die Luft war feucht und mollig warm. Stella war zu Hause.

»Schau dich in Ruhe um«, sagte Lizzy. »Ich sehe mal nach, ob mein Bruder im Lager ist. Wahrscheinlich zählt er wieder die Düngemittelsäcke.«

Bis auf das Surren der Klimaanlage war es ganz still. So still, dass Stella das Leben in den Pflanzen hören konnte. Als kleines Mädchen hatte sie es geliebt, es sich in der Gärtnerei ihrer Mutter hinter Orangenbäumen und Reihen von Orchideen und Geranien auf einem Kissen gemütlich zu machen, die Augen zu schließen und zu lauschen, wie die Blumen sich streckten, wie sie wuchsen und dann und wann Blätter, die zu schwer wurden, abwarfen.

Stellas Herz wurde schwer. Sie fragte sich, ob die Erinnerungen irgendwann nicht mehr so schmerzhaft sein würden.

»Da bist du ja«, hörte sie auf einmal jemanden sagen. Vor Schreck fuhr Stella zusammen. Sie wirbelte herum. Aus einem Nebenraum steuerte energischen Schrittes ein Mann auf sie zu. Er sah leicht südländisch aus, mit seiner dunklen Haut, dem schwarzen, dichten Haar und den markanten Augenbrauen. »Ich bin Oscar«, sagte er. »Ich bin dafür verantwortlich, dass es all diesen Schönheiten hier gut geht. Willkommen in meinen heiligen Hallen! David hat dich also geschickt, damit ich dich mal ein bisschen einweise. Wie wär's, wenn wir damit anfangen, mit welchem Zaubertrick wir einen Teil der Poinsettien so hübsch zum Glitzern bringen?«

Dachte er, Stella würde hier arbeiten? »Ähm …«

»Los, schnapp dir zwei Poinsettien. Das da nenne ich meine Zauberküche.« Er hatte selbst zwei Weihnachtssterne genommen und wies mit einem davon auf den Raum, aus dem er gerade gekommen war.

Die Erfahrung hatte Stella gelehrt, dass die meisten Leute annahmen, Frauen mit kurzem Haar seien automatisch selbstbewusst. Als gehöre Mut dazu, dem gängigen Frauenklischee zu widersprechen. Einmal hatte ein Mädchen aus ihrem Studium zu ihr gesagt: »Dass du dich traust, so kurze Haare zu haben! Ich hätte ja Angst davor, dass kein Typ mich mehr anschaut!« Sogar ihre Mutter hatte oft angemerkt: »Aber lange Haare sind so hübsch!« Dabei hatte sie jedes Mal an einer ihrer wilden Locken gezogen und sie dann springen lassen, als wäre das so niedlich, dass Stella doch gar nicht widerstehen könnte, ihre Haare wieder wachsen zu lassen. Dabei hatte Stella nicht mal Locken! Ihr Haar war dünn, glatt und fad, und das war auch der Grund, weshalb sie sie abgeschnitten hatte. Es hatte bei ihr absolut nichts mit einer Demonstration ihres Selbstbewusstseins zu tun. Die Wahrheit war nämlich, dass Stella kaum selbstbewusst war. Anzunehmen, man sei völliger Durchschnitt, war nicht selbstbewusst. Sogar in Situationen wie dieser hier brachte sie nicht den Mund auf, sondern trottete, mit zwei Weihnachtssternen beladen, brav hinter Oscar her. Es schadete ja auch nicht, ihm ein wenig zu helfen.

Oscar stellte seine zwei Weihnachtssterne auf der Insel in der Mitte seiner »Zauberküche« ab. Stella wusste, wie man Poinsettien zum Glitzern brachte, schaute aber aus Höflichkeit interessiert zu, wie Oscar mit einer Sprühflasche Glitzer auf den roten Blättern verteilte. »So, das wäre dein Job für den Rest des Tages. Die Pflanzen, die fertig sind, stellst du bitte dort auf das Regal.«

Oscar lief noch einmal mit ihr mit, um weitere Weihnachtssterne zu holen. Dabei rutschte ihr ein kleines »Oh« heraus.

»Was ist?«, fragte Oscar.

»Auf der Ablage steht Wasser. Ich glaube, das mögen die Poinsettien nicht so gern ...« Das glaubte sie nicht, das wusste sie.

Oscar lobte sie. »Dann haben die Praktikanten mal wieder die Bewässerungsanlage nicht ausgestellt! Immer muss man ein Auge auf sie haben!« Dann war er auf einmal verwirrt. »Warte mal, ich dachte, du bist ...«

»Stella ist nicht die Praktikantin. Sie ist meine Großnichte«, sagte auf einmal jemand hinter ihnen.

Stella erkannte den schlanken, älteren Mann mit dem gepflegten, kurzen Bart, dem freundlichen Gesicht und dem eleganten Tweedanzug sofort. Das war David, Lizzys Bruder. Bei Lizzy zu Hause standen hier und da Fotos von ihm herum, und auf jedem einzelnen hatte er diesen ganz speziellen Blick. Nie wusste man, ob dieser Blick nun nachdenklich oder doch eher melancholisch war, jedenfalls wirkte er zurückhaltend und etwas gehemmt.

Er schob seine dezente, runde Intellektuellenbrille auf die Nasenspitze und begutachtete Stella mit wohlwollendem Lächeln. »Stella ... der Stern.«

»Richtig«, erwiderte Stella und streckte ihm die Hand hin. »Und du musst mein Großonkel David sein.«

Das »Du« rutschte ihr heraus. Wäre ein »Sie« angebracht gewesen? David war ihr zwar sympathisch, aber sie hatte auch ordentlich viel Respekt vor ihm und damit das Gefühl, sich durch besonders gute Manieren beweisen zu müssen.

Oscar war überrascht. »Du bist Stella?« Er zog sich die Handschuhe von den Fingern und umarmte Stella herzlich, trostspendend und vor allem lang, als würde er sie gar nicht mehr loslassen wollen. Er wusste also Bescheid, wer auch immer er war. »Ich bin Adams Dad«, stellte er sich vor, als hätte er ihre Gedanken gehört. »Mein Junge spricht nur noch von dir!«

»Oh. Dabei gibt es gar nicht so viel zu erzählen«, stammelte Stella unsicher.

»Interessierst du dich für Pflanzen?«, fragte David sie.

Stella nickte eifrig. »Sehr sogar.«

»Was würdest du davon halten, wenn ich dich herumführe? Dann könnten wir uns schon einmal ein wenig kennenlernen.«

Stella sah fragend zu Lizzy, doch die winkte nur mit den Händen ab, als hätte das überhaupt nichts mit ihr zu tun. »Geht nur, ihr beiden. Ich warte in der Kantine auf euch.«

Die Licht-Ranch war ein Weihnachtsstern-Wunderland. Abgesehen von den Standard-Varianten in Rot, Weiß und Pink gab es die beliebten Specials wie *Jingle Bells* (rote Blätter mit weißen Sprenkeln), *Autumn Leaves* (in herbstlichen Tönen, wie der Name schon anteaserte) oder *Peppermint Ruffles* (ein zartes Altrosa). Aber die Lichts wussten, wie man Lust auf Weihnachten machte, und deshalb hatten sie Sorten kreiert wie *Ice Punch*, *Holiday Joy* und *Sugar Cupcake*, deren Blätter gerundet waren und wirklich an Cupcakes denken ließen.

»Da bekomme ich ja direkt Hunger«, witzelte Stella. »Ich wusste nicht, dass es so viele Sorten gibt.«

David schlenderte vorneweg mit hinter dem Rücken verschränkten Händen. »Es gibt noch mehr, sie stehen nur in den anderen Gewächshäusern. Wusstest du, dass Poinsettien in Amerika die am meisten verkauften Topfpflanzen sind?«

»Und das, obwohl sie nur etwa sechs Wochen im Jahr verkauft werden«, antwortete Stella und schmunzelte schüchtern, um nicht allzu besserwisserisch zu wirken.

David war stehen geblieben und bedachte sie mit einem zufriedenen Blick. »Du scheinst dich ja wirklich gut mit Weihnachtssternen auszukennen. Ich habe gehört, wie du mit Oscar über ihre Pflege gesprochen hast.«

Stella zog die Ärmel über die Hände. »Ich habe viel von meiner Mutter gelernt.«

»Das ist schön zu hören.«

David führte sie eine Treppe hinauf, in den ersten Stock des Hauptgebäudes. Der Flur hier war gleichzeitig ein Balkon, von wo aus man in den Eingangsbereich hinabblicken konnte. Dort kämpfte Adam noch immer mit dem Poinsettia-Weihnachtsbaum. Stella musste lachen, als er leise fluchte. Der Stern, den er aus weißen Poinsettien zusammenzusetzen versuchte, hatte eher etwas von einer punkigen Schneeflocke. Aber er hörte sie nicht, denn seine Kopfhörer saßen auf seinen Ohren.

Durch die Fensterfront hatte man einen weitläufigen Blick über das Gelände. Ihr Großonkel und Stella ließen beide den Anblick auf sich wirken, ehe David auf einmal sagte: »Es ist gut, dass du hier bist. Es bedeutet uns allen sehr viel.«

David wirkte eigentlich eher wie jemand, dem es schwerfiel, Gefühle auszudrücken. So etwas Liebevolles aus seinem Munde zu hören, rührte Stella beinahe zu Tränen. »Ich bin auch sehr froh, hier zu sein. Ich wünschte nur, meine Mutter hätte all das auch gesehen. Bestimmt hätte es ihr gefallen.«

Da war er wieder, dieser nachdenkliche, ernste Blick. Was hatte er zu bedeuten? Als Lizzys Bruder wusste David bestimmt, warum ihre Mutter damals mit der Familie gebrochen hatte. Sollte Stella ihn danach fragen?

»Das hat Lizzy auch oft gesagt. Du bist deiner Mutter sehr ähnlich, weißt du? Deshalb bedeutet es meiner Schwester so viel, dass du hier bist. Es ist, als würde sie dadurch etwas gutmachen können. Sie hat Inge von ganzem Herzen geliebt.«

Stellas Kehle schnürte sich zu. Noch so ein Satz, und sie würde die Tränen nicht mehr zurückhalten können.

»Es ist ja auch egal, ob ein Kind von einem selbst stammt oder nicht. Ein Kind ist immer ein Geschenk.«

»Was meinst du damit?«, fragte Stella verwirrt.

»Hat Lizzy dir nichts erzählt?« David wirkte erstaunt, sogar leicht unruhig.

Stella schüttelte den Kopf. »Was hätte sie mir denn erzählen sollen?«

David sah sie an, sah auf Adam hinab, der zu einem Lied mitsummte, sah wieder Stella an. »Oscar, Adams Vater, ist adoptiert.«

Oscar war also nicht Davids leiblicher Sohn. Und damit war Adam auch nicht Stellas Cousin. Also nicht ihr richtiger Cousin. Warum hatte Lizzy das nie erwähnt? Stella war noch nicht lange Teil dieser Familie, vermutlich hatte Lizzy noch nicht den rechten Zeitpunkt gefunden. Außerdem war ja nichts dabei. Es änderte nichts …

Aber dann dachte sie daran, dass ihre Mutter ihr auch nie etwas erzählt hatte. Da waren diese Stimmen in ihr. Eine flüsterte: *Hast du diese Geheimnisse nicht langsam satt?* Die andere sagte: *Trägst du nicht selbst ein Geheimnis mit dir herum? Was ist denn in der Nacht des Unfalls geschehen?*

»Oscar ist wie ein Sohn für uns«, fuhr David fort. »Eigene Kinder waren uns leider nicht vergönnt. Deshalb war dieser Familienzuwachs ein Geschenk für uns. Auch du bist ein Geschenk.«

Damit hatte er sie erwischt. Ein einziger Satz nur, und Stella fühlte sich wie von einem Lastwagen angefahren. David hatte genau die schmerzende Stelle zum Schwingen gebracht, die seit Jahren in Stella pochte. Sie sehnte sich so sehr nach einer Familie. Danach, von Menschen geliebt zu werden, und zwar nicht nur von ihrer Mutter und ihren Freunden. Sie wollte ein Teil einer Gemeinschaft sein, in der sie bedingungslos akzeptiert wurde.

14

1911

Es war acht Uhr morgens, Feli war gerade erst aufgewacht. Hämmern sowie Sams geschäftiges Rufen hatten sie geweckt. »Philipp, wirf mir bitte mal den Schraubenzieher rüber.« »Ist noch was vom Kaffee übrig?« »Wo steckt der Chinese denn schon wieder?«

Feli streckte die Arme lang über den Kopf, seufzte zufrieden und ausgeschlafen und rutschte dann auf ihrem Kopfkissen ein Stück tiefer. Es ging doch nichts über den Duft von frisch gewaschener und geplätteter Bettwäsche.

»Wenn du weiterhin so akribisch bist, brauchen wir noch Monate, bis die Farm endlich fertig ist!«

Ihr schlechtes Gewissen meldete sich. Während die anderen ackerten, überlegte sie sich, welches Buch sie heute lesen würde! Sie wurde von allen gehegt und gepflegt wie ein zartes Pflänzchen. Eigentlich passte das gar nicht zu ihrem Charakter, aber nach all der Schufterei der letzten Wochen tat es so gut, Frühstück ans Bett gebracht zu bekommen. Und Zeit mit Fritz verbringen zu dürfen, der nach der Schule mit ihr im Bett *Mensch, ärgere dich nicht* spielte, ehe er die Hausaufgaben erledigte.

Das war überhaupt der größte Luxus: Sie hatte ein eigenes Bett.

»Sie braucht absolute Ruhe«, hatte der Arzt gesagt. »Sie muss sich erholen. Sie hat eine schwere Gehirnerschütterung gehabt.«

Felis Gehirnerschütterung war schuld, dass sie sich nur bruchstückhaft an die Unglücksnacht erinnern konnte.

Philipps Gesicht über ihrem. Regen, der auf ihn herabströmte. Panik in seinen Augen. Seine Hände auf ihren Wangen. »Komm zu dir …«

Schon das zweite Mal hatte er ihr das Leben gerettet.

Feli trat die Decke von ihren Beinen und rutschte auf die Bettkante, als jemand anklopfte und kurz darauf die Tür aufging. Sie rechnete damit, dass es ihre Mutter war, um ihr das Frühstück zu bringen.

»Du willst doch nicht etwa aufstehen«, sagte Philipp. Er hatte den Hut abgezogen und hielt ihn wie ein Gentleman vor den Bauch.

»Nach drei Tagen Ruhe kann ich mich selbst nicht mehr leiden. Ich muss mich endlich wieder bewegen!«

»Deine Mutter wird mir die Haut abziehen, wenn ich das zulasse. Sie wacht über dich wie eine Löwin.«

Kurz herrschte Schweigen, doch ehe es unangenehm zwischen ihnen werden konnte, fragte Feli: »Ist der für mich?«

Sie meinte den Strauß, den er in der freien Hand hielt. Er hatte ihr Tulpen mitgebracht. Aber noch viel mehr bedeutete Feli der Poinsettia-Zweig, den er dem Strauß hinzugefügt hatte und der dem Ganzen etwas Wildes, Lebhaftes verlieh. Inzwischen, im Mai, waren seine Blätter nicht mehr rot, aber auch das tiefe Grün gefiel Feli gut. Sie wurde den Verdacht nicht los, dass Philipp ihr selbst trockenes Wurzelwerk der Poinsettia hätte mitbringen können, und sie hätte auch das bewundert. Die Pflanze erinnerte sie an den wunderschönen Ausritt mit ihm.

Bereits gestern, als sie morgens aufgewacht war, hatte eine Vase mit einem Zweig darin auf ihrer Kommode gestanden. Daneben hatte ein Zettel gelegen. *Es ist mir gelungen, Stecklinge der Poinsettia zu ziehen. Wenn ich sie jetzt einpflanze, sollten sie bis zum Winter zu ei-*

nem kleinen Strauch herangewachsen sein. Liebe Grüße, Philipp, hatte darauf gestanden.

Inzwischen kannte Feli Philipp ganz gut und ahnte, wie viel Überwindung es ihn gekostet haben musste, Pflanze und Brief zu hinterlassen, ja, überhaupt hierherzukommen, denn das war doch irgendwie ein kleines Eingeständnis. Ein dezentes *Ich mag dich*.

Philipp reichte ihr den Strauß und hielt sich dann mit beiden Händen an seinem Hut fest. Feli schnupperte an den Blättern, als wären es Rosen. Sie war selig. »Duftet nach nichts«, sagte sie, und Philipp lachte.

Sie klopfte neben sich auf die Bettkante. Eine Aufforderung, der er zögerlich nachkam. Sie mochte es, dass er angespannt war. Es verriet ihr mehr über ihn, als ihm vermutlich lieb war.

Ihr schwindelte leicht, doch sie wusste nicht, ob es an der Gehirnerschütterung lag oder an Philipp, der neben ihr saß. Auf ihrem Bett. Sie trug nichts als ihr gerüschtes Nachtkleid an ihrem Körper. Auch sie war nervös, setzte aber alles daran, es sich nicht anmerken zu lassen. Sie stellte den Strauß zu dem Zweig von gestern in die Vase und dankte Philipp. »Ich denke, die Poinsettia ist meine neue Lieblingsblume.«

»Morgen bekommst du wieder einen Zweig, wenn du willst.«

»Das würde mich freuen.« Denn das bedeutete, dass er sie erneut besuchen würde. »Wie geht es den anderen Pflanzen? Haben sie die Überschwemmung überlebt?«

Ihr Vater hatte ihr berichtet, dass auch auf der Licht-Ranch die Leitungen sabotiert worden waren. Die Polizei ermittelte nun. In der Nacht des Unglücks hatte Philipp denselben Gedanken wie Feli gehabt und war zum Staudamm geritten, um nach der Schleuse zu sehen. Nachdem Feli in den Fluss gestürzt war, war Philipp todesmutig hinterhergesprungen und hatte sie ans Ufer gezogen. Wie nur würde sie ihm jemals danken können?

»Manche mehr, manche weniger«, antwortete er. »Mein Vater ist vermutlich erleichtert.«

»Aber du wirst doch weitermachen, nicht wahr? Du wirst doch deine Blumen nicht aufgeben!«

»Nicht ganz. Ich denke, ich werde mich vielleicht auf eine einzige Pflanze konzentrieren und versuchen, sie zu züchten. So wie du es vorgeschlagen hast. Einer meiner Professoren würde mich dabei unterstützen. Mehr noch, er würde den Versuch sogar als eine Art Abschlussarbeit für mein Studium anerkennen.«

»Welche Pflanze hast du ausgewählt?«, fragte Feli.

»Ich hätte an die Poinsettia gedacht. Sie ist noch recht unbekannt. Bisher hat niemand versucht, sie zu züchten.«

»Das wäre wundervoll!«

Philipp schmunzelte. »Kein Wunder, dass sie dir so gut gefällt. Ursprünglich kommt sie aus den tropischen Laubwäldern Mexikos. Dort wird sie auch Feuerblume genannt. Passt zu dir, oder?«

Er strich ihr eine Haarsträhne aus dem Gesicht und betrachtete sie dann, als gefiele ihm, was er sah.

Auf einmal küsste Feli ihn auf die Wange. »Danke«, sagte sie.

Sie sahen einander lange an, und wer weiß, was geschehen wäre, wäre nicht in diesem Moment die Tür aufgegangen.

»Oh, du bist wach. Und hast Besuch.« Ihr Vater klemmte die Tageszeitung unter die Achsel, schob die Hände in die Hosentaschen und lächelte zufrieden.

»Ich wollte gerade aufbrechen«, sagte Philipp und erhob sich.

Lügner, dachte Feli. *Wolltest du nicht. Dein Blick hat etwas anderes gesagt.*

»Ich will dich nicht vertreiben«, meinte ihr Vater. Er schien sich bestens unterhalten zu fühlen.

Doch Philipp war schon halb aus dem Zimmer, murmelte etwas von Universität und Fehlstunden und war schon verschwunden.

»Was hast du denn mit dem armen Kerl angestellt?«, meinte ihr Vater nicht ohne Stolz. »Der hatte ja ganz rote Ohren.«

»Nichts.« Feli klimperte mit den Wimpern und schlüpfte wieder unter die Bettdecke.

Ihr Vater setzte sich dorthin, wo Philipp gerade noch gesessen hatte, und seufzte. »Der Junge arbeitet viel zu viel.« Auch die Molkerei habe unter Wasser gestanden, dabei sei die Pasteurisationsmaschine kaputtgegangen. Durch sie wurde die Milch erhitzt und länger haltbar gemacht.

»Philipp hat gar nichts erzählt.«

»Das dachte ich mir bereits«, meinte ihr Vater. »Aber zu etwas Erfreulicherem. Ich sehe, es geht dir besser? Konntest du ein bisschen lernen?«

Sie schüttelte den Kopf, sodass ihr eine kupferfarbene Locke ins Gesicht fiel. »Kaum. Ich war zu durcheinander.«

»Das kann ich mir gut vorstellen«, sagte ihr Vater und ließ herausklingen, dass es so zweideutig gemeint war, wie es klang. »Jedenfalls sollst du wissen, dass dein Studium immer vorgeht. Wenn du die verlorene Zeit aufholen und lernen musst, dann tu das. Die Arbeit kann warten.«

Konnte sie nicht, immerhin hing davon die Zukunft der Familie ab. Die Geldreserven ihres Vaters würden irgendwann aufgebraucht sein. Zwar hatten sie noch die monatlichen Einnahmen durch die Vermietung ihres alten Zuhauses in München. Aber um zu überleben, würde dies nicht genügen.

Trotzdem sagte Feli: »Ich weiß, Papa.«

Er küsste sie auf die Stirn. »Ich bin so stolz auf dich. Kann ich sonst noch etwas für dich tun?« Er hatte sich vom Bett erhoben und die Zeitung schon aufgeschlagen, in Vorfreude auf die schönste Zeit des Tages: das Frühstück.

»Ein Fest«, sagte Feli.

»Ein Fest?« Ihr Vater sah von seiner Zeitung auf.

»Ein Fest. Ganz recht.«

»Ein Fest?«, fragte auch ihre Mutter, die in diesem Moment mit einem Tablett voller Brot, Butter, Marmelade, geschnittenem Obst und duftendem Kaffee hereinkam. »Wer gibt ein Fest?«

»Deine Tochter möchte eines feiern.«

»Das sieht ihr ähnlich.«

»Ich meine es ernst«, sagte Feli. »Nichts Großes, nur im kleinen Kreis. Ich will Philipp danken, dass er sein Leben aufs Spiel gesetzt hat, um mich zu retten. Ist euch das kein Fest wert?«

Ihr Vater enthielt sich. »Das besprichst du am besten mit deiner Mutter.«

»Ein Fest«, wiederholte die. Vor ihrem inneren Auge schienen sich Szenen abzuspielen, die sie zunächst die Stirn runzeln und dann lächeln ließen. In den letzten Wochen hatten sich einige graue Strähnen in ihr dunkles Haar gesellt, aber ihrer Schönheit tat das keinen Abbruch. Im Gegenteil.

»Warum eigentlich nicht?«, sagte sie schließlich.

15

Der Schaden, den die Überflutung in der Molkerei und auf den Feldern angerichtet hatte, hatte ein Gutes gehabt: Geschlagen vom selben Schicksal, wuchsen die beiden benachbarten Familien fest zusammen und wurden zu einer funktionierenden Einheit, in der jeder seinen Platz und Rhythmus kannte. Jeden Morgen ritt Feli nach einem schnellen Frühstück zu den Lichts, um Albrecht beim Melken der Kühe zu helfen und anschließend die in Flaschen gefüllte Milch auszutragen. Philipp half vormittags auf der Orangenplantage, Anton dafür nachmittags. Um das Mittagessen kümmerte sich meist Henrietta, wohingegen Alice abends eine Brotzeit zubereitete.

Erst im Juli war alles so weit wiederhergerichtet. Der Wasserschaden in der Molkerei war repariert, und die überschwemmten Felder waren von angespülten Steinen und Gezweig befreit sowie frisch bepflanzt. Die Orangenbäume waren abgeerntet, und die duftenden Früchte lagerten nun in der Scheune in Holzkisten und waren für den Verkauf bereit. Das Fest war somit nicht nur ein *Philipp ist ein Held*-Fest, sondern auch ein *Wir haben die erste Ernte geschafft!*-Fest.

Es gab diesen kleinen, leisen Teil in Feli, der Hoffnung in diesen Abend steckte. Denn während sie das feine Silberbesteck, das ihre Mutter aus München mitgebracht hatte, neben den Tellern anordnete, träumte sie mit offenen Augen davon, wie Philipp sie nach dem Essen an der Hand nahm, sie zum Feld führte und sie zwischen den Orangenbäumen küsste. Aber Philipp war immer noch Philipp, und die Wahrscheinlichkeit, dass das passierte, war ungefähr so groß wie die Wahrscheinlichkeit, dass eine Frau Präsidentin von Amerika werden würde. Aber er sollte sehen, dass er ihr etwas bedeutete, deshalb gab sie sich besonders viel Mühe, die am Lagerfeuer aneinandergestellten Tische mit Kerzen und geflochtenen Kränzen aus Wüstenbutterblumen, Rispengras und getrockneten Orangenschalen zu verzieren.

Einen ganzen Tag verbrachte Feli mit ihrer Mutter in der Küche, um allerlei bayerische Köstlichkeiten wie Knödel, Blaukraut und Kartoffelsalat zuzubereiten. Ja, sie wollte sich vor Philipp als gute Hausfrau beweisen. Das erschreckte sie selbst, denn in München hatte sie die typischen Geschlechterrollen beklagt. Zum Glück packte Anne nachmittags mit an, so war das leidige Zwiebel- und Kartoffelschälen nur halb so schlimm. Als endlich alles geschafft war und man Fritz damit beauftragt hatte, das Spanferkel über dem Feuer zu drehen, blieb noch etwas Zeit übrig.

»Glaubst du, Sam kommt auch?«, fragte Anne sie. Die Hoffnung, die in ihren Augen glänzte, tat fast weh.

»Vermutlich schon«, erwiderte Feli. »Zumindest hat er zugesagt.«

»Und Eva?«

»Auch. Leider.«

Feli konnte sehen, welcher Film sich vor Annes innerem Auge abspielte. Anne sah, wie Eva sie mal wieder mit lauter stichelnden Kommentaren kleinmachte, die gerade noch nett genug waren, sodass keiner etwas dagegen sagen konnte. Allein ihre Anwesenheit würde Anne so sehr verunsichern, dass sie nur noch daran denken würde, bloß nicht über ihre eigenen Füße zu stolpern, und am Ende kein einziges Wort mehr herausbrachte.

»Komm«, sagte Feli und nahm Anne an der Hand. »Ich habe etwas mit dir vor.«

Annes große Unschuldsaugen weiteten sich, als Feli in ihrem Zimmer ein Kleid aus dem Schrank zog und testweise vor ihre Freundin hielt. »Ja, so habe ich mir das vorgestellt. Das zarte Rosa ist genau deine Farbe.«

»Soll ich das etwa anziehen?«

»Und behalten. Rosa passt nicht wirklich zu mir. Ehrlich, dir steht es gewiss viel besser.«

Es ging kurz hin und her, bis Feli ihre Freundin dazu überredete, das Kleid einfach mal anzuprobieren. Es war sehr schlicht, abgesehen von dem perlenverzierten Seidenband an der Taille und dem kleinen Stehkragen. Aber es war ja auch nur ein Fest unter Freunden, das gefeiert wurde, und kein Ball.

»Es ist wie gemacht für dich. Sam werden die Augen ausfallen!«

»Sam wird mich wahrscheinlich nicht mal wahrnehmen.«

Sanft drückte Feli ihre Freundin auf den Hocker vor das, was sie als ihren »Schminktisch« bezeichnete. Dabei war es nicht mehr als ein Schreibtisch und ein an der Wand angelehnter, ovaler Spiegel.

»Ich möchte, dass du dich an etwas erinnerst«, sagte sie. »Nämlich daran, wie du mich heute Mittag beim Kartoffelschälen zum Lachen gebracht hast.«

Anne hatte mit dem Kehrbesen Walzer getanzt und so getan, als sei es Sam. »Wie gut du nur tanzen kannst, mein Lieber«, hatte sie gesagt und dem Besen sogar ein Küsschen gegeben, bis Felis Mutter auf einmal hereingekommen war und sich gewundert hatte, warum Feli vor Lachen kaum noch Luft bekam. Das war die wahre Anne. Eine geistreiche und lustige junge Frau. Nur war es dem teuflischen Trio gelungen, sie so sehr zu verunsichern, dass davon nur noch selten etwas zum Vorschein kam.

»Das war doch albern ...«, erwiderte Anne. Wie immer, wenn sie leicht nervös war, sog sie die Unterlippe ein.

»Na und? Was spricht schon dagegen? Ich bin oft albern.«

»Aber bei dir ist es etwas anderes ... Du bist immer so, wie du bist. Ich könnte das niemals vor Sam ... so sein. Dafür fehlt mir der Mut.«

Feli kniete sich vor ihre Freundin auf den Boden, und Anne wandte sich auf dem Hocker zu ihr um. »Du sollst doch auch gar nicht so sein! Du darfst dich nicht mit anderen Frauen vergleichen! Glaub mir, es wird immer jemanden in deinem Leben geben, der in etwas besser ist als du. Der hübscher ist, witziger, intelligenter. Es wird immer die eine geben, die längere Beine hat, dickeres Haar oder die von mir aus fünf Sprachen spricht! Aber anstatt uns davon bedroht zu fühlen, sollten wir Frauen uns darauf konzentrieren, was wir selbst zu bieten haben! Was uns ausmacht! Wir sollten Stimme zeigen, und das mit Stolz!«

Feli legte die Hände auf Annes Knie. »Du bist witzig, intelligent, du hast ein riesiges Herz! Da gibt es nichts, was du verstecken müsstest. Im Gegenteil! Es wäre jammerschade, wenn du Sam all diese Seiten an dir nicht zeigst, weil Eva dich einschüchtert!«

»Er gibt mir ja gar keine Gelegenheit dazu ...«

»Da kann ich behilflich sein.« Feli zwinkerte ihrer Freundin zu, wobei sie einen hellrosa Lippenstift aufdrehte. »Heute Abend wird Sam nur für dich Augen haben. Denn heute Abend wirst du blühen.«

Feli flocht Annes Haar und verzierte es mit perlenbesetzten Spangen. Ihren vollen Mund sowie ihre Wangenknochen betonte sie mit einem zarten Rosa. »Du hast ein ganz besonderes Gesicht. Und genau das macht dich auch besonders schön«, sagte Feli.

Anne verzog den Mund, als hätte sie Schmerzen. Sie wollte Widerspruch einlegen, aber Feli kam ihr zuvor. »Sprich mir nach: Ich bin wunderschön.«

Anne entwand sich ihren Händen. »Das ist doch albern ...«

»Sag es!«

Anne atmete schwer aus und sagte dann leise: »Ich bin wunderschön ...«

»Mit etwas mehr Überzeugung.«

»Ich bin wunderschön.«

»Noch mal. Ich bin wunderschön!«, rief Feli laut. »Wunderwunderschön!«

Anne musste lachen. »Ich bin wunderschön«, sagte sie.

»Wunderwunderschön!«

Und dann sagten sie es beide wieder und wieder, bis auch Anne aus sich herauskam und ihre Bäuche vor Lachen schmerzten.

Feli drehte ihre Freundin auf dem Hocker, sodass sie ihr Spiegelbild sehen konnte. Anne lächelte. In ihren Augen standen Tränen. »Ich bin wunderschön«, flüsterte sie ihrem Spiegelbild zu.

Albrecht hatte Bier gebraut, das in einem Holzfass auf einem Leiterwagen lagerte, und Sam hatte seine Gitarre mitgebracht, um zu späterer Stunde etwas darauf zu spielen.

»Ich wusste ja gar nicht, dass du das auch noch kannst«, sagte Anne zu Sam und blickte schnell zu Boden, um die Flecken an Hals und Wangen zu verbergen, die so rot waren wie Sams Haar.

Anton gesellte sich zu ihnen, herausgeputzt mit seiner feinsten Seidenweste und frisch gewichsten Schuhen. »Anne ...«, sagte er erstaunt, » … du sieht irgendwie verändert aus, aber ich könnte nicht sagen, inwiefern. Auf hübsche Weise, versteht sich.«

»Und du …«, sagte er zu Feli und schenkte ihr einen Handkuss. »Deine Schönheit raubt mir den Atem.«

Das war zu viel des Guten, ebenso wie seine mit Pomade zurückgekämmten Haare, aber Feli brachte es nicht übers Herz, ihn darauf hinzuweisen.

Selbst Albrecht hatte sich schick gemacht. Er trug eine bestickte Weste, die er sich sonst nur für die Messe an Weihnachten und Ostern aufhob, und Henrietta hatte ihm Augenbrauen und Bart gestutzt.

»Oh, sieh einmal einer diesen Gentleman an«, begrüßte Felis Vater ihn.

»Ist ja auch ein besonderer Tag«, erwiderte Albrecht und hinkte auf seinen Stock gestützt direkt zum Tisch, um sich schwer schnaufend zu setzen.

Leider hatte Feli Eva und damit unausweichlich auch Jerry einladen müssen. Sie hatte ihn noch nicht begrüßt, da hatte er schon das Bierfass angestochen und sich selbst bedient. Ihr Vater, der diese Aufgabe eigentlich als eine Art Ehre für den Gastgeber angesehen hatte, schob, verwirrt von diesem ungehobelten Benehmen, die Hände in die Hosentaschen.

»Mach dir nichts draus«, tröstete ihn seine Frau und streichelte zärtlich seinen Arm.

Eva plauderte mit Feli, als seien sie alte Freundinnen, was Feli gewaltig gegen den Strich ging. Aber wenn sie nicht nett zu Philipps Schwester wäre, würde ihre Mutter ihr morgen einen Vortrag darüber halten, dass zu ihrer Jugendzeit ein solches Verhalten bei einem jungen Fräulein undenkbar gewesen wäre. Darauf konnte sie verzichten. Also spielte sie das Spiel mit.

Es fing damit an, dass ihre Mutter mit Eva und Henrietta gut gemeinten Frauen-Small-Talk führen wollte und dabei unbeabsichtigt das Thema anschnitt, das Evas Achillesferse war. »Bei so einer hübschen jungen Dame werden die Enkelkinder gewiss ganz besonders reizend sein.«

Woraufhin Jerry meinte: »Vier Jahre sind wir jetzt verheiratet, und hat sie mir schon einen Sohn geschenkt? Nein. Meine Frau ist ungefähr so fruchtbar wie ein verwahrloster Acker.«

Da fühlte Feli tiefes Mitleid für Philipps Schwester, denn ihre schönen Augen schienen nun tiefdunkel vor verborgener Trauer zu glänzen.

Philipp kam zu spät. Sie alle warteten auf ihn mit dem Essen, bis ihre Mutter anmerkte, dass das Spanferkel ja ganz trocken werden würde. Daraufhin murmelte Albrecht in seinen Bierkrug: »Weiß der Teufel, wo der sich wieder rumtreibt. Ist ja nur noch unterwegs, der Hundskerl.«

Feli musste sich eingestehen, dass sie enttäuscht war. In ihren Tagträumen war Philipp mit einem Strauß Blumen erschienen, um ihr für das Fest zu danken, sie hatten miteinander angestoßen und auch ein wenig getanzt.

»Früher war er nie zu spät, der Goldjunge«, fing Henrietta an. »Früher war er sogar immer überpünktlich.«

Jerry, der sich nicht für Anekdoten aus Philipps Kindheit interessierte, beschloss daraufhin, das Essen für begonnen zu erklären und sich Kartoffelsalat auf den Teller zu laden. »Also, ich habe jetzt Hunger und nicht um Mitternacht.«

Felis Vater nippte schweigend an seinem Wein, maß Jerry jedoch dabei mit einem Blick, als würde er das Verhalten eines Primaten studieren.

Was, wenn Philipp nicht erscheinen würde?

Als nur noch Reste vom Spanferkel übrig waren – auf die Jerry gnädig verzichtet hatte, um Philipp etwas übrig zu lassen –, ließ das Schlagen von Hufen Feli aufhorchen. Als dunkle Silhouette kam Philipp in der Dämmerung angeritten. Er saß ab, band seine Stute am Geländer der Terrasse fest und trat zu ihnen in den flackernden Lichtkreis der hohen Kerzen und Gaslampen.

»Man feiert dir zu Ehren ein Fest, und du kommst zu spät?«, sagte Albrecht.

Henrietta sah auf, darauf trainiert, Spannungen zwischen den beiden rechtzeitig zu erahnen und zu entschärfen.

Philipp war ziemlich guter Laune. Er zog den Hut ab, verneigte sich in die Runde und gab Felis Mutter sogar einen Handkuss, der sie jedoch nicht wie gewöhnlich erröten ließ. Zuspätkommen hatte für sie immer etwas mit Respektlosigkeit zu tun.

»Es tut mir wirklich leid«, sagte er. »Aber meine Verspätung ließ sich nicht verhindern. Dafür freue ich mich umso mehr, jetzt hier zu sein.«

»Jeder kommt mal zu spät«, meinte Felis Vater und lud etwas Kartoffelsalat auf Philipps unberührten Teller, der zu seiner Rechten stand. »Wir wissen alle, wie viel du um die Ohren hast. Es ist noch genug von allem da.«

»Warst du wieder bei deinen Blumen?«, goss Eva Öl ins Feuer.

»Auch.«

»Niedliches Hobby«, meinte Jerry.

Philipp blieb ruhig. »Es ist nicht nur ein Hobby. Ich nehme die Blumenzucht sehr ernst.«

»Philipp hat ein bemerkenswertes Gespür für Pflanzen«, unterstützte Felis Vater ihn.

»Er hat auch ein gutes Gespür für die Molkerei, das ist ein sicheres Geschäft«, erwiderte Albrecht. »Milch wird immer getrunken.«

Ihr Vater holte Luft, wollte etwas sagen, aber atmete die Worte am Ende ungesagt aus.

»Die Blumenzucht macht dem Jungen Freude!«, sagte Henrietta und lud Philipp von dem kalten Spanferkel auf den Teller.

»Hast du deshalb einen halben Hektar Land gekauft?«, fragte Eva. »Weil du dich jetzt darauf konzentrieren willst, Blumen zu züchten?«

Es wurde still. Man konnte das Feuer knistern hören, das Rascheln der Gräser im lauen Nachtwind.

»Du hast einen halben Hektar Land gekauft?« Philipps Vater war anzusehen, wie viel Beherrschung es ihn kostete, sich Ärger und Enttäuschung nicht anmerken zu lassen.

»Musik!«, rief Feli, klatschte in die Hände und sprang von ihrem Platz auf.

Sam bot sich an, etwas auf der Gitarre zu spielen, aber Feli hatte etwas anderes im Sinn. Im Haus legte sie eine Platte ihres Vaters auf das Grammofon und tänzelte dann im beschwingten Takt von *By the Light of the Silvery Moon* von Bill Murray and the Haydn Quartet über die Veranda. Ihr Vater, der für gute Stimmung immer zu haben war, freute sich, mit seiner Tochter zu tanzen.

»Gut gemacht«, flüsterte er ihr ins Ohr. »Lenk die Streithähne nur ab.«

Nach einem Lied übernahm ihre Mutter, und Feli setzte sich leicht außer Atem zurück zu ihren Freunden. »Und von euch hat keiner Lust, sich ein bisschen zu bewegen?«

»Ich schon«, sagte Anne kleinlaut. Man sah ihr an, wie viel Überwindung es sie kostete zu fragen: »Würde denn jemand mit mir tanzen?«

»Klar …«, bot sich Philipp sofort an. Als er den Blick bemerkte, den Feli ihm zuschoss, fügte er schnell hinzu: » … aber es geht leider nicht … Dabei klingt Tanzen doch super, nicht wahr, Sam?«

»Tanzen?«, erwiderte Sam zweifelnd. »Kommt nicht infrage. Ich habe zwei linke Füße.«

»Ich auch«, sagte Anne und lächelte schüchtern.

»Seht ihr, das passt doch ideal!«, meinte Feli.

»Warum kannst du denn nicht tanzen, Philipp?«, hakte Sam nach.

»Er ist ja schon für mich reserviert«, antwortete Feli und zog Philipp von seinem Stuhl.

Sie tanzten zu einem beschwingten Ragtime, und tatsächlich schlossen sich Sam und Anne ihnen an. Dann begann ein ruhiges Lied. Eines jener Sorte, zu dem man den Kopf an die Schulter des Partners legte, sich gemeinsam hin- und herwiegte, den Herzschlag einander anpasste und sich voll und ganz hingab. Und während dieses Liedes leuchtete der Mond heller und die Sterne klarer als je zuvor.

Als sie kurz darauf wieder gemeinsam am Tisch saßen, war es Felis Mutter, die erneut auf das unglückliche Thema von zuvor zu sprechen kam. »Du hast also Land gekauft, Philipp. Heißt das etwa, du willst ins Pflanzengeschäft einsteigen?«

»So ist es.«

»Ist das nicht sehr waghalsig? Blumen sind sensibel. Sie gehen leicht kaputt, und dann fällt der Verdienst aus.«

»Mama!«, zischte Feli leise.

»Das ist natürlich ein Risiko«, antwortete Philipp geduldig. »Aber Feli und ich haben vor geraumer Zeit in der Steppe eine Pflanze entdeckt, die recht robust zu sein scheint. Mit ihr könnte es funktionieren.«

»Von welchem Geld hast du das Land gekauft?«, fragte Albrecht.

»Mit meinen Ersparnissen und dem kleinen Betrag, den Großmutter mir vererbt hatte.«

Sein Vater war blass geworden. »Aber du hast doch schon einen Garten … Oder hältst du mich für so dumm, dass ich nicht mitbekomme, was du heimlich treibst?«

In Feli stieg die Wut auf. Albrecht tat so, als würde Philipp in besagtem Garten heimlich Morphium rauchen und nicht Blumen anbauen! Hatte er nicht gesehen, was sein Sohn Wundervolles geschaffen hatte?

»Den Garten behalte ich. Die Blumen kann ich im Sommer schneiden und verkaufen. Als Nebenverdienst.«

»Und dein Studium?«

Das werde er natürlich fortführen, erwiderte Philipp. Und er fügte noch hinzu: »Ich werde alles so weitermachen wie bisher. Auch meine Arbeit in der Molkerei wird nicht darunter leiden.« Philipp sah die Enttäuschung und Angst im Blick seines Vaters. Albrecht hoffte, sein Sohn würde das, was er selbst sich einst so hart erkämpft hatte, nicht einfach aufgeben.

»Alles so nebenbei? Wie willst du das schaffen?«

»Ich schaffe das schon. Und Anton ist ja auch noch da! Ich finde, wir sollten ihm mehr Verantwortung übertragen.«

Anton nickte eifrig mit vollem Mund, er hatte sich gerade ein Stück Schweinekruste stibitzt, das übrig geblieben war.

Aus Albrechts Blick sprach Zweifel. Anton würde für ihn immer der Kleine bleiben. »Du solltest deine Zeit lieber dafür verwenden, dir endlich eine Frau zu suchen!«, riet er Philipp.

»Albrecht«, mischte sich nun Felis Vater wieder ein. »Dein Sohn ist noch jung. Er findet schon noch ein nettes Mädchen.«

»Ein nettes Mädchen will auch ernährt werden«, sagte ihre Mutter leise und nippte an ihrem Wein.

Das alles lief ganz falsch. So hatte Feli sich diesen Abend gewiss nicht vorgestellt.

»Warten wir's doch einfach mal ab. Einer der Professoren an

der Universität unterstützt mich. Er ist ein Genie«, sagte Philipp und zog einen zusammengefalteten Brief aus seiner Westentasche. »Er hat sogar für mich Kontakt mit einem Blumenhändler in Los Angeles aufgenommen, der eventuell daran interessiert sein könnte, meine Poinsettien als Schnittblumen zu verkaufen! In zwei Wochen stelle ich mich ihm vor. Das ist eine großartige Chance!«

»Ich freue mich so für dich!«, rief Feli begeistert aus.

»Du willst also Blumen züchten«, brummte Albrecht. »Die Leute im Ort lachen über dich! Welcher richtige Mann züchtet schon Blumen?«

»Eben, bisher niemand. Deshalb ist es ja eine Marktlücke.«

»Marktlücke ... Wir kommen mit der Arbeit in der Molkerei kaum hinterher. Und jetzt willst du uns auch noch im Stich lassen ...«

»Unser Vater hat die Molkerei ganz alleine aufgebaut, als wir vor zwanzig Jahren hierhergekommen sind«, sagte Eva. »Aus dem Nichts heraus. Du solltest stolz sein, unser Familienunternehmen fortführen zu dürfen, aber stattdessen wendest du ihm den Rücken zu.«

Feli überlegte, wie hoch die Strafe ihrer Eltern ausfallen würde, wenn sie Eva ohrfeigen würde. Zu hoch wahrscheinlich.

»Ich kehre dem Unternehmen nicht den Rücken! Ich habe doch schon gesagt, dass ich auch weiterhin in der Molkerei aushelfen werde! Das eine schließt das andere nicht aus.«

»Du übernimmst dich«, sagte Eva. »Wie willst du das alles stemmen?«

»Ich helfe ihm«, hörte Feli sich sagen.

»Du?« Ihre Mutter zog die Augenbrauen hoch. »Was ist mit deinem Studium? Darum möchtest du dich wohl nebenbei kümmern?«

»Meine Noten waren bisher überdurchschnittlich gut. Meine Professoren sind sehr zufrieden mit mir.«

»Weil du fleißig bist und lernst. Wie willst du das tun, während du Blumen anpflanzt?« Ihre Mutter hatte einen leichten Schwips, das lockerte ihre Zunge.

»Dann muss ich mir meine Zeit eben besser einteilen«, entgegnete Feli.

Ihre Mutter lachte auf, als hätte Feli einen Witz gerissen.

Hilfe suchend blickte sie zu ihrem Vater, doch der legte nur den Kopf schief und zuckte leicht mit den Achseln.

»Ich schaffe das schon«, sagte Feli. »Gemeinsam schaffen wir das schon.«

»Willst du Philipp wirklich bei der Zucht seiner Poinsettien helfen?«, fragte ihr Vater.

Die Gäste waren inzwischen verschwunden, und Feli leerte mit ihren Eltern das letzte Weinglas. Das Schimmern der Sterne löste etwas in ihrer Brust. Ihr Silberfunkeln erfüllte Feli mit einer tiefen Ruhe und der Gewissheit, dass alles gut werden würde.

»Ja, das will ich«, erwiderte sie.

»Es ist sehr lieb von dir, dass du Philipp unterstützen willst. Wird es ernst mit euch beiden?«

»Ich weiß nicht.« Sie ließ ihren Wein im Glas kreisen.

»Aber du hast ihn gern, nicht wahr?«

»Ja«, sagte Feli leise.

Sie wünschte ihren Eltern eine gute Nacht. Doch ehe sie sich schlafen legte, schlich sie ans Küchenfenster. Sie wollte, dass das Letzte, was sie an diesem Tag sehen würde, das grüne Licht war, das an der Tür von Philipps Zuhause leuchtete. Wie oft hatte sie in München ihren Eltern gepredigt, dass sie sich vorerst lieber auf ihr Studium konzentrierte, als an Männer zu denken. Umworben zu werden, hatte ihr gefallen, doch für mehr hatte sie keinen Kopf gehabt. Und nun verlor sie sich mitten in der Nacht im Anblick eines fernen, grünen Lichts und fragte sich, ob Philipp wenigstens hin und wieder auch an sie dachte.

Durch das Fliegennetz hörte sie gedämpft die Stimmen ihrer Eltern.

»Philipp hat das Herz am rechten Fleck, und er ist tüchtig. Ich finde ihn bewundernswert«, sagte ihr Vater.

»Männer mit einer Leidenschaft sind immer bewundernswert«, entgegnete ihre Mutter. »Ich befürchte, deshalb hängt sich unsere Tochter auch so sehr an ihn.«

»Du befürchtest es?«

»Natürlich! Sie hat einst so sehr um ihren Studienplatz in München gekämpft! Und auch hier hat sie alles darangesetzt, an der Universität aufgenommen zu werden! Ich will nur nicht, dass sie das auf's Spiel setzt, weil sie glaubt, Philipp bei seinen Träumereien unterstützen zu müssen.«

»Es scheint ihr Spaß zu machen. Vielleicht haben sich ihre Ziele und Träume verändert. So etwas kommt vor.«

»Du kennst unsere Tochter. Sie weiß doch noch nichts vom Leben! Und sie ist so gefühlsgesteuert! Mag sein, dass sie Philipp im Moment gernhat. Hier gibt es ja auch sonst niemanden, zu dem sie aufsehen könnte. Wäre sie in München am Krankenhaus, umgeben von Ärzten, die ihre Leidenschaft teilen, hätte Philipp doch keine Chance. Nennen wir es einfach eine Sommerromanze.«

16

6. Dezember 2005
6 Tage bis zum Poinsettia-Day

Lizzy wartete in der Kantine der Licht-Ranch auf Stella. Ihr Blick war aus dem Fenster gerichtet, auf den Kinderspielplatz, wo eine Mutter ihren Sohn auf einer Schaukel anstieß. Ihre Hände umschlossen eine Tasse, aus der es dampfte.

Etwas hielt Stella davon ab, zu ihrer Oma zu gehen. Sie brauchte noch einen Moment für sich. Zum Glück stand sie direkt neben dem Damen-WC. In der letzten Kabine setzte sie sich auf den zugeklappten Toilettendeckel. Lizzys Telefonat am Morgen ging Stella nicht aus dem Kopf. Inzwischen war sie sich sicher, dass ihre Oma von Stellas Vater gesprochen hatte, der offenbar nichts von seiner Tochter wissen wollte. Es machte sie traurig, dass sie nicht hier bei ihrer Familie aufgewachsen war. Ihre Mutter hätte auf der Licht-Ranch arbeiten sollen, dann hätte sie nicht ihr Leben lang jeden Cent in die Gärtnerei stecken müssen, sondern hätte sich auch mal etwas Schönes gönnen können. Hätten sie hier gelebt, wo es keinen Schnee gab, dann wäre auch dieser Unfall nie passiert ...

Stellas Gedanken kreisten immer schneller. Sie dachte an Adam, der nicht ihr Cousin war, und an Andreas, der ihr lange verschwiegen hatte, dass er verheiratet und Vater von zwei Kindern war.

Lizzy rief nach ihr. Hatte sie etwa doch gesehen, wie Stella vor über zehn Minuten in der Damentoilette verschwunden und seitdem nicht herausgekommen war? Lizzy war so lieb und meinte es doch nur gut mit ihr, aber Stella musste noch kurz, ein paar Atemzüge lang noch, allein sein …

»Stella?« Das war Adam. Er schien vor der Tür zum Vorraum mit dem Waschbecken zu stehen.

Sie hielt die Luft an. Was, wenn er sie so sah? Wie könnte sie ihm erklären, dass sie weinte?

Er klopfte. »Stella, bist du da drinnen? Okay, ich komme jetzt rein. Sonst denkt Betty von der Kantinenausgabe noch, ich sei pervers und würde in meiner Mittagspause in Damentoiletten spannen.«

Stella hörte die Tür aufgehen. »Lizzy meinte, ich solle mal nach dir sehen. Sie meinte, vielleicht würdest du lieber mit mir sprechen.«

Sie gab keinen Mucks von sich. Mit etwas Glück nahm er an, dass sie nicht hier war, und ging wieder.

»Ist alles ziemlich viel, nicht wahr?«, sagte er sanft. »Du bist gerade erst angekommen, und schon prasseln so viele Eindrücke auf dich ein. Ich kann dich gut verstehen. Wenn du reden willst, bin ich jedenfalls für dich da.« Er wartete einen Augenblick, dann sagte er: »Okay, ich lass dich dann mal wieder.«

»Was denkt Betty denn, wenn du einfach so in eine Damentoilette gehst?«, fragte Stella mit dünner Stimme. Sie drückte die Klinke nach unten und schubste die Kabinentür auf.

»Soll sie mich ruhig für einen Spanner halten, das nehme ich in Kauf.«

Adams Lächeln und sein Blick waren wie eine Umarmung. Wie gut er aussah in diesem blütenweißen Hemd, das in einem aufregenden Kontrast zu seiner gebräunten Haut, den Zartbitteraugen und dem schwarzen Haar stand. Und sie? Ihre Augen waren verquollen, und sie saß auf einer Toilettenschüssel.

»Auf einmal war alles so viel!«, sagte sie. »Als würde ein Schneesturm in meinem Kopf herrschen. Alles war durcheinander. Dabei sind ja alle lieb zu mir, und trotzdem führe ich mich so auf ...«

»Tust du überhaupt nicht«, sagte Adam. »Ich finde, du bist unglaublich tapfer. Du hast so viel zu verarbeiten. Deine Mama ist gestorben, dann fliegst du ans andere Ende der Welt, um deine Familie kennenzulernen, von der du nicht mal etwas wusstest! Ich würde mich wahrscheinlich nur in meinem Zimmer einsperren und weinen.«

Adam ging in die Hocke. In seiner Nähe atmete es sich schon leichter. Nach einem kurzen Moment des Zögerns legte er eine Hand an ihr Gesicht und wischte mit dem Daumen die Tränen von ihrer Wange.

»Sieht man, dass ich geweint habe? Ich will nicht, dass Lizzy sich Sorgen macht.«

»Ein bisschen sieht man es. Aber wir behaupten einfach, du hättest dich übergeben, weil das Essen in der Kantine so widerlich riecht. Hast du gesehen, was heute auf der Karte steht? Wirsingbällchen und Spekulatiusauflauf. Wer isst denn so etwas? Am liebsten würde ich mit dir weinen, weil ich dieses Zeug fast jeden Tag essen muss.«

Stella lachte und holte dann tief Luft. »Danke«, sagte sie. »Danke, dass du so gut zu mir bist.«

»Gern geschehen.«

»Darf ich dich etwas fragen?«

»Klar doch. Alles.«

»Weißt du, warum meine Mutter damals abgehauen ist? Ich

werde das Gefühl nicht los, dass Lizzy versucht, es vor mir geheim zu halten.«

»Ich weiß es leider auch nicht«, sagte Adam zerknirscht.

»Hast du denn nie gefragt?«

»Doch, als kleiner Junge fand ich das hochinteressant. In meiner Fantasie habe ich mir die Flucht deiner Mutter immer total abenteuerlich vorgestellt. Erzählt hat aber niemand etwas. Jetzt, wo du's sagst, ist das wirklich auffällig.«

»Finde ich auch.«

»Okay, machen wir es so: Ich helfe dir herauszufinden, was damals geschehen ist. Und du gehst dafür mit mir in einer Woche auf ein Konzert. Die Band heißt *Fast Forward*. Direkt am Strand. Wird sicher cool.«

»Klingt super. Aber ich weiß doch gar nicht, ob ich in einer Woche noch hier bin. Irgendwann muss ich wieder nach Hause ...«

Daran wollte Stella eigentlich gar nicht denken. Sie fühlte sich hier wohl und hatte Lizzy und Adam bereits fest ins Herz geschlossen.

»Das Konzert ist doch die perfekte Gelegenheit, noch etwas länger zu bleiben, findest du nicht auch?« Er grinste. »Also, Deal?«

»Deal.«

Am liebsten hätte Stella Adam auf die Wange geküsst. Doch sie zögerte, und schon war der Moment verstrichen.

Als sie gemeinsam aus der Damentoilette kamen, erwartete Lizzy sie mit sorgenvollem Blick. »Liebes, stimmt denn etwas nicht? Hat David etwas gesagt, was dich aufgewühlt hat?«

»Nein«, log Stella. »Wirklich, es geht mir gut.«

Tatsächlich ging es ihr schon viel besser, denn sie hatte Adam an ihrer Seite.

Es war kurz nach vier, als sie das Hauptgebäude verließen. Nach einer heißen Schokolade mit extra viel Sahne in der Kantine konnte Stella schon nicht mehr verstehen, warum sie vor einer halben Stunde noch so traurig gewesen war. Sie ließ den Blick über die Ranch schweifen. Alles hier erfüllte sie mit Stolz. Die kräftig blühenden Felder, die im Nachmittagslicht goldglänzenden Gewächshäuser, die brummenden Traktoren, ja sogar die gestapelten Holzpaletten neben der Scheune.

Stella blinzelte in die Sonne, lehnte sich an das aufgeheizte Metall des Jeeps und wartete, während Lizzy in den Tiefen ihrer Tasche nach dem Autoschlüssel kramte. Das musste man sich erst mal auf der Zunge zergehen lassen: Ihr Urgroßvater und dessen Frau hatten ein Familienunternehmen geschaffen, dass sich nicht nur über Generationen hinweg trug – nein, ihnen war es auch zu verdanken, dass die Poinsettia ein Symbol für Weihnachten geworden war! Auf der ganzen Welt! Wer konnte so etwas schon von seinem Urgroßvater behaupten?

»Was ist?«, fragte Lizzy. »Du lächelst so verzückt.«

»Das bin ich auch«, erwiderte Stella und hakte sich bei ihrer Oma unter. »Was hältst du davon, wenn wir noch ein bisschen über das Gelände spazieren? Dann kannst du mir erzählen, wie es mit Philipp und Feli weiterging. Das hier ist doch der ideale Ort!«

Stella erschien die Licht-Ranch mehr und mehr wie ein kleines Paradies. Wie sollte man es nicht als paradiesisch empfinden, an einem kleinen Teich mit Enten darauf vorbeizuspazieren, auf dessen glatter Oberfläche sich die kalifornisch goldenen Wolken spiegelten, oder mitten durch die tiefroten Weihnachtsstern-Felder zu flanieren, deren Blätter bis zu Stellas Bauchnabel reichten?

Es gab sogar noch einige Hühner, weil die ursprüngliche Ranch noch immer auf dem Grundstück stand und der Zeit trotzte. Sie diente inzwischen als Museum für interessierte Besucher, die sich die alten Räumlichkeiten zeigen und sich von David etwas über die Geschichte der Ranch erzählen lassen konnten.

»Die Idee ist, dass die Licht-Ranch weiterhin eine richtige Ranch ist«, erklärte ihr Lizzy. »Und dafür braucht man Tiere. Unser Vater Philipp hat die Ranch nie ganz aufgegeben.«

Stella war augenblicklich verliebt in die himmelblauen Fensterläden und die breite Veranda, die um die Ranch herumführte. Die Gewächshäuser und das moderne Hauptgebäude verschwanden im Hintergrund, als sie ihre Hand auf die rötlich braune, sonnenwarme Holzwand legte. Sie konnte das Leben spüren, das so viele Jahre hinter diesen vier Wänden ein Zuhause gehabt hatte. Zu einer Zeit, wo es noch keine Schnellstraßen gegeben und Encinitas nur aus ein paar wenigen Häusern bestanden hatte. Stella konnte geradezu vor sich sehen, wie Lizzy als kleines Mädchen auf den Stufen gesessen und ein Bild gemalt hatte. Wie die Hühner auseinandergestoben waren, als ihre Mutter Feli mit frisch geernteten Kartoffeln über den Hof auf sie zukam und Lizzy im Vorbeigehen über das Haar strich. Sie konnte die Familie an dem runden Tisch auf der Veranda sitzen sehen, wie sie alle heißhungrig über das Essen herfielen, weil sie den ganzen Tag auf den Feldern gearbeitet hatten.

»Glaubst du, David würde auch mir einmal die alte Ranch zeigen?«, fragte Stella, als sie über eines der Poinsettia-Felder zurück zum Parkplatz spazierten.

»Aber natürlich! Das macht er sicher gerne!«

»Der Ort hier heißt ja Encinitas, aber kennengelernt haben Philipp und Feli sich in Arquata, richtig?«, fragte Stella.

»Gut aufgepasst. Nach Encinitas sind sie erst im Jahr 1912 gezogen.«

»Wie ging es denn eigentlich zwischen Philipp und Feli weiter?« Auf den Spitzen ihrer Ballerinas und mit schwingenden Armen drehte Stella sich zu ihrer Oma um und lief nun rückwärts. Die Handflächen ließ sie über die roten Blätter der Poinsettien streichen. »Hat Feli denn ihr Wort gehalten? Hat sie Philipp geholfen, Weihnachtssterne zu züchten?«

»O ja, das hat sie. So gut wie all ihre Kraft und Energie hat sie darauf verwendet, gemeinsam mit Philipp Poinsettien anzupflanzen und zu pflegen. Ihre Leidenschaft hat ihm Kraft und Zuversicht gegeben.«

»Bestimmt waren Feli und Philipp ein schönes Paar ...«, seufzte Stella melancholisch.

»Oh, damals waren sie noch kein Paar. Ein halbes Jahr verging, in dem sie fast jeden Tag zusammenarbeiteten, aber mein Vater hatte nie den Versuch unternommen, meiner Mutter näherzukommen. Meine Mutter ist unsicher geworden. Sah er am Ende nur eine gute Freundin in ihr? Tja, und dann bekam Philipp Konkurrenz von einem jungen Mann namens Ray Hammer ...« So, wie Lizzy diesen Namen aussprach, klang es, als würde sie gleichzeitig an Trüffelpralinen oder ein Lavendel-Schaumbad mit anschließender Massage denken.

»Ray Hammer?«, fragte Stella, in der Hoffnung, etwas mehr zu erfahren.

»O ja ...« Lizzy lächelte verträumt. »Ray Hammer ...«

17

1911

Ihr Körper fühlte sich schwer von der Schufterei auf dem Feld an, aber es war ein gutes Gefühl. Zugegeben, anfangs hatte Feli sich die Arbeit mit Philipp anders vorgestellt. In ihrer Fantasie waren die Pflanzen wie durch Magie gewachsen. Wie viel Arbeit dahintersteckte, hatte sie sich nicht ausgemalt.

Es hatte mit einem für Philipps Verhältnisse langen Lehrmeistervortrag darüber begonnen, wie man Pflanzen-Stecklinge zog: Man schnitt einen Zweig ab und hegte und pflegte ihn liebevoll wie ein Kind, bis sich an seinem Ende Wurzeln bildeten. Pflanzte man den Steckling ein, würde daraus ein weiterer Poinsettiastrauch wachsen, und so weiter und so fort. Einer seiner Professoren, Mister James Coleman, war von Anfang an in das Projekt eingeweiht und so großzügig gewesen, es als eine Art Semesterarbeit anzusehen, damit Philipp eine Entschuldigung dafür hatte, sich während der Vorlesungszeit zumindest für ein paar Stunden von der Universität fernzuhalten. Professor Coleman war ein redseliger Mann kurz vor dem Ruhestand, dessen feines, grauweißes Haar sich auf seinem Kopf aufplusterte wie die Flugschirmchen einer Pusteblume. Er hatte nie geheiratet, und Feli hatte so eine Vermutung, weshalb: Wenn man erlebte, wie er einen Steckling in den Händen hielt, zärtlich wie ein frisch geschlüpftes Vogelküken, wenn man ihn hörte, wie er mit den wachsenden Poinsettien sprach, mal liebevoll, mal tadelnd wie mit einem störrischen Kind, wenn man den Glanz in seinen Augen sah, als die Poinsettien den ersten roten Schimmer auf den Blättern zeigten, als wäre jenes Kind herangewachsen und würde seinen Schulabschluss feiern, wenn man all das verfolgte, dann wusste man, dass seine ganze Liebe, sein ganzes Leben den Pflanzen gehörte.

»Du musst sie beobachten«, hatte Professor Coleman in den letzten Monaten immer wieder mit leiser, beschwörender Stimme gepredigt. »Du musst herausfinden, wie ihnen der Boden schmeckt. Du musst an ihnen ablesen, ob sie durstig sind. Ob ihnen nach Schatten oder nach Licht zumute ist. Du musst sie verstehen lernen.«

Wenn Philipp sich mit Professor Coleman beim Essen unterhielt, hatte Feli oft das Gefühl, sie wäre in eine Gruppe japanischer Einwanderer geraten, da hätte sie nämlich genauso viel oder wohl eher genauso wenig verstanden. Es fielen Begriffe wie Epinastie oder Alkalinität, und als Feli einmal fragte, ob Thielaviopsis eine Dinosaurierart war, sahen sie beide an, als hätte sie nicht mehr alle Tassen im Schrank. Es hatte doch nur ein Witz sein sollen ...

Inzwischen ertappte Feli Philipp hin und wieder dabei, wie er leise zu den Pflanzen sprach. Einmal hatte er es Professor Coleman gleichgetan, die Erde zwischen den Fingern verrieben und über seinen erdigen Daumen geleckt, weil Professor Coleman darauf schwor, herausschmecken zu können, ob es an Magnesium oder Natrium mangelte.

»Und?«, hatte Feli gefragt und die Augenbrauen belustigt hochgezogen.

»Es handelt sich hierbei definitiv um Erde«, hatte Philipp erwidert, woraufhin Feli losgeprustet hatte.

Sie mochte diese Seite an ihm. Wenn er bei seinen Pflanzen war, war er jedes Mal ganz ruhig und eins mit der Welt.

Philipp hatte ihr gezeigt, wie man Poinsettien zurückschnitt und welche Blätter zu entfernen waren, damit die Pflanzen sich nicht gegenseitig das Licht nahmen. Er erklärte ihr, er hätte Unterschiede beim Wachstum festgestellt, abhängig davon, wie stark man die Poinsettien goss. Viel mehr sprachen sie nicht miteinander. Das alles hatte nicht viel mit Felis Vorstellung ihrer Zusammenarbeit zu tun, in der Philipp anerkannte, wie tüchtig sie war, und begriff, wie gern er sie eigentlich hatte. Die Wahrheit war, dass ihr Projekt sie zu Partnern machte, im besten Fall vielleicht zu Freunden.

Hin und wieder hatte Minho sie unterstützt, aber auch Anton, Sam und Anne hatten mit angepackt. Und Professor Coleman hatte den Kontakt zu einem befreundeten Besitzer einer Blumenhandlung hergestellt, der daran interessiert war, die Poinsettia als Schnittblume im kommenden Jahr ins Sortiment aufzunehmen. Dieses Jahr war sozusagen noch ein Testlauf. Oder wenn man so wollte, würden die Poinsettien, die schon bald hoffentlich ihre majestätische Schönheit entfalten würden, eine Art Visitenkarte für Philipp sein, mit der er sich in Blumenhandlungen vorstellen wollte.

Anfang November wiesen die Blätter die ersten rötlichen Verfärbungen auf. Im Dezember war das Wunder vollendet. Wie ein Lavafluss leuchteten die zuvor grünen Pflanzen mitten in der Steppe.

Feli stellte sich auf die Zehenspitzen, breitete die Arme aus und streckte die Brust heraus. In keinem Vorlesungssaal und in keinem Krankenhaus hatte sie je diese Lebendigkeit verspürt. Sie grub die nackten Zehen tiefer in die lockere Erde, genoss die Sonnenwärme auf ihrem Nacken und atmete tief ein. Hatte sie je in

Deutschland die frische Luft so sehr genossen? Sie bezweifelte es. Das hier war ein Festmahl an Gerüchen ... Die Würze der Steppe und der feuchten Erde, darüber die leichte Süße der Pflanzen, wie mit Puderzucker bestäubt. Ein sanfter Wind brachte die vielen Blätter zum Rascheln, als würden Hunderte Perlen über den Boden kullern.

»Du bist barfuß«, hörte sie Philipp hinter sich sagen.

Sie wandte sich nicht zu ihm um, aus Angst, seinem Blick nicht standhalten zu können. Ein wohliger Schauer lief ihren Rücken hinab. »Ich konnte nicht widerstehen.«

War es der Wind, der ihren Nacken streifte, oder sein Atem? »Wirst du jemals auf mich hören, meine Feuerblume?«

Die angenehme Brise trug von fern eine Stimme zu ihr. »Fräulein Schönberger, es ist an der Zeit aufzuwachen.«

Aufzuwachen war, als müsse Feli durch einen langen, langen Tunnel wandern, rückwärts, mit dem Blick auf das rot glühende Feld gerichtet, das immer kleiner und dunkler wurde, bis sie endlich im Hier und Jetzt angekommen war. Ihr Rücken war ganz krumm und schmerzte. Sie schien auf einem Tisch zu liegen, den Kopf auf ihren Unterarmen gebettet. Warum kicherte da jemand? Sie blinzelte ein paarmal, öffnete die Augen und sah sich einem weißen Arztkittel gegenüber. Ihr Blick wanderte höher. Professor Morton, Dozent der Kardiologie, lächelte wohlwollend.

»Haben Sie gut geschlafen?«, fragte er.

O Gott! Sie hatte doch nur ganz kurz die Augen schließen wollen ...

Zum Glück klingelte es in diesem Moment. Die Studenten sprangen von ihren Klappstühlen auf und strömten aus dem Vorlesungssaal.

»Es tut mir wirklich schrecklich leid«, entschuldigte sich Feli bei ihrem Professor und stammelte noch weitere Entschuldigungen herunter, während sie ihre Bücher vom Tisch auflas und fest an die Brust drückte, um sich an ihnen festzuhalten. Ihr war ganz heiß vor Scham. »Ihre Vorlesung war sehr interessant, es ist nur so, dass ich in letzter Zeit nicht sonderlich viel Schlaf bekomme und …«

»Nur mit der Ruhe. Jetzt haben Sie ja eine Mütze Schlaf bekommen. Aber ein richtiges Bett würde Ihnen besser tun.«

Professor Morton war einer der Guten, und bestimmt meinte er seine Worte zum Teil ehrlich, aber Feli witterte dennoch eine versteckte Botschaft hinter ihnen. »Nicht nötig«, sagte sie. »Es wird nicht wieder vorkommen.«

Professor Morton ließ sich auf dem lang gezogenen Tisch in der Reihe vor ihr nieder. »Wissen Sie, es ist schon über ein halbes Jahr her, dass Sie in meinem Büro erschienen sind und darum gekämpft haben, an dieser Universität Medizin studieren zu dürfen. Und ich habe eingewilligt, obwohl das Semester bereits begonnen hatte.«

Wie lebhaft Feli dieser Tag noch in Erinnerung war! Während sie hierhergeritten war, hatte sie sich genau überlegt, was sie sagen würde. Als sie vor dem Professor gestanden hatte, waren ihre Worte klar und deutlich gewesen, jeder Satz perfekt, als würde sie von einem unsichtbaren Exposé ablesen.

»Es war Ihnen so ernst, dass ich gar nicht anders konnte, als einzuwilligen. Aber ist es Ihnen denn noch immer ernst?«

Feli nahm wahr, wie stickig und verbraucht die Luft im Raum war. Hundertmal ein- und wieder ausgeatmet, ein und wieder aus, und mit einem Mal sehnte sie sich nach dem frischen Atem der Natur.

»Ja«, sagte Feli. »Das ist es.«

Doch vor ihrem inneren Auge flammte das weite Rot der Poinsettiafelder auf und sie hörte das Rascheln der bewegten Blätter, wie die Volants wunderschöner Ballkleider.

»Nur befürchte ich, dass Sie das Semester nicht bestehen werden, wenn Sie so weitermachen. Sie sind durch die Zwischenprüfung gefallen, die wir letzte Woche geschrieben haben.«

Ein dumpfes Gefühl machte sich in ihrem Magen breit. »Ich werde mehr lernen. Versprochen. Die Endprüfung werde ich bestehen.«

»Gut«, sagte er. »Ich glaube nämlich an Sie. Sie sind ein schlaues und ehrgeiziges Mädchen. Unsere Fakultät arbeitet eng mit ein paar hoch angesehenen Krankenhäusern zusammen, unter anderem mit der Charité in Berlin. Jährlich wird eine sechsmonatige Praktikumsstelle ausgeschrieben, für die ich eine Empfehlung aussprechen kann. Ich würde gerne Sie vorschlagen.«

Das würde bedeuten, dass Feli wieder nach Hause könnte. Gut, Berlin war zwar nicht ihr Zuhause, aber es war von München zumindest nur eine Tagesreise mit dem Zug entfernt. Und sie würde in der Hauptstadt wohnen, in der das moderne Leben pulsierte! Sie könnte in Kunstausstellungen gehen, mit der Elektrischen zu den großen Modehäusern fahren, die feinen Stoffe fühlen und an den neusten Pariser Parfüms schnuppern, danach einen duftenden Mokka in einem der angesagten Kaffeehäuser genießen ... Jetzt, wo sie daran erinnert wurde, wurde ihr bewusst, wie sehr sie all das vermisste.

»Das wäre eine große Chance für Sie«, sagte Professor Morton.

Feli nickte. »Ich danke Ihnen. Ich denke darüber nach.«

18

»Ich hab Hunger«, beschwerte sich Fritz.

»Sei ruhig«, entgegnete Feli.

Sie war genervt. Man könnte annehmen, ihre schlechte Laune rühre daher, dass ihr kleiner Bruder und sie die Pferdekoppel sauber machen mussten. Dabei hatte sie die Aufgabe, die Pferdeäpfel aufzulesen und mit dem Schubkarren zum Misthaufen zu fahren, Fritz zugeteilt. Sie kümmerte sich lediglich um das Schrubben der Futter- und Wassertröge.

Gestern war noch alles in Ordnung gewesen. Sie hatte mit Philipp auf den Feldern herumgealbert. Er hatte sie gefragt, ob gleich ein Streichorchester vorbeikäme. Oder warum sonst hatte sie sich so herausgeputzt? Und sie hatte entgegnet, dass, nur weil sie auf dem Land lebten und in der Erde buddelten, sie sich nicht auch so kleiden musste. Sie liebte Mode und extravagante Schnitte nun einmal und wollte nicht auf sie verzichten. Es machte ihr Freude, sich morgens nach Lust und Laune zu kleiden. Die blühenden Poinsettien hatten sie inspiriert, den Cowboyhut, den Philipp ihr geschenkt hatte, um ihren Kopf vor der Hitze zu schützen, mit selbst gebastelten, roten Stoffblumen zu verzieren.

Ihre gegenseitigen Neckereien waren Philipps und ihr Weg, miteinander klarzukommen. Feli war das nur recht. Alles war ihr lieber als sein ewiges Schweigen.

Sie hatte gesagt: »Glaub nicht, dass ich mich für dich so sehr herausgeputzt habe.«

Woraufhin er erwidert hatte: »Das würde mir nicht im Traum einfallen.«

»Ich mache das für mich.« Es war ihr wichtig gewesen, das klarzustellen.

»Unter Freunden ist es ja auch egal«, hatte er entgegnet und sie dabei prüfend angesehen.

Er hatte ja recht. Sie waren Freunde. Sie waren Nachbarn, die einander aushalfen. Trotzdem wollte sie von diesem Wort nichts wissen. Sie hatte gelächelt, als sie sich am Abend auf den Weg nach Hause gemacht hatte, aber kaum war sie in ihrem Zimmer gewesen, waren ihr Tränen über die Wangen gelaufen.

Jetzt hatte sie schlechte Laune und trug deshalb einen unspektakulären Rock, der die Farbe von trockener Erde hatte, und dazu eine Bluse, die schon einmal geflickt worden war.

»Wer ist das?«, riss Fritz sie aus ihren Gedanken. Er deutete mit dem Finger auf einen Mann, der sich auf dem Hof umsah.

Obwohl die Überschwemmung schon über ein halbes Jahr zurücklag, war Feli noch immer misstrauisch. Der Sheriff hatte ihnen geraten, alles, was ungewöhnlich war, zu melden, denn man ging davon aus, dass jemand die Bewässerungsanlage absichtlich sabotiert hatte.

»Hey! Sie da!«, rief Feli und erhob sich. »Kann ich Ihnen helfen?«

Der Fremde hatte eine große Ledertasche bei sich, die er lässig mit einer Hand über die Schulter schwang, als er sich Feli näherte. Auf der Tasche lag ein ordentlich zusammengefaltetes Jackett. Über seinem legeren Baumwollhemd trug er eine auffällige rote Seidenweste, zu modisch, um in diese raue, staubige Gegend zu passen.

»Kommt ganz drauf an«, entgegnete er. Sein Schritt war gemächlich und unbeeindruckt, was Feli fast ein wenig reizte. Doch dann schenkte er ihr ein Lächeln, das eine Reihe perfekt weißer Zähne offenbarte. Es war ein Lächeln, als hätte er ihr ein Kompliment gemacht. Ein Lächeln, das sie erröten ließ.

»Puh, ganz schön heiß«, sagte er und atmete schwer aus, als er vor ihr stand. Seine Schuhe waren frisch gewichst, jedoch ausgebeult.

»Ray Hammer«, stellte er sich vor und streckte Feli die Hand hin, die sie schüttelte.

Er war attraktiv. Auf eine Weise, die Feli an den Roman denken ließ, in dem sie seit einem halben Jahr hin und wieder ein paar Seiten las, wenn sie mal die Zeit fand. Vor ihrem inneren Auge spielte sich eine Szene aus jenem Roman ab. *Sicher lenkte Ray den schicken Sportwagen die Küstenstraße entlang. Die Sonne glänzte auf der Motorhaube und auf seinen perlweißen Zähnen, als er sie anlächelte. »Baby«, sagte er mit seiner melodischen Stimme, die Schmetterlinge in ihrem Bauch aufflattern ließ, »hab keine Angst, ich bringe dich sicher nach Hause.«*

Ray sah aus wie der Traum eines jeden jungen Mädchens. Wie der Typ, für den eine Ehefrau ihren Mann verließ. Wie die Sünde, für die eine Nonne ihre Religion verriet.

»Ray Hammer«, wiederholte sie. Das Rot ihrer Wangen vertiefte sich, als ihr bewusst wurde, wie verträumt sie geklungen hatte. »Wie kann ich dir helfen, Ray?«

»Ich bin auf der Suche nach dem Besitzer dieser Farm.«

»Was willst du denn von ihm?«

»Arbeit. In der Stadt nannte man mir seinen Namen. Hier soll's anscheinend viel zu tun geben. Und, tja, hier bin ich.«

In diesem Moment kam Philipp angeritten. Er brachte sein Pferd zum Stehen. »Wer ist das?« Ganz der alte, unnahbare Cowboy. Der Fremde sagte es ihm und wandte sich sogleich wieder Feli zu. »Und du bist?«

»Feli Schönberger. Ich bin die Tochter.«

»Welches Glück dein Vater doch hat, eine solch reizende Tochter zu haben.«

Philipp schwang sich vom Pferd. »Wir brauchen niemanden«, sagte er. »Aber danke für das Angebot.«

»Und ob wir jemanden brauchen«, sagte Feli. »Ich befürchte nur, dass wir dich nicht bezahlen können, Ray.«

»Ich bin schon froh, wenn ich ein Dach über dem Kopf habe und Essen bekomme. Deal?« Er streckte ihr die Hand hin, und Feli wollte schon einschlagen, da packte Philipp sie am Oberarm und hielt sie zurück.

»Was glaubst du, sagt dein Vater, wenn du einfach so über seinen Kopf hinweg etwas entscheidest?«

»Nichts. Er weiß, dass meine Entscheidungen vernünftig sind.« Das war übertrieben. Aber sie wollte sich auch nicht vor Ray als Töchterchen darstellen lassen, das nichts zu sagen hatte.

»Du kennst diesen Typen doch gar nicht! Er könnte aus dem Gefängnis abgehauen sein oder …«

»Ich kann euch noch immer hören«, sagte Ray unbeeindruckt. »Und wenn du's genau wissen willst: Ich komme aus einem gutbürgerlichen Haus in Florida.«

»Und warum, Ray, kommst du von so weit, um auf einer Farm zu arbeiten?«

»Die Filmbranche. Ich will Schauspieler werden. Hollywood liegt vor der Tür.« Er zuckte mit den Schultern. »Los Angeles ist zu teuer für mich. Deshalb bin ich jetzt erst einmal hier.«

»Und du willst gleich hier einziehen?« Damit spielte Philipp auf die Tasche an, die Ray bei sich trug.

»Wäre gut, wenn das ginge. Ansonsten muss ich heute Nacht unter freiem Himmel schlafen.«

Rays Anwesenheit ging Philipp gewaltig gegen den Strich. Vielleicht zögerte Feli deshalb nicht, ihn einzustellen. »Abgemacht«, sagte sie und schüttelte Rays Hand. »Dann auf gute Zusammenarbeit.«

»Du arbeitest erst einmal auf Probe«, hatte ihr Vater zu Ray gesagt.

Und nun war ein Monat vergangen, und Ray war bereits ein fester Teil der Schönberger Farm. Gegen zwölf, wenn er ihrem Vater den ganzen Vormittag auf dem Feld geholfen hatte, sagte er: »Sir, ich gehe jetzt rein und helfe Ihrer Frau beim Kartoffelschälen.«

Ihr Vater, gleichermaßen angetan und verwirrt von so viel Aufmerksamkeit, nickte dann nur. »Jaja … gute Idee. Geh nur.«

Fritz vergötterte ihn. Zu Philipp hatte er einst aufgesehen, weil Philipp wie ein Held aus seinen Romanen gewesen war. Doch er hatte kaum noch Zeit, um mit dem inzwischen Elfjährigen Fischen zu gehen oder Spuren zu lesen. Ray hatte Fritz' Lieblingsromane selbst als kleiner Junge verschlungen und kannte die lässigen Sprüche der Helden. Wenn sie gemeinsam auf dem Feld arbeiteten, dann spielte er den rauen Cowboy und zitierte Sätze aus den Büchern. »Wenn du ruhig bleibst, passiert dir nichts«, knurrte er, dass sich einem die Haare aufstellten. Oder er rief kämpferisch, sodass ein Hase im Busch aufschreckte: »Sollen sie nur kommen, wir verteidigen unser Reich!« Oder: »Man erzählt sich, mein Pferd sei schneller als der Wind«, wisperte er, schnalzte mit der Zunge und erntete von Minho einen zutiefst verwirrten Blick. Denn der verstand den Witz dahinter nicht und hielt Ray wohl für verrückt, denn ein Pferd hatte dieser arme Schlucker und offensichtliche Nicht-Cowboy gewiss nicht.

Das Ganze ging so weit, dass Fritz die Romane sogar auf das Feld mitnahm, Ray weitere Sätze daraus auswendig lernte und Fritz den treuen Freund des Helden spielte. Es war, als würden sie ein Theaterstück aufführen. Ray gab den perfekten Cowboy, wie man sich ihn erträumte. Philipp aber war ein echter Cowboy, mit seinen Stärken und Schwächen.

Auch Anton genoss Rays Anwesenheit und holte sich bei ihm Rat, um Mädchenherzen zu gewinnen. Und Feli ... tja, ihr tat es gut, dass Ray an ihr demonstrierte, was er Anton erklärte. Sie mochte, wie er mit ihr flirtete. »Wie verblendet müssen meine Geschlechtsgenossen eigentlich sein, dass sie bei dir nicht Schlange stehen?«, sagte er. Und sie schmolz dahin und ertappte sich bei dem Gedanken, wie es wäre, mit Ray die Liebe kennenzulernen.

Wie sehr sie es vermisst hatte, dass man ihr schmeichelte! In München hatten die jungen Männer ihr oft Komplimente gemacht. Hier war das Netteste, was man innerhalb des letzten Jahres auf einem der Feste zu ihr gesagt hatte: »Diesen Gaul würd ich auch gern mal reiten.«

Rays Anwesenheit war somit für alle eine Bereicherung. Für alle außer für Philipp.

19

1912

Es herrschte große Aufregung in Arquata: Der Jahrmarkt, der vor vielen Wochen angekündigt worden war, war endlich eröffnet worden. Von weit her waren Schausteller angereist, hatten Karusselle und Schießbuden aufgebaut, und für den heutigen Abend war ein Feuerwerk angesagt.

Für Feli bedeutete das, endlich mal wieder eine Gelegenheit zu haben, sich richtig hübsch zu machen! Vielleicht sogar zu tanzen … Sie würde sich mit Sam und Anne treffen. Zu hoffen, dass vielleicht auch Philipp dort sein würde, erlaubte sie sich nicht.

Voller Vorfreude nutzte Feli die Sonne und die gleichzeitige Windstille, um die frisch gewaschene Bettwäsche aufzuhängen. Ihre Mutter und Henrietta saßen nebeneinander auf den Treppenstufen der Veranda, wuschen in mehreren Schalen mit Wasser den Staub von getrockneten Bohnen und genossen es, dass Ray sie währenddessen bestens unterhielt.

»Kein Hindernis aus Stein hält Liebe auf«, zitierte er aus Shakespeares *Romeo und Julia*. »Was Liebe kann, das wagt sie auch.«

In heldenhafter Manier ließ er sich vor ihrer Mutter auf die Knie fallen, die zunächst erschrak und im nächsten Moment in entzücktes Gekicher ausbrach und klatschte. »Grandios!«

»Ein wahrhaftiges Talent!«, pflichtete Henrietta ihr bei. »Bestimmt wird aus dir ein grandioser Schauspieler!«

Noch immer ganz in der Rolle des tugendhaften Liebenden nahm Ray Alice' Hand. Er schien ganz genau zu wissen, dass jede Frau innerlich zerfloss, wenn seine hübschen Augen ihr einen derart tiefen Blick schenkten. Der Hahn krähte und schlug mit den Flügeln, deshalb verstand Feli nicht, was Ray zu ihrer Mutter sagte – doch es musste etwas gewesen sein, womit sie nicht gerechnet hatte, denn sie legte den Kopf leicht schief, während ihre Lippen ein kleines »Oh« formten.

Feli streckte sich, um ein Laken mit Wäscheklammern an der Leine zu befestigen. Die Sonne stand schräg. Ihre Strahlen tanzten zwischen den vom leichten Wind bewegten Laken hindurch, tauchten spielerisch mal hier, mal dort auf. Ganz unerwartet wurde das Laken direkt vor ihr angehoben, und Feli blickte in Rays Filmstargesicht. Die Sonne war sein Scheinwerfer.

»Mein schönes Fräulein, darf ich wagen, Sie zum Jahrmarkt einzuladen?«

Wie gelang es ihm nur jedes Mal, Feli in Verlegenheit zu bringen?

»Bin weder Fräulein weder schön, kann ungeleitet zum Jahrmarkt gehen.« Auch sie konnte den Faust zitieren!

»Sie ist so sitt- und tugendreich. Und etwas schnippisch doch zugleich.«

Feli lachte auf eine für sie sehr untypische Weise, nämlich wie ein kleines Mädchen, das dem Charme eines Mannes ausgeliefert war. »Mehr Zitate aus Faust kenne ich nicht. Du hast also gewonnen.«

»Und habe ich auch deine Zustimmung gewonnen, dich zum Jahrmarkt ausführen zu dürfen?«

Feli traute ihren Ohren nicht. Ray konnte sich nicht mal eine

Unterkunft leisten, geschweige denn Schuhe ohne Löcher oder ein neues Hemd! »Und von welchem Geld willst du mir gebrannte Mandeln kaufen?«

»Dein großzügiger Vater hat mir ein kleines Taschengeld gegeben, und ich würde es gerne investieren, um dir eine Freude zu machen. Er beugte sich zu ihr hinab, sodass sein Mund auf Höhe ihres Ohrs war. »Und wenn du ablehnst, darfst du dir morgen von deiner Mutter gewiss einen Vortrag anhören, wie unhöflich es ist, meine Bitte abzuschlagen.«

»Unhöflich?«, sagte sie und stemmte keck die Arme in die Taille.

»Exakt. Es ist die Aufgabe einer guten Gastgeberin, einen Gast herumzuführen und ihn mit der Umgebung und den Leuten vertraut zu machen.«

»Ach so, verstehe. Dennoch werde ich zuerst meine Mutter um Erlaubnis fragen müssen.« Das war gelogen. Warum zögerte sie? Ray war charmant, aufmerksam und überaus attraktiv …

»Das habe ich für dich übernommen und ihre Zustimmung bereits eingeholt.«

»Sie hat es erlaubt?« Wenn das die Wahrheit war, musste Ray es ihrer Mutter wirklich angetan haben. »In diesem Fall kann ich wohl kaum Nein sagen.«

»Also um acht?«

Feli schmunzelte in sich hinein und bückte sich, um eine Kopfkissenhülle aus dem Korb zu lesen. »Also gut, um acht …«

Während Feli sich vor dem Spiegel herausputzte, merkte sie, dass sie sich auf den Abend freute. Wie lange war sie schon nicht mehr mit einem Mann ausgegangen?

Sie entschied sich für ein korallenfarbenes Ausgehensemble. Die Linienführung war sehr elegant und betonte ihre schmale

Hüfte, gleichzeitig wirkte das Kostüm schlicht und nicht zu herausgeputzt. Zunächst hatte sie überlegt, ein elegantes Kleid mit Seidenapplikationen zu tragen, aber das hätte vielleicht den Eindruck erweckt, sie hätte sich für Ray besonders hübsch gemacht.

Der Jahrmarkt führte Feli vor Augen, was sie das vergangene Jahr über vermisst hatte. Diese Lebendigkeit! All die Lichter und bunt bemalten Süßwarenstände! All die Düfte! Gebrannte Mandeln, Zuckerwatte und dazwischen der rauchige Geruch von Grillfleisch! Ein paar Gesichter kamen Feli bekannt vor, doch die meisten waren ihr fremd. Zwischen zwei Verkaufsständen sah Feli eine Reihe Männer, die das getrunkene Bier in einem im Feuerschein funkenden Bogenstrahl abließen. Ihre Empörung amüsierte Ray.

Feli ertappte sich dabei, immer wieder nach Philipp Ausschau zu halten. Dabei hatte sie mit Ray sehr viel Spaß. Tatsächlich hatte er ein paar Münzen angespart und spendierte ihr eine Fahrt im Karussell und eine Tüte mit in Fett gebackenem, zuckrigem Gebäck.

»Wo wohl der Lärm herkommt?«, wunderte sich Ray.

»Lass uns nachsehen!«

Um ein eingezäuntes Gelände herum drängten sich zahlreiche Menschen, hauptsächlich Männer. Sie grölten, riefen, schimpften und fluchten wild durcheinander und rissen die geballten Fäuste in die Luft. Über den Lärm hinweg war Pferdewiehern zu hören sowie durch einen Verstärker die Stimme eines Moderators: »Na, wagt es noch jemand? Oder habt ihr schon alle die Hosen voll?«

»Rodeo«, stellte Ray fest.

»Rodeo? Richtiges Rodeo?«

Sie blieben etwas abseits stehen, und Felis Herzschlag beschleunigte sich, als die Menge jäh wieder lauter wurde, anfeuerte, und der ein oder andere sogar den Hut vom Kopf riss oder vor Wut und Enttäuschung draufstampfte. Es war ein Angst einflößendes und gleichzeitig ungemein faszinierendes Spektakel.

»Feli! Hier!«, hörte sie Sam rufen.

Bei ihm waren Anne und Philipp. Letzterer hatte sich sogar auf den untersten Pfosten der Absperrung gestellt und feuerte den Cowboy auf dem buckelnden Hengst laut an, während Anne sich die Augen zuhielt.

Erst als Sam ihr über die zahlreichen Köpfe und die in die Luft gerissenen Hüte hinweg winkte, sah auch Philipp zu ihr, entdeckte Ray und wandte sich dann ohne jede Reaktion wieder dem Geschehen im Ring zu. Typisch.

Feli winkte zurück, war aber unsicher, ob sie zu ihren drei Freunden gehen sollte. Auch wenn sie es ihnen eigentlich versprochen hatte. Aber nun war sie in Begleitung hier ...

Sie fütterte Ray mit dem letzten Gebäckstück und neckte ihn damit, indem sie die Süßigkeit immer wieder zurückzog, wenn er abbeißen wollte. Tatsächlich – das zog Philipps Aufmerksamkeit auf sich. Aber er reagierte nicht so, wie sie es sich erhofft hatte. Er wandte sich ab, als wäre ihm vollkommen klar gewesen, dass Feli jemandem wie Ray zu Füßen lag.

»Ich sage nur kurz meinen Freunden Hallo«, sagte Feli und warf die leere Tüte in einen Mülleimer, der leer war, während sämtliche Flaschen, Servietten und Pappdeckel auf dem Boden verstreut lagen.

Anne war ganz aufgeregt und wollte Feli gar nicht mehr aus ihrer Umarmung lassen. »Ich muss dir unbedingt noch etwas erzählen! Aber nicht hier ...«

Neben der Tribüne stand Jerry, in einer Hand eine Zigarette, in der anderen ein Bier. Er sah schlecht aus. Bei ihm waren Eva und Catherine, die nur Augen für Philipp hatte. Der wiederum schenkte ihr ebenso wenig Aufmerksamkeit wie Feli.

»Ein Teil der Rodeopferde ist von ihm«, erklärte ihr Anne, die ihrem Blick gefolgt war. »Die armen Tiere. Eine Qual ist das. Wenn eines der Pferde unbrauchbar ist, weil es beispielsweise umgeknickt ist, wird es einfach geschlachtet.«

»Nicht alle. Philipp versucht immer, Jerry davon zu überzeugen, sie günstig zu verkaufen. Ein paar konnten gerettet werden, nicht wahr, Kumpel?« Sam klopfte seinem Freund auf den Rücken, doch dessen Aufmerksamkeit galt nur dem Reiter, der nun das Podest hinaufstieg und die Faust in die Luft streckte.

»Ihr habt doch selbst eines«, sagte Sam.

Es dauerte eine Weile, bis bei Feli der Groschen fiel. »Du meinst Prince? Prince war mal ein Rodeopferd?!«

Anne nickte. Hätte ihr Vater ihn Jerry nicht abgekauft, wäre Prince geschlachtet worden. Die Wut und Abneigung, die Feli zuvor für Jerry empfunden hatte, war nichts im Vergleich zu dem, was sie nun empfand.

»Drei, vier ...«, zählte der Moderator laut.

Da wurde der Reiter schon vom Rücken des Hengstes geworfen und schlug mit voller Wucht auf dem Boden auf. Die Menge sog hörbar die Luft ein. Einen kurzen Moment lang blieb der Reiter am Boden liegen, ehe es ihm gelang, sich vom Boden aufzuraffen und aus der Gefahrenzone zu schleppen. Ein Cowboy fing das wilde Pferd mithilfe eines Lassos ein und zerrte es aus dem Ring, wo es gefüttert und getränkt werden würde.

Feli stieg neben Philipp auf die unterste Sprosse der Absperrung. »Wer tut sich so etwas freiwillig an?«, fragte sie ihn über all das Gebrüll und die Rufe hinweg.

»Jemand der dringend zweihundert Moneten braucht.«

Philipp sah sie unter seinem Cowboyhut hervor an. Sein Blick gefiel ihr. Und sie mochte es auch, wie er den ihren hielt, zwei, drei, vier Herzschläge lang, und sich dann abwandte, als ob er das

Interesse verloren hätte. Aber dabei spürte sie, dass er mit seiner Aufmerksamkeit noch voll und ganz bei ihr war. Dazu stets dieses dezente, süffisante Schmunzeln. Die Augen hatte er leicht zusammengekniffen, als würde er in die Sonne blicken.

»Ladys und Gentlemen, unser nächster Reiter ist Joe Bilson. Aus Texas ist er weit gereist, um uns heute Abend zu zeigen, was er so draufhat! Mal sehen, ob er den aktuellen Rekord von fünf Sekunden bricht.«

Adrenalin jagte durch Felis Körper. Aber nicht wegen Joe Bilson, sondern weil Philipp mit dem Zeigefinger ihr Handgelenk streifte, um sie auf etwas aufmerksam zu machen. Nämlich darauf, dass Sam und Anne etwas abseits der tobenden Menge standen und schüchtern Händchen hielten.

Felis Augen wurden groß. »Seit wann?«, formten ihre Lippen stumm.

Philipp zuckte nur mit den Schultern und grinste breit. Das also hatte Anne ihr erzählen wollen!

Ein Warnsignal ertönte. Auf dem Rücken des Tieres preschte der Reiter in den Ring. Keine drei Sekunden hielt er sich, ehe er abgeworfen wurde. Buhrufe und Beleidigungen von überall.

Auf einmal ging alles ganz schnell. Der panische und wütende Hengst war außer sich, stürmte auf die Absperrung und damit direkt auf Feli zu. Die Menge wich zurück. Im nächsten Moment spürte Feli, wie auch sie zur Seite gerissen wurde. Doch ehe ein Unglück geschehen konnte, wurde der Hengst mit einem Lasso eingefangen. Warme, starke Arme hielten sie fest umklammert.

»Alles in Ordnung?«, hörte sie eine Stimme.

Doch es war nicht Ray, der sie so sicher hielt. Inzwischen kannte Feli Philipps Duft wie keinen anderen.

»Ja, danke ...«, sagte sie. Nur langsam wurde ihr bewusst, dass sie um ein Haar von einem wilden Hengst niedergetrampelt worden wäre, hätte Philipp sie nicht gerettet ... Mal wieder. Ihre Knie waren ganz weich, deshalb legte sie ihre Hände auf Philipps Arme, dass er sie noch ein wenig so hielt.

»Du hast es dir wohl zur Aufgabe gemacht, mich zu retten«, sagte Feli. »Ich sollte dich wohl besser stets an meiner Seite haben.«

Sie sah zu ihm auf, und er sah zu ihr herab, und etwas in ihm schien zu schmelzen.

»Du bist ganz blass ...«, holte Ray sie ins Hier und Jetzt zurück. »Wir sollten vielleicht nach Hause.«

»Nein, schon gut ...«

»Ich übernehme dann«, sagte Ray zu Philipp.

Kurz fochten die beiden Männer mit Blicken etwas aus, dann ließ Philipp von Feli ab und hob die Hände wie jemand, der sich ergab.

»Philipp! O mein Gott, geht es dir gut?« Das kam von Catherine, die im nächsten Moment schon besitzergreifend ihre Arme um Philipps Hals schlang. »Ich hatte eine solche Angst um dich!«

Feli gab vor, nichts von dem Spektakel mitzubekommen, obwohl sie direkt danebenstand.

»Danke, alles bestens«, erwiderte Philipp. Auf einmal war er hoch konzentriert, sodass er nicht einmal davon Notiz nahm, dass Catherine ihre Finger mit seinen verschränkt hatte. Oder waren sie am Ende doch wieder ein Paar?

»Nur drei Sekunden ...«, verkündete der Moderator laut. »Wer bietet mehr? Freiwillige vor!«

»Komm, lass uns von hier verschwinden ... Es ist zu gefährlich«, sagte Ray.

»Ich wage es!«, rief jemand.

Felis Herz setzte aus, sie wirbelte herum und sah, was sie befürchtet hatte – nämlich dass Philipp sich über die Absperrung schwang.

Sogar Sam war entsetzt. »Du? Philipp, das ist verrückt!«

»Wieso? Ich hab doch eine Ärztin dabei«, lachte er.

Die Menge jubelte, man hatte einen neuen Verrückten gefunden.

»Philipp!«, rief Feli. Sie überlegte, ebenfalls über die Absperrung zu klettern und ihn zurückzuholen. Als hätte Ray ihre Gedanken gelesen, hielt er sie am Unterarm fest. Die Rolle der besorgten Freundin gehörte wohl ohnehin Catherine, und sie spielte sie perfekt. Mit ihren Fingern, die in vornehmen Seidenhandschuhen steckten, fasste sie sich an die Schläfe, als würde sie jeden Moment in Ohnmacht fallen.

»Wie ist dein Name?«, fragte der Moderator, als Philipp auf dem Podest neben ihn trat.

Ein paar Burschen in der Menge pfiffen, als Philipp seinen Namen nannte. Sein Blick fiel auf das Tier herab, das in der engen Box wütend und nervös mit den Hufen stampfte. Wie immer war Philipp nicht anzusehen, was ihm durch den Kopf ging. Hatte er Angst?

Philipp wisse schon, was er tue, versuchte Sam Feli zu beruhigen, und es sei auch nicht das erste Mal, dass er Rodeo ritt.

»Du weißt, der Rekord liegt bis jetzt bei fünf Sekunden. Gibt es denn unter den Zuschauern vielleicht eine süße Biene, die du beeindrucken willst?«

»Ich mache das hier nur für mich.«

»Also ist da niemand unter all diesen Leuten, der dir Kraft für diese Herausforderung gibt?«

»Doch.«

Nur ein Wort. Und dennoch war es Feli, als hätte jemand die

tobende Menge auf Stumm gestellt. Als gäbe es nur noch Philipp, der die Hände in die Hosentaschen schob.

»Er tut es für mich!«, sagte Catherine laut genug, damit es auch alle um sie herum hören konnten.

Doch Philipps Blick gehörte nicht ihr, er gehörte Feli. Das bildete sie sich doch nicht ein!

Die Leute jubelten, als Philipp sich auf den Rücken des Tieres setzte. Feli kämpfte sich durch die Menschenmenge in Nähe der Tribüne, wo sie eine bessere Sicht hatte. Von dort konnte sie sehen, wie die Muskeln des Hengstes vor Anspannung vibrierten. Wie der Schweiß auf seinem dunklen Fell glänzte. Sie glaubte sogar, sein wütendes Schnaufen zu hören.

»Wünschen wir alle zusammen unserem Cowboy viel Erfolg!«, heizte der Moderator die Menge weiter an.

Alles ging so schnell. Das Warnsignal ertönte, das Gitter vor der Box wurde zur Seite gezogen, der Hengst preschte nach draußen.

Eins.

Mit einer Hand hielt Philipp sich am Zaumzeug fest, mit der anderen hielt er das Gleichgewicht. Der Hengst sprang auf, bäumte sich auf, warf den Kopf von einer Seite zur anderen, trat mit den Hufen nach hinten aus.

Drei, vier ...

Die Augen hatte das Tier weit aufgerissen. Sein kraftvoller, schimmernder Körper verteidigte mit aller Kraft und Verzweiflung seine Freiheit. Feli war gleichzeitig erschrocken, fasziniert und abgestoßen.

Fünf, sechs ...

Philipp wurde abgeworfen. Es gelang ihm, sich abzurollen, trotzdem war der Aufprall hart. Der Hengst wurde eingefangen und fortgebracht. Erst, als ihre Lunge schmerzte, begriff Feli, wie lange sie schon nicht mehr geatmet hatte. Sie umarmte Sam und Anne und Ray, drückte immer wieder die Hände ans Herz und hätte weinen können vor Erleichterung. Der Rekord war gebrochen, und Philipp ging es allem Anschein nach gut.

Zwar ging er etwas schwer, als er zehn Minuten später von der Tribüne kam, und verzog dabei leicht das Gesicht. Doch er machte einen munteren Eindruck. Vermutlich weil er das Bündel Geldscheine zählte.

Natürlich nutzte Catherine sofort die Gelegenheit und nahm Philipp in Beschlag. Sie küsste ihn sogar auf die Wange, und er ließ es zu. Ein Stechen machte sich in Felis Brust breit.

»Na, Cowboy, alles noch dran?« Sam legte einen Arm um Philipps Nacken, sodass dessen Hut zu Boden fiel, und strubbelte ihm mit der Faust durchs Haar. »Du Hundskerl, du! Feli wär fast in Ohnmacht gefallen, so sehr hat sie sich um dich gesorgt!«

Feli rollte mit den Augen und stieß Philipp mit der flachen Hand gegen die Schulter. »Das war gefährlich und unvernünftig! Tu so etwas nie wieder!«

»Howdy, Schwager!« Die gute Stimmung verpuffte, als Jerry gefolgt von zwei zwielichtigen Cowboys – Feli hatte einen von ihnen bereits an ihrem ersten Tag in Los Angeles kennengelernt – auf sie zuwankte. Er hatte definitiv über den Durst getrunken. »Du alter Hurensohn!«, lachte er laut, deutete ein paar Boxhiebe an und zog im nächsten Moment einen Schein aus Philipps Geldbündel. »Bleibt doch eh in der Familie.«

Philipp blieb ganz ruhig und verstaute nur das Geld in seiner Hosentasche. »Wo ist meine Schwester?«

»Was weiß ich! Frag doch deine süße Catherine! Aber unser Bürschchen hat es heute Abend ja mal zu was gebracht!«

Jerry wandte sich zu seinen zwei Anhängseln um, nur halb, denn in dieser rauen Gegend wandte man einem anderen Cowboy, mit dem man Ärger hatte, nie den Rücken zu, so viel hatte Feli schon gelernt. »Wusstet ihr, dass mein Schwager Blumen pflanzt?«

»Mädchen«, sagte einer, warf seine leere Bierflasche neben die Tribüne und spuckte auf den Boden. Der andere positionierte sich breitbeinig und schob die Daumen in die Gürtelschlaufen.

»Ach was!« Jerrys Tonfall triefte vor Ironie. »Sicher gibt es außer meinem Schwager noch jemanden, der in diesem Geschäft arbeitet ... Nur will mir gerade keiner einfallen. Kein Mann zumindest. Aber unsere Nachbarin pflanzt auch hübsche Blümchen.«

Feli konnte sich nicht zurückhalten. »Das ist das, was man allgemein als Marktlücke bezeichnet, Jerry.« Sie versuchte es freundlich klingen zu lassen, aber es klang eher so, als würde sie zu einem Kind sprechen.

»Unser Püppchen ist auch dabei!« Er machte einen Schritt auf Feli zu und packte mit einer Hand ihr Kinn. »Da sieh mal einer an ... Du tanzt ja gemeinsam mit Philipp ums Blumenfeld. Aber mach dir keine Hoffnungen. Man sagt Philipp nach, dass er ... na ja, vom anderen Ufer ist! Er lässt ja nicht mal mehr Catherine ran!«

»Lass Feli sofort los.« Philipp schubste Jerry an der Schulter zurück und schob sich schützend vor Feli, die sogleich von Ray außer Reichweite der beiden Streithähne gezogen wurde.

»Unser Mädchen ist ja heute ganz mutig! Na, dann wollen wir ihm doch mal beibringen, dass er sich besser nicht so aufspielen sollte!«

Es ging ganz schnell. Jerry holte mit der geballten Faust aus, Philipp wich zur Seite aus und landete keine Sekunde später einen Treffer gegen Jerrys Nase. Blut spritzte. Im nächsten Moment schon wälzten sich die Männer auf dem Boden, Sam inklusive, und schlugen aufeinander ein. Eine Traube bildete sich um die

Schlägerei, der ein oder andere feuerte sie an. Wenn das so weiterging, würde Feli tatsächlich noch in Ohnmacht fallen.

»Tu doch was!«, flehte Feli Ray an.

»Ganz sicher nicht«, sagte der. »Ich lass mir von diesen Idioten nicht die Nase brechen. Das sollen die selbst klären.«

Feli verstand ihn ja, aber die Männer prügelten nahezu tollwütig aufeinander ein, sodass ihr fast schlecht vor Angst wurde. Obwohl Jerry mit seinen zwei Kumpels in der Überzahl war, so hatten Philipp und Sam den Vorteil, dass sie nüchtern waren und wesentlich kräftiger als die drei Säufer.

Das begriff selbst Jerry. Als er auf dem Boden lag, Philipp über ihm, hob er kapitulierend die Hände. »Okay, ich hab's verstanden … Lassen wir's gut sein.«

Natürlich ließ Philipp sogleich von ihm ab, er reichte Jerry ja sogar noch die Hand, um ihm vom Boden aufzuhelfen! Zweite Cowboy-Regel: Traue niemals einem anderen Cowboy. Genau diesen Fehler beging Philipp jedoch, denn als er Jerry den Rücken zuwandte, riss der ihn zurück und rammte ihm sein Knie in den Magen. Philipp krümmte sich vor Schmerz.

»Weichei«, zischte Jerry und spuckte auf Philipp.

Feli konnte nicht anders. Ehe sie sich darüber bewusst war, was sie da tat, hatte sie Jerry schon kräftig geohrfeigt. Der war so perplex, dass sie gleich noch eine Ohrfeige nachlegte. Sie schob es auf die Aggression, die noch immer in der Luft schwirrte.

»Dein Glück ist, dass ich keine Frauen schlage …«, zischte Jerry. Aber er sagte es nur, weil sie einen Kreis aus kampfbereiten Zuschauern um sich hatten, die alle bereit waren, einzugreifen. »Kommt, Jungs. Wir gehen.«

Catherine zögerte. Feli konnte nachvollziehen, dass sie in einer Zwickmühle steckte: Für Philipp hegte sie Gefühle, aber Jerry war der Ehemann ihrer besten Freundin. Auch Philipp schien das nicht zu entgehen, denn er erlöste sie, indem er sie anwies, seine Schwester zu suchen. Schon war Catherine hinter der Mauer aus Schaulustigen verschwunden.

Philipp sah ihr nach, als wäre ihm in diesem Moment etwas Entscheidendes klar geworden. Mühsam kämpfte er sich mit Sams Hilfe auf die Beine.

»Alles klar, Kumpel?«, fragte Sam.

»Schon gut ...« Philipp zog sein Hemd aus, sodass er nur noch im Unterhemd war, und tupfte damit das Blut von seiner aufgeplatzten Oberlippe.

»Dein Schwager ist ein solches Arschloch ...«, schimpfte Sam. »Den kannst du echt vergessen. Keinen Penny ist der wert!«

»Du hättest einfach nicht drauf eingehen sollen«, knurrte Ray.

Feli wusste, dass Ray nichts von der hohen Gewaltbereitschaft hier hielt, und schätzte das an ihm. Dennoch hätte er in diesem Moment besser geschwiegen, denn Philipp war noch immer ziemlich aufgebracht. Er warf sein Hemd auf den Boden und packte Ray am Kragen. »Halt du dich da raus!«

Sichtlich erschrocken über die Wut, die ihn sich selbst vergessen ließ, stieß er Ray von sich. Er wischte sich mit dem Ärmel das Blut aus dem Gesicht. Sein Blick fiel auf Feli. Im nächsten Moment wandte er sich um und drängte sich zwischen den Gaffenden hindurch.

Es dauerte ein paar Atemzüge lang, bis Feli sich lösen, sein Hemd auflesen und ihm nacheilen konnte. »Philipp!« Am Rand des Marktes holte sie ihn ein. »Jetzt warte doch!«

»Geh wieder zu den anderen!«

»Lass dich doch nicht von dem Blödsinn, den Jerry von sich gegeben hat, beeindrucken!«

»Er hat recht. Die Leute lachen über mich.« Er war nun stehen geblieben.

»Ich lache nicht über dich.«

Philipp wollte etwas sagen, aber die Worte schienen nicht über seine Lippen zu kommen.

»Im Gegenteil«, schob Feli nach. »Ich bewundere dich.«

Die Anspannung fiel von ihm ab, er atmete schwer aus.

Auf einmal kam Philipp auf sie zu, drückte sie gegen den nächstgelegenen Verkaufsstand und sich selbst gegen sie. Sie waren einander so nah, dass kein Lufthauch mehr zwischen sie passte. Sie war erschrocken – einerseits über diesen plötzlichen Wandel, andererseits darüber, wie bereitwillig sie sich ihm ergab. Wie sehr sie sich nach einem Kuss von ihm sehnte.

»Feli?«, hörten sie Ray rufen.

»Du solltest gehen«, sagte Philipp. Sein warmer Atem streifte ihre Lippen. Sie liebte sein hübsches Gesicht, seine warmen Augen, seine Stimme, die ihr einen Schauer den Rücken hinabjagte.

Da löste sich Philipp von ihr, der Zauber war gebrochen und er in der Dunkelheit verschwunden.

»Da bist du ja!«, sagte Ray erleichtert, als Feli hinter dem Verkaufsstand auftauchte. »Wo ist Philipp?«

»Ich befürchte, ich habe ihn verloren …«, sagte sie. Noch immer hielt sie sein Hemd an sich gedrückt.

20

Als Ray Feli fragte, ob sie ihn für einen Tag nach Los Angeles begleiten wolle, musste Feli nicht lange überlegen. Er war zu einem Vorsprechen eingeladen worden, und Feli sollte ihn begleiten. Er fragte sie eines Morgens zwischen den Orangenbäumen, als sie gerade dabei waren, die Austriebe von den Zweigen abzuzwicken. Die Morgensonne schien zwischen den Blättern hindurch, und Feli genoss den süßen Orangenduft. Sie versuchte, nicht an Philipp zu denken.

»Im Übrigen schuldest du mir noch etwas«, sagte Ray und folgte ihr zwischen zwei Orangenbäumen hindurch.

»Oh, tatsächlich?« Inzwischen kannte sie ihn und konnte an seiner Stimmlage heraushören, wann er zu Scherzen aufgelegt war.

»Ja, deine Mutter ist wesentlich entspannter, seit ich hier bin.«

Feli lachte schallend auf. »Überschätze dich mal nicht.«

Um ihn zu ärgern, huschte sie erneut zwischen zwei Bäumen hindurch auf die andere Seite. Ein Spiel entstand.

Seine frechen aber gleichzeitig charmanten Grübchen entfalteten die volle Wirkung. »Ich habe aber recht. Fritz hat mir das gesteckt. Er meinte, eure Mutter wäre nicht mehr so streng mit ihm.«

Auch Feli war das aufgefallen. Und oft genug sagte ihre Mutter: »Aus Ray wird einmal ein großer Filmstar, das spüre ich.«

»Und deshalb schuldest du mir etwas«, fuhr er fort. »Ein Essen. Ich zahle auch.«

»Dir ist es also ernst?«

Er trickste sie aus, indem er antäuschte, ihr auf die andere Seite der Baumreihe zu folgen, und als sie geschwind unter den Ästen hindurchhuschte, stand er auf einmal vor ihr. Sein Blick war intensiv, und Feli erschrak über die Gefühle, die er in ihr entfachte. Sie hätte zurückweichen sollen, denn sie waren sich näher als je zuvor, aber sie mochte den wohligen Schauer, der sie erfasste.

»Ja, es ist mir ernst«, sagte er.

So kam es, dass Feli an einem Freitag mit Ray nach Los Angeles fuhr. Ihr Vater hatte ihnen erlaubt, die Kutsche zu nehmen, doch Ray hatte sich erkundigt und herausgefunden, dass in der Früh ein Bus fuhr, der sie abends auch wieder nach Hause bringen würde.

»Tu nichts, was ich nicht gutheißen würde«, hatte ihr Vater gesagt und bedeutungsvoll genickt.

Feli war ganz aufgeregt. Nicht nur deshalb, weil sie einen ganzen Tag mit Ray verbringen würde und nicht wusste, wie sie das einzuordnen hatte. Sondern auch, weil sie tatsächlich das berühmte Hollywood sehen würde! Erst vor einem Jahr hatte dieser zuvor eher vernachlässigte Teil Los Angeles' von sich reden gemacht, denn dort war der Stummfilm *In Old California* gedreht worden. Nicht alle waren angetan von der aufblühenden Filmwirtschaft, einige Menschen begegneten ihr mit Misstrauen und erklärten die Macher für verrückt. Feli vermutete, dass sie nur Angst hatten. Es war ja auch seltsam, Vergangenes auf einer Leinwand zu sehen und die Möglichkeit zu haben, es wieder und wieder anzuschauen. Aber genau das war es, was Feli faszinierte. Und nun würde sie dort hinfahren, wo schon die wunderschöne, glamouröse Marion Leonard gewesen war!

Vor ihrem inneren Auge sah sie ein neues, modernes Studio mit glänzenden Motordroschken davor. Sie sah Schauspieler, deren bildhübsche Gesichter gepudert wurden oder die bei einem Kaffee beisammensaßen, um noch schnell die nächste Szene durchzugehen. Sie sah den Regisseur hinter seiner hochsensiblen Kamera wie einen Orchesterdirigenten gestikulieren, um Schauspieler und Kulisse nach seinen Vorstellungen zu arrangieren.

Die Motordroschken waren so ziemlich das Einzige, was die Realität mit Felis Vorstellung gemein hatte, aber seltsamerweise verspürte sie so etwas wie Erleichterung. Wie auch in Arquata gab es staubige Straßen, duftende Obstgärten, alte Hütten mit angeleinten Hunden davor, die im Schatten der hohen Pfefferbäume dösten, und Häuser aus Lehmziegeln, deren Fassaden abblätterten. Vor den Hügeln erstreckten sich Erdbeerfelder, und es duftete nach den Orangen- und Zitronenbäumen, die die Straße säumten.

Die *Nestor Company* war ein simples, einstöckiges Gebäude aus weiß lackiertem Holz. Drinnen herrschte reger Betrieb. Mehrere junge Männer und Frauen bereiteten sich auf das Vorsprechen vor, für das auch Ray hier war. Ein Name wurde aufgerufen, woraufhin ein hübsches Mädchen einer Sekretärin durch eine Flügeltür folgte. Feli konnte einen flüchtigen Blick auf eine aufgebaute Restaurantkulisse erhaschen.

»Und Sie sind?«, fragte die Sekretärin kurz darauf. Sie ging mit einem Klemmbrett umher und notierte Namen.

»Edward Johnson«, entgegnete Ray, und Feli verstand die Welt nicht mehr. »Aber mein Künstlername ist Ray Hammer.«

Das Fräulein war verwirrt. »Seltsam. Sie stehen gar nicht auf der Liste.«

»Nicht? Das ist ja wirklich seltsam. Da muss ein Fehler vorliegen.«

»Kein Problem. Ich schreibe Sie einfach dazu.«

»Künstlername?«, fragte Feli, als die Sekretärin weitergegangen war.

»Ja, klar. Namen kreieren sofort Bilder im Kopf. Sie können sogar Emotionen hervorrufen. Ein Edward Johnson ist langweilig. Da bleibt nichts hängen. Einen Ray Hammer hingegen vergisst man nicht so leicht.«

»Und warum stehst du nicht auf der Liste?«

Ray beugte sich zu ihr hinab, sodass sein Mund dicht an ihrem Ohr war, und flüsterte: »Weil ich nie eine Einladung zum Vorsprechen bekommen habe. Um ehrlich zu sein, habe ich nur über einen Freund davon gehört. Aber manchmal muss man eben dreist sein.«

Ganz schön raffiniert, dachte Feli.

Erneut schwang die Tür auf. Ein Mann in seinen Vierzigern mit einem buschigen Schnauzer und einer gelockerten Krawatte stemmte die Arme in die Seite und sah sich prüfend um. Feli war sich sicher, dass dieser Mann David Horsley war, von dem Ray ihr vorgeschwärmt hatte.

Auf einmal blieb Horsleys Blick an Feli hängen. »Du da«, sagte er. »Du bist als Nächstes dran.«

»Ich befürchte, da liegt ein Missverständnis vor«, erwiderte Feli leicht eingeschüchtert. »Ich bin nicht zum Vorsprechen hier, ich begleite nur diesen jungen Mann hier.«

Sie spürte sämtliche Blicke auf sich.

Horsley schien kurz verwirrt, dann kam er langsam auf sie zu. Ray hatte er zwar wahrgenommen, doch sein Interesse galt noch immer Feli. »Und wer bist du?«

Feli nannte ihm ihren Namen und bemühte sich, seinem Blick

standzuhalten. »Und du bist dir sicher, Feli, dass du nicht in einem Film mitspielen möchtest?«

»Ganz sicher, vielen Dank. Das ist nichts für mich. Aber Sie sollten meinem Freund hier eine Chance geben, Sie verpassen sonst etwas«, sagte sie und zwinkerte Horsley zu.

Nachdem Ray kurz darauf in dem Saal verschwunden war, in dem das Vorsprechen stattfand, machte Feli sich auf die Suche nach den Toiletten, um sich etwas frisch zu machen. Dabei kam sie an einem Raum vorbei, in dem gerade eine junge Schauspielerin geschminkt wurde. Sie war bildschön. Es hatte etwas Beruhigendes an sich, wie die Friseurin ihr Haar kämmte und mit perlenverzierten Klammern zurücksteckte. Auf dem Tisch vor ihr reihten sich Lippenstifte in den verschiedensten Farben, Puder, Seidenhandschuhe, Haarspangen und Schmuck. Hinter den beiden standen mehrere Kleiderständer, an denen die Kostüme hingen. Korsetts, schimmernde Röcke, federgeschmückte Hüte, Stolas und mehrere Modelle an Riemchenschuhen. Einen kurzen Moment lang schien Horsleys Angebot Feli doch ziemlich verlockend.

»Warum hast du dich ihm nicht vorgestellt?«, fragte Ray sie, als er eine halbe Stunde später zu ihr an den Strand kam. Dort hatte sie sich ungeachtet dessen, dass ihr Kleid schmutzig werden konnte, auf einen angespülten Baumstamm gesetzt, den salzigen Wind genossen und den Möwen bei ihrem Tanz über den Wellen zugesehen.

»Mir war nicht danach«, sagte sie.

Die Wahrheit war jedoch, dass sie an Philipp gedacht hatte. Das Gefühl, das dumpf in ihrem Bauch und ihrer Brust drückte, war wie Heimweh. »Aber erzähl, wie ist es gelaufen?«

»Ganz gut, denke ich. Sie werden sich bei mir melden. Ich weiß, das hier wirkt noch nicht vielversprechend, aber schon bald werden sich die Produktionsfirmen hier nur so aneinanderreihen.«

»Das glaube ich dir. Du gehörst hierher. Es steht dir.«

Ray setzte sich neben sie. »Es scheint, als wären wir ein gutes Team.«

Feli dachte daran, wie sie mit Philipp die Poinsettia entdeckt hatte, die Feuerblume. Wie sie in liebevoller Arbeit die Stecklinge eingepflanzt hatten. Mit Philipp war sie ein gutes Team gewesen.

»Du könntest mit mir nach Los Angeles ziehen«, sagte Ray. »Warum lachst du?«

»Was würde ich dort denn machen?«

»Du könntest Schauspielerin werden.«

Ein Touristenbus kam angefahren und hielt am Strand. Bereits vor einer Stunde hatte ein Bus eine Gruppe Touristen abgeladen. Feli hatte beobachtet, wie die Ehegattinnen ihr toupiertes Haar mithilfe eines Taschenspiegels überprüft und ihre Töchter unsichtbare Falten auf ihren Kleidern glatt gestrichen hatten. Die Männer trugen schicke, luftige Leinenanzüge und manche von ihnen hatten sogar eine Kodak-Kamera bei sich, mit der sie ihre adretten Frauen und Kinder vor Dattelpalmen und ordentlich bepflanzten Vorgärten fotografierten. Ihr Geldbeutel saß locker. Die Touristen fielen regelrecht über den kleinen Kiosk am Eck her, kauften vorgeschnittenes Obst, Schokolade und Kaffee. Ray hatte recht. Hollywood würde bald erblühen.

»Nein, das ist nichts für mich. Aber ich bewundere dich für deinen Mut, hierherzukommen und dich vorzustellen.«

»Klar, wie sollen sie mich denn sonst auch kennenlernen? Sie klingeln sicher nicht an meiner Haustür. Oder deiner Haustür, um genau zu sein. Man muss die Leute auf sich aufmerksam machen.«

Wie versprochen, lud Ray sie zum Essen in ein beschauliches Restaurant ein, aber obwohl sie den Tag genossen hatte, konnte

Feli es kaum erwarten, nach Hause zu kommen. Als sie schließlich abends im Bus saßen, der langsam die Straße von Los Angeles nach Arquata entlangtuckerte, blickte Feli aus dem Fenster. Die weichen Wellen der Landschaft, die spärlich bewachsenen Berge, so ganz anders als die Alpen. »Schon komisch«, sagte sie gedankenversunken. »Als ich hier ankam, habe ich gar nicht darüber nachgedacht, dass das hier jetzt mein Zuhause ist. Es war einfach nur ein Abenteuer. Ich habe nicht weitergedacht.«

»Und jetzt?«, fragte Ray. Das mochte sie an ihm: dass er sich immer für das interessierte, was sie dachte.

»Jetzt sehe ich all das und sehe darin meine Zukunft. Wie auch immer sie sein wird.«

21

Seit einer halben Stunde saß sie schon auf dem alten Kessel, der wohl mal Teil einer Dampfmaschine gewesen war, und wartete. Sie war nicht allein, denn Billy und Carl warteten mit ihr. Das machte die Situation aber nicht besser, denn immerhin waren es zwei wildfremde Männer, und sie befanden sich in einem dunklen Hof.

Philipp war zu spät. Und Feli konnte sich nicht entscheiden, ob es Wut oder Angst war, die ihr die Tränen in die Augen steigen ließ.

Billy und Carl – das waren zwei eher schweigsame und zurückhaltende Brüder, die gemeinsam eine Werkstatt führten. Carl machte sein zweites Bier auf und rülpste einmal dezent, als würde das nicht zählen, während sein Bruder Billy mit einem Feuerzeug spielte, die Flamme an- und ausgehen ließ, an und aus, an und aus, und Feli damit ganz nervös machte. Es war ja nett von den beiden, mit ihr zu warten. Gewiss stand in ihrer Werkstatt ein Traktor oder eine dampfbetriebene Dreschmaschine oder sonst irgendetwas Technisches herum, das repariert werden musste. Abgesehen davon war es sicher schon nach Feierabend. Aber wie dem auch sei – das hier war kein nettes Café am Münchner Viktualienmarkt, zu dem Philipp zu spät kam. Es war ein dunkler

Hof, und Feli war allein mit zwei Muskelpaketen. Wo zum Teufel steckte Philipp nur?

Zumal sie wegen ihm hier war! Vor zwei Wochen hatte Carl, der ältere und ruhigere der beiden Brüder, Philipp nach der sonntäglichen Predigt des Pfarrers erzählt, dass er einen alten *Maxwell Runabout* herrichtete. Eine Droschke, die an eine Kutsche ohne Dach erinnerte und einen Motor hatte. Sie sei zwar ziemlich runtergekommen, aber immerhin – ein richtiges Automobil! Deshalb hatte Philipp überhaupt erst am Rodeo teilgenommen, denn von diesem Geld wollte er nun den Wagen bezahlen. Wenn er denn überhaupt aufkreuzte ...

»So ein Wagen würde schon vieles einfacher machen«, hatte Philipp gesagt. Allein das Milchausliefern auf dem alten, klapprigen Fahrrad beanspruchte eine Menge Zeit. Philipp hatte kalkuliert, Feli hatte ihm gut zugesprochen, und die Sache war beschlossen gewesen. »Außer dir weiß niemand davon«, hatte Philipp gesagt.

»Niemand? Nicht mal Sam?«

Niemand.

»Warum ich?«, hatte sie gefragt.

Woraufhin er mit den Schultern gezuckt hatte. »Weil du an mich glaubst. Und du stehst dem Fortschritt offen gegenüber. Hättest du denn Lust, den Wagen gemeinsam mit mir abzuholen?«

Und hier saß sie nun. Das Ärgerlichste war, dass sie extra eine Vorlesung hatte ausfallen lassen, um pünktlich zu sein! Dabei war es schon schwer genug, bei all der Arbeit ihr Studium nicht aus dem Blick zu verlieren. Von Freizeit, um endlich ihre Kommilitoninnen besser kennenzulernen oder vielleicht sogar ein paar Freundschaften zu knüpfen, war nur zu träumen. Zum Glück hatten sie inzwischen Ray, der auf der Ranch eine große Hilfe war.

Ihr Vater hatte Feli mit dem Einspänner abgeliefert. »Keine Sorge, Philipp kommt schon«, hatte sie zu ihm gesagt und ihn wieder nach Hause geschickt.

»Wir können auch drinnen warten«, schlug Carl vor.

»Danke, sehr freundlich, aber ich denke, ich gehe jetzt nach Hause.« Feli erhob sich entschlossen und streckte Carl die Hand hin. Sie wollte nicht länger warten. Sie würde zu Fuß marschieren, auch wenn es tiefe Nacht war. Sollte Philipp morgen ruhig sein schlechtes Gewissen plagen!

Carl schien ihre Hand nicht mehr loslassen zu wollen und schüttelte sie, bis ihre zarten Finger in seinen großen, kräftigen Mechanikerhänden noch wie Porzellan zu zerspringen drohten. In diesem Moment schoss ein Fahrrad auf den Hof. Die Bremsen quietschten. Das Rad war kaum zum Stehen gekommen, da war Philipp schon abgesprungen.

»Entschuldigt vielmals die Verspätung! Es kam nur etwas sehr Wichtiges dazwischen.« Sein Blick galt Feli, die demonstrativ wegsah und die Arme vor der Brust verschränkte.

Später, als der Handel abgeschlossen war, Philipp das Geld übergeben und dafür die Schlüssel bekommen hatte, das Fahrrad eingeladen war und sie endlich losfuhren, setzte Philipp zu einer Entschuldigung an. »Es war nur so, dass …«

»Das interessiert mich nicht!« Ihr war bewusst, dass sie wie ein altes, zänkisches Eheweib klang. Sei's drum, sie war verletzt. Würde Philipp etwas an ihr liegen, *wirklich* etwas an ihr liegen, hätte er sie niemals in einer solchen Situation so lange allein gelassen.

»Ich kenne Carl und Billy schon seit Jahren, die zwei sind in Ordnung. Und wenn jemand eine solche Situation stemmt, dann du! Ich mache es wieder gut, versprochen!«

Sie sah ihn direkt an, der Blick herausfordernd. »Was bin ich denn eigentlich für dich, Philipp Licht?«

Er zögerte, als wittere er eine Falle. »Was willst du von mir hören?«, fragte er.

»Bin ich nur eine Freundin für dich? Ein Kumpel, über den du dir keine weiteren Gedanken machen musst?«

»Feli ... du bist mir eine Vertraute ...«

»Eine Vertraute! Na, lieben Dank auch! Wenigstens bist du ehrlich ... Ich will nämlich nicht meine Zeit damit verschwenden, auf jemanden zu warten, der in mir nicht mehr als eine gute Freundin sieht ...«

Er brachte den Wagen zum Stehen und wandte sich ihr zu, die Augen eines Welpen. »Das habe ich so nicht gesagt ...«

»Was heißt das denn? Denkst du an mich? Wird dir warm ums Herz, wenn du mich siehst? Würdest du mich gerne küssen?!«

»Ich ...« Er hielt sich mit aller Gewalt am Lenkrad fest. »Gott, du brauchst so viel Aufmerksamkeit!«

Feli holte Luft, wollte etwas sagen, holte erneut Luft und brachte nur ein klägliches »Fahr nach Hause« zustande. Sie war verletzt.

Doch Philipp fuhr nicht los. »Tut mir leid ...«, sagte er.

»Fahr los!«

Der Motor ratterte, starb ab, ratterte erneut. Die Scheinwerfer sprangen an, der Wagen setzte sich in Bewegung.

»Lass mir noch ein bisschen Zeit«, sagte er auf einmal, kaum hörbar unter dem Motorbrummen und dem Wind, der ihnen um die Ohren sauste.

Zeit lassen ... Feli war kein geduldiger Mensch. Sie war jemand, der die Dinge überstürzte. Sie wusste um diese Schwäche, ihr Vater hatte sie oft genug darauf hingewiesen. Hatte ihr schlauer, weiser Vater nicht auch genau dies hier vorhergesagt? Hatte er ihr nicht geraten, Philipp Zeit zu lassen?

Auf einmal tat es ihr leid. Und sie schämte sich. Wie hatte sie die freudige Aufregung, die eben noch in Philipps Augen gefunkelt hatte, zunichtemachen können?

»Wie schön der Wagen ist«, sagte sie leise. Was sie eigentlich sagte, war: *Vertragen wir uns wieder?*

»Mein erstes Automobil, kannst du dir das vorstellen?« Er lächelte und sagte damit eigentlich: *Wie könnte ich dir denn jemals böse sein?*

»Ein richtiges Automobil!«, sagte sie.

»Ein richtiges Automobil«, wiederholte er ehrfürchtig. »Willst du nicht doch wissen, warum ich zu spät gekommen bin?«

»Natürlich will ich das wissen!«

»Ich habe mit Anton geredet. Ob er sich rein theoretisch vorstellen könnte, an meiner Stelle die Molkerei zu übernehmen.«

»Na los, sag schon! Kann er?«

Philipp nickte. »Er war sogar ganz aus dem Häuschen. Dann bekommen wir am Ende alle, was wir uns wünschen. Die Molkerei bleibt bestehen …«

»Und du kannst dich ganz auf deine Blumen konzentrieren!«, vollendete Feli den Satz für ihn.

Jetzt, wo sich ihr Ärger gelegt hatte, war sie auf einmal ganz aufgeregt. In München war sie schon mit einer Mietdroschke gefahren, aber dieser Wagen gehörte Philipp! Sie spielte mit den Händen in der Luft. Wie angenehm kühl der Fahrtwind war! Wie köstlich die Nacht!

Es überkam sie. Sie erhob sich von ihrem Sitz, streckte die Arme lang aus und rief aus Leibeskräften: »Ich fliege! Ich bin ein Vogel!«

»Du bist völlig verrückt!«, rief Philipp. Aber es klang, als hätte er ihr ein Kompliment gemacht. Wenn er so lachte wie jetzt, dann wünschte Feli sich, dass die Welt immer so sein könnte.

»Setz dich wieder hin!« Philipps Augen sprühten Funken.

Feli ließ sich zurück auf den Sitz fallen. »Ist diese Nacht nicht wundervoll? Sag, dass sie wundervoll ist!«

»Sie ist wundervoll«, sagte er, sah sie an und sagte dann noch einmal: »Sie ist wirklich ganz wundervoll.«

22

6. Dezember 2005
6 Tage bis zum Poinsettia-Day

Nach ihrem Besuch der Licht-Ranch hatte Lizzy den Vorschlag gemacht, noch ein wenig durch Laguna Beach zu bummeln. »Wir suchen dir etwas Pfiffiges für das Konzert mit Adam!«

Stella bezweifelte zwar, dass »etwas Pfiffiges« das Richtige für ein Konzert sein würde, freute sich aber, Zeit mit Lizzy zu verbringen. Alles, was sie mit ihrer Oma unternahm, hatte automatisch etwas Gemütliches an sich. Ständig fragte Lizzy, ob Stella Hunger hatte. *Wie wäre es denn mit einer Waffel, schau mal, dort drüben gibt's Schokofrüchte!* Sie hakte sich gerne bei Stella ein, und sie kamen nur gemächlich voran, weil Lizzy Angst hatte hinzufallen und deshalb kleine Schritte machte.

Eine Weile lang bummelten sie an der Beach Side entlang, aber jedes Mal, wenn Stella in einem der Läden ein Preisschild las, schüttelte sie schnell den Kopf. An einer Straßenlaterne klebte ein Flyer, der für einen Weihnachtsflohmarkt Werbung machte. Stella liebte Flohmärkte. Voller Enthusiasmus hakte sie sich wieder bei ihrer Oma unter. »Der wäre sogar heute! Komm, wir stöbern nur ein bisschen ...«

»Aber ob du auf einem Flohmarkt wirklich etwas Schickes finden wirst ...«, zweifelte Lizzy.

Auch »etwas Schickes« traf nicht wirklich Stellas Geschmack, aber das sagte sie Lizzy nicht. »Wer weiß«, sagte sie stattdessen. »Ich wurde schon oft auf Flohmärkten überrascht.«

Es war erstaunlich, was so alles verkauft wurde. Von in Rum eingelegten Orangen, selbst gehäkelten Wollmützen und duftenden Bienenwachskerzen über Skianzüge für Kinder bis hin zu aufblasbaren Weihnachtsmännern in Hawaiihemden für den Garten. Lizzy war zwar offen für alles, richtig begeistert von diesem Flohmarkt war sie aber erst, als sie einen Regenschirm entdeckten, der, wenn man ihn öffnete, aussah wie ein roter Weihnachtsstern. »Das ist ja raffiniert«, freute sie sich und kaufte ihn für David als kleines Weihnachtsgeschenk.

Stella stöberte an einem Stand mit Büchern, Comics, CDs und Kassetten der letzten zehn Jahre und kaufte sich für umgerechnet schlappe zwei Euro eine Graphic Novel über Winnetou. Ob sich nicht eigentlich eher Jungs für Comics interessieren würden, fragte Lizzy vorsichtig.

»Das sind keine Comics, das ist es ja. Graphic Novels sind wesentlich hochwertiger. Schau dir allein die Zeichnungen an!«

»Ahh«, sagte Lizzy auf diese Weise, wie eine Oma nun mal »Ahh« sagte, wenn sie überhaupt nicht begriff, wovon die Enkelin sprach, sie sie aber dennoch gerne unterstützte.

»Zurück zum Thema«, sagte Stella. »Die arme Feli ... Sie hat so viel für Philipp getan, und er bricht ihr das Herz!«

»Er hat nur versucht, das Richtige zu tun.«

»Das Richtige? Sie war doch sicher mehr für ihn als nur eine Freundin!«

»Das war sie gewiss. Aber die Liebe ist so schrecklich kompliziert, und manche Menschen neigen dazu zu glauben, sie würden im Leben nichts Schönes verdienen. Sie bleiben allein oder suchen sich Partner, die sie nicht gut behandeln, weil sie annehmen, sie wären nicht mehr wert.«

Es war Stella, als wäre durch Lizzys Worte in ihr ein Zahnrad in Bewegung gesetzt worden, das zuvor eingerostet gewesen war.

»Dasselbe habe ich auch Adam gesagt. Ich hoffe, es wirkt.«

Auf dem Flohmarkt lernten sie Rachel kennen, ein Mädchen in Stellas Alter und mit ihrer Kleidergröße, das ihren halben Kleiderschrank verkaufte. »Ich studiere für ein Jahr in Chile. Wenn ich wieder nach Hause komme, ist der ganze Kram doch eh nicht mehr modern«, sagte sie. »Dann verkaufe ich ihn lieber und habe das Geld in der Tasche.«

Der Stand war eine reine Fundgrube. Rachels Stil war jung und frech, das gefiel Stella.

»Wir suchen etwas für meine Enkelin«, sagte Lizzy und fügte dann noch stolz hinzu: »Sie geht auf ein Konzert.«

»Cool! Da finden wir sicher etwas!«, erwiderte Rachel.

»Ich bin leider nicht mehr so auf dem neusten Stand, was man heutzutage so trägt.«

»Ich auch nicht«, fügte Stella hinzu. Sie trug einfach, was ihr gefiel, und nicht, was in Modezeitschriften abgebildet wurde.

Aber Rachel wusste genau, was angesagt war, und wurde nicht müde, Stella Pullover, Shirts und Röcke zu bringen. Sie war ganz in ihrem Element. Sie suchte Stella eine rotbraune Lederjacke heraus, die perfekt zu ihrem Haar passte, eine Jeans, die einen knackigen Hintern zauberte, und ein paar schlichte T-Shirts. Lediglich das Anprobieren erwies sich als umständlich, denn eine richtige Kabine gab es nicht. Nur ein breites Tuch, das von der Gebäudemauer zu Rachels altem Toyota gespannt war.

»Ich finde es übrigens sehr schön, dass du dich so gut mit Adam verstehst«, sagte Lizzy, während Stella hinter dem Tuch ein Kleid überstreifte. »Er ist so ein lieber Junge. Das Mädchen, das meinen Adam einmal bekommt, kann sich sehr glücklich schätzen.«

»Das stimmt.«

»Dabei hatte er es nie leicht. Seine Mutter …« Lizzy seufzte und schüttelte dabei den Kopf, wie Stella durch den Spalt zwischen Wand und Tuch sah.

Stella hatte schon ein paarmal fragen wollen, was mit Adams Mutter war, er erzählte immer nur von seinem Vater.

»Oscar hat immer mal wieder schlimme Depressionen«, fuhr Lizzy fort, während sie eine Tasche begutachtete, aufknöpfte und das Innenleben unter die Lupe nahm. »Damit konnte Adams Mutter nicht umgehen, deshalb hat sie ihn verlassen und ist nach Florida zu einem Medienmogul gezogen. Bei Adam meldet sie sich nur einmal im Jahr, wenn überhaupt. Adam war damals vierzehn. Er war seinem Vater eine so große Stütze! Wenn es ihm schlecht ging, hat er sich um alles gekümmert, ist einkaufen gegangen, hat gekocht und die Wäsche gemacht und sich nie auch nur einmal beschwert. Er ist ein wirklich großartiger Junge.«

»Das ist er …«, sagte Stella.

»Und dann seine Schulzeit …« Erneut seufzte sie schwer.

»Wurde er gehänselt?«

»Ja, auch wenn er immer gesagt hat, dass es ihm nichts ausmacht. Er hat im Schultheater mitgespielt und im Chor gesungen. ›Das Mädchen‹, haben die anderen Schüler ihn genannt. Aber Adam stand einfach drüber. Mehr noch. Er hat gesagt, das sei doch gut, wenn sie über ihn reden, dann hätten sie ihn wenigstens bemerkt. Er war schon immer ein ganz besonderer Junge. Irgendwann haben sie ihn dann tatsächlich in Ruhe gelassen. Ab der zehnten Klasse war er dann auf einmal sogar recht beliebt, weil er mit Amber ausgegangen ist.«

Amber. Da war sie wieder.

Lizzy deutete mit beiden Daumen nach oben, als Stella in dem gepunkteten Kleid aus der Kabine trat. »Wie hübsch du nur bist!«

Einen Spiegel gab es nicht, deshalb musste Stella auf die Meinung ihrer Oma vertrauen. Riskant, wenn man bedachte, dass Lizzy in Bezug auf Mode Wörter wie »pfiffig« und »schick« benutzte.

»Was ist denn zwischen Amber und Adam vorgefallen?«, fragte Stella. Zugegebenermaßen interessierte es sie brennend, was so *wirklich, wirklich* kompliziert gewesen war.

»Ach, das soll er dir selbst erzählen. Ich hoffe, dass er Amber vergisst und jemanden findet, der ihm guttut. Hast du deinen Freund denn noch?« Sie sah Stella eindringlich an. Wow, wie subtil ...

»Ich ... ich weiß nicht«, stammelte Stella.

»Das solltest du aber wissen. Verschwende deine Zeit nicht an den falschen Menschen, dafür bist du zu wertvoll. Mach nicht denselben Fehler wie ich.«

Stella hätte gerne erfahren, was Lizzy durchgestanden hatte, aber sie kannte die Anzeichen, wenn jemand versuchte, Tränen zurückzuhalten. Schnelles, flaches Atmen. Angespanntes Gesicht. Krampfhaftes Woanders-Hinschauen, selbst wenn es nur ein Schild mit der Aufschrift »Notausgang« war.

Sie kauften das Kleid, die Jeans, die Lederjacke und für Lizzy ein Shirt mit der Aufschrift *Hug dealer*, was Stella ziemlich passend fand.

»Bombe!«, freute sich Rachel. »Damit wirst du deinen Schwarm sicher umhauen!«

»Ich treffe mich nicht mit meinem Schwarm«, verbesserte Stella sie und errötete.

Sie kehrten zum Jeep zurück, luden die Einkäufe ein und machten sich auf den Weg nach Hause.

»Wie ging es denn eigentlich zwischen Philipp und Feli weiter?«, fragte Stella, während sie mit dem Anschnallgurt kämpfte.

»Ist Feli wirklich erst mal nach Berlin gegangen, um dort das Praktikum zu absolvieren, das ihr Professor ihr angeboten hat?«

»Es sah alles danach aus. Ihre Mutter hatte ihr das Zugticket nach New York bereits gekauft und eine Kabine auf dem Dampfschiff nach Neapel gebucht. Feli hatte sich ihrem Schicksal ergeben. Sie hatte Philipp zu verstehen gegeben, dass sie ihn gernhatte, und sie konnte ihm ihre Liebe ja nicht aufzwingen. Aber natürlich hoffte sie trotzdem, dass irgendetwas geschehen möge, das sie von ihrer Reise abhalten würde …«

23

1912

Am nächsten Morgen lieferten Feli und Philipp gemeinsam im Maxwell die Milch aus. Stolz wie ein junger Soldat in Uniform saß Philipp hinter dem Steuer. Die Zäune, Büffelherden und Weizenfelder flogen an ihnen vorbei. Bei jedem Halt sprang Feli aus der Droschke, rannte los, klopfte an die Haustür und hatte noch ein, zwei nette Worte für jedermann übrig, während Philipp aus dem Wagen heraus grüßte. »Guten Morgen, Ms Davis«, rief er, oder: »Zu Diensten, Mr Thomson«, und fasste sich dabei an den Hut.

Feli liebte es, Philipp, den Cowboy, auf seinem Pferd zu sehen. Aber sie musste zugeben, dass ihm dieser Wagen auch ausgesprochen gut stand.

Und Philipp liebte es zu hupen. Bei jeder Gelegenheit hupte er. Um Leute auf der Straße zu begrüßen. Wenn ihnen ein anderer Wagen auf der Straße entgegenkam. Oder einfach nur, um Feli zum Lachen zu bringen.

»Musst du denn heute nicht eigentlich in der Universität sein?«, fragte Philipp.

»Nein«, log sie, ohne dabei rot zu werden.

Er maß sie mit einem Blick. »Du darfst die Universität nicht vernachlässigen, Feli. Ich will nicht schuld daran sein, dass die Welt am Ende noch auf eine großartige Ärztin verzichten muss, nur weil du lieber Zeit mit mir verbringst, als zu lernen.«

Ihre Augen wurden groß, ihr Mund klappte auf. Sie knuffte ihn in die Schulter. »Philipp Licht! Sie eingebildeter, arroganter ...!«

Sein Blick war nicht mehr nur warm, er war herausfordernd. Er hatte sich also auf einen Flirt eingelassen.

Auf dem Rückweg setzte ein leichter Sprühregen ein. Feli jubelte vor Begeisterung, während Philipp versuchte, den Pfützen auf dem holprigen Weg auszuweichen. Er setzte Feli seinen Hut auf, sah sie einen Moment zu lang an, und schüttelte dann den Kopf, als könne er selbst nicht glauben, dass er glücklich war. Die Hühner stoben gackernd auseinander, als der Wagen über das Grundstück schoss und in der Scheune verschwand.

Philipp spielte den Kavalier, öffnete ihr die Tür, und Feli knickste. Ganz aufeinander konzentriert, bemerkte keiner von beiden Albrecht, der auf seinen Stock gestützt durch den feinen Regen hinkte. Der plötzliche Wetterumschwung schien ihn in seiner Hüfte zu schmerzen.

»Soso«, sagte er.

»Vater«, sagte Philipp. Das Lachen verschwand langsam aus seinem Gesicht. »Sieh, was ich gekauft habe.« Er war noch immer stolz, schien aber gleichzeitig zu hoffen, dass Albrecht sich für ihn freuen möge, dass dieser Tag so schön bleiben konnte, wie er war.

Albrecht lief einmal um die Droschke herum.

»Du bist jetzt also vollkommen übergeschnappt. Liegt das an ihr?« Nicht mal einen Blick war Feli ihm wert, lediglich ein Nicken in ihre Richtung. »Willst damit wohl Eindruck schinden, nicht wahr?«

»Es hat nichts mit Feli zu tun. Ich habe nur an die Molkerei gedacht.«

»Ich dachte immer, du hältst nichts von dem modernen Firlefanz.«

»Du hältst nichts von dem modernen Firlefanz. Ich hingegen schon.«

Albrecht klopfte mit dem Stock auf eine rostige Stelle an der Einstiegshilfe, um zu prüfen, ob diese noch hielt.

»Ich habe den Wagen von den Finnigen-Brüdern bekommen. Zu einem Spottpreis!«

Von welchem Geld er den Wagen bezahlt habe, wollte sein Vater wissen. Das war genau die Frage, vor der Philipp Angst gehabt hatte.

»Von der Bank. Ich habe einen Kredit aufgenommen.«

Erstaunlicherweise nickte sein Vater nur.

»Der Wagen ist gewiss ein Segen für die ganze Familie«, setzte sich Feli für Philipp ein. »Die Milch ist viel schneller ausgeliefert, wir haben es heute Morgen getestet! Aber vor allem kann Philipp damit längere Strecken zurückgelegen und Gärtnereien besuchen, um seine Pflanzen vorzustellen! Ruckzuck wird sich diese Motordroschke rentiert haben!«

»Morgen bringst du den Wagen zurück«, sagte sein Vater. »Ich rede mit den Finnigens, gewiss drücken sie ein Auge zu.«

»Was? Nein! Ich ...«

»Warst heute wohl noch nicht bei deinen Pflanzen.« Und dann sagte er nur noch zwei Wörter: »Weiße Fliegen.«

»Was ...?!« Am Morgen hatte Philipp noch keine Zeit gehabt, zum Feld zu reiten. Es war erstaunlich, wie schnell er sein Pferd gesattelt hatte.

»Warte!«, rief Feli, als er schon aufgesessen war. »Nimm mich mit!«

Als sie ankamen, bot sich ihnen ein niederschmetternder Anblick. Auf fast jedem zweiten Blatt saßen die Insekten, die Feli noch nie zuvor gesehen hatte.

»Was bedeutet das?«, fragte Feli.

Philipp schwieg. Es war sein Vater, der nachgekommen war und Feli antwortete. »Die Blätter werden sich verfärben und abfallen. Aber so weit dürfen wir es nicht kommen lassen. Wir müssen die Pflanzen vorher entsorgen, ansonsten verbreiten diese Fliegen sich noch und greifen andere Felder an.« Er schlug Philipp tröstend auf die Schulter. »Gott war gnädig und hat dir ein Zeichen geschickt. Kühe geben immer Milch.«

Es brach Feli das Herz zu sehen, wie die Zuversicht, die während der letzten Wochen in Philipps Augen aufgeblüht war, wie eine Blume verwelkte. Er sank auf die Knie, schüttelte den Kopf. Auf einmal fing er an, eine Poinsettia auszureißen.

»Hör auf!«, rief Feli. Das Einzige, was ihr einfiel, war sich neben ihn fallen zu lassen und die Arme um seinen vibrierenden Oberkörper zu schlingen. »Wir bekommen das wieder hin. Gemeinsam bekommen wir das hin.«

»Wie denn?«

»Uns wird etwas einfallen ...«

Was genau das sein sollte, wusste sie jedoch noch nicht.

Die ganze Nacht hatte Feli wach gelegen und gegrübelt, wie sie Philipp helfen konnte. Es ging um mehr als die Rettung der befallenen Poinsettien. Es ging darum, ihm wieder Mut zu machen. Ihm die Hoffnung zu geben, dass es sich lohnen würde, an seinem Traum festzuhalten.

Beim Frühstück schwirrte ihr Kopf. Fritz zappelte mit den Beinen. Das nervte Feli. Er weigerte sich, Obst zu essen, und ihre Mutter schimpfte, dass ihr Sohn, der einst so lieb und brav gewesen war, in Arquata offenbar verlernt hatte, seinen Eltern Respekt zu zollen. Die Sonne fiel durch das Küchenfenster herein. In ihrem weißgelben Licht trieb gemächlich Staub, den ihr Vater aufwirbelte, als er mit der Zeitung hereinkam und sich am Herd Kaffee einschenkte.

»Später gehst du bitte in den Ort und siehst nach, ob ein Brief für mich von meinen Münchner Freundinnen gekommen ist«, bat ihre Mutter Feli.

»Mhh.«

»Ich verstehe diesen Mann auf dem Postamt einfach nicht. Er nuschelt so schrecklich! Kein Wunder bei seinen schwarzen Zähnen! In England jedenfalls sprechen die Menschen viel zivilisierter.«

»Mhh.«

»Ist Ray nicht gerade auf dem Postamt?«, meinte ihr Vater. Er stand vor dem Fliegengitter der Verandatür und ließ seinen Blick über den Orangenhain schweifen. Ein dankbarer, nahezu zärtlicher Blick, der ausdrückte, dass Johann Schönberger nicht mehr als seine Felder brauchte, um glücklich zu sein. Auch seine Frau stand manchmal an derselben Stelle und blickte hinaus, nur wirkte es bei ihr, als wäre sie froh, dass ein Fliegengitter zwischen ihr und alldem lag, was dort draußen lauerte. »Er erwartet doch einen Brief. Gewiss bringt er dann auch unsere Post mit.« Er setzte sich mit Kaffee und Zeitung an den Tisch und sah Feli an. »Willst du später mit auf den Markt nach Rosamond? Da ist Farmers Market.«

»Keine Lust.«

Normalerweise hätten weder ihre Mutter noch ihr Vater ihr eine solche Antwort durchgehen lassen. Für ihre Mutter war sie unerzogen, für ihren Vater ein Zeichen dafür, dass Feli unglücklich war. Zum Glück schwang in diesem Moment das Fliegengitter auf, und Ray platzte herein, einen Brief in die Luft gereckt. »Ich hab die Rolle!«, verkündete er.

Er nahm Feli an den Händen, zog sie von ihrem Stuhl hoch

und umarmte sie fest. »Siehst du, es hat funktioniert, einfach mal dreist zu sein! Das habe ich dir zu verdanken! Du warst mein Glücksbringer!«

Ihr Vater freute sich für Ray, wusste aber nicht recht, was er davon halten sollte, wie zuvorkommend er seine Tochter behandelte. Ihre Mutter schlug die Hände vor den Mund und sagte immer wieder: »Nein, wie großartig! Ich wusste, dass aus dir einmal ein großer Filmstar wird!«

»Kommst du mit?«, fragte Ray Feli.

»Wohin?«

»Ich muss noch einmal am fünfzehnten Februar nach Hollywood, um die Kostüme anzuprobieren und Probeaufnahmen zu machen.«

»Aber das ist ja schon heute!«, sagte Feli.

»Ja, ganz schön spontan. Also, kommst du mit?« Ray sah Feli flehentlich an. »Komm mit. Bitte ...«

»Nein, ich ...« Feli begann, ihre Tonschale abzuspülen. Sie hatte ein schlechtes Gewissen, nicht die Begeisterung an den Tag zu legen, die Ray verdient hatte. »Ich ...« Durch das Küchenfenster sah sie in der Ferne das leuchtende Rot unweit der Licht-Ranch. Sie hielt in der Bewegung inne. Dann, langsam, als bräuchte sie noch einen kleinen Augenblick, um an ihrer Idee zu feilen, wandte sie sich zu Ray um. »Oder vielleicht doch!« Da war sie, die Begeisterung. »Ja! Das ist es! Das ist großartig! Gib mir zwei Stunden, dann bin ich startklar! Wir nehmen Philipps Wagen!«

»Philipp?«, fragte Ray noch verwirrt, aber da war Feli schon aus der Ranch gerannt.

Sie kam gerade noch rechtzeitig. Philipp war an diesem Tag noch früher als sonst aufgestanden, um es hinter sich zu bringen. Er würde das Feld abbrennen und einen Schlussstrich ziehen.

»Halt!«, rief Feli. Prince schnaufte unter ihr, so sehr hatte sie ihn getrieben. Sie konnte seine kräftigen Muskeln vibrieren spüren. »Sofort aufhören!«

Philipp sah sie an, als wäre sie nicht mehr ganz bei Sinnen.

»Was, wenn ich eine Idee habe, wie die Poinsettien doch noch zu etwas zu gebrauchen sind?«

Felis Idee war es, die noch nicht befallenen Poinsettia-Zweige abzuschneiden und zu verkaufen. Sein Forschungsprojekt konnte Philipp ohnehin vergessen – aber so würde wenigstens noch ein wenig Geld in die Kasse kommen.

»Kommt nicht infrage«, hatte Philipp sie abgewehrt. »Ich bin kein Marktschreier.«

»Das hat doch damit nichts zu tun!«

»Für mich schon! Außerdem hast du doch erlebt, wie die Leute hier auf Blumen reagieren. Sie werden uns auslachen!«

»Deshalb verkaufen wir sie ja auch nicht hier, sondern in Los Angeles, genauer gesagt in Hollywood. Die Leute dort sind verrückte Aktionen gewohnt! Sie sind offener als die konservativen, verbohrten Holzköpfe in diesem Kaff! Und immer mehr Touristen finden dorthin! Komm schon, das wird lustig! Was hast du schon zu verlieren?«

»Meinen Stolz?«

»Gut, dann mache ich mir eben mit Ray alleine einen schönen Tag! Er ist wenigstens spontan und offen!«

»Wenn du meinst«, hatte Philipp den Gleichgültigen gespielt und war gegangen. Kurz hatte Feli befürchtet, in Tränen des Zorns auszubrechen, doch da hatte sie ihn leise und äußerst widerwillig zu Sam sagen hören: »Hilf mir, die Poinsettien zu schneiden. Fahren wir zu diesem verdammten Hollywood.«

Und nun saß er auf zwei aufeinandergestapelten Holzkisten, den

Rücken an den Stamm eines Trompetenbaums gelehnt und die Füße gegen den Maxwell gestemmt. »Wahnsinn«, sagte er. »Ich weiß gar nicht, wie wir diesen Andrang bewältigen sollen.«

Das war ironisch. Bis jetzt waren sie nur einen einzigen Poinsettia-Zweig losgeworden, und den hatten sie nicht einmal verkauft. Philipp hatte ihn einer älteren Dame geschenkt, die an ihnen vorbeispaziert war. Die hatte sie angesehen, als würde eine Falle dahinter lauern.

Zugegeben, ihr Auftritt war nicht gerade das, was man als professionell bezeichnen konnte. Im Schatten des Trompetenbaums hatten sie einen Klapptisch aufgestellt, auf dem der Großteil der geschnittenen und in feuchtes Papier geschlungenen Poinsettia-Zweige lag. Der Rest dekorierte die Motorhaube des Maxwells oder wartete auf Holzkisten auf seinen Einsatz. Wo blieben nur die Touristenbusse, auf die Feli ihre Hoffnung setzte?

Wenigstens hatte Philipp erstaunlich gute Laune. Weit weg von der Arbeit in der Molkerei schien er wie befreit.

»Du solltest deine Zeit sinnvoller nutzen«, sagte er zu Feli.

»Ach ja? Und wie?«

»Du solltest lernen. Du solltest dich für Praktika bewerben. Du solltest …«

»Keine Sorge, ich habe eines meiner Lehrbücher eingepackt. Wenn du willst, kannst du mich ja abfragen. Abgesehen davon finde ich, dass ich meine Zeit hiermit sehr sinnvoll nutze«, fiel sie ihm ins Wort.

»Es ist also sinnvoll, mit einem mittellosen Möchtegern-Botaniker seine Zeit zu vertrödeln?«

Sie konnte es nicht leiden, wenn er sich selbst niedermachte, und wollte etwas Entsprechendes darauf erwidern – da sah sie das Polizeiauto, das die Straße hinabkam, langsamer wurde und schließlich vor ihrem kleinen Verkaufsstand hielt.

Zwei junge Sheriffs stiegen aus, musterten den Klapptisch und die Holzboxen und verschränkten mehr oder weniger gleichzeitig die Hände hinter dem Rücken. »Haben Sie eine Genehmigung für den Stand?«, fragte der größere und breitere von beiden.

»Haben wir?«, fragte Philipp Feli. Er machte nicht den Eindruck, als wäre er sonderlich eingeschüchtert. Es klang eher so, als würde ihn die Situation und Felis plötzliches Unbehagen amüsieren. Für ihn mochte das hier lustig sein, aber Feli sah schon das Gesicht ihrer Mutter vor sich, wenn die erfuhr, dass ihre Tochter Ärger mit der Polizei hatte ... Ihr Herz rutschte ihr in die Seidenstrümpfe.

»Haben wir nicht«, gab sie kleinlaut zu. »Ich wusste nicht, dass wir so etwas benötigen. Es tut mir leid ...«

»Leider muss ich Ihnen mitteilen, dass ein solches Delikt mit einer Geldbuße belegt wird.«

»Hören Sie ...« Philipp erhob sich, sodass er die beiden Sheriffs überragte. »Wir haben doch gar nichts Schlimmes getan. Wir wollten lediglich ein paar hübsche Blütenzweige verkaufen.«

»Aber dies hier ist ein Privatgrundstück. Sie hätten vorab eine Genehmigung ...«

»Thomas! William! Die beiden gehören zu mir!«, rief auf einmal jemand.

Niemand Geringeres als David Horsley steuerte auf sie zu, gefolgt von Ray, der grinsend auf der anderen Straßenseite stehen blieb.

»Da sieh mal einer an ...«, sagte Mr Horsley. »Und ich dachte, Ray würde scherzen, als er mir sagte, Sie seien auch hier, um Blumen zu verkaufen.«

»Tja«, erwiderte Feli und zuckte mit den Schultern. »Ich bin wohl immer für eine Überraschung gut!«

»Ist es also in Ordnung für Sie, dass die beiden auf Ihrem

Grundstück ihren Blumenstand eröffnet haben?«, fragte der Polizist.

»Absolut in Ordnung! Es verschönert diese Gegend doch nur!«

Als die beiden Sheriffs wieder abgezogen waren, entschuldigte Feli sich bei Mr Horsley. »Ich wusste nicht, dass Ihnen dieses Grundstück gehört. Ich dachte, es sei öffentlich.«

»Ach, das ist doch nicht der Rede wert! Bleiben Sie! Und kommen Sie gerne wieder! Dieses Rot ist wirklich faszinierend! Eine solche Pflanze habe ich noch nie gesehen!«

Zum Dank schenkte Philipp ihm ein paar Zweige. Horsley wollte sie in eine Restaurantszene seines neuen Films, in dem Ray die Hauptrolle spielte, integrieren.

Nachdem Ray und Horsley sich wieder an die Arbeit gemacht hatten, spürte Feli Philipps Blick auf sich. »Was ist?«, fragte sie.

»Wer war das?«

»Ach, nur ein Filmproduzent ...«

Philipp lächelte. Zunächst erstaunt, dann voller Bewunderung. Doch schließlich, als wäre ihm etwas klar geworden, sanken seine Mundwinkel herab. Feli kannte diesen Ausdruck bereits. Philipp schirmte sich innerlich ab. Er schenkte sich Kaffee nach, den Feli ihnen mit belegten Broten und ein paar Orangen in den Korb gepackt hatte, und sah bewusst in eine andere Richtung.

Endlich ruckelte der Touristenbus die Straße entlang. Ein Doppeldecker, auf dessen offenem Dach die herausgeputzten Damen und Herren auf die Gebäude wiesen und mit Ferngläsern durch die Fenster spähten, in der Hoffnung, einen geliebten Filmstar zu entdecken. Über dem Fahrerraum prangte Werbung für *Heinz Tomatenketchup* und eine Whiskeysorte, die Feli nicht kannte.

»Mach dich bereit«, sagte sie und las ein paar Zweige auf, um sie wie einen Blumenstrauß vor sich zu halten.

Das hier musste funktionieren! Sie wollte Philipp beweisen,

dass es sich lohnte weiterzumachen! Dass sein Traum etwas Besonderes war! Und dass er auf sie zählen konnte.

Sechzehn Minuten. Es dauerte ganze sechzehn Minuten, ehe eine Dame mit einem ausladenden Hut mit extravagant geschwungener Krempe auf ihren Stand aufmerksam wurde. Feli hatte die Sekunden in ihrem Kopf ticken gehört, sie stand unter Starkstrom.

»Oh honey«, rief die Dame. »Sieh nur, wie ausgefallen diese Blumen sind!«

Honey war ein groß gewachsener, attraktiver Kerl. Feli tippte auf einen Bankier, dafür sprachen zumindest der typische Schnauzbart sowie der dezente Wohlstandsbauch. Er kaufte seiner Liebsten einen Strauß und küsste ihre behandschuhten Finger. Während Feli die hübschesten Zweige heraussuchte, fiel ihr Blick immer wieder auf den goldenen Ehering, den die Dame über dem weißen, hauchzarten Seidenstoff ihrer Handschuhe trug. Der Stein in der Mitte sah ziemlich schwer nach einem Diamanten aus. Ihr Kostüm hatte einen vornehmen und gleichzeitig gewagten Schnitt, wie man es nur aus Paris oder Italien kannte. Das war Feli schon aufgefallen, als die Frau aus dem Bus gestiegen war. Ihre Haut war makellos, und sie duftete angenehm. Wie alt mochte sie sein? Vielleicht ein, zwei Jahre älter als Feli.

Die Frau beugte sich zu Feli und erzählte mit gesenkter Stimme, als würde sie ihr ein Geheimnis anvertrauen: »Wir sind gerade in unseren Flitterwochen.«

»Oh, wie schön«, erwiderte Feli.

Inzwischen waren auch die anderen Touristen auf sie aufmerksam geworden. Zwei junge Fräulein belagerten Philipp, dem das leicht unangenehm zu sein schien, denn er fuhr sich immer wieder mit der Hand über den Nacken und flüchtete sich in einen gemurmelten Vortrag über Pflanzenpflege.

Innerhalb weniger Minuten waren sie einen beachtlichen Teil der Zweige losgeworden. Und das war nur der erste Touristenbus gewesen.

Feli beobachtete, wie das frisch getraute Ehepaar auf dem offenen Dach des Busses Platz nahm, und die Dame ihren Hut festhalten musste, damit er im Fahrtwind nicht über Bord ging. Früher hatte sich Feli ihr Leben genau wie das der beiden vorgestellt. Und jetzt? Stellte ein Teil von ihr es sich nicht eigentlich noch immer so vor? Sie brauchte keinen Diamantring. Aber sie wollte so sorglos sein wie die beiden. Sie wollte in ihren Flitterwochen in Venedig oder Mailand an hübschen kleinen Boutiquen vorbeispazieren und einen Blick in die Schaufenster werfen, ohne Angst davor haben zu müssen, was auf den Preisschildern stand. Sie wollte ihrem Töchterchen hübsche Kleider kaufen und ihrem Sohn Modellflugzeuge.

Ihr Blick fiel auf ihre Hände, denen man ansah, dass sie heute schon viel gearbeitet hatten. Sie spürte, wie die Haut in ihrem Nacken spannte, dort, wo ihr Hut sie nicht vor der Sonne schützte. Sie blickte auf den kaputten Saum ihres eigentlich hübschen Kleides, der kaum auffiel, aber sie sah die aufgerauten Stellen und die kleinen Fäden, die hervorstanden. Auf einmal erschien es ihr, als hätte sie auf ihrem Weg zu ihrem Traumleben eine falsche Abzweigung genommen, ohne es zu merken.

Am Ende des Tages hatten sie fast sämtliche Zweige verkauft.

»Ich denke, wir können dann jetzt nach Hause aufbrechen«, sagte Feli.

»Und was ist mit den beiden hier?«, fragte Philipp und deutete auf die verbliebenen Zweige.

»Die …«, sagte sie und lächelte Philipp an. »Die schenkst du mir. Ich denke, ich habe sie mir verdient.«

24

Am darauffolgenden Samstag beschlossen Feli und ihre Mutter, in Los Angeles etwas Stadtluft zu schnuppern. Sie ließen es sich so richtig gut gehen, flanierten durch die Straßen, hielten nach der neuesten Mode Ausschau und gönnten sich ein Abendessen in dem hübschen Restaurant mit Meerblick. Die Nacht würden sie im angeschlossenen Hotel verbringen. Es war das wohl bekannteste Restaurant in Los Angeles, von dem es hieß, dass mit etwas Glück vielleicht einmal Filmschauspieler wie Henry B. Walthall oder die schöne Marion Leonard ein paar Tische weiter säßen.

Das war aber nicht der Grund, weshalb Feli immer wieder den Blick schweifen ließ. Sie hatten sich nach drinnen zurückgezogen, da ihre Mutter Angst hatte, sich draußen zu verkühlen. Dabei war draußen das Meer! Wie sehr Feli das Meer liebte! Das alte, weise Rauschen, das Hunderte von Geschichten erzählte. Jedes Mal erschien es ihr, als würde es sie verstehen. Heute war es wild und stürmisch wie ihr Herz. Wenigstens stand die Terrassentür einen Spaltbreit offen, so wehte der köstliche, salzige Wind hinein und brachte die Servietten zum Flattern.

Feli fiel auf, dass ihre Mutter lächelte, so selig wie man nur lächeln konnte, wenn man gerade ein saftiges Stück Schokoladentorte gegessen hatte. Aber die Tatsache, dass ihr dieses Lächeln besonders auffiel, bereitete Feli Sorgen. Es schien zu etwas Besonderem geworden zu sein, zu etwas Bemerkenswertem. Ihre schöne, schlank gewachsene Mutter passte so gut in dieses Restaurant mit den ordentlichen Spitzenkissen, den geschwungenen Kirschholzmöbeln mit den champagnerfarbenen Bezügen und den dezenten Landschaftsgemälden. Auf der Farm erschrak Feli oftmals darüber, wie alt ihre Mutter im letzten Jahr geworden war, wie viele graue Strähnen ihr Haar inzwischen hatte und wie schlecht manchmal ihre Haltung war. Vor allem, wenn sie den ganzen Tag Holz gestapelt hatten.

»Ist das nicht herrlich?«, sagte ihre Mutter und hob ihre Tasse aus hauchdünnem Porzellan mit wunderschönen pastellfarbenen Blumenverzierungen auf Augenhöhe. Selbst diese Tasse passte zu ihr.

»Vor allem ist es ziemlich teuer.«

Ihre Mutter stellte die Tasse wieder ab, legte ihre Hände auf Felis und sagte auf fast verschwörerische Weise: »Aber wir haben ja auch etwas zu feiern.«

Feli hatte Post erhalten. Aus Berlin. Sie hatte die Zusage für die Praktikumsstelle, die ihr Professor Morton in Aussicht gestellt hatte. Nur konnte sie dieses Gefühl, das in ihrem Bauch drückte, nicht deuten. War es Freude oder Beklemmen?

»Berlin«, schwärmte ihre Mutter und gab noch ein Stück Diamantzucker in ihren Kaffee. »Alle schwärmen von Berlin. Es muss so eine außergewöhnliche Stadt sein. Wie aufregend für ein junges Mädchen wie dich! So eine Gelegenheit bietet sich nicht jedem.«

»Ich weiß …«

»Aber das Beste ist doch, du wärest wieder in Deutschland! Ich könnte dich besuchen, und wir würden uns ein paar nette Tage machen!«

Feli fragte stumm das Meer, was es davon hielte, doch sie verstand nicht, was die spitzen Wellen und die tiefe Schwärze zu bedeuten hatten.

»Machst du dir Sorgen?«, fragte ihre Mutter sanft. »Das ist ganz normal. Es ist ja auch ein großer Schritt …«

»Eigentlich denke ich an Philipp und daran, wie es jetzt mit seinen Pflanzen weitergehen soll …«

Das Lächeln ihrer Mutter verschwand. »Philipp wird schon einen Weg finden. Es ist nicht deine Angelegenheit.«

»Doch, ist es. Ich habe so viele Stunden auf seinen Feldern verbracht, mein Herz hängt daran!«

»Jetzt werden wir aber dramatisch! Vermutlich ist es besser so. Er hat es versucht und kann stolz auf sich sein. Aber es hat nicht funktioniert. Nun könnt ihr euch beide wieder auf das konzentrieren, was gut für euch ist.«

»Aber die Poinsettia-Zucht war gut für ihn! Du hättest ihn sehen sollen, wie geschickt er mit den Pflanzen umzugehen weiß!«

»Das glaube ich dir, Liebes, und Träume sind wundervoll. Aber man darf den Blick für die Realität nicht verlieren. Vor allem nachdem Philipp nun auch noch exmatrikuliert worden ist …«

»Was?« Feli musste sich verhört haben.

»Hat er dir das nicht gesagt? Oh. Nun ja, Henrietta hat es mir gestern Abend erzählt. Philipp hat offenbar so oft Vorlesungen versäumt, dass der Dekan sich gezwungen sah, ihn zu exmatrikulieren. Albrecht ist sehr wütend, wie du dir vorstellen kannst.«

Aus dem Augenwinkel sah Feli, wie sich zwei Männer auf der Terrasse von ihrem Tisch erhoben. Sie schüttelten sich die Hände, dann verschwand einer von beiden durch das Restaurant hindurch in Richtung Ausgang. Felis Herz sank in ihren Magen, denn der Mann, der auf der Terrasse zurückgeblieben war, war Philipp. Feli hatte gewusst, dass er heute nach Los Angeles gefahren war, um sich mit dem Blumenhändler zu treffen, zu dem Professor Coleman den Kontakt hergestellt hatte. Aber warum war er ausgerechnet hier? Genau in diesem Restaurant?

Auch er hatte sie bemerkt und kam zu ihnen, um sie zu begrüßen. »Hätte ich mir denken können, dass ihr hier seid«, sagte er und lächelte, aber seine Augen lächelten nicht mit. »Es ist das schönste Restaurant in Los Angeles.«

»Wie war dein Gespräch mit dem Blumenhändler?«, fragte Feli ihn.

»Na ja ... Er meinte, ich soll mich wieder melden, wenn ich herausgefunden habe, wie man Poinsettien züchtet. Er war nicht gerade froh zu hören, dass die ganze Blumenernte ruiniert ist.«

»Oh«, sagte Feli. »Nun ja. Nächstes Jahr dann. Da werden die Läden voll mit deinen Feuerblumen sein!«

»Ich weiß«, sagte er. Er schmunzelte und nickte in Richtung ihrer vollen Einkaufstüten, die auf der Eckbank neben ihrer Mutter standen. »Großeinkauf?«

»Immerhin gibt es etwas zu feiern«, erwiderte Alice.

Kaum merklich schüttelte Feli den Kopf, was ihre Mutter ignorierte.

»Feli hat ein Angebot für eine Praktikumsstelle an der Charité erhalten.«

»Mama ...«, versuchte Feli ihre Mutter zu bremsen.

»Wow«, sagte Philipp. Er klang erfreut, aber auch ein wenig verwirrt. »Du hast gar nichts davon erzählt. Das ist großartig. Wenn es jemand verdient hat, dann du. Los Angeles ist fantastisch.«

»Die Charité ist nicht in Los Angeles. Sie ist in Berlin«, fügte Alice hinzu.

»Es ist noch überhaupt nicht beschlossen«, sagte Feli schnell, als sie Philipps Blick sah. Sie schämte sich für ihren Erfolg, obwohl sie doch hätte stolz sein sollen.

»Natürlich ist es beschlossen!«, sagte ihre Mutter mit Nachdruck. »Das ist eine Chance, die sich nur einmal ergibt!«

»Und wie lange soll dieses Praktikum dauern?«, fragte Philipp.

»Ein halbes Jahr«, antwortete Felis Mutter.

»Wow«, sagte Philipp noch einmal. Diesmal klang es ganz anders.

»Ich weiß erst seit ein paar Tagen davon«, verteidigte Feli sich. »Ich hätte es dir bald gesagt.«

»Ja. Hättest du.« Philipp räusperte sich künstlich. »Wann geht's los?«

»In einem Monat.«

Erneut nickte er. »Schön ... Nun gut, ich muss los. Viel zu tun.«

Damit verschwand er und ließ Feli mit einem Gefühl zurück, als hätte sie ihn hintergangen.

»Entschuldige mich«, sagte Feli.

Es war absolut ungezogen, den Protest ihrer Mutter zu ignorieren. Den Ärger nahm Feli jedoch in Kauf. Draußen dämmerte es bereits. Philipp wollte gerade in seinen Wagen auf der gegenüberliegenden Straßenseite steigen.

»Philipp! Warte!«, rief sie.

Er hielt inne.

In Los Angeles herrschte wesentlich mehr Betrieb auf den Straßen als in dem verschlafenen Nest Arquata. Sie wartete eine Motordroschke ab, die an ihr vorbeirauschte, und rannte dann los. Ein Kutscher schimpfte laut, weil sie sein Pferd erschreckt hatte, und sie entschuldigte sich mit einem naiven Mädchenlächeln, dem man alles verzieh.

»Du hast gehört, was meine Mutter zu mir gesagt hat, nicht wahr? Die Terrassentür stand offen, du musst es gehört haben.«

Er nickte.

»Es tut mir leid. Es tut mir auch leid, dass du auf diese Weise von dem Praktikum erfahren musstest. Meine Mutter ist … Sie ist nicht mehr dieselbe wie früher. Es war nicht nett von ihr, dich …«

»Sie war nur ehrlich. Du solltest wieder zu ihr gehen.«

Energisch schüttelte Feli den Kopf. »Nein. Ich will mit dir nach Hause fahren.« Sie wollte in den Wagen steigen, doch er hielt sie sanft zurück.

»Feli, deine Mutter hat recht. Wir sollten es einsehen.«

»Von was sprichst du?« Tränen brannten in ihren Augen.

Er sah sie mitleidig an.

»Ich verstehe das nicht, ich bin doch nur ein halbes Jahr weg! Danach komme ich wieder!«

»Du bist zu schlau, um das wirklich zu glauben.«

»Oder sicher bekomme ich auch hier in der Umgebung einen Praktikumsplatz …«

In Arquata gab es tatsächlich eine Art Krankenhaus. Dort konnte man allerdings auch Petroleum und Kartoffeln kaufen.

Philipp nahm ihr Gesicht in die Hände. »Ich sage dir jetzt, was passieren wird. Du wirst dein Studium erfolgreich beenden. Du wirst in Deutschland eine großartige Ärztin sein und allen dort beweisen, dass Frauen genauso viel wert sind wie Männer. Du wirst mit deinem Ehrgeiz und Charme einen der Ärzte am Krankenhaus für dich gewinnen und in einer schicken Villa mitten in der Stadt wohnen. Und ich, ich werde hier sein und mich von ganzem Herzen für dich freuen.«

»Das glaubst du doch nicht wirklich …«

»Ich will dir nicht im Weg stehen.« Er lachte bitter und wies mit einer Hand auf den Wagen. »Ich wollte etwas darstellen. Ich habe mich doch komplett lächerlich gemacht.«

»Du hast dich alles andere als lächerlich gemacht! Es ist nicht wichtig, was meine Mutter sagt!«

»Es ist wichtig. Weil du mir wichtig bist.«

»Zählt denn gar nicht, was ich will? Was, wenn ich es mir nämlich anders überlegt habe? Wenn ich hierbleiben will?«

»Du willst also den Rest deines Lebens in der Erde graben und Kühe melken?« Er nahm ihre Hände in seine und strich mit dem Daumen zärtlich über ihre Knöchel. »Schau doch, wie rau die sind. Du hast etwas Besseres verdient, Feli Schönberger.«

Sie riss sich los und machte einen Schritt zurück, erschrocken über die Gefühle, die er in ihr auslöste. »Dass du so leicht den Kopf in den Sand steckst ... Und was heißt das jetzt? Du weißt, dass wir nie ein Paar waren. Du kannst also gar nicht mit mir Schluss machen.«

Philipp sah sie lange an.

Sie schlug ihm auf die Brust. Mehrmals. »Du bist ein Feigling, Philipp!«, rief sie. »Ein elendiger Feigling!«

Ein paar Passanten sahen sie an, unsicher, ob sie einschreiten sollten. Deshalb packte er ihre Arme und hielt sie fest. Er holte tief Luft, und sie konnte ihm ansehen, wie viel Beherrschung es ihn kostete. »Ich will nur, dass du glücklich bist. Es ist das Beste.«

Sie lachte hysterisch auf. »Wirke ich denn gerade glücklich auf dich?«

»Ich fahre jetzt«, sagte Philipp.

»Dann fahr doch! Fahr! Hau ab!«

Sie selbst stieß die Fahrertür hinter ihm zu. Philipp zündete den Motor und fuhr los. Damit hatte sie nicht gerechnet. Es kam oft vor, dass sie stritten – aber sie vertrugen sich doch jedes Mal wieder! Gleich würde er aussteigen und sagen, dass es ihm leidtäte, und dann würde sie ihm sagen, dass es ihr auch leidtäte ... Aber er hielt nicht an.

Sie rannte ihm nach. »Philipp, du kannst jetzt nicht einfach fahren! Wenn du jetzt fährst, dann kannst du mir auf ewig gestohlen bleiben! Warte, halt! Ich hab's nicht so gemeint, komm zurück!«

Doch es waren nur noch die Rücklichter der Droschke zu sehen, und schließlich nicht einmal mehr die.

Anton lag seit ein paar Tagen mit leichtem Fieber im Bett. Bis jetzt gab es keinen Grund zur Beunruhigung, aber trotzdem machten sich alle Sorgen, denn erst vor einem Monat war ein Mädchen aus dem Dorf an einer Grippe gestorben.

Feli hatte den Sonntagnachmittag dafür genutzt, ihm ein wenig Gesellschaft zu leisten. Sam und Philipp hingen gerade auf der Veranda herum, als Feli Hut und Jäckchen vom Kleiderhaken nahm. Sam lag lang ausgestreckt auf der Bank, den Cowboyhut auf dem Gesicht, als würde er schlafen. Philipp saß auf dem Boden, den Rücken ans Geländer gelehnt, und drehte sich eine Zigarette.

»Gerne, Ma'am, sehr wohl, Ma'am«, imitierte er Rays Florida-Akzent. »Ich habe schon in New York, Boston und Las Vegas gewohnt. Ich komme so viel herum ...«

Tatsächlich sprach Ray so mit Felis Mutter, doch die genoss seine zuvorkommende Art. Obwohl sie inzwischen schon über ein Jahr in Arquata lebten, hatte Alice noch keine tiefergehenden Freundschaften geschlossen. Sie konnte Henrietta gut leiden, aber sie ärgerte sich darüber, dass Philipps Mutter keine eigene Meinung zu haben schien. Wie Felis Vater diskutierte auch ihre Mutter für ihr Leben gern und sah es als eine Enttäuschung an, wenn jemand antwortete »Du hast ganz recht« oder »Der Ansicht bin ich auch«. Sogar Fritz nahm es sich trotz seiner unerfahrenen elf Jahre heraus, zu sagen, was er dachte. Ihre Eltern feierten das als einen Erziehungserfolg.

»Was ein Glück, dass er heute nach Los Angeles umzieht. Oder nach ›Hollywood‹, wie er immer betont – dem ›Mekka für Filmschaffende‹!«

Sam lachte über Philipps Imitation, doch Feli war nicht zum Lachen zumute. Einerseits weil sie Ray vermissen würde, er hatte die Stimmung während der Arbeit oft aufgelockert und gehoben. Andererseits wegen Philipp. Seit ihrem Streit in Los Angeles waren sie sich größtenteils aus dem Weg gegangen. Allein seine Stimme zu hören, tat weh.

Doch nun musste Feli notgedrungen an Sam und Philipp vorbei. »Anton geht es besser. Er wirkt etwas wacher«, sagte sie.

Philipp nickte. Er sah schlecht aus. So, als hätte er die letzten Nächte nicht geschlafen. »Und, schon gepackt?«

»Noch nicht wirklich«, sagte sie.

»Geht es nicht schon in zwei Wochen los?«

Sie nickte. Zuckte mit den Schultern. Wartete. Doch er sagte nichts, deshalb stieg Feli in Prince' Sattel und machte sich auf den Weg nach Hause.

Es war mitten in der Nacht, und Feli befand sich gerade im Tiefschlaf, als ihr Vater an ihr rüttelte. »Wach auf!«

Der Schein einer Gaslampe blendete sie. »Was ist denn ...?«

»Es brennt! Die Licht-Ranch brennt!«

25

»Zieh dich an«, befahl Felis Vater ihr. Wahllos riss er eines ihrer Kleider aus dem Schrank und warf es auf ihr Bett. Es war ein hübsches, wenn auch simples Baumwollkleid, schneeweiß und mit dezenten Stickereien. Ein Kleid, wie man es zum Kaffee mit der Schwiegermutter oder in die Kirche anzog.

»Was ...?«

»Wo zum Teufel steckt Minho?!« Ihr Vater war schon aus ihrem Zimmer verschwunden.

Eilig zog Feli sich das Kleid über. Band sich die Haare zusammen.

»Raus mit dir, ich hole deinen Bruder!«, rief Felis Mutter und eilte im Flur an ihr vorbei.

Felis Blick fiel durch das Küchenfester. Draußen schien es hell zu sein, aber nicht wie bei Tag, sondern auf Angst einflößende, apokalyptische Weise. Die Luft flimmerte orangerot.

Feli begriff, dass das hier kein Traum war. Angst setzte ein. Sie musste hier raus, musste so schnell wie möglich weg von hier. Ihr Puls beschleunigte. Raste. Die Angst war nun Panik. Sie erreichte die Veranda, stolperte die zwei Stufen hinab. Ihr Herz setzte aus.

Meterhohe Flammen wüteten auf der Licht-Ranch.

Auf einmal packte ihr Vater sie am Oberarm und zerrte sie in

Richtung des Einspänners. »Los, bringt euch in Sicherheit! Fahrt in den Ort!«

Feli dachte noch, dass sie gar keine Schuhe anhatte … Sie zitterte am ganzen Körper. »Und du?«

»Ich helfe Philipp und seiner Familie.«

Fritz klammerte sich an Feli. Er weinte. »Keine Angst«, sagte sie und strich über sein Haar. »Gleich bist du in Sicherheit, dann ist alles gut.«

»Und Papa?«

Ihr Vater lud volle Wasserkanister auf einen Anhänger, vor den Prince gespannt war. »Papa kommt ganz bald nach«, sagte sie. »Dann sind wir wieder alle zusammen.«

»Wird unser Haus auch abbrennen?«, fragte Fritz und wischte seine laufende Nase am Ärmel seines Schlafanzugs ab.

»Nein, natürlich nicht …«

Doch der Wind war stärker geworden. Er kämmte regelrecht durch die Flammen und trieb sie weiter Richtung Westen, in Richtung ihres Zuhauses. Was, wenn das Feuer nicht gestoppt werden konnte? Wenn sie alles verlieren würden?

Der Wind trieb auch die panischen Rufe der Kühe zu ihnen. Dunkle Gestalten rannten im Kontrast zum grellen Feuer über den Hof. War eine davon Philipp?

Alice hatte einen Korb mit dem Nötigsten gepackt: Ausweise, Dokumente, ein Foto von ihrem Zuhause in München. Sie half Fritz, in die Kutsche zu steigen. Dann küsste sie ihren Mann. »Pass auf dich auf. Wir brauchen dich«, sagte sie und ließ nun erkennen, dass auch sie Angst hatte.

»Mach dir keine Sorgen«, entgegnete ihr Mann. »Kein Feuer der Welt kann mich von dir trennen.«

Auf einmal wusste Feli, was sie zu tun hatte. »Ich helfe dir«, sagte sie. Ehe sie einen Rückzieher machen konnte, saß sie neben ihrem Vater auf dem Anhänger.

Der Wind verteilte die Funken wie Pollen. Inzwischen war das Feuer schon auf die Molkerei und den direkt anschließenden Stall übergesprungen.

»Kommt nicht infrage! Die Feuer hier in Kalifornien breiten sich schnell aus. Es ist viel zu gefährlich.«

»Vater«, sagte Feli und klang erstaunlich gefasst. »Um dieses Feuer zu stoppen, brauchen wir jede Hilfe, die wir kriegen können. Ich kann auf mich aufpassen. Wenn es gefährlich wird, werde ich mich in Sicherheit bringen, das verspreche ich dir.«

Ihr Vater wollte erst Widerspruch einlegen, doch dann nickte er. »Gut.«

»Feli!«, rief ihr kleiner Bruder aus der Kutsche heraus.

»Ich komme wieder!«

Fritz nickte, aber sie sah, wie groß seine Angst um sie war. »Ich hab dich lieb!«

»Ich dich auch, Fritz!«

Feli hatte nicht gewusst, wie viel Kraft in ihr steckte, aber sie trug, ohne auch nur ein einziges Mal stehen zu bleiben, die vollen Wasserkanister zu Sam, Albrecht und ihrem Vater, die versuchten, die Flammen aufzuhalten. Es war kaum möglich, den Überblick zu behalten. So viele Rufe, doch sie verstand kaum etwas. Es war zu laut, das Knistern und Flackern des Feuers und das panische Muhen der Kühe …

Aus der Ferne sah sie, wie Anton sich zu einer Kutsche schleppte und in ihr zitternd zusammenbrach. Unter seinem rußverschmierten Gesicht war er ganz bleich.

»Er musste unbedingt helfen, obwohl er doch krank ist!«, schluchzte Henrietta. »Ich bringe ihn ins Krankenhaus und hole Hilfe. Du solltest mit mir fahren …«

»Ich helfe«, sagte Feli entschlossen. »Bring du Anton in Sicherheit.«

Nie würde Feli den Geruch von geschmolzenem Gummi vergessen, der in ihren Augen brannte. Nie den Anblick, wie die Kühe aus dem Stall stürmten. Nie das Gefühl der Hilflosigkeit, weil die Flammen sich unbeeindruckt von all dem Wasser durch das Dach des Stalls fraßen. Bei jedem Eimer Wasser, den man auf sie kippte, lachten sie nur zischend, um dann noch wilder zu tanzen.

Philipp schleppte sich nach Luft ringend aus der Molkerei. Er stützte sich auf die Knie. Hustete. »Ich muss noch mal rein, es sind noch Kühe drinnen«, rief er seinem Vater zu. Dann sah er Feli. »Was zur Hölle machst du hier? Ich kann nicht auf dich aufpassen.«

»Diesmal passe ich auf dich auf.«

Erneut gab die Molkerei ein lautes Ächzen von sich. Es war keine Zeit für Widerworte. Philipp verschwand im brennenden Stall.

Endlich – die Feuerwehr rückte an. Die Männer sprangen von dem Fahrzeug, rollten den Schlauch aus und begannen, Wasser aus dem Tank zu pumpen.

Einer der Männer packte Feli grob am Oberarm. »Verschwinde von hier! Bring dich in Sicherheit!« Er nickte zum Krankenwagen, der von zwei dunklen Hengsten gezogen wurde. »Dort kümmert sich jemand um dich und bringt dich hier weg.«

»Aber ...«

»Wenn der Wind dreht, schließen die Flammen uns ein. Dann kommst du hier nicht mehr weg, kapiert?!«

Sie hatte keine Wahl, hatte es ihrem Vater versprochen. Wo zur Hölle blieb Philipp? Warum kam er nicht aus dem Stall?

Auf einmal ein lautes Ächzen. Das Dach des Stalls hatte sich herabgesenkt.

»Nein!«, schrie Feli noch.

Zu spät. Einer der Dachbalken brach unter der Feuerlast und stürzte hinab. Und riss die halbe Molkerei mit sich.

26

6. Dezember 2005
6 Tage bis zum Poinsettia-Day

»O mein Gott …«, sagte Stella.

»Das ist heftig …«, sagte Adam.

Adam war zum Abendessen vorbeigekommen. Nun saßen sie vor dem Kamin beisammen, aßen Plätzchen und tranken warmen Eierpunsch, den sie mit rot-weißen Zuckerstangen umrührten. Lizzy legte wahrhaftig Wert auf Details. Stella hätte glatt glauben können, dass draußen dicke Schneeflocken fielen, die nur in der Dunkelheit nicht zu sehen waren.

»Ja, heftig«, bemühte sich Lizzy, den jugendlichen Slang zu benutzen, und nickte dabei ehrfürchtig.

»Aber er hat doch überlebt?«, fragte Stella. »Er muss ja überlebt haben. Ansonsten wärst du ja nicht hier. Ansonsten wäre keiner von uns hier.«

»Es war ein Wunder. Philipp ist es gelungen, sich aus dem eingestürzten Stall zu retten. Bis auf ein paar Schrammen und eine leichte Gehirnerschütterung ist er unversehrt gewesen. Das war nichts im Vergleich zu den Schuldgefühlen, die ihn plagten.«

»Schuldgefühle?«, fragte Adam.

»Ja, die hatte er. Er fühlte sich verantwortlich, weil er zuvor das Poinsettia-Feld niedergebrannt hatte. Das war so üblich, denn auf diese Weise wurde ein Feld von alten Wurzeln und Unkraut auf einen Schlag gesäubert. Außerdem ist Asche ein guter Dünger. Doch oft genug hatte man von Unglücken gehört. Farmer hatten den Wind unterschätzt, das Feuer war außer Kontrolle geraten und hatte Hütten und Häuser verschlungen. Doch an diesem Abend stand der Wind günstig. Und Philipp hatte sich mit Sam mehrere Male abgesprochen, bis dieser schließlich leicht entnervt geantwortet hatte: ›Ein kleines Restrisiko bleibt immer.‹ Aber das führt für heute Abend zu weit, das erzähle ich euch ein andermal. Adam, sei doch so lieb und hole noch eine Flasche Wein aus der Speisekammer.«

Als Adam weg war, erhob sich auch Lizzy, gähnte, reckte sich und gähnte wieder, und das alles mit auffallend schlechtem Schauspiel. »Um diese Uhrzeit gehört eine alte Dame schon lange ins Bett«, sagte sie. »Und ihr wollt sicher eure Ruhe haben. Genießt die Zweisamkeit, trinkt den Rotwein, esst Plätzchen, kuschelt euch unter die Decke ...«

Lizzy breitete besagte Decke aus und legte sie über Stellas angewinkelte Knie. Exakt eine Decke. Eine.

»Die hält euch schön warm ...«

... wenn was? Wenn sie sich gegenseitig die Klamotten vom Leib rissen? Lizzy machte nicht den Eindruck, als würde sie etwas dagegen haben.

Stella schob sich ein Plätzchen in den Mund und nickte nervös.

Als Adam mit der Flasche Rotwein kam, war Lizzy schon nach oben verschwunden. »Ist Lizzy schon ins Bett gegangen?«, fragte er. »Wenn du dich auch hinlegen willst ...«

Stella schüttelte den Kopf. »Ich bin noch nicht müde.«

Adam entkorkte die Flasche, schenkte ihnen ein und ließ sich dann neben sie sinken. Sie berührten sich nicht, und dennoch konnte Stella seine Körperwärme spüren.

»Ich habe heute in der Firma meinen Dad ein bisschen nach deiner Mutter ausgequetscht. Viel erzählt er nicht gerade. Nur, dass sie mit achtzehn kurz nach der Feier des Poinsettia-Days abgehauen ist.«

»Heute Morgen hat Lizzy mit jemandem telefoniert. Ich habe nur ein paar Sätze gehört, dann hat sie mich bemerkt. Sie sagte so etwas wie ›Sie hat ihn nie kennengelernt, sie geht ihn nichts an, er hat sich nie für sie interessiert ...‹«

»Glaubst du, sie hat von dir und deinem Vater gesprochen?«

»Würde doch passen.«

»Du glaubst also, Lizzy weiß, wer dein Vater ist?«

Stella zuckte mit den Schultern. »Was, wenn sie meiner Mutter damals die Beziehung mit meinem Vater verboten hat und sie deshalb abgehauen ist?«

»Aber hätte dein Vater sie dann nicht begleitet?«

Sie überlegten noch eine Weile hin und her. Schließlich erhob Adam sich vom Sofa und streckte sich, bis seine Schultern knacksten. »Ich sollte dann mal ins Bett ...«

Stella begleitete ihn zur Haustür. Der Rotwein kreiste ein wenig in ihrem Blut, aber auf angenehme Weise. Sie fühlte sich locker, leicht müde und rundum zufrieden. Sie umarmten sich, Adam zog seine Schuhe an, und dann umarmten sie sich noch mal. Diesmal etwas länger, denn ihre Körper passten so gut zueinander.

Adam hatte die Haustür schon geöffnet, als er sich noch einmal umdrehte. Seine Finger spielten am Autoschlüssel. Stellas Herz schlug unangebracht schnell.

»Ich wollte noch ...« Die Schlüssel fielen zu Boden. Er las sie schnell wieder auf, als könnte er es so ungeschehen machen.

»Was wolltest du sagen?«, fragte sie.

»Nicht so wichtig. Ich schau morgen wieder vorbei.« Er umarmte sie ein drittes Mal, nur hauchte er ihr diesmal noch einen leichten Kuss auf die Wange. »Gute Nacht, Stella.«

»Gute Nacht.« Stella sah ihm nach, bis der Jeep kleiner und kleiner wurde und schließlich in der Nacht verschwunden war. Sie befühlte ihre Wange und spürte dem Kuss nach.

27

1912

Philipp schien zu träumen. Seine Finger zuckten, und hin und wieder flatterten seine Augenlider. Feli hatte nur kurz nach ihm sehen wollen, und jetzt konnte sie sich nicht von seinem Anblick lösen. Schon wieder waren die Zeiger der Uhr auf magische Weise um fünf Minuten vorgerückt. Wenn sie nicht bald aufbrach, würde sie zu spät zur Vorlesung kommen.

Die Licht-Ranch war mit allem Drum und Dran abgebrannt. Zum Glück war es der Feuerwehr gelungen, das Feuer zu löschen, bevor sich die Flammen weiter ausbreiten und auch die Schönberger-Farm erfassen konnten. Sämtliche Schutzengel von Felis Familie mussten unter Hochdruck gearbeitet haben. Ansonsten wäre auch Feli jetzt heimatlos.

Feli sah Philipp nachdenklich an. Es war ihr Bett, in dem er lag und schlief. Fast hätte sie ihn verloren. Nie würde sie den Anblick vergessen, wie er sich aus dem halb eingestürzten Gebäude, durch all die Flammen und den Rauch nach draußen gekämpft hatte. Wie er auf die Knie gestürzt war. Sie war zu ihm gerannt, er hatte sich die Lunge aus dem Leib gehustet. Sie hatte gezittert, geweint und ihm gesagt, er müsse aufstehen, und ihn dann mithilfe ihres Vaters und einem Feuerwehrmann zur Ambulanz gebracht.

Nur einen Tag hatte er es im Krankenhaus ausgehalten, dann hatte er sich selbst entlassen. »Aber Sie brauchen noch Ruhe.

Gönnen Sie sich Erholung. Sie haben nichts davon, wenn Sie in ein paar Tagen zusammenbrechen. Ihr Körper ist noch erschöpft«, hatte der behandelnde Arzt gesagt.

Albrecht und Henrietta waren bei Eva untergekommen, so auch zunächst Philipp. Aber dann hatte es einen schlimmen Streit gegeben.

»Du schläfst natürlich bei uns«, hatte Felis Vater Philipp sofort angeboten.

Bereitwillig war Feli in Minhos Zimmer umgezogen. Der Chinese war seit dem Brand noch nicht zurückgekehrt.

Philipp lag mit dem Rücken zu ihr. Es war ein wirklich sehr, sehr schöner Rücken. Ein Rücken, der erkennen ließ, dass Philipp schwer tragen konnte. Er ließ sie all die Muskelgruppen sehen, die sie in ihrem Studium gepaukt hatte. *Hier, das ist übrigens der Deltamuskel*, schien dieser Rücken zu sagen. *Und das hier der Rautenmuskel, bei den wenigsten so schön ausgeprägt.*

Als Philipp sich auf die andere Seite drehte, erhob Feli sich schnell vom Boden, auf dem sie gekniet hatte. Aber er schlief weiter, das Gesicht ganz entspannt. Die Schürfwunde an seiner Stirn, die inzwischen gut verheilt war, verlieh ihm etwas Verwegenes.

Sie erlaubte es sich, sanft über seine Wange zu streichen. Am liebsten hätte sie sich einfach zu ihm gelegt, ihn in den Armen gehalten und für den Rest seines Lebens beschützt.

Plötzlich schlug er die Augen auf. »Guten Morgen«, begrüßte Feli ihn.

»Morgen«, murmelte er und fuhr sich mit der Hand über die Wange, als würde ihre Berührung dort noch immer prickeln. Mit der freien Hand stützte er sich im Bett auf, wodurch die Decke noch etwas tiefer rutschte.

Prinzipiell keine große Sache, wenn man bedachte, wie oft Feli Philipp inzwischen schon mit bloßem Oberkörper gesehen hatte. Doch das hier war etwas anderes. Denn sie waren allein. Nur er und sie. Und er lag in ihrem Bett. Feli schluckte. Ihre Wangen brannten.

»Wie spät ist es?«, fragte er.

»Kurz nach neun.«

Zwei Tage nach dem Feuer hatten sie sich zusammengesetzt, um darüber zu sprechen, wie es nun weitergehen sollte. Die Lichts und die Schönbergers. Und Sam und Anne.

»Findet ihr es nicht auffällig, dass Minho in genau der Nacht des Feuers verschwunden ist?«, hatte Sam gefragt.

Johann hatte sofort vehement widersprochen: »Wir sollten niemanden anklagen, der nicht hier ist, um sich zu verteidigen.«

»Es ist nur verständlich, dass Minho sich zurückgezogen hat«, hatte Eva gesagt. »Warum sollte er uns helfen und damit für unsere Familie sein Leben aufs Spiel setzen?«

»Aber deshalb gleich wegzurennen und sich gar nicht mehr blicken zu lassen?«, hatte Anne, wenn auch kleinlaut, zu bedenken gegeben.

»Es ist leicht, dem Chinesen die Schuld in die Schuhe zu schieben. Dabei liegt die Brandursache doch auf der Hand …«, fügte Eva hinzu. »Es wäre schließlich nicht das erste Mal, dass jemand die Felder abbrennt und dabei den Wind unterschätzt hat. Und Philipp musste sich ja um sein Poinsettia-Feld kümmern …«

Philipp, am anderen Ende des Tisches, hatte aufgehört zu atmen. Eine Hälfte seines Gesichts war vom Lagerfeuer erhellt gewesen, die andere war in der Dunkelheit verschwunden.

»Der Wind stand günstig«, hatte Sam seinen Freund verteidigt. »Der Brand muss eine andere Ursache gehabt haben.«

Albrecht und Henrietta hatten geschwiegen.

Und nun lag Philipp in ihrem Bett und erholte sich.

»Wie geht es meinem Bruder?«, fragte Philipp.

Feli setzte sich neben ihn auf die Bettkante. »Er hat noch immer hohes Fieber, aber er ist stabil.«

Philipp senkte die Lider. »Er hätte nicht helfen dürfen, er war zu schwach dafür. Es war auch leichtsinnig von dir zu helfen. Dir hätte etwas zustoßen können. Dann wäre ich auch noch dafür verantwortlich gewesen ...«

»Es ist nicht deine Schuld, dass ...«

»Sind inzwischen wieder alle Kühe aufgetaucht?«, schnitt er ihr das Wort ab.

»Ja, Sam hat sie alle wieder zusammengetrieben. Sie sind auf unserer Pferdekoppel.«

»Wie viele haben wir durch das Feuer verloren?«

»Zwei.«

Er nickte.

»Den Rest hast du gerettet, Philipp. Ohne dich wären sie alle umgekommen.«

Feli nahm seine Hand. Philipp sah auf ihre miteinander verschränkten Finger hinab und sagte dann: »Wir haben kein Zuhause mehr. Du weißt, was das bedeutet. Wir werden von hier fortziehen.«

»Schhh ...« Feli legte den Zeigefinger auf Philipps Mund.

»Der Tag wird kommen.«

»Dann gehe ich eben mit dir.«

Vielleicht lag es daran, dass Philipp dringend etwas brauchte, woraus er Hoffnung schöpfen konnte. Jedenfalls sagte er nicht wie erwartet, dass sie nicht mehr ganz bei Trost war. Stattdessen begann er, mit dem Daumen ihre Handknöchel zu streicheln und lächelte müde, aber verträumt.

»Vielleicht kommt meine Familie sogar mit mir! Meine Mutter fühlt sich hier nicht wohl. Sie wird leicht zu überreden sein. Und mein Vater tut alles, um meine Mutter glücklich zu machen.«

»Und was ist mit deinem Praktikum in Berlin?«

»Ich werde der Charité einen Brief schreiben, dass sie nicht mit mir rechnen müssen.«

»Was? Nein! Du musst dorthin, das ist deine Chance! Ich will nicht auch noch daran schuld sein, dass ...«

»Es ist allein meine Entscheidung.«

»Aber dein Professor ... Überhaupt, deine Eltern ... Sie werden alle zutiefst enttäuscht sein. «

»Nicht wenn sie sehen, wie glücklich ich mit dir bin. Und ich kann mich noch immer um eine Praktikumsstelle in einem Krankenhaus in Los Angeles bewerben.«

»O Feli ...« Er nahm ihr Gesicht in beide Hände und sah sie lange an. »Hör mir gut zu. Ich wünschte, es wäre möglich. Aber die Realität wird sein, dass du hierbleiben wirst, und ich werde mir mit meiner Familie irgendwo fern von hier ein neues Zuhause aufbauen.«

Sie gab nicht nach. »Wir werden uns gemeinsam ein neues Zuhause aufbauen, und es wird schöner als je zuvor sein. Jeder von euch darf sich etwas wünschen. Deine Mutter bekommt endlich den Gemüsegarten, von dem sie schon so lange spricht. Außerdem wird es eine breite Terrasse geben, die rund ums Haus führt, wo sich dein Vater abends in den Schaukelstuhl setzen und alt werden kann. Und Anton ...« Sie dachte kurz nach. » ... Der bekommt ein Zimmer, das weit von euren entfernt liegt, damit er sich heimlich Mädchen mitbringen kann.«

Sie liebte die feinen Fältchen um Philipps Augen, wenn er lachte. »Und du? Was bekommst du?«, fragte er.

»Mein Geschenk werden die blühenden Poinsettiafelder vor dem Haus sein.«

Am Nachmittag besuchte Feli Anton im Krankenhaus. Sie hatte

sich extra hübsch für ihn gemacht, mit Perlenohrringen und etwas Rouge auf den Wangen, weil sie wusste, dass sie ihm damit eine Freude bereitete. Sogar einen Hut trug sie, ausladend und mit bunten Blumen versehen.

Als Feli den Raum betrat, fuhr Anton sich mit einer Hand durchs Haar. Er lächelte nervös und unglücklich, als würde er sich für seinen Anblick entschuldigen. »Wenn ich gewusst hätte, dass du mich besuchst, hätte ich mich im Badezimmer ein wenig zurechtgemacht.«

Offenbar hatte er noch genügend Energie, um eitel zu sein. War das nicht ein gutes Zeichen? Aber sein Haar war glanzlos, seine Lippen trocken und rissig, und seine goldbraun schimmernde Haut wirkte fahl. Sein Anblick tat weh.

Feli wollte Kraft einatmen, um möglichst überzeugend zu lächelnd – aber der Geruch im Raum ließ ihr Herz brechen. Wo Anton sonst ein angenehmer Duft von Aftershave umgeben hatte, roch es nun nach abgestandener Luft, starkem Putzmittel und dem unangerührten Mittagessen, das auf dem Tisch neben seinem Bett stand.

»Du sollst dich ausruhen und dich nicht um dein Aussehen kümmern! Außerdem bist du ohnehin der hübscheste junge Mann im Krankenhaus. Gewiss brichst du all den Schwestern hier die Herzen.«

»Das sagst du nur, um mich aufzumuntern.«

»Tu ich nicht. Als ich gefragt habe, wo ich dich finde, haben sie mich böse gemustert. Wahrscheinlich haben sie gedacht, ich sei deine Freundin.«

»Die Vorstellung erfüllt mich mit Stolz.«

Feli hängte ihr Jäckchen auf, damit er ihre geröteten Wangen nicht sah. Sie setzte sich sorgfältig auf die Bettkante, die Schultern gestrafft, die Beine aneinandergeschmiegt und elegant angewinkelt. Mit einer Hand befühlte sie seine glühende Stirn. »Zunge raus«, wies sie ihn an. Sie stellte ihm die üblichen Fragen. Husten? Atemnot? Sogar ihr Stethoskop hatte sie dabei, um ihn abzuhören. Es war nicht so, dass sie den Ärzten im Krankenhaus nicht traute. Wobei es Feli schwerfiel, von einem Krankenhaus zu sprechen, wenn in der Eingangshalle Äpfel, Kürbisse und selbst gebrannter Schnaps verkauft wurden. Aber es schadete auch nicht, sich zu vergewissern. Und ihr Gefühl sagte ihr, dass Anton dabei war, eine Lungenentzündung zu entwickeln ...

Gestern hatte sie den behandelnden Arzt um ein Gespräch unter vier Augen gebeten und vorsichtig ihre Vermutung geäußert. Er hatte sie angesehen, als wäre sie dem Irrenhaus entlaufen. »Was zur Hölle fällt Ihnen ein, mir in meine Arbeit hineinzureden? Ich sage Ihnen doch auch nicht, wie Sie Rouladen kochen und Fenster putzen sollen!«

Es hatte Feli einiges an Anstrengung gekostet, höflich zu bleiben. »Ich will Ihnen nicht in Ihre Arbeit hineinreden. Aber ich studiere Medizin im fünften Semester und ...«

Sein verächtliches Lachen hatte alles ausgedrückt. »Und Sie glauben, dass Sie mit diesen fünf Semestern dasselbe Wissen und dieselbe Erfahrung haben wie ein Arzt, der schon seit fünfzehn Jahren in seinem Beruf arbeitet?«

»Aber ...«

»Mädchen, ich habe schon Krankheiten kuriert, Blutungen gestillt und gebrochene Knochen geschient, da waren Sie noch gar nicht auf der Welt! Und jetzt verschonen Sie mich mit Ihren Hausfrauenbefunden, ansonsten können Sie sich ein anderes Krankenhaus suchen!«

Darauf hatte sie nichts mehr erwidern können. Aber sie nahm sich vor, Antons Zustand weiter zu beobachten. Wenn es ihm morgen noch immer nicht besser ginge, würde sie Philipp davon überzeugen, ihn nach Los Angeles ins Krankenhaus zu bringen.

»Wie schön du bist«, sagte Anton auf einmal.

»Sag so etwas nicht. Am Ende werde ich noch arrogant!«

Sie erzählte ihm von zu Hause, aber sie erzählte nur die guten Dinge. Dass alle so weit wohlauf waren und dass Fritz in der Schule als Held gefeiert wurde, weil er überall rumerzählte, er hätte beim Löschen geholfen.

»Und mein Bruder?«, fragte Anton.

»Der wartet sehnsüchtig darauf, dass du nach Hause kommst.«

»Ich befürchte, mein lieber Bruder muss sich noch gedulden.« Er lächelte ein wenig und brach prompt in Husten aus. »Ich würde dich gerne etwas fragen«, sagte er, als er sich wieder beruhigt hatte.

»Alles was dir auf dem Herzen liegt.«

»Ich komme hier doch wieder raus, oder?«

»Aber natürlich!«

»Würdest du dann etwas mit mir essen gehen? Ich würde dich gerne einladen.«

»Anton ... das geht nicht.«

»Warum nicht?«

»Du bist wie ein kleiner Bruder für mich.«

»Ist es wegen Philipp?«

»Was? Nein ...«

»Wenn du von ihm sprichst, dann strahlen deine Augen. Kann es sein, dass du ihn magst?«

»Ich ...« Feli schob sich eine gelockte Strähne hinter das Ohr. Was sollte sie darauf antworten? Sie wollte Anton nicht wehtun, wollte ihm aber auch keine falschen Hoffnungen machen. »Ich denke, ich habe ihn gern, ja …«, hauchte sie, und Tränen glänzten in ihren Augen. »Tut mir leid.«

Antons Lächeln war ehrlich, aber schmerzerfüllt. »Schon gut. Ich hoffe nur, mein Bruder weiß sein Glück zu schätzen. Wenn nicht, bekommt er es mit mir zu tun!«

In dieser Nacht starb Anton an einer Lungenentzündung. Mit seinem Tod legte sich ein Schatten über sie alle.

Immer wieder dieselben Fragen.

Warum Anton?

Warum hatte Feli sich von dem Arzt kleinkriegen lassen?

Warum hatte sie Anton nicht versprochen, mit ihm auszugehen? Hätte ihm das am Ende Kraft gegeben?

Henrietta und Albrecht waren wie gelähmt. Feli hätte gerne etwas für die beiden getan, aber nichts konnte ihnen diesen unvorstellbaren Schmerz nehmen. Ihr Vater war besser darin, die richtigen Worte zu finden, und deshalb überließ sie ihm diese Aufgabe.

Und Philipp … Er sprach kaum noch mit ihr. Dann, eines Morgens, warf Feli einen Blick in sein oder eigentlich ihr Zimmer und fand das Bett leer vor. Philipp war verschwunden. Und niemand wusste, wohin.

28

7. Dezember
5 Tage bis zum Poinsettia-Day

Tausende Schneeflocken wirbelten durcheinander. Sie schienen von überallher zu kommen, obenuntenrechtslinks. Alles weiß, dahinter tiefe Nacht, obwohl es doch gerade erst sechs Uhr abends war. Nur dort, wo die Straßenlaterne in der Dunkelheit leuchtete, war der Schnee golden. Alles so friedlich, alles so still.

Es war Sonntag. Sonntags war Stella traditionsgemäß bei ihrer Mutter zu Hause. Sie kochten gemeinsam, brachten sich dabei auf den neuesten Stand der Dinge, und guckten mit einer riesigen Portion Spaghetti Bolognese eine herzzerreißend kitschige Romanze.

Ein lebendig gewordener Schneemann alias ihre völlig eingeschneite und mit Holzscheiten beladene Mutter klopfte an die Terrassentür.

»Hättest du was gesagt, hätte ich dir geholfen«, sagte Stella, nahm ihr die Scheite ab und ließ sie in den Korb neben dem offenen Kamin fallen.

»Ich hab's doch alleine geschafft«, sagte ihre Mutter wie so oft, während sie Schnee von Stiefeln, Jacke und Handschuhen klopfte.

»Trotzdem. Man kann sich ja auch mal helfen lassen.«

Ihre Mutter zog die Mütze vom Kopf und schüttelte ihre wilde Lockenpracht, um Stella nass zu spritzen.

»Mann, Mama!« Lachend flüchtete Stella über das Sofa.

Gemeinsam machten sie sich daran, den Kamin anzuzünden, indem Stella die Zeitung vom Vortag zu Papierkugeln zusammenknüllte und ihre Mutter diese unter die geschichteten Scheite steckte und anzündete.

Vielleicht war jetzt der richtige Zeitpunkt?

So beiläufig wie nur möglich fragte sie: »Ich habe ein Foto in deinem Kleiderschrank gefunden. Es zeigt eine Familie vor einer Farm. Es ist schon älter, jedenfalls steht *Kalifornien, 1920* darunter.«

»Ich dachte, wir wollen den Abend genießen.« Ihre Mutter stocherte im Feuer. Ein ernster Zug lag um ihre Mundwinkel.

Das schließe sich doch nicht aus, erwiderte Stella. »Wir können uns auf das Sofa kuscheln und gemütlich über dieses Foto sprechen.«

»Ich will nicht darüber sprechen, Stella! Bitte lass die alten Geschichten ruhen.«

»Dann lass uns wenigstens über den Brief reden, den du aus Kalifornien bekommen hast. Wer ist diese Lizzy Licht?«

Die Nachbarskatze, die sich hin und wieder bei ihnen einnistete, sprang vom Sofa und bettelte, durch die Terrassentür rausgelassen zu werden. »Schau, jetzt hast du mit deinen Fragen sogar Godzilla vertrieben.«

Stella wollte nicht nachgeben. Bald war Weihnachten, und sie stellte es sich einfach schön vor, am Kamin zu sitzen und etwas über ihre Familie zu erfahren. »Ich habe nur das Gefühl, dass du Geheimnisse vor mir hast. Und das beunruhigt mich. Würde es dich denn nicht beunruhigen, wenn ich Geheimnisse vor dir hätte?«

»Jetzt komm mir nicht mit diesem Erziehertonfall!«

»Aber es ist die Wahrheit! Erst finde ich dieses Foto in deinem Schrank, dann kommt ein paar Tage später dieser Brief aus Kalifornien. Es ist doch nur verständlich, dass ich mich da frage, welche Verbindungen du offenbar nach Amerika hast! Sag doch einfach, was es damit auf sich hat, dann gebe ich Ruhe!«

»Schluss jetzt!« Ihre Mutter war wütend.

Oder nein, eigentlich war sie traurig, denn da glänzten Tränen in ihren Augen. Jetzt verstand Stella gar nichts mehr.

»Ich will nicht darüber sprechen! Und ich will auch nicht, dass du noch mal in meinem Schrank wühlst! Habe ich mich klar ausgedrückt?«

»Ja, tut mir leid, aber ...«

»Schau, jetzt hast du's geschafft, ich gehe.«

»Jetzt?« Stella zeigte in die Dunkelheit und in den Schnee. »Außerdem ist Sonntag ...«

»Ich weiß, dass Sonntag ist!«

Stella rollte mit den Augen, drehte sich dabei aber taktvollerweise weg. So war ihre Mutter nun mal. Impulsiv, explosiv, höchst sensibel und ebenso stur.

Stella folgte ihr in den Flur. Sie lehnte sich gegen die Wand und verschränkte die Arme vor der Brust. »Du kannst jetzt nicht raus. Die Straßen sind total zugeschneit. Im Radio haben sie gesagt, man soll zu Hause bleiben.«

»Ich muss einfach mal raus, Stella!« Sie hatte schon ihren Mantel genommen und kämpfte mit ihren Winterstiefeln, die noch nass vom Holzholen waren.

In einer halben Stunde würde ihre Mutter wieder zurück sein und sagen: »Tut mir leid, ich habe überreagiert.«

Und Stella würde das Thema auf sich beruhen lassen. Wie immer.

Schneeflocken wurden hereingeblasen, als Stella im Türrahmen stand, bibberte und dabei zusah, wie ihre Mutter mit dem rostigen VW Golf aus der Garage rutschte. Die Reifen drehten durch, und kurz hatte Stella die Hoffnung, der Wagen würde stecken bleiben. Da griffen die Winterreifen, und ihre Mutter brauste davon.

Mit ihrer Mutter war auch Stellas Ärger fort. Es war schon länger her, dass sie das Kratzen des Schneepflugs gehört hatte. Mit Sicherheit waren die Straßen dick zugeschneit. Und hatte der Typ in der Werkstatt nicht gesagt, sie sollten dringend einen neuen Satz Winterreifen kaufen?

Stella bekam Bauchschmerzen.

Eine halbe Stunde war schon vergangen, und ihre Mutter war noch nicht zurück. Auch nicht nach einer Stunde.

Blaues Licht, das im Schneegestöber aufleuchtete.

Nein. Neinneinneinneinnein.

Es klingelte an der Haustür. Stella zitterte am ganzen Körper. Sie öffnete. Zwei Polizisten standen vor ihr. Ihre Lippen bewegten sich. Stella hörte sie nicht.

Dann hörte sie auf einmal doch. »Ihre Mutter hatte einen Unfall. Es sieht so aus, als hätte sie die Kontrolle über ihren Wagen verloren ...«

Kurze Pause.

»Wir müssen Ihnen leider mitteilen, dass Ihre Mutter bei dem Unfall ums Leben gekommen ist.«

»Stella! Schätzchen! Wach auf!«

Stella öffnete die Augen. Sie war völlig verschwitzt. Und sie weinte.

Kein Schneegestöber.

Kein Blaulicht. Nur das Licht der Nachttischlampe.

Und auch keine Polizisten, sondern Lizzy, die neben ihr auf dem Bett kniete. Sie war im Nachthemd, und ihr Haar war am

Hinterkopf platt gelegen. »Du hattest einen Albtraum. Du hast laut geschrien!«

Stellas Kehle war wie zugeschnürt. Als sie etwas sagte, klang sie gar nicht nach sich selbst. Ihre Stimme war hoch und piepsig, und auf einmal schüttelte sie heftiges Schluchzen. »Es ist wegen Feli und Philipp ... weil sie sich solche Vorwürfe gemacht haben ... wegen Anton ... und ich ...«

»Was ist mit dir?«

Stella hatte Angst davor gehabt, jemandem die Wahrheit zu sagen. Dass sie ihre Mutter provoziert und gedrängt hatte. Dass Inge nur deshalb fortgefahren war. Sie hatte Angst gehabt, Lizzy würde ihr die Schuld am Tod ihrer Tochter geben. Denn Stella gab sie sich ja selbst.

Doch jetzt, wo sie Lizzys warme, weiche Arme um sich spürte, flossen die Worte aus ihr heraus wie die Tränen. Sie spürte, wie viel sich auf ihrer Seele angestaut hatte und wie gut es tat, sich davon zu befreien, indem sie darüber sprach.

»Du armes, armes Kind!«, sagte Lizzy. »Die ganze Zeit über hast du das mit dir herumgetragen! Inge war erwachsen. Es war ihre Entscheidung, in das Auto zu steigen.«

»Aber ich wusste, wie sie war! Ich hätte damit rechnen müssen, dass sie so reagieren würde! Ich wünschte mir so sehr, wir wären nicht im Streit auseinandergegangen!«

»Natürlich, mein Liebes. Aber es ist nicht deine Schuld. Und ich verspreche dir, dass Inge nicht böse auf dich war. Weißt du, als sie ein junges Mädchen war, haben wir uns oft gestritten, dass die Fetzen geflogen sind. Einmal ist sie so laut geworden, dass die Nachbarn die Polizei gerufen haben. Auch damals ist Inge einfach nach draußen gerannt. Ich wusste gar nicht, wie ich das den Polizisten erklären soll! Nicht mal eine halbe Stunde später stand sie wieder auf der Matte, hat bitterlich geweint und ist mir in die

Arme gefallen. Ich bin mir sicher, es hat ihr auch leidgetan, dich einfach so stehen gelassen zu haben.«

»Meinst du?«

»Ich bin mir ganz sicher.« Lizzy erhob sich vom Bett. »Ich lasse dir ein heißes Bad ein. Bis du runterkommst, ist das Frühstück gemacht.«

»Das Foto, von dem du gesprochen hast …«, schnitt Lizzy beim Frühstück vorsichtig das Thema erneut an.

»Das war das Foto, das ich dir gezeigt habe. Darauf bist auch du zu sehen, aber du bist noch ein Baby. Welche Ranch ist das denn eigentlich auf dem Foto?«

»Vielleicht wäre es besser, wenn ich dir das ein anderes Mal erzähle … Ich will dich nicht wieder aufwühlen mit den alten Geschichten …«

»Nein, bitte«, sagte Stella schnell. »Ich höre dir gerne zu. Es war … Ich konnte Feli und Philipp nur so gut verstehen.«

Lizzy nickte. »Also gut. Die Ranch auf dem Foto ist Philipps neues Zuhause gewesen, nachdem die Molkerei abgebrannt war.«

»Philipp ist also tatsächlich von Feli fortgezogen?«

»Ja. Aber dieses neue Zuhause musste erst einmal gefunden werden. Sich auf die Suche zu machen, war Philipps Weg gewesen, vor dem Schmerz, den Antons Tod hinterlassen hatte, zu fliehen. Deshalb ist er einfach eines Morgens verschwunden. Nur seinen Eltern hatte er einen Brief hinterlassen. Er wusste, dass Feli ihn niemals würde alleine gehen lassen, deshalb hat er ihr nichts gesagt …

Es war nicht leicht, etwas Geeignetes zu finden, denn einerseits musste es weit fort sein von dem Ort, der an all das Unglück erinnerte, das geschehen war. Aber gleichzeitig hatte Philipp den Gedanken nicht ertragen, zu weit von Feli fortzugehen. Am Ende hat er eine kleine Ranch in Encinitas gefunden. Wochenlang hat er sich Tag und Nacht abgerackert, um die Ranch auf Vordermann zu bringen. All die Ersparnisse der Familie sind dabei draufgegangen. Philipp wollte, dass die Ranch auch Feli ein Zuhause sein konnte. Gleichzeitig hat er sich immer wieder selbst gequält, indem er sich daran erinnert hat, dass er niemals mit ihr gemeinsam dort leben würde.«

»Das muss unglaublich schwer für ihn gewesen sein«, sagte Stella.

»Das war es sicher. Schließlich, als er zufrieden und gleichzeitig traurig auf das neue Zuhause blicken konnte, ist er zurück nach Arquata geritten, um seine Eltern nachzuholen. Die beiden sind im Maxwell gefahren, Gepäck hatten sie ja nicht. Alles, was sie besessen hatten, war vom Feuer verschlungen worden. Doch jemand musste die Kühe von Arquata nach Encinitas treiben. Das war natürlich Philipps Aufgabe. Alleine hatte er aber keine Chance, er war also auf Hilfe angewiesen …«

29

1912

Das Wenige, das Feli auf ihre Reise mitnehmen würde, war gepackt. Morgen in der Früh würden Philipp und sie aufbrechen.

Die Nacht hatte sich herabgesenkt. Eine Nacht, die zum Träumen einlud. Diese Tageszeit gehörte eigentlich Feli und ihrem Vater, aber seit geraumer Zeit war diese Tradition vernachlässigt worden. Das war größtenteils Felis Schuld, denn abends, nach all dem Pauken für ihr Studium und der Arbeit auf der Ranch, war sie meist müde und hatte keine Lust auf tiefgründige Gespräche. An jenem Abend jedoch sehnte sie sich nach einem weisen Ratschlag ihres Vaters, doch es hörte sich nicht danach an, als würde ihr dieser Wunsch erfüllt werden.

Wie zur Bestätigung wurde drinnen eine Tür zugeknallt. »Ich werde nicht zulassen, dass meine Tochter in ihr Unglück rennt!«, hörte Feli ihre Mutter sagen.

Eigentlich kam es so gut wie nie vor, dass ihre Eltern stritten. Und wenn, dann ging es nur um Kleinigkeiten, wie dass ihr Vater zu spät vom Feld gekommen und das Abendessen verkocht war oder er die Haustür hatte offen stehen lassen und die Fliegen hereingekommen waren.

Feli und Fritz saßen nebeneinander auf der Veranda, schlugen nach den Mücken, die sie umschwirrten, und beobachteten einen Nachtfalter, der immer wieder von außen gegen das Fenster drängte und einfach nicht verstehen wollte, dass zwischen ihm und dem Licht eine undurchdringbare Glasscheibe lag. Die hohen Kerzen auf dem Geländer weinten dicke Tränen aus Wachs.

»Werden Mama und Papa sich jetzt immer streiten?«, fragte Fritz.

»Nein, wie kommst du denn darauf?«, beruhigte Feli ihren Bruder. »Wir zwei streiten doch auch hin und wieder mal.«

»Warum streiten sie überhaupt?«

»Weil Mama nicht will, dass ich mit Philipp reite.«

Philipp hatte geahnt, dass es Ärger geben würde, und schlief deshalb heute Nacht bei Sam.

»Und warum reitest du mit Philipp?«

»Weil er Hilfe braucht, die Kühe zu seinem neuen Zuhause zu treiben. Das schafft er nicht allein, und Sam kann ihm nicht helfen.«

»Wo ist sein neues Zuhause denn?«

»In einem Ort namens Encinitas. Der ist weit weg, aber dafür liegt er ganz nah am Meer.«

»Wenn du Philipp hilfst, dann ist das doch gut. Warum ist Mama böse deswegen?«

Ihr Vater trat zu ihnen nach draußen, die Hände unter die Hosenträger geschoben. Er wirkte, als bräuchte er dringend eine entspannende Zigarette. »Ab ins Bett mit dir«, sagte er zu Fritz, küsste seinen Sohn auf den Schopf und sah ihm nach, bis die Tür hinter ihm zuschwang. Dann ließ er sich neben Feli sinken und seufzte, als würde nun endlich der angenehme Teil des Abends beginnen. »So ein Temperament hat deine Mutter schon lange nicht mehr an den Tag gelegt.«

Sein Blick war zum Himmel gerichtet, und es schien, als führe er ein stilles Gespräch mit den Sternen oder vielleicht dem ganzen Universum. Feli zumindest wäre danach. Sie hätte das Universum gefragt, was ihm einfiele, Philipp und seine Familie so sehr zu strafen. Sie kuschelte sich an die Schulter ihres Vaters und machte sich ganz klein.

»Philipp braucht unsere Unterstützung, nach allem, was geschehen ist«, sagte sie. »Es wäre falsch, ihn allein ziehen zu lassen.«

»Das weiß ich doch. Und das weiß auch deine Mutter. Sie hat nur Angst um dich und davor, dass du vielleicht nicht wiederkommst.«

Das war zweideutig. Es ging ihm nicht nur um die Gefahren, die auf dem langen Weg lauerten. Ihre Eltern hatten erkannt, dass Feli bereit war, für Philipp ihr Zuhause zurückzulassen.

Ihr Vater deutete mit dem Zeigefinger in Richtung Himmel. »Siehst du den Großen Bären?« Er zeigte ihn ihr. »Ist es nicht faszinierend, wie unser Blick immer wieder in den Sternenhimmel gezogen wird? Die Menschheit hat sich schon immer an dem orientiert, was Beständigkeit hat. Damit wir, wenn wir mal unseren Weg verloren haben, immer wieder nach Hause finden. Wir brauchen also keine Angst haben.«

Feli fragte sich, worauf ihr Vater hinauswollte. Noch war alles offen.

»Weißt du noch, als wir vor etwa einem Jahr hier auf der Terrasse saßen?«, sagte er. Er gönnte sich seine Abendzigarette, zündete sie an einer der Kerzen an und nahm einen tiefen und genüsslichen Zug. »Ich hatte damals lange ein schlechtes Gewissen, weil ich dich deinem guten und sicheren Umfeld in München entrissen habe. Dabei hast du dich von uns allen am besten diesem Land angepasst.«

Feli schwieg. Seit dem Feuer und Antons Tod schwieg sie oft. Sie fragte sich, ob sie stark genug war, ein ganzes Leben in diesem unbarmherzigen Land auszuhalten.

»Wie es uns wohl erginge, wenn wir in München geblieben wären? Eine Antwort werden wir darauf wohl nie erhalten.«

Ihr Vater streckte sich, nahm den Aschenbecher vom Geländer und klopfte die Asche seiner Zigarette hinein. »Kalifornien ist so wunderschön, dass es einem den Atem verschlägt. Aber es ist, als verlange es dafür einen Preis. Das Verrückte ist, ich würde mich trotzdem immer wieder dafür entscheiden herzukommen. Als wir damals die Entscheidung gefällt haben, haben unsere Freunde versucht, mich davon abzubringen. Es sei doch riskant und dumm, ein sicheres Leben aufzugeben, haben sie gesagt.«

»Lieber den Spatz in der Hand als die Taube auf dem Dach«, kommentierte Feli.

»Ja, so ist es wohl. Aber dieses halb glückliche Leben, das ist doch nichts. Wir alle wollen irgendwo ankommen, aber die meisten haben Angst vor der Reise. Ich bin stolz darauf, den Schritt gewagt zu haben, egal, ob es letztendlich besser oder schlechter war. Selbst wenn es egoistisch von mir war, euch da mitreinzuziehen. Was zählt ist, dass wir es gemacht haben. Ich will mich am Ende meines Lebens nicht fragen müssen, was ich verpasst habe.«

So hatte ihr Vater noch nie zu ihr gesprochen. Feli wagte es nicht, etwas darauf zu erwidern.

»Du hast eine Gabe, Feli, und die ist, dass du voller Gefühl bist und den Mut hast, es auch zuzulassen. Du hörst auf dein Herz. Die wenigsten können das. Weißt du, die Leute handeln immer, als würden sie ewig leben und als würden sich ihnen noch hundert weitere Chancen bieten. Aber die Zeit vergeht so schnell. Und ehe sie sich versehen, sind sie alt und fragen sich, welche Wunder in dieser Welt auf sie gewartet hätten.«

Eine Pause.

»Und erst die Jugend … wie schrecklich schnell zieht die Jugend an einem vorbei! Wahrscheinlich willst du darüber nichts von deinem Vater hören, aber wenigstens einmal will ich es dir gesagt haben. Jetzt hast du noch diesen kräftigen, gesunden, schönen und begehrenswerten Körper. Das ist ein Geschenk. Nutze es.«

Ihr Vater drückte seine Zigarette im Aschenbecher aus und stellte ihn zurück. »Die Menschen brauchen Zeit, um ihre Sehnsüchte zu erkennen. Aber kaum einer nimmt sich diese Zeit«, fuhr er fort. »Selbst wenn. Ist es nicht verrückt, wie geschickt die Menschen darin sind, eben diese Gefühle und Sehnsüchte zu verdrängen? Aber wenn wir verdrängen, was wir empfinden, verdrängen wir auch uns selbst und gehen irgendwann dabei verloren.«

»Solltest du das nicht lieber Philipp sagen?«

»Vielleicht sollte ich das, aber vermutlich würde er es nicht verstehen. Jemanden zu überreden, bringt in den meisten Fällen nichts. Manchmal muss man die Menschen zu ihrem Glück verführen.«

Ihr Vater erhob sich von seinem Platz und ging hinein, während Feli noch versuchte, aus seinen Worten schlau zu werden.

Über Nacht waren die Wogen geglättet worden. Felis Mutter sprang über ihren Schatten und umarmte Feli fest und lang, als sähe sie ihre Tochter zum letzten Mal. Die Sonne ging gerade erst auf und brach sich in Pastellfarben in den Wattewolken. Philipps Anblick, wie er hoch erhoben auf seinem Pferd saß, mit seinem weißen Baumwollhemd und seinem robusten Hut, erfüllte Feli mit Stolz.

»Ich passe gut auf sie auf«, versprach er, woraufhin ihre Mutter in ihr Batisttuch schluchzte.

Es war Zeit aufzubrechen. Philipp gab seinem Pferd die Sporen und trieb die Kühe zur Straße hin. Sein Hund Buddy sprang aufgeregt zwischen den Tieren umher. Feli umarmte noch einmal alle, Fritz mit ganz besonders viel Zuneigung, ehe sie sich auf ihr Pferd schwang und ihm folgte. Kaum vorzustellen, mit wie viel Gepäck sie einst hier angekommen war. Und nun befand sich auf dem Rücken eines Maulesels ein simpler Leinensack mit frischer Unterwäsche und einem Nachthemd. Für mehr war kein Platz. Ein zweiter Maulesel schleppte ihren Proviant.

Ihre Mutter hatte ihr gestern vorgeworfen, dass Feli sich nur beweisen wolle und dabei keinen Gedanken an ihre armen Eltern verschwendete. »Es ist schlichtweg eine Spinnerei!«, hatte sie geschluchzt.

»Wenn du das von mir glaubst, kennst du mich kein bisschen!«

»O doch, ich kenne dich! Ich kenne dich sogar sehr gut! Spätestens auf halber Strecke wirst du dir wünschen, auf mich gehört zu haben!«, hatte ihre Mutter ihr nachgerufen, als Feli aus dem Haus gerannt war.

Philipp hatte in der Dunkelheit auf dem Leiterwagen gesessen. Sie hatte ihn am glimmenden Ende seiner Zigarette erkannt. Er rauchte nur, wenn er Kummer hatte. So gut kannte sie ihn inzwischen. »Du solltest nicht so mit deinen Eltern reden«, hatte er gesagt.

»Ich tue das für dich, Philipp.«

»Ich habe dich nicht darum gebeten.«

»Aber du hast gesagt, für die Strecke wirst du etwa fünf Tage brauchen, weil Kühe langsam sind und außerdem Kälbchen dabei sind. Du kannst nicht fünf Tage lang allein eine Rinderherde durch die Wildnis treiben! Du brauchst Hilfe! Und Sam muss arbeiten, um Geld zu verdienen! Er kann dich nicht begleiten. Also bleibe nur ich.«

»Wenn du meinst, dass du dir unbedingt Hals und Bein brechen musst«, hatte er erwidert, als hätte sie noch nie zuvor auf einem Pferd gesessen.

Es traute ihr also niemand zu, dass sie es schaffen würde. Und zugegeben, bereits nach ein paar Stunden fluchte sie leise, weil ihr Rücken und Hintern vom langen Reiten schmerzten. Aber dann verließen sie die Zivilisation, entfernten sich auch von den Bahngleisen, die an den Städten und Ortschaften vorbeiführten, und drangen ein in wilde, weite und unberührte Natur. Ihr fiel kaum auf, dass weder sie noch Philipp ein Wort sprachen.

Trotz der Trauer, die von Philipp ausging, spürte Feli, dass auch ihn die Natur mit Ruhe erfüllte. Die kräftige, orangerote Abendsonne senkte sich herab, und der kalifornische Himmel strahlte in Philipps Augen. Der Staub klebte auf Felis verschwitzter Haut.

Inzwischen, nach einem ganzen Tagesritt, befanden sie sich hoch in den Bergen. Doch wo genau, hätte sie nicht auf der Landkarte zeigen können. Tief unter ihnen erstreckte sich ein saftig grünes Tal. Es war nichts zu hören bis auf das Knarzen der im Wind bewegten Tannen und das Grasen der Kühe. Die Welt gehörte ihnen allein, und nichts an ihr schien schlecht zu sein.

Diese Weite. Diese Einsamkeit.

Feli fragte sich, ob sich der Adler ähnlich fühlte, der über dem Tal kreiste.

»Wir schlagen hier unser Lager auf«, beschloss Philipp und saß ab. Er machte sich daran, Felis Zelt aufzubauen. Er selbst bestand darauf, draußen zu schlafen. Damit er schneller reagieren könne, sollte Gefahr lauern, wie er sagte.

»Wenn das Feuer ausgeht, wirst du erfrieren«, sagte sie. Denn je höher sie kamen, desto kälter wurde es.

Demonstrativ zog er sich seine robuste Wildlederjacke über, die innen mit Schafsfell gefüttert war. »Mach dir um mich keine Gedanken.«

Er brachte ihr bei, mithilfe von zwei Hölzern Feuer zu machen, und Feli erwärmte in einer kleinen Gusspfanne Bohnen. Nach dem Essen spielte er auf seiner Mundharmonika, und Feli genoss die friedvolle Melancholie, die von dem Klang ausging.

»Was hat euch damals dazu bewegt auszuwandern?«, fragte sie ihn. Sie war in eine Decke gehüllt, starrte ins tanzende Feuer und spürte eine tiefe Müdigkeit in den Knochen.

»Mein Vater hat die Entscheidung einfach gefällt«, antwortete Philipp. Es war mehr ein Grummeln, als würde es ihn Überwindung kosten, etwas von sich preiszugeben. Aber nach und nach, je tiefer er in der Erinnerung versank, lockerte sich seine Zunge. »Wir hatten einen Bauernhof, wunderschön am Rand der Alpen gelegen. Eines Tages kam mein Vater nach Hause, war vollkommen betrunken und sagte, er habe all unser Geld an die Bank verloren. Meine Mutter hatte es schon eine Weile geahnt. Mein Vater wollte nicht in Deutschland bleiben, er hat sich wohl verraten gefühlt, obwohl es sein eigener Fehler war. Er hat die Ausgaben nicht im Blick behalten. Ein Sanatorium hat gut für unser Land gezahlt. Und mit dem Geld sind wir schließlich hier gelandet und haben uns eine kleine Ranch mit etwas Vieh gekauft.«

»Und die Molkerei läuft gut.«

»Ja. Inzwischen. Anfangs war es schwierig. Als ich älter wurde, habe ich ein bisschen Geld mit Rodeo-Reiten dazuverdient, damit wir abends etwas zu essen hatten. Aber nach und nach haben wir hier tatsächlich Fuß gefasst.« Er gab ein Geräusch von sich, das halb Schnauben, halb Lachen war. »Mein Vater hat uns nicht mal gefragt, ob wir nach Kalifornien wollen. Er hat es einfach entschieden. Er kann ganz schön egoistisch sein.«

»Das wissen wir doch nun schon eine ganze Weile«, erwiderte Feli.

Philipp sah sie an. Ein zurückhaltendes Lächeln stahl sich auf seine Lippen.

»Danke«, sagte sie.

»Wofür?«

»So viel hast du mir noch nie über dich erzählt.«

»So viel habe ich noch nie irgendjemanden über mich erzählt«, entgegnete er. Auf einmal war er ganz ernst. »Ich habe nichts falsch gemacht. Ich musste das Poinsettia-Feld anzünden, damit die Schädlinge sich nicht ausbreiten. Der Wind stand günstig, und das Feldfeuer war vollständig gelöscht. Es muss einen anderen Grund für den Brand geben. Aber mein Vater glaubt mir nicht.«

»Ich glaube dir«, sagte Feli und legte ihre Hand auf seine.

30

Am nächsten Tag machten sie nur eine kurze Mittagsrast. Abends wuschen sie sich nacheinander im Fluss. Während Feli sich stets eine von Ästen oder Felsvorsprüngen verdeckte Wasserstelle suchte, scherte Philipp sich nicht darum, dass Feli ihn sehen konnte, wie Gott ihn geschaffen hatte. Es war, als würde diese Reise die üblichen Gesetzmäßigkeiten außer Kraft setzen. Sie gewöhnte sich an sein tiefes, gleichmäßiges Atmen in der Nacht.

Ihre gemeinsame Zeit führte dazu, dass Felis Liebe zu Philipp sich veränderte. Sie reichte tiefer und schlug in ihrer Seele Wurzeln, sodass sie mit Angst den Tag näher rücken sah, an dem sie in Encinitas ankommen und getrennte Wege gehen würden.

»Ich bin die Bohnen leid«, sagte Feli am dritten Abend.

»Ist etwas früh, um Bohnen leid zu sein.«

Kurz darauf zog Philipp los, um am Fluss Fische zu fangen, obwohl sie weder Angel noch Netz dabeihatten. Er stellte sich ganz ruhig ins Wasser, legte die Hand flach auf den steinigen Grund, und als eine Forelle über seine Hand schwamm, riss er sie hoch und katapultierte den Fisch aus dem Wasser.

»Hier ist er, hier!«, rief Feli, quiekte vor Aufregung und deutete mit dem Zeigefinger auf das zappelnde Tier vor ihren Füßen.

Sie brieten den Fisch im Feuer. Über ihnen hing der Mond voll und rund am Himmel und goss seinen silbernen Schein über die geschwungenen Hügel. Hin und wieder heulte der Wind gespenstisch zwischen den Felsspalten hindurch. Wie Glühwürmchen wirbelte die glimmende Asche in den Luftzügen auf, erkaltete und fiel schließlich wie grauschwarze Schneeflocken herab. Als es kälter wurde und Feli fror, legte Philipp ihr eine Decke um die Schultern. Instinktiv griff sie nach seinen Händen und hielt sie fest. Sie spürte, wie sein Körper sich versteifte, wie er sich dagegen wehrte. Und dennoch blieb er.

Nach einer Weile sagte er: »Es ist spät. Und morgen brechen wir früh auf.«

Während Feli sich auf dem Boden kniend im Zelt entkleidete, prüfte Philipp ein letztes Mal die Umgebung. Am Waldrand hatte er im Mondlicht einen Kojoten entdeckt. Er stützte sich auf einen Felsen und hatte das Gewehr bereits angelegt, als das hungrige Tier wieder zwischen den Kiefern verschwand. Feli hörte ihn leise fluchen. Durch den Spalt zwischen den Vorhängen ihres Zelts sah sie, wie sein Blick schweifte und schließlich auf ihren traf.

Und obwohl er sie sah, knöpften ihre Finger ihre Bluse auf und ließen sie ihre Schultern hinabgleiten, bis ihren Körper nichts mehr bedeckte außer ein dünnes Unterkleid. Sie bestand nur noch aus Herzschlag. *Sieh her, Philipp, das bin ich, und wenn du mich willst, dann gehöre ich voll und ganz dir.*

Philipp wandte sich ab, setzte sich ans Feuer und nahm einen tiefen Schluck aus der Whiskeyflasche. Und dann noch einen.

Auf einmal erhob er sich und näherte sich langsam ihrem Zelt, als müsse er sich über jeden Schritt erst klar werden. Dabei zog er den Hut vom Kopf und hielt sich mit beiden Händen daran fest. Er schob die Vorhanghälften auseinander und kniete sich vor sie. Sie konnte sehen, wie nervös er war. Feli sah zu ihm auf, legte eine Hand an seine Wange und strich mit dem Daumen über seine Haut, seine Mundwinkel, seine Lippen.

»Du machst es mir so schwer …«, wisperte er. »Ich …«

Sie legte den Zeigefinger auf seinen Mund. »Schh …«

Den Atem von jemandem einzuatmen, war wie ein Auftakt, sanft und zärtlich und gleichzeitig voller Verlangen. Sie waren sich ohnehin schon sehr nah, deshalb wagte sie den Schritt, vor dem es ihn noch scheute, indem sie ihre Stirn an seine brachte, seine Nasenspitze küsste, die Wangen, seine Schläfen. Schließlich war er es, der das Kinn hob und seine Lippen die ihren berühren ließ. Einmal, zweimal, bis Feli ihre Hände in sein Haar gleiten und ihn ihr Verlangen spüren ließ. Da entbrannte auch sein Kuss, wurde hart und drängend. Ihr ganzer Körper wurde weich, und sie sank auf ihrer Matte zurück und zog ihn mit sich.

Das war zu viel, das ging ihm zu schnell. Wie jemand, den man ruckartig aus einem Traum gerissen hatte, war er auf einmal aufgesprungen. »Ich … Es tut mir leid … Das war eine einmalige Sache«, sagte er und konnte ihr dabei nicht in die Augen sehen.

Sie war wie angeschossen von seinen Worten.

»Du hast die Chance auf ein wirklich gutes Leben«, sagte er. »Ich werde nicht zulassen, dass du darauf verzichtest. Nicht wegen mir.«

»Und wie soll es jetzt weitergehen, Philipp Licht? Morgen ist alles schon vergessen, und wenn wir in Encinitas ankommen, wirst du mir ein gutes Leben wünschen und das war's dann? Eine Postkarte pro Jahr? Oder bin ich dir nicht mal das wert?«

Er wollte gehen, doch sie hielt ihn am Unterarm fest. »Was bin ich für dich? Ein netter Zeitvertreib? Ein Flittchen, das du …«

»Hör auf.« Jetzt war er wütend. Riss sich von ihr los und war schon draußen. Sie folgte ihm.

Er trat nach der leeren Bohnendose. Wirbelte herum. »Du bist so schlau, aber zu naiv, um zu sehen, wie die Realität ist. Ich werde dir nie etwas bieten können. Keine Fahrten nach New York, vermutlich nicht mal nach Los Angeles. Anstatt das, was du liebst, wirst du etwas machen, was dir überhaupt nicht entspricht. An meiner Seite würdest du verkümmern.«

Es war offensichtlich, dass er all das schon einmal erlebt hatte.

»Dann gibst du mir die Schuld dafür, dass du so traurig bist, und fragst dich, wie du einst deine Karriere opfern konntest, nur weil du auf dein kleines, naives Herz hören musstest. Lieben tust du mich schon lange nicht mehr, denn ich bin auch nicht mehr der, der ich einmal war. Ich bin müde und wortkarg und hadere mit dem Leben, weil es nichts für mich bereithält außer Schufterei. Nachts schlafe ich mit dem Rücken zu dir, und irgendwann habe ich mein eigenes Bett in einem anderen Raum, und das ist der Punkt, an dem wir beide sprachlos sind, weil wir einst so viele Möglichkeiten hatten und alles, wirklich alles davon im Boden versickert ist. Sogar unsere Liebe, so stark sie auch gewesen sein mag.«

»Das mit uns wird anders sein. Es wird nicht wie bei deinen Eltern sein …«, wisperte sie.

Er lächelte traurig und gleichzeitig mitleidig, als würde ihre Naivität ihn entwaffnen. Mit seinen Worten hatte er nicht nur ihr, sondern auch sein Herz zertrümmert. »Wenn ich meine Mutter sehe, frage ich mich immer, wie mein Vater ihr das antun konnte. Da draußen warten hundert andere Männer, die dich glücklich machen und dir ein wundervolles Leben schenken können.«

Es schien, als wolle er noch etwas sagen, doch dann atmete er die Worte ungesagt aus. Er sank ans Feuer, raufte sich das Haar und ertränkte seine Gefühle im Whiskey.

Der nächste Tag war trüb. Der Weg wurde immer steiler, deshalb stiegen sie von den Pferden und liefen zu Fuß. Sie waren hoch in den Bergen, aber noch immer umgeben von uralten Kiefern.

Vor ihnen ragten graue Felswände empor, deren Spitzen in den tief hängenden Wolken verschwanden. Gespenstisch verklang das Muhen der Kühe im Nebel, hinter dem die Sonne sich herabsenkte und die Luft in ein mattes Orange tauchte. Sie blickten hinab auf den Rücken eines Habichts, der hoch über der Landschaft schwebte. Es duftete nach bitterem Wacholder, den die Kühe mit ihren Hufen zertraten. Und es war eisig kalt. Feli fror trotz der mit Schafsfell gefütterten Lederjacke, die Philipp ihr lieh und die ihr viel zu groß war.

Encinitas war nicht mehr fern, morgen würden sie ankommen. Das würde sie beide erleichtern, aber gleichzeitig fürchtete Feli diesen Tag, denn dann wäre es endgültig vorbei mit ihnen.

»Sieht so aus, als würde es heute noch regnen«, sagte Philipp und zog seinen Hut tiefer ins Gesicht. »Die Wolken stauen sich.«

Er gab seinem Pferd die Sporen und trabte auf die Rinderherde zu, um sie den steinigen Hang hinaufzutreiben.

Bald hatten sie den höchsten Punkt erreicht. Auch am Fuß des Gebirges hing der Nebel über dem Fluss, der sich durch das Tal schlängelte, und nicht weit davon entfernt lagen die Bahngleise. Feli spürte Princes Muskeln unter sich vibrieren und die Wärme, die von seinem kräftigen Körper ausging. Sie atmete tief die frische, satte Luft voller wilder Aromen ein.

Sie stiegen den Hang hinab. Buddy trabte treu zwischen den Kühen und wachte darüber, dass keine ausbüxte. Schließlich erreichten sie eine Ebene, zu beiden Seiten geschützt von Fels und Kiefern.

»Es ist zu gefährlich weiterzuziehen«, sagte Philipp. »Die Sonne ist bald hinter den Bergen verschwunden. Wir schlagen unser Lager hier auf.«

Tatsächlich – sogar Steine oder gehäuftes Erdreich warfen bleistiftlange Schatten. Die Murraykiefern waren im glasigen

Dunst zusammengerückt zu einem riesigen Malachit. Hier und da sprossen zwischen dem Gestein saftige Grasbüschel hervor, die im Wind zitterten. Sie packten ihren Proviant von den Eseln. Unter einem Felsvorsprung baute Philipp ihr Lager auf.

Keiner von ihnen sagte ein Wort. Beide gaben sie vor, ganz in ihre Aufgaben vertieft zu sein. Während Feli Kartoffeln schälte, spürte sie immer wieder Philipps Blick auf sich.

Er prüfte die grauen Wolken am Himmel, die Hände in die Hüften gestützt, und spuckte auf den Boden. »Wir brauchen Feuerholz. Ich ziehe noch einmal los. Kommst du mit?«

Damit hatte sie nicht gerechnet. »Und die Kühe?«

»Wir sind ja nicht lange fort.«

Schon bald kam der Wind von beiden Seiten. Er blies Philipp den Hut vom Kopf, doch der reagierte schnell genug und fing ihn. Sie hatten gerade mal ein paar Äste gefunden, die für kein Feuer reichen würden, da fing es an zu regnen. Erst ein paar Tropfen, die sich gut auf der Haut anfühlten, doch schon bald waren die Wolken gebrochen und die Himmelsschleusen geöffnet. Feli ließ ihr Feuerholz fallen, es war ohnehin nass und wertlos, und rannte los. Sie konnte kaum noch etwas sehen, so stark schüttete es. Inzwischen fühlten sich die Tropfen wie kleine Kieselsteine an. Innerhalb kürzester Zeit waren ihr Haar und ihre Kleidung trotz Lederjacke durchnässt.

Jetzt war es auch schon egal. Sie blieb stehen, legte den Kopf in den Nacken und konnte nicht anders, als laut und ungehemmt zu lachen. Es war ein befreiendes Lachen, das sie die Anspannung spüren ließ, die sie den ganzen Tag über belastet hatte und die nun von ihr abfiel. Auch Philipp war zum Lachen zumute, sein Ausdruck war zumindest belustigt, aber ihr mit sich selbst so strenger Cowboy schaffte nicht mehr als ein Lächeln. Und selbst das versteckte er, indem er in den Himmel blickte, wo ein Donnergrollen zu hören war.

»Komm!«, rief er über das laute Regenprasseln hinweg.

Auf einmal rutschte Feli am Hang aus und stürzte mit den Händen voraus in den Schlamm. Kurz war sie erschrocken, doch dann konnte sie sich gar nicht mehr beherrschen und lachte so sehr, dass sie es nicht einmal vom Boden auf die Beine schaffte und Philipp ihr helfen musste.

Feli spreizte ihre schlammbraunen Hände und tat so, als wollte sie den Schmutz an seinem sauberen Hemd abwischen. Er wich lachend aus. Sagte ihr, dass sie doch verrückt sei. Sie drehte sich im Regen. Sollte der den Dreck von ihr spülen. Sie öffnete den Mund und streckte die Zunge heraus, um die Tropfen aufzufangen.

Dann rannten sie wieder los, und vergessen war der Kummer, den sie beide mit sich herumschleppten. Es war ein Moment der reinen Glückseligkeit, als würden sich ihre Seelen berühren. Es war so perfekt, dass es zu viel war, ins Gegenteil umschlug und mit einem Mal nur noch schmerzte. Das hier zwischen ihnen fühlte sich richtig an ... Es *war* richtig! Egal, was Philipp behauptete.

»Warum kannst du mich nicht einfach lieben?«, platzte es auf einmal aus ihr heraus. »Du musst es doch auch spüren, dass das zwischen uns etwas Besonderes ist!«

Auch Philipp war stehen geblieben. Der Regen strömte auf ihn hinab, tränkte sein Hemd und ließ den braunen Stoff wie schwarz wirken. Was hatte ihr Vater ihr geraten? Philipp nicht zu drängen. Und dennoch drängte sie ihn immerzu.

»Es tut mir leid ... Das war zu viel, du hast ganz andere Sorgen im Kopf, und ich, ich mache wieder alles kompliziert.« Sie wischte sich mit beiden Händen die Tränen aus dem Gesicht, lachte kläglich und machte dazu eine Geste, die so etwas wie *tja, so bin ich* … ausdrücken sollte, aber nur verzweifelt war. Das alles lief in so kurzer Zeit ab, dass Philipp sie ansah, als wäre er bei all diesen Emotionen nicht ganz hinterhergekommen.

»Feli …«, versuchte er sie zu beruhigen. »Luft holen …«

Sie nickte, atmete tief ein und aus, ein und wieder aus. Er nahm ihr Gesicht in die Hände und wischte ihr das Haar von Stirn und Wangen.

»Ich kann mir nun mal nichts anderes mehr vorstellen, als mit dir zusammen zu sein«, schluchzte sie. »Ich brauche dich.«

»Nein …«, sagte er und schüttelte den Kopf, überwältigt von seinen Gefühlen. »Ich brauche dich.«

Er küsste sie. Sie erschrak über die Intensität seines Kusses.

Sie legte die Hände an seinen Nacken und zog ihn dicht an sich heran, sodass kein Lufthauch mehr zwischen sie passte. Ihre Lippen öffneten sich, sie vertiefte den Kuss, schmeckte seine Sehnsucht und spürte, wie sein Widerstand nach und nach in sich zusammenfiel. Vergessen waren der Wind, der Regen, die nasse Kleidung an ihrem Körper und all die Trauer und Schicksalsschläge der letzten Monate. Es gab nur noch sie und ihn.

Und obwohl ihr Leben bei Weitem nicht so war, wie sie es sich vorgestellt hatte, so war sich Feli dennoch sicher, noch nie so glücklich gewesen zu sein.

31

8. Dezember 2005
4 Tage bis zum Poinsettia-Day

Dampfnudeln. Wie lange hatte Stella schon keine Dampfnudeln mehr gegessen! Und genau die bereitete Lizzy am nächsten Vormittag zu, »nach einem original Familienrezept«, wie sie mit einem Augenzwinkern erzählte, während sie Mehl in eine Schüssel siebte. Stella saß auf der Küchenablage, einen Teller mit Plätzchen auf dem Schoß, und war so glücklich, wie sie in ihrer Lage nur sein konnte. Im Radio lief *All I want for Christmas* von Mariah Carey, wozu Lizzy mitsummte und sogar ein wenig mit den Hüften wackelte. Genau so musste Weihnachten sein.

Der Vormittag verging, indem Stella mit Romeo und Juliet am Strand einen langen Spaziergang unternahm. Als sie wieder nach Hause kam, duftete es bereits köstlich nach Vanille und geschmolzener Butter. Stella kuschelte sich in den breiten Sessel vor dem Kamin und schrieb einen Brief an Judith und Tobi, in dem sie ihnen alles erzählte. Doch die frische Luft und die leisen Geräusche, die aus der Küche drangen, ließen sie schläfrig werden. Das Töpfeklappern, das Rauschen der Dunstabzugshaube, Lizzys leises Summen ... Jemand war für sie da und sorgte sich um sie.

Irgendwann wurde sie von Lizzys sanfter Stimme geweckt. »In zehn Minuten gibt's Lunch. Ich dachte, ich sage es dir besser rechtzeitig.« Sie hielt Stella einen Kochlöffel mit Vanillesauce zum Probieren hin. »Adam kommt auch.«

»Er hat doch sicher Besseres zu tun, als sich ständig um mich zu kümmern«, sagte Stella und leckte die Sauce vom Löffel.

»Ach was! Deine Gesellschaft tut ihm gut. Ihr habt einen außergewöhnlichen Draht zueinander.«

Es war Stella etwas peinlich, das zu hören. Als es schließlich um kurz nach zwölf klingelte, war sie unangebrachterweise nervös. Adam wirkte erschöpft. Zwar lächelte er, aber seine Augen lächelten nicht mit, und dadurch stellte sich bei Stella auch nicht das übliche Wohlgefühl ein. *Du hängst dich zu schnell an andere Menschen*, hatte ihre Mutter oft zu ihr gesagt. Wie recht sie gehabt hatte!

»Die Dampfnudeln brauchen noch kurz«, sagte Lizzy. »Ich ziehe mich so lange um. Adam, sei so gut und rühre die Vanillesauce.«

Das tat er, und Stella leistete ihm Gesellschaft. Aber von einer Sekunde auf die andere verschwand er aus der Küche, nur um kurz darauf wiederzukommen, mit einem Blick, als hätte er seinen eigenen Namen vergessen. Stella war vollends verwirrt.

Er schloss die Tür hinter sich und holte tief Luft, als wäre er außer Atem. »Ich habe mich von Amber getrennt«, sagte er.

»Ich dachte, ihr wart schon getrennt gewesen.«

Seltsamerweise hatte Stella das Gefühl, nicht mit Adam allein zu sein. Adam schien dieses Gefühl zu teilen, denn sein Blick ging immer wieder zur Tür.

»Richtig getrennt«, sagte er.

»Wie trennt man sich denn richtig?«, fragte Stella, halb im Scherz, halb ernst.

Adam wollte etwas sagen, hob dann aber den Finger und bedeutete Stella zu warten. Er drückte die Klinke hinab, und vor der Tür waren eilige Schritte zu hören.

»Ich habe ihr gesagt, dass sie mich nicht mehr anrufen soll.«

»Okay …« Das war alles, was Stella in diesem Moment dazu einfiel.

Adam rührte in der Vanillesauce, rührte und rührte, nur um Stella nicht ansehen zu müssen.

»Warum so plötzlich?«, fragte sie.

Er zuckte mit den Schultern. »Lizzy hat mich überzeugt. Sie ist gut darin, Lebensweisheiten auszuteilen. Sie hat etwas gesagt, das mich zum Nachdenken gebracht hat.«

Die Hunde schlugen an. Kurz darauf klingelte es an der Haustür. »Ich geh schon«, sagte Adam und war wieder verschwunden. »Oma, was machst du denn hier?« Seine Stimme hallte leicht im Vestibül. »Ich dachte, wir hätten gesagt, dass …«

»Ich weiß, aber ich würde sie so gerne sehen …«

Stella, die gerade Vanillesauce genascht hatte, ließ den Löffel sinken. War etwa sie gemeint?

»Vielleicht wäre es besser, wenn du …«, versuchte Adam noch zu sagen.

Aber zu spät. Die Küchentür ging auf, und vor Stella stand eine etwa achtzig Jahre alte Version von Audrey Hepburn. »Stella …«, hauchte Adams Oma und presste eine zittrige Hand vor den Mund. Ihre Augen glänzten, als würde sie jeden Moment in Tränen ausbrechen.

»Hallo«, sagte Stella und streckte verunsichert die Hand aus, doch Theresa schloss sie in eine Umarmung.

Adam machte hinter ihrem Rücken eine Geste, als wäre er machtlos. »Stella, das ist meine Oma Theresa, Davids Ehefrau. Oma, das ist Stella.«

Theresa war zart wie eine Feder, und dennoch war ihre Umarmung fest, als hätte sie nicht vor, Stella so bald loszulassen. »Du bist es«, sagte sie. »Du ahnst ja nicht, wie sehr ich mich freue.«

Stella schob die Hände in die Taschen ihrer Baseballjacke, um ihren abgeblätterten Nagellack zu verbergen. Theresas Nägel waren nämlich perfekt lackiert und noch dazu in demselben Champagnerton ihres sportlich geschnittenen Chiffonkleides, das an die Zwanzigerjahre erinnerte. Der Anblick dieser Frau ließ an englischen Tee und Shortbread denken und an literarische Salons, in denen *Sturmhöhe* oder *Stolz und Vorurteil* gelesen wurden. Das Seltsame war, dass Adams Oma Stella bekannt vorkam ... Aber woher nur? Wahrscheinlich aus einem der alten Fotoalben, die Lizzy ihr gezeigt hatte.

Lizzy war noch dabei, ihr Haar mit Spangen zurückzustecken, als sie die Treppe hinabkam. Sie sah niedlich aus in ihrem mausgrauen Hausanzug, einer von dieser katzenfellweichen Sorte, mit der man sich mit einem Liebesroman aufs Sofa kuschelte. »Ach, Theresa«, seufzte sie. »Hatten wir nicht eine Vereinbarung getroffen?«

»Du hattest eine Entscheidung für mich getroffen«, entgegnete Theresa.

»Weil es vorerst das Beste ist.«

»Du denkst immer, dass deine Entscheidungen die besten sind.«

»Im Gegensatz zu dir behalte ich meist einen klaren Kopf.«

Das hier war das Gespräch zweier Frauen, die miteinander groß geworden und fast so etwas wie Geschwister waren.

»Aber ich kann meine Gefühle nicht einfach so ausschalten! Vielleicht wäre damals auch alles anders gekommen, wenn ...«

»Theresa, genug jetzt.«

Ihre Blicke führten einen Kampf, den Theresa verlor. Wie ein kleines Mädchen, das getadelt worden war, senkte sie das Kinn. »Bitte …«, flehte sie.

»Jetzt bist du ja eh schon hier. Du hast die Dampfnudeln gerochen, nicht wahr?«

»Apropos«, sagte Adam und schnupperte in der Luft. »Hier riecht es leicht verbrannt.«

»O nein!«, rief Lizzy. »Die Vanillesauce!«

Die Dampfnudeln waren köstlich, und auch der leicht verbrannte Geschmack tat der Vanillesauce keinen Abbruch. Während Stella mit ihrem Löffel den Rest vom Teller kratzte, dachte sie, wie surreal doch alles war. Eigentlich wie in einem Suchbild. *Finde den Fehler*. Die Blätter der kleinen Dattelpalme wippten im milden Wind. Dazu das immer gleiche, beruhigende Meeresrauschen. Das Schlagen von Adams Flipflops, als er den Sonnenschirm aufspannte. Das Klirren der Eiswürfel in Lizzys selbst gemachter Zitronenlimonade. Der dezente Duft nach Sonnencreme. Ein perfekter Urlaubstag im Hochsommer – was also hatte der pausbäckige Weihnachtsmann hier verloren, der an einem Seil das Terrassengeländer hinaufkletterte?

Theresa sprach während des Essens nicht viel, sie wagte es lediglich, ein paar vorsichtige Fragen zu stellen. Sie schien alles, was Stella erzählte, aufzusaugen wie ein Schwamm.

Noch immer grübelte Stella, an wen Theresa sie erinnerte … Diese großen, schönen Mandelaugen … dieser Blick, so klar, durchdringend und intensiv …

Lizzys herzliches Lachen riss Stella aus ihrer Grübelei. Sie schwelgte gerade mit Adam in Erinnerungen. »Wie könnte ich das je vergessen?« Und dann zu Theresa: »Oscar hat doch gewiss noch die alten Videoaufnahmen, als Adam mit dem Schultheater in der achten Klasse das Musical *Tanz der Vampire* aufgeführt hat, oder?«

»Oh, sicher! Wir könnten die Aufnahmen dieses Jahr an Weihnachten gemeinsam ansehen?«

»Das machen wir!« Lizzy neigte sich zu Stella: »Adam hat den Graf von Krolock gespielt. Er war großartig!«

Adam malte verlegen mit seiner Gabel Sterne in die Reste seiner Vanillesauce. »Stella will das sicher nicht wissen …«

»O doch, das interessiert mich sogar sehr! Ich wusste ja nicht, dass du singen kannst!« Stella setzte sich leicht schräg, den Oberkörper Adam zugewandt.

»Und wie gut mein talentierter Enkel singen kann«, sagte Theresa mit ihrer seidigen Stimme.

Und wie um sich zu beweisen, sang Adam: »*There's nothing you can do. A total eclipse of the heart.*« Worüber Stella lachen musste, denn Adam sang im tiefen Bass eines Vampirgrafen.

»Und schon wieder habe ich Gänsehaut«, sagte Theresa. Man konnte sehen, wie stolz sie auf Adam war. »Die Mädchen lagen ihm zu Füßen.«

»Lagen sie überhaupt nicht. ›Graf von Gaylock‹ haben sie mich genannt. Ich mache die engen Strumpfhosen dafür verantwortlich.«

»Na ja, Ambers Herz hast du durch das Musical immerhin gewonnen«, sagte Theresa und blinzelte. »Amber hat damals die Sarah gespielt«, fügte sie für Stella hinzu.

Natürlich konnte Amber auch singen. Natürlich.

»Durch die Rolle musste sie mich ja zwangsweise wahrnehmen. Direkt nach der Aufführung hat sie das Schultheater geschmissen.«

»Weil es ihr nicht ›cool‹ genug war«, warf Lizzy ein und ließ herausklingen, was sie von dieser Einstellung hielt.

»Ach, Tante Lizzy …«, seufzte Adam. »Amber hat neben dem Cheerleading und dem ganzen anderen Schulkram keine Zeit mehr für die Proben gehabt. Ihre Noten hatten nachgelassen. Deshalb musste ich ihr ja auch Deutschnachhilfe geben. All die Jungs an der Schule haben mich beneidet! Und Amber fand es total bewundernswert, dass ich Deutsch kann.«

Natürlich war Amber ein Cheerleader. Natürlich ...

»Oscar hat jedenfalls die Aufführung gefilmt«, sagte Theresa. »Ich bringe die Aufnahme zu Weihnachten mit.«

»O ja, das klingt toll«, sagte Stella, woraufhin Adam den Kopf auf den Tisch legte und verzweifelt stöhnte.

Auf einmal kam Stella ein ganz anderer Gedanke. Oscar dürfte in etwa so alt sein wie ihre Mutter. Hatten die beiden sich gekannt? Waren sie am Ende sogar miteinander aufgewachsen?

Als Stella Theresa danach fragte, warf diese einen nervösen Blick zu Lizzy. »Die beiden haben sich gut verstanden«, sagte sie langsam und gedehnt, als müsste sie jedes einzelne Wort überdenken.

Lizzy erhob sich abrupt von ihrem Stuhl und fing an, die Teller zu stapeln. »Hat jemand Lust auf einen Kaffee? Mir wäre nach einem Espresso.«

»Wir hätten einfach nach München fahren und an Inges Haustür klingeln sollen«, platzte es aus Theresa heraus.

»Darüber sprechen wir ein andermal«, sagte Lizzy scharf. »Es ist jetzt nicht der richtige Zeitpunkt.«

»Wie wir beide wissen, gibt es den richtigen Zeitpunkt gar nicht.«

»Inge hat uns klar zu verstehen gegeben, dass sie selbst mit uns Kontakt aufnimmt, wenn sie so weit ist, und dass wir ihre Entscheidung bis dahin respektieren sollen.«

»Ach, und daran willst du dich gehalten haben? Wer hat ihr denn immer wieder Briefe geschrieben?«

»Einladungskarten für den Poinsettia-Ball habe ich ihr geschickt! Das ist ja wohl ein Unterschied!«

Theresa war wie von Sinnen, ihr Blick ganz verzweifelt. Sie legte ihre weiche, weiße Hand auf Stellas. »Hat deine Mutter denn nie von mir gesprochen?«

»Ähm, nein … Tut mir leid … Sie hat allgemein nie etwas von ihrer Familie erzählt. Von niemandem.«

Stella konnte sehen, wie etwas in Theresa brach. »Ja … das sieht ihr ähnlich. Sie war so unglaublich stur. Diese Sturheit hatte sie wohl von ihrem Vater.«

Stella wusste nicht mehr übers Lizzys Ehemann, als dass die beiden sich hatten scheiden lassen. Und dass er ein recht ansehnlicher, wenn auch streng wirkender Mann gewesen war. Im oberen Stockwerk stand nämlich ein Foto von ihm auf der Fensterbank.

Theresa tupfte sich mit ihrer Serviette ein paar Tränen aus dem Augenwinkel. Dann zwang sie sich ein Lächeln auf – und auf einmal schoss es eiskalt durch Stella. Unter all den Falten, die das Leben in Theresas Haut gegraben hatte, erkannte sie eindeutig ein ihr sehr bekanntes Gesicht. Das war doch nicht möglich!

»Genug jetzt, Theresa. Schau doch, Stella ist ganz blass geworden. Es ist alles sehr viel für sie.«

»Ja, du hast recht. Es tut mir leid …«

»Sorry für das Chaos«, entschuldigte sich Adam, als die beiden reingegangen waren, um sich um den Abwasch zu kümmern. Er streckte die Arme lang über den Kopf, bis seine Schultern knacksten.

»Kein Problem …«, antwortete Stella noch immer wie benebelt. »Entschuldigst du mich? Ich bin etwas erschöpft und würde mich gerne hinlegen …«

»Alles in Ordnung? Du bist echt ziemlich blass …«

Stella murmelte etwas davon, dass die Dampfnudeln ihr

schwer im Magen lägen. Sie wollte nur noch in ihr Zimmer, aber nicht, um tatsächlich zu ruhen, sondern um in den alten Fotoalben nach einem Beweis für ihre Vermutung zu suchen.

Sie zog ein Album aus dem Jahr 1941 heraus. Gleich das erste Foto war ein Treffer. Es war ein Hochzeitsfoto von David und Theresa. Stellas Herz wurde zu Stein, der hinab in ihren Magen sank und dort schwer liegen blieb. Es war nicht zu leugnen. Ihre Mutter war Theresa wie aus dem Gesicht geschnitten gewesen.

32

1912

Feli schwebte auf Wolke sieben. Ausnahmslos alles erschien ihr um ein Vielfaches schöner und liebenswerter als am Tag zuvor. Die Hebungen und Senkungen der Landschaft, wie Meereswellen an einem ruhigen Tag. Die kräftigen Farben, die die Nachmittagssonne aus dem Gestein hervorlockte, wie von Künstlerhand geschaffen. Orangerot, Dottergelb und darüber der strahlend blaue Himmel. Die Zitronenbäume verströmten intensive Aromen, an den Granatapfelbäumen leuchteten Blüten in einem satten Rot, dazwischen Eukalyptus- und Avocadobäume – kurzum: Dieser Ort versprach Fruchtbarkeit.

Einmal sahen sie Bahngleise, die scheinbar vergessen waren, ein andermal erneuerte Gleise, die nach San Diego führten, aber selbst dieser Anblick war Feli nur recht, denn er erzählte vom Fortschritt, der es auch hierher geschafft hatte.

Es gab eine Mine, aus der Kupfer geborgen wurde. Die Männer davor grüßten Philipp, in dem sie sich an den Hut fassten, und Philipp erwiderte den Gruß.

»Hast dir Zeit gelassen«, rief einer.

»Der hat sich ja auch 'ne Lady mitgebracht«, rief ein anderer.

Je näher sie ans Meer kamen, desto salziger wurde die Luft. Hier und da lagen Häuser, Farmen und Ranches, wie eine Schafsherde verteilt, doch je näher sie ans Wasser kamen, desto näher rückten sie beisammen. Der Besitzer des Pubs trat auf die Veranda, um nach dem Rechten zu sehen, als die Kühe die leere Straße entlangtrotteten. Am Ende der Herde ritten Philipp und Feli.

»Kommst heut Abend auf ein Bier vorbei, Philipp?«, rief er. »Geht auf meine Kappe!«

»Danke, wird wohl eher morgen.«

Als Philipp das erste Mal einen Fuß in den Pub gesetzt hatte, hatte der Wirt ihm gleich voller Stolz aufgezählt, was Encinitas zu bieten hatte: einen Hufschmied, eine Schnapsbrennerei, eine Schule, einen Bahnhof (eine Holzhütte mit einer Gleisspur davor) und einen Indianer – als drücke das aus, wie fortschrittlich und weltoffen die Gemeinschaft war. Der Indianer lebte außerhalb von Encinitas, und sein Name war Guyapi. Die Bewohner umsorgten ihn, brachten ihm an den Feiertagen Essen oder luden ihn ein, an ihren Festen teilzunehmen. Wollte man Kleider, Seife oder Kaffee kaufen, musste man nach San Diego, das mit dem Auto etwa vierzig Minuten und mit dem Pferd eine Stunde entfernt lag.

Die zwei Katzen, die auf den sonnengewärmten Holzstufen einer Ranch dösten, die Wäsche, die in einem Hof trocknete, die Gesichter, die hinter den Fensterscheiben auftauchten und nach draußen spähten – all das hatte schon einen Platz in Felis Herz gefunden. Ja, sogar der leere Futtersack, der vom Wind über die Straße gefegt wurde, hatte rustikalen Charme.

Das also war Encinitas. Ein kleiner, nur spärlich bevölkerter Ort etwa hundert Meilen von Los Angeles entfernt. Würde Encinitas ihr neues Zuhause sein?

Die Ranch, die Philipps Eltern gekauft hatten, lag etwas außerhalb des Ortes, nur wenige Gehminuten vom Meer entfernt, inmitten von zwei Hektar Acker- und Weidefläche. Sie war klein, aber nett anzusehen aufgrund der Wolfsmilchranken, die sie umwucherten. Die Haustür stand weit geöffnet wie die Arme eines Gastgebers, der sie herzlich willkommen hieß. In der Einfahrt stand der alte Maxwell, ganz eingestaubt von den trockenen Winden.

»Das ist es«, sagte Philipp stolz. Er war jemand, der mit sehr wenig zufrieden war. Ein Charakterzug, der vieles im Leben leichter machte.

»Komm, ich zeige dir alles«, sagte Philipp, nahm ihre Hand und führte Feli ins Haus.

Feli staunte über Philipps Geschick. Er hatte die Möbel abgebeizt und eingelassen, sodass sie glänzten. Hatte die alten Treppenstufen ausgewechselt und die Fensterläden erneuert sowie frisch gestrichen.

Henrietta, herbeigelockt von Buddys Bellen und dem Muhen der Kühe, kam von draußen herein und schlug vor Freude die Hände vor den Mund. »Ein Glück, dass ihr heil angekommen seid!«

Henrietta umarmte Philipp, dann Feli und dann noch einmal Philipp. Ein paar Tränen kullerten.

»Wie geht es Vater?«, fragte Philipp.

Ein sorgenvoller Ausdruck zog über Henriettas Gesicht wie Regenwolken. »Die Reise mit dem Auto hat ihm zu schaffen gemacht. Sein Bein quält ihn.«

Als hätte er seinen Namen gehört, tauchte nun auch Albrecht im Türrahmen auf. »Hast dir ja ganz schön Zeit gelassen.«

»Vater ...«, sagte Philipp.

Albrecht schüttelte seinem Sohn die Hand, überwand sich aber immerhin zu einem »Gut, dass du da bist«.

Ewig würde Feli sich an die Stunde erinnern, als Philipp und sie die Rinder auf die Weide getrieben hatten und sich ins hohe Gras legten, als könnten sie sich noch nicht ganz von ihrer gemeinsamen Zeit in den Bergen trennen. In der Abenddämmerung hörten sie die Kühe und das Rascheln der Halme, die sie umrahmten und ihnen das Gefühl gaben, für die Welt unsichtbar zu sein. Philipps Atem ging langsam und ruhig, er summte leise. Feli legte den Kopf auf seine Brust, spürte die Schwingungen seines Summens und fiel in eine Art Schlaf, der kein wirklicher Schlaf war, eher eine Benommenheit, eine tiefe Verzückung, ein Schwebegefühl.

Philipp kitzelte sie mit einem Grashalm an der Nase. »Nicht einschlafen.« Wie anders seine Stimme im Vergleich zu früher war. Warm, sanft und zärtlich.

Sie richteten sich auf, und Feli lehnte sich an seine Brust, lauschte seinem gleichmäßigen Herzschlag.

»Wie geht es denn jetzt weiter?«, fragte sie.

»Könntest du dir denn vorstellen, hier bei mir zu bleiben?«

Und wie sie sich das vorstellen konnte!

Philipp legte die Arme auf die Knie. »Ich weiß, die Ranch ist nicht gerade groß und nicht so, wie du sie dir erhofft hast ...«

»Aber wir haben das hier ...«, sagte Feli und breitete die Arme weit aus, als könnte sie den gesamten Ozean mit all den kleinen darauf schaukelnden Fischerbooten umfassen.

»Und wir haben das hier ...«, sagte Philipp, neigte den Kopf zu ihr hinab und küsste sie auf die Schläfe.

»Und wir haben noch immer unseren gemeinsamen Traum«, sagte sie. Damit spielte sie auf die Poinsettien an.

»Wird schwer, das meinem Vater beizubringen.«

Sie wollten beide noch nicht zurück zur Ranch und nahmen deshalb einen kleinen Umweg, der sie ein Stück an den Klippen entlangführte, noch weiter von Encinitas fort. Die Gräser waren hier höher, sodass sie Feli knapp bis zur Taille reichten.

»Scheint alles ungenutzte Fläche zu sein«, sagte Philipp.

»Dann kannst du sie ja kaufen und bepflanzen, und dann wird hier im Winter alles rot glühen! Stell dir vor, wie schön das aussehen würde, das Rot und direkt dahinter das Meer!«

Philipp schmunzelte und folgte ihr. Sie strebte auf eine zweite Ranch zu, die sie in der Ferne entdeckt hatte. Eine seltsame Anziehungskraft ging von ihr aus. Je näher sie kam, desto verwahrloster erschien ihr diese Ranch. Ein Fensterladen hing schief in den Angeln und quietschte im Wind. Die Holzfassade war verwittert und ganz grau. Die Scheiben waren so verstaubt, dass man kaum hindurchsehen konnte. Und trotzdem empfand Feli diese Ranch seltsamerweise als wunderschön.

»Das hier hat einem Schweizer Einwanderer gehört, aber seine Frau ist an einem Schlangenbiss gestorben. Er ist daraufhin mit seiner sechsjährigen Tochter zurück nach Genf gegangen.«

Die Tür ließ sich öffnen. Feli warf einen Blick über die Schulter zu Philipp. *Sollen wir?* Dann lächelte sie abenteuerlustig.

Wie um sie zurückzuhalten, sagte Philipp: »Die Leute hier glauben, dass die verstorbene Frau noch immer auf dem Grundstück spukt. Manchmal hört man sie weinen, weil ihre Familie sie verlassen hat.«

»Dann ist es doch nur nett von uns, der Armen einen Besuch abzustatten, um sie ein wenig zu unterhalten.«

Neben der Tür warteten ausgetretene Stiefel darauf, dass ihr Besitzer die Feldarbeit wieder aufnahm. Im Waschbecken in der Küche stand eine Tasse mit dicken Staubflocken darin, auf dem Tisch lag ein vergessener Malstift. Der Anblick jagte Feli einen Schauer den Rücken hinab.

Feli wagte sich weiter vor. Es war ihr, als könne sie eine Horde Kinder die Treppe hinabjagen sehen, zwei Jungs und ein bildhübsches Mädchen, und sie konnte sich selbst sehen, wie sie aus der

Küche trat, die Hände an ihrer Schürze abtrocknete und den Jungs hinterherrief, sie sollten auf ihre Schwester aufpassen.

Sie betraten nun die Wohnstube, die für eine Ranch ungewöhnlich groß war. Tisch, Stühle und ein Canapé waren mit weißen Tüchern abgedeckt. Nur die Gemälde hatte der Besitzer mitgenommen. Es war zu erkennen, wo sie einst gehangen haben mussten, denn dort waren die geweißelten Wände heller. Die Vorhänge waren verblichen.

»Hast du denn keine Angst?«, fragte Philipp.

»Gar nicht«, sagte sie.

Vielleicht ein klein wenig ... aber auf angenehme Weise, wie früher als Kind, wenn sie sich mit ihren Freundinnen gegenseitig Gruselgeschichten erzählt hatte. Größtenteils war es Ehrfurcht, die sie empfand, als sie mit den Fingerspitzen über die Wände fuhr, denn es war ihr, als steckten in dem Gestein unzählige Geschichten, wie Blumen, die man in einem Buch gepresst und dort vergessen hatte. Die Abendwolken öffneten sich, ein weißgoldener Lichtstrahl fiel durch das Fenster hinein, und es war Feli, als atmete das Haus auf, weil es endlich jemand ins Herz geschlossen hatte.

Unter einem der weißen Tücher erkannte Feli die Form eines Flügels. Sie zog das Tuch hinab, Staubflocken wirbelten auf und schimmerten im Licht wie in der Luft tanzende Diamanten. Feli öffnete die Klappe über der Tastatur und setzte sich. Eine Prelude von Bach floss ganz automatisch aus ihren Fingern, erfüllte die gespenstisch verlassenen Räume wieder mit Leben und wehte hinaus in die Abenddämmerung wie ein glückseliges Seufzen.

Philipp hob ihr Haar an, küsste ihren Nacken, liebkoste ihren Hals, ihre Ohren, bis ihre Hände zitterten und sie sich verspielte. »Ich glaube, du brauchst etwas mehr Übung«, neckte er sie.

»Wie soll ich mich auf die Noten konzentrieren können, wenn du das mit mir tust ...«

»Was tue ich denn?«

Sie drehte sich auf dem Stuhl zu ihm um und sah mit großen Augen zu ihm auf. Er küsste sie auf den Mund. Ein schauderhafter Ton erklang, als sie sich zurücklehnte und ihr Rücken dabei mehrere Tasten anschlug.

»Du liebst dieses Haus, nicht wahr?«, fragte er sie, mit einem Mal ganz ernst.

»Ich sehe alles ganz deutlich vor mir«, schwärmte sie und sprang von dem Hocker auf, um Philipp ihre Ideen vorzuführen. »Hier würde ich ein Bücherregal hinstellen, damit man auf dem Sofa sitzen und lesen kann. Und der Flügel kommt ans Fenster. Dort kann ich spielen und zum Meer hinaussehen. Und Bilder, wir brauchen viele farbenfrohe Bilder! Und hellblau gepunktetes Geschirr, das wir aber nur sonntags nehmen. Und ich habe am Ende des Flurs ein kleines Zimmer gesehen, das wird das Kinderzimmer.«

»Wie viele Kinder haben wir denn?«

»Drei. Zwei Jungen und ein Mädchen.«

»Das klingt ziemlich gut.«

Er näherte sich ihr auf fast zurückhaltende Weise, die Hände in die Hosentaschen geschoben. Sein Haar war bis vor ein paar Stunden noch ordentlich gescheitelt gewesen, jetzt aber vom Wind leicht zerzaust, und Feli genoss es, sein Haar noch mehr durcheinanderzubringen, indem sie ihre Hände hineinschob.

»Du weißt, dass ich dir diese Ranch vielleicht niemals werde kaufen können, nicht wahr?«

Sie nickte und küsste ihn dann. Ihr zunächst zarter Kuss wurde stürmischer. Feli konnte nicht mehr klar denken. Sie drückte sich an ihn, biss ihn in die Unterlippe, was ihm ein Keuchen entlockte. Das Wissen, wie sehr sie ihn erregen konnte, ließ ihre Haut zu Feuer werden. Ihre Bluse war mit einem Mal viel zu viel Stoff. Sie begann, sie aufzuknöpfen, doch Philipp hielt sie zurück.

»Vielleicht sollten wir ... wir sollten es etwas langsamer angehen lassen.«

Sie schmunzelte. »Haben wir es nicht schon sehr langsam angehen lassen, Philipp Licht?«

»Das haben wir«, sagte er. »Trotzdem werde ich mich beherrschen. Ich will, dass alles richtig ist.«

»Es ist doch alles richtig ...«

Feli konnte Philipp ansehen, wie viel ihm in diesem Moment durch den Kopf ging, wie er auf einmal ganz nervös war. Im nächsten Moment kniete er sich auf den Boden, nahm ihre Hand und fragte: »Willst du mich heiraten?«

Feli presste sich eine zittrige Hand auf den Mund, konnte die Tränen kaum zurückhalten und sagte: »Ja, natürlich, ja ...«

Als sie aufbrachen, war es draußen bereits dunkel. Feli hätte schwören können, dass die Sterne über Encinitas noch kräftiger leuchteten als über Arquata, aber vielleicht bildete sie sich das auch nur ein. Auf der Veranda küsste Philipp sie noch einmal, drückte sie gegen die Wand und machte mit diesem Kuss klar, wie sehr er sie liebte und begehrte.

»Wo wart ihr denn so lang?«, brummte Albrecht, der in der kleinen Küche am gedeckten Tisch saß und nichts tat, außer auf das Essen zu warten, während Henrietta scheinbar gleichzeitig die benutzten Kochtöpfe abspülte, Holz im Ofen nachlegte und die Knödel vom Holzbrett ins Wasser rollen ließ. Es duftete köstlich nach dem Braten in Biersauce, den sie zur Feier des Tages vorbereitet hatte.

»Wir haben uns die Umgebung angesehen«, log Feli und lächelte dabei unschuldig.

»Aha«, erwiderte Henrietta.

Hatte sie Felis vom Kuss geschwollene Lippen wahrgenommen? Jedenfalls schmunzelte sie auf diese ganz bestimmte *Mir könnt ihr nichts vormachen*-Weise.

Albrecht wetzte zwei Messer aneinander und schnitt den Braten in Scheiben. »Morgen fährst du in den Ort und stellst dich den Leuten vor«, wies er Philipp an. »Immerhin wollen wir ihnen unsere Milch verkaufen.«

»Morgen suche ich zuallererst Guyapi auf. Eine der Kühe hinkt.«

»Kommt nicht infrage«, widersprach Albrecht. »Einen Indianer lasse ich nicht an meine Tiere!«

»Pfarrer Radcliffe meinte, niemand in der Umgebung könne besser mit Tieren umgehen als Guyapi. Und wenn der Pfarrer das sagt …«

»In dem Fall ist es mir egal, was der Pfarrer sagt. Ich hab diesen Verrückten einmal im Ort getroffen, da hat er auf mein Bein gedeutet und gesagt ›Böser Geist wohnt darin‹.« Albrecht deutete mit dem Zeigefinger an seine Stirn. »Der hat sie nicht mehr alle.«

Eine Weile lang aßen sie schweigend, bis Albrecht ein anderes Thema anschnitt. »Übrigens haben unsere Nachbarn eine Tochter, die einen tüchtigen und vernünftigen Eindruck auf mich macht.« Dann zu Feli: »Wann brichst du wieder nach Hause auf?«

»Ich weiß noch nicht …«

Philipp holte tief Luft, stützte beide Hände gegen den Tisch und sagte mit Nachdruck: »Feli bleibt hier. Und morgen spreche ich erst mit Guyapi. Wenn das erledigt ist, reite ich in den Ort.«

Albrecht reagierte nicht auf Philipps Worte. Er redete und redete und hörte nur sich selbst. »Wir sollten uns einen anderen

Hund anschaffen. Einen richtigen Wachhund, so wie die Johnsons von der Ananasfarm einen haben. Henrietta! Die Sauce ist leer!«

Sogleich sprang Henrietta auf. Da schlug Philipp mit der flachen Hand auf den Tisch. »Du hörst mir jetzt genau zu«, sagte er zu seinem Vater. Sein Blick war unnachgiebig. »Du verlangst von mir, dass ich die Molkerei übernehme? Gut, das mache ich. Aber wenn, dann zu meinen Bedingungen. Ich habe nämlich harte Arbeit in diese Ranch gesteckt, damit wir ein Zuhause haben. Diesen Tisch, an dem du gerade sitzt, habe ich gebaut!«

Noch immer in Rage, deutete er auf seine Mutter. »Du setzt dich wieder hin«, sagte er, erhob sich selbst und schöpfte von der Sauce in eine Schüssel nach, um sie vor seinen Vater zu stellen.

Feli wagte es kaum, Luft zu holen.

»Ach ja«, fügte Philipp noch hinzu. »Feli und ich werden heiraten.«

33

»Das lasse ich nicht zu!«

Es überraschte Feli, wie aufgebracht ihre Mutter klang. Sie hatte mit Widerstand gerechnet, aber nicht mit dieser Dramatik … Der arme Philipp, denn der war nämlich gerade mit ihren Eltern im Salon, während Feli auf dem Hof mit Fritz Boccia spielte. Ganz offiziell hatte er bei ihren Eltern um ihre Hand angehalten, darauf hatte er bestanden, weil »sich das so gehörte«.

»Ich find's gut, wenn du Philipp heiratest«, sagte Fritz und überdachte gleichzeitig mit ernstem Ausdruck seinen nächsten Wurf. »Ich mag Philipp.«

»Ich mag ihn auch sehr«, entgegnete Feli. »Ich fühle mich nur etwas schlecht, weil ich dann nicht mehr bei dir bin.«

Nach einer Weile sagte Fritz: »Ich hab doch Freunde hier.«

Vielleicht war es genau das, was Feli Bauchschmerzen bereitete. Ihre Mutter hatte einmal zu ihr gesagt, dass ein Kind nicht in einer so rauen Gegend groß werden sollte. Wo die Männer sich ständig gegeneinander behaupteten und wo es normal war, schon morgens zu trinken. Natürlich konnte man den Nachwuchs nicht davon fernhalten, und so hörte man erschreckend oft von Schlägereien zwischen Jugendbanden oder Mutproben, bei denen ein Kind schwer verletzt oder gar umgekommen war.

»Liest du denn noch hin und wieder deine Abenteuerromane?«

»Ronny sagt, Lesen sei etwas für Mädchen.«

Wie wütend Feli das machte! Diese Verbohrtheit! »Ich hoffe, du hörst nicht auf ihn. Ronny sagt auch, dass Zähneputzen etwas für Mädchen ist. Ihm mussten schon zwei Zähne gezogen werden, dabei ist er gerade erst vierzehn.«

Fritz zuckte mit den Schultern. Feli befürchtete, dass ihr Bruder sich von den anderen Jungs beeindrucken oder gar einschüchtern ließ. Am besten sprach sie darüber noch einmal mit ihrer Mutter ...

Eben jene stieß nun von innen die Fliegentür auf. Sie hatte sich für diesen Tag – den Tag der ersehnten Rückkehr ihrer Tochter – herausgeputzt und trug sogar einen Reifrock, der ihr Überkleid aufwölbte, weshalb ihre Füße nicht zu sehen waren. Es wirkte, als würde sie die zwei Verandastufen hinab- und auf Feli zuschweben. Feli war fasziniert und eingeschüchtert zugleich und fasste erst wieder einen klaren Kopf, als ihre Mutter mit erhobenem Zeigefinger vor ihr stehen blieb. »Das sind Flausen«, sagte sie langsam und deutlich, jedes Wort eine Warnung.

»Es sind keine Flausen!«, entgegnete Feli aufgebracht. »Ich liebe Philipp! Ich liebe ihn von ganzem Herzen!«

»Liebe!«, lachte ihre Mutter. »Du bist einundzwanzig! Was weißt du denn schon von der Liebe!«

»Ich muss nichts über sie wissen! Ich *fühle* sie! Und ich fühle, dass Philipp mich zu einem besseren Menschen macht!«

»Wie rührend!« Das war natürlich sarkastisch gemeint. »Die Liebe, glaub mir, kann ganz schnell vorbei sein, und zwar dann, wenn der Alltag einkehrt. Und du, meine liebe Tochter, du bist verzogen. Du bist eine Prinzessin, die immer alles bekommen hat, was sie wollte. Egal, ob es um hübsche Kleider oder ein Medizinstudium in München ging!«

»Ich brauche all das nicht mehr!«

»Ach ja? Was, wenn das Geld mal knapp ist und du nicht mehr weißt, womit du die Suppe strecken sollst? Oder wenn dir der Rücken von all der Arbeit so sehr schmerzt, dass du nachts nicht mehr schlafen kannst! Du weißt nicht, was es heißt, zu verzichten! Du wirst hart auf dem Boden aufschlagen, wenn du eine Farmersfrau wirst!«

»Ich habe mich die letzten Jahre besser geschlagen als du! Im Gegensatz zu dir habe ich Freunde gefunden und mich nicht nur verkrochen!«

Ihre Mutter deutete mit der Hand hinter Feli, wo Philipp im Türrahmen stand, hinter ihm ihr Vater, der ihm aufmunternd auf die Schulter klopfte. »Was hat er vorzuweisen? Nichts. Nicht mal einen Studienabschluss!«

»Er hat ein gutes Herz! Ich dachte immer, auch dir wäre das wichtig. Aber offenbar zählt für dich nur, dass jemand Geld und Erfolg hat, egal, ob ich glücklich werde oder nicht.«

»Es reicht.« Es kam nur selten vor, dass ihr Vater die Stimme erhob und in einen Streit einschritt. Nicht weil er feige war, sondern weil er die Ansicht vertrat, dass jeder Streit ausgefochten und geklärt werden musste. Nun aber schien er eine Ausnahme zu machen. »Meine beiden Liebsten so schlimm streiten zu sehen, bricht mir das Herz! Wir sind alle sehr aufgebracht – eure Verlobung war ja auch eine Überraschung. Aber es ist eine schöne Überraschung! Deshalb schlage ich vor, dass wir uns jetzt alle ein wenig beruhigen. Du …« Er deutete auf Feli. »Du schlägst nie wieder einen solchen Ton deiner Mutter gegenüber an! Und du …« Ihr Vater deutete auf seine Frau. »Du erinnerst dich daran, dass Feli nicht das einzige Mädchen ist, das gegen ihre Eltern rebelliert, was ihre Heiratspläne betrifft. Ich kenne da noch jemanden.«

Ihre Mutter schnaubte. »Das war damals etwas ganz anderes …«

Es war jedes Mal faszinierend zu verfolgen, wie ihr Vater genau die richtigen Worte, die richtige Tonlage, das richtige Maß an Zärtlichkeit und Bestimmtheit fand, um zu seiner Frau durchzudringen und sie weich werden zu lassen. »Erinnerst du dich noch daran, was du zu deinen Eltern gesagt hast, als sie dir verboten haben, mich weiterhin zu treffen?«, sagte er, während er langsam auf sie zuging und sie ansah, als wären sie ungestört. »›Lieber verliere ich einen Adelstitel als mein Herz.‹ Das hast du gesagt. Ich erinnere mich daran, als wäre es gestern gewesen.«

Er klemmte ihr eine Haarsträhne hinters Ohr. Wie schön der Anblick ihrer Eltern war, die nach all den Ehejahren noch eine so intensive Verbindung zueinander hatten.

»Das kannst du nicht vergleichen! Ich war meinen Eltern nichts wert! Wir hingegen lieben unsere Tochter!«

»Eben deshalb«, sagte ihr Vater.

Alice nickte schwach, ein paar Tränen kullerten über ihr Gesicht, doch ehe sie sich ganz vergaß, eilte sie nach drinnen.

»Gib ihr einen kleinen Vorsprung«, sagte ihr Vater zu Feli, »und dann sprich noch einmal mit ihr. Heute Abend wird sie sich schon für euch freuen. Eine Sache liegt mir nur auf dem Herzen: Was ist mit deinem Studium, Feli? Du hast so hart dafür gekämpft!«

»Manchmal frage ich mich, ob sich meine Träume nicht verändert haben«, sagte Feli.

»So etwas kommt vor.« Ihr Vater schüttelte Philipp die Hand. »Herzlich willkommen in der Familie. Ich könnte mir keinen besseren Schwiegersohn wünschen.«

Eine halbe Stunde später klopfte Feli ans Schlafzimmer ihrer Eltern.

»Herein …«

Ihre Mutter saß an ihrem Schminktisch. Sie war dabei, ihre Hochsteckfrisur zu lösen. Die Tagesdecke auf dem Bett war auf einer Seite von einem Körper platt gedrückt worden. Ihre Mutter hatte etwas von einer Pflanze, die man zu lang nicht gegossen hatte und die deshalb die Blätter hängen ließ.

Es war still. Nur die Holzdielen knarzten, als Feli sich ihr näherte.

»Es tut mir …«, begannen beide, verstummten gleichermaßen und lachten dann gemeinsam.

Feli wagte sich näher, sodass sie sich hinter ihrer Mutter in dem dreigeteilten Spiegel sehen konnte – von vorne sowie beide Profile.

»Es erschreckt mich, zu welcher Furie die Angst mich machen konnte«, sagte ihre Mutter.

»Angst?«, fragte Feli.

»Ja, Angst. Jahrelang zieht man ein Kind groß, gibt ihm alles, damit es ihm gut geht und es glücklich ist … Aber es kommt der Tag, an dem man auf einmal wie machtlos ist.«

»Aber nur deiner Fürsorge und Liebe ist es zu verdanken, dass ich gelernt habe, auf mein eigenes Herz zu hören. Es sagt mir schon, was gut und was schlecht für mich ist.«

Feli legte ihre Schläfe an die ihrer Mutter und drückte sanft ihre Schultern.

»Das weiß ich doch. Nur ist es schwer, mich daran zu erinnern. Die Wahrheit ist doch: Wenn du gehst, wen habe ich denn dann noch?«

Mit einem Batisttuch tupfte sie sich die Tränen von den Wangen. »Ein Kilometer ist's bis in den Ort … Und wenn der Wind ungünstig steht, riecht es noch immer verbrannt von der Licht-Ranch herüber ...«

»Warum kommt ihr nicht mit uns? In Encinitas ist es wunderschön, sage ich dir. Die Leute sind freundlicher als hier, was wahrscheinlich an der guten Meeresluft liegt.«

Da lachte ihre Mutter sogar ein klein wenig und kniff sie in die Wange, wie vor vielen, vielen Jahren, als Feli noch ein kleines Mädchen gewesen war. »Das wäre was, nicht wahr? Ach, dein Vater hat diese Farm gerade erst aufgebaut. Er ist so stolz auf all das ...«

»Er wird es verstehen. Ihm ist nur wichtig, dass es seinen Lieben gut geht.«

»Ja, das ist ihm immer das Wichtigste.«

Feli nahm den Elfenbeinkamm vom Tisch und begann, ihrer Mutter das lange Haar zu kämmen. Sie wirkte jünger und auch auf eigentümliche Weise verletzlich, wenn es wie jetzt offen in weichen Wellen über ihrer Schulter lag und nicht von einem volumengebenden Haarteil zu allen Seiten hin aufgebauscht wurde. In München hatte sie stets eine Tinktur aus Paris kommen lassen, um es dunkel zu färben, doch inzwischen war es weißgrau. Nur noch ein paar wenige dunkle Strähnen erinnerten an ihre Naturfarbe.

»Und du glaubst also, Philipp ist der Richtige?«, fragte ihre Mutter sie.

»Das weiß ich.«

Feli hatte sich in der letzten halben Stunde innerlich darauf vorbereitet, für ihre Liebe zu Philipp zu kämpfen. Von draußen waren gedämpft die Stimmen der beiden Männer zu hören, die die Zeit nutzten, um ein abgebrochenes Wagenrad zu reparieren.

»Dein Vater hält viel von Philipp«, sagte ihre Mutter. »Und auch ich tue das eigentlich. Ich werde mich bei ihm entschuldigen. Mein Verhalten war …« Ihre schmale Unterlippe zitterte. »Mein Verhalten …«

»Schon gut …«, sagte Feli und tränkte das Batisttuch ihrer Mutter mit etwas kühlendem Rosenwasser, um ihr die geröteten Augen und Wangen damit zu betupfen. »Bringen wir dich dafür auf Vordermann.«

Als hätten sie Rollen getauscht, begann Feli ihrer Mutter das Haar zu flechten, so wie diese es bei ihrer Tochter für außergewöhnliche Anlässe zu tun pflegte.

Feli spürte, wie ihre Mutter ihr Gesicht im Spiegel lange studierte, wie ein Künstler, der später den Versuch wagen wollte, die großen Augen, die kleine Stupsnase, den neckischen Schwung der Lippen und die hohe Stirn aus dem Gedächtnis zu malen. »Wie sehr du mir nur ähnelst«, sagte sie.

Das war ein Kompliment, denn ihre Mutter war eine ausgesprochen schöne Frau. Aber sie meinte etwas anderes damit.

»Manchmal, wenn ich dich sehe, dann sehe ich die junge, temperamentvolle Frau, die ich einmal war.«

»Vater hat eben etwas angedeutet …«, sagte Feli. »Stimmt es, dass deine Eltern ihn nicht als Schwiegersohn wollten?«

Ihre Mutter hatte so gut wie nie etwas von ihren Eltern erzählt …

»Ja. Sie hatten vorgesehen, dass ich einen Adeligen oder zumindest einen Industriellen heirate … Meine Eltern waren sehr wohlhabend, musst du wissen. Auf jeden Ball haben sie mich gezerrt. Meine Tanzkarte war immer voll, aber keiner der Bewerber war mir recht. Eines Tages hatten meine Eltern einen neuen Gärtner engagiert. Sein Name war Theodor Schönberger. Er hat seinen Sohn Johann mitgebracht. In der ersten Sekunde, in der ich Johann gesehen habe, habe ich mich in ihn verliebt. Erst wollte ich es selbst nicht wahrhaben, er war ja nur ein armer Gärtner, dessen Schuhe derart abgetragen waren, dass sie am großen Zeh ein Loch hatten.«

Die Erinnerung daran ließ ihre Mutter verträumt lächeln. »Johann hat bemerkt, dass ich ihn oft vom Fenster aus beobachtet habe, und angefangen, mir Blumen zwischen die Seiten meiner Bücher zu legen. Ich fand das hochromantisch … Auf den Bällen sah ich meine Freundinnen, die von ihren Eltern bereits verkuppelt worden waren, und nicht eine von ihnen schien für einen Mann diese intensiven Gefühle zu haben, die ich für deinen Vater empfand und noch immer empfinde. Da habe ich begriffen, dass das, was sich zwischen Johann und mir entwickelt hatte, etwas ganz Besonderes war.«

»Wie haben deine Eltern reagiert?«

»Natürlich haben sie ihn und seinen Vater sofort gefeuert und mich zwei Wochen lang auf mein Zimmer gesperrt. Ich sollte ihn mir aus dem Kopf schlagen! Aber ich habe nicht auf sie gehört und ihn geheiratet. Meine Eltern waren derart enttäuscht, dass sie nichts mehr mit mir zu tun haben wollten. Als eine Art Abfindung haben sie mir die Ferienvilla in München überlassen, was sehr großzügig war.«

»Habt ihr nie wieder miteinander gesprochen?«

»Erst nach ein paar Jahren habe ich von meiner Mutter einen Brief erhalten, dass mein Vater gestorben sei. Ich bin sofort zu ihr nach Berlin gereist. Und damals gab sie mir nachträglich zur Hochzeit dies hier …«

Aus einer Schublade nahm ihre Mutter eine schmale Schmuckschatulle heraus und reichte sie Feli. Darin lag eine überaus filigrane Halskette mit einem goldenen Kreuz daran. Sie war wunderschön.

»Die Kette hatte schon ihre Mutter zur Hochzeit getragen, und sie wollte sie mir überlassen, damit irgendwann meine Tochter sie erhalten würde.«

Ihre Mutter erhob sich, um Feli die Kette umzulegen. Das Gold war kalt auf ihrer Brust, erwärmte sich aber schnell. »Nun sollst du sie zu deiner Hochzeit mit Philipp tragen.«

»Danke ...« Feli umarmte ihre Mutter. »Jetzt verstehe ich, warum du damals darauf bestanden hast, dass wir die Villa in München nicht verkaufen, sondern nur vermieten. Sie ist ein Teil deiner Kindheit.«

Ihre Mutter nickte. Sie standen sich gegenüber wie zwei Spiegelbilder, eines der Gesichter hatte nur schon mehr erlebt und gesehen.

»Ich will nicht leugnen, dass es Tage gab, an denen ich mich gefragt habe, ob ich damals auf meine Eltern hätte hören sollen. Das waren die Tage, an denen ich es vermisste, des Nachmittags Tee und ofenwarmes Buttergebäck serviert zu bekommen, während ich darüber gegrübelt habe, wann ich mal wieder einen Einkaufsbummel in der Stadt machen würde. Ich habe die naive Sorglosigkeit vermisst. Aber wenn dein Vater dann abends von der Arbeit kam, dann wusste ich jedes Mal aufs Neue, dass ich mich richtig entschieden habe. Glaubst du, es wird dir mit Philipp ebenso ergehen?«

»Ja, Mama. Das wird es.«

»Dann freue ich mich für dich. Von ganzem Herzen.«

Sie umarmten einander erneut. Für einen kurzen Moment schien alles gut zu sein, doch dann rief Felis Vater von draußen: »Liebes! Weißt du, was der Sheriff von uns wollen könnte? Denn genau der kommt nämlich gerade unsere Einfahrt hochgeritten.«

34

Bradley Stone war der Sheriff von Arquata. Er hatte etwa Philipps Alter, aber bei Weitem nicht dessen Ausstrahlung und schien sich mit allem, was er sagte und tat, behaupten zu müssen. So warf er sich sogleich in die Brust, als Feli und ihre Mutter aus dem Haus traten, und nahm dann die lässige Haltung eines Cowboys ein, ein Bein angewinkelt und eine Hand am Revers. Vor dem Kompost kämpften lauthals zwei Hähne miteinander.

Feli war nervös. Was hatte es zu bedeuten, dass der Sheriff sie aufsuchte?

»Howdy, Bradley«, begrüßte Philipp ihn. »Gut siehst du aus. Die Uniform steht dir.«

Unter den Sommersprossen tauchte eine dezente Röte auf Bradleys Wangen auf. Er schlug nach einer Fliege. »Hab gehört, dass du wieder in der Gegend bist. Dachte, ich komm selbst vorbei.«

»Um mir was zu sagen?«

Bradley bohrte den harten Absatz seiner Lederstiefel in den Boden. »Ich muss dich aufs Präsidium mitnehmen.«

»Aufs Präsidium?«, entfuhr es Feli entgeistert. »Aber weshalb?«

Bradley bedachte Feli nur mit einem kurzen Seitenblick. »Es geht um deine Schwester«, sagte er zu Philipp.

Minho war am Bahnhof von Lancaster aufgegriffen worden. Er hatte ein Geständnis abgelegt und ausgesagt, Geld dafür erhalten zu haben, Feuer an der Licht-Ranch zu legen.

Bradley spuckte auf den Boden. »Das Geld hat er wohl zu seiner Familie nach China geschickt.«

»Aber was hat das mit meiner Schwester zu tun?«

»Sie hat dem Chinesen das Geld gegeben.«

Philipp schüttelte den Kopf. »Das macht doch keinen Sinn! Eva würde so etwas nicht tun.«

»Das und noch mehr. Sieht so aus, als hätte sie ihn auch dazu angestiftet, eure Grundstücke zu überfluten. Damals bei dem Starkregen. Die Leitungen hatte er aufgedreht.«

»Minho kann doch alles behaupten! Warum sollte meine Schwester so etwas tun?!«

Bradley zuckte mit den Schultern. »Das musst du sie selber fragen. Deshalb bin ich auch hier. Schwing dich in den Sattel, und komm mit, dann kannst du sie noch ein letztes Mal sehen.«

»Ein letztes Mal sehen? Bevor was …?«

Bradley klopfte seinem Freund auf die Schultern. »Bevor sie ins Zuchthaus kommt, Philipp.«

Bis auf zwei kleine Jungs, die vor dem recht hübschen Holzhaus im Zentrum der Stadt mit selbst geschnitzten Holzpistolen Cowboys spielten, hielt Arquata Mittagsschlaf. Eine einsame Zeitungsseite wurde vom Wind über die staubige Straße gefegt.

Die Augen der beiden Jungs wurden groß, als auf einmal ein echter Cowboy auf sie zujagte, sein Pferd knapp vor ihnen zum Stehen brachte und noch im selben Zug absprang.

»Anbinden«, wies Philipp die beiden an. Er stieß die Schwingtür so heftig auf, dass die beiden Hälften gegen die Wand knallten.

Ein Mann mittleren Alters zuckte auf seinem Stuhl zusammen. Offenbar hatte er geschlafen, denn die Füße hatte er lang auf dem Schreibtisch ausgestreckt, und sein Hut war hinter seinem Stuhl zu Boden gefallen. Hastig sammelte er ihn auf und zupfte an seinen Schnurrbartspitzen. »Howdy, Philipp ...«

Philipp verlor keine Zeit. »Wo ist meine Schwester?«

»Nur mit der Ruhe ... Dort hinten ist sie ja.« Der Mann nickte zum Ende des Flurs, wo die Zelle lag. An spannenden Tagen saß dort ein Dieb fest, an weniger spannenden Tagen die Beteiligten einer Schlägerei oder Betrunkene zum Ausnüchtern.

Doch nun saß Eva auf der einsamen Holzpritsche, kerzengerade und Angst einflößend schön. In dem Eck, das am weitesten von ihr entfernt war, kauerte Minho.

Philipp rüttelte am Geländer, prüfte das Schloss.

»He, he! Beruhige dich!«, rief Bradley, der nun ebenfalls angekommen war und sich breitbeinig und wichtig neben Feli positionierte. Sie hielt sich im Hintergrund. Das hier musste Philipp alleine klären.

»Was machen die denn mit dir?«, sagte Philipp sanft zu seiner Schwester und wandte sich dann um. »Bradley, was soll das? Lass sie raus!«

»Dafür ist es zu spät«, erwiderte Eva. »Mein nichtsnutziger Ehemann hat alles umfassend gestanden.«

»Jerry! Natürlich! Wo steckt der Mistkerl?«

»Ich vermute, er hat sich volllaufen lassen und liegt bewusstlos unter einem Kaktus.«

»Aber ich verstehe nicht, warum halten sie dich hier gefangen und nicht ihn?«

Eva trat ans Gitter heran. Ihre Augen glänzten, ihre Mundwinkel umspielte ein leichtes Lächeln. »Du kennst die Antwort doch«, sagte sie leise.

Schweigen.

»Aber warum …?«, wisperte Philipp.

Eva lachte bitter. »Warum! Natürlich begreifst du das nicht, du Goldjunge!« Sie atmete schwer aus, um sich zu beruhigen. »Weißt du, was Vater zu mir gesagt hat, als ich Jerry geheiratet habe? ›Wird Zeit, dass du endlich aus dem Haus kommst.‹ Damals war ich einundzwanzig.«

»Vater kann ein ordentlicher Mistkerl sein, aber …«

»Du hast dich nie für die Molkerei interessiert, Philipp. Vater hätte sie mir vermachen können. Aber nein! Ich bin ja nur seine Tochter! Stattdessen drängt er dich geradezu. Und niemand von euch denkt an mich.«

Eva trat noch näher an das Gitter heran. »Alle habt ihr stillschweigend zugesehen, wie Jerry und ich uns abgerackert haben. Zunächst wollte ich euch nur ein wenig schaden und ihr gleich mit …« Der Blick ihrer schwarzen Hexenaugen glitt zu Feli und wieder zurück. »Ich habe Minho Geld dafür gegeben, dass er das Tor am Staudamm und die Leitungen öffnet, damit die Felder überflutet werden. Es hat gutgetan, euch endlich einmal leiden zu sehen. Und dann hat sich diese Chance mit dem Feuer ergeben … Es war perfekt.«

»Das alles nur, weil du das Gefühl hattest, ungerecht behandelt worden zu sein?«

»Weil ihr mich nicht beachtet habt«, sagte sie und reckte das Kinn. »Drei Jahre«, sagte sie. »Drei Jahre Zuchthaus sind es wert.«

Es war kein Geheimnis, wie es in Zuchthäusern zuging. Verrückte und Mörderinnen – das wären die Leute, mit denen man Eva zusammenstecken würde.

»Bring ihn weg«, rief Eva Bradley zu und wandte sich von Philipp ab. »Ich will ihn nicht mehr sehen.«

Ihr Vater fühlte sich für Minho verantwortlich, auch wenn er gleichzeitig der Ansicht war, dass das, was er getan hatte, bestraft gehörte. Am nächsten Tag fuhr er mit Philipp zum Zuchthaus und versprach seinem ehemaligen Angestellten, dass er sich an Minhos Stelle um dessen Familie kümmern und ihr regelmäßig Geld schicken würde. Woraufhin Minho auf die Knie fiel und Johanns Schuhe küsste, was diesem ziemlich unangenehm war.

»Wird schon alles irgendwie werden«, hatte Philipp abends zu Feli gesagt, sie in seine starken Arme geschlossen und auf den Scheitel geküsst. Auf seine ganz spezielle Art hatte er damit eigentlich viel mehr gesagt, nämlich: *Wir lassen uns von meiner Schwester nicht unterkriegen. Sie ist jetzt hinter Gittern und kann uns nichts mehr anhaben.*

Feli hatte bezweifelt, dass ihnen das gelingen würde. Aber tatsächlich gab es so viel vor ihrer Abreise zu erledigen, dass keine Zeit war, sich über Eva den Kopf zu zerbrechen. Obwohl sie hier so viel Unglück kennengelernt hatte, würde sie die Farm vermissen, ja sogar die Scheune, in der sie anfangs auf Matratzen mit ihrer Familie hatte nächtigen müssen. Wie weit entfernt schien ihr diese Zeit zu sein! Sie würde auch ihren Kleiderschrank vermissen, der viel zu klein für all ihre hübschen Kostüme, Röcke und Abendkleider gewesen war. Es war ein Wirrwarr an bunten Tüll-, Chiffon- und Seidenstoffen, herausragenden Ärmeln und Stehkrägen sowie Rüschen und Schleifen. Einige der Kleider hatte sie, seit sie in Kalifornien war, nicht einmal getragen. Wahrscheinlich wären sie in Deutschland ohnehin schon längst nicht mehr in Mode. Egal, sie nahm sich fest vor, eine Gelegenheit zu finden, sie anzuziehen! Und selbst wenn es nur beim Kochen war!

Am nächsten Tag brachen sie in aller Frühe auf. Auch Sam und Anne waren gekommen, um Abschied zu nehmen.

»Wir sehen uns spätestens bei der Hochzeit«, sagte Feli.

»Allerspätestens!«, erwiderte Anne unter Tränen.

Als Feli ihren kleinen Bruder in die Arme schloss, fühlte sie sich, als würde sie ihn im Stich lassen. »Ich besuche dich ganz oft«, versprach sie ihm.

Früher hätte Fritz geweint, doch inzwischen hatte er gelernt, dreinzublicken, als könnte ihm nichts und niemand etwas anhaben. »Männer weinen nicht«, sagte man hier, und er hielt sich daran.

Der schwere Schrankkoffer wurde mit dem Zug transportiert, die Kisten mit ihren Büchern und anderen Gegenständen wie ihrem geliebten Elfenbein-Frisierset hatten sie hinten auf dem Maxwell mit dicken Kordeln festgeschnürt. Selbst als die Farm schon nicht mehr zu sehen war, blickte Feli immer wieder zurück. Dieses unberechenbare, gewaltsame aber ebenso schöne Land. Es erschien ihr immer mehr wie eine Wildkatze, die sich gerade noch anschmiegte und im nächsten Moment schon die Krallen ausfuhr und zuschlug.

Zurück in Encinitas geschah das Unvorstellbare: Albrecht entschuldigte sich bei seinem Sohn. Beim Abendessen hatte Philipp seinen Eltern geschildert, was Eva getan hatte, woraufhin Albrecht erst einmal geschimpft hatte. »Ich wusste, dass diesem Chinesen nicht zu trauen ist!«

Darauf hatte niemand etwas erwidert, denn alles Minho in die Schuhe zu schieben, war einfach nur Albrechts Art, mit dem Schock umzugehen. Am nächsten Tag, als Philipp Kaffee und Eier mit Speck frühstückte, legte Albrecht im Hinausgehen eine Hand auf die Schulter seines Sohnes und sagte: »Ich hätte dir glauben sollen, als du sagtest, das Feuer sei nicht deine Schuld gewesen. Es tut mir leid.«

Philipp, der mit der Gabel auf halber Höhe zum Mund innegehalten hatte, erwiderte nicht mehr als »Schon gut«, und damit war die Sache vom Tisch.

Dass Albrecht einen Fehler eingesehen hatte, lag wohl an der ganz besonderen Magie, die Encinitas verströmte. Es war ein kleiner Ort, der nichts Böses zu kennen schien. Ein Ort, dessen goldene Küste zahlreiche Maler anzog und an dessen weitläufigen Stränden Dichter ihre Seele entfalteten. Bereits zwei Tage nach Felis Umzug klopften die Damen des örtlichen Bibelklubs ans Fliegengitter, flatterten hinein und plauderten über sämtliche Skandale und offene Geheimnisse der Stadt. Feli, die für gewöhnlich selbst gern redete, war derart überrollt, dass sie nur dann und wann nickte oder lachte und verlegen dankte, wenn die Damen ihr hübsches Kleid bewunderten oder schwärmten, wie weich ihr Haar aussehe. Feli hatte nämlich ihr Vorhaben umgesetzt und trug eines ihrer schönsten Kleider, ein lindgrünes Modell aus luftigem Leinen mit Applikationen aus irischer Spitze an Ärmeln und Brust.

Als die Damen nach zwei Stunden wieder hinausschwirrten, noch immer wie aufgescheuchte Hühner gackernd, konnte Feli sich nicht daran erinnern, wie sie hießen. Als hätte sie Felis Gedanken gehört, wandte sich eine von ihnen im Türrahmen noch einmal um. Sie hatte sehr runde Wangen und wenn sie lächelte, bildeten ihre ohnehin schmalen Mandelaugen nur noch zwei Striche. Im Gegensatz zu den anderen Frauen hatte sie sich eher zurückgehalten.

»Mein Name ist Katuso«, stellte sie sich vor. Sie hatte einen sehr starken Akzent, auch wenn ihr Englisch ansonsten einwandfrei war. »Meine Eltern und ich sind vor acht Jahren aus Japan eingewandert. Hin und wieder, wenn das Heimweh groß ist, kochen wir japanisch. Ich würde mich freuen, wenn du einmal zum Essen kommst.«

»Das wäre mir eine große Freude!«, entgegnete Feli, und als Katuso sich vor ihr leicht verneigte, tat Feli es ihr gleich.

Eine Woche vor der Trauung reisten ihre Eltern an. Ihr Vater ging Philipp tatkräftig in der Molkerei zur Hand, während die Frauen die Gästeliste schrieben, hin und her überlegten, wen man nebeneinandersetzte, und zählten, ob genug Porzellan für alle zur Verfügung stand oder man sich Geschirr von den Nachbarn leihen musste. Die Trauung fand in einer kleinen Kapelle direkt an der Felsküste statt, eingehüllt von den knorrigen, alten Ästen eines Ficus-Baums. Man könnte sagen, dass Feli sich an jenem Tag wie dieser Baum fühlte, nämlich tief verwurzelt und stark. Kein Unwetter würde ihr jemals etwas anhaben können, solange sie nur an Philipps Seite war.

»Ich bin stolz auf dich«, sagte ihr Vater, den Feli noch nie zuvor hatte weinen sehen. Feli wischte die Tränen unter seinen Augen fort, eine sehr zarte Berührung, denn sie trug seidene Handschuhe.

Der Gesang setzte ein, ihr Vater führte sie den Gang entlang, zumindest einen kleinen Teil, denn erst als ein Lachen durch die Reihen ging, begriff Feli, dass sie sich von ihrem Vater gelöst und Philipp entgegengeeilt war. Und ein neues Gefühl blühte in ihrem Herzen, ein Gefühl, als hätte jemand zu ihr gesagt: *Lass dich fallen, ich fange dich auf*. Sie hatte nicht gewusst, wie viele Arten zu lieben ein Herz ansammeln konnte. Ihres schien, was Philipp betraf, ein notorischer Sammler zu sein.

»Wie schön du bist«, sagte sie. Damit meinte sie alles – sein hübsches Gesicht, sein Wesen, aber auch das, was er in ihr weckte.

»Ist das nicht eigentlich mein Text?«, lachte er, und die Gäste lachten mit ihm. Nur ihre Mutter und Henrietta weinten, aber vor Glück, und deshalb waren auch ihre Tränen schön.

Felis Kleid war im edwardianischen Stil gehalten. Ein Kleid, das auf dezente Weise beeindruckend war, oder anders herum, je nachdem wie man wollte. Das heißt, es schrie nicht nach Aufmerksamkeit wie die Kleider, die Feli früher getragen hatte, sondern hob ihre natürliche Schönheit wie ein Rahmen hervor. Es war aus geripptem, austernfarbenem Satin mit einem Hauch von weißem Schleiertüll darüber und hatte einen hochgeschlossenen Brustbereich, der mit dezenten Blumenstickereien versehen war. Es fühlte sich ganz leicht auf der Haut an. Der Rock, der ab der hochgezogenen Taille in Falten hinabfiel, schwang bei der kleinsten Bewegung um ihre Knöchel. Das wahrhaft Besondere daran war jedoch, dass es das Hochzeitskleid ihrer Mutter war.

Die anschließende Feier fand bei ihnen auf dem Hof statt. Feli hatte sich ein ungezwungenes Fest gewünscht, bei dem viel getanzt wurde, und genauso war es. Gitarre, Banjo, Geige und Kontrabass spielten einen flotten Two Step auf. Ihre Mutter tanzte mit Philipp, der sie einmal drehte und dann sicher in seinen Armen auffing, was ihre Augen leuchten und sie entzückt kichern ließ. Sie hatte einen leichten Schwips, den sie sich auch verdient hatte, denn gemeinsam mit Henrietta hatte sie zwei Tage in der Küche gebacken, gebraten, mariniert und dekoriert, und nun standen die Gäste vor einem endlosen Büfett und konnten sich zwischen all den Pasteten, Braten, Gemüseplatten und Kuchen kaum entscheiden.

Schwerfällig ließ sich Anne neben Feli auf den freien Stuhl fallen, die sich gerade mit einem Glas Erdbeerbowle erfrischte.

»Nur ein paar Schritte, und ich bin schon wieder außer Atem. Der kleine Wurm hält mich ordentlich auf Trab.« Sie strich über ihren sichtlich gerundeten Bauch. »Noch einen Monat. Ich kann es kaum erwarten.«

»Ich freue mich so für Sam und dich.«

»Und ich mich für dich. Ich hätte nicht gedacht, dass Philipp so glücklich sein kann.«

Die Sonne senkte sich langsam herab, die ersten Gäste hatten sich verabschiedet, und übrig war nur noch ein enger, vertrauter und feierfreudiger Kreis. Passend zur goldenen Stunde hatte die Musikgruppe den Takt verlangsamt und spielte ein ruhiges Lied, zu dem Feli sich an Philipps Brust schmiegte.

»Was für ein Glückspilz ich bin«, sagte Philipp.

»Hast du das auch endlich verstanden, Philipp Licht?«, neckte sie ihn. Ihre Stimme war tief und ruhig, als wäre sie kurz davor, in seinen Armen einzuschlafen.

»Sei nicht so frech, sonst bekommst du deine Überraschung nicht.«

»Überraschung?« Sogleich war Feli hellwach. Sie liebte Überraschungen.

Philipp grinste und machte nicht den Eindruck, als würde er darauf antworten wollen. Er wäre ohnehin nicht dazu gekommen, denn auf einmal rief Sam laut: »Brautentführung!« Im nächsten Moment hob er Feli hoch, sodass sie halb über seiner Schulter hing.

Es wurde geklatscht und gejubelt, und ihr Vater verband Feli sogar die Augen, was sie nicht wirklich verstand, denn Philipp war doch derjenige, der suchen musste, und nicht sie! Sam drehte sich mit ihr, bis ihr schwindelig war und sie absolut keine Ahnung mehr hatte, wo Süden oder Norden oder die Ranch waren.

Als Sam sie auf die Beine stellte, streifte Gras ihre Knöchel. War das die Weidewiese der Kühe? Oder nur das Gras am Rand des Weges, der zum Ort hinabführte?

»Hier entlang.« Sam führte sie.

»Philipp wird mich nie finden!«, sagte Feli, was alle zum Lachen brachte, als hätte sie etwas wirklich Lustiges gesagt. Sie schob es auf den erhöhten Alkoholpegel.

Etwa zehn Minuten später waren sie angekommen. »Bist du bereit?«, fragte ihr Vater sie und löste das Tuch von ihren Augen.

Sie standen vor der Ranch an den Klippen, in die Feli sich verliebt hatte, als sie das erste Mal in Encinitas angekommen war. Die Ranch war überhaupt nicht mehr alt und heruntergekommen, sondern liebevoll hergerichtet mit himmelblauen Fensterläden und einer Veranda, die ums Haus herumführte. Vor der Haustür stand Philipp und klimperte mit einem Schlüssel. »Willkommen zu Hause.«

Feli begann zu zittern, so überwältigt war sie. Sie weinte, lachte, schüttelte den Kopf. »Es ist wunderschön ...« Sie befühlte den Briefkasten, der am Grundstücksrand im Boden steckte, strich über das frisch abgeschliffene und mit Öl eingelassene Geländer, als wäre es kostbarer Schmuck, und das Namensschild aus hell lackiertem Ton. *Feli und Philipp Licht.*

»Dein Vater hat mir beim Umbau geholfen«, sagte Philipp.

»Aber wir haben doch gar kein Geld ...«, wisperte sie.

»Einen Teil hat die Bank vorgestreckt, den Rest dein Vater.«

Feli wirbelte zu ihrem Vater herum. Der zuckte mit den Schultern, als wäre das keine große Sache. »Ich habe unsere Farm in Arquata verkauft.«

»Verkauft?«

»Exakt.«

»Papa ...«

»An uns!«, rief Anne freudig aus.

»Wir haben deinem Vater die Farm abgekauft«, fügte Sam hinzu. »Nächste Woche ziehen wir ein.«

Ihr Vater legte die Arme um Feli, und sie streckte die Hand nach ihrer Mutter aus, die auch noch Fritz heranschob. Der sträubte sich zunächst ein wenig und schlang dann doch die Arme um Feli.

»Es ist doch dein Traumhaus«, sagte ihr Vater.

»Ich glaub's nicht … Aber warte mal«, fiel Feli auf einmal ein. »Wo werdet ihr denn dann leben?«

»Na hier!«, lachte ihr Vater. »Was denkst du denn? Jemand muss doch deinem Gatten helfen, seine Blumen anzupflanzen!«

35

9. Dezember
3 Tage bis zum Poinsettia-Day

Noch immer machte der Jetlag Stella zu schaffen. Meist machte er sich direkt nach dem Essen bemerkbar. Sie rollte sich in der Hängematte zusammen, die neben der Terrasse zwischen zwei Palmen hing, und wollte ein wenig in der Nachmittagssonne dösen. Ihre Lider wurden schwer. Da klingelte ihr Handy. Mühsam zog sie es aus ihrer Jeanstasche.

»Mach dich fertig. Ich hole dich in fünf Minuten ab«, sagte Adam.

»Ich weiß nicht, ich ...«

»Keine Widerrede!« Es klackte leise in der Leitung, dann setzte ein Tuten ein.

Fünf Minuten später hatte Stella es noch immer nicht aus der Hängematte geschafft.

»Nicht schlafen.« Wieder Adam, nur diesmal direkt neben ihr. Er schaukelte sie in der Hängematte, um auf sich aufmerksam zu machen.

Als sie die Augen öffnete, war da erst nur Sonnenlicht. Sie blinzelte ein paarmal, ehe sich Adams hübsches Gesicht abzeichnete. Er streckte ihr die Hand hin, und sie ließ sich von ihm auf die Beine ziehen. »Komm, wir unternehmen etwas.«

»Und was?«

»Irgendwas. Wir sind jung und spontan, uns wird schon was einfallen!«

»Und jetzt?«, fragte Stella, als sie nur wenig später in der Einfahrt standen.

»Mhh ...« Adam sah sich um, als würde er darauf warten, dass die Antwort auf ihre Frage hier irgendwo herumlag. Aber da war nichts außer zwei kleinen Kindern, die mit Kreide auf die Straße malten, und dem Nachbarn, der gerade dabei war, den Balkon mit Lichterketten zu schmücken. Mit weihnachtlicher Begeisterung winkte er ihnen, und Adam winkte zurück und schob dann die Hände in die Hosentaschen.

»Schon mal Skateboard gefahren?«, fragte er.

Adam gehörte zu der Sorte von Typen, die nicht ohne ihr Skateboard sein konnten und es, selbst wenn sie im Jeep unterwegs waren, im Kofferraum mitschleppten. Er erwartete tatsächlich von Stella, dass sie sich wenigstens einmal auf das Brett stellte. »Glaub mir, es wird dir gefallen.«

Er zog sie ein Stück, was bedeutete, dass er ihre Hände nahm und rückwärts lief. Die Palmen schaukelten im Wind, ihre Stämme knarzten leise, die Zweige raschelten, der Gully, über den sie rollte, gluckerte. Ansonsten hielt Laguna Beach Mittagsschlaf. Stella genoss das Gefühl. Als gehöre die Stadt Adam und ihr allein. Es beflügelte sie regelrecht. Der Wind fuhr Adam durch sein dichtes, dunkles Haar, bis es senkrecht vom Kopf abstand. Stella verkniff sich den Gedanken, dass er ihr so wirklich gut gefiel. Irgendwie trug dieser zerzauste Look dazu bei, dass sie sich noch besser fühlte. Er nahm etwas von dem Schmerz in ihrer Brust weg. Ja, sie war glücklich in diesem Moment.

Adam ließ ihre Hände los, und Stella rollte ein Stück alleine den Hang hinab, völlig planlos, wie man Skateboard fuhr, während Adam neben ihr herjoggte.

»Brems mit dem hinteren Fuß, indem du das Bett runterdrückst!«, rief er.

Leichter gesagt als getan. Zwar bremste sie, verlor dann aber das Gleichgewicht und taumelte in seine Arme. Ihr Bauch schmerzte, so sehr lachte sie.

»Lass uns zum Strand runterschauen, vielleicht ist da was los«, schlug Adam vor, und ehe sie sich's versah, standen sie diesmal beide auf dem Brett, und er stieß sie an.

»Ganz ruhig«, sagte er. Was definitiv leichter gesagt als getan war, vor allem als sie an Fahrt gewannen.

Stella wusste, dass Adam etwas in ihr verändert hatte. Wenn sie ihn sah, war sie wacher und plapperte manchmal einfach drauflos, was eigentlich gar nicht in ihrer Natur lag.

Nun aber brachte sie kein Wort hervor, denn Adams großer, schlanker Körper lag dicht an ihrem. Sein Herzschlag an ihrem Rücken. Der Abendhimmel gab sein Bestes und hatte seine gesamte Palette an Rottönen ausgepackt. Als sie den Strand erreichten und Adam das Board zum Stehen brachte, waren Stellas Knie ganz weich.

Sie setzten sich nebeneinander in den Sand, wobei Stella die Arme um die angewinkelten Beine schlang und Adam sich zurücklehnte und auf die Ellenbogen stützte. Der Wind wehte immer mal wieder die Stimmen der Surfer zu ihnen, die auf ihren Brettern saßen und auf die nächste große Welle warteten. In der Palme neben dem *Beachhouse* kuschelten sich zwei rotbauchige Vögel aneinander, plusterten sich auf und ließen sich die Federn von der Abendsonne wärmen. Und auf einmal wurde Stella wahrhaftig bewusst, dass Adam ja jetzt Single war und dass auch sie rein theoretisch Single war und …

»Alles in Ordnung?«, riss Adam sie aus ihrem Gedanken- und Gefühlswirrwarr. »Du wirkst leicht angespannt.«

»Viel im Kopf«, wich sie aus, doch Adam ließ es nicht darauf beruhen.

Er machte sich immer recht schnell Sorgen, dass Stella wieder in einen neuen Anfall tiefster Trauer abrutschte, also schob sie vor, dass ihr noch immer Theresas Besuch im Kopf rumspukte. Was ja auch eigentlich stimmte. »Ich weiß auch nicht, irgendwie erinnert sie mich an meine Mutter.«

Adam, ihr unschuldiger, lieber Adam, hatte keine Ahnung. »Das kann gut sein«, sagte er. »Theresa war und ist immerhin Lizzys beste Freundin, die beiden sind wie Schwestern. Bestimmt hatte meine Oma auch ein bisschen Einfluss auf deine Mutter.«

»Ja, vermutlich hast du recht …« Darauf ließ Stella es beruhen, auch wenn sie bezweifelte, dass es wirklich nur Einfluss war, dem man diese Ähnlichkeit zuschreiben konnte. Nein, da steckte mehr dahinter. Ihre Mutter war der jungen Theresa wie aus dem Gesicht geschnitten gewesen. Aber das würde Stella vorerst für sich behalten. Etwas wie »Ach übrigens, ich glaube, deine Oma ist auch meine Oma« oder »Theresa und Lizzy haben uns etwas vorgemacht« sagte sich nicht so leicht. Vor allem nicht, wenn man gerade erst Teil einer Familie geworden war und sich eher bedeckt halten und dankbar zeigen sollte.

»Hält Amber sich eigentlich daran, sich nicht mehr bei dir zu melden?«, fragte Stella auf einmal.

»Wie kommst du denn jetzt darauf?«

Sie zuckte mit den Schultern. »Nur so.«

»Bis jetzt schon. Aber es ist ja auch noch nicht viel Zeit seit unserer Trennung vergangen … Mal abwarten.«

»Bereust du es denn schon? Ich meine, dich von ihr getrennt zu haben?«

»Nein. Manchmal fühlt es sich nur etwas seltsam an, weil wir echt lange zusammen waren. Aber es ist besser so.«

»Wie ist sie denn eigentlich so?«

Darüber dachte Adam erst einmal nach. Schließlich sagte er: »Amber ist intensiv.«

»Inwiefern intensiv? Gut intensiv? Schlecht intensiv?«

»Beides, schätze ich. Sie kann Leute ziemlich gut beeinflussen. Sie gibt einem das Gefühl, etwas ganz Besonderes zu sein. Jeder will etwas mit ihr zu tun haben. Und jeder glaubt, dass er das Glück hat, sie wahrhaftig zu kennen, aber eigentlich kennt niemand sie wirklich. Weil sie immer nur eine Version ist. Sie schafft es irgendwie, Menschen zu reflektieren und sich genau auf sie einzustellen. Es ist schwer zu beschreiben … «

»Und du?«, fragte Stella. »Kennst du sie denn wirklich?«

»Um ehrlich zu sein, habe ich das nie herausgefunden. Aber zumindest kenne ich eine sehr intime Seite von ihr.«

»Okay …«

»So meine ich das nicht! Das klang komisch.« Er errötete ein wenig. »Ich meine damit, dass ich eine Seite an ihr kenne, die sonst niemand kennt. Auf die meisten wirkt sie ziemlich perfekt. Sie war bei den Cheerleadern und immer die Beste in unserem Jahrgang. Jetzt macht sie eine Ausbildung zur Anwaltsgehilfin, aber nebenbei modelt sie.«

»Sie modelt?«, fragte Stella ernüchtert.

»Ja, sie verdient sich ein bisschen was dazu.« Er richtete sich auf und klopfte sich den Sand von den Händen. »Sag bloß, du zählst zu den Mädchen, die eine Abneigung gegen Models haben.« Es lag etwas Herausforderndes in seiner Stimme.

Stella schluckte den Köder. »Ich habe keine Abneigung gegen Models. Es geht mir nur nicht in den Kopf, wie man sein Äußeres so wichtig nehmen kann. Es geht mir sozusagen ums Prinzip.«

Adam wirkte belustigt. »Ums Prinzip?«

»Ja. Darum, dass jemand Zeit damit verbringt, in der *Vogue* zu blättern, zum Enthaaren zu gehen und sich künstliche Wimpern aufkleben zu lassen, wenn man diese Zeit auch dafür verwenden könnte, mit einsamen, alten Damen im Seniorenheim *Mensch ärgere dich nicht!* zu spielen oder ehrenamtlich im Tierheim auszuhelfen.« Nach dem Satz musste sie erst einmal Luft holen.

»Es ist bewundernswert, dass du so überhaupt nicht in Vorurteilen denkst.«

»Das sind keine Vorurteile. Es ist Teil des Berufes.«

»Ich habe letztens gelesen, dass Heidi Klum dem Roten Kreuz eine nette Summe gespendet hat und dafür ausgezeichnet wurde«, sagte Adam lächelnd.

Diese Bemerkung war ihr keine Antwort wert.

Der eigentliche Kern ihres Problems mit Models lag eigentlich ein Stück tiefer. Nämlich darin, dass Männer auf diesen Frauentyp total abfuhren. Deshalb sahen doch die Mädels an ihrer Uni alle gleich aus! Stella war das so leid. Sie bewunderte Frauen wie Rosa Luxemburg, Frida Kahlo oder von ihr aus auch Oprah Winfrey, die Menschen bewegten, weil sie eben nicht wie alle anderen waren.

»Andreas würde mich verstehen«, sagte Stella.

Adam zog die Augenbrauen hoch. »O ja, da bin ich mir sicher. Er würde gleich eine Studie mit dem Titel *Warum Männer auf Models abfahren* beginnen und dafür völlig uneigennützig an Models forschen.«

Das saß. »Wir sollten jetzt das Thema wechseln.«

»Eins noch«, sagte Adam. »Schönheit liegt im Auge des Betrachters. Ich beispielsweise finde dich total hübsch.«

Auch das saß, nur auf ganz andere Weise. Es war nicht das erste Mal, dass jemand Stella sagte, sie sei hübsch. Aber so, wie Adam es gesagt hatte, glaubte sie ihm tatsächlich, und das wiederum war eine Premiere. »Das sagst du doch jetzt nur so …«

»Ich meine es so, wie ich es sage. Wahrscheinlich klingt das seltsam für dich, weil ich doch dein Cousin bin, aber es ist mir wichtig, dass du das weißt. Und mein Gefühl sagt mir, dass du bisher nicht so gute Erfahrungen in der Liebe gemacht hast.«

Er hakte nicht weiter nach, überließ es ihr selbst, ob sie darauf einging oder nicht.

Sie ging darauf ein. »Es hätte auch schlimmer sein können. Meinen ersten Freund hatte ich mit fünfzehn. Jannis war damals in der Schule drei Stufen über mir und hatte ein Motorrad, das hat mir imponiert. Das hat auch den anderen Mädchen imponiert, aber das habe ich erst nach zwei Jahren kapiert. Danach kam Simon, der aushilfsweise einen Tanzkurs geleitet hat und ziemlich gut tanzen konnte. Aber er meinte irgendwann, ich sei ihm zu unreif, er würde sich wie mein Vater fühlen.«

»Wie alt war er denn?«

»Fünfunddreißig. Aber das Alter spielt keine Rolle. Nur hierauf kommt es an.« Sie deutete auf ihren Kopf und dann auf ihr Herz. »Tja, und dazwischen gab es immer mal wieder kurze Beziehungen, bis ich Andreas kennengelernt habe. Aber jetzt bist du wieder dran. Wie viele Freundinnen hattest du denn schon?«

»Amber.«

»Und?«

»Nur Amber.«

Stella schluckte.

»Du hattest all diese Beziehungen ...«, sagte Adam. »Warst du denn überhaupt schon mal allein?«

»Klar. Dazwischen halt. Ich verstehe die Frage nicht ...«

»Ich meine ja nur. Darf ich noch was fragen?«

»Eher nicht, nein ...«

»Wenn du bei Andreas bist, bist du da ganz du selbst?«

»Ich denke schon. Wie bin ich denn?«

»Das weißt du nicht? Du bist witzig, diskussionsfreudig, aufgeweckt ... So viel.«

Das schmeichelte ihr einerseits. Aber andererseits verunsicherte es sie auch.

»Ich frage nur deshalb«, begann Adam, »weil ich das Gefühl habe, dass du es allen recht machen willst. Darf ich noch etwas fragen?«

»Nein, danke ...«

»Wann hat Andreas sich das letzte Mal bei dir gemeldet?«

»Gestern.«

»Hat er angerufen?«

»Er hat eine sehr nette SMS geschickt. Darin stand, dass er oft an mich denkt und unsere tiefgründigen Gespräche vermisst.«

»So ein Idiot«, sagte Adam.

Stella reagierte gereizt. »Was gibt's daran denn auszusetzen?!«

»Er hätte dich fragen sollen, wie's dir geht. Er hätte anrufen sollen. Er sollte tagtäglich anrufen, um sich zu vergewissern, dass deine Familie, die du bis vor Kurzem nicht kanntest, dich auch wirklich gut behandelt.«

»Er hat doch gesagt, dass er an mich denkt!« Das war nicht dasselbe, das war Stella schon klar. Sie spürte ja, dass Adam recht hatte, aber es fiel ihr verdammt schwer, sich das einzugestehen.

»Ich versuche nur, dir zu helfen. Deshalb sage ich es einmal in aller Deutlichkeit, auch wenn du vielleicht dann wütend auf mich bist: Andreas ist ein Arsch. Und er verdient dich nicht.«

»Das ist doch jetzt nicht mehr wichtig!« Sie sprang vom Boden auf. »Wir haben ja kaum noch Kontakt, mal abgesehen von dieser einen SMS!«

»Glaub mir, er wird dich wieder anrufen. So jemand wie Andreas braucht immer jemanden am Angelhaken.«

»Er hat mich nicht am Angelhaken!«

Adam redete einfach weiter. »Er wird sich nie von seiner Frau scheiden lassen, dafür ist er zu feige. Ansonsten hätte er es schon getan.«

»Wie gesagt, wir haben kaum noch ...«

In diesem Moment klingelte ihr Handy. Es gab nicht viele Leute, die sie anriefen, eigentlich nur Judith, Tobi oder ... »Andreas«, las Stella laut vom Display ab. Sie sank neben Adam auf die Knie und starrte wie panisch auf die sieben schwarzen Buchstaben.

Adam wollte sie allein lassen, damit sie ungestört mit Andreas telefonieren konnte, aber sie hielt ihn zurück. Aus irgendeinem Grund wollte sie, dass er bei ihr blieb.

»Hallo, Andreas«, meldete sie sich. »Wie geht's dir?«

»Gut so weit. Viel um die Ohren. Nächste Woche muss ich das Manuskript abgeben und dafür noch viele Quellen prüfen.« Das erste Mal wurde Stella bewusst, wie unerträglich es eigentlich war, wenn Andreas von seiner Arbeit sprach. Jedes Mal klang es, als stünde er kurz davor, ein Mittel gegen Krebs zu entdecken. Das, was er veröffentlichte, war schon gut – wenn man sich für »Die Moral im Zeitalter nuklearer Energiegewinnung« interessierte.

»Ich vermisse es, dir daraus vorzulesen und mit dir darüber zu sprechen.«

Erinnerungen an ihre gemeinsame Zeit mit Andreas rasten durch Stellas Kopf. Nur sah sie auf einmal alles aus einem anderen Blickwinkel. Sie sah, wie Andreas in ihrem Bett lag und Stunden über sein Manuskript philosophierte, warum es derart revolutionär sein würde, während Stella brav zuhörte und an den richtigen Stellen nickte oder staunte. Sie ließ all die Vorträge Revue passieren, die er ihr gehalten hatte. Dass sie zu viel Zeit mit ihrer Mutter verbringe und es kindisch war, in einer WG zu leben und dass sie sich nur weigerte auszuziehen, weil sie Angst davor hatte, allein zu sein. Dabei hatten sie sich in genau dieser WG immer getroffen. Zu ihm nach Hause konnten sie ja nicht. Und wenn sie gemeinsam essen gingen, fuhren sie immer eine Ewigkeit in ein Restaurant auf dem Land, wo sie sicher niemanden aus der Universität treffen würden. Auf einmal wurde Stella bewusst, wie viel Zeit sie mit Andreas verloren hatte. Und das machte sie wirklich traurig.

Weil sie schwieg, hatte Andreas wohl das Gefühl, etwas sagen zu müssen. »Und wie läuft's bei dir so?«

Sie hatte gar keine Lust, ihm etwas aus ihrem Leben zu erzählen. Wo hätte sie denn auch anfangen sollen? Es war so viel passiert, und er wusste so gut wie nichts davon. »Auch viel um die Ohren«, sagte sie deshalb nur.

Er schien auch gar nicht mehr darüber hören zu wollen, denn alles, was er dazu sagte, war: »Ja, das ist ja logisch.«

Stella sah einem kleinen Jungen zu, der einen Drachen am Strand steigen ließ. Andreas atmete aus, als wäre sein Leben wirklich, wirklich schwer. »Ich vermisse dich, Sternchen. Und ich weiß, dass du mich auch vermisst. Und wenn du wieder nach Hause kommst, dann …«

»Halt, stopp«, unterbrach sie ihn. »In den letzten Wochen ist meine Mutter gestorben. Ich habe herausgefunden, dass ich Familie in Kalifornien habe, habe die Uni sausen lassen, um zu dieser Familie zu reisen, zu Leuten, die ich noch nie in meinem Leben gesehen habe. Ich bin das erste Mal in meinem Leben Skateboard gefahren. Und du … du hast kein einziges Mal angerufen, um zu fragen, ob ich klarkomme.«

»Du weißt, dass das nicht geht. Weil …«

»Ja, schon klar. Weil du deine Kinder von der Schule abholen musst. Weil du ja ach so sehr im Weihnachtsstress bist. Weil … ja, was? Weil du ein Professor an meiner Universität bist!«

Das brachte Andreas erst mal zum Schweigen. Aus dem Augenwinkel sah sie, wie Adam äußerst angespannt mit dem Zeigefinger Sterne in den Sand malte.

»Du willst doch gar nicht mit mir zusammen sein«, sagte Stella. »Du brauchst nur jemanden, der dein Ego poliert. Und dafür bin ich mir zu gut.«

»Sternchen, wir sollten das vernünftig in einem Gespräch klären. Wie Erwachsene.«

»Zu diesem Gespräch wird es nicht kommen, Andreas.« Sie hörte selbst, wie wütend sie klang. »Es ist vorbei zwischen uns.«

Sie konnte kaum glauben, was sie da gerade gesagt hatte. Sie hatte immer zu Andreas aufgesehen. Aber diese Worte waren aus ihrem tiefsten Inneren gekommen, als hätten sie sich doch eigentlich schon lange in ihr angestaut, sie waren nur verborgen gewesen.

»Das meinst du doch nicht ernst.« Sein Tonfall war nicht zu deuten. War es Enttäuschung? Wut? Entsetzen? Arroganz?

»Doch«, sagte sie. »Finis coronat opus.« Auch diesen lateinischen Spruch hatte sie von Andreas übernommen. »Mach's gut, Andreas. Und frohe Weihnachten.«

Sie legte auf. Ihre Hände zitterten. Eigentlich zitterte sie am ganzen Körper.

»Finis coronat opus«, wiederholte Adam beeindruckt. »Was heißt das?«

»Das Ende krönt das Werk.«

»Verdammt gut«, sagte Adam. »Wie geht's dir jetzt?«

»Verdammt gut, würde ich sagen.«

36

1913

Über ein Jahr lebten sie nun schon in Encinitas. Schweren Herzens hatte Feli ihr Medizinstudium aufgegeben, doch sie bereute die Entscheidung nicht. Früher mochte es ihr Traum gewesen sein, Ärztin zu werden, doch nun träumte sie davon, sich mit Philipp ein Leben und eine Familie aufzubauen. Sie hatte ihn überredet, einen erneuten Versuch zu wagen, Poinsettien zu züchten. Sie waren losgezogen und hatten in der Wildnis nach der Pflanze gesucht. Einen Tag und eine Nacht waren sie von zu Hause fort gewesen, und Feli war so glücklich wie schon lange nicht mehr gewesen. Nur sie beide, die weite Steppe, der Duft nach Abenteuer ... Sie hatten Wildpferde in der Morgensonne über Täler galoppieren sehen und hatten in der Abenddämmerung ihr Lager am Fluss aufgeschlagen. Philipp hatte Fische gefangen, die sie unter dem blühenden Sternenhimmel im Feuer gebraten hatten. In dieser Nacht hatten sie sich mit einer Leidenschaft geliebt, die Feli noch Minuten danach hatte erzittern lassen. Fast war sie traurig gewesen, als sie eine Poinsettia entdeckt hatten. Denn das hatte bedeutet, dass ihr Ausritt beendet war und daheim der Alltag wieder auf sie wartete.

Aus den Zweigen, die Philipp abgeschnitten hatte, hatten sie Stecklinge gezogen, die sie eingepflanzt und wie Kinder umsorgt hatten. Professor Coleman war für mehrere Tage angereist, um Philipp zu unterstützen.

»Gib dich nie leicht zufrieden, mein Lieber«, hatte er mit der Stimme eines alten Mannes gesagt, den die Knochen bei jeder Bewegung schmerzten, der aber noch nicht bereit war, nur noch Zuschauer im Leben zu sein. »Versuch die Poinsettia zu ergründen. Zähme sie wie ein Wildpferd! Denn das ist sie – sie ist in der Wildnis geboren! Aber was, wenn man sie eines Tages als Topfpflanze kaufen könnte?«

»Als Topfpflanze?«, hatte Philipp erwidert. Bisher waren sie davon ausgegangen, dass sie die Poinsettia ausschließlich als Schnittblume verkaufen würden. »Wie soll das funktionieren?«

»Das müssen wir wohl herausfinden. Aber man braucht ja immer Ziele«, hatte Professor Coleman erwidert. Sein Lachen war dicht am Wahnsinn vorbeigeschrammt, aber Genie und Wahnsinn lagen bekanntlich nah beisammen. Und ein Genie war er allemal.

Feli hatte nicht gewusst, dass es eine Wissenschaft sein könnte, Blumen zu züchten. Aber Professor Coleman hatte sie gelehrt, dass jede Pflanze ihre ganz eigenen Bedürfnisse hatte, wie eine Frau. Dieser Vergleich wunderte Feli, war Professor Coleman doch nie verheiratet gewesen, aber sie verstand, worauf er hinauswollte.

Philipp hatte sich in der Scheune eine Art Labor eingerichtet, in dem er herumexperimentierte. Es ging darum zu ergründen, wie die Erde beschaffen sein musste, um die Poinsettia bestmöglich zu nähren, wie viel Licht sie brauchte, wann sie es brauchte, ob sie es lieber warm hatte oder ob sie auch Kälte vertrug ... Die Poinsettia war zu einem Forschungsprojekt geworden.

An einem Novembertag, als die Wolken gerade erst ihren rosaroten Morgenmantel ablegten, kam Philipp in die Küche geeilt. Er war völlig außer Atem. Feli wollte ihm gerade schon eine Standpauke halten, was seine dreckverkrusteten Stiefel in der Küche zu suchen hatten, da sah sie das Glühen in seinen Augen. »Komm schnell«, keuchte er. »Es ist so weit!«

Die ersten Blätter hatten begonnen, sich rot zu färben. Es war ein zögerliches Rot, als würden die Pflanzen aus einem langen Schlaf erwachen. Das Gefühl, das Feli in diesem Moment empfand, erinnerte sie an die weihnachtliche Vorfreude, wenn morgens die Wiesen weiß gefroren waren und alles im Licht glitzerte und schließlich, wie Vorboten für das bevorstehende Weihnachtswunder, still und leise die ersten Schneeflocken vom Himmel taumelten. Innerhalb weniger Tage steckten sich die Poinsettien mit Kraft und Energie an, bis sich ein leuchtend rotes Meer neben der Ranch erstreckte. Auf der anderen Seite der Ranch blinzelte das ewig schimmernde Diamantmeer vor Staunen über diese ihm ebenbürtige Pracht. Philipp legte seine Hand um ihre. In diesem Moment fühlte Feli sich unsterblich.

Anfangs musste Feli sich zugegebenermaßen überwinden, die Poinsettia-Reihen entlangzulaufen, denn war es nicht Philipp höchstpersönlich gewesen, der sie vor giftigen Tieren gewarnt hatte, die in Kalifornien überall lauern konnten? Aber durch das Leder ihrer hohen Schnürstiefel drang kein Schlangenzahn und auch nicht der Giftstachel eines Skorpions. Und seit ihr das bewusst geworden war, genoss sie es, durch die Reihen zu streifen, die Arme auszubreiten und die Handflächen von den Blattspitzen kitzeln zu lassen.

Die Arbeit in der Molkerei und auf den Feldern war schwer, und abends war Feli oft so müde, dass sie wie ein Stein ins Bett fiel und einschlief. Genau das hatte Philipp Feli ersparen wollen.

»Ich bin glücklich«, beruhigte Feli ihn dann. Das war sie wirklich, denn dieser Ort mit seiner malerischen Küste und den langen Stränden war wunderschön. So schön, dass, wenn sie doch einmal die Zeit fand, in einem Roman zu lesen, die Geschichte in ihrer Fantasie immer in Encinitas spielte, als gäbe es für sie auf der ganzen weiten Welt nur noch diesen einen Ort.

Abends ruhte ihr Blick auf den Poinsettia-Feldern. Die Abendstimmung liebte Feli am meisten, denn da trug die Natur sehr großzügig Farbe auf ihre Leinwand auf. Das Licht fiel in hellgelben Streifen über die leuchtend roten Felder, und der Himmel war eine Schatzkiste, aus der mit Rubinen, Smaragden, Amethysten und Bernstein besetzte Ketten und Kronen herausstrahlten. In all diesem Glanz zeichnete sich eine dunkle Silhouette ab: ein stolzer Mann auf einem Pferd. Dann legte Feli Daumen und Zeigefinger an den Mund und pfiff, wie Philipp es ihr beigebracht hatte, damit er wusste, dass das Abendessen auf dem Tisch stand.

Das Leben auf einer Ranch hatte viel Wundervolles zu bieten. Nie würde Feli die Tage vergessen, an denen Kälbchen zur Welt kamen. Nie den Duft, wenn das Heu geschnitten und getrocknet wurde. Nie würde sie das Klackern vergessen, wenn gebuttert wurde. Nie die Mittagsstunden, wenn es so heiß war, dass jede Bewegung Kraft kostete und Buddy gemeinsam mit den zwei Katzen auf der Veranda döste.

Das war die eine Seite des Ranchlebens. Aber es gab auch Tage, an denen Feli zweifelte, ob sie wirklich für dieses Leben gemacht war. Das waren die Tage, an denen sie Philipp dabei half, die Güllegrube zu leeren und es ihr bei dem Gestank den Magen umdrehte, sodass sie zwei Tage später noch keinen Hunger hatte. Das waren die Tage, an denen Kühe geschlachtet wurden oder ein Kojote ein Kälbchen von der Weide riss. Das waren die Tage, an denen sie feststellte, dass sie trotz duftender Seife den Geruch von Kuhstall nicht aus ihrem Haar hatte waschen können, oder an denen ihr Rücken vom ständigen Bücken auf den Feldern schmerzte und sie sich zehn Jahre älter fühlte.

Aber am schlimmsten war es für sie immer noch, die Post zu holen. Der Gang zum Briefkasten fühlte sich an wie der Gang eines Unschuldigen, der zum Henker geführt wurde. Feli verfluchte all die geldgierigen Menschen dort draußen, die ihr und Philipp Rechnungen schrieben, obwohl ihr bewusst war, dass diese Leute nur verlangten, was ihnen zustand. Es war ein Glück, wenn wenigstens einer dieser Briefe keine Zahlaufforderung enthielt, sondern ein paar liebe Worte von Anne.

Letzte Woche war eine Karte aus Mexiko eingetrudelt, wo sie mit Sam und dem Baby nachträglich ihre Flitterwochen verbracht hatte. Und obwohl Feli gelächelt hatte, weil sie sich natürlich für ihre Freundin freute, hatten Tränen in ihren Augen gestanden.

Die Hühner stoben gackernd auseinander, als Feli sich an jenem Abend eines unanständig heißen Novembertags zum Briefkasten wagte. Diesmal war sogar ein dicker Umschlag mit einem Stempel »Mahnung« dabei. Es war nicht so, dass Philipp und sie am Hungertuch nagten, deshalb war es noch zu früh, ihre Eltern einzuweihen. So, wie sie ihren aufmerksamen Vater kannte, wusste er ohnehin genau Bescheid. Philipp investierte im Moment viel Zeit in die Pflege und Zucht der Poinsettien, was kein Geld in die Kasse brachte, und weniger Zeit in die Molkerei, was Geld in die Kasse gebracht hätte. Außerdem mussten sie noch die Schulden bei der Bank abbezahlen, die Philipp aufgenommen hatte, um die Ranch zu kaufen.

Feli seufzte schwer und blickte zum Poinsettia-Feld. Sie liebte den Anblick, wie der Wind die Blätter bewegte und sie im Sonnenlicht schimmern ließ. Jetzt kam es nur noch darauf an, dass es Philipp gelang, die Gärtnereien und Blumenhandlungen davon zu überzeugen, ihnen die Poinsettien abzukaufen und ins Sortiment aufzunehmen.

Noch keinen Tag hatte Feli ihre Entscheidung bereut, Philipps Frau geworden und mit ihm hierhergezogen zu sein. Das hier war das Leben, das sie wollte. Aber es hatte Spuren an ihr hinterlassen. In ihrem Spiegelbild sah sie nur noch wenig von dem jungen Mädchen, das vor drei Jahren mit seinen Eltern nach Kalifornien ausgewandert war. Dabei hätte sie nicht sagen können, was sich an ihr verändert hatte. Ihre Augen? Ihr Blick?

»Fritz! Hört auf, so zu toben! Ihr tut euch noch weh!«, rief sie ihrem kleinen Bruder zu, der mit seinen neuen Schulfreunden Cowboy und Indianer spielte. Fritz war ein ganzes Stück gewachsen, war aber noch immer der kleinste unter seinen Freunden. Er versuchte sich zu behaupten, indem er allerlei Unsinn ausheckte, was Feli und ihrer Mutter schon das ein oder andere graue Haar beschert hatte.

Drinnen legte Feli die Briefe auf den Küchentisch und begann, die Zutaten für einen Marmorkuchen aus dem Schrank zu holen. Am nächsten Tag hatte Katuso Geburtstag, die ihr inzwischen eine gute Freundin geworden war. Sie interessierte sich nicht nur dafür, wie man Pfannkuchen besonders fluffig und Wäsche besonders weiß bekam, sondern blickte über den Tellerrand. Einerseits kannte sie sich in der Politik aus und wusste, dass die Großmächte aufrüsteten, andererseits interessierte sie sich auch sehr für Kunst und Kultur und hatte beispielsweise mitbekommen, dass die vor zwei Jahren aus dem Louvre gestohlene Mona Lisa wieder aufgetaucht und an ihren alten Platz zurückgekehrt war.

Feli war gerade dabei, Mehl, Zucker, Milch und Eier zu einem glatten Teig zu verrühren, als sie ein lautes, unregelmäßiges Rattern innehalten ließ. Der Maxwell holperte auf das Grundstück und blieb ruckartig stehen. Philipp sprang aus dem Wagen, knallte die Autotür zu und schlug fluchend mit der flachen Hand auf den Motorraum.

Er sah gut aus. Neben seinen ewigen Begleitern, dem Hut und den Cowboystiefeln, hatte er sich das Halstuch umgebunden, das Feli ihm zum Geburtstag geschenkt hatte. Dazu eine robuste Levi-Strauss-Jeans, die für harte Arbeit gemacht war und perfekt saß, sowie ein blütenweißes, faltenfreies Hemd. Was ein Glück, dass Philipp nicht wusste, wie attraktiv er war, das hätte am Ende nur seinen sanften, zurückhaltenden Charakter verdorben.

Er platzte zur Tür herein, ließ sich auf den Stuhl am Küchentisch fallen und warf seinen Hut frustriert auf den Tisch. »Mist, verdammter …«, sagte er und rieb sich die müden Augen. »Dieses Auto bringt mich noch um.«

Feli küsste ihn auf die Wange und begann, seine Schultern zu massieren. »Und?«, fragte sie.

»Nichts.«

»Alle drei?«

Er nickte.

Feli hatte die Hoffnung gehabt, dass wenigstens eine Blumenhandlung sich für die Poinsettien interessieren würde … Langsam wurde es Zeit, sich einen Plan B zu überlegen. Irgendwie mussten sie ja Geld verdienen, wenn sie die Ranch behalten wollten.

»Was er mit einem langweiligen Busch anfangen soll, hat mich so ein Idiot gefragt!«, fuhr Philipp aufgebracht fort. »Immer wenn man diesen Typen sagt, dass die Poinsettia sich nur wenige Monate im Jahr rot färbt, wollen sie nichts mehr von ihr wissen.«

Feli setzte sich auf seinen Schoß und legte die Arme um seinen Nacken. »Wir schaffen das schon.«

Er legte seine Stirn an ihre. »Ich weiß nur nicht mehr, wie … Die Molkerei wirft zwar ganz gut Geld ab, aber gleichzeitig steigen die Ausgaben immer mehr. Meine Eltern könnten ihr Zuhause verkaufen und bei uns einziehen …«, überlegte er laut.

»Kommt nicht infrage!« Ein paar Stunden am Tag mit Albrecht genügten.

Seit geraumer Zeit schwebte Feli eine Idee vor, doch bis jetzt hatte sie noch nicht den Mut gefunden, mit Philipp darüber zu sprechen. Eigentlich erzählten sie sich alles, nur in diesem Fall musste Feli es geschickt anstellen. Es würde nämlich ein gewisser Name fallen, der Philipp sofort herausfordern oder gar in seinem Stolz verletzen würde.

»Ich hatte da so eine Idee …«, fing sie vorsichtig an, erhob sich und rührte wieder im Teig.

»Mhh …« Philipp hörte ihr nur halb zu, weil er gleichzeitig die Briefe durchsah.

»Vielleicht liegt es an dem komplizierten Namen. *Poinsettia* – das klingt so hochbotanisch. Vielleicht würde ein leichter, hübscher Name das Geschäft ankurbeln«, sagte sie.

»Ein anderer Name?«

»Ja, ein Name, der die Leute mehr anspricht.«

»Aber die Poinsettia heißt nun mal wie sie heißt. Das können wir nicht ändern, Liebes.«

»Warum denn nicht? Erinnere dich an Ray Hammer.« Jetzt war er gefallen, der Name, und es war in Philipps Gesicht abzulesen, dass sein Blut sogleich in Wallung geriet. »Ray Hammer war nicht sein richtiger Name. Eigentlich hieß er Edward Johnson. Er hat sich selbst einen anderen Namen gegeben, der für die Produzenten interessanter klingt. Und es scheint, als würde es Wirkung zeigen. Immerhin dreht er aktuell schon seinen zweiten Film.«

»Du stehst mit ihm noch in Kontakt?«

»Ja, hin und wieder schreiben wir uns«, sagte sie und stemmte die Arme in die Taille, um zu signalisieren, dass er es tunlichst unterlassen sollte, eifersüchtig zu sein.

»Und was schwebt dir vor?« Philipp lehnte sich zurück und verschränkte die Hände hinter dem Kopf.

»Ich … ich weiß nicht. Früher haben wir doch immer von der ›Feuerblume‹ gesprochen.«

Philipp lächelte, erhob sich vom Stuhl und legte die Arme um sie. »Wir können uns ja mal Gedanken darüber machen.« Er nahm ihre Idee nicht wirklich ernst. Damit hatte sie bereits gerechnet, aber sie würde ihn schon noch überzeugen. Denn ganz sicher würde sie nicht mit Albrecht unter einem Dach wohnen!

Etwas anderes lag ihr noch auf dem Herzen. »Hast du dir überlegt, wann wir Anne und Sam besuchen können? Ich vermisse die beiden so.«

»Ach ja … Das habe ich ganz vergessen …«

Feli kannte die Waffen einer Frau und begann sein Gesicht zu liebkosen. »Ich vermisse die beiden und würde mich wirklich freuen, sie wiederzusehen. Und du könntest die Gelegenheit nutzen, um die Blumenhandlungen in Los Angeles aufzusuchen. Bitte …«

»Mal sehen«, murmelte er unter ihren Küssen. Er gab also schon leicht nach.

Sie vertiefte den Kuss, er hob sie auf die Küchenablage, und sie schlang die Beine um ihn. Er zog sie näher an sich heran, ließ seine Hände ihre Oberschenkel hinaufwandern und schob ihr Kleid dabei nach oben.

»Meine Eltern sind in Los Angeles«, flüsterte sie dicht an seinem Ohr und küsste ihn wieder. »Sie meinten, sie kommen erst spät nach Hause.«

Als hätte sie durch ihre Worte den Zauberfaden, der entstanden war, zum Reißen gebracht, löste Philipp sich von ihr. »Besser nicht …«

Er dachte an ihre Finanzlage. Oder besser gesagt daran, dass ein Kind – so schön es wäre – alles noch viel schwerer machen würde. Er hatte ja recht, und sie sah, wie leid es ihm tat, und trotzdem fühlte Feli sich abgewiesen.

Sie nickte, schob ihr Kleid über die Knie und glitt von der Anrichte. Das war das erste Mal, dass sie unglücklich in Encinitas war, und es war ein Zustand, den sie nicht dulden würde. Sie musste also etwas unternehmen.

37

Feli überredete Philipp dazu, direkt vor dem Feld einen Verkaufsstand aufzubauen. »Wie damals in Hollywood!«

»Wir sind ja weit gekommen«, sagte er.

»Das sind wir wirklich, Philipp. Komm schon, wir lassen uns nicht unterkriegen!

Die Vormittage verbrachten Feli oder ihre Mutter an dem Stand, nachmittags hielt Fritz die Stellung oder einer der jungen Burschen, die sich ein paar Münzen dazuverdienen wollten.

Feli konnte nicht gerade behaupten, dass der Verkauf brummte. Dennoch genoss sie die Zeit. Während sie auf dem wackeligen Klappstuhl saß und darauf wartete, dass jemand vorbeikam, las sie in einem Roman. Manchmal spielte sie mit Katuso Karten. Die Japanerin leistete ihr gerne Gesellschaft. Feli hatte den Verdacht, dass sie nicht viele Freunde hatte. Sie war sehr ruhig und zurückhaltend und eher ernsterer Natur, doch wer konnte ihr das verdenken? Japanische Einwanderer waren von vielen nicht gern gesehen. Man sagte, sie würden die Arbeitsplätze wegnehmen und die Löhne drücken.

Die Leute in Encinitas liebten die Poinsettien. Ein paar der Farmer hatten Philipp sogar angeboten, weitere Verkaufsstände auf ihren im Winter kargen und trostlosen Feldern aufzustellen. »Das würde unser Encinitas doch noch viel hübscher machen«, sagten sie. »Wir sind froh, dass ihr zu uns gezogen seid. Eure Pflanzen sind wirklich etwas Besonderes.«

Philipp dankte ihnen und nahm das Angebot an. Es machte ihm Mut, und das wiederum erleichterte auch Feli, denn sie wusste nicht, wie lange er noch durchhalten würde. Er liebte seine Pflanzen. Es ging ihm nicht darum, bekannt zu werden oder im Geld zu schwimmen. Er träumte einfach nur davon, das tun zu können, was ihm Freude bereitete. Aber er träumte auch davon, eine Familie zu gründen, und beides schien nicht miteinander vereinbar zu sein.

Eine Woche später hatte sich Feli mit Anne in Los Angeles verabredet. In der Third Street gab es das entzückende Café »Mozart«, das mit der hohen, gewölbten und von Säulen gestützten Decke sowie den tief hängenden Kronleuchtern mit floralen Verzierungen den Charme eines Wiener Kaffeehauses versprühte. Tresen, Stühle, Tische, Zeitungsständer, ja sogar Teile der Wand waren aus schwarzbraunem, glänzendem Holz. Es schien das Licht, das durch die hohen Spitzfenster fiel, aufzusaugen und tauchte den kleinen Saal in eine dämmrige, sehr gemütliche Atmosphäre, in der man dank des köstlichen Kaffees und der großen Kuchenauswahl leicht einen ganzen Nachmittag vertrödeln konnte.

Anne kam etwas zu spät und suchte den Raum nach Feli ab, die ihr winkte. Bei sich trug sie einen Korb, in dem ihre kleine Tochter Melissa schlief.

»Entschuldige vielmals die Verspätung«, sagte Anne, begrüßte Feli mit Küssen auf die Wange und stellte den Korb auf einem der Stühle ab. »Aber dieser kleine Engel schläft nur so friedlich, weil er in der Mietdroschke noch reichlich geschrien hat. Ich hatte schon Angst, der Fahrer würde uns hinauswerfen!«

Anne sah umwerfend aus. In dem nach neuester Mode geschnittenen, olivfarbenen Kleid aus Wollbrokat würde niemand meinen, dass sie eigentlich tagsüber damit beschäftigt war, den Pferdestall auszumisten oder Heu auf Schubkarren zu laden. Aber das, was Feli so sehr an ihr faszinierte, war dieses Glühen, das von Anne auszugehen schien. Ein ganz besonderes Selbstbewusstsein, als wäre sie als Mutter nun noch tiefer mit der Welt verwurzelt.

»Wo hast du denn Sam gelassen?«, fragte Feli.

Als Anne sich setzte und in der umfangreichen Karte blätterte, streifte Feli ein Hauch ihres sehr angenehmen Parfüms. »Der trifft sich mit einem Turnierreiter, der daran interessiert ist, eines unserer Pferde zu kaufen.«

»Es freut mich, dass die Geschäfte so gut laufen!«

Anne wusste zu berichten, dass Jerry die Scheidung eingereicht hatte. Ihm hatte Sam vor einem halben Jahr seine Pferde abgekauft, zu einem ziemlich guten Preis, denn Jerry war froh gewesen, die Tiere loszuwerden. Eva war noch immer im Zuchthaus. Zwei Jahre hatte sie noch abzusitzen, und wenn sie dann entlassen werden würde, wäre sie auf sich allein gestellt. Es war nicht so, dass Feli Mitleid mit ihr hatte. Sie fragte sich nur, wie es Eva weiter ergehen würde. Konnte man sie einfach so ihrem Schicksal überlassen? Ohne ein Zuhause und Geld …

»Aber nun erzähl du«, riss Anne sie aus ihren Gedanken. »Warum hast du Philipp nicht mitgebracht?«

»Ach, all die Arbeit …«

»So niedergeschlagen kenne ich dich ja gar nicht!«

»Albrecht geht es immer schlechter«, sagte Feli. »An manchen Tagen kommt er gar nicht mehr aus dem Bett. Ich habe ihm schon mehrmals gesagt, dass er sich einen anderen Arzt suchen soll. Ich glaube nicht, dass nur eine Thrombose hinter seinen Schmerzen steckt. Aber du kennst ihn ja. Davon will er nichts wissen.«

»Und wie ist es mit Philipp und dir?«

Wie klug und aufmerksam ihre Freundin nur war.

»Gut. Gut …« Feli hörte selbst, dass sie nicht gerade überzeugend klang. Deshalb fügte sie noch schnell hinzu: »Ich könnte nicht ohne ihn sein. Es ist nur …«

Melissa regte sich und streckte die winzigen Fäuste in die Luft. Anne hob sie aus dem Korb und legte sie sich an die Brust, wo die Kleine sofort wieder einschlief. Felis Herz zog sich bei dem Anblick zusammen.

Auf einmal wurden Annes Augen groß. »Habt ihr euch gestritten?«

Feli vertraute ihrer Freundin an, dass sie in Geldsorgen steckten und dass sie verzweifelt nach einem Weg suchte, wie sie Philipp helfen konnte.

»Ihr dürft euch nicht unterkriegen lassen! Vor allem du nicht! Du bist so stark!«

»Bin ich nicht«, sagte Feli leise. »Früher mag das so gewirkt haben, aber in Wahrheit war ich einfach nur naiv. Ich hatte nichts zu befürchten, weil meine Eltern immer hinter mir standen. Und jetzt hängt so viel davon ab, dass die Poinsettia-Zucht gelingt, und ich …«

»O doch, du bist stark!«, unterbrach Anne sie. »Sieh mich an: Ich führe das Leben, das ich immer wollte, mit dem Mann, den ich immer wollte. Und das habe ich allein dir zu verdanken!«

»Vielleicht kann ich anderen besser helfen als mir selbst. Ich habe wirklich Angst, alles zu verlieren, Anne! Ich will nur, dass Philipp glücklich ist und das macht, was ihm Freude bereitet. Aber inzwischen ertappe ich mich manchmal bei dem Gedanken, dass es vielleicht wirklich das Einfachste wäre, die Molkerei fortzuführen.«

»Feli Licht, ich lasse nicht zu, dass du den Kopf in den Sand steckst!«

»Aber ich weiß nicht mehr weiter!«

»Mhh …« Anne setzte ihr Denkgesicht auf. Dabei zog sie die Stirn in Falten und kniff den Mund fest zusammen. Feli hatte es nie gewagt, ihre Freundin zu stören, wenn sie diesen Ausdruck hatte. Und dann, als hätte sie eine knifflige Mathegleichung gelöst, entspannte sich ihr Gesicht auf einmal, und sie sagte: »Sam hat letztens eine Annonce in der Zeitung aufgegeben, um für unsere Zuchtpferde zu werben. Vielleicht wäre das einen Versuch wert?«

»Ja …«, sagte Feli. Die Idee war gut. Ziemlich gut sogar. »Ja, das wäre einen Versuch wert!«

Dreißig Minuten später stand Feli vor dem Eingang des Gebäudes, in dem die Redaktion des *Ladies' Companion* lag. Von den dreißig Minuten konnte man noch einmal etwa zehn abziehen, da sie dreimal an der hohen Flügeltür aus Holz verbeigehuscht war, als lauere darin ein nur nachlässig angeketteter Bär. Inzwischen war sie immerhin so weit, dass sie es wagte, auf Zehenspitzen durch das in die Tür eingelassene Fensterglas zu spähen. Doch mehr als ein mit Steinplatten ausgelegter Eingangsbereich, eine Wand mit Briefkästen und eine geschwungene Treppe, die in die höher gelegenen Stockwerke führte, war nicht zu sehen. Die Adresse hatte sie mithilfe eines Telefonbuchs herausgefunden, das man ihr im Café Mozart freundlicherweise zur Verfügung gestellt hatte. Der *Ladies' Companion* war die Lieblingszeitschrift ihrer Mutter, die sie sich hin und wieder leistete, und hatte in Kalifornien die höchste Auflage unter Frauenmagazinen.

An den glatten Seiten des Gebäudes prangten riesige Werbungen, eine davon für Seife. Ein junges, hübsches Mädchengesicht mit Elfenbeinhaut und kirschroten Lippen lächelte sie von dem Plakat an. Sie warb für *Rosalie*, eine Marke, die Feli sich nicht leisten konnte. In dem kleinen Kramerladen in San Diego griff sie immer zu der günstigen Seife, die nach Baumharz roch.

In Felis Vorstellung würde sie die Journalisten, die allesamt Anzüge trugen und sehr viel von sich hielten, dabei stören, wie sie blutjungen, hübschen Sekretärinnen perfekt ausformulierte Artikel diktierten. Sie würden untereinander verblüffte Blicke austauschen und schließlich in schallendes Gelächter ausbrechen, fassungslos, welches Anliegen Feli vorgebracht hatte. *Was wollen Sie? Sie wollen eine Annonce für Blumen aufgeben?! Typisch Frau!*

Ihr dummes Herz trommelte wie wild gegen ihre Rippen. Sie holte tief Luft. Was brachte es ihr schon, in ihrer Vorstellung die Redaktion des *Ladies' Companion* zu dämonisieren? Ihr Gesicht spiegelte sich im Glas. *Du bist eine entschlossene, junge Frau, die bisher alles geschafft hat, was sie sich vorgenommen hat. Und du wirst dich ewig ärgern, wenn du diesen Schritt nicht wagst! Also reiß dich zusammen!*

Sie straffte sich und drückte die Eingangstür auf. Eine in Messing gefasste Tafel mit einer Liste der hier ansässigen Gewerbe hing im Eingang aus. Anwaltskanzleien, Arztpraxen, eine Privatbank ... Da, *Ladies' Companion*. Das Schild verwies sie in den ersten Stock.

Als Feli die Treppe hinaufging, kam ihr ein junger Mann entgegen – im Anzug –, der sie von oben bis unten musterte, seinen Hut zog und sie mit lüsternem Grinsen grüßte. Es kostete sie einiges an Überwindung, nicht umzukehren.

Im ersten Stock fand sie unter einem Schild, das den *Ladies' Companion* auszeichnete, eine Klingel, die laut schrillte, als Feli sie betätigte. Das Klackern von Absatzschuhen war zu hören. Kurz darauf wurde die Tür geöffnet, und ein junges, sehr hübsches

Fräulein grüßte sie. Fast hätte Feli lachen müssen. Es war tatsächlich genau wie in ihrer Vorstellung!

»Haben Sie einen Termin?«, fragte das Fräulein.

»Nein …« Feli erklärte ihr, weshalb sie hier sei.

»Oh«, erwiderte das Fräulein und legte dann den Zeigefinger an die Lippen, während sie angestrengt nachdachte. »Warten Sie hier. Ich sehe nach, welche der Damen gerade zur Verfügung steht!«

Als sie ging, wehte Feli ein Hauch ihres süßen Parfüms entgegen.

Damen?, wunderte Feli sich. Vermutlich würde sie Feli einfach zu einer der Schreibkräfte schicken. Hinter den Türen aus Milchglas bewegten sich Schatten. Schreibmaschinen klackerten, und das sonore Durcheinander von Stimmen, sowohl Frauen- als auch Männerstimmen, war zu hören.

Die junge Frau kam zurück und wies Feli an, ihr zu folgen. »Frau Palma empfängt sie.« Als hätte sie Felis Zurückhaltung bemerkt, fügte sie noch mit gedämpfter Stimme hinzu: »Sie ist sehr nett.«

»Schließen Sie die Tür hinter sich«, bat Frau Palma Feli, als sie eintrat. Sie war etwa vierzig Jahre alt, trug ein schlichtes Kostüm aus kaffeebrauner Wolle und hatte kluge Augen, die schnell zu verstehen und schon einiges gesehen zu haben schienen. Ihr Händedruck war fest wie der eines Mannes. »Frau Licht ist Ihr Name, ist das richtig?«, sagte sie. »Setzen Sie sich doch.«

Sie schwieg und sah Feli erwartungsvoll an.

»Ich … Ich würde gerne eine Annonce in Ihrer Zeitschrift aufgeben, wenn das möglich wäre …«, sagte sie und fügte dann sicherheitshalber noch hinzu: »Je nachdem, wie viel das kostet.«

Frau Palma lehnte sich in ihrem Stuhl zurück. Ihr scharfer Blick ließ nicht von Feli ab. Sie war nicht unsympathisch, doch aber Respekt einflößend. »Wollen Sie mir nicht erst einmal ein wenig von sich erzählen?«

Feli hatte das Gefühl, eine Prüfung abzulegen. Was sollte sie schon von sich erzählen? Sie hatte ein abgebrochenes Medizinstudium vorzuweisen und kämpfte mit ihrem Mann ums Überleben. »Nun ja ...«, setzte sie an und knetete die Hände in ihrem Schoß.

»Sie haben einen leichten Akzent ...«, sagte Frau Palma, wie um ihr auf die Sprünge zu helfen.

»Ja, das stimmt. Vor drei Jahren bin ich mit meiner Familie aus Deutschland eingewandert. Mein Vater hat davon geträumt, eine Farm zu führen.«

»Ein sehr mutiger Schritt.«

»Das stimmt.«

Wieder dieser erwartungsvolle Blick. Bestimmt bereute sie es schon, Feli in ihr Büro gelassen zu haben.

»Nun, Philipp, mein Ehemann, hat Pflanzen schon immer geliebt. Aber dort, wo wir zuerst gelebt haben, haben die Leute ihn mit seiner Blumenzucht nicht ernst genommen.« Feli erzählte einfach drauflos. Sie erzählte von den manipulierten Rohren und der Überschwemmung, von dem Feuer und ihrem Umzug nach Encinitas. Hin und wieder machte sich Frau Palma Notizen.

»Hören Sie«, begann Frau Palma, als Feli im Hier und Jetzt angekommen war, legte den Stift beiseite und faltete die Hände auf dem Schreibtisch. »Vielleicht kennen Sie unsere Zeitschrift ja ...«

»Ja. Natürlich.«

»Dann wissen Sie auch, dass wir normalerweise eher Themen wie ›Wie bekomme ich den Sonntagsbraten besonders saftig‹ oder ›Die neuesten Schnitte aus Paris‹ behandeln.«

Feli hielt sich an ihrer Handtasche fest. »Das weiß ich. Aber ich dachte mir, eine kleine Annonce für Blumen ...«

»Seit zwei Monaten sind wir dabei, unsere Zeitschrift etwas

fortschrittlicher zu gestalten«, fuhr Frau Palma fort. »Dafür haben wir die Rubrik ›Starke Frauen‹ geschaffen. Es geht uns darum, Frauen, die sich von der Masse abheben, zu porträtieren. Frauen, die anderen Frauen ein Vorbild sein können. Ich würde gerne ein kleines Porträt über Sie schreiben.«

»Ein Porträt …«, wiederholte Feli ungläubig. »Über mich?«

»Exakt. Sie unterstützen Ihren Mann doch tatkräftig, wenn ich das richtig verstanden habe?«

»Ja, schon …«

»Sie kämpfen dafür, dass eine Pflanze, die bisher niemand kennt, der neue Verkaufsschlager wird. Das ist mutig.«

»Das klingt besser, als es ist. Ich mache nicht mehr als andere Ehefrauen. Ich koche, helfe meinem Mann auf dem Feld und kümmere mich um die Rechnungen …«

»Und jetzt sitzen Sie hier in meinem Büro.« Sie machte eine Geste, als würde dies alles aussagen. »Hören Sie, wir sind ohnehin noch in der Testphase. Wir sprechen hier von keinem großen Artikel, es handelt sich nur um ein paar Zeilen. Für die Blumenzucht Ihres Ehegatten wäre es gute Werbung.«

Ein Artikel – so klein er auch war –, der von ihr erzählte? Feli war einen Moment lang sprachlos. Wer sollte so etwas lesen wollen? Doch selbst wenn all die Leserinnen über den Artikel hinwegblättern würden, was würde das Feli schon jucken? Sie würde nichts davon mitbekommen. Stattdessen würde sie ihren Namen in einer der renommiertesten Zeitschriften finden!

Sie straffte die Schultern. »Einverstanden«, sagte sie.

Eine Woche später erschien die nächste Ausgabe des *Ladies' Companion*. Ihr Vater war in aller Herrgottsfrüh mit dem Maxwell nach San Diego aufgebrochen, um dort am Bahnhof die Zeitschrift zu kaufen. Der Artikel war kurz und fiel zwischen *Die Vorschau auf den nächsten Monat* und der Namensauflistung der Redaktionsmitglieder kaum auf, aber dennoch wurde Feli von ihrer Familie gefeiert, als hätte sie den Nobelpreis gewonnen.

»Wir sind sehr stolz auf dich«, sagte ihr Vater.

Ihre Mutter bestand darauf, noch ein paar Ausgaben zu kaufen, um sie Freunden in München zu schicken.

Später, als alle ihrer Arbeit nachgingen, stahl Feli sich ins Schlafzimmer, setzte sich an ihren Schminktisch und las den Artikel in aller Ruhe. Eigentlich erkannte sie sich selbst kaum wieder – aber da stand ihr Name schwarz auf weiß. Feli Licht. Frau Palma hatte etwas in ihr gesehen, was Feli in den letzten Wochen und Monaten vergessen hatte. Nämlich dass sie tatsächlich mal eine Kämpferin gewesen war. Sie hatte Wege und Lösungen gefunden. Sie war eine junge Frau, die etwas aus sich machte und nicht so schnell aufgab.

Feli schnitt den Artikel aus und verstaute ihn in der obersten Schublade ihres Schminktischs. Wenn sie mal wieder zweifelte, würde sie ihn herausholen und daran denken, was Frau Palma in ihr gesehen hatte. Welche Kräfte in ihr steckten.

Früher hatte Feli zu Frauen wie Rosa Luxemburg aufgesehen. Ab heute würde sie sich selbst ein Vorbild sein.

38

10. Dezember 2005
2 Tage bis zum Poinsettia-Day

»Ich habe eine großartige Idee!«, verkündete Adam. Er gab den Code im Tastenfeld neben der Garage ein, und das Tor zog sich auf.

»Und was?« Mit einem Schaudern erinnerte Stella sich daran, wie ihre Mutter vor einem Jahr verkündet hatte, sie hätte eine »großartige Idee«. Das Resultat war gewesen, dass sie eine nächtliche Schneeschuh-Wanderung gemacht hatten, bei der Stella ausgerutscht war und sich das Steißbein gebrochen hatte. Es musste ein Helikopter kommen, um sie vom Berg zu holen.

Adam war hinter Lizzys Jeep im Schatten der Garage verschwunden. Lautes Scheppern und Fluchen war zu hören.

»Es wird höchste Zeit ...« Erneutes Scheppern. » ... dass ich dir ... so ein Mist ... endlich den Plattenladen zeige ...« Etwas Blechernes krachte zu Boden. » ... in dem ich so oft abhänge. Der liegt am anderen Ende von Laguna Beach. Das ist zu weit, um mit dem Skateboard zu fahren.«

Als er nach draußen kam, hatte er ein altes, rosafarbenes Damenfahrrad bei sich. »Darf ich vorstellen? Das ist Rosalinde.«

»Hallo, Rosalinde. Schön dich kennenzulernen.«

»Sie wird uns heute in die Stadt bringen.« Er machte eine ausladende Geste in Richtung des Gepäckträgers, wie ein Butler, der einem einen Stuhl zuweist. »Darf ich bitten?«

»Bist du dir sicher, dass Rosalinde uns beide trägt?«

Der Sattel sah schon ziemlich mitgenommen aus, und die Kette war rostig.

»Vertrau mir«, sagte Adam und stieg auf.

Anfangs hielt Stella sich am Gepäckträger fest, doch als Adam mit Schwung auf den Bürgersteig am Ende des Hangs fuhr und sie fast hinabfiel, schlang sie die Arme um seine Taille.

Der Plattenladen lag versteckt in einem Hinterhof. Eine an der Tür befestigte Glocke läutete, als sie eintraten. Wie Adam wollte der Laden nicht so recht in das glänzende Surfer-Paradies-Bild von Laguna Beach passen. Ohne System stapelten sich unzählige CDs und Platten aufeinander oder reihten sich in den Regalen. Staub wirbelte auf und tanzte im Licht der Wandleuchten. Stella hätte schwören können, dass es leicht nach Marihuana roch, aber vielleicht täuschte sie sich auch. Zwei Katzen dösten auf einem alten Sessel, dessen Leder brüchig war.

»Hey, mate, how are you?«, begrüßte ein etwa fünfzig Jahre alter Typ Adam mit Handschlag und zog ihn dann in eine Männerumarmung, wobei er ihm eher nur auf den Rücken schlug.

Sein langes, graues Haar hatte er zu einem Pferdeschwanz gebunden, und er trug ein ausgeleiertes Achselshirt, auf dem Bob Marley abgebildet war. Seine schmale Brille war jedoch die eines Professors.

»Hey Miles, alles gut. Bei dir?«

»Bestens, wie immer. Hab 'ne neue Platte für dich. Is 'ne Band aus Alaska, die zu Unrecht völlig übersehen wird. Wie wär's mit 'nem Glühwein? Hab heute frisch einen gemacht. Deine Freundin scheint es gern warm zu haben.«

Stella trug einen gepunkteten XL-Strickpullover mit einer dicken Strumpfhose darunter. Tatsächlich neigte sie dazu, schnell zu frieren. Selbst hier in Kalifornien, wo es fünfzehn Grad wärmer war als in Deutschland.

»Stella ist meine Cousine«, verbesserte Adam ihn.

Miles zog seine Brille auf die Nasenspitze und sah Stella genau an. »Lieblingsbands oder -sänger?«

»Queen. Springsteen. The Doors. Roxette.«

»Lieblingslieder?«

»*Bohemian Rhapsody, Time Warp, Turn the Radio on.*«

»Letztes Konzert?«

»Für Konzerte hat mir immer das Geld gefehlt.«

Miles rieb sich über seinen Dreitagebart. Sein Blick war konzentriert, als müsse er eine schwierige Gleichung lösen. »Gefällt mir, deine Cousine. Seht euch in Ruhe um, ihr beiden. Adam weiß, wo alles ist. Ich mach uns in der Küche den Glühwein warm.« Er verschwand summend im Raum hinter der Kasse.

Es war ein Nachmittag genau nach Stellas Geschmack. Sie hatte Zeit zum Stöbern, war umgeben von schöner Musik, war in bester Gesellschaft. Es gab mehrere CD- und Plattenspieler mit Kopfhörern, und Stella hörte in ein paar Alben hinein. Mit dem Zeigefinger fuhr sie über all die Rücken der Plattencover und atmete den Duft alter Möbel ein, zu dem sich ein weihnachtlich würziger Duft nach Zimt und Nelken mischte, als Miles ihnen zwei Tassen mit dampfendem Glühwein brachte.

»Du musst den Glühwein nicht trinken, wenn du nicht willst«, sagte Adam mit gesenkter Stimme, als Miles sich daranmachte, seine Gitarre zu stimmen. Eine der Katzen legte sich vor ihn auf den Schreibtisch und beobachtete ihn dabei.

»Doch, warum nicht?«, sagte sie, nahm einen Schluck und hatte schon die Antwort. »Wow«, sagte Stella, und Adam lachte. Das war kein Glühwein, das war Glührum.

Aber er war warm und süß und passte perfekt zum Lebkuchen, den Miles ihnen auf einem Teller hingestellt hatte. Deshalb nippte sie doch öfter als vorgehabt daran. Schon bald war sie so entspannt, dass sie mit dem Fuß zur Musik mitwippte, die aus ihren Kopfhörern drang.

»Wie stehst du zu Swing?«, fragte Adam sie.

»Ich tanze sogar Swing. In einem Verein.«

»Oh, là, là«, meinte Adam. »Du steckst ja voller ungeahnter Talente. Ich befürchte, du wirst dich beweisen müssen. Der Poinsettia-Ball wäre eine gute Gelegenheit.«

»Vergiss es«, lachte sie. »Und du? Magst du Swing?«

»Du darfst nicht lachen. Mein Dad hat mir früher, wenn ich als kleiner Junge nicht einschlafen konnte, seine alten Swingplatten vorgespielt, und dann habe ich geschlafen wie ein Stein. Warum auch immer! Wenn ich heute Swing höre, werde ich sofort müde.«

Wenn Stella Andreas nach seiner Meinung gefragt hatte, war es ihm nie darum gegangen, ihr ein Teil seines Wesens zu zeigen. Nein, er hatte immer nur versucht, möglichst provozierende Antworten zu geben, weil er geglaubt hatte, sich damit von der Masse abzuheben. Wie damals, als sie ihn gefragt hatte, ob er gläubig war. *Natürlich nicht!*, hatte er gesagt. *Religion ist ein Puzzlespiel! Menschen setzen sich beliebig zusammen. Wie könnte ich so etwas ernst nehmen?* Er hatte Stella nicht gefragt, wie sie dazu stand.

Stella mochte Adams Art, sich auszudrücken. Sie mochte, was er sagte. Es war zwar überlegt, aber dennoch ungekünstelt.

»Was ist denn eigentlich dein Lieblingslied?«, fragte sie ihn.

»So etwas Intimes verrät man doch nicht so leichtfertig«, erwiderte er und grinste breit. »Das sagt viel zu viel über einen aus.«

»Ist das dein Ernst?«

»Ich sage es dir, wenn der richtige Zeitpunkt gekommen ist.«

Stella lachte und schüttelte fassungslos den Kopf.

Nach einer Weile hielt Adam eine Platte hoch und ließ sich dann in den Sessel zwischen einem Katzenkratzbaum und dem Regal fallen. »Hier musst du mal reinhören. Ich weiß zwar nicht, ob das dein Geschmack ist …«

Stella musste grinsen. Sie hielt genau dieselbe Platte in der Hand.

»Du stehst also auch auf Musicals«, folgerte Adam.

»Ich liebe die Dramatik oder den Kitsch in der Musik. *Westside Story*, *Cats* …«

»Die *Rocky Horror Picture Show* …«, ergänzte Adam. Dann sagte er noch etwas, das Stella durcheinanderbrachte, denn es erfüllte sie mit Scheu und Freude zugleich. »Es scheint mir, der Himmel hätte dich geschickt.«

Dieses Gefühl verstärkte sich, als Stella sich neben Adam auf die Sessellehne setzte. War das unangebracht nah? Oder okay, weil Adam ja Familie war, und man seiner Familie ruhig etwas näherkommen durfte? Die Muscheln des Kopfhörers waren praktischerweise drehbar, sodass sie gemeinsam mit jeweils einem Ohr hören konnten. Sie teilten auch einen Lebkuchen miteinander und tunkten ihn in ihren Glührum, von dem in Stellas Tasse nur noch ein bisschen übrig war. Der Rest kreiste inzwischen in ihrem Blut und ließ sie ihre Anspannung vergessen. Sie rutschte von der Lehne tiefer in den Sessel und näher an Adam heran. Lied um Lied verstrich. In Adams Blick konnte sie genau lesen, wenn ihm ein Gitarrensolo besonders gut gefiel, wenn ihn eine Stelle nachdenklich stimmte, wenn ihm etwas auf der Zunge lag, er es jedoch nicht aussprechen wollte.

Als die Platte endete, gähnte Adam und streckte die Arme über den Kopf. Einer von ihnen sollte jetzt aufstehen, sollte etwas Distanz zwischen sie bringen, aber sie blieben beide, wo sie waren. Stellas Herz schlug schneller, als es ihr recht war. »Wir sollten dann mal los«, sagte sie schließlich.

»Ja, draußen ist es schon dunkel«, erwiderte er und erhob sich.

Die Glocke bimmelte erneut, als sie den Laden verließen. Unter einer bunten Girlande aus Mistel- und Tannenzweigen, Lametta und roten Weihnachtskugeln blieb Adam stehen.

»Eins noch«, sagte er und holte tief Luft, als müsse er Anlauf nehmen. »Ich bin übrigens gar nicht dein Cousin.« Das sagte er so schnell, dass Stella einen Moment brauchte, um noch einmal zu rekapitulieren, was er gesagt hatte.

»Also nicht dein richtiger ...«, fuhr er fort. »Mein Vater ...«

» ... wurde adoptiert«, ergänzte Stella.

»Du weißt das also schon?«

Sie nickte. »David hat es mir erzählt.«

»Gut«, sagte Adam und nickte ebenfalls. »Ich wollte nur, dass das klar ist.«

»Ist es.« Stella war ganz ernst, weil Adam es war.

»Gut.« Ein Grinsen breitete sich langsam auf seinen schönen Lippen aus. »Dann können wir ja jetzt nach Hause gehen.«

39

1913

In der Mitte des kleinen Orts Encinitas gab es einen Pub, in dem sich Jung und Alt jedes Wochenende trafen. In dem Geburtstage gefeiert wurden und in dem man nach Beerdigungen gemeinsam trauerte. In dem Beziehungen begannen und endeten, in dem Geheimnisse geflüstert wurden und Gerüchte die Runde machten.

Ende November wurde in diesem Pub das Erntefest gefeiert. Vergessen waren all die Sorgen über Hitzeperioden oder zu starke Regenfälle, über Schildläuse oder Spinnmilben, über die steigenden Benzinpreise oder Einwanderer, die als billige Arbeitskräfte die Löhne drückten. Es wurde getanzt, getrunken und gelacht.

Sie waren alle gemeinsam auf das Fest gegangen – Philipp, Henrietta, Albrecht, Feli, ihr kleiner Bruder sowie ihre Eltern. Fritz jagte mit seinen Kumpels zwischen den tanzenden Paaren hindurch. Philipp hatte ihm zum dreizehnten Geburtstag einen Cowboyhut geschenkt, den er nur abnahm, wenn er schlafen ging, und selbst dann musste seine Mutter ihn überreden.

Ganze drei Lieder hatte Feli mit dem Jüngsten der drei Forster Söhne getanzt. Als die Band ein ruhiges Lied spielte, und seine Hände tiefer rutschten, entschuldigte sie sich und bahnte sich einen Weg durch die sich aneinanderschmiegenden Paare. Sie war außer Atem und leicht verschwitzt, hätte aber noch Stunden tanzen können. Sie versuchte Philipp von seinem Stuhl auf die Beine zu ziehen, aber der war nicht in der Stimmung.

Feli ließ sich auf ihren Stuhl fallen, nahm einen großen Schluck von Philipps Bier und warf ihrer Mutter und Henrietta einen *Typisch Mann*-Blick zu, doch keine der beiden ging darauf ein. Kein gutes Zeichen.

»Wenn du nicht so viel Geld für deine Pflanzen zum Fenster rausschmeißen würdest, dann hätten wir schon längst das Geld, um eine neue Reinigungsanlage für die Milchflaschen zu kaufen!«, schimpfte Albrecht.

Es ging also mal wieder um die Molkerei – das ewige, leidige Thema.

»Ich schmeiße es nicht zum Fenster raus. Sieh es als eine Art ... Forschungsarbeit!«, verteidigte Philipp sich.

Als Schnittblumen hielten die Poinsettien meist nur ein paar Tage. Deshalb versuchte Philipp gemeinsam mit Professor Coleman noch immer, die Poinsettien in Töpfen zu ziehen. Doch bisher waren die Ergebnisse nicht zufriedenstellend gewesen: Die Triebe waren extrem lang, kaum verzweigt und brachen sehr leicht ab. Zudem verloren sie ihre bunten Hochblätter leicht und verblassten außerhalb des Idealklimas im Schuppen. Kurzum: Noch waren die Poinsettien nicht für diese Art der Kultur geeignet, aber Philipp profitierte hier von seinem Biologiestudium und gab nicht auf.

»So ein Unsinn! Forschungsarbeit! Du weißt nur nicht, wann der richtige Zeitpunkt ist aufzugeben!«

»Wenn es nach dir ginge, hätte ich es am besten nie versuchen sollen.«

»Jetzt spiel nicht den armen Jungen! Es gibt Schlimmeres, als eine gut laufende Molkerei von seinem Vater vermacht zu bekommen.«

»Albrecht …«, versuchte Henrietta ihren Mann zu beschwichtigen.

»Aber es ist doch die Wahrheit, dass er undankbar ist! Er soll endlich die Blumenfelder verkaufen.«

»Oder ich verkaufe einfach die Kühe«, sagte Philipp leise, mehr zu sich selbst, aber laut genug, um das Schicksal herauszufordern.

Feli hätte schwören können, dass in diesem Moment die Raumtemperatur um mindestens zehn Grad gefallen war.

»Was?«, zischte Albrecht.

»Du hast schon richtig gehört. Dann verkaufe ich eben die Kühe!«

Feli wappnete sich innerlich für die alte Leier von wegen Philipp sei undankbar, Blumen seien etwas für Mädchen, die Jugend von heute … Aber es kam anders. Albrecht weinte. Nicht nur ein bisschen, sondern so, dass ihm sogar die Stimme brach. Und das war viel, viel schlimmer. »Ich habe die Molkerei … mit allem, was ich hatte, aufgebaut … Ich habe mein Herzblut in sie gegeben. Und du …«

Noch dramatischer wurde es, als Albrecht vom Tisch aufstehen wollte, es aber nicht schaffte, weil sein Bein ihn zu sehr schmerzte. Henrietta musste ihn stützen. »Wir gehen«, sagte er.

Philipp beherrschte sich, bis die beiden weg waren. Dann schlug er völlig außer sich mit der flachen Hand auf den Tisch. Zwei, drei Sekunden lang war es still.

»Es war richtig von dir, nicht nachzugeben«, versuchte Felis Vater ihn aufzumuntern.

Doch Philipp sprang auf und stürmte nach draußen.

Feli fand ihn an der Straße, wo das Licht aus dem Pub nur schwach hinsprenkelte. Die Hände hatte er in die Hüften gestemmt, eine lässige Cowboy-Haltung, eine Täuschung.

»Sie sind weg«, sagte er zum nachtschwarzen Asphalt hinab. »Sie haben den Wagen genommen.«

Stille. Dann wagte sie es. »Willst du die Kühe und die Molkerei wirklich verkaufen?«

»Nein. Vielleicht …« Er wandte sich um, machte eine Geste, die ausdrückte, dass er keine Ahnung hatte, was er tun sollte. »Das war nicht so geschickt gerade, oder?«

»Die sanfte Variante war's zumindest nicht.«

Sie fragte ihn, ob sie denn wirklich so knapp bei Kasse wären, und er nickte.

Er trat nach einem Stein, setzte sich auf eine Holzkiste am Boden, die Hände über dem Kopf. »Ich will nicht, dass du dir überlegen musst, ob du dir ein neues Kleid oder Buch kaufst, und ich will auch nicht, dass du jeden Tag kochen musst, sondern ich möchte dich auch einmal in ein schönes Restaurant ausführen … Ich will dir etwas bieten können …«

Sie ging vor ihm in die Hocke, löste die Hände von seinem Kopf und hob sein Gesicht an. »Du hast es mir ermöglicht, auf einer wunderschönen Ranch zu leben, vergiss das nicht, Philipp Licht. Und für den Rest brauchen wir einfach noch ein wenig Geduld.«

»Ja …« Sie sah, wie sein Kehlkopf mehrmals auf und ab hüpfte. »Vermisst du denn manchmal dein Zuhause? Ich meine München.«

»Ja, schon«, sagte sie. »Vor allem den Schnee. Ich mochte den Winter. Doch wären wir damals in München geblieben, hätte ich dich nie getroffen.«

»Dann war es das alles also wert?«

»Mehr als das.«

Sein Lächeln war zurück, aber es war ein Lächeln, das noch etwas auf dem Herzen hatte. »Es ist auch dein Leben, Feli«, sagte er. »Du sagst mir, wenn es Zeit ist, aufzugeben, in Ordnung?«

»Wir schaffen das schon!«

»Versprich mir aber, dass du mir sagen wirst, wenn es so weit ist!«

Sie versprach es ihm.

40

Es genügten elf Minuten. Elf Minuten, um ein Leben zu beenden.

Sie kamen gerade von der sonntäglichen Predigt nach Hause. Die gesamte große Traube, bestehend aus Albrecht, Henrietta, Philipp, Felis Eltern und ihrem kleinen Bruder, verstreute sich in alle Richtungen. Erste Minute.

Nach der Kirche konnte nun der angenehme Teil des Sonntags eingeleitet werden. Ihre Mutter machte sich frisch, um anschließend mit Henrietta ihre Runde zu drehen: Die beiden leisteten den Alten im Ort Gesellschaft, die ansonsten allein wären. Philipp machte sich mit ihrem Vater zum Feld auf, um eines Tages die – wie er immer sagte – »weltschönste Poinsettia« zu züchten. In dieser Hinsicht war er ein Perfektionist geworden. Wenn sich nur ein einziges Blatt leicht verfärbte, grübelte er tagelang, was er falsch gemacht haben könnte. Feli wollte die Ruhe im Haus nutzen, um das Finanzbuch durchzugehen, in dem Philipp sorgsam sämtliche Ein- und Ausgaben festhielt. Und Fritz tobte mit seinen Freunden über das Grundstück. Fünfte Minute.

Alice eilte schnellen Schritts über das Grundstück, zupfte sich dabei noch den hochgeschlossenen Kragen ihres Sonntagskostüms zurecht und rief ihrem Sohn zu, er solle vorsichtig sein. Der ignorierte sie und rannte weiter. Seit er hier neue Freunde gefunden hatte – die zwei Söhne des Sheriffs und den kleinen Donald, der vor einem Jahr von einer Kuh getreten worden war, wie man sich erzählte –, ließ er sich kaum noch etwas sagen. Das war die siebte Minute. Feli wusste das, weil sie einen Blick auf die Uhr geworfen hatte. Ihre Mutter war spät dran, und Feli überlegte kurz, ihr anzubieten, sie mit der Kutsche zu fahren. Sie ließ es dann aber doch sein, weil sie die Zeit lieber nutzen wollte, um die Einnahmen zu überschlagen. Viel war es nicht gerade, aber immerhin lagen die Zahlen im grünen Bereich.

So blieb unbemerkt, dass Fritz sich mit seinen Freunden ins Haus schlich und das Gewehr aus der Halterung über dem Kamin nahm. Es ist so eine Sache mit üblen Vorahnungen. Nie kann man sich sicher sein, dass man sie wirklich hatte oder ob man es sich im Nachhinein nur einredet. Jedenfalls behauptete Feli später, so ein seltsames Gefühl gehabt zu haben.

Elfte Minute.

Ein Schuss.

Das war nichts Seltenes. Wenn sich Kojoten zu nah ans Grundstück wagten, feuerten Albrecht oder Philipp schon mal einen Schreckschuss ab. Allgemein saßen die Waffen in Kalifornien eher locker. Trotzdem setzte Felis Herz einen Moment lang aus.

Sie ging nach draußen. Die Sonne brannte vom Himmel, und Feli schirmte die Augen mit der Hand ab. Es war so still, dass sie die Fliegen summen hörte. Roch es nach Schwarzpulver? Ihr war eiskalt.

»Philipp?«, rief sie.

Nichts.

Sie lief los. Eilte. Rannte. »Fritz?!«

Sie standen hinter der Ranch. Wie erstarrt. Die Gesichter weiß. Nur Donald kniete am Boden. Er rüttelte an Fritz, als wollte er ihn aufwecken.

»Nein!«, schrie Feli und stürzte neben ihren kleinen Bruder.

Blut, so viel Blut, das unter seinem Bauch hervorsickerte. Feli zitterte am ganzen Körper.

Reiß dich zusammen. Du kannst das.

Ganz vorsichtig drehte sie ihn auf den Rücken. »Feli ...«, wisperte Fritz. Eigentlich bewegten sich nur seine Lippen.

»Ich bin hier. Ich bin bei dir.«

Jemand solle den Notarzt rufen und Philipp, und Tücher, sie brauche frische Tücher ... Sie riss den gerüschten Saum von ihrem Kleid ab und presste ihn auf die Wunde. Innerhalb weniger Augenblicke hatte er sich mit Blut vollgesogen.

»Mir ist ganz kalt, Feli.«

»Das ist gleich vorbei«, sagte sie.

Sie weinte. Denn auch, wenn sie es nicht wahrhaben wollte, wusste die Medizinerin in ihr, dass Fritz viel zu schnell viel zu viel Blut verlor, während sie machtlos daneben saß und nichts tun konnte, als bei ihm zu sein und sein weißes Gesicht zu streicheln.

»Ich hab dich lieb, Fritz, das weißt du, nicht wahr?«, sagte sie.

»Ich dich auch, Feli ...«, sagte er.

Er starb an Ort und Stelle, noch bevor Philipp oder ihre Eltern eintrafen.

Das erste Mal, seit Feli in Kalifornien angekommen war, hasste sie dieses Land. Dieses grausame, tollwütige Land, das ihr so viel genommen hatte.

Drei Tage später fand die Beerdigung statt. Als sie an der Kapelle ankamen, gingen ihre Eltern nach vorne, dorthin, wo der blumengeschmückte Sarg aufgebaut war. Feli folgte ihnen, weil sie nicht wusste, was sie sonst tun sollte. Ganz Encinitas war gekommen, um Abschied von ihrem kleinen Bruder zu nehmen. Die Flügeltür stand offen, und man hatte sogar draußen Stühle aufgestellt. Nacheinander kamen die Leute nach vorne, schüttelten ihnen die

Hand und warfen einen Blick in den Sarg, wo Fritz lag, das Gesicht ganz wächsern und die Nase spitz. Er sah überhaupt nicht aus wie ihr kleiner Bruder.

Genauso wie ihre Eltern gar nicht mehr wie ihre Eltern aussahen. Sie waren zwei alte Menschen mit Augen, die in tiefen Höhlen lagen, und ihre Haut war schlaff und ausgezehrt.

Manche sagten etwas wie »Er war so ein lieber Junge« oder »Wenn ihr irgendetwas braucht, gebt Bescheid«, und dann nickte ihr Vater mit zusammengepressten Lippen. Egal, was diese Leute sagten, alles fühlte sich an, als würden sie mit einem Messer auf Feli einstechen. Ihre Mutter brach zusammen. Jemand half ihr auf die Bank und redete auf sie ein.

Der Pfarrer kam den Gang herauf, stellte sich hinter den Sarg und erzählte etwas darüber, dass Fritz nun bei Gott war, was aber nicht hieß, dass er für immer verschwunden war, man könnte ihn nur nicht mehr sehen. Feli hatte gehofft, die Beerdigung würde ihr helfen, Abschied zu nehmen, aber sie begriff noch immer nicht, dass ihr kleiner Bruder nicht mehr bei ihr war.

Am schlimmsten war der anschließende Totenschmaus, denn die anderen Kinder waren anwesend, die Söhne des Sheriffs und Donald. Feli ertappte sich bei dem Gedanken, dass einer von ihnen in dem Sarg liegen sollte, nicht ihr kleiner, lieber, braver Bruder, auch wenn sie wusste, dass ein solcher Gedanke die Eintrittskarte für das ewige Fegefeuer war. Natürlich wusste keiner der drei Jungs, was genau geschehen war. Sie hätten Cowboy und Indianer gespielt, behauptete Donald. Fritz habe das Gewehr geholt, und auf einmal hätte sich der Schuss gelöst.

»Wie soll sich denn auf einmal ein Schuss gelöst haben?«, hatte Feli die drei angeschrien. »Ein Schuss löst sich doch nicht einfach so!«

Aber die drei schwiegen. Man verriet einen anderen Cowboy nicht. Goldene Regel.

Ein Teil der Anwesenden aß im Salon vom Kuchen, den sie mit Henriettas Hilfe gebacken hatte. Was absurd war. Dein kleiner Bruder stirbt, und du backst Kuchen. Am Rand des Sofas saß ihre Mutter. Sie saß einfach nur da, war aber nicht wirklich anwesend.

»Was kann ich tun?«, fragte Johann sie und hielt sie fest in den Armen.

Da stürzte die Flut auf sie ein. »Bring mich endlich fort aus diesem rauen Umfeld!«, schrie Alice, stieß ihn von sich und rannte ins Schlafzimmer.

In diesem Moment war klar, dass ihre Eltern nicht länger auf der Ranch bleiben würden.

Es war nicht zu ertragen. Jede Sekunde war noch unerträglicher als die vorhergehende. Feli legte sich in Fritz' Zimmer auf sein Bett. Die Bilder an der Wand, die er gemalt hatte. Das Regal mit all seinen Abenteuerbüchern. Die staubigen Schuhe vor seinem Schreibtisch. Sein Geruch im Kissen. Unerträglich. Aber sie blieb und starrte an die Decke, während die Flut nun auch auf sie einstürzte, sich die Wellen über sie warfen, sie hinaus ins Schwarz zogen und zurück gegen die Klippen donnerten, und das wieder und wieder und wieder, bis sie weg war.

Sie wachte auf, als sich jemand neben sie setzte. Philipp, vermutete sie, aber es war Guyapi. Er hatte sich herausgeputzt und sah mit seinem Federschmuck aus wie ein Indianer, der frisch zum Häuptling gekrönt worden war. Oder einfach wie ein Indianer, der zu einer Beerdigungsfeier ging.

»Das Herz ist so schwer«, sagte er. Seine sonnengegerbte, dunkle Hand schloss sich um ihre. Er fing an zu singen, eine fremd klingende aber schöne Melodie, die direkt in ihr Herz drang. Feli weinte und krümmte sich vor Schmerz, bis sie auf einmal ganz ruhig wurde, als hätte Guyapi ihr mit seinem Gesang den Schmerz wie Schlangengift aus dem Blut gesogen. Sein Wildlederhemd verströmte einen eigenartigen Geruch.

Einmal ging die Tür auf, und Philipp sah nach ihr. Doch er zog sich still und leise wieder zurück, als er sah, dass Guyapi bei ihr und Feli ganz ruhig war.

»In schweren Zeiten finden wir Indianer Kraft in den Sternen. Es mag noch so dunkel sein, sie spenden uns Licht «, sagte Guyapi, und Feli hörte zu, halb wie betäubt. »Die Sterne sind so schön, weil sie an eine Blume erinnern, die man vielleicht gerade nicht sieht, aber die doch eines Tages blühen wird.«

Feli schwieg.

»Eure Pflanze sieht aus wie ein Stern«, fuhr Guyapi fort. »Sie färbt sich nur im Winter rot, wo andere Pflanzen schlafen. Sie bringt Hoffnung.«

Als sie später aufwachte, war Guyapi verschwunden, doch neben ihr lag auf dem Kopfkissen ein Poinsettia-Zweig.

Eine Woche darauf zogen Felis Eltern nach Los Angeles. Philipp half ihnen, ihr weniges Hab und Gut zu ihrer Wohnung im Zentrum der Stadt zu transportieren. Felis Mutter war ein Schatten ihrer selbst. Sie sprach kaum noch und schien auch nicht zu begreifen, was man zu ihr sagte. Als Feli sah, wie der Maxwell mit ihren Eltern davonfuhr, wie ihre Mutter aus dem Fenster die Hand nach ihr ausstreckte, da dachte Feli, dass auch sie nicht mehr konnte.

Feli hielt sich lange an ihrer Trauer fest, weil alles andere ihr wie ein Verrat an ihrem kleinen Bruder vorgekommen wäre. Wenn es ihr besser ging, bedeutete das doch, dass sie seinen Tod akzeptierte?

Das war die wohl dunkelste Zeit in Felis Leben. Fritz' Geist steckte noch tief in den Wänden der Ranch. Manchmal glaubte sie, im Hof sein quirliges Lachen zu hören, glaubte die Treppenstufen knarzen zu hören, als würde er zum Frühstück hinabkommen. Sie wunderte sich, warum er seine dreckige Kleidung nicht in den Wäschekorb gelegt hatte oder wollte ihn fragen, wie noch mal die Regeln des Kartenspiels lauteten, das er einmal von der Schule mit nach Hause gebracht hatte.

Etwa eine Woche vor Weihnachten, als Feli in der Kirche für Fritz eine Kerze anzündete, begegnete sie Henrietta. Sie saß auf einer der Bänke und betete. Als sie Feli bemerkte, tupfte sie sich mit einem Tuch Tränen aus den Augenwinkeln. »Nun ist es schon fast zwei Jahre her, dass Anton gestorben ist«, sagte sie.

Feli setzte sich neben Philipps Mutter. »Wird der Schmerz denn jemals nachlassen?«

»Ich befürchte, nein. Das ist der Preis dafür, wie sehr wir jemanden geliebt haben. Aber ich kann dir versprechen, dass es auch wieder gute Tage geben wird. Denk an deine Hochzeit mit Philipp. Wie glücklich waren wir alle an diesem Tag, auch wenn wir Anton vermisst haben.«

Feli drückte zärtlich Henriettas Hand. »Ich kann mir gar nicht vorstellen, Weihnachten ohne Fritz zu feiern.«

»Es wird sicher schwer werden. Aber die Familie ist beisammen, und auch wenn Anton und Fritz fehlen, so haben wir noch immer uns. Weihnachten bringt Menschen zusammen, das ist der Zauber dieser Zeit. Denk an all die glücklichen, leuchtenden Kindergesichter auf dem Weihnachtsmarkt! Denk an all die guten Taten, die zu dieser Zeit getan werden, wie das Gemeinschaftsessen im Armenhaus. An die Menschen, die in der Kirche zusammenkommen und gemeinsam Weihnachtslieder singen. Und das nicht nur hier, sondern in so vielen Ländern dieser Welt! An Weihnachten scheint es nichts Schlechtes oder Böses zu geben. Weihnachten ist für mich die Zeit des Friedens und der Hoffnung.«

An jenem Abend zog es Feli zum Poinsettiafeld. Der Anblick, wie der Schein des Abendlichts die roten Blätter und die Erde unter ihren Füßen schimmern ließ, erfüllte sie mit Ruhe. Noch immer klangen Henriettas Worte in ihr nach. Auch Guyapi hatte am Tag von Fritz' Beerdigung über Hoffnung gesprochen. *Die Sterne sind so schön, weil sie an eine Blume erinnern, die man vielleicht gerade nicht sieht, aber die doch eines Tages blühen wird.* Stolz erfüllte Feli, als ihr bewusst wurde, dass die Poinsettia in einer Zeit blühte, in der der Großteil der anderen Pflanzen Winterschlaf hielten. In Deutschland war im Winter alles karg und grau. Ja, die Poinsettia war wie ein Stern der Hoffnung in der Weihnachtszeit.

Auf einmal hielt Feli inne. »Das ist es …«, murmelte sie leise und setzte sich in Bewegung, erst langsam, dann immer schneller, bis sie rannte, den schmalen Weg zwischen den hohen Büschen entlang. »Philipp!«

»Feli? Was ist los?« Philipp war gerade dabei, auf der anderen Seite des Feldes eine Holzlatte im Zaun auszutauschen. Ihm war anzuhören, dass er sich Sorgen machte.

»Ich hab's!«

Er schwang sich über den Zaun und eilte ihr entgegen. Sie konnte sich kaum bremsen und taumelte in seine Arme.

»Was ist denn? Ich dachte schon, du …«

»Ich weiß, wie wir die Poinsettia nennen!«, unterbrach sie ihn außer Atem.

»Und wie?«

»Weihnachtsstern«, sagte sie.

»Weihnachtsstern?«, wiederholte er.

»Ja! Sie sieht aus wie ein Stern! Ein Stern der Hoffnung in der Weihnachtszeit!«

Er wandte sich ab, stemmte die Hände in die Taille und sah einer Wildente nach, die in Richtung Sonnenuntergang flog. Je länger er schwieg, desto mehr Zweifel stiegen in Feli auf. Hatte sie den falschen Moment gewählt, ihm ihre Idee zu unterbreiten? Philipp war müde vom langen Tag auf dem Feld. Sie hätte es geschickter angehen, ihn nicht überrennen sollen! Gleich würde er ihr erklären, dass die Poinsettia bereits einen Namen hatte und man sie nicht einfach umtaufen könnte.

Sein Blick fiel auf eine der Pflanzen. »Weihnachtsstern …«, sagte er noch einmal. »Klingt gut.«

»Ja? Also versuchen wir's?«

Er zog sie an sich und legte sein Kinn auf ihren Scheitel. »Versuchen wir's.«

41

11. Dezember 2005
1 Tag bis zum Poinsettia-Day

Das Fast-Forward-Konzert war Stellas erstes Rockkonzert an einem Strand. Sie war dankbar für die Ablenkung, denn nachdem Lizzy ihr von Fritz' tragischem Tod erzählt hatte, hatte Stella ununterbrochen darüber gegrübelt, warum das Leben oft derart ungerecht und grausam war.

Fast Forward – eine Indie-Band mit Rock-Einfluss – spielte auf der Veranda des *Holy Crab!*, ein Surfer-Restaurant mit Länderflaggen davor, um Touristen anzulocken, und Stella musste sich eingestehen, dass sie die wenigsten davon kannte. Woher auch, wo sie doch abgesehen von einem Gardasee-Urlaub nie verreist war?

Etwas abseits, dort wo die Musik nicht ganz so laut war, hatten ein paar Gäste Decken ausgebreitet. Adam holte im Restaurant zwei Bier, das man aus XXL-Pappbechern trank, und sie setzten sich zwischen all den Grüppchen und Pärchen in den Sand.

»Ist dir kalt?«, fragte Adam, und Stella schüttelte den Kopf, obwohl sie leicht fröstelte. Sie trug die Jeans und die Lederjacke, die sie mit Lizzy gekauft hatte, und dazu einen schwarzen Haarreif mit sehr dezentem Glitter daran.

Es war viel zu schön, Adams Wärme neben sich zu spüren. Diese kleinen flüchtigen Momente, wenn er sie aus Versehen berührte. Dann kribbelte ihr ganzer Körper auf aufregende, angenehme Weise. Einmal, als er seine Jacke auszog, streifte er ihre Hand mit seinem Ellenbogen, der leicht rau war. Allein diese Berührung machte sie wie betrunken, obwohl es doch nur ein rauer Ellenbogen war. Anstatt etwas von ihm abzurücken, ertappte sie sich dabei, zu verharren, wie sie war, sich sogar keinen Millimeter zu bewegen, um ja nichts von seiner Wärme und seinem angenehmen Duft zu verpassen. Von einem Moment auf den anderen war die Band wie auf Stumm gestellt, ihre Aufmerksamkeit galt nur noch Adams Körper und der Frage, wie sich dieser Körper wohl anfühlen mochte. Oft genug hatte sie ihn inzwischen im T-Shirt gesehen. Ein paarmal war er gerade aus der Dusche gekommen, nachdem er mit Romeo und Juliet lange am Strand gespielt hatte. Dann hatte die Feuchtigkeit auf seiner Haut sein Shirt eng an seinem Körper anliegen lassen. Sie hatte sehen können, dass Adam gut gebaut war. Nicht auf eine *Ich schaffe beim Kreuzheben zweihundert Kilo*-Weise, sondern eher auf eine *Ich skate und schleppe schwere Topfpflanzen und Erdsäcke*- Weise. Er hatte eine ziemlich schöne Hautfarbe, nämlich goldbraun, wie man sie nur selten sah, fast ein wenig schimmernd. Als er sich nach vorne beugte, sah Stella, dass sein Nacken etwas heller war. Sie konnte kaum dem Drang widerstehen, zu fühlen, ob die Haut dort weicher war, weil keine Sonne hinkam. Während Adam aufmerksam der Band lauschte, musterte Stella sein Gesicht. Er hatte nicht mal einen kleinen Pickel oder einen Kratzer vom Rasieren, nein, seine Haut war gesund, rein und makellos. Und erst seine Hände ... Die waren wirklich schön, er hatte nämlich lange, schlanke Finger. Und auf einmal überkam sie die Vorstellung, wie es sich wohl anfühlen würde, wenn sich diese Hände unter ihr Shirt schieben würden.

Sie zuckte zusammen, als Adam ihre Schulter mit seiner Schulter anstupste. »Alles gut?«

Wie konnte er nur so entspannt und ruhig sein?

»Ja … ja«, stammelte sie.

Schräg vor ihnen knutschte ein Pärchen auf einer Picknickdecke. Mit jemandem während eines Rockkonzerts am Strand zu knutschen, war Perfektion, dachte Stella sich. Etwas, das man unbedingt tun sollte, wenn man die Möglichkeit dazu hatte.

»Gott …«, zischte Stella leise. Das hier war doch total verrückt!

»Die sind gut, nicht wahr?«, sagte Adam.

»Ja …«, hauchte Stella wie benommen.

Stella hatte bisher absolut nichts von der Band mitbekommen.

»Dieser Song ist für all die Turteltauben unter euch«, sagte der Sänger, ein Kerl mit dicken, dunkelblonden Locken, der seinen eigenen weiblichen Fanclub in der ersten Reihe mitgebracht hatte. Er kam mit seiner Stimme ziemlich hoch, was vielleicht teilweise an seiner wirklich sehr engen Jeans lag.

Adams Hand lag ziemlich nah neben Stellas. Eigentlich müsste sie nur den kleinen Finger ein wenig spreizen, um ihn zu berühren. Sie nahm einen großen Schluck Bier und spürte, wie Adam sie anlächelte. Gott, sie mochte sein Lächeln viel zu gern.

Es kostete sie Mut zurückzulächeln. Weil sie nämlich diesmal seinen Blick dabei hielt und er ihren, und es auf einmal ziemlich heftig in ihrem Bauch kribbelte und sie eine Grenze überschritten, denn sie sahen sich lange in die Augen und vor allem tief, und ohne es verhindern zu können, befeuchtete Stella ihre Lippen und Adam rückte ein Stück näher und …

»Adam«, sagte auf einmal jemand.

Es musste nichts gesagt werden. Stella wusste auch so, dass das Mädchen, das vor ihnen stand, Amber war.

Adam erhob sich vom Boden und Stella automatisch auch. »Amber«, bestätigte er ihre Vermutung.

Es folgte ein kurzes, peinliches Schweigen, bis Adam sie miteinander bekannt machte. »Stella, das ist Amber. Amber, das ist Stella, meine Cousine.«

»Hey, Stella. Freut mich, dich kennenzulernen.« Amber umarmte Stella, wobei sie sich leicht zu ihr hinunterbeugen musste, weil sie so groß war.

Es war erstaunlich, wie schnell sich Stellas Laune verfinstert hatte. Und sie wusste auch genau, woran das lag. Es war das Wort Cousine gewesen, das gefallen war. Und die Tatsache, dass Amber eine absolute Wucht war. Ihr Gesicht war so ebenmäßig, als hätte Gott unzählige Skizzen angefertigt, bis er absolut zufrieden gewesen war, ehe er sie geschaffen hatte. Stella fragte sich, ob Amber figurformende Unterwäsche trug, aber wahrscheinlich war sie von Natur aus mit dieser Wespentaille gesegnet. Stella fragte sich auch, ob sie wirklich ein und derselben Spezies angehörten.

Amber trug ein geblümtes Kleid, das an sich schlicht war, aber an Ambers Modelkörper wurde es zu etwas Hochwertigem. Das erste Mal in ihrem Leben schämte Stella sich für ihr kurzes Haar und ihre Secondhand-Klamotten. Dabei war sie sonst immer stolz darauf gewesen, dass sie sich nicht so viel aus Mode machte.

Ambers voller, weicher Busen wippte, als sie über einen Witz von Adam lachte. Stella hatte ihn nicht gehört. Sie war damit beschäftigt gewesen zu entschlüsseln, ob Amber Kunstwimpern aufgeklebt hatte.

»Stehst du auch auf ihn?« Die Frage war an Stella gerichtet. Als sie Amber mit großen Augen ansah, fügte die hinzu: »Den Sound.« Sie klang, als würde sie Stella für begriffsstutzig halten.

Es war ihr Blick, der Stella warnte, dass dieses Mädchen nicht so süß war wie ihr Lächeln. Er kratzte beinahe, dieser Blick. Ihre Frage war eindeutig zweideutig gemeint gewesen.

»Ja, schon. Ich finde, dass ...«

Aber Amber hatte schon das Interesse an ihr verloren. Sie

wandte sich Adam zu, was wohl bedeutete, dass Stella abgemeldet war. Sie berührte ihn am Oberarm. Eine so vertraute Geste, die in Stellas Bauch schmerzte. »Du hast gar nicht zurückgerufen«, sagte sie und schob dabei die Unterlippe vor wie ein kleines Kind.

Amber und Adam – allein die Namen waren perfekt für einander! Wie hatte Stella das nicht schon längst begreifen können?

»Sieht so aus, als würde die Band eine Pause machen«, sagte Stella. »Ich geh ein Stück am Strand spazieren und schaue mir den Mond an.«

Sie hörte noch, wie Adam sie aufzuhalten versuchte, aber sie tat so, als würde sie ihn nicht hören. In dem plötzlichen Gedränge war das auch durchaus möglich, denn jeder wollte die Pause nutzen, um sich in der endlosen Reihe vor den Toiletten anzustellen oder sich im *Holy Crab!* seinen Pappbecher nachfüllen zu lassen.

Stella lief schnell. Sie wollte nur noch weg. Weg von der perfekten Amber und Adam, der gesagt hatte, er fände Stella hübsch, was aber gelogen war – ganz offensichtlich stand er auf das glatte Gegenteil! Erst als sie fernab all der Leute war, wurde sie langsamer. Sie staunte, als sie feststellte, wie weit sie gelaufen war. Ein paarmal war sie schon mit Romeo und Juliet hier gewesen. Dort vorne lagen die Wellenbrecher-Steine, und ab da würden es nur noch etwa fünfzehn Minuten bis nach Hause sein.

Auf einmal hörte sie Adam ihren Namen rufen. Er joggte ihr nach. Jeans, Shirt, Chucks, das Haar leicht zerzaust – das war ihr Adam! Er hatte sie aufgefangen, als sie am Flughafen in Los Angeles hilflos angespült worden war. Sie teilten dieselben Gedanken. Für einen kurzen Augenblick hatte Stella geglaubt, dass sie sogar dieselben Gefühle teilten! Das erste Mal, seit sie hier war, schmerzte sein Anblick.

»Hey«, sagte er, als er vor ihr stand. Sein Atem ging beschleunigt.

»Hey«, sagte sie.

»Wo läufst du denn hin?«

»Ich … ich wollte euch nur eure Ruhe lassen. Ihr scheint viel zu klären zu haben.« Sie holte Luft, ließ den Blick über das Meer schweifen und versuchte so beiläufig wie möglich zu fragen: »Und, seid ihr jetzt wieder zusammen?«

»Was?! Wie kommst du denn darauf? Nein! Amber ist …«

»Ziemlich hübsch. Und nett.«

»Ja, das ist sie. Und sie spricht fließend Schwedisch, weil ihre Mutter Schwedin ist. Und sie kann Origamifiguren falten, was ziemlich faszinierend ist, wenn man das mal gesehen hat.«

»Wow«, sagte Stella trocken. »Klingt doch ziemlich gut.«

Adam holte tief Luft, als hätte er etwas sehr Wichtiges zu verkünden. »Und sie bekommt immer, was sie will. Deshalb hat sie ja auch mit ihrem Drogenkurier geschlafen, damit er ihr das Zeug billiger vertickt.«

Sollte Stella jemals zuvor sprachlos gewesen sein – mit Sicherheit war das nichts im Vergleich zu dieser Situation hier gewesen. Sie wusste nicht mal, ob sie schockiert, erleichtert oder voller Mitleid sein sollte.

»Oh«, war alles, was ihr Kopf in diesem Moment zustande brachte.

»Tja, jetzt weißt du's. Amber ist …« Adam kniff die Augen zusammen. » … Wie ich schon sagte, es ist kompliziert.«

Stella nickte.

»Sie behauptet, clean zu sein, aber das hat sie schon oft, und inzwischen glaube ich ihr nicht mehr. Jedes Mal kam dann doch wieder der Anruf, dass sie im Krankenhaus ist.«

»Das klingt wirklich kompliziert«, sagte Stella und fühlte sich schlecht. Es tat ihr leid, dass sie Adams Beziehungsprobleme mit Amber nicht ernst genommen hatte.

Adam schob die Hände in die Hosentaschen. »Sie lässt sich von niemandem helfen außer von mir, das ist das Problem. Als ich das letzte Mal Schluss gemacht hatte, hat sie sich total zugedröhnt. Ich fühle mich verantwortlich für sie.«

»Und jetzt?«, fragte Stella.

»Ich weiß nicht … Es ist schwierig.«

Und auf einmal, woher das auch immer kam, stellte Stella sich auf die Zehenspitzen und küsste Adam.

»Das war unerwartet …«, sagte Adam, als sie sich von ihm löste.

Stella befand sich im freien Fall.

Weil es sowieso schon egal war, stellte sie sich ein zweites Mal auf die Zehenspitzen und küsste ihn. Und Adam ließ es zu. Es war ein sehr, sehr unschuldiger und keuscher Kuss, eigentlich nur eine Berührung ihrer Lippen, aber dahinter stand eine Frage: *Magst du mich so, wie ich dich mag?*

Da legte Adam seine Hände an ihr Gesicht, und das war wohl zumindest ein *Ja, ich mag dich.*

Also ging sie ein Stück weiter. Ihr Mund öffnete sich, und ihre Zunge öffnete seinen Mund, und das war ihre zugegebenermaßen gewagte Art zu fragen: *Wie sehr magst du mich?*

Und Adam ließ sich darauf ein, was wohl hieß *Sehr.*

Also ging sie wieder ein Stück weiter, indem sie eine Hand in seinen Nacken legte und die andere in seinen Locken verschwinden ließ. Und ja, sie waren so weich, wie sie aussahen!

Die Schmetterlinge in ihrem Bauch zerfielen schlagartig zu Staub, als Adam sich zurückzog und verlegen räusperte.

»Das war unerwartet …«, sagte er erneut und strich sich über den Nacken. »Aber auch irgendwie erwartet, ich weiß auch nicht.«

»Du hast damit gerechnet, dass ich dich küssen würde?«

»Nein«, sagte er schnell. »Nein, ich ... Sagen wir so, ich hatte es zumindest gehofft. Aber ...«

»Aber?«

»Dann dachte ich mir, dass du ja ...« Und auf einmal lachte er und schüttelte den Kopf mit großen Augen, wie jemand, der absolut fassungslos ist. »Egal. Ich bin ziemlich erleichtert, weil es dir offenbar genauso geht wie mir, und das hier macht mich gerade ziemlich glücklich, also ...«

Und dann küsste er sie. Und diesmal hatte es absolut nichts mehr mit keusch und unschuldig zu tun. Es war ein Kuss, der Stella das Gefühl gab, schwerelos zu sein. Ein Kuss, der ihren Händen ein Eigenleben verlieh, sodass sie nicht mehr wahrnahm, wohin ihre Finger überall wanderten, sie taten es einfach und spürten ihn und seine Wärme.

Vom *Holy Crab!* war keine Musik mehr zu hören, was bedeutete, dass die Band schon zusammengepackt hatte, als sie beschlossen, nach Hause aufzubrechen. Adam half Stella vom Boden auf, schloss sie in eine warme, wundervolle Umarmung und küsste sie auf ihr Haar. »Du weißt schon, dass es deine Aufgabe sein wird, das hier Lizzy zu erklären«, sagte Adam.

Stella lachte. »Mein Gefühl sagt mir, dass sie nichts dagegen haben wird.«

42

1914

Die ersten Blätter der Poinsettien hatten sich rot gefärbt. Schon bald würden sie sich majestätisch erheben, wie ein rot gefiederter Phönix, der aus seinem Sommerschlaf aufgewacht war. Inzwischen nannten Philipp und Feli sie die »Weihnachtssterne«. Dieses Wort spendete Feli Trost und passte zudem viel besser. Denn das Gefühl, das der Anblick in ihr auslöste, wenn das erste Rot durch all das kräftige Grün hindurchschimmerte, erinnerte sie an die unbändige Freude, die Feli als Kind empfunden hatte, wenn auf einmal, wie durch ein Wunder, still und leise die ersten Schneeflocken vom Himmel getaumelt waren.

In diesem Jahr waren die Sträucher noch höher als im Jahr zuvor, sodass sie Feli inzwischen bis zum Bauchnabel reichten. Im vergangenen Jahr hatten sie nur wenige Schnittblumen verkauft, nicht mal die Hälfte des Feldes.

»Den Rest schneiden wir einfach ab und verschenken ihn!«, hatte Feli voller Enthusiasmus gesagt. Das war noch vor Fritz' Tod gewesen. »Wir binden Sträuße und schenken sie Restaurants und feinen Boutiquen. Die Leute sollen sich schon mal an die Weihnachtssterne gewöhnen, damit es nächstes Jahr ganz selbstverständlich für sie ist, die roten Sterne zu Weihnachten zu sehen!«

Philipp hatte eine Hand an ihre Wange gelegt. »Einverstanden.«

Seit Wochen lag dieser traurige Ausdruck auf seinem Gesicht. Dieses Jahr würde Feli alles dafür tun, damit dieser Ausdruck endlich verschwand.

»Du willst nach Los Angeles?«, fragte Philipp leicht verwundert.

»Ja. Ich ... ich wollte mit Anne nach einem hübschen Kleidchen für die Kleine schauen. Also, könntest du mich bitte später zum Bahnhof fahren?«

Es tat ihr im Herzen weh, Philipp zu belügen. Doch würde sie ihm die Wahrheit sagen, würde er sie niemals fahren lassen. Das Schlimmste war, dass er sich sogar für sie freute.

»Na klar!«, sagte er. »Ich trinke nur schnell meinen Kaffee aus.«

»Für einen Bummel hast du dich aber ordentlich rausgeputzt«, meinte er am Bahngleis scherzhaft und ohne jegliches Misstrauen. »Wie schön du nur bist.« Er drehte sie einmal, wie zum Tanz, legte eine Hand an ihre Wange, und ehe sie sich's versah, küsste er sie zum Abschied. Doch anstatt seine Zärtlichkeit zu genießen, fühlte sie sich wie die weltgrößte Verräterin.

Aus Philipps Unterlagen hatte sie die Adressen dreier Blumenhandlungen herausgesucht. Der erste Laden lag in der Front Street am San Pedro Habor, einer im Vergleich zum Rest der Stadt noch eher zurückgebliebenen Gegend mit Holzhäusern, an denen die Fensterläden teilweise schief hingen. Die Straße war ungepflastert. Feli wurde in der Mietdroschke ordentlich durchgerüttelt, und graubrauner Staub legte sich an die Fensterscheiben.

»Hier ist es?«, fragte Feli skeptisch.

Der Taxifahrer hatte vor einem kleinen Laden Halt gemacht, durch dessen Schaufenster zwar Blumen zu sehen waren, doch der so unscheinbar wirkte, dass Feli ihn niemals allein gefunden hätte.

»Das ist die Adresse, die Sie mir genannt haben«, brummte der Fahrer und streckte auffordernd die Hand aus.

»Warten Sie hier.«

Ein paar Hafenarbeiter pfiffen ihr nach, als sie aus dem Wagen stieg. Die Glocke läutete, Feli drückte die Tür hinter sich zu – und staunte. Bis in die hintersten Winkel war dieser kleine Raum angefüllt mit wunderschönen exotischen Blumen, sodass man kaum einen Weg hindurchfand. Die von der Decke hängenden Blumenkaskaden streiften ihren Hut. Und erst all die Düfte!

Der Besitzer – Mr Nicholson, ein Mann kurz vor dem Ruhestand – sah von seinem Blumengesteck auf. »Guten Tag, wie kann ...« Er verstummte. Sein Mund blieb offen stehen, sein Blick wanderte von Felis Riemchenschuhen über ihr grünschimmerndes Seidenkostüm bis zu ihrem roten, mit Poinsettien geschmückten Hut. Wenn man so wollte, war sie eine wandelnde Poinsettia. Ihr Outfit zeigte wohl Wirkung.

»Einen wunderschönen guten Tag«, wünschte sie.

»Wie kann ich Ihnen behilflich sein?«

Sie straffte sich und trat näher. »Ich bin hier, um Ihnen ein Angebot zu machen.« Sie erzählte ihm von den Weihnachtssternen und ließ dabei ihrem Charme freien Lauf.

»Weihnachtsstern?«, wiederholte er fragend und schob seine runde Brille mit dem Zeigefinger den Nasenrücken hoch. »Von dieser Pflanze habe ich noch nie gehört.«

»Auch Poinsettia genannt. Es ist eine Pflanze, deren Blätter sich ab November leuchtend rot färben. «

»Ja, von der Poinsettia habe ich schon gehört. Weihnachtsstern ...« Er ließ sich das Wort auf der Zunge wie ein Stück Schokolade zergehen. »Das klingt hübsch. Aber es ist ein Risiko für mich. Niemand kennt diese Pflanze.«

»Sie könnten doch zumindest den Versuch wagen!«

»Die Leute kaufen, was sie kennen. Ich bin nicht mehr so wagemutig wie früher.«

»Aber sind es nicht größtenteils Frauen, die Ihnen Blumen abkaufen? Und Frauen wollen hin und wieder überrascht werden. Diese Blume wird sie überraschen, das verspreche ich Ihnen! Also, Deal?« Sie setzte ihr strahlendstes Lächeln auf und streckte dem Mann die Hand hin.

Doch er schüttelte mitleidig den Kopf. »Es tut mir wirklich leid … Was, wenn ich auf der Lieferung sitzen bleibe?«

»Sie bezahlen uns erst, wenn Sie die Zweige verkauft haben.«

Zugegeben, das war gewagt. Höchstwahrscheinlich würde Philipp ihr den Kopf abreißen. Zumal sie ihm vorab ja noch gestehen musste, allein und ohne sein Wissen die Händler aufgesucht zu haben. Aber dieses Angebot konnte Mr Nicholson nicht ablehnen, und so schlug er endlich ein.

In ihrer Fantasie hatte Feli sich ausgemalt, wie sie in die Läden spazierte, die Händler über ihr gewagtes, aber beeindruckendes Outfit staunten, sich von ihrem Charme einwickeln ließen und ganz angetan waren von der Vorstellung, einen »Weihnachtsstern« ins Sortiment aufzunehmen. Ja, sie hatte sie sogar schon Dinge sagen hören wie »Ganz schön zielstrebig für eine Frau« oder »Ihr Mann kann sich glücklich schätzen«.

Wie falsch sie gelegen hatte, zeigte sich beim zweiten Laden, den sie aufsuchte. Der Besitzer, Mr Brown, war ein Mann, dem man nichts vormachen konnte und der sich nicht von einem adretten Äußeren blenden ließ. Wie auf einem Tablett präsentierte Feli ihm den Weihnachtsstern auf ihrem Hut. Bei Mr Nicholson hatte das für Erheiterung gesorgt, doch Mr Brown lächelte nur herablassend.

»Das ist kein Weihnachtsstern«, sagte er. »Das ist ganz einfach eine stinknormale Poinsettia.«

»Stinknormal, wie Sie sagen, ist sie wohl kaum. Oder haben Sie diese Pflanze schon einmal in einer anderen Blumenhandlung gesehen?«

Er lehnte sich nach vorne auf die Unterarme und verschränkte die Hände. »Eben nicht. Und das hat auch seine Gründe. Als Schnittblumen halten die Dinger kaum zwei Tage.«

Obwohl er ihr ein wenig Angst einflößte, bemühte Feli sich, seinen Stahlblick zu halten. »Mein Mann versucht, den Weihnachtsstern als Topfpflanze zu ziehen.«

»Und warum haben Sie nicht Ihren Mann geschickt?«

Feli hielt es für das Beste, diese Frage einfach zu ignorieren. »Sehen Sie, der Weihnachtsstern – die Poinsettia – ist bisher so gut wie unbekannt. Genau das ist doch die Chance! Warum mag jeder Eierpunsch so gerne? Oder Christstollen? Oder warum erfreuen wir uns am Weihnachtsbaum? Weil es diese Dinge nur zur Weihnachtszeit gibt! Sie sind etwas ganz Besonderes. Und in diesen Kreis fügen wir eine Pflanze ein, die nur zur Weihnachtszeit blüht. Wir verkaufen sie als Weihnachtswunder!«

»Weihnachtsstern!«, lachte Mr Brown auf. »Was ist das überhaupt für ein Name! So etwas kann sich nur eine Frau ausdenken!«

Auf einmal war Feli unendlich müde. Es war so ungerecht, dass man sie nicht richtig anhörte, nur weil sie eine Frau war!

»Sie machen einen Fehler«, sagte sie und erhob sich von ihrem Stuhl. »In zwei, drei Jahren wird jeder Weihnachtssterne lieben. Und dann werden Sie an mich denken.«

Er lachte spöttisch. »Was für ein arrogantes Weibsbild … Nicht einen Gedanken werde ich an Sie und Ihre Weihnachtssterne vergeuden!«

Die letzte Blumenhandlung, die auf ihrer Liste stand, lag in der Nähe der Universität. Der Besitzer des Ladens, ein gewisser Mr Conelly, der vielmehr wie ein Geschäftsmann wirkte als wie jemand, der eine Leidenschaft für Blumen hegte, lachte ihr ins Gesicht, wobei sein Wohlstandsbauch bebte. »Weihnachtsstern? Was soll das sein?«

Er war nicht im Geringsten daran interessiert, eine neue Pflanze im Sortiment aufzunehmen. Sein einziges Interesse galt Felis Ausschnitt, der nicht mal besonders tief war und den sie mit ihrem dünnen Seidenschal zu kaschieren versuchte. Das Büro erschien ihr mit einem Mal viel zu dunkel und eng.

»Wie niedlich«, sagte er zu allem, was sie ihm zu unterbreiten versuchte. Und dann schlug er noch vor, sie solle doch einfach Stiefmütterchen ziehen. Die würde jeder kennen und lieben. Da begriff Feli, dass sie hier ihre Zeit verschwendete.

»Sie wollen doch nicht etwa schon gehen«, sagte Mr Conelly, als sie sich von ihrem Stuhl erhob. »Bleiben Sie doch noch, es verirren sich nicht oft junge Damen in mein Büro.«

Was Feli nicht wunderte, bei dem Geruch von abgestandener Luft und Schweiß.

»Danke, aber nein. Ich breche jetzt lieber nach Hause auf.«

Sie hatte geglaubt, Mr Conelly würde sie zur Tür begleiten, aber seine Hand umschloss die Klinke nur, ohne sie zu drücken. Inzwischen war Feli mulmig zumute. Vor allem, als sie den Alkoholdunst wahrnahm, der von Mr Conelly ausging.

»Ich bin mir sicher, wir werden uns schon irgendwie einigen können …« Sein heißer Atem schlug ihr ins Gesicht. Die Hand noch immer auf der Klinke, schob er seinen mächtigen Körper dicht hinter sie, sodass sie wie eingezwängt war. Ihr Puls beschleunigte.

»Was ist so ein niedliches Ding überhaupt allein unterwegs?« Mr Conelly strich ihr mit seinen fleischigen Fingern eine Strähne aus dem Gesicht.

In diesem Moment erinnerte Feli sich daran, wie Philipp sie

einst vor dem Bären gerettet hatte. Er hatte das Gewehr angelegt und leise gezählt. »Eins … zwei …«

»Was flüsterst du?«, fragte Mr Conelly amüsiert.

Bei drei rammte Feli ihm den Ellenbogen in den Bauch. Er stöhnte schmerzerfüllt und schreckte zurück. Ehe sie aus dem Raum war, packte er sie am Ärmel ihres Kleides. Der Stoff riss. Ihr Überlebensinstinkt setzte ein und ließ sie handeln, ohne zu begreifen, was sie da eigentlich tat. Sie packte die Tür und donnerte sie zurück, sodass sie mit voller Wucht gegen Mr Conellys breiten Schädel knallte.

»Du verdammtes Miststück!«, knurrte er.

Doch da war sie schon längst aus dem Laden.

Zum Glück wartete der Taxifahrer draußen vor der Tür, obwohl sie länger fort gewesen war als angekündigt. »Fahren Sie!«

Sie spürte, dass er sie immer wieder über den Rückspiegel musterte, doch er sagte nichts, und Feli war froh darüber. Sie zitterte. Um zu weinen, saß der Schreck noch zu tief.

Endlich, der Bahnhof tauchte vor ihnen auf. Jetzt musste sie nur noch in den Zug steigen, der sie nach Encinitas brachte, und dort würde Philipp auf sie warten …

»Wie viel macht das?«, fragte sie und öffnete ihre Tasche.

»Fünf Dollar«, sagte der Fahrer, als er vor dem Parkplatz hielt.

»So viel! Aber ich hatte Sie doch gefragt, wie viel es kosten wird, und Sie sagten drei Dollar!« Sie hatte nicht damit gerechnet, am Ende des Tages einen so hohen Betrag begleichen zu müssen.

Der Fahrer zuckte nur mit den Schultern. »Da wusste ich auch noch nicht, dass ich sie in der ganzen Stadt herumfahren und überall eine Ewigkeit warten muss!«

Feli wurde wütend. »Aber ich habe nur noch fünf Dollar, und ich muss noch ein Zugticket bezahlen!«

Erneutes Schulterzucken. »Entweder Sie zahlen, oder ich fahre Sie zur Polizei.«

Es war, weil sie eine Frau war. Die Ungerechtigkeit trieb ihr Tränen der Wut in die Augen. Sie bezahlte und knallte die Tür hinter sich zu. »Mistkerl!«, rief sie ihm nach.

Feli setzte sich auf eine der Bänke ans Gleis. Sie sollte darüber nachdenken, wie sie nach Hause käme, aber sie fühlte sich völlig leer. Es war ohnehin aussichtslos. Es war nach sechs Uhr abends, die Läden hatten bereits geschlossen. Aber wie hätte man ihr dort auch helfen sollen? Sie besaßen auf der Ranch noch kein Telefon, sie konnte Philipp also nicht mal anrufen, um ihn zu verständigen. Sollte sie einen Taxifahrer bitten, sie nach Encinitas zu fahren? Feli wollte sich gar nicht ausmalen, wie viel das kosten würde. Es würde sie vermutlich vollends in den Ruin treiben.

Der Zug nach Encinitas rollte ein. Sie könnte versuchen, mit dem Schaffner zu sprechen, ihm die Situation erklären, egal, wie demütigend es sein würde. Doch ehe sie sich überwinden konnte, fuhr der Zug dampfend und zischend wieder an.

Philipp war schlau. Er würde davon ausgehen, dass sie den letzten Zug verpasst hatte. Dann würde er losfahren und sie holen. Alles, was sie tun konnte, war darauf zu hoffen, dass sie recht behielt.

Feli zitterte. Ein paarmal war sie weggenickt, aber nachts wurde es so kalt, dass das Klappern ihrer Zähne sie immer wieder aufweckte. Sie hatte sich ins Innere des Bahnhofsgebäudes gesetzt, denn am Bahnsteig war es ihr zu unheimlich. Ein Wagen fuhr vor. Erst sah sie das Licht durch die Scheiben fallen, dann hörte sie das vertraute Knattern des Maxwells.

Sie hätte weinen können vor Erleichterung und Dankbarkeit,

aber sie zwang sich ein unbeschwertes Lächeln auf, als wäre das hier nur ein spaßiges Abenteuer gewesen.

Eine Hälfte der hohen Flügeltür wurde aufgeschoben. Licht fiel von draußen herein, und sie erkannte Philipps Silhouette.

»Hier bin ich«, sagte sie kleinlaut.

»Feli!« Obwohl er nicht mehr als ihren Namen gesagt hatte, hörte sie die Angst heraus, die er in den letzten Stunden durchgestanden hatte. Sie hörte die Anspannung, die von ihm abfiel, und die Erleichterung, die er nun empfand. »Da bist du ja. Zum Glück! Was ist denn passiert? Ich habe mir solche Sorgen gemacht, als du nicht am Bahnhof in Encinitas warst ...«

»Tut mir leid«, wimmerte sie.

Als Feli sicher und behütet im Wagen saß und sie den Heimweg antraten, wollte Philipp natürlich wissen, was vorgefallen war. »Warum hat Anne dir kein Geld geliehen, wenn du zu wenig dabeihattest?«

Sie musste ihm gestehen, dass sie sich nicht mit Anne getroffen hatte, da führte kein Weg dran vorbei. Aber sie sagte ihm nur die halbe Wahrheit. Nämlich, dass sie ein paar Blumenhändler aufgesucht hatte, aber nicht, dass einer davon sie belästigt hatte.

Zu behaupten, dass Philipp wütend war, war die Untertreibung des Jahres. Er schwieg. Eigentlich sollte sie das von ihm gewohnt sein, doch diesmal war sein Schweigen anders. Zwischen seinen Augenbrauen hatte sich eine steile Falte gebildet, und Feli konnte seinen Kiefer arbeiten sehen.

Endlich fuhren sie in die Einfahrt der Ranch und Philipp stellte den Wagen ab. Sie hörte den heißen Motor knistern, so still war es zwischen ihnen. »Ich frage mich«, begann Philipp ruhig, »warum du mir nicht gesagt hast, was du vorhattest.«

»Du hättest mich niemals allein fahren lassen!«

»Aus gutem Grund.«

»Aber du hast so viel um die Ohren! Ich wollte dir etwas abnehmen!«

»Ist es wirklich nur das?« Noch immer umklammerte er das Lenkrad.

»Wie meinst du das?«

»Du hast in München dafür gekämpft, studieren zu dürfen! Du hast dich gegen meine Schwester bewiesen! Du hast dich deiner Mutter widersetzt, als du mich heiraten wolltest! Du musst gegen alles und jeden kämpfen und dich immerzu beweisen! Warum kannst du die Dinge nicht einfach mal gut sein lassen?«

»Was hat das hiermit zu tun?«

»Das kann ich dir gerne sagen! Du wolltest dich beweisen, indem du nach Los Angeles gefahren bist und dich, ohne dich vorher mit mir abzusprechen, mit den Händlern getroffen hast. Ist es nicht so? Du wolltest beweisen, wie stark und mutig du bist und dass du es besser kannst als ich!«

»So ein Unsinn! Ich wollte dir nur helfen! Ich wollte *uns* helfen!« Doch daran, wie ihre Wangen vor Scham glühten, begriff sie, dass Philipp sie durchschaut hatte, ehe sie es selbst getan hatte. »Selbst wenn, ich dachte, du magst an mir, dass ich nicht aufgebe!«

»Das tue ich auch. Aber ich mag kein Projekt für dich sein, an dem du dein Ego stärken kannst. Das macht mir nämlich Angst. Weil was, wenn all das hier …« Er ließ den Blick über die Scheunen und die Ranch schweifen. » … wenn all das hier dir irgendwann nicht mehr genug ist?«

»Aber es ist mir genug!«

Philipp hörte die Zweifel in ihrer Stimme. »Wenn du mich ausschließt, wenn du einen Einzelkampf führst, gibst du mir das Gefühl, als wäre ich zum Teil schon nicht mehr wichtig für dich.«

»Das ist das Letzte, was ich wollte …« Tränen standen in Felis Augen.

»Gut. Denn wir sind ein Team. Und ob du's hören willst oder nicht, mein Vater ist ebenso Teil dieses Teams, auch wenn du ihn nicht leiden kannst. So funktioniert das Leben auf einer Ranch, ansonsten geht man unter.«

Sie nickte.

»Ich bin nicht einer von diesen Ehemännern, die über ihre Ehefrauen bestimmen. Ich will, dass du genauso viel Mitspracherecht hast wie ich. Wir treffen Entscheidungen gemeinsam. Gemeinsam! Hast du das verstanden?«

Erneutes Nicken.

Die Direktheit, mit der er sie ansah, erschrak sie. »Dann gehen wir jetzt rein und vergessen diese Nacht am besten. «

43

12. Dezember
Der Poinsettia-Day

Als Stella am nächsten Morgen aufwachte, fühlte sie sich wie verwundet. So wie sich normalerweise über Nacht Fieber anschlich und man mit Gliederschmerzen und heißen Wangen aufwachte, so war ihre Brust aufgerissen, und ihr Herz lag frei. Sie konnte es schlagen hören, sie konnte es ja sogar schlagen spüren, als würde sich bei jedem Schlag ihre Brust ein kleines Stück weit anheben!

Sie dachte an die vergangene Nacht zurück. Adam hatte sie nach Hause begleitet. Wie betrunken vor Glück hatten sie noch lange gemeinsam in der Hängematte auf der Veranda gelegen, Stella hatte ihr Kichern an Adams Shirt gedämpft, um Lizzy nicht zu wecken. Sie hatten mit gesenkten Stimmen über dieses und jenes gesprochen, und Stella hatte es genossen, Anekdoten aus Adams Schul- und Studienzeit zu hören, es aber ebenso angenehm gefunden, einmal von sich zu erzählen, auch wenn es da eigentlich gar nicht so viel zu erzählen gab. Adam war ein sehr guter Zuhörer, der jedes einzelne Wort erfasste und Fragen stellte, die von aufrichtigem Interesse zeugten. Die Welt war so friedvoll und gut gewesen wie nie zuvor.

Im Morgengrauen hatten sie die Haustür aufgesperrt – und Lizzy vorgefunden, die im Ohrensessel im Eingangsbereich eingeschlafen war. Sie hatte einen Pyjama getragen mit der Aufschrift *Santas little helper*. Stellas Herz war zerschmolzen.

»Glaubst du, sie hat auf uns gewartet?«, hatte Stella geflüstert.

»Ziemlich sicher. Wir sollten sie wecken.«

Da hatte sich Lizzy ohnehin schon geregt. Erst hatte sie ihre Beine gestreckt und die kleinen Fäuste über den Kopf gereckt und schließlich die müden Augen gerieben. Kurz schien sie sich zu wundern, warum sie nicht in ihrem Bett war. »Ahh, ja ... gut«, hatte sie gemurmelt. »Da seid ihr ja. Schön. Dann lege ich mich nun schlafen.«

»Du hättest nicht auf uns warten müssen ...« Stella war von einem schlechten Gewissen geplagt worden. Hätte sie das gewusst, wäre sie schon viel früher zurückgekommen!

»Nein, nein, ich ...« Lizzy war keine gute Begründung eingefallen, warum sie die Nacht im Ohrensessel verbrachte. Sie seufzte kapitulierend. »Ich wollte nur sichergehen, dass ihr heil nach Hause gekommen seid. Im Bett habe ich kein Auge zugebracht! Romeo und Juliet haben es dankbar übernommen.«

Adam hatte Lizzy auf die Wange geküsst. »Also dann«, hatte er zu Stella gesagt und gegrinst, denn jetzt war es mit dem Küssen aus gewesen, jetzt hatte es nur noch eine kameradschaftliche Umarmung gegeben. »Bis morgen.« Aber so sanft wie er diese zwei Wörter ausgesprochen hatte, war ohnehin alles klar gewesen.

Und Lizzy durchschaute Menschen leicht, jedenfalls hatte sie »Ich lasse euch mal eure Ruhe« gesagt und sich aus dem Ohrensessel erhoben. Doch bevor sie schlaftrunken davongewatschelt war, hatte sie sich nicht verkneifen können, wie beiläufig über den Türrahmen zu deuten, wo ein mit einer roten Schleife verzierter Mistelzweig über Stellas und Adams Köpfen hing. »Hübsch, nicht wahr?«, hatte sie gesagt. »Habe ich heute Abend angebracht.«

Als sie die von Plüschsocken gedämpften Schritte auf den Treppenstufen gehört hatten, hatte Stella gesagt: »Sie weiß es.«

Adam hatte mit den Schultern gezuckt, es hatte ihn eher amüsiert als schockiert. »Lizzy konnte man noch nie etwas vormachen.«

Nachts war also noch alles gut gewesen. Warum wachte Stella dann mit freiliegendem, verwundetem Herzen auf? War es nur die Müdigkeit? Laut Wecker war es neun Uhr morgens, folglich hatte sie gerade mal fünf Stunden geschlafen.

Aber nein, sie war nicht müde. All die Schmetterlinge, die gestern Abend noch in ihrem Bauch geflattert hatten, schienen über Nacht versteinert zu sein und lagen nun schwer in ihrem Magen. Was nicht bedeutete, dass sie Adam nicht mehr gernhatte! Eher könnte man sagen, dass sie ihn zu gern hatte. Diese Gefühlsintensität war ihr völlig neu und machte ihr Angst.

Natürlich hast du Angst, versuchte sie sich selbst zu beruhigen. *Geh auf den Balkon, genieße die frische, salzige Luft!*

Dort wurde alles nur noch schlimmer. Dieses ewige Meeresrauschen, das weiter und weiter und weiter rauschen würde – nur würde sie es bald nicht mehr hören, wenn sie in Deutschland war.

Wie jeden Morgen wässerte Herr Sanders, der Nachbar, das Blumenbeet. »Guten Morgen, Stella!««, rief er. »Happy Poinsettia-Day!«

Das war lieb von ihm, aber es schnürte Stella die Luft zu. Was war denn nur los mit ihr? »Happy Poinsettia-Day«, wünschte auch sie.

Der Poinsettia-Day ... Damit hatte, wenn man so wollte, alles angefangen. Neun Tage war sie nun schon hier.

Sie putzte sich die Zähne, schminkte sich ein wenig und zog das an, was abgesehen von ihrem Kleid für den Poinsettia-Ball in ihrer Reisetasche noch übrig war und noch nicht gewaschen werden musste: ein schwarzes, schlichtes Trägerkleid und darüber eine grüne, karierte Bluse, die sie locker unterhalb des Bauchnabels knotete. Nicht fehlen durfte ihr mattgoldenes Haarband, das sie liebte, weil es so gut mit ihren kupferfarbenen Strähnen harmonierte. Sie wollte für Adam hübsch sein. Gleichzeitig überlegte sie panisch, wie sie ihm tagsüber aus dem Weg gehen könnte. Gott, was war denn nur los mit ihr?!

Adam war schon da, seine Chucks standen auf der Fußmatte, direkt neben ihren. Einst waren sie mal weiß gewesen, inzwischen hatten sie eher einen graubraunen Ton, und doch hätte Stella am liebsten ein Foto von seinen Schuhen gemacht und in ihrem Zimmer aufgehängt. *O Mann …*

Allein seine Stimme gedämpft aus der Küche zu hören, ließ ihr Herz noch schwerer werden. Sie hatte diese Stimme so lieb gewonnen … Während er sich mit Lizzy unterhielt, pfiff der Wasserkocher, hörte man ein Messer auf einem Holzbrett schneiden und den Ofen summen. Alles Geräusche, die nach einem warmen, liebevollen Zuhause klangen.

»Wir sollten einen Haustürschlüssel für Stella anfertigen lassen«, sagte Lizzy. »Dann ist sie flexibel.«

»Klingt super«, erwiderte Adam.

»Und was hältst du davon, wenn wir ihr Zimmer neu streichen? Ich dachte an etwas Jugendliches. Vielleicht ein frisches Grün.«

»Warum nicht?«, erwiderte Adam. »Grün passt zu ihr.«

Grün war sogar neben Rot ihre Lieblingsfarbe …

»Besprich das mit ihr beim Frühstück«, sagte Adam. »Letztens habe ich in einem Laden Blumendrucke gesehen, die man an die Wand kleben kann. Das sieht dann so aus, als würden die Blumen die Wand hochwachsen, total cool. Ich bin mir sicher, das würde ihr gefallen, wo sie Blumen doch so mag. Aber wie gesagt, wir sollten sie einfach fragen ...«,

Die Küchentür ging auf. Adam schob sie mit dem Fuß auf und balancierte zwei Teller in den Händen, einen mit geschnittenen Früchten und den anderen mit Käse und Schinken. »Ah, da ist sie ja schon!«

Er platzierte die beiden Teller auf dem Tisch und breitete dann die Arme aus. »Happy Poinsettia-Day! Du wirst sehen, das ist eine große Sache für uns!« Er warf einen Blick über die Schulter, ob die Luft rein war, und schenkte Stella einen kleinen, schüchternen Guten-Morgen-Kuss auf die Wange.

Stella staunte, wie üppig der Tisch gedeckt war. Es reihten sich runde Schalen mit bunten Marmeladensorten aneinander: von gelbweißem Ingwergelee über Orangen- und Aprikosenmarmelade bis hin zu fast schwarzer Johannisbeerkonfitüre. Es duftete nach warmen Brötchen, frischem Kaffee und – als Lizzy mit einer vor Hitze zischenden Pfanne herauskam – auch nach gebratenem Speck mit Spiegeleiern.

»Happy Poinsettia-Day!«, flötete Lizzy überglücklich, stellte die Pfanne ab und küsste Stella auf die Wange. »Ich freue mich so, dass du diesen schönen Tag mit uns feierst!«

Während des Frühstücks schien die Wunde in ihrer Brust immer tiefer zu werden.

»Stella, Schätzchen, ist alles in Ordnung? Du bist so schweigsam und etwas blass um die Nase«, sorgte sich Lizzy.

»Ich habe nur unruhig geschlafen.«

»Gewiss das Wetter. Ein Gewitter zieht heran. Ich habe auch schon Kopfschmerzen.«

»Vielleicht. Oder die Aufregung ...«

»Bist du nervös, weil du heute auf dem Ball den Freunden der Familie vorgestellt werden wirst?«, fragte Adam.

»Ja. Etwas …«

»Glaub mir, Liebes, sie haben dich alle schon längst ins Herz geschlossen!«, beteuerte Lizzy und erhob sich von ihrem Platz, um mit ihren warmen, weichen Händen Stellas Stirn zu befühlen. »Fieber hast du ja auch! Da bleibe ich heute zu Hause. Theresa kann sich auch um die letzten Vorbereitungen für den Abend kümmern.«

Das wollte Stella natürlich nicht. Eigentlich wollte sie sogar ihre Ruhe haben. Das war zugegebenermaßen ziemlich undankbar, vor allem, weil das hier ja nicht mal ihr eigenes Zuhause war.

»Ich kann mich doch auch um sie kümmern«, schlug Adam vor. »Ich fahre dich nach dem Frühstück zum Ballsaal und komme dann hierher zurück.«

»Macht euch wirklich keine Sorgen, ich schlafe einfach ein bisschen«, sagte Stella.

Trotzdem versprach Adam, so schnell wie möglich zurückzukommen.

Als die beiden nach dem Frühstück aufbrachen, flüsterte Adam ihr an der Haustür ins Ohr: »Ich habe später eine Überraschung für dich.«

Stella wurde so warm ums Herz, dass sie richtig Angst bekam. Ihr angestrengtes Lächeln schmerzte. Als der Jeep rückwärts aus der Einfahrt setzte, wurde aus der Angst Panik. Es fehlte nicht mehr viel, und sie würde auf die Straße rennen, um die beiden zurückzuwinken. Adam durfte nicht gehen! Es war ihr, als würde sonst etwas Schreckliches geschehen …

Stella drückte die Haustür zu.

Sie glaubte zu ersticken.

Sie ging die Treppe hinauf. Jeder Schritt ein Herzschlag.

Auf einmal schoss ihr der Satz ihrer Mutter durch den Kopf. *Du hängst dich zu schnell an Leute.*

Der heutige Tag, der Poinsettia-Day, war wie eine Frist gewesen. Morgen schon hätte sie hier nichts mehr verloren, schon bald würde sie ins Flugzeug steigen und nach Hause fliegen müssen, zurück zu einem kalten, eingeschneiten Zuhause, wo alles noch genau so war, wie sie es verlassen hatte. Da würden die Hausschuhe ihrer Mutter im Flur warten, als würde diese jeden Moment nach Hause kommen und in sie hineinschlüpfen. Überall wären ihre Lippenstifte verteilt, auf dem großen Spiegel neben der Garderobe, auf der Küchenablage, auf dem Fernsehtisch …

Und Adam wäre am anderen Ende der Welt. Sie konnte ihn ja nicht mal einfach schnell anrufen, das wäre für sie beide zu teuer!

Auf einmal wurde Stella alles viel zu viel.

Sie riss ihre Reisetasche unter ihrem Bett hervor, warf wie im Rausch all ihre Klamotten hinein. Sie hatte ja nicht viel aus Deutschland mitgebracht, deshalb hatte sie auch gar nicht die Möglichkeit gehabt, ihre Sachen groß im Haus zu verteilen. Ihren Discman fand sie auf dem Sofatisch. David hatte ihr ein Fachbuch über Poinsettien geschenkt, das er gemeinsam mit seinem Vater vor ein paar Jahren geschrieben und veröffentlicht hatte. Darin hatte sie gestern gelesen, es lag noch aufgeschlagen auf dem Sofa. Das war's auch schon.

Auf der Kommode im Eingang lächelte Lizzy sie von einem Foto aus an. Stella hielt inne. Zögerte. Dann löste sie das Foto aus dem Rahmen, legte es in das Poinsettia-Buch und steckte es in ihren Rucksack. Zu Hause würde sie dafür einen Platz in der Küche finden. Dann würde sie darauf blicken und denken, wie schön es gewesen war, mit Lizzy zu kochen, weil ihre Oma darauf bestanden hatte, dass Stella ein paar ihrer Rezepte lernte. *Ein junges Mädchen muss wissen, wie man Fleischpflanzerl macht! Das ist wirklich keine Kunst!*

Würde Lizzy ihr böse sein? Enttäuscht war sie sicher, wenn

Stella einfach so verschwand. Aber es musste sein. Lizzy würde sie nicht gehen lassen. Sie würde versuchen, Stella davon zu überzeugen, dass sie noch ein paar Tage bleiben könnte. Sie würde nicht verstehen, dass mit jedem Tag, den Stella länger hier war, der Schmerz stärker werden würde. Stella würde ihr einen langen Brief schreiben, in dem sie ihrer Oma alles erklärte, und hoffentlich würde Lizzy ihr verzeihen ...

Die Busstation lag am anderen Ende des Stadtkerns. Stella wusste nur, wo sie lag, weil sie Gesprächsthema Nummer eins in Laguna Beach war. Sie war gemeinsam mit einem großen Einkaufszentrum gebaut worden, gegen das sich einige Anwohner laut Lizzy ziemlich gesträubt hatten. Es passe nicht nach Laguna Beach, wo man nur Bio kaufte und Wert auf Qualität lege. Wie dem auch war, sie existierte, und das war in diesem Moment Stellas Rettung. Nur wann der Bus abfuhr, das wusste sie nicht. Schätzungsweise im Stundentakt. Auf ihrem Sparkonto lagen tausend Euro und ein paar Zerquetschte, das würde für einen Rückflug schon reichen.

Sie war bereit. Als würde sie ein Pflaster von einer noch schmerzenden Wunde ablösen, musste sie bis drei zählen, ehe es ihr gelang, die Haustür hinter sich zuzuziehen. Es war zwölf Uhr, die Sonne wurde von dem *Achtung, Sackgasse!*-Straßenschild reflektiert und blendete Stella. Lizzy hatte recht: Die Luft war schwül und drückte, richtiges Kopfschmerzwetter. Eine schwarzgraue Wolkenfront rollte über das Meer heran wie ein Heer.

Wie jeden Tag um diese Uhrzeit holte Herr Sanders die Post aus dem Briefkasten. Zwei Häuser weiter eilte die gestresste Mutter zu ihrem Jeep, weil sie mal wieder spät dran war, um ihren Sohn vom Kindergarten abzuholen, und schräg gegenüber davon wohnte der ältere Herr, dessen Vorhänge meistens zugezogen waren. Wusste der Teufel, was er trieb. All diese Leute, die Stella kaum kannte, würde sie vermissen.

Da war das Waffelhaus, in das sie sich mit Adam vor dem Regen gerettet hatte, und diese Straße dort führte zu der kleinen Gasse, in der Adams Lieblingsplattenladen lag.

Stella stand derart unter Strom, dass sie erst merkte, wie anstrengend es war, in der Mittagssonne mit Rucksack und vollgestopfter Reisetasche im Stechschritt zu marschieren, als sie verschwitzt an der Bushaltestelle ankam. Die Reisetasche stellte sie auf die Sitzbank, den Rucksack behielt sie auf. Rucksäcke und Taschen stellte man nicht auf den Boden, hatte ihr mal eine ungarische Austauschstudentin an ihrer Uni gesagt, das bringe nämlich Unglück. Warum sie ausgerechnet jetzt daran dachte, wusste sie nicht. Dummerweise erinnerte sie sich auch an ihr Gespräch mit Adam, als sie nach ihrem Besuch im Plattenladen kurz geknickt gewesen war, weil ihre Mutter den Laden bestimmt auch super gefunden hätte. Adam hatte ihr ein »Trost-Eis« gekauft. Sie hatten auf der Rückenlehne einer Bank gesessen, die Füße auf der Sitzfläche, und sich ausgemalt, was die Passanten wohl zueinander sagten, was ziemlich viel Spaß gemacht hatte.

Als die Straßenlaternen angesprungen waren, hatte sich die Atmosphäre plötzlich verändert, als würde die dämmrige Luft ihnen die Rüstung abnehmen, als würde sie ihre sensiblen Seiten hervorkehren.

»Wie war das damals für dich, als deine Mutter fortgegangen ist?«, hatte Stella gewagt zu fragen.

»Na ja … Ich mag überhaupt nicht gutheißen, was sie getan hat … aber es bringt mir auch nichts, ihr deshalb böse zu sein. Eigentlich kann ich ihr fast dankbar sein. Mein Vater und ich haben so ein gutes Verhältnis, wie es nur wenige Söhne mit ihrem Vater haben. Ich konzentriere mich einfach darauf.«

Er hatte sie angelächelt. Und Stella hatte zurückgelächelt. Und wenn sich Herzen irgendwie berühren konnten, dann hatten sich ihre in diesem Moment berührt.

»Vielleicht ist jetzt der Zeitpunkt gekommen, dir mein Lieblingslied zu verraten«, hatte Adam auf einmal feierlich verkündet. »Es ist ...« Er hatte auf seinen Oberschenkeln einen Trommelwirbel nachgemacht, und Stella hatte mit eingestimmt. »Es ist *Here comes the sun* von den Beatles.«

»Warum bin ich da nicht selbst draufgekommen?« Stella hatte sich mit der flachen Hand gegen die Stirn geschlagen. Es gab wohl kein Lied, das besser zu Adam passte.

Und dann hatte Adam gesungen: »Little darling, it's been a long cold lonely winter. Little darling, it feels like years since it's been here. Here comes the sun.«

Stella hatte sich getraut, mit ihm zu singen: »Here comes the sun, and I say it's all right.« Und wie durch ein Wunder war tatsächlich alles gut gewesen.

Adam ... Der war jetzt vermutlich schon auf dem Weg zurück zu ihr. Sie sah ihn vor sich, wie er mit den Fingern zur Melodie auf das Lenkrad trommelte.

Laut Fahrplan fuhr tatsächlich jede Stunde ein Bus, immer um dreiundvierzig. Vom Hauptbahnhof in Los Angeles würde sie schon irgendwie zum Flughafen kommen, notfalls mit dem Taxi.

Stella war die Einzige, die an der Bushaltestelle wartete, was kein Wunder war, denn es war gerade mal zwanzig nach zwölf.

Sie fühlte sich miserabel. Lizzy würde zutiefst getroffen sein. Und Adam ... Es würde ein paar Tage dauern, aber schließlich würde er einsehen, dass es für sie alle so am besten gewesen war. Und trotzdem: Je länger Stella über ihre Flucht nachdachte, desto absurder erschien sie ihr. Wenn Adam und Lizzy feststellen würden, dass Stella nicht mehr da war, würden sie die Welt nicht mehr verstehen, und dieser wichtige Tag wäre ihnen verdorben.

Inzwischen warteten eine ältere Dame, die mit einem Handy telefonierte, und zwei Schüler gemeinsam mit Stella. Der Wind fuhr in die Palmen. Es fing an zu regnen. So heftig, dass die Tropfen auf dem Asphalt zerplatzten und auf das Plastiküberdach der Bushaltestelle trommelten, so laut, dass die ältere Dame immer wieder in ihr Handy sagte: »Was? Ich verstehe dich so schlecht ... Was?«

Der Bus kam angerollt. Direkt auf ihrer Höhe öffnete sich die Tür. Die ältere Dame und die zwei Schüler stiegen ein.

Der Busfahrer nickte ihr zu, was wohl so viel heißen sollte wie: *Und was ist mit dir?*

Stella schüttelte den Kopf.

Der Busfahrer zuckte mit den Schultern und fuhr davon.

Verzweiflung packte Stella. Sie spürte schon das verräterische Kribbeln in ihrer Nase, das sie immer hatte, wenn sie kurz davor war, in Tränen auszubrechen. In einer Stunde könnte sie den nächsten Bus nehmen, aber sie wusste selbst, dass sie das nicht tun würde. Wenn sie schnell genug war, würde sie noch vor Adam zu Hause sein. Zwar hätte sie keinen Schlüssel, aber sie könnte ihre Reisetasche im Gebüsch verstecken und behaupten, sie hätte sich aus Versehen ausgesperrt ...

Sie schnappte sich ihre Sachen und rannte los. Aus dem Rennen wurde schon nach ein paar Schritten ein schnelles Gehen und schließlich ein erschöpftes Schlurfen. Die Tatsache, dass es regnete, ihr Haar in ihrem Gesicht und ihre Kleidung an ihrem Körper klebte und sich eine kleine Pfütze auf ihrer Reisetasche gebildet hatte, machte es nicht gerade leichter. Weit war es nicht mehr, sie bog schon in die Privatstraße ein. Ein schwarzer Jeep kam ihr entgegen, die Scheibenwischer liefen auf Hochtouren. Er wurde langsamer. Und hielt schließlich.

Es war Adam. Er stieg aus und kam auf sie zu.

Dass sie weggelaufen war, war allein schon schrecklich unangenehm. Dass sie jetzt auch noch von ihm dabei erwischt worden war, machte das Ganze für sie unerträglich.

»Ich hab mir Sorgen gemacht«, sagte er. Dann fiel sein Blick auf ihre Reisetasche. »Also doch. Ich hatte nur gesehen, dass der Bilderrahmen auf der Kommode leer ist, da habe ich so eine böse Vorahnung gehabt. Habe ich etwas falsch gemacht?«

»Nein ... nein, ich ...« Sie schämte sich so, sie konnte ihm nicht mal in die Augen sehen.

»Gehe ich zu überstürzt an die Sache ran? Es ist nämlich so: Ich will alles richtig machen, und gleichzeitig habe ich eine riesige Angst davor, etwas falsch zu machen und dass du eines Tages nicht mehr hier bist.« Er machte eine kleine Pause. Inzwischen war auch er pitschnass, nur dass es bei ihm ungerechterweise gut aussah. »Genau das wäre jetzt fast passiert.«

»Aber du kannst gar nichts falsch machen«, sagte sie leise.

»Und warum stehst du dann jetzt hier vor mir mit deiner Reisetasche?«

Stella konnte sich selbst nicht leiden. Sie hatte vernünftig sein wollen, hatte dabei aber nur an sich selbst gedacht und die Menschen, die ihr am meisten bedeuteten, verletzt.

»Okay«, sagte Adam. »Ich sehe, was los ist. Du hast auch Angst, nicht wahr?«

»Es läuft nun mal nicht so, wie uns all diese kitschigen Filme vorgaukeln!«, stieß Stella aus. »Ich habe mein Leben in München, dort ist mein Zuhause, dort sind meine Freunde und mein Studium und all die Dinge, die ich nicht einfach aufgeben kann. Und du bist hier. Und hast deine eigenen Dinge, die du nicht aufgeben kannst und die du auch nicht aufgeben sollst, nicht für mich. Wir kennen uns doch kaum!«

»Ich kenne dich. Und du kennst mich. Du kennst mich wahrscheinlich besser als jeder andere.«

Sie ließ die Reisetasche auf den Boden fallen und drückte beide Hände vor ihr Gesicht. Das half, die Tränen zurückzuhalten. Als sie wieder zu ihm aufsah, gelang es ihr tatsächlich, zu lächeln. »Du musst immer so bleiben, wie du bist. Versprich mir das.«

»Wow, das klingt schon sehr nach Abschied. Aber lass mich noch eins sagen: Vielleicht hast du recht. Vielleicht romantisiere ich wirklich alles und gehe vollkommen blauäugig an die Sache heran. Doch ich weiß, wie selten es vorkommt, dass jemand das Glück hat, einem Menschen zu begegnen, der einem das Gefühl gibt, zu Hause zu sein. Und wenn du nur einen Teil von dem wüsstest, was mir durch den Kopf geht, wenn du bei mir bist, dann wüsstest du, dass ich dir niemals wehtun würde. Für mich bist du das hübscheste, liebenswerteste und tapferste Mädchen der Welt, und ich werde ganz sicher nicht mit ansehen, wie du nach Hause fährst und dich zu Andreas ins Bett kuschelst, obwohl er dich nicht verdient ...«

Stella schüttelte den Kopf.

Adam ließ nicht locker. Er blieb ehrlich, auch wenn jedes einzelne seiner Worte Stella häutete. »Denn genau das ist es doch, was du machst. Du suchst dir Typen, von denen du ganz genau weißt, dass sie dich nicht glücklich machen können. Wenn man eh schon weiß, dass man verletzt werden wird, dann ist man wenigstens vorbereitet. Dann ist der Schmerz nicht mehr so schlimm, nicht wahr? Deshalb willst du jetzt auch schon gehen.«

Das Schlimme war, dass Stella nichts darauf erwidern konnte. Alles, was sie tat, war, sich auf die Bordsteinkante zu setzen, die Beine angezogen und die Arme auf die Knie gelegt. »Weißt du noch, damals am Strand, als du mich gefragt hast, ob ich denn auch mal allein war?«, sagte sie nach einer Weile. »Ich habe wirklich oft über diese Frage nachgedacht, und jetzt sehe ich es auf einmal ganz klar. Seit ich denken kann, habe ich mich an irgendwelche Typen gehängt und in ihnen ein Zuhause gesucht.«

Adam setzte sich neben sie, dieselbe Position: Beine angezogen, Arme daraufgelegt.

»Du hast ja recht«, fuhr sie fort. »Mit allem, was du gesagt hast, hast du recht. Es ist mal an der Zeit, dass ich lerne, allein zu sein. Vielleicht finde ich so heraus, wer ich eigentlich bin.«

Sie weinte.

Adam war anzusehen, dass er sich ziemlich anstrengte, nicht ebenfalls zu weinen. »Das Schlimme ist, dass ich nicht mal was dagegen sagen kann.«

Und dann legte er einfach nur einen Arm um sie.

»Was war denn eigentlich die Überraschung, von der du gesprochen hast?«, fragte Stella und wischte mit dem Ärmel ihrer Bluse über ihre Augen.

»Das ... das kann ich jetzt nicht mehr sagen. Das wäre jetzt peinlich ...«

Aber Stella bestand darauf.

»Na gut. Also ... ich dachte mir, ich könnte mir ja im Januar zwei Wochen freinehmen und dich besuchen. Das sollte die Überraschung sein. Aber keine Sorge, wir verschieben das einfach, und du schreibst mir, wenn dir danach ist. David gibt mir sicher frei, wenn ich ihn darum bitte.«

Da musste sie wieder weinen, weil sie sich so schlecht fühlte. Sie war der schlechteste, eigennützigste Mensch der Welt. Sie hatte Adams Güte gar nicht verdient ... »Es tut mir so leid. Aber es ist wichtig. Ich glaube, sonst kann das mit uns nie funktionieren.«

»Ich verstehe dich«, sagte Adam. »Aber du weißt, dass du hier

Familie hast. Du bist jetzt ein Teil von uns.« Er nahm ihre Hand und zog sie mit sich auf die Beine. »Und wie das zwischen uns weitergeht, sehen wir einfach. Ich muss nicht mit dir zusammen sein, um zu wissen, dass ich absolut verrückt nach dir bin.«

Er küsste sie. Und Stella war so gerührt von seinen Worten, dass sie gar nicht anders konnte, als ihn zurückzuküssen, und zwar so, als könnte sie ohne ihn nicht atmen.

44

1914

Es war ein Sonntag und exakt Mitte November. Ein warmer Wind zog seit gestern von Mexiko her. Feli schwitzte und überlegte, ob es auffallen würde, wenn sie ihre langen Strümpfe auszog. Würde sie jemand dabei ertappen, wäre das die nächsten Wochen Gesprächsthema im Ort, also ließ sie es lieber sein.

Sie dachte daran, wie sie in München die Sonntage verbracht hatten. Nach der Kirche hatte sie mit ihren Eltern Ausflüge unternommen, sie waren an den Starnberger See gefahren oder in den Bergen wandern gegangen. In Kalifornien sah das straffe Programm von Kühe füttern, Stall ausmisten, Pflanzen gießen und Kochen Ausflüge nicht vor. Es war nun schon der zweite Sonntag in Folge, den Feli damit verbrachte, Poinsettien an einem kleinen Stand mitten in der Einöde zu verkaufen. Eine wunderschöne Einöde wohlgemerkt. So schön, dass an einem strahlenden Sonntag wie diesem immerhin schon sieben Touristen vorbeigekommen waren. Die glücklichen Familien oder frisch verliebten Pärchen unternahmen Ausflüge, wie Feli es einst mit ihren Eltern getan hatte. Vor allem die Pärchen waren gute Kunden, sahen sich die jungen Gentlemen doch fast genötigt, ihrer Angebeteten ein paar Blumen zu schenken, wenn sie schon daran vorbeifuhren.

Feli langweilte sich.

Die Hitze staute sich zwischen den Hügeln und dem Poinsettiafeld, das wie ein Schutzschild zwischen ihr und der frischen Meeresbrise stand. Staub klebte auf ihrem Dekolleté. Sie kniff die Augen zusammen, weil die Sonne sie blendete.

Vor einer halben Stunde war Philipp bei ihr gewesen. Er hatte Mittagessen mitgebracht, das Henrietta zubereitet hatte. Frisches Brot und Kartoffelsalat. Sie hatten gemeinsam gegessen, und dann war Philipp wieder aufgebrochen, um den Rest des Tages am Maxwell herumzuschrauben. Der verlor nämlich Benzin. Die ganze Zeit über hatte Feli gelächelt und drauflosgeplappert. Hauptsache, es wurde nicht darüber gesprochen, dass schon Mitte November war und sie noch immer so gut wie keine Poinsettien verkauft hatten.

Kaum hatte Philipp sich verabschiedet, war Felis Lächeln von ihr abgefallen. Ihre Mundwinkel hatten geschmerzt.

Eine Weile lang hatte sie sich die Beine vertreten, war aber nur so weit gelaufen, dass sie den Verkaufsstand noch immer hatte sehen können, wenn sie sich umgewandt hatte. Auf der einen Seite hatten ihr die Poinsettien den Blick zum Meer verwehrt, auf der anderen Seite erstreckten sich die trockenen Überreste des Weidefelds.

Motorbrummen ließ sie aufhorchen. Sie konnte nicht weit sehen, die Straße machte nämlich eine Kurve um das Poinsettiafeld. Auf einmal schoss ein weißer Sportwagen um die Biegung, rauschte an ihr vorbei und hinterließ eine dicke Staubwolke.

»Du Idiot!«, rief Feli laut. Sie hoffte, dass der Fahrer sie gehört hatte. Wahrscheinlich nicht.

Sie musste husten, weil sie den Dunst eingeatmet hatte. Feli fuchtelte mit der Hand vor ihrem Gesicht herum. Blinzelte. Der Staub kratzte unter ihren Lidern, und ihre Augen begannen zu tränen, um die winzigen Körnchen aus ihren Augen zu spülen.

Auf einmal hielt der Wagen. O nein, dachte Feli.

Das Cabriolet setzte zurück. Erneut wirbelte Staub auf, was dem Fahrer aber gleichgültig zu sein schien, obwohl der schicke Sportflitzer nagelneu war. Vielleicht hatte er sich auch einfach nur verfahren und wollte sie nach dem Weg fragen? Oder er wollte ihr Blumen abkaufen! Selbst wenn nicht. Die Hitze machte sie streitlustig, und wenn er sich bei ihr beschweren würde, weil sie ihn beleidigt hatte, würde sie ihm einfach eine ordentliche Standpauke halten.

Der Wagen hielt auf ihrer Höhe – und niemand Geringeres als Ray Hammer strahlte sie daraus an.

»Ray …«, formten ihre Lippen lautlos. Halluzinierte sie nun schon in der Mittagshitze?

»Das war ja leichter als gedacht!« Rays Begeisterung verpuffte schlagartig, als er die Tränen sah, die ihr der Staub in die Augen getrieben hatte. »Weinst du?!«

»Nein … ich … egal. Was … machst du hier?!« Sie spürte, wie grundlos Hitze in ihre Wangen stieg.

»Was denkst du denn? Ich war auf der Suche nach dir!«

»Warum sollte ein Filmstar wie du nach jemandem wie mir suchen?« Sie ertappte sich dabei, dass sie auf ein Kompliment aus war. Wie armselig.

Ray ließ seinem Zahnpastalächeln freien Lauf. »So bescheiden kenne ich dich ja gar nicht! Komm, steig ein.« Er lehnte sich über den Beifahrersitz, öffnete die Tür und stieß sie auf.

Feli schüttelte den Kopf. »Das geht nicht. Ich muss hierbleiben.«

»Warum? Tut mir leid, das so zu sagen, aber ich sehe weit und breit niemanden, der dir in nächster Zeit ein paar Zweige abkaufen wird.«

»Trotzdem. Ich kann nicht einfach so fort«, sagte Feli.

»Wir sind ja auch nicht lange weg. Aber ich finde, wir sollten uns dringend auf die Suche nach deinem strahlenden Lächeln machen. Das scheinst du nämlich verloren zu haben.«

Einen Augenblick lang sah Feli dem Staub zu, wie er sich auf der perfekt weißen Motorhaube ablegte und einen dünnen, graubraunen Film hinterließ. Dieses Zögern musste man ihr zugutehalten. Aber dann sagte sie sich, dass Ray doch nur ein alter Freund war. Außerdem war da der Reiz des Verbotenen ... Würde jemand sie sehen, würde sich ganz Encinitas noch am selben Abend im Pub das Maul zerreißen. Es war ein Spiel mit dem Feuer, und genau das gefiel ihr.

Sie ließen Encinitas hinter sich, bis die Poinsettiafelder nur noch ein roter Schimmer in der Ferne waren und schließlich hinter den Hügeln verschwanden. Feli fühlte sich unbehaglich und legte die Hände auf die Knie, damit ihr Rock nicht im Fahrtwind flatterte. Je nachdem wie die Sonne fiel, spiegelte sich ihr Gesicht in der Windschutzscheibe. Sie sah furchtbar aus. Ihre Haare waren zerzaust und strohig. Und selbst wenn ihre Kombination aus Rock und Bluse eigentlich ganz hübsch war, so fühlte sie sich neben Ray, der einen makellosen, champagnerfarbenen Anzug trug, wie ein richtiges Landei.

Ray war Schauspieler, natürlich entging ihm keine ihrer Gefühlsregungen. »Entspann dich«, sagte er und zwinkerte ihr zu.

»Leichter gesagt als getan. Eigentlich sollte ich wirklich ...«, murmelte sie.

»Aber jetzt bist du hier, und nur das zählt«, fiel er ihr ins Wort. »Madame, lehnen Sie sich zurück, und genießen Sie die Fahrt!« Er sagte es mit dieser warmen, weichen Stimme, die wie geschmolzene Schokolade war.

Der Duft der roten Ledersitze des Benz, die Sonne, die ihre Schultern wärmte, der Fahrtwind, der ihr Haar tanzen ließ, die Orangen- und Eukalyptusbäume, die an ihnen vorbeizogen – all das entführte Feli an einen weit entlegenen Ort, als könnte sie für diese Stunde ein anderer Mensch sein. Wie lange war es her, dass sie sich nicht mehr dem Augenblick hingegeben hatte? Dass sie sich hatte treiben lassen?

Feli genoss es, Ray zuzuhören. Er erzählte von dem Film, den er vor ein paar Wochen abgedreht hatte. Eine Western-Komödie, in der er einen Sheriff spielte, der sich mithilfe einer Saloon-Sängerin in die Kreise einer Ganovenbande einschlich, um deren Machenschaften aufzudecken. Er fragte sie, wie es Fritz ging, und sie erwiderte, es ginge ihm gut. Sie wollte nicht über seinen Tod sprechen. Einerseits weil sie ihn noch immer vor sich selbst leugnete. Andererseits weil sie dieses kleine Abenteuer, diese kleine Ausflucht aus dem Alltag, nur genießen wollte.

Wie gut Ray aussah. Sein verspieltes, gefährlich attraktives Lächeln war noch dasselbe. Dennoch schienen die letzten zwei Jahre nicht spurlos an ihm vorübergegangen zu sein. Es lag etwas Rastloses in seinen Augen, als fühlte er sich nach einer langen Reise erschöpft und ausgezehrt.

Ray bog in einen Feldweg ein und hielt an einem hoch gelegenen Küstenpunkt, von wo aus sie die schroffen Felsformationen überblicken konnten. Die Flasche Rotwein, die zu ihren Füßen gelagert war, hatte Feli schon beim Einsteigen bemerkt. Ray holte sie hervor und präsentierte sie ihr wie ein Sommelier in einem sehr vornehmen Restaurant. »Diesen hervorragenden Tropfen habe ich vor zwei Wochen in Madrid gekauft und würde ihn gerne mit dir teilen.«

»Und die Gläser?«, fragte Feli und konnte sich ein Grinsen nicht verkneifen.

»Wusste ich doch, dass ich etwas Wichtiges vergessen habe!«, stöhnte er, als würde er diese zerstreute Seite an sich bereits kennen, zuckte jedoch mit den Schultern. »Dann müssen wir eben aus der Flasche trinken.«

Neben Ray auf der Motorhaube zu sitzen, Rotwein aus der Flasche zu trinken und den Schiffen zuzusehen, die auf dem Horizont balancierten, auf dem Weg in ferne Länder ... Da fühlte Feli sich wie das junge Mädchen, als das sie nach Kalifornien gekommen war.

»Meine Mutter wusste, dass du eines Tages ein berühmter Schauspieler werden würdest. Das hat sie immer wieder gesagt.«

»Und du? Sag bloß, dass du nicht an mich geglaubt hast!«

Sie schmunzelte und wagte es, seinem Blick zu begegnen. »Natürlich habe auch ich an dich geglaubt. Aber ich habe auch nicht viel über die Zukunft nachgedacht.«

Ray sah sie tief und eindringlich an, wie jemand, der einen anderen Menschen zu ergründen versucht. Die Aufmerksamkeit, die er ihr schenkte, schmeichelte ihr. Sie fühlte sich umworben und begehrt.

Als eine verräterische Hitze aus ihrer Brust ihren Hals hinauf in ihre Wangen stieg, senkte sie den Blick. »Warum siehst du mich so an?«

»Ich vermisse nur dein strahlendes Lächeln, das ganze Eisberge zum Schmelzen bringt.«

»Schmeichler ...«

»Im Ernst, Feli. Ich habe das Gefühl, dass dich etwas bedrückt. Du hast deine Unbeschwertheit verloren.«

»Ich bin nun mal älter geworden, Ray.«

»Aber heißt das zwangsweise, dass man so ernst wird? Das glaube ich nicht ...«

Das zu hören, tat weh. Feli war nicht unglücklich. Aber sie war auch nicht glücklich. Sie hatte sich ihrem Vater bei einem Besuch in Los Angeles anvertraut. Doch seine Antwort war gewohnt kryptisch ausgefallen und hatte ihr das erste Mal nicht geholfen. *Jeder Mensch entscheidet für sich selbst, wie viel Glück und Freude sein Leben bestimmen.*

Als Ray ihr die Weinflasche reichte, bemerkte er ihren Ring. »Du bist also inzwischen verheiratet?«

Sie nickte. »Ja, mit Philipp. Tut mir leid, dass wir dich nicht zur Hochzeit eingeladen haben. Ich hatte ja keine Adresse! Und ich dachte, dass du ...«

»Dass ich mich mit Philipp prügeln würde?«

»Dass du zu beschäftigt bist. Dass du auf ganz andere Feste eingeladen wirst ... mit Champagner und Lachshäppchen, mit einem Streichorchester und Frauen mit Diamantkolliers!«

»In meinem Herzen bin ich noch immer der junge Kerl aus Florida, der oft improvisieren musste, um Geld für Essen aufzutreiben. Glaubst du mir, wenn ich dir sage, dass ich mir weder aus einem Streichorchester noch aus Frauen, die Diamantkolliers tragen, etwas mache?«

Sein Lächeln war so weich, sein Blick so zärtlich, dass sie den Kopf kurz an seine Schulter legte. »Ich muss dir nicht glauben, ich weiß das doch.«

»Und dein Leben als Ehefrau?«, fragte Ray. »Ich dachte immer, du wolltest Ärztin werden?«

»Das habe ich aufgegeben. Ich glaube, ich wollte mich durch das Studium einfach nur beweisen.«

»Was willst du denn stattdessen machen? Du denkst doch nicht etwa darüber nach, den Rest deines Lebens Blumen zu verkaufen? Am Rand der Straße?«

»Nein ... Es ist nur vorrübergehend. Aktuell läuft der Verkauf der Weihnachtssterne noch nicht so gut.«

»Aber du bist nicht glücklich! Das sehe ich doch! Dabei warst du immer jemand, der das Leben voll und ganz ausschöpfen wollte! Nur weil es Philipps Traum ist, diese Pflanze zu züchten, heißt das nicht, dass es auch deiner sein muss.«

Sie sah zu ihm auf, hatte das Gefühl, Philipp verteidigen zu müssen, aber Ray fuhr schon fort. »Wenn ich in deine Augen sehe, sehe ich so viel Leben ...«

»Den Spruch hast du wohl aus einem deiner Drehbücher ...«

Ray ließ sich nicht beirren. »Ich sehe so viel Potenzial! Ich sehe eine glänzende Zukunft!«

»Ich befürchte, es ist eher der Alkohol, der in meinen Augen glänzt ...«

»Ich sehe ferne Städte, exotisches Essen in schicken Restaurants, abends Wein in einer kleinen Bar in einem zwielichtigen Viertel.«

Rays Grübchen erweckten in Feli den Drang, die Hand auszustrecken und sie zu befühlen. Bestimmt lagen ihm die Frauen nur so zu Füßen.

»Und Musik ...« Er sprang von der Motorhaube, stellte die Rotweinflasche auf den Boden, noch immer ihre Hand haltend, und zog Feli auf die Beine. Er begann ein ruhiges Lied zu summen. Es war ihr, als würde Rays warmer Atem an ihrer Schläfe eine Tür in ihrem Herzen öffnen. Als würde eine Sehnsucht aus dieser Tür herausströmen, die ihre Flügel ausspannte, erleichtert, endlich befreit worden zu sein. Wie ein Vogel auf einem Ast ließ sie sich auf Felis Seele nieder, schlug ihre Krallen hinein, um sich festzuhalten und von ihrem hoch erhobenen Platz zu überblicken, was vor ihr lag.

Eben hätte man noch problemlos eine Hand zwischen sie beide schieben können, doch diese Distanz hatten sie nun überwunden. Feli spürte Rays Wärme. Nahm den angenehmen Duft von Rasierwasser an ihm wahr. Sie fühlte ihren Körper so intensiv wie schon lange nicht mehr, als wären sämtliche Zellen in ihr erwacht.

»Komm mit mir nach Paris«, flüsterte er.

»Paris?« Ihre Stimme war dünn.

»Dort drehe ich den nächsten Film. In zwei Wochen geht's los. Ich habe aber viel Freizeit, wir könnten Ausflüge unternehmen …«

Sie löste sich etwas von ihm, um zu ihm aufzusehen. »Ich kann nicht einfach so mit dir nach Paris! Ich bin verheiratet, und bestimmt gibt es doch auch bei dir jemanden, der dir am Herzen liegt …«

»Die ein oder andere hat es natürlich schon gegeben … Aber nach ein paar Wochen habe ich immer festgestellt, dass mir diejenige eigentlich gar nicht wirklich etwas bedeutet. Ich habe nur jemanden gebraucht, um die Lücke zu füllen.«

»Welche Lücke?«, fragte Feli und hatte gleichzeitig Angst vor der Antwort.

Ray lächelte traurig. »Weißt du das wirklich nicht? Immerhin habe ich heute den weiten Weg von Hollywood auf mich genommen, um dich zu sehen.«

Ihr Hals war mit einem Mal trocken.

»Verzeih mir meine Ehrlichkeit … Aber ich habe jeden Tag an dich gedacht. Und dann sah ich letztes Jahr diesen Artikel über dich im *Ladies' Companion*. Es erschien mir wie ein Wink des Schicksals, aber ich habe noch eine Weile gebraucht, um den Mut zu finden, hierherzukommen.«

Es war verlockend. Es erschien ihr so leicht, sich dem Moment hinzugeben, Ray zu sagen, sie würde mit ihm kommen, sich in die Welt hinausziehen zu lassen wie Treibgut auf dem Meer.

»Ray …«, hörte sie sich sagen. »Mein Herz gehört Philipp … Ich kann mir nur mit ihm ein Leben vorstellen.«

»Hast du denn nie gezweifelt? Nicht einen Moment?«

Sie schüttelte den Kopf. »Nie.«

Ein kleiner Rest Rotwein war noch übrig, doch Ray schüttete ihn aus. Er brachte sie zurück zu ihrem kleinen Verkaufsstand. Die Sonne stand inzwischen tief am Himmel. Feli schätzte, dass es auf fünf Uhr zuging.

»Also dann«, sagte sie und legte die Hand auf den Türgriff.

»Ich habe den Tag wirklich genossen.« Sie konnte heraushören, wie schwer Ray der Abschied fiel. »Du kannst immer auf mich zählen. Immer.«

»Ich weiß.« Sie beugte sich zu ihm herüber und küsste ihn auf die Wange. »Ich danke dir für alles.«

»Warte noch kurz«, sagte sie, als sie ausstieg. Sie schnitt einige Poinsettia-Zweige ab und wickelte sie in altes Zeitungspapier. »Als Dankeschön für diesen schönen Tag.«

Ray nahm den Strauß entgegen und lächelte. »Ich danke dir.«

Dann fuhr er davon. Sie fragte sich, ob sie einander jemals wiedersehen würden.

45

12. Dezember 2005
Der Poinsettia-Day

Sogar das Haus schien Stella vorzuhalten, wie undankbar sie war. *Haben wir dich nicht gut behandelt?*, fragte der Duft nach Frühstück. Nach Speck, Kaffee und Zimtwaffeln. *Haben wir dir nicht Liebe geschenkt?*, fragte der Mistelzweig, der aus der roten Schleife gerutscht und zu Boden gefallen war. Nur Romeo und Juliet waren unverändert, schlitterten auf dem glatten Fußboden ins Vestibül und wuselten um Stella herum. Hauptsache, jemand ging mit ihnen Gassi und warf Stöckchen, wer das war, war ihnen egal.

Adam setzte Tee auf, während Stella den Verräterschweiß von sich duschte. Sie ließ sich Zeit, zögerte es bewusst hinaus, die Treppe hinunterzugehen, denn sie hatte Lizzys aufgebrachte Stimme gehört ... Als Stella nicht zu Hause gewesen war und Adam den leeren Fotorahmen vorgefunden hatte, hatte er Lizzy angerufen, die sofort ins Taxi gestiegen und hierhergerauscht war.

Nachdem Stella sich die Haare mit Shampoo, Spülung und einer Kur gewaschen und anschließend geföhnt hatte (was bei so kurzem Haar leider recht schnell ging), musste sie sich Lizzy wohl oder übel stellen.

Lizzy saß auf dem Sofa, so gerade wie die zwei Bienenwachskerzen vor ihr, die Beine eng aneinandergedrückt. Trotzdem wirkte sie irgendwie kleiner. Sie nippte an ihrem Tee, stellte ihn zurück auf die Untertasse auf ihrem Schoß, nippte erneut, und das alles so mechanisch, dass es den Eindruck machte, als würde sie nicht mal schmecken, ob Schwarz- oder Früchtetee in ihrer Tasse war. Währenddessen starrte sie geistesabwesend einen Punkt an der Wand an.

»Hallo«, sagte Stella kleinlaut.

Lizzy wandte langsam den Blick zu ihr und versuchte sich an einem Lächeln. Sie war innerhalb der letzten zwei Stunden gealtert, und das war Stellas Schuld. »Hallo, Liebes.«

Dass Lizzy sie noch immer »Liebes« nannte, war völlig unverdient und machte es für Stella noch schlimmer. Lizzy hob die Kanne und bot ihr Tee an, doch Stella schüttelte den Kopf. »Wir könnten auch ein Stück spazieren gehen«, schlug Lizzy vor. »Es hat aufgehört zu regnen.«

»Ja, Romeo und Juliet würden sich sicher freuen«, erwiderte Stella leise.

Es war gut, die beiden Wirbelwinde dabei zu haben, denn so konnten sie sich die ersten Meter in Small Talk retten und Dinge sagen wie »Verrückt, wie viel Energie die zwei nur haben« oder »Jeder Haushalt sollte mindestens einen Hund oder eine Katze haben«. Der Sand war nass und dunkel und das Meer vom Wind aufgepeitscht. Algen, Muscheln und Treibgut waren angespült worden. Stella las einen Ast auf und schleuderte ihn für Romeo und Juliet, so weit sie konnte. Vom Strand aus hatte man einen guten Blick auf die Reihe der prächtigen Häuser. Die meisten von ihnen waren dekoriert mit Weihnachtsmännern, die über den Balkon kletterten, oder Rentieren, deren Geweihe unter Palmen blinkten. Die Fenster glühten in der Mittagssonne, und in den exotischen Gärten erstrahlte das Rot prächtiger Poinsettia-Büsche, wie man sie in Deutschland überhaupt nicht kannte.

»Manchmal vermisse ich Schnee und die Gemütlichkeit, die von ihm ausgeht«, sagte Lizzy.

Dasselbe hatte Stella gerade gedacht. Sie vermisste die kleinen Weihnachtsmärkte, auf denen Bienenhonig, selbst gemachte Kerzen und Krippenfiguren aus Holz verkauft wurden. Wo Kinderchöre sangen oder Bläser *Stille Nacht, heilige Nacht* spielten und wo von dem taumelnden Schnee und der Musik etwas Magisches ausging. Stella vermisste sogar die Kälte. Sie vermisste es, die in Fäustlinge gepackten Finger am Glühwein zu wärmen, sie vermisste es, den Atem vor dem Gesicht gefrieren zu sehen, und sie vermisste all die lauten Geräusche, wenn man in der Abenddämmerung nach Hause kam, vor der Haustür den Schnee von den Stiefeln stampfte und die Mäntel raschelten, ein jeder gesunde Apfelbäckchen hatte und man nicht oft genug sagen konnte, wie gut es war, wieder daheim im Warmen zu sein.

»Warum hast du dann nie die Weihnachtszeit in Deutschland verbracht?«, fragte Stella.

»Ich habe mir so sehr gewünscht, dass wir eines Tages Weihnachten zusammen feiern würden, in der alten Villa, in der ich als junge Frau fast ein Jahr verbracht habe. Aber ich hatte Angst, deine Mutter zu drängen und sie am Ende noch weiter von mir fortzutreiben.«

Romeo brachte den Stock, und Stella warf ihn erneut.

Jäh blieb Lizzy stehen. »Es tut mir so unendlich leid …«

Stella verstand die Welt nicht mehr.

»Du kannst dir nicht vorstellen, wie es mir den Boden unter den Füßen fortgerissen hat, als Adam mich anrief und sagte, er glaube, du seist abgehauen. Ich dachte, es würde sich alles wiederholen … Deine Mutter ist damals auch gegangen, ohne etwas zu sagen.«

»Ich war dumm! Ich hätte das nicht tun dürfen, ich fühle mich ehrlich schlecht deswegen ...«

»Aber nein, du hattest ja recht. Es ist mein Fehler«, beteuerte Lizzy. »Ich hätte schon längst mit dir darüber sprechen sollen. Doch ich habe es einfach nicht übers Herz gebracht. Ich habe den gleichen Fehler ein zweites Mal begangen. Aus Angst, aber auch aus Eigennutz ...«

Wieder warf Stella den Stock, den Romeo ihr zurückgebracht hatte.

»Aber du warst gerade erst angekommen, und es prasselten so viele Eindrücke auf dich ein, und ... Dabei hatte mich Theresa noch gewarnt! Sie hat gesagt, dass wir eine Chance geschenkt bekommen haben, es diesmal besser zu machen – aber ich konnte nicht ... Ich war so froh und stolz, dich als Enkelin zu haben, vermutlich hatte ich Angst, dass du auf einmal nur noch in Theresa die Oma siehst ...«

»Warte mal ...« Die Welt schien zu schwanken. »Dann ist es also wahr ... Meine Mutter war eigentlich Theresas Tochter?« Stella hatte es bereits geahnt, es aber nicht wahrhaben wollen.

Lizzy nickte. »Ja.«

»Dann ist also wirklich Theresa meine Oma und nicht du?« Wie sehnlich hatte Stella sich als kleines Mädchen eine Oma gewünscht! Und dann hatte sie Lizzy kennengelernt und liebgewonnen, wie man eine Oma nur liebhaben konnte – und nun beruhte all das auf einer Lüge?

»Theresa ... Sie war damals nicht in der Lage, ein Kind großzuziehen«, fuhr Lizzy fort. »Deshalb habe ich die kleine Inge an mich genommen und sie zu meinem Kind gemacht.«

»Kannte meine Mutter die Wahrheit?«

»Zunächst nicht. Wir hatten vor, es ihr zu sagen ... Aber wir haben nie den richtigen Zeitpunkt gefunden.«

In der Ferne stritten sich Romeo und Juliet um den Stock, zogen an ihm und wälzten sich im Sand.

»Inge wurde größer und Theresa immer ähnlicher, und die beiden hatten so eine starke Verbindung, als würden sich Mutter und Tochter von Natur aus anziehen.« Tränen liefen über Lizzys Wangen. Es war, als würde der ganze Schmerz, der sich all die Jahre in ihr angestaut hatte, nun aus ihr rausfließen. »Und dann kam es irgendwann ans Licht. Inge hat sich verraten gefühlt, von mir, von Theresa, von David ... Deshalb ist sie abgehauen. Und nie wieder zurückgekommen ...«

Wenn Stella sich schon betrogen fühlte, dann musste die Welt ihrer Mutter damals in Scherben gelegen haben.

Stella war ganz durcheinander. Sie lief einfach los, und sie lief schnell, sodass Lizzy Mühe hatte, ihr zu folgen.

»Es tut mir leid, Stella! Ich hätte dir von Anfang an die Wahrheit sagen sollen!«

Stella wirbelte herum. »Ja, das hättest du. So, wie du meiner Mutter die Wahrheit hättest sagen sollen!« Sie lief weiter.

Lizzy hatte aus der Tasche ihrer Leinenhose ein Stofftuch gezogen, mit dem sie sich die Tränen aus dem Gesicht tupfte. »Du hast ja recht. Aber ich wollte Inge doch nur schützen und hatte große Angst, sie zu verlieren. Und am Ende habe ich sie doch verloren.«

Stella wurde langsamer und blieb schließlich stehen. Auf einmal hatte sie Mitleid mit Lizzy, die nie die Gelegenheit gehabt hatte, sich mit ihrer Tochter – oder Theresas Tochter – auszusprechen. »Sie wäre irgendwann zurückgekommen«, sagte sie leise. »Du kanntest sie doch. Irgendwann kam sie immer zurück.«

»Ich weiß nicht ...«, schluchzte Lizzy. »In diesem Fall vielleicht nicht.«

»Doch. Ganz sicher. Sie hat die Einladung, die du ihr zuletzt geschickt hattest, aufbewahrt. Das macht man doch nicht, wenn man mit jemandem gänzlich gebrochen hat. Sie hatte nur nicht mehr die Gelegenheit zurückzukommen.«

»Danke, dass du das sagst. Das bedeutet mir viel.«

»Du hast gesagt, dass Theresa nicht in der Lage war, ein Kind großzuziehen ... Was war mit ihr?«

Lizzy schien hin- und hergerissen. Schließlich sagte sie: »Ich denke, es ist besser, wenn sie dir das selbst erklärt. Ich möchte sie nicht übergehen.«

Eine Frage lastete Stella noch auf der Seele. »Ich habe vor Kurzem ein Telefongespräch von dir mit angehört. Du hast so etwas Ähnliches gesagt wie ›Er ist nicht ihr Vater, er hat sich nie für sie interessiert ...‹ Von wem hast du gesprochen? Weißt du, wer mein Vater ist?«

»Nein, ich weiß nicht, wer dein Vater ist. Inge wurde in Deutschland schwanger. Ich habe erst von dir erfahren, als du zwei Jahre alt warst und sie Theresa und mir ein Foto deiner Taufe geschickt hat. Der Mann, über den ich am Telefon gesprochen habe, ist jemand, mit dem unsere Familie schon lange nichts mehr zu tun hat. Aber auch das muss Theresa dir erzählen. Es wäre falsch, wenn ich es tun würde.«

Langsam spazierten sie weiter. Nach einer Weile wagte Lizzy zu fragen: »Wie hast du es herausgefunden?«

»Es war die Ähnlichkeit der beiden. Ich habe etwas gebraucht, bis ich darauf gekommen bin, an wen mich Theresa erinnert, aber dann habe ich das Hochzeitsfoto von ihr und David gesehen. Da war es ziemlich klar ...«

»Du hast es also schon länger geahnt?«

»Seit dem Tag, an dem Theresa hier war.«

»Und du hast nichts gesagt ...«

Stella zuckte mit den Schultern. »Ich hatte wahrscheinlich

selbst Angst vor der Wahrheit. Aber das war nicht der Grund, weshalb ich fortgelaufen bin.«

»Nicht? Weshalb denn dann?«

»Ich habe Panik bekommen.« Wie dumm sie sich vorkam, als sie Lizzy den wahren Grund nannte. Nämlich, wie lieb sie ihre Oma und Adam gewonnen hatte und dass ihr das Angst gemacht hatte. Dass sie den verrückten Gedanken gehabt hatte, der Trennungsschmerz würde nur noch viel schlimmer sein, wenn sie erst in ein paar Tagen nach Hause fliegen würde, nachdem sie offiziell Freunden und Bekannten als neues Familienmitglied vorgestellt worden wäre. Aber das würde sie nie wirklich sein, denn ihr Platz war in Deutschland und der Rest ihrer Lieben hier, in Kalifornien. Den Poinsettia-Day mit ihrer Familie zu feiern, hätte sich angefühlt, als wäre sie Aschenputtel, die einmal auf einem Ball mit dem Prinzen tanzen durfte und am nächsten Tag wieder hart in der Realität aufschlug.

»Es wird ohnehin schwer sein, dorthin zurückzukommen, wo mich alles an meine Mutter erinnert. Aber wenn ich dann auch noch euch verliere …«, schloss sie.

Während Stella all das gesagt hatte, hatte Lizzy eine Hand erst an die Lippen gelegt, dann an die Wange und schließlich an die Kuhle am Hals. »Aber du verlierst uns nicht! Und du bist doch schon längst ein richtiges Familienmitglied!«

Jetzt weinte auch Stella ein bisschen. Ein Teil von ihr wollte nicht, dass Lizzy sie weinen sah, und deshalb wandte sie sich dem Meer zu und versuchte, die Tränen fortzublinzeln. Aber ein anderer Teil von ihr wollte von ihrer Oma getröstet werden. Und dann schlang sie einfach die Arme um Lizzy. Die Wärme von Lizzys Händen, die über Stellas Haar strichen, nahm all den Schmerz und die Angst von ihr.

»Wenn du zurück in Deutschland bist, telefonieren wir ganz

oft und schreiben uns Briefe. Und so bald wie möglich besuche ich dich!«

Dann befeuchtete sie ihr Tuch mit etwas Spucke und wischte damit die Wimperntuscheränder unter Stellas Augen fort, so gut es ging. »So lange hast du das mit dir alleine herumgeschleppt ... Es tut mir so leid, Stella. «

Stella zuckte mit den Schultern. »Als ich hierherkam, hatte ich alles verloren. Durch euch habe ich so viel gewonnen. Das wollte ich nicht aufs Spiel setzen. Aber es ist auch eigentlich nicht wichtig, wer von euch meine biologische Großmutter ist. Wichtig ist, dass ihr meine Familie seid.«

Lizzy und Stella spazierten bis ans Ende des Strandes, wo die Klippen wie das Wachs einer zerlaufenen Kerze über den Strand schmolzen, bis hin zum Meer, wo das Wasser sie schließlich verschlang. Stella hatte ein paar Muscheln gesammelt, die sie in ein paar Tagen mit nach Hause nehmen wollte. Sowohl Lizzy als auch sie waren so erleichtert und glücklich, wie man es nur nach einem gelösten Streit sein konnte.

»Magst du es Adam sagen, oder soll ich es ihm erklären?«, fragte Lizzy.

»Wir tun es gemeinsam. Bei einer schönen Tasse Tee.«

Lizzy lachte. Die Formulierung »eine schöne Tasse Tee« hatte Stella nämlich von ihr übernommen.

»Dann kannst du mir auch noch erzählen, wie es Philipp und Feli gelungen ist, ihre Schulden zu begleichen und dieses große Unternehmen in Encinitas aufzubauen!«

»Das ist eine gute Idee! Und dann putzen wir uns für den Poinsettia-Ball heraus! Oh, sieh mal! Die Sonne kommt raus!«

Tatsächlich. Die dicken, grauschwarzen Wolken waren aufgebrochen und entblößten einen goldenen Kern.

Und Stella dachte: «Here comes the sun, doo doo doo doo, here comes the sun, and I say it's all right.«

46

1914

Mr Nicholson erwartete sie bereits. Er hielt Philipp, der drei gestapelte Kisten voller Poinsettia-Schnittblumen aus dem Maxwell wuchtete, die Tür auf und schob Feli sanft, aber bestimmt in den Laden hinein.

»Schnell«, drängte er. So, wie er einen Blick nach links und rechts warf, um zu prüfen, ob die Luft auch wirklich rein war, dann schnell die Tür absperrte und das Ladenschild auf »Closed« wendete, hätte man fast glauben können, dass jemand mit einem Messer ums nächste Eck lauerte. »Die Damen kratzen sich sonst noch die Augen aus! Den ganzen Vormittag lauern sie schon in der Gegend und warten auf die Lieferung!«

Erst jetzt sah Feli sie: Drei Hausfrauen lauerten wie Elstern auf der anderen Straßenseite und spähten durch die Glasfront hinein.

»Was wollen diese Frauen von Ihnen?«, fragte Philipp, dem dieser Auftritt leicht unheimlich zu sein schien.

»Die Damen wollen nichts von mir, die wollen etwas von Ihnen! Ihre Weihnachtssterne!«

»Unsere ...Weihnachtssterne ...«, wiederholte Philipp verwirrt. Er betrachtete den Zweig, dessen Schnittstelle er nahezu zärtlich mit einem feuchten Papiertuch umwickelte, als würde er ihn das erste Mal sehen.

»Ja, haben Sie's denn wirklich nicht mitbekommen?«, fragte

Mr Nicholson fassungslos, schlug eine Doppelseite im *Ladies' Companion* auf und hielt sie vor Philipp und Feli.

Da war ein Foto von Ray. Der Artikel bewarb seinen neuesten Film, der in New York spielte. Ray, gut aussehend wie eh und je, stand vor einem geschmückten Christbaum und hielt einen Strauß Poinsettien in die Kamera, als würde er ihn den Leserinnen schenken wollen. Er hatte sein typisches Lächeln aufgesetzt, das sämtliche Frauenherzen zum Schmelzen brachte. Unter dem Foto war ein Zitat von ihm gedruckt. »*Weihnachten beginnt für mich, wenn die ersten Weihnachtssterne im Laden zu kaufen sind.*«

»Ich glaub's nicht …«, murmelte Feli.

»Wusstest du davon?« Philipp zeigte nicht ganz die Begeisterung, die angebracht wäre – was vermutlich daran lag, dass Ray ihm nach all den Jahren noch immer ein Dorn im Auge war.

»Nein! Ich bin selbst ganz überrascht! Aber das ist großartig, Philipp!«

Der Artikel kurbelte den Weihnachtsstern-Verkauf so stark an, dass sie das erste Mal zu wenig Schnittpflanzen hatten. Sie hatten erneut einen Verkaufsstand in Hollywood eröffnet. Dank Rays Werbung waren die Touristen, die sich erhofften, bei einem Hollywood-Besuch mit etwas Glück einen Blick auf einen verehrten Schauspieler erhaschen zu können, ganz verrückt nach den Poinsettien. Philipp konnte bald Studenten einstellen, die sich um den Verkauf kümmerten. Sogar Weihnachtsbaumverkäufer boten nicht mehr nur Weihnachtsbäume an, sondern auch Weihnachtssterne. Philipp erwarb zusätzliche fünf Hektar Land und zudem einen Kleinlastwagen, mit dem sie im nächsten Jahr problemlos die Pflanzen würden ausliefern können. Sie stellten eine Hilfskraft ein, und Professor Coleman reiste an, um mit Philipp an der Verbesserung der Pflanzen zu arbeiten.

Nur Albrecht ging es immer schlechter. Im Februar verließ er das Bett so gut wie gar nicht mehr. Vor einigen Wochen hatte Feli ihn ins Krankenhaus begleitet, als seine Schmerzen nicht mehr auszuhalten gewesen waren. Obwohl Albrecht es ihr, stur wie er war, verboten hatte, hatte sie mit den behandelnden Ärzten gesprochen. Daraufhin hatte sie Albrecht versprechen müssen, niemandem etwas von der Diagnose zu erzählen. Nach wie vor fand sie seine Entscheidung nicht richtig, aber wie schlug man einem Sterbenden etwas aus? Seine Schmerzen kamen weder von seinem Sturz vor ein paar Jahren noch von einer Thrombose, wie der Arzt in Arquata diagnostiziert hatte. Er hatte Krebs, der ins Bein gestreut hatte.

Wenn Feli Zeit fand, saß sie an Albrechts Bett, versuchte ihn von seinen Schmerzen abzulenken und, wenn sie doch zu unerträglich wurden, sie mit Morphium zu betäuben. Henrietta hatte ihre ganz eigene Art, mit dem Verfall ihres Mannes umzugehen. Sie brachte ihm sein Frühstück und sein Abendessen und besuchte ihn hin und wieder zwischendurch für ein paar Minuten. Das war's. Feli wunderte sich ein wenig darüber, denn so war es an ihr, Albrecht morgens ins Bad zu begleiten und ihn vor dem Schlafengehen mit einem feuchten Lappen zu waschen.

Eines Abends, als sie gemeinsam die Brotzeit vorbereiteten, weinte Henrietta. Sie schnitten Zwiebeln, deshalb flossen ohnehin ein paar Tränen, und so dauerte es eine Weile, bis Feli sich wunderte, dass Henriettas Wangen schon ganz nass waren. Als Feli sie darauf ansprach, fing Henrietta an zu schluchzen. Ihr ganzer Körper bebte.

»Ich fühle mich so schlecht«, sagte sie. »Ich bin ein ganz furchtbar schlechter Mensch.«

Henrietta war ein Mensch, der an Arme Essen verteilte, selbst wenn ihre eigene Speisekammer leer war. Und der, wenn sie aus Versehen laut geflucht hatte, sofort in die Kirche rannte, um zu beichten. Sie war also ganz sicher kein furchtbar schlechter Mensch, versicherte ihr Feli.

»Doch, das bin ich. Weißt du, warum ich nicht längere Zeit bei meinem Gatten sein kann? Er würde in meinen Augen sehen, dass ich nicht traurig bin. Zumindest nicht so, wie eine anständige Ehefrau es sein sollte. Und das hat er nicht verdient ... Aber die letzten Jahre waren fast unerträglich! Und heute Morgen hat er mich gefragt, warum ich mich so wenig blicken lasse ...«

»Ich sage ihm einfach, dass du traurig bist und es nicht erträgst, ihn zu verlieren. Wie klingt das?«

»Hältst du mich denn nicht für einen herzlosen Menschen?«

Feli verstand Philipps Mutter nur zu gut und war einmal mehr dankbar dafür, einen wundervollen Ehemann an ihrer Seite zu haben.

Als zwei Journalisten von dem Magazin *The Farmer's Wife* kamen, um sie zu interviewen, kämmte sie Albrecht das dünne Haar, brachte es mit Pomade in Form und half ihm dabei, in seinen schicksten Anzug zu schlüpfen, damit er auf dem Familienfoto vor der Ranch etwas hermachte. Die Journalisten stellten Philipp viele Fragen über die Zukunft, und Philipp berichtete davon, dass er seit ein paar Jahren daran arbeitete, die Poinsettien in Töpfen zu ziehen. »Sie sollen nicht nur ein paar Tage halten, sondern in voller Pracht die Weihnachtszeit überdauern und im besten Fall sogar bis ins nächste Jahr.«

»Und konnten Sie schon erste Erfolge verzeichnen?«, fragte einer der beiden.

»Wir sind auf einem guten Weg und verbessern unsere Pflanzen Jahr für Jahr. Wir werden sehen, was dieser Winter bringt, aber bisher bin ich sehr zuversichtlich.«

Im Gegensatz zu den ersten Versuchen waren die Zweige nun

kräftiger. Aber das Ergebnis würden sie erst im November sehen, wenn sich die Blätter rot färbten.

»Und wie gelingt es Ihnen, die Weihnachtssterne zu perfektionieren?«

»Ich habe da meine ganz spezielle Technik, aber die bleibt mein Geheimnis«, sagte Philipp und zwinkerte.

Anschließend führte Philipp die beiden Journalisten über das Grundstück, und Henrietta eilte ins Haus, um Kaffee und Kuchen vorzubereiten. Nur Albrecht blieb, wo er war, und blickte auf das weite Feld, wo die Poinsettien sich langsam auf ihren Frühjahrsschlaf vorbereiteten.

»Ich wusste gar nicht, wie groß der Aufwand ist, der dahintersteckt«, sagte er. »Für mich waren es immer nur Pflanzen, die gegossen werden müssen, und gut ist.«

Feli schmunzelte. »Philipp will es perfekt machen. Er glaubt fest daran, dass irgendwann Poinsettien zur Weihnachtszeit in jeden Haushalt einziehen. Du kannst sehr stolz auf deinen Sohn sein.«

»Ja, das kann ich wohl«, erwiderte Albrecht und hakte sich bei ihr ein, damit sie ihn zu seinem Rollstuhl führen konnte.

Es bringt einen schon auf besondere Weise zusammen, wenn jemand nackt vor einem auf dem Badewannenrand sitzt und man ihm mit einem feuchten Lappen Brust, Achselhöhlen und sonstige Körperstellen wäscht. Die ersten Tage war es vor allem Albrecht unangenehm gewesen. Feli hatte während ihres Studiums schon den ein oder anderen Patienten waschen müssen. Nach und nach gewöhnte er sich jedoch daran, und eines Abends, als Feli ihm gerade in den Schlafanzug geholfen hatte, nahm er ihre Hände und drückte sie sanft. Wäre diese Geste von Henrietta oder Anne gekommen, wäre es zwar schön, aber nichts Besonderes gewesen. Aber sie kam von Albrecht und ließ damit kurz die Welt stehen bleiben.

Sie solle ihm doch auf die Veranda helfen und Philipp holen, bat er sie.

Wenn Philipp und sein Vater beisammensaßen – was selten genug vorkam –, so waren ihre Gespräche meist auf das Allernötigste beschränkt und bestanden mehr aus Schweigen als aus Worten.

»Und?«, fragte Albrecht seinen Sohn nach einer Weile.

»Alles gut«, erwiderte Philipp und zündete sich mit einem Streichholz eine Zigarette an. Er wirkte misstrauisch, als befürchte er, hinter diesem Gespräch würde etwas lauern.

»Die Geschäfte?«

»Gut, gut. Vielleicht stellen wir einen Melker ein. Das kostet uns zwar einiges, aber es würde Feli viel Zeit ersparen. Sie hilft ohnehin schon, wo sie kann.«

»Einen Melker einzustellen, das ist doch nichts Halbes und nichts Ganzes«, sagte Albrecht.

Philipp schwieg und wedelte mit dem Streichholz in der Luft, bis es erlosch.

Albrecht bat ihn um eine Zigarette, dabei pflegte er sonst zu sagen: »Leute, die rauchen, bellen wie die Hunde. Gesund ist das sicher nicht.«

Philipp entzündete erneut ein Streichholz, hielt es an die Zigarette zwischen Albrechts Lippen und wölbte eine Hand darum, um die Flamme vor dem Wind zu schützen.

Albrecht blies den Rauch in Richtung des Sternenhimmels. »Ich schätze mal, du bekommst so siebenhundert, wenn du die Kühe und die Molkerei verkaufst.«

Philipp verstand nicht.

»Wird Zeit zu verkaufen, Junge«, sagte Albrecht. »Am Ende

lässt sich dieses Land noch in den Krieg mit reinziehen. Dann hat keiner Geld für so etwas übrig.«

»Aber du wolltest nie, dass ich verkaufe ...«

»Tja, so ändern sich die Zeiten. Weißt du, als du ein kleiner Junge warst, hast du viel lieber deiner Mutter im Garten geholfen. Das habe ich nie verstanden. Die Jungs kamen reihenweise aus dem Ort, um unsere Bullen zu sehen. Rodeo wollten sie alle reiten, wenn sie groß waren. Nur du hast lieber mit deiner Mutter Kartoffeln gesetzt.«

»Ich wette, du warst immer ein braver Junge und hast deinem Vater fleißig geholfen«, sagte Philipp. Er sagte es in keinster Weise provozierend, eher neckend.

»Oh, das habe ich. Jeden Tag bin ich nach der Schule direkt in den Stall. Da war's egal, ob ich Hausaufgaben hatte oder nicht. Die Arbeit war zu erledigen – und Punkt. Und dann, eines Tages, fand mein Vater auf meinem Schreibtisch den Brief einer Münchner Schreinerei. Ich hatte mich hinter seinem Rücken für eine Ausbildungsstelle beworben und war genommen worden. Grün und blau hat er mich geprügelt.«

Philipp war überwältigt von diesem Geständnis.

»Ich hab dich nie geschlagen, Philipp. Ich wollte nie sein wie er. Und dann war ich's doch, nur auf andere Weise. Warum ist das Leben so? Ich meine, da hatte man ein Leben lang Zeit, sich solcher Dinge bewusst zu werden und wird's erst, wenn es schon zu spät ist. Das bringt doch keinem mehr was!«

»Dem ein oder anderen schon«, sagte Philipp.

Albrecht drückte seine Zigarette aus und legte die Hände auf die dünnen Reifen seines Rollstuhls, als würde er sich nach drinnen aufmachen wollen. »Eins noch«, sagte er. »Ich könnte nicht stolzer auf dich sein. Du hast das geschafft, was ich damals nicht geschafft habe. Aber wenn ich noch einen Wunsch bei dir frei habe, dann wünsche ich mir, dass du die Molkerei verkaufst und mit dem Geld etwas Vernünftiges anstellst. Ein richtiger Laden wäre doch vernünftig. Deine Frau hilft dir sicher dabei. Sie hat was im Kopf.« Zur Untermalung klopfte er mit dem Zeigefinger gegen seine Stirn und nickte dabei. »Hast du das verstanden?«

»Verstanden«, sagte Philipp.

In dieser Nacht starb Albrecht. Henrietta weinte zwei Tage lang. Sie befand sich in einem ganz eigenen Teufelskreis aus Trauer und Schuldgefühlen, da ein Teil von ihr Erleichterung empfand. Nach diesen zwei Tagen blühte sie regelrecht auf und half Philipp dabei, einen Käufer für die Molkerei und die Kühe zu finden. Die Ranch, in der Henrietta mit Albrecht gelebt hatte, wurde als Büro verwendet. Obwohl Feli dagegen war, transferierte Philipp die Hälfte des Betrags auf Evas Konto, die inzwischen aus dem Zuchthaus entlassen worden war. Er sagte, sie habe ein Recht darauf, und er würde sich schlecht fühlen, wenn er es nicht täte. »Sie braucht das Geld. Wie will sie sonst jemals auf die Beine kommen?«

Eine glorreiche Zeit begann für die Licht-Ranch. Philipp hatte sich einen Namen gemacht. Nach und nach interessierten sich immer mehr Blumenhandlungen und Gärtnereien für die Weihnachtssterne, bis schließlich sogar Angebote aus Florida und New York kamen. Sie verkauften nicht mehr nur Schnittblumen, sondern auch Stecklinge und Wurzeln, damit Blumenzüchter ihre eigenen Poinsettien anpflanzen konnten. Philipp reiste viel und lang, um den Händlern seine Aufzuchtmethode zu erläutern, ihnen seine Erfahrungen zu schildern und Tipps zu geben. Feli beneidete ihn um die fernen Städte, durch die er schlenderte, und die vielen interessanten Menschen, die er kennenlernte. Wenn er fort war, war sie einsam, obwohl Henrietta viel Zeit mit ihr verbrachte. Vielleicht sogar zu viel. Sie kochten gemeinsam, waren gemeinsam auf dem Feld, saßen abends gemeinsam auf der Veranda und trennten sich erst, wenn Feli die Schlafzimmertür hinter sich schloss.

Und mit jeder Karte, die Philipp schickte, fühlte Feli sich noch einsamer. Arizona. Nebraska. Indiana. Mit jedem Mal fuhr er weiter von ihr fort und blieb länger weg. Wenn sie dann am Briefkasten stand, erschien ihr der Weg zum Ort hinab endlos. Die Häuser wirkten in der flirrenden Mittagshitze wie verschwommene Punkte in der Ferne. Wenn Philipp nach einer Reise nach Hause kam, wenn sein Zug endlich keuchend einrollte, er ausstieg, sein Blick den ihren fand, sie auf ihn zurannte und sich in seine Arme warf, hielt er sie so fest, dass sie kaum noch Luft bekamen. Dann wusste sie, dass auch er sie vermisst hatte. Doch immer mehr fühlte Feli sich wie die Hausfrau, die zu Hause zu bleiben hatte, um ihrem Mann, der die Abenteuer erlebte, den Rücken freizuhalten.

Eines Abends – Philipp war vor einer Stunde am Bahnhof angekommen – kam es deshalb zum Streit. Sie waren im Schlafzimmer, Philipp entkleidete sich und hängte seine Hose über den Stuhl. Feli war bereits in ihrem Nachtgewand, einem reizvollen Seidenkleid mit feiner Spitze. Sie hatte sich dezent Parfüm an den Hals gestrichen und cremte sich die Hände ein. Nun, wo Philipp endlich wieder zu Hause war, sah sie ihre Chance, mal wieder im Pub essen zu gehen.

»Wie wäre denn der nächste Sonntag? Nur wir beide.« Sie kniete sich hinter ihm auf das Bett, um ihm die Schultern zu massieren. »Wie ein Rendezvous.«

»Das klingt ziemlich gut.«

Sie neigte den Kopf und hauchte Küsse auf seinen Hals.

»Und wir wollten uns doch auch mal nach einem kleinen, süßen Laden umsehen, um darin die Weihnachtssterne zu verkaufen. So wie dein Vater es sich gewünscht hat.«

»Dann brauchen wir auch jemanden, der den Laden führt.«

Die Anspannung, die er von der langen Fahrt mit sich gebracht hatte, fiel unter ihren Küssen von ihm ab. Sie spürte, wie seine Muskeln sich entspannten, und tastete sich zu seinen Lippen vor.

»Ich könnte das tun ... Los Angeles ist mit dem Zug gut erreichbar, und in einem Laden könnte ich mich auch voll und ganz auf die Buchhaltung konzentrieren. Hier bin ich oft abgelenkt.«

»Und wer kümmert sich dann um die Ranch?«

»Deine Mutter ist doch hier, und wir könnten noch mehr Hilfskräfte einstellen.«

Er wandte sich zu ihr, legte Feli auf das Bett und stützte sich über ihr ab. »Es ist mir ein Rätsel, wie du von Jahr zu Jahr schöner wirst.«

Sie wölbte sich ihm entgegen, als er seine Hand unter ihr Nachtkleid wandern ließ. Eine Berührung wie pures Feuer. Sie hatte nicht gewusst, wie sehr sie sich nach ihm sehnte. Sie schmeckte seinen Atem, heiß und schnell.

»Ich habe dich so vermisst ...«, sagte er.

»Und ich dich erst ...«

Während sie sein Hemd aufknöpfte, wagte sie es, die Frage zu stellen, die ihr nicht aus dem Kopf ging. »Wie lange bleibst du?«

»In einer Woche nehme ich den Zug.«

»So bald schon? Und wohin diesmal?«

»Erst nach Montana und dann zwei Wochen später nach New York.«

»New York?! Ich wollte schon immer mal nach New York! Wo all die frisch Vermählten hinreisen ...«

»Glaub mir, ich bin dort nicht zum Vergnügen. Viel sehe ich von der Stadt gewiss nicht.«

»Trotzdem ... Ist dir eigentlich bewusst, dass wir nie eine Hochzeitsreise hatten? Du hast mich nicht einmal gefragt, ob ich eine machen möchte.«

»Wir hatten hinten und vorne kein Geld ...«

»Aber jetzt haben wir es.«

»Wir holen sie ganz bald nach. Das verspreche ich dir.«

Er wollte sie wieder küssen, doch sie hielt ihn zurück. »Philipp, du warst die letzten Wochen nur unterwegs oder auf den Feldern. Ich sehe dich kaum noch.«

»Es ist nur eine Phase ...«

»Das hast du schon vor Monaten gesagt.« Erneut hielt sie ihn zurück, als er sie küssen wollte. »Ich will nicht eine dieser Frauen sein, die zu Hause sitzen und darauf warten, dass ihr Mann endlich wieder nach Hause kommt. Du hast mal gesagt, wir sind ein Team.«

Philipp rollte sich von ihr. »Glaubst du denn, mir macht es Spaß, immer unterwegs zu sein? Ich vermisse dich, Feli. Und ich würde wahnsinnig gerne ein ruhiges Wochenende ohne Arbeit mit dir verbringen. Aber es geht im Moment leider nicht. Es ist nicht so, dass ich eine Wahl hätte! Ich kann den Händlern nicht einfach nur die Pflanzen schicken, nicht wenn der Name Philipp Licht für die schönsten und kräftigsten Weihnachtssterne stehen soll. Ich muss ihnen erklären, wie sie die Wurzeln zu setzen haben.«

»Ich höre immer nur ›ich, ich, ich ...‹«, sagte Feli. »Es gab mal eine Zeit, da war ich ein Teil von deinen Visionen.«

»Feli, du bist meine Vision! Ich will dir ein gutes Leben bieten können! Für dich mache ich all das!«

»Ach ja? Nur leider habe ich nicht viel davon.«

Sie wollte nicht mit ihm streiten, wo sie ihn doch so selten sah. Aber wenn sie jetzt nachgab, dann würde es ewig so weitergehen.

»Glaub mir, es wäre mir viel lieber, auf der Ranch zu sein und einfach nur Weihnachtssterne zu züchten und zu erforschen. Das ist das, was mir Freude macht. Und sonst nichts. Ich bin nicht mal gut im Small Talk! Diese Treffen sind oft eine Qual!«

»Dann lass mich nach New York fahren.«

»Das kommt nicht infrage.«

»Weshalb nicht?«

»Ich schicke dich gewiss nicht allein auf diese lange Reise, wo dir alles Mögliche zustoßen kann!«

»Ich bin nicht dumm, Philipp! Ich kann gut auf mich aufpassen. Ich schaffe das schon. Und es wäre nur gerecht. Dann bin ich einmal fort, während du hier sitzt.«

»Das diskutiere ich nicht mit dir. Es ist zu gefährlich. Und aus.«

Sie packte seine Decke und sein Kissen und warf es vor die Tür.

»Was wird das?«

»Du schläfst heute Nacht auf dem Sofa. Ich bin es nämlich schon gar nicht mehr gewohnt, das Bett zu teilen.«

»Feli, sei nicht so …«

»Gute Nacht, Philipp«, sagte sie und schloss die Tür vor seiner Nase.

»Gott, du bist so stur!«, hörte sie ihn fluchen. Sie zog die Decke über den Kopf.

Philipp schlief drei Tage auf dem Sofa, ehe er seine Entscheidung überdachte. Das war an dem Tag, an dem Mr Brown anrief. Inzwischen hatten auch sie ein Telefon, das erleichterte den Kontakt zu den Händlern.

Mr Brown – das war der Mann, der sie einst in Los Angeles

ausgelacht hatte. *Weihnachtsstern! So einen albernen Namen kann sich nur eine Frau ausdenken*, hatte er gesagt. Feli hatte sich nicht unterkriegen lassen, sondern ihm prophezeit, dass er noch an sie denken würde. Nun war es so weit.

»Und wie können wir Ihnen helfen?« Feli gab sich Mühe, besonders freundlich zu ihm zu sein. Er sollte nicht merken, wie sehr sie sich damals über ihn geärgert hatte.

»Nun ja, die Weihnachtssterne werden unerwarteterweise gern gekauft. Ich wollte Ihnen deshalb ein Geschäft vorschlagen.« Mr Brown bat einen ordentlichen Preis für die Poinsettien. Trotzdem hätte Feli am liebsten einfach aufgelegt. Aber davon hätte niemand etwas. Sie musste also über ihren Stolz springen.

»Machen wir achtzig Penny pro Kilo«, sagte sie.

Kurz war nur das Knistern der Telefonleitung zu hören.

»Aber das sind ja zehn Cents mehr!«, stieß Mr Brown aus.

»Ihre Entscheidung.«

Mr Brown willigte ein, er hatte keine andere Wahl. Als Feli Philipp davon erzählte, maß er sie mit einem langen Blick.

»Was?«, fragte sie ihn, aber er schüttelte nur den Kopf. »Nichts …«

Als sie am Abend beisammensaßen und Brotzeit machten, sagte Philipp auf einmal: »Ich habe darüber nachgedacht, was du letztens zu mir gesagt hast. Dass ich mich mehr auf die Pflanzenzucht konzentrieren könnte, wenn du für mich einen Teil der Reisen übernimmst. Könntest du dir denn vorstellen, an meiner Stelle nach New York zu fahren?«

»Wirklich? Ist das dein Ernst? Aber ich wäre zwei Wochen fort!«

»Das werden zwei sehr, sehr lange Wochen für mich, aber du hast recht. Wenn jemand das hinbekommt, dann du.«

Es war ein wunderbares Gefühl, inmitten des Trubels in Los Angeles am Gleis drei zu stehen. Die Lok dampfte und zischte, bereit, in wenigen Minuten zu starten. Um sie herum Familien, Freunde, Geliebte, die sich umarmten, küssten und weinten. Philipp half Feli, ihren Koffer in ihrem Abteil zu verstauen. Dann hieß es, Abschied zu nehmen. Natürlich fiel ihr das schwer, aber die Vorfreude auf ihre Reise überwog.

Wie großartig es war, mit Leuten in ihrem Abteil zu plaudern und ihre Geschichten zu hören. Die junge Studentin, die nach Hause fuhr, um ihren Eltern mitzuteilen, dass sie für ein Jahr in Spanien studieren wollte. Der Mann, der seine Arbeit verloren hatte und nun darauf hoffte, in New York ein neues Leben beginnen zu können.

Die Reise von Los Angeles an die Ostküste dauerte acht Tage, doch Feli legte Zwischenstopps in Denver, Lincoln und Chicago ein. Sie hatte zwei Koffer bei sich: Im einen war frische Wäsche, im anderen bloße Poinsettia-Wurzeln. Es würde nicht leicht werden, die Pflanzenzüchter davon zu überzeugen, dass aus diesen Wurzeln wunderschöne, leuchtend rote Pflanzen erwachsen würden.

Es faszinierte sie, wie die Landschaft sich veränderte. Wie die Steppe Kaliforniens sich erhob zu einer grünen Seen- und Berglandschaft, die wieder ausflachte zu scheinbar endlosen Ebenen. Der Zug rollte an goldenen Weizenfeldern und Wäldern vorbei, an verlassenen Goldgräberstädten und frisch erblühten Orten, an Büffel- und Schafsherden und kam schließlich erschöpft und keuchend in New York an.

New York …

Feli wurde erst bewusst, wie sehr sie sich innerhalb der letzten vier Jahre an die Ruhe der Natur gewöhnte hatte, als sie aus dem Zug stieg, und im selben Augenblick die Hektik der Großstadt auf sie einstürzte. Im bunten Licht schwirrende Menschenmassen. Zu den unzähligen Füßen ein Bettler, der die Hand ausstreckte. Ein Junge, der mit einer Zeitung wedelte. Lärm und Gerüche strömten von allen Seiten auf sie ein. Felis Griff um ihre Koffer wurde fester. Sie kämpfte sich zwischen all den Reisenden hindurch und fand zum Glück bald einen Ausgang. Aus dem Nichts ein lautes Hupen, ein schwarzes Ungetüm, das an ihr vorbeijagte, und im nächsten Moment war der Bus schon ums Eck. Sie hatte vor Schreck aufgeschrien, aber es interessierte sich niemand für sie. Nur ein junger Kerl, der sie unverblümt mit seinen Blicken auszog, dass ihre Wangen vor Empörung glühten. Die blinkende Werbung an einem Zigarrengeschäft machte sie ganz nervös. Sie straffte sich, winkte ein Taxi herbei und nannte dem Fahrer die Adresse ihres Hotels.

Es hatte eine gute Lage und empfing Feli mit Ruhe und einem angenehmen Duft, der von den Rosen kam, die in üppigen Buketts im Foyer standen. Ein Zimmer hier war nicht günstig, immerhin war die Treppe mit einem roten Teppich ausgelegt. Und Feli fand im Bad Lavendelseifen vor und auf dem Schreibtisch einen Korb mit frischen Früchten. Vom Balkon aus hatte sie einen guten Blick über den Times Square, und das Bett bedeckte ein seidiger Überwurf mit einer Praline auf Höhe ihres Kopfkissens. Es war ein Doppelbett, zu groß und zu einsam für sie allein. Was hatte Philipp sich nur dabei gedacht, als er ihr dieses Hotel ausgesucht hatte?

In dieser Nacht schlief Feli wie ein Stein. Am nächsten Morgen brach sie gleich nach dem Frühstück auf, um sich den Händlern vorzustellen. Die Termine waren recht schnell erledigt und auch zum Glück erfolgreich verlaufen. Voller Euphorie beschloss Feli einen Neustart mit der Stadt zu wagen. Sie musste sich nur darauf einlassen.

New York war eine ganz eigentümliche Art eines Paradieses:

Eines ohne Kühe, Schafe und Pferde. Es war, wenn man so wollte, ein Menschenparadies. Zwischen den einschüchternd hohen Gebäuden schien Energie zu flirren. Die Art und Weise, wie sich die Menschen hier bewegten, schien auszudrücken: »Was kümmerst du mich? Ich kenne dich nicht.« Aber das war gut, es schenkte Feli die Möglichkeit, sich selbst auszuprobieren und neu zu erfinden. Sie vertrödelte ihre Stunden in Boutiquen, kaufte Geschenke für Philipp, ihre Eltern und Henrietta, bewunderte die neuesten Modeschnitte und Stoffkreationen und klapperte die Sehenswürdigkeiten ab. Wenn jemand sie fragte, ob sie die Brooklyn Bridge oder die Freiheitsstatue gesehen habe, wollte sie Ja sagen können. Aber es fehlte ihr, mit jemandem ihre Begeisterung zu teilen.

Abends setzte sie sich in ein Restaurant und genoss es, sich bedienen zu lassen. Sie aß. Bezahlte. Zu dieser Tageszeit erschienen ihr die Straßen wie Flüsse aus purem Sonnenlicht. Ein traumhaft schöner Anblick.

Als sie an der Rezeption um ihren Schlüssel bat, strahlte das junge Fräulein hinter der Theke bis über beide Ohren. »Einen ganz wundervollen Abend wünsche ich Ihnen.«

»Danke …«

Als sie ihre Zimmertür aufsperrte, waren das Erste, was sie sah, die Rosenblätter, die auf dem Bett verstreut lagen. Dann sah sie Philipp.

»Überraschung«, sagte er.

»Philipp!« Feli rannte auf ihn zu. »Was machst du hier?«

»Ich dachte, eigentlich wäre New York doch eine gute Gelegenheit, unsere Hochzeitsreise nachzuholen«, sagte er.

Das erste Mal, seit sie ihn kannte, sah er gar nicht aus wie ein Cowboy. Mit seinem blütenweißen Hemd, über dem er eine schicke helle Weste trug, und dem sportlich legeren Sakko wirkte er vielmehr wie aus einem Film geschnitten. Nur auf seinen Cowboyhut hatte er bestanden, denn die typischen Männerhüte mit der kleinen Krempe hielt er für Unsinn.

»Du bist mir nachgereist?«, fragte sie.

»Ja. Ich habe dir einen kleinen Vorsprung gelassen, damit du etwas Zeit für dich hast, und jetzt bin ich hier. Hast du schon etwas gegessen? Am Ende hat mein Magen so laut geknurrt, dass er sogar über das Rattern der Lok hinweg zu hören war.«

Als sie spätabends wieder im Hotelzimmer ankamen, Wein in ihren Adern kreiste und das hervorragende Essen Feli noch ganz benommen machte, zog Philipp sie an sich. Er senkte seinen Kopf zu ihr herab, sein Atem streifte ihre Lippen. Seine warmbraunen Augen wanderten über ihr Gesicht. Über ihre Stirn, die Augenbrauen, die Nase, den Mund, bis sie sich wie entblößt fühlte. Sie zitterte vor Verlangen. Er lehnte die Stirn gegen ihre, drückte sie gegen die Wand. Sie spürte sein Gewicht, begehrte ihn so sehr, dass ihre Beine nachzugeben drohten. Sie wollte ihn küssen, aber er zog sich zurück und lachte leise. »Immer so gierig.«

Er entkleidete sie nahezu ehrfürchtig, knöpfte ihr Kleid am Rücken auf, schob die Träger über ihre Schultern, bis es ihre Beine hinabglitt. Quälend langsam machte er mit ihren Schuhen weiter, öffnete die Schnallen, küsste ihre Knöchel, die Innenseite ihrer Oberschenkel.

Dann, endlich, taumelten sie zum Bett. Mit zittrigen Fingern knöpfte Feli Philipps Hemd auf, drei, vier, fünf Knöpfe, viel zu viele, ehe sie seinen starken Rücken fühlen konnte. Seine Wärme an ihrer. Ihr Atem kam in pulsierenden Stößen, ihre Haut war übersensibel, spürte selbst seinen Blick, der über ihre Brüste wanderte, jeden Zentimeter von ihr erfasste und sie ganz in sich aufnahm.

Er hielt inne. Atemlos.

»Was ist?«

»Ich …« Ihre Blicke verschränkten sich. Ihm fehlten die Worte.

»Ich liebe dich«, sagte sie, für sie beide.

Dann schloss sie die Augen und verlor sich in der Wolke aus Begehren, die sie beide umschloss.

47

12. Dezember
Der Poinsettia-Day

»Stella, Schätzchen, zeig dich!«

»Einen Moment noch!«, rief Stella aus dem Bad.

Sie betrachtete ihr Spiegelbild. »Wie ähnlich du deiner Mutter siehst«, hatte Lizzy eben zu ihr gesagt. »Und das Kleid ist perfekt. Alle Licht-Frauen haben ein kräftiges Rot geliebt. Und Grün.«

Stella hatte nämlich von ihr wissen wollen, ob das Kleid, das sie an jenem Abend tragen würde, dem Anlass angemessen war.

Ihre Mutter war für Stella die schönste Frau der ganzen Welt gewesen, deshalb hatte Stella immer geglaubt, dass sie nach ihrem Vater kam – einem völlig Fremden, von dem sie nicht die geringste Ahnung hatte. Doch in ihrer Fantasie hatte Stella ihn sich groß und Respekt einflößend vorgestellt, mit einnehmendem Lächeln, grau meliertem Intellektuellenbart und muskulösem Rücken, der nur deshalb so breit war, weil er sie als Kind so oft geschultert hatte.

Als Stella ihr mattgoldenes Haarband hinter den Ohren feststeckte und ein paar Kupfersträhnen locker darüberzupfte, da sah sie das erste Mal eine Ähnlichkeit zu ihrer Mutter. Ihre Mutter hatte keine Sommersprossen gehabt, dafür aber dasselbe Dauerschmunzeln, das sogar auf ihren Lippen gelegen hatte, wenn sie abends auf dem Sofa eingedöst war. Die grünbraunen Augen ihrer Mutter hatten geleuchtet wie das Meer bei Sonnenuntergang. Stellas Augen waren heller, aber seit sie in Kalifornien bei ihrer Familie war, leuchteten auch ihre Augen. Ein Seelenleuchten, das tief aus ihrer Brust kam, ein Leuchten wie von einem geheimen Schatz, von dem alle gehört hatten, aber zu dem die wenigsten den Weg fanden. Auch wenn Stella ihren Schatz vielleicht noch nicht gefunden hatte, Adam und Lizzy hatten sie zumindest auf den richtigen Weg geführt.

Je länger Stella ihr Spiegelbild betrachtete, desto ähnlicher fühlte sie sich ihrer starken, sturen, leidenschaftlichen Mutter.

Sie schlüpfte in ihre schwarzen Riemchenpumps und drapierte den weißen Schal, den Lizzy ihr geborgt hatte, um die Schultern, denn ihr Ausschnitt war ungewohnt tief. Der kleine Absatz und das leuchtende Rot ihres Kleides ließen sie aufrechter gehen.

»Ich wäre dann so weit«, rief sie.

Und obwohl Stella oft genug gepredigt hatte, dass das Leben nicht war, wie all diese kitschigen Filme einen glauben ließen, so war der Moment, als sie auf der obersten Treppenstufe stand und sich zeigte, genau wie in einem Film. Oder eigentlich war dieser Moment hier noch viel, viel schöner. Adam erwartete sie nämlich am Fuß der Treppe, in seinem Revers steckte ein dünner Poinsettia-Zweig. Sein Kehlkopf hüpfte auf und ab. Adam versuchte nie zu verbergen, was er fühlte, all seine Gefühle zeigten sich immer ungefiltert auf seinem Gesicht. Deshalb musste er auch gar nichts sagen, denn Stella las im Glanz seiner Augen, dass sie ihm gefiel, mehr noch, dass ihr Anblick ihn tief berührte.

Lizzy strahlte bis über beide Ohren und legte die Hände an die Wangen. Ihr schien etwas auf der Zunge zu liegen, dann sah sie jedoch, dass Adams ganze Aufmerksamkeit Stella galt, und die Magie, die zwischen ihm und Stella flackerte, nicht durch Worte auszudrücken war.

Stella, die es gar nicht gewohnt war, derart im Mittelpunkt zu stehen, konnte nicht anders, als die Situation etwas aufzulockern. Wie auf einem Laufsteg präsentierte sie sich von beiden Seiten, setzte einen verführerischen Blick auf, als sie Stufe für Stufe auf Adam zuging, eine Hand über das Geländer gleitend, nur die Fingerspitzen berührten das Holz.

»Gefalle ich dir?«, fragte sie, als sie eine Stufe über Adam und mit ihm auf einer Augenhöhe war.

»Ich habe mir gerade überlegt, ob wir heute Abend Eintritt verlangen sollen, wenn du mit diesem Kleid anwesend bist.«

Stella lachte, legte die Arme um seinen Hals und ließ sich gegen ihn fallen. »Du bist auch nicht schlecht, so im Anzug.«

»Na los, ihr beiden Turteltauben!« Lizzy klatschte voller Tatendrang in die Hände, wodurch sich nur Romeo und Juliet angesprochen fühlten und mit dem Schwanz wedelnd herbeikamen. »Nein, nein, nicht ihr zwei! Euch nehme ich ganz sicher nicht mit auf den Ball!«

Der Poinsettia-Ball fand in einem sehr modernen Gebäude statt, dessen Dach wellenartig geschwungen war und das in der »Golden Hour« goldorange glühte. Der Saal für die Feierlichkeiten war wie ein riesiger Glaskasten, durch den man hindurchblicken und das Diamantmeer sehen konnte. Stella war beeindruckt von dem davor angelegten Beet, denn abgesehen davon, dass es sehr lang und gerundet wie eine Mondsichel war, war es jemandem gelungen, mit vielen, bunten Weihnachtssternen darin auf akkurate Weise den Namen der Stadt »Encinitas« zu pflanzen. Das »E« formten Poinsettien der Variante *Jingle Bells*, *Strawberry N' Cream* das «N«, *Plum Pudding* das «C«, *Monet Twilight* das »I« und so weiter und so fort … Ja, sie hatte die Varianten auswendig gelernt, dank des Buchs, das David ihr geschenkt hatte. Es war ihr wichtig.

Die Varianten im Kopf durchzugehen, beruhigte Stella. Seit sie auf den Parkplatz gerollt waren, waren ihre Handflächen verschwitzt. Sie prüfte, ob ihr Haarband noch richtig saß, und zupfte ihren Schal zurecht. Ihr Herz sank in die Strumpfhose, als sie dem Security-Mann am Eingang die Einladungskarte vorzeigen sollte. Daran hatte sie überhaupt nicht gedacht! Sie hatte die Karte nicht dabei! Typisch Stella!

»Kein Problem«, lachte der Security-Typ. Seine Stimme war tief wie ein Brunnenschacht, und er hatte einen ziemlich breiten Akzent. »Die gute, alte Lizzy wird schon niemanden unerlaubt auf die Fete schmuggeln.«

Ein roter Teppich lag im Eingangsbereich ausgerollt, umrahmt von buschigen Weihnachtssternen und goldenen, hohen Kerzen. Der Anblick war so vornehm und schön, als würde gleich George Clooney den Teppich entlangspazieren, gefolgt von zehn Paparazzi. An der Garderobe roch es konzentriert nach Damenparfüm.

Adam und Lizzy begrüßten die ersten Bekannten, tauschten ein paar nette Worte aus und stellten Stella vor, doch dann ging es um Düngemittel und die Hall of Fame der American Florists, und Stella verstand nur noch Bahnhof. So höflich wie möglich sagte sie, sie wolle sich schon einmal etwas umsehen, und folgte dem Teppich, wobei sie jeden Schritt vorsichtig setzte, um in den hohen Schuhen nicht zu stolpern. Im großen Saal tummelten sich bereits die ersten sehr schick gekleideten Gäste und bedienten sich an den Häppchen, die Kellner in weißen Livrees auf silbernen Tabletts reichten. Die Band spielte sich auf der Bühne ein. Man grüßte Stella freundlich, und Stella grüßte zurück, als würde man sich kennen.

Der laue Abendwind wehte durch die geöffnete Flügeltür herein und lockte Stella nach draußen auf die Terrasse. Hier waren weiß bezogene Stehtische aufgebaut. Sie bediente sich bei einem der Kellner mit einem Glas Champagner. Hier und da leuchteten neben der Terrasse runde Lampen, die wirkten, als hätte der Mond ein paar seiner Kinder zur Erde hinabgeschickt, damit sie diesen besonderen Abend von der Wiese aus verfolgen konnten. Es war wunderschön. Stella fühlte sich wie in einem Märchen. Ehrfurchtsvoll schritt sie die von Fackeln umrahmten, flachen Stufen hinab, die zu einer zweiten, kleineren und geheim wirkenden Terrasse führten. Von hier aus hatte man einen traumhaften Ausblick über das Silbermeer und den langen Steg, auf dem die schwarzen Silhouetten zweier Pärchen sichtbar wurden.

»Schön, nicht wahr?«, sagte auf einmal eine Frauenstimme hinter ihr.

Stella wirbelte herum, wobei sie fast ihren Champagner über ihr Kleid gekippt hätte. Wie hatte Stella Theresa nicht bemerken können in ihrem funkelnden Pailletten-Hängekleid im Look der Goldenen Zwanziger? »Ich habe gar nicht gemerkt, dass noch jemand hier ist!«

»Entschuldige, ich wollte dich nicht erschrecken.« Theresa saß auf der Steinbank und massierte sich einen seidenbestrumpften Fuß. »Ich bin schon den ganzen Tag in diesen Schuhen unterwegs! Meine Füße bringen mich um! Und du? Versteckst du dich vor all den Fremden?«

»Nein … vielleicht ein klein wenig …«

Theresa nickte, als würde sie Stella nur zu gut verstehen. »Ich verstecke mich vor deinem Großvater. Er dreht jedes einzelne Wort seiner Rede noch mal um. Er ist ein Perfektionist.«

Dein Großvater. »Du weißt also, dass ich es weiß«, sagte Stella.

»Lizzy hat es mir gesagt.« Theresa schlüpfte wieder in ihren Absatzschuh. »Es ist die Ähnlichkeit, nicht wahr?«

Stella nickte.

»Ja …«, hauchte Theresa, erhob sich und trat neben Stella an das Geländer. »Das habe ich Lizzy gesagt, genau so kam es auch damals ans Licht. Aber einzusehen, wie ähnlich deine Mutter mir sah, ist ihr immer schwergefallen. Es hat sie daran erinnert, dass Inge eigentlich meine Tochter war und nicht ihre. Das verstehe ich. Mir ist es schwergefallen mitanzusehen, wie Inges Charakter ganz nach Lizzy kam. Das hat unsere Freundschaft auf eine harte Probe gestellt.«

Sie schwieg, als würde sie darauf warten, dass Stella etwas dazu sagte. Also erwiderte Stella lahm: »Das glaube ich …« Aber es schien, als hätte Theresa sie ohnehin nicht gehört.

Auf einmal sah sie Stella direkt an. »Ich habe deine Mutter über alles geliebt. Aber es waren damals schwierige Zeiten, und Lizzy war so viel mutiger als ich …«

»Erzählst du mir irgendwann, was damals geschehen ist?«, wagte Stella zu fragen.

»Das werde ich. Versprochen.«

Kurz lauschten sie dem dumpfen Orchester an Geräuschen, die aus dem Ballsaal drangen. Das monotone Summen all der Gespräche, das Lachen, das dann und wann herausstach, das Gläserklirren und dahinter die dezente Cocktailmusik.

»Adam hat dich wirklich sehr gern«, sagte Theresa, und das Mondlicht reflektierte in ihren klaren Augen.

»Ja, wir haben einen wirklich guten Draht zueinander«, nutzte Stella Lizzys Umschreibung.

Theresa legte den Kopf in den Nacken und lachte unerwartet laut. »So könnte man es wohl auch sagen …«

Ja, Stella war gerade mal zwei Wochen hier, hatte sich endgültig von ihrem Ex-Freund getrennt und etwas mit ihrem Cousin/

Nicht-Cousin am Laufen. Sie war völlig verrückt geworden, und das hatte in dieser Familie schnell die Runde gemacht.

»Das bedeutet Lizzy wirklich sehr viel. Für Lizzy ist es, als würden durch eure Gefühle füreinander alte Wunden heilen. Die arme Seele trägt nämlich noch ein anderes schweres Päckchen mit sich herum ... «

Es schien, als hätten sich in dieser Familie so einige Geheimnisse angestaut, wie Kisten in einem Keller. Offenbar hatte Stella diesen Gedanken laut ausgesprochen, denn Theresa lachte leise und sagte: »Das stimmt wohl. Aber heute Abend wollen wir diese Kisten verschlossen lassen und den Abend in vollen Zügen genießen. Komm, wir gehen wieder rein und mischen uns unter die Leute.«

Adam suchte sie schon im großen Saal. »Hier steckst du«, sagte er und atmete erleichtert aus. Er sah Theresa an, nickte einmal, als müsste sie ihm nichts erklären, stemmte dabei die Arme in die Taille und fragte: »Und?«

»Es ist alles ganz wundervoll«, erwiderte Stella.

Da entspannte Adam sich. »Sehr gut. Bereit, ein paar Leute kennenzulernen?« Er hielt Stella die Hand hin, als würde er sie zum Tanz auffordern.

»Bereit«, erwiderte sie und legte ihre Hand in seine.

Stella gehörte zu den Menschen, die sich Namen nie merken konnten. Sie überhörte sie einfach, weil sie sich auf andere Dinge konzentrierte, wie beispielsweise die lila gefärbten Haare einer sehr alten Dame.

»Ist Max denn wieder nicht hier?«, fragte sie und blinzelte zu Adam hinauf, der im Vergleich zu ihr riesig wirkte, und klammerte sich dabei mit ihren beringten Händen an seinem Arm fest.

»Nein. Vielleicht nächstes Jahr«, entgegnete Adam milde.

»Wer ist Max?«, fragte Stella, als die Lila-Lady (so nannte Stella sie insgeheim) sich flink mithilfe ihres Stocks einen Weg durch die Gäste hindurchdirigierte, um einem Kellner mit Champagner nachzueilen.

»David und Lizzy haben noch einen Bruder, Davids Zwilling. Aber das Verhältnis zu ihm ist wohl eher schwierig. Ich habe ihn selbst noch nie gesehen.«

Die Kellner wiesen nun dezent darauf hin, dass das Essen gleich serviert werden würde. Adam hatte schon auf den Platzkarten nach ihren Namen gesucht und gesehen, dass sie mit Lizzy, seinem Vater und dessen Freundin Mary Takahashi an einem Tisch neben der Bühne sitzen würden. Marys Großeltern stammten aus Japan und waren einst Nachbarn der Lichts gewesen. Sie hatten Philipp und Feli hin und wieder geholfen, wenn auf der Ranch Not am Mann gewesen war. Mary hatte einen Doktortitel und arbeitete als »Breeding Manager« für die Licht-Ranch, sie leitete die Züchtung weiterer Poinsettia-Varianten.

»Mary vollbringt Wunder, was die Zucht der Poinsettien angeht«, sagte Oscar stolz.

Die Band war ziemlich gut, und die Sängerin hatte eine Stimme, die Gänsehaut machte. Von der dezenten Hintergrundmusik waren sie während des Nachtischs zu Stimmungsmachern wie *Light my fire* von The Doors übergegangen und nun, als der Kaffee serviert wurde, spielten sie Klassiker wie *Jailhouse Rock* oder *I'm so excited*.

Die ersten Gäste hatten bereits einen leichten Schwips, und so wagten sich einige bereits auf die Tanzfläche.

Das nächste Lied. Vier, fünf Gitarrenanschläge genügten, und Stella hatte herausgehört, um welches Lied es sich handelte. Und sie konnte genau in Adams Gesicht erkennen, wann auch ihm klar wurde, dass es *Happy Together* von The Turtles war.

»O Mann, ich glaub's nicht. Ich steh auf dieses Lied!«, rief er aus.

»Und ich erst!« Stella wippte schon längst mit den Füßen mit.

Adam erhob sich von seinem Stuhl, verneigte sich vor ihr und bat um ihre Hand. »Schenken Sie mir diesen Tanz, Fräulein?«

Stella musste nicht lange überlegen.

Adam scherte sich nicht darum, wie er beim Tanzen aussah, und genau das war es, was den Zauber seines Wesens ausmachte. Er sang laut mit und Stella sang ebenfalls laut mit, während er sie drehte, an sich zog, seine Hände mit ihren verschränkte und in einem Halbkreis über ihre Köpfe führte. Stella hatte noch nie so viel Spaß beim Tanzen gehabt.

Imagine me and you, I do
I think about you day and night, it's only right
To think about the girl you love and hold her tight
So happy together

I can't see me lovin' nobody but you
For all my life
When you're with me, baby the skies'll be blue
For all my life

Das Finale des Lieds führten Trompeten. An der Stelle nahm Adam die Enden von Stellas Schal und zog sie damit sanft an sich, immer näher. Er küsste sie auf die Nasenspitze.

Um zwölf Uhr legte die Band eine Pause ein, und David betrat die Bühne. Ein leises Knistern war zu hören, als er das Mikrofon auf sich einstellte. »Hundert Jahre«, begann er seine Rede. »Vor über hundert Jahren wanderte mein Vater Philipp Licht mit seiner Familie nach Kalifornien aus, um sich dort ein neues Leben aufzubauen. Seine große Leidenschaft war es, Blumen zu züchten, aber davon wollte zu dieser Zeit noch niemand etwas wissen. Ausgelacht haben die anderen Männer ihn, und vielleicht hätte er aufgegeben, hätte er nicht Felizitas kennengelernt, die Liebe seines Lebens. Ich weiß noch genau, wie wir als Familie vor dem Essen immer gebetet und Gott gedankt haben, dass er uns ein so üppiges Mahl schenkt. Wir Kinder sollten wissen, dass das nicht selbstverständlich ist. Meine Eltern hatten Zeiten durchgestanden, in denen die Kartoffeln abgezählt wurden, die auf den Tisch kamen. Egal, welche Schicksalsschläge wir durchleben mussten, wir hielten immer zusammen. Meine Mutter hat meinem Vater stets den Rücken gestärkt. Die Licht-Frauen sind schon seit jeher stark und mutig gewesen, aber auch ebenso eigenwillig und stur ...«

David machte an dieser Stelle eine kleine Pause, und die Gäste lachten.

»... Und ich weiß noch, wie mein Vater so manches Mal abends auf der Terrasse, wenn meine Mutter mal wieder wütend auf ihn war, weil er zu viel arbeitete, zu mir gesagt hat: ›Junge, such dir eine Frau, die sich für Küche und Haushalt interessiert.‹ Aber das hat er natürlich nicht ernst gemeint. Ich wusste ja, wie er meine Mutter angesehen hat, wenn sie auf ihrem Pferd die Poinsettia-Reihen abritt und mit Adleraugen die Blätter auf Schädlinge prüfte. Er hat sie für ihren starken Geist, ihren klugen Kopf und ihren Eigensinn bewundert. Meine Eltern haben dieses Unternehmen aufgebaut und schließlich an mich übergeben. Auch ich hatte mit einigen Schwierigkeiten zu kämpfen, ganz anders als die, mit denen meine Eltern sich auseinandersetzen mussten. Und nun stehe ich hier, voller Stolz und Dankbarkeit dafür, die Licht-Ranch mit meinem Sohn Oscar in der dritten Generation zu führen. So weit sind wir nur gekommen, weil wir immer als Familie zusammengehalten haben. Bitte, ihr Lieben, kommt zu mir ...«

Unter Beifall betraten Theresa, Lizzy, Oscar und Adam die Bühne. Die vier nahmen sich an den Händen. Ein Anblick, der Stella zutiefst berührte. Das war ihre Familie.

»Da fehlt aber noch jemand«, sagte David. »Stella, wo steckst du denn?«

Erneutes Klatschen. Einen kurzen Moment lang war Stella verwirrt. War wirklich sie gemeint? Aber dann rannte sie schon los, als hätte sie nur auf ihren Einsatz gewartet. Adam und Lizzy nahmen sie zwischen sich und schlossen die Hände um ihre.

»Wir freuen uns alle sehr, dich in der Familie zu haben«, sagte David, und Stella brachte nicht mehr als ein kleines, stimmloses »Danke« hervor, was ohnehin keiner hörte, weil sie ja kein Mikrofon hatte.

Die Band spielte wieder auf, einen mittelmäßig schnellen Swing, und David sagte zu ihr: »Ein Vogel hat mir gezwitschert, du seist eine wundervolle Swing-Tänzerin?«

Es lag auf der Hand, wer dieser Vogel gewesen war.

»Nicht wundervoll, ich tanze nur ein bisschen …«, erwiderte sie, was untertrieben war. Wer seit zwei Jahren im Verein tanzte, wusste, was er tat.

Zugegeben – sie hatte gedacht, dass ein »Herr fortgeschrittenen Alters«, wie David einer war, nicht mehr tun würde als von einem Bein auf das andere zu wippen. Aber Stella wurde eines Besseren belehrt. Schon nach wenigen Schritten wirbelte David sie einmal herum, ließ sie zurückfallen, und noch ehe sie darüber nachdenken konnte, dass er sie niemals würde auffangen können, hatte er sie schon wieder auf die Beine gezogen.

Sie hörten erst auf zu tanzen, als die Torte hereingerollt wurde. Ein riesiges Poinsettia-Meisterwerk mit rotem und grünem Zuckerguss, in deren Mitte als Blüte Wunderkerzen brannten. Von dieser Torte stärkten sie sich, bis die Band ansagte, sie würde nun das letzte Lied spielen. *Stand by me* von Ben E. King. Ein ruhiges, wunderschönes Lied, und Stella legte den Kopf auf Adams Herzschlag und ließ die unendlich schweren Augenlider hinabsinken.

»Du schläfst ja«, sagte Adam sanft.

»Mhh …«

Sie hätte ihm gerne gesagt, wie glücklich sie war. Und dass sie nur müde war, weil sie sich so behütet und geliebt fühlte. Sie musste an Tommy denken, Judiths Patenkind, der immer überall einschlief, selbst auf Volksfesten. Jetzt konnte sie das nachvollziehen. Wenn man sich so behütet und geliebt fühlte und man die Welt Welt sein lassen konnte, dann löste jeder einzelne Muskel seine Anspannung, und man fühlte einen tiefen Frieden. Genau das fühlte Stella in diesem Moment: einen tiefen Frieden mit der Welt und mit sich selbst.

48

1918

»Alles in Ordnung?«, fragte Philipp.

»Ja …«, erwiderte Feli und wischte sich mit dem Handrücken den Schweiß von der Stirn. Es war November und hatte höchstens fünfzehn Grad, aber es fühlte sich an, als wären es über dreißig.

Philipps Gesicht tauchte in Form von graubraunen Schlieren vor ihr auf. »Bitte, Feli, geh rein und leg dich hin … Hör doch auf mich!« Er klang hauptsächlich besorgt, aber auch ein klein wenig wütend.

An diesem Tag hatte nämlich die erste Ernte im Jahr begonnen. Das hieß, sie schnitten die ersten Poinsettia-Zweige, um sie zu verkaufen. Das war Felis liebste Zeit im Jahr. Sie liebte es, den ganzen Tag an der Sonne zu sein und am Abend die Sommersprossen auf ihrer Nase zu zählen. Liebte es, bei der Arbeit mit den Hilfsarbeitern zu plaudern, die teilweise von weit herkamen, aus Texas, Wyoming oder sogar Mexiko, um sich ein bisschen was dazuzuverdienen. Mittags und abends saßen sie dann alle beisammen und erzählten sich Geschichten, die das Leben schrieb, wie beispielsweise Carl, der früher Schafstreiber gewesen war, bis ein Teil seiner Schafe auf dem Berg vom Blitz getroffen worden war. Oder Tonio, ein sehr hübscher Italiener, der hin und wieder frische Pasta für sie alle machte und einfach nur von einem besseren Leben träumte, ohne wirklich einen Plan zu haben, wie er das anstellen wollte.

Feli liebte den Duft der Pflanzen und der trockenen Erde, das Brummen des Traktors und Tonios Gesang italienischer Volkslieder. Sie liebte das Gefühl, sich morgens in aller Herrgottsfrühe aus dem Bett zu quälen und dann doch froh und dankbar zu sein, weil man so den Sonnenaufgang bestaunen konnte. Oder auf dem Feld gemeinsam vom Essen zu träumen und sich abends gierig über das von Henrietta frisch gebackene Brot und das deftige Gulasch herzumachen. Mit vollen Bäuchen waren jedes Mal all die Sorgen schlagartig verschwunden. Feli liebte es auch, zwischen den Poinsettien zu verschwinden, denn inzwischen wuchsen sie dicht und überragten sie sogar. Deshalb war es ihr jedes Mal, wenn sie ins Feld eintauchte, als hätte sie die Schwelle zu einem rot-grünen Zauberwald übertreten. Manchmal, wenn Philipp auf dem Feld nach ihr suchte und ihren Namen rief, dann machte sie sich einen Spaß daraus, zwischen den Pflanzen hindurchzuhuschen und sich zu verstecken. Dann folgte er dem zauberhaften Rascheln der Blätter, wie ein elfenhafter Flügelschlag, bis er auf einmal aus dem Nichts heraus vor ihr stand. »Buh! Hab ich dich!«, sagte er dann, und sie erschrak und lachte laut.

Zwischen den Pflanzen leichtfüßig umherzuspringen war jedoch im Moment absolut nicht denkbar, denn Feli war hochschwanger. Sie konnte ihre Füße nicht mehr sehen, weil ihr Bauch so kugelrund war. Nicht nur Philipp, sondern auch die Hebamme hatten ihr gesagt, sie solle etwas mehr Ruhe geben. Doch wenn Feli etwas nicht konnte, dann war es Ruhe geben. Außerdem war der Termin doch erst in zwei Wochen … Sie bestand darauf, bei der Ernte zu helfen, und weil sie stur war, ließ sie darüber nicht mit sich reden.

Sie sagte zu Philipp, dass alles in Ordnung sei, und er nahm ihr das Versprechen ab, sofort ins Haus zu gehen, wenn ihr die Arbeit in der Sonne zu viel wurde.

Sie erinnerte sich noch, dass sie sich nach einem Poinsettia-Zweig bücken wollte, der zu ihren Füßen lag. Aber sie griff durch das Rot hindurch. Erst, als sie den dezenten Eisengeruch wahrnahm, dämmerte ihr, dass ihr nicht nur schwindelig war, sondern dass gar keine Poinsettia vor ihr auf dem Boden lag. Es war Blut. Ihr Blut, das ihre Beine hinablief. Im nächsten Moment krümmte sie sich vor Schmerz. Es fühlte sich an, als würde ihr Unterleib entzweigerissen werden.

Sie schrie nach Philipp.

Nie würde sie die Panik in seinen Augen vergessen. Der verfluchte Maxwell sprang nicht an, es war zum Verzweifeln. »Mist!« Philipp schlug auf das Steuer.

Henrietta schlug ständig die Hände vor den Mund und sah aus, als würde sie gleich zu weinen anfangen. »Was machen wir denn jetzt?«

Da fuhr Tonio mit dem Truck vor. Der wurde eigentlich nur dazu genutzt, die Wurzeln und Schnittblumen auszuliefern, und war entsprechend dreckig. Aber er war ihre Rettung. Toni ließ den Motor laufen, sprang nach draußen, half Henrietta, Feli auf den Beifahrersitz zu hieven, was nahezu unmöglich war, denn das Fahrerhaus des Trucks war hoch und Feli absolut unbeweglich. Aber irgendwie schafften sie es. Noch ehe Henrietta die Beifahrertür zugezogen hatte, brauste Philipp schon los. Der Staub wirbelte auf und färbte die Luft graubraun, und dahinter lag unscharf die Ranch. Feli sog den Anblick im Rückspiegel in sich auf, bis ihr Zuhause nicht mehr zu sehen war, denn vielleicht würde sie es nie wiedersehen. Ihr war eiskalt.

Die kleine Traube von Ärzten guckte gleichermaßen verwirrt und amüsiert, als der Truck mit quietschenden Reifen vor dem

Krankenhaus in San Diego hielt. »Schnell! Meine Frau!«, schrie Philipp, der schon aus dem Wagen gesprungen war.

Feli wurde sofort in den Kreißsaal gebracht.

Noch in derselben Nacht, am fünften November 1918 erblickte Max das Licht der Welt und nur wenige Minuten später David. Feli hatte Zwillinge bekommen. Max hatte David wohl den Sauerstoff abgedrückt, deshalb die Komplikationen. Wären sie nur wenige Augenblicke später im Krankenhaus eingetroffen, hätte David die Geburt nicht überlebt.

Nie würde Feli den Glanz in Philipps Augen vergessen, als ihm die beiden nackten, hochroten Würmchen in die Arme gelegt wurden. Er lachte und weinte und lachte dann wieder.

Eine ganze Woche blieb Feli im Krankenhaus, und Philipp wich so gut wie nie von ihrer Seite. Die ersten Tage war er furchtbar aufgewühlt und hochbesorgt gewesen. Er war im Krankenzimmer umhergelaufen wie ein Panther im Käfig, hatte sich Vorwürfe gemacht und die Nächte auf dem unbequemen Holzstuhl an ihrem Bett verbracht. Aber nach ein paar Tagen, als ihre Wangen wieder rosig wurden und die Sommersprossen zurückgekehrt waren, da war er richtig streng mit ihr. Er hielt ihr einen Vortrag darüber, dass sie das nächste Mal auf ihn hören solle und dass sie unvernünftig und dumm gehandelt habe. Feli, die sich eingestand, dass er recht hatte, senkte den Kopf und entschuldigte sich kleinlaut.

Zwei Tage später wurde sie entlassen. Während der Fahrt sagte Feli, dass – so glücklich sie war, die Zwillinge endlich in den Armen zu halten – der Geburtstermin eher unglücklich gewesen war. Denn was war mit den Poinsettien? Tonio, Carl und Henrietta hatten es allein bestimmt nicht geschafft, die Weihnachtssterne zu pflegen, zu ernten und zu verkaufen …

Doch als sie auf dem Hof ankamen, konnte Feli ihren Augen kaum trauen.

Der Truck war mit Wurzeln beladen und abfahrbereit. Zwei der Felder waren abgeerntet. Auf dem dritten wurde gerade gearbeitet. Dafür hatte sich scheinbar ganz Encinitas versammelt. Da waren der Pfarrer, der Pubbesitzer und seine Frau, Guyapi, die Hebamme, Katuso mitsamt Ehemann und ihrer Tochter ... In Felis Augen hatten sich Tränen angesammelt, die sie nicht mehr halten konnte, als sie sah, dass sogar ihre Eltern aus Los Angeles gekommen waren, um zu helfen.

»Eigentlich wollte ich dir in der Woche vor deinem Geburtstermin unter die Arme greifen und für dich da sein«, sagte ihre Mutter, die sie gar nicht mehr aus ihrer Umarmung lassen wollte. »Und jetzt kommen wir hier an, und die Kinder sind schon auf der Welt!«

»Du weißt doch, wie ungeduldig ich bin«, scherzte Feli.

Auch ihr Vater umarmte sie lang und fest, und dann drehte sich alles nur noch um die Zwillinge, wie herzzerreißend niedlich sie doch nur waren und wem sie ähnlich sahen.

»Euren Falten nach zu schließen, wohl eurem Opa«, sagte Alice leise zu den zweien in ihren Korb hinab.

Feli hatte ganz vergessen, dass auch ihre Mutter lustig sein konnte. In den letzten Jahren, vor Fritz' Tod, als sie gemeinsam auf der Ranch gelebt hatten, war davon nichts mehr übrig gewesen. Jetzt aber strahlte sie voller Glück und Lebensfreude. Sie war aktiver als je zuvor und half in mehreren sozialen Vereinen. Felis Vater arbeitete wieder in seinem alten Beruf als Landschaftsgärtner, jedoch nahm er weniger Aufträge an als früher und verbrachte die gewonnene Zeit lieber mit seiner Frau.

Einen Monat später, als Feli sich an ihre neue Rolle als Mutter gewöhnt und sich ein geregelter Ablauf eingestellt hatte, luden sie zum Dank sämtliche Helfer zu einem großen Fest ein. Sogar Anne und Sam reisten an, um die Zwillinge kennenzulernen. Philipp hatte auch seiner Schwester eine Einladung geschickt. Feli gefiel das nicht, aber sie verstand, dass er sich wünschte, die dunklen Zeiten hinter sich zu lassen und die Familie wieder zusammenzuführen. Eva antwortete tatsächlich mit einem Brief, in dem sie dankend ablehnte. Vielleicht irgendwann, wenn sie sich selbst verziehen habe, schrieb sie …

Es war ein wunderschönes Fest mit einem großen Lagerfeuer, dessen Funken in den Himmel hinauftanzten und dort als Sterne hängen blieben. Obwohl für reichlich Essen und Trinken gesorgt war, brachte trotzdem jeder der Gäste etwas mit. Sie würden die nächsten Tage noch von all den Salaten und Nachspeisen essen! Dylan, der Besitzer des Pubs, hatte zwei Fässer von seinem selbst gebrauten Bier mitgebracht. Und der Pfarrer mehrere Flaschen selbst gebrauten Whiskey, den er geschenkt bekommen hatte.

Als sie alle so beisammensaßen und Philipp ihren Nacken küsste, da staunte Feli, wie schön ihr Leben doch geworden war.

Es war der 12. Dezember 1918. Und weil dieses Fest das wohl schönste und fröhlichste war, das jemals in Encinitas gefeiert worden war, hatte Feli die Idee, es zur Tradition werden zu lassen. So erwartete ganz Encinitas jedes Jahr aufs Neue sehnsüchtig den sogenannten Poinsettia-Day.

Zwei Jahre später, im September 1920, erblickte Elisabeth das Licht der Welt. Von allen wurde sie bloß Lizzy genannt. Gemeinsam mit Felis Eltern und Henrietta feierten sie das Weihnachtsfest als eine große Familie. Sie ließen sogar einen Fotografen kommen und stellten sich alle vor der Ranch auf, um für ewig eine Erinnerung an diesen wundervollen Tag zu haben.

49

24. Dezember 2005

Weihnachten war schön und traurig zugleich.

Als Stella auf dem Balkon ihre Zähne putzte, sich mit der Zahnbürste im Mund reckte und streckte, die Morgensonne sie an der Nase kitzelte und Mr Sanders, der wie jeden Morgen sein Blumenbeet wässerte, ihr »Frohe Weihnachten!« zurief, da ging es ihr gut.

Aber dann kam eins zum anderen. Dann sah Stella nämlich die Lichterketten an Mr Sanders Fenster, an denen silberne Lichtpunkte wie Schnee von oben nach unten rieselten, und da dachte sie, dass ja Dezember war und eigentlich kniehoch Schnee liegen und ihre Mutter in der Einfahrt stehen und schimpfen sollte, weil der Schneepflug mal wieder einen Schneeberg direkt vor das Tor geschoben hatte.

Es war ein Auf und Ab, wie die glitzernden Wellen, die an diesem sonnig frischen Tag an den Strand rauschten. Eine Weile lang sah Stella den Möwen zu, die sich weihnachtlich entspannt in der Luft treiben ließen und dann und wann ins Meer hinabschossen, um einen Fisch zu fangen. Sie hörte Lizzy telefonieren, sie lachte viel.

So traurig Stella war, so gut ging es ihr gleichermaßen. Sie sagte sich, dass es das Beste für sie war, wenn Weihnachten dieses Jahr so ganz anders sein würde, mit Palmen, Sonne und Strand.

Ihr ganzes Leben würde ab jetzt anders sein. Die Frage war nur, was sie daraus machte.

Ganze zwölf Tage war sie länger als ursprünglich gedacht in Kalifornien geblieben. Die Zeit war wie im Flug vergangen. Oscar hatte sie in der Licht-Ranch mit der Pflege der Poinsettien vertraut gemacht, und Mary hatte sie hin und wieder bei ihrer Forschungsarbeit über die Schulter schauen lassen. Fast zwei Wochen lang war sie jeden Tag mit Adam zur Arbeit marschiert. Dass Stella nun auch noch in der Licht-Ranch Wurzeln geschlagen hatte, würde die bevorstehende und unumgängliche Trennung nicht leichter machen. Aber Stella redete es sich schön, indem sie sich sagte, das neu erworbene Wissen würde ihr in ihrem Gartenbau-Studium helfen.

In zwei Tagen würde sie nach Hause fliegen, diesmal wirklich. Der Flug war gebucht und bezahlt. Sie würde dieses Zuhause vermissen, wo stets Gästepantoffeln und auf den Tischen handbemalte Teller mit frisch gebackenen Plätzchen bereitstanden.

Hätte Lizzy sie an diesem Morgen nicht zum Frühstück gerufen, hätte es der verführerische Duft der Pancakes getan. Stella schlüpfte in ihr Lieblingsoutfit: einen poinsettiaroten, kurzärmeligen Pullover mit kleinem Stehkragen, einen tintenblauen Faltenrock, der bis knapp über die Knie reichte, und dazu eine dicke Strumpfhose.

»Lass dich ansehen! Wie hübsch du nur bist! Und das? Ist das selbst gestrickt?« Damit meine Lizzy Stellas Haarband.

»Ich hab's im Weltladen gekauft«, gab Stella zu. »Ich kann nicht stricken.«

»Nicht? Aber Inge konnte doch so gut häkeln und stricken!«

Stella zuckte mit den Schultern.

»Hat sie es dir nie beigebracht?«

Stella schüttelte den Kopf, woraufhin ihre Oma auf eine Weise seufzte, die wohl etwas wie *Die Jugend von heute ...* ausdrücken sollte.

Lizzy hatte Weihnachtspancakes gemacht, also mit Rosinen, Zimt, Marzipan und einem kräftigen Schuss Rum. Was Zucker und Butter anging, machte Lizzy keine Kompromisse. Genauso wie bei der Weihnachtsdekoration, die während der letzten Tage noch einmal ausgebaut worden war. Das Highlight war definitiv das mit Kunstschnee eingeschneite und mit Teelichtern beleuchtete Bergdorf auf dem schwarzen Flügel im Wohnzimmer. Es bestand aus sechs Teilen – einem Bonbonladen, einem »Corner Market«, einer Kirche mit einer großen, bunten Glasfassade, einem kleinen Schloss, einem Lebkuchen-Hexenhaus mit Zuckerstangen als Säulen und – nicht zu vergessen – einem Gewächshaus. Auf dem Marktplatz standen ein Karussell und ein geschmückter Weihnachtsbaum mit winzig kleinen Geschenken davor. Eine Gondel schwebte über den Dächern, und eine Eisenbahn kreiste um das Dorf. Sogar ein paar Dorfbewohner gab es: einen Postboten, einen Mann auf einer Leiter, der den Bonbonladen dekorierte, ein paar Schlittschuhläufer auf dem zugefrorenen Dorfteich und einen Kutscher. Alles in allem war dieses Weihnachtsdorf sehr beeindruckend. Immer wieder entdeckte man kleine, neue Details, wie die Katze, die im Schloss hinter einem der Fenster saß und nach draußen guckte, oder den goldgelockten Engel, der am Dorfteich hinter einer Tanne hervorlugte.

Das ewige Kreisen der Eisenbahn machte schläfrig. Also ging Stella mit Romeo und Juliet an die frische Luft, spielte ein wenig mit den beiden und wurde schließlich um elf Uhr von Adam abgeholt. Weihnachten bei den Lichts war nämlich ein Tag voller Traditionen. Die erste Tradition war, dass Adam Freunden der Familie jedes Jahr am Vierundzwanzigsten als kleine Aufmerksamkeit einen Weihnachtsstern brachte.

»Fahren wir nicht mit dem Auto?«, fragte Stella ihn.

Beide hatten sie einen Korb mit jeweils drei buschigen Poinsettien darin.

»Nein, nein …«, sagte Adam, grinste und schwang voller Vorfreude auf die bevorstehende Mission seinen Korb. »Du wirst noch herausfinden, warum.«

Es war nämlich folgendermaßen: Immer, wenn Adam mit seinem charmantesten und ansteckendsten Lächeln den Weihnachtsstern überreichte, hieß es »Kommt doch rein und wärmt euch mit einer Tasse Eierpunsch auf!« Und wenn es nicht Eierpunsch war, dann war es Glühwein oder Bratapfelpunsch oder Kaffee mit Schuss. Als Stella einmal fragte, ob sie vielleicht einfach ein Glas Wasser haben könnte, wurde herzlich gelacht, als ob sie einen großartigen Witz gerissen hätte. Sie blickte zu Adam, aber der zuckte nur mit den Schultern und lachte dann auch. Seine Augen waren inzwischen leicht gerötet, aber auch Stella spürte den Alkohol im Blut kreisen. Deshalb ergab sie sich und lachte mit den anderen.

Adam schlug vor, auf dem Rückweg am Strand entlangzulaufen. Sie versuchten sich im Räderschlagen, wer auch immer damit angefangen hatte, und Stella konnte Adam ein wenig beeindrucken. Dann machten sie sich über die Plätzchen her, die Ms Isherwood ihnen mitgegeben hatte. Sie streckten sich lang am Strand aus, weil sie ohnehin schon von oben bis unten voller Sand waren. Einer musste die Augen schließen und raten, mit welchem Plätzchen er gefüttert wurde. *Butterkeks mit Marmelade. Ich tippe auf Erdbeere. Und das ist Nougatcreme. Und das … das schmeckt definitiv nach Adams Lippen …*

Irgendwann war der Teller leer und der Alkohol einigermaßen neutralisiert. Um drei Uhr saßen sie beide putzmunter, als wäre nichts gewesen, mit Lizzy, David, Theresa, Oscar und Mary in der

Kirche und lauschten der Weihnachtspredigt. Einziges verräterisches Indiz war, dass immer wieder Sand aus ihren Pullovern oder der Jeans rieselte. Das war die zweite Tradition: gemeinsam zur Messe gehen.

Beim Abendessen übertraf Lizzy sich selbst. Es gab Truthahn mit Cranberrysoße, Kartoffelpüree und grüne Bohnen und als Nachtisch Bratapfelkuchen mit Marzipan, den Mary gemacht hatte.

Neben Stella saß Theresa, wie immer sehr adrett und modisch in einem Rollkragenkleid aus fester, roter Schurwolle. Ihre Unterschenkel waren so schmal wie Stellas Arme, ganz im Gegensatz zu Lizzy, die ein paar omahafte Pfunde auf den Rippen hatte. Wenn Stella das nächste Mal in Kalifornien sein würde, würde sie Theresa bitten, ihr zu erzählen, was damals vorgefallen war, weshalb Lizzy ihre Mutter großgezogen hatte und welches Geheimnis sie hütete. Doch jetzt wollte sie einfach nur glücklich sein und die letzten Tage mit ihrer Familie genießen. Von keiner Oma gleich auf zwei zu kommen, das musste man erst einmal schaffen!

Nach dem Essen spielte David Weihnachtslieder auf dem Klavier. Er spielte ziemlich gut, mindestens so gut, dass er in schicken Restaurants, wenn nicht sogar auf Kreuzfahrtschiffen hätte auftreten können. Es war nämlich ebenfalls Tradition, dass die Familie gemeinsam Weihnachtslieder sang. Ihre Mutter hatte immer scherzhaft zu Stella gesagt, dass sie mit ihrer Stimme ein ganzes Wolfsrudel in die Flucht schlagen könnte. Umso schöner war es zu hören, dass keiner in ihrer Familie singen konnte und dass der schräge Mischmasch grauenhaft genug war, um als Lärmbelästigung durchzugehen.

Eine Tradition gab es noch, nämlich die, dass die Familie sich nur wenig schenkte und dafür lieber Geld an gemeinnützige Organisationen spendete. Dies war vor vielen, vielen Jahren von Feli

Licht eingeführt und bis jetzt beibehalten worden. »Sie war eine sehr großzügige Frau«, erzählte David. »Sie hat immer erst an andere gedacht.«

Woraufhin Mary nickte, als wisse sie genau, wovon er sprach. »Sie und ihr Mann haben meine Großeltern unterstützt, als die Amerikaner sie während des Zweiten Weltkriegs enteignet hatten«, sagte sie, als könnte sie sich selbst an diese Zeit erinnern.

»Und Feli hat das Gemeinschaftshaus hier in Encinitas gegründet«, fuhr David fort, während er eine neue Flasche Rotwein öffnete und herumging, um allen nachzuschenken. Sie hatten sich im Wohnzimmer verteilt: Stella saß mit Adam unter dem Weihnachtsbaum, Theresa nahm das Sofa ein, indem sie auf der Seite lag, den Oberkörper auf der Lehne aufgestützt und die Beine seitlich elegant angewinkelt. Oscar filmte mit seiner Kamera, wie Lizzy allen von den Blätterteigtaschen anbot, obwohl keiner nach dem üppigen Mahl noch Hunger hatte.

Vor einer Woche hatten sie gewichtelt. Stella hatte Lizzy gezogen. Es war leicht gewesen, etwas Nettes für sie zu finden. Weil Lizzy Weihnachten so sehr liebte, hatte Stella sich sogar bei der Verpackung verkünstelt und auf einen Pappkarton mit Acrylfarben Weihnachtssterne, Weihnachtsbäume und Weihnachtsmänner gemalt. In den Karton hatte sie Kunstschnee gefüllt, sodass Lizzy erst einmal suchen musste, bis sie das kleine Wirtshaus aus Ton fand. »Ich dachte mir, dann können die Figuren nach der Kirche einkehren. So wie es in Bayern Tradition ist«, sagte Stella.

Lizzy freute sich wie verrückt und machte sich gleich daran, die anderen Häuser auf dem Klavier neu anzuordnen und Platz für das Wirtshaus zu schaffen.

Adam hatte Stella gezogen. Er schenkte ihr eine CD, auf die er ein paar seiner Lieblingslieder gebrannt hatte. »Wenn du sie in München hörst, musst du an mich denken. Ob du willst oder nicht.«

Außerdem schenkte er ihr noch eine Schneekugel, die er schüttelte und dann mit seinen Fingern kunstvolle Bewegungen darüber machte, wie ein Magier, der gleich ein Kaninchen aus seinem Hut zaubert. »Sieh diese Kugel als eine Metapher. Wenn mal wieder Schneegestöber in deinem Kopf herrscht, dann denk einfach an uns, die wir dich lieben. Und dann wird sich der Schnee schon lichten. Tadaaa!«

Der aufgewirbelte Schnee in der Kugel hatte sich hinabgesenkt. Zu sehen war ein in der Kugel eingefasstes Foto von ihnen allen. Es war auf dem Poinsettia-Ball aufgenommen worden, als sie sich auf der Bühne an den Händen gefasst hatten.

Stella war sprachlos. Sie sah Adam an, und er sah sie an, und dann umarmten sie sich lange. Adam zu umarmen, war wie eine andere Welt zu betreten, wo es nur sie beide und nichts Böses gab, eine Welt mit bunten Schmetterlingen und duftenden Blumen, die sich der Sonne entgegenstreckten.

Nach dem Auspacken stahl Stella sich kurz nach draußen an die frische Luft. Sie wollte unbedingt den Sternenhimmel sehen. Sie befürchtete, dass ihre Mutter nicht vom Himmel aus auf sie herabblicken konnte, wenn sie drinnen war. Aber sie sollte wissen, dass es Stella gut ging und dass sie einen Ort gefunden hatte, der ihr ein Zuhause sein konnte.

Nach ein paar Minuten trat Lizzy zu ihr nach draußen. Sie sagte nicht, dass Stella tapfer sei oder dass schon alles irgendwie gut werden würde. Sie sagte einfach nur: »Wenn du das nächste Mal hier bist, zeige ich dir, wie man strickt. Einverstanden?«

Und das war wesentlich mehr wert.

Dann hieß es, ein letztes Mal mit Romeo und Juliet am Strand herumzuspringen. Ein letztes Mal abends mit Lizzy mit einem Glas Wein anzustoßen. Ein letztes Mal buttrige, zuckrige Pancakes zu frühstücken.

Am Tag von Stellas Abflug war Adam komplett überdreht. Stella konnte es ihm nicht verübeln, denn auch in ihr tobten die verschiedensten Gefühle. Einerseits war sie tieftraurig, dass sie ihre Familie verließ. Andererseits spürte sie, dass es an der Zeit war, nach Hause zu kommen. Sie vermisste München, ihre Freunde, die alte Villa und die Gärtnerei ... Den Ort, wo ihre Mutter sie großgezogen hatte. Und sie hatte sich fest vorgenommen, erst einmal alleine klarzukommen. Wie's dann weiterging, würde man schon sehen.

Als Stellas Rucksack und ihre Reisetasche im Kofferraum verstaut waren, konnte Lizzy die Tränen nicht mehr zurückhalten. »Ich komme dich ganz bald besuchen!«, versprach sie. »Du hast hier ein Zuhause, das weißt du, oder?«

Während der Fahrt sprach Adam wie beschleunigt. Er fragte sie, ob sie für den Flug Süßigkeiten eingepackt hatte, und er wollte ihr sein Nackenkissen leihen, und vielleicht, wenn durch ein Wunder kein Stau herrschte, hätten sie noch Zeit, einen Happen zu essen, weil das Essen im Flugzeug sei immer viel zu wenig und außerdem grauenhaft und ohne Nährstoffe und so weiter und so weiter ...

»Tut mir leid, ich rede zu viel.«

»Schon gut.« Stella schmunzelte.

»Aber weißt du noch, wie wir uns das erste Mal am Flughafen gesehen haben?«, fragte er. »Ich hatte keine Ahnung, wie du aussiehst, und trotzdem habe ich dich sofort erkannt.«

»Ging mir genauso. Ich war so erleichtert, dich unter all den Menschen zu sehen.«

»Und weißt du noch, wie wir im Waffelhaus unseren ersten kleinen Streit hatten, der eigentlich gar kein richtiger Streit war?«

»Nennen wir es eher eine Diskussion …«

»Und weißt du noch, wie du dir fast in die Hosen gemacht hast, als wir zusammen Skateboard gefahren sind? Oder wie du am Strand über mich hergefallen bist?«

»Ich bin überhaupt nicht über dich hergefallen …«, lachte sie. »Adam, was wird das? Natürlich weiß ich das alles noch. Ich leide ja nicht unter Alzheimer.«

»Ich wollte dir nur noch einmal vor Augen führen, dass wir jetzt eine gemeinsame Geschichte haben.«

Zeit zum Essen blieb nicht mehr, weil in Los Angeles dichter Verkehr herrschte. Die letzte halbe Stunde hatte Stella sorgenvoll beobachtet, wie sich die Wolken am Himmel verdichtet hatten und immer dunkler geworden waren, und als sie auf den Parkplatz rollten, bogen sich die Palmen im Wind.

»Vielleicht habe ich Glück, und dein Flieger hebt nicht ab«, sagte Adam und zog zufrieden die Handbremse.

Als wäre sie ein abgehärteter Vielflieger, entgegnete Stella: »Flugzeuge sind schon bei ganz anderen Wetterlagen abgehoben.«

Er müsse nicht mit reingehen, sagte Stella, aber natürlich begleitete Adam sie und trug sogar ihre Tasche. Er bestand auch darauf, zu warten, bis sie ihr Gepäck abgegeben hatte. Vor der Sicherheitskontrolle verabschiedeten sie sich. »Ich bleibe so lange hier, bis ich dich nicht mehr sehe!«

»Aber das macht es nur unnötig dramatisch …«

»Ich verspreche dir, es wird kein Drama geben. Wir verabschieden uns wie zwei Erwachsene. Wenn du willst, können wir uns auch nur die Hand schütteln. Auf ein baldiges Wiedersehen, Fräulein Stella.« Adam schüttelte ihr die Hand, was sie zum Lachen brachte. »Gut so?«

»Sehr artig.«

Adam zog sie an seine Brust, legte das Kinn auf ihren Kopf, und Stella schlang die Arme um ihn. »Okay, kein Drama. No drama, no drama, no drama …«, wiederholte Adam wie ein Mantra und sog scharf Luft ein, als fiele es ihm schwer, sich zu beherrschen. »Wie wäre es mit einem Abschiedskuss?«

Stella schmunzelte. »Das wäre in Ordnung.«

Es war ein Kuss, der ihre Beine ganz weich werden und sämtliche Schmetterlinge in ihrem Bauch aufflattern ließ. All die Leute um sie herum lösten sich in Luft auf, und Stella vergaß, was der Rucksack auf ihrem Rücken sollte und warum sie überhaupt hier war. Hätte Adam sie an der Hand genommen und zum Jeep zurückgeführt, dann wäre sie mit ihm gegangen.

»Okay, kein Drama«, sagte er wieder, küsste sie auf die Nasenspitze, atmete schwer aus und verzog das Gesicht, als wäre er in einer wirklich sehr kniffligen Lage.

»Ich gehe jetzt«, sagte sie.

Er nickte, völlig unter Strom. »Ja.«

Sie hielt sich an den Riemen ihres Rucksacks fest und drehte sich immer wieder um, um zu winken. »Kein Drama …«, formten ihre Lippen.

Er nickte grinsend, und sie wusste, dass er sich nicht daran halten würde.

Und schon stand er direkt hinter der Absperrung, winkte über all die Menschen hinweg und rief laut: »Ich werde auf dich warten! Egal, wie lang es dauern mag!«

Stellas Kopf glühte. Sie hätte im Erdboden versinken können, aber gleichzeitig war sie selig, weil sie Adam dafür liebte, wie er war.

Und dann war sie an der Reihe, legte den Rucksack auf das Fließband und passierte den Sicherheitscheck. Ein letztes Mal drehte sie sich zu Adam um, der noch immer winkte, und sie winkte zurück und dachte, wie seltsam es doch war, nach Hause zu fliegen und gleichzeitig das Gefühl zu haben, ihr Zuhause zu verlassen. Aber es war an der Zeit, sich den Dingen zu stellen. Diesmal war sie so gut wie gar nicht mehr aufgeregt, als sie in den Flieger stieg.

Nachdem der Pilot eine Durchsage gemacht hatte, dass man sich nun abschnallen konnte, kramte Stella ihren CD-Player aus ihrem Rucksack. Sie konnte es kaum erwarten, die CD zu hören, die Adam ihr zu Weihnachten gebrannt hatte. Das Flugzeug durchbrach die Wolkendecke, und Stella stellte erstaunt fest, dass über all dem Grau die Sonne schien. Vom Erdboden hatte man es nur nicht sehen können.

Zufrieden schob sie sich die Kopfhörer auf die Ohren und lehnte sich zurück. Sie drückte auf Play und schmunzelte. Das erste Lied auf der CD war *Here comes the sun* von den Beatles.

Little darling, it's been a long cold lonely winter
Little darling, it feels like years since it's been here
Here comes the sun
Here comes the sun, and I say
It's all right …

Weihnachtsgruß

Liebe Leserin, lieber Leser,

Weihnachten – das sind für mich Kerzenschein, der Duft von frisch gebackenen Plätzchen, heißer Glühwein auf dem Adventsmarkt ... und Weihnachtssterne. Ist es nicht faszinierend, wie viele verschiedene Varianten jener Zimmerpflanze zur Adventszeit in den Gärtnereien und Blumenhandlungen zu finden sind? Von roten über rosafarbenen bis hin zu gelben oder blauen Poinsettien, teilweise mit Glitzer besprüht. In Deutschland ist der Weihnachtsstern neben der Orchidee die beliebteste Zimmerpflanze, obwohl sie nur von November bis Januar verkauft wird.

Als ich vor zwei Jahren das erste Mal von der Geschichte der Weihnachtssterne las, war ich sogleich völlig fasziniert und wunderte mich gleichermaßen, dass nicht nur ich, sondern kaum jemand aus meinem Bekanntenkreis wusste, weshalb Weihnachtssterne nicht mehr aus der Adventszeit wegzudenken sind. Wussten Sie, dass es – wie im Roman – einem deutschen Auswanderer zu verdanken ist, dass die Poinsettia uns die Adventszeit verschönert? Sein Name war Paul Ecke. Im Jahr 1902 war der damals Siebenjährige mit seinen Eltern und seinen Geschwistern nach Amerika ausgewandert. Als junger Mann entdeckte er eines Tages die Poinsettia, eine mehrere Meter hohe Wildpflanze. Eigentlich stammt die Poinsettia aus den tropischen Laubwäldern Mittel- bis Südamerikas. Bereits 1828 war sie vom ersten US-Botschafter in Mexiko, dem Arzt und Botaniker Joel Roberts Poinsett, als Zierpflanze in die USA gebracht worden. Paul Ecke beobachtete, wie die Blätter der Poinsettia sich zur Weihnachtszeit blütenartig rot färbten, und kam auf die Idee, die Pflanzen auf den Feldern der Farm anzubauen und die langen Zweige in der Vorweihnachtszeit als frische Schnittblumen an Straßenständen zu verkaufen. Seine große Liebe und Ehefrau Magdalena unterstützte ihn dabei tatkräftig.

Ich spürte schon bald, dass ich diese weihnachtliche und romantische Geschichte mit meinen Lesern teilen wollte. Auch wenn der Roman nah an der Firmenhistorie der Ecke-Ranch angelehnt ist, so sind dennoch sämtliche Figuren frei erfunden, ebenso der Ort Arquata.

Es freut mich sehr, dass ich Sie als Autorin dieses Romans ins Land der Weihnachtssterne mitnehmen durfte. Doch unsere gemeinsame Reise ist noch nicht vorbei: Ich lade Sie herzlich dazu ein, mit Stella erneut nach Kalifornien zu fliegen, um zu erfahren, wie es der Licht-Familie gelingt, die Poinsettia zu einem festen Bestandteil der Weihnachtszeit zu machen – mit »Wiedersehen im Land der Weihnachtssterne« geht es weiter!

Ich wünsche Ihnen von Herzen eine besinnliche Weihnachtszeit und einen guten Rutsch ins neue Jahr!

Herzliche Grüße
Ihre Lea Thannbach

So geht es auf der Weihnachtssternranch weiter

Leseprobe aus »Wiedersehen im Land der Weihnachssterne«

Silvesternacht 2005/2006

Vom Himmel rieselten goldrote Funken, als wäre ein Stern zerplatzt. Der anschließende graue Rauch verblasste langsam am Nachthimmel über München. Jubel auf der Straße. Auf dem Gärtnerplatz, der direkt unter Stellas Fenster lag, begrüßten die Ersten schon das neue Jahr. Stella lag lang ausgestreckt in ihrem Bett, beide Hände auf ihrem Bauch, und wartete.

Vor ihrer Tür fremde Stimmen. Lachen. Flaschenklirren. Dahinter *Feel good* von den Gorillaz. Es duftete nach dem Chili con Carne, für das Tobi mittags grob geschätzt ein ganzes, zu Hackfleisch verarbeitetes Rind in zwei fünf Liter Töpfen angebraten und zusammen mit einer unvorstellbaren Menge an geschnittenen Tomaten und Zwiebeln sowie einer Palette Dosenbohnen geköchelt hatte.

Es klingelte. »Hey! Schön, dass ihr hier seid! Kommt rein!« Judiths Tonfall war anzuhören, dass sie schon einen leichten Schwips hatte.

Rund zwanzig Leute hatte ihre beste Freundin eingeladen.

Es ging gerade erst auf zehn Uhr zu, wie Stellas Wecker zeigte. Noch zwei Stunden. Und dann läge ein ganzes neues Jahr vor ihr. Dreihundertfünfundsechzig Tage ohne ihre Mutter. Und dann neue dreihundertfünfundsechzig Tage. Und das wieder und wieder und wieder. Eine Ewigkeit.

Stella stützte sich auf die Ellenbogen. Wie war es möglich, dass sie sich in ihrem WG-Zimmer einerseits zu Hause fühlte, andererseits wie eine Fremde? In diesen vier Wänden steckten so viele Erinnerungen, gute wie schlechte. Die Schneekugel auf dem Plattenspieler hatte ihr Adam zu Weihnachten geschenkt. »Sieh diese Kugel als eine Metapher«, hatte er gesagt. »Wenn mal wieder Schneegestöber in deinem Kopf herrscht, dann denk einfach an uns, die wir dich lieben. Und dann wird sich der Schnee schon lichten.«

Ihr Doppelbett erinnerte Stella an Andreas. »Du solltest dir eine eigene Wohnung suchen«, hatte er oft zu ihr gesagt, wenn er in ihrem Bett gelegen hatte, die Arme unter dem Kopf verschränkt und mit zerzaustem Haar, in dem die ersten grauen Strähnen zu sehen waren.

»Aber ich wohne gerne mit Judith und Tobi zusammen. Die beiden sind wie Familie für mich.«

»Aber sie sind nun mal nicht deine Familie, Stella. Früher oder später werden sie ausziehen und ein Leben ohne dich führen. Du solltest lernen, auf eigenen Beinen zu stehen.«

Andreas war auch der Ansicht gewesen, dass Stellas geblümte Bettdecke, die Lichterketten und Duftkerzen der Inbegriff eines weiblichen Stereotyps seien. Stella hatte erst eine Reise nach Kalifornien antreten müssen, um zu begreifen, wie unerträglich dieser Kerl gewesen war.

Dann war da noch das geordnete Chaos über ihrem Schreibtisch: eine Collage aus Fotos, Kinokarten, Etiketten von Weinflaschen und Postkarten, die Judith ihr aus dem Urlaub geschickt hatte. Sie wuchs stetig in alle Richtungen, reckte sich wie Zweige über den Türrahmen und zur anderen Seite hin über den Kleiderschrank. Erinnerungen an feuchtfröhliche Nächte mit Judith und Tobi, an Grillabende im Englischen Garten, an die Geburtstagsfeiern ihrer Mutter in kleiner Runde.

Zwei Fotos hoben sich von den anderen ab, denn sie waren in einen Rahmen eingefasst. Eines davon zeigte Stella umgeben von Lizzy, David, Theresa, Oscar, Mary und Adam. Ihre erste richtige Familie. Das Foto war auf dem Poinsettia-Ball aufgenommen worden. Auf dem zweiten war ihre Mutter zu sehen. Ihre wunderschöne Mutter mit den wilden Locken, dem strahlenden Lächeln und dem Feuer in den Augen ...

Die Trauer kam in Sekunden angerollt wie ein Tsunami. Inzwischen wusste Stella, wie sie sich dagegen wappnen musste. Ein- und wieder ausatmen. Ein und aus ... *Wenn du jetzt weinst, dann verläuft nur deine Wimperntusche, und dann werden alle sofort wissen, dass du wieder traurig warst, und dich bemitleiden, und du vermiest allen den Silvesterabend. Konzentrier dich auf die Musik.*

Die Backstreet Boys als Stimmungsmacher. Mochte Adam die Backstreet Boys? Wie stand er überhaupt zu Boybands?

Durch ihre Zimmertür hindurch hörte Stella Judith lachen. Wenn man ihre Freundin mit ihren blonden Engelslocken und dem runden Mädchengesicht sah, würde man niemals meinen, dass ein so niedliches Geschöpf derart laut lachen konnte. Stella schmunzelte und schwang sich aus dem Bett. Ein Blick in den Standspiegel: Kalifornien hatte ihr ein paar Sommersprossen auf die Wangen getupft, und Lizzys Hausmannskost war es gelungen, ihr gesunde Apfelbäckchen ins Gesicht zu zaubern. Stella trug einen roten Rock mit schwarzem Taillengürtel, dazu einen schlichten, schwarzen Rollkragenpullover und ihre Baseballjacke. Bis auf die Strumpfhose stammte alles aus ihrem Lieblings-Secondhandladen.

Also dann mal los. Kaum hatte sie einen Fuß über die Schwelle gesetzt, warf sich jemand gegen sie, sodass sie zurück in ihr Zimmer und gemeinsam mit Judith auf ihr Bett taumelte. »Da bist du ja! Ich hatte schon überlegt, deine Tür gewaltsam aufzubrechen!«

»Meine Tür war nicht mal abgesperrt!«, lachte Stella. »Wie viel hast du denn schon getrunken?!«

Judith, die halb auf ihr lag, machte einen Schmollmund und zuckte dann mit den Schultern. »Keine Ahnung! Aber ich weiß, dass *du* noch keinen einzigen Schluck vom Punsch hattest! Das holen wir schnell nach!«

Alkohol, Salzstangen und Partypizza waren auf dem Tisch verteilt, Nachos, Dips und das Chili auf dem Küchentresen. Wobei ein beachtlicher Teil von alledem sich auf dem Herd zu einem farbenfrohen, abstrakten Gemälde zusammensetzte.

Judith bezeichnete die Wohnung aus den 60er-Jahren als »altbacken«. Stella hingegen fand, dass die bonbonfarbenen Einbauschränke Charme hatten. Der himmelblaue Kühlschrank gab im Minutentakt gurgelnde Geräusche von sich, was Judith fast in den Wahnsinn trieb. Stella mochte das Geräusch. Es war ihr, als würde der Kühlschrank versuchen mitzureden.

Groß geworden in einer alten Jugendstilvilla, war Stella es gewohnt, dass Geister in Gemäuern hausen konnten. Als Kind hatte sie sich sogar ausgemalt, dass eine ganze Geisterfamilie bei ihr zu Hause wohnte: Diese Familie hatte auf dem Speicher gelebt, wo es oft geknarzt hatte. Morgens war Vater-Geist gurgelnd durch die Wasserleitungen in den Heizkessel gefahren, wo er mit Murmeln gespielt hatte (zumindest hatte es danach geklungen). Mutter-Geist hatte im Kamin gesungen, wobei sie nicht gerade talentiert gewesen war, denn ihr Singen hatte schauderhaft geklungen. Die Kinder waren durchs Haus getobt, hatten mal hier den Parkettboden im Sonnenlicht zum Knistern oder dort die Tür zum Quietschen gebracht. Aber die Geister waren unvorsichtig gewesen, und so hatte ihr wildes Treiben oft dazu geführt, dass die Heizung im Winter streikte oder die rostigen Wasserleitungen Lecks hatten. »Weihnachten muss dieses Jahr leider etwas spärlicher ausfallen«, hatte ihre Mutter dann immer gesagt.

»Du isst jetzt erst mal was!« Judith lud eine extragroße Portion Chili con Carne auf einen Pappteller.

»Oh, Alex ist gerade gekommen!«, freute sich Judith. »Den

musst du unbedingt kennenlernen. Er ist Pilatestrainer in dem Fitnessstudio, in dem ich angemeldet bin.« Sie winkte Alex herbei und beugte sich näher an Stella heran. »Er ist total heiß.«

Bis jetzt hatte Stella Judith gegenüber noch nicht erwähnt, dass sie rein theoretisch schon wieder vergeben war. Und zwar an Adam, der so was wie ihr Cousin, nur eben nicht mit ihr blutsverwandt war. Während Stella geduscht, Zähne geputzt oder im Supermarkt eingekauft hatte, hatte sie sich alle möglichen Varianten durch den Kopf gehen lassen, wie sie Judith das mit Adam gestehen könnte. Jedes Mal war es auf dasselbe hinausgelaufen. In ihrer Vorstellung hatte Judith geseufzt, als würde ihr das, was sie nun sagen würde, leidtun, aber als führe kein Weg daran vorbei. *Natürlich hattest du diesen Adam von Anfang an gern. Er ist ja auch ein Teil deiner Familie! Mal abgesehen davon kennst du ihn erst seit ein paar Tagen!*

Ich kenne ihn seit drei Wochen!, hatte Stella in ihrer Vorstellung ihre Gefühle für Adam verteidigt. *Das ist genug!*

Wenn du meinst ..., hatte Judith darauf entgegnet und durchklingen lassen, dass sie anderer Meinung war. *Ich glaube ja, dass es so ist: Du durchlebst gerade eine sehr schwierige Phase. Ganz nebenbei hast du auch noch Andreas endlich eine Abfuhr erteilt! Natürlich sehnst du dich in diesen turbulenten Zeiten nach Halt! Und mal mal ehrlich: Du zählst zu den Menschen, die immer irgendwen an ihrer Seite brauchen. Du kannst nur schwer allein sein. Ich meine das nicht böse, mir würde es ja in deiner Situation vermutlich ähnlich gehen!*

Stella hatte Angst vor diesem Gespräch. Es war ihr, als müsse sie das, was sie mit Adam hatte, schützen. Selbst wenn das bedeutete, dass sie das erste Mal Geheimnisse vor ihrer besten Freundin hatte. Dabei konnte sie Geheimnisse selbst nicht ausstehen. Immerhin hatte ihre Mutter Stella ihre komplette Vergangenheit verschwiegen, inklusive der Tatsache, dass Stella Familie in Kalifornien hatte!

»Stella studiert Gartenbau«, versuchte Judith Stella in ihr Gespräch mit Alex einzubeziehen.

»Cool!«, sagte Alex. Er hatte genau das strahlende Lächeln, mit dem man gestresste Mütter, müde Büroangestellte oder Studenten im Lernstress nach Feierabend noch dazu motivieren konnte, beim Pilates zu schwitzen.

Tobi gesellte sich zu ihnen, legte die Arme um seine Freundin und kitzelte sie am Bauch. »Das ist die Rache dafür, weil du dich heute Morgen geweigert hast, mir Kaffee ans Bett zu bringen!«

»Dieser Tag wird auch nie kommen!«, quiekte Judith und versuchte halbherzig, sich ihm zu entwinden.

Die beiden waren so süß miteinander, dass sich in Stellas Brust eine düstere Leere bemerkbar machte.

»Machst du gerne Sport?«, fragte Alex Stella. »Wir zwei könnten ja mal im Englischen Garten zusammen trainieren, wenn du willst. Wie klingt das?«

Das klang vor allem so gar nicht nach Stella, aber das sagte sie ihm nicht. Sie lehnte dankend ab und spürte prompt Judiths Ellenbogen in ihrer Seite.

Alex verstand. Betont unbeschwert wandte er sich Judith zu. »Ich zieh weiter, mein Bruder feiert heute ebenfalls eine Party. Sag Bescheid, wenn ich euch beim Umzug helfen kann.«

Judiths Augen weiteten sich vor Schreck.

»Umzug?«, fragte Stella.

Tobi ließ von seiner Freundin ab. »Du hast es ihr noch gar nicht gesagt?«

»Es hat sich einfach noch nicht der richtige Moment ergeben! Sie ist doch erst seit ein paar Tagen wieder zurück!«

»Ihr zieht aus?«, fragte Stella.

»Ja«, sagte Tobi. »Wir haben eine ziemlich gute Wohnung gefunden. Tut mir leid, dass du es so erfährst. Das war nicht der Plan.«

»Die Wohnung ist ganz neu und liegt direkt an der U-Bahn-Haltestelle Fraunhoferstraße!«, schoss es aus Judith heraus, als würde das alles erklären.

»Ich wusste gar nicht, dass ihr überhaupt gesucht habt.«

»Wir haben nur die Augen offen gehalten. Dann meinte kurz vor Weihnachten eine Frau aus dem Pilateskurs, dass sie aus München fortzieht und Nachmieter für ihre Wohnung sucht. Es war ein so günstiger Zufall! Du weißt, dass ich diese Bruchbude hier nicht leiden kann und wie schwer es ist, in München eine gute Wohnung zu finden, die auch bezahlbar ist! Es tut mir so leid ... O Mann, schau mich nicht so an! Heute ist doch Silvester!«

Stella wusste nicht, wie sie schaute.

Alex hatte inzwischen das Weite gesucht.

»Alles gut«, hörte sie sich sagen. Irgendwie schaffte sie es tatsächlich zu lächeln. »Ich verstehe das. Ich freue mich für euch ...«

»Wirklich? Du bist uns nicht böse?«

»Natürlich ist sie das! Und zu Recht!«, meint Tobi. »Du hättest es ihr schon längst sagen sollen!«

»Sie ist noch nicht mal eine Woche hier und war total traurig!«, verteidigte sich Judith. »Wann hätte ich es ihr sagen sollen? Als sie mir erzählt hat, dass mit Andreas Schluss ist? Oder wie sehr sie ihre Familie in Kalifornien vermisst?«

»Es gab nun mal nur diese Möglichkeit. Jetzt hat sie es so erfahren müssen! Oder hättest du am liebsten gewartet, bis wir in einer Woche einfach weg sind, und ihr dann einen Brief geschrieben?«

»Ihr zieht schon in einer Woche um?«, fragte Stella.

Sie müssten schon ab Januar Miete bezahlen, sagte Tobi. Aber bei Stella würde sich nichts ändern, sagte Judith.

Doch. Stella würde neue Mitbewohner bekommen. Es würde keine spontanen Spieleabende mehr mit den beiden geben. Keine Diskussionen darüber, ob mal wieder einer von Tobis Actionfilmen dran war oder eine von Judiths Liebesschnulzen. Kein gemeinsames Büffeln für Klausuren und abendliches Junkfood-Essen.

Aber vielleicht war das ein Zeichen. Denn wenn Stella ehrlich war, konnte sie sich ohnehin kein Zimmer mehr in der Wohngemeinschaft leisten. Die alte Villa instand zu halten kam sie teuer genug.

»Es ging echt alles wahrsinnig schnell«, flehte Judith sie an, ihr zu verzeihen. »Damit haben wir selbst gar nicht gerechnet.«

»Bitte, macht euch keinen Kopf ...« Stella umarmte ihre Freundin. »Ich freue mich wirklich für euch. Steht das Bier eigentlich draußen?«

Das war ein geschickter Vorwand, um sich zurückzuziehen. Auf den Balkon passten gerade mal zwei Klappstühle, auf einen davon sank Stella und atmete weißgraue Wolken in die schneidend kalte Luft. Dumpf drangen der Bass der Musik und das sonore Stimmendurcheinander durch das Glas der Balkontür.

Stellas Handy vibrierte in ihrer Jackentasche. Allein Adams Namen auf dem Display zu lesen, fühlte sich an, als würde ihr die kalifornische Sonne ins Gesicht scheinen. Aber gleichzeitig schnürte sich ihre Kehle zu. So viele Kilometer lagen zwischen ihnen ...

»Hey«, hauchte sie in ihr Telefon.

»Hey! Wie geht's dir?«, fragte er.

Vereinzelt lösten sich Schneeflocken vom Himmel und trieben durch die erleuchtete Nachtluft. Sie legten sich auf die bunten Lichterketten am Balkongerüst und schmolzen dort. Ebenso schien das Auto, das unter dem Balkon über die schneebedeckte

Straße schlich, sich auf einmal im Nichts aufzulösen. Jetzt hatte sie den Beweis: Adams Stimme war der Schlüssel zu einer Art Paralleluniversum, in dem es nur ihn und sie gab.

»Was treibst du gerade?«, fragte er.

»Na ja ... ich ... ich hab dir doch von der Party erzählt, die meine Mitbewohner schmeißen ...«

»Ja, hast du.« Kurzes Schweigen. »Sag mal, weinst du, Stella?«

»Nein ...« Aber da war dieses verräterische Kribbeln in ihrer Nase, das sie immer spürte, wenn sie kurz davor war, in Tränen auszubrechen.

»Musst du auf dieser Party bleiben? Deine Freunde verstehen es doch bestimmt, wenn dir nicht nach Feiern zumute ist und du lieber zu Hause bist.«

Zuhause ... Das war doch eigentlich der Ort, an dem es morgens nach viel zu starkem Kaffee duftete und abends nach Nudeln mit Pesto. Wo der alte, mit Staub bedeckte Kronleuchter vibrierte, wenn ihre Mutter Inge den Flur im ersten Stock entlanglief. Wo ihre Mutter auf dem Sofa eingeschlafen war, während der Abspann von *Tatsächlich ... Liebe* lief.

»Okay ...«, sagte Stella. »Ich rede mit Judith und Tobi.«

»Tu das. Ich ruf dich in zehn Minuten wieder an.«

»Das ist viel zu teuer ...«

»Mach dir da mal keine Sorgen.«

Judith und Tobi legten Widerspruch ein. *Du kannst an Silvester doch nicht ohne uns feiern! Ist es, weil wir ausziehen? Warte doch noch eine Stunde, dann ist es zwölf, dann kannst du gleich nach Hause gehen!* Judith holte sogar im Flur ihren Wintermantel. »Dann komme ich mit dir.«

Stella sagte ihr, dass sie lieber allein sein wollte. Es war Tobi, der seine Freundin darauf hinwies, dass Judith Stellas Wunsch respektieren müsse.

Über der Stadt lag eine zauberhafte Stille. Stella glaubte sogar, das leise Knistern zu hören, wenn die Schneeflocken auf die Straße und die geparkten Autos sanken und dort zu einem einzigen pulvrigen Weiß wurden. Sie lief los und erfreute sich an dem Knirschen ihrer Stiefel auf dem Schnee.

Ihr Handy vibrierte. Wie versprochen, war es Adam.

»Ich mag den Winter«, sagte sie. »Alle schwärmen immer vom Sommer in München. Aber ich finde den Winter viel schöner. Ich mag den Frieden, der über allem liegt.«

Hinter zugezogenen Rüschengardinen einer Wohnung glommen abwechselnd bunte Lichter auf. Welcher Film wohl dort oben im Fernsehen lief? Zwei Wohnungen weiter sah sie durch die Balkontür ein Pärchen eng aneinander geschmiegt tanzen.

»So, wie du das sagst, klingt es ziemlich schön. Aber bestimmt ist es bei dir gerade bitterkalt, oder?« Adams Antwort ging halb in einem lauten Stimmenwirrwarr unter, als befände er sich inmitten einer Menschentraube.

»Das kann man wohl sagen«, antwortete Stella. »Wo steckst du denn gerade?« Stella erreichte die Tram-Haltestelle. Die Uhr dort zeigte kurz nach elf. Bei Adam war es jetzt erst zwei Uhr mittags. »Jedenfalls musst du nicht mit mir telefonieren, wenn du ...«

»Mach dir keine Sorgen«, sagte Adam. »Bald ist bei dir Mitternacht, und ich kann mir kaum etwas Schöneres vorstellen, als deine Stimme zu hören und gemeinsam mit dir ins neue Jahr zu starten. Schöner wäre nur, dich bei mir zu haben.«

Hinter dem immer dichter werdenden Schneefall tauchten zwei runde, gelbgoldene Lichter auf: Die Tram kam um die Straßenbiegung geruckelt. Außer Stella war da noch eine Gruppe Jugendlicher. Die Mädchen froren in ihren kurzen Kleidchen und dünnen Strumpfhosen, die Jungs waren überdreht, weil die Mädels so hübsch waren und sie sich dadurch offensichtlich unbesiegbar fühlten. Dann war da noch eine alte Dame mit zwei Plastiktüten auf dem Schoß, aus einer davon ragte eine Packung Katzenfutter. Stella lächelte ihr zu.

Adam erzählte ihr von Lizzy, die mit David, Theresa, Oscar und seiner Freundin Mary Silvester feierte. Und von den beiden Collies Romeo und Juliet, die sich wohl oft in Stellas Zimmer schlichen und auf ihr Bett legten. »Sie vermissen dich«, sagte er.

»Das erfindest du doch.«

»Tu ich nicht! Frag Lizzy! Sie ruft dich bestimmt um zwölf an.«

Erst stiegen die Jugendlichen aus, dann die alte Dame, die Stella einen guten Rutsch wünschte. Schließlich die Endstation. Den Weg von der Tram zu ihr nach Hause war Stella so oft gelaufen, dass sie ihn kannte wie die Linien auf ihrer Handfläche.

»Beschreib mir, was du siehst«, bat Adam sie. »Dann kann ich mir vorstellen, ich wäre bei dir.«

Stella schmunzelte. »Mhh ... Also, wir ... Ich wohne in einem Randbezirk von München. Es gibt dort alles, was man braucht. Einen Supermarkt, eine Apotheke, Ärzte, Bäckereien, Cafés ... Aber gleichzeitig ist es sehr ländlich. Das heißt, im Frühling riecht es nach Dung, und man sieht oft Traktoren durch den Ort fahren.« Stella lief mitten auf der Straße, weil der Pflug all den Schnee auf den Fußgängerweg geschoben hatte. »Zur Weihnachtszeit erinnert mich dieser Ort an das kleine Dorf aus Tonhäusern, das Lizzy bei sich auf dem Flügel im Wohnzimmer aufgebaut hat. Weil alles so still ist und es aus den Fenstern golden leuchtet. Aus den Schornsteinen dampft es, und gerade kommt aus einer Dunstabzugshaube ein süßer Duft. Ich tippe auf Kaiserschmarrn. Jetzt laufe ich an einem Vorgarten vorbei, dessen Sträucher mit weißgoldenen Lichterketten verziert sind.«

Stella hatte ihre Handschuhe vergessen. Eine Hand hatte sie in die Jackentasche geschoben, aber ihre rechte, mit der sie das

Handy hielt, brannte fast, weil sie so kalt war. Stella grüßte die Nachbarn, die sich mit Freunden schon auf der Straße aufgestellt hatten. Ihre Kinder tobten sich auf dem frei geschaufelten Weg zur Haustür mit Knallfröschen aus, und Stella dachte daran, wie sie selbst als Kind Knallfrösche geliebt hatte.

»Ich bin jetzt da.« Das Licht der Straßenlaterne erhellte die breite Einfahrt und den Kundenparkplatz der Gärtnerei. Die Büsche und Sträucher waren unter hohem Schnee begraben und nur als sanfte Erhebungen zu deuten. Wie verloren leuchtete dort, wo im Sommer ein Blumenbeet war, eine einsame Solarlampe. Dahinter lag dunkel die Villa. Und trotzdem hörte Stella sich sagen: »Ich bin froh, hier zu sein …« Das hier war ihr Zuhause. Der Ort, an dem sie groß geworden war. Wo sie so viele schöne Jahre mit ihrer Mutter verbracht hatte.

»Ich wäre jetzt gerne bei dir …«, sagte Adam.

»Das würde natürlich alles viel, viel besser machen.«

Vorgestern hatte Stella auf dem Grundstück zwei Stunden Schnee geschaufelt, trotzdem reichte er ihr fast schon wieder bis über die Stiefel.

»Jemand ist hier gewesen«, sagte Stella mehr zu sich selbst. »Da sind Fußspuren im Schnee …«

»Hast du eine Vermutung, wer das gewesen sein könnte?«

Vor der Haustür stand eine mit Alufolie umwickelte Auflaufform. Darauf war mit Tesafilm ein Zettel befestigt. »*Ich habe dir ein bisschen Lasagne gemacht. Du bist jederzeit eingeladen, zu uns zu kommen! Fühl dich umarmt*«, las Stella laut vor. »Das klingt sehr nach Mechthild.«

»Wer ist Mechthild?«

»Eine Angestellte meiner Mutter. Sie hat den Laden am Laufen gehalten, während ich in Kalifornien war. Sie ist großartig.«

Mechthild hatte vor fünf Jahren ihren Ehemann verloren. Nun

lag es allein in ihrer Verantwortung, ihren Bauernhof zu bewirtschaften, sich von den Molkereien und den Grundstückspächtern nicht auf der Nase herumtanzen zu lassen und sich gleichzeitig um ihren siebzehnjährigen Sohn Timmy zu kümmern. Mechthild half in der Gärtnerei aus, um all die Ausgaben, die auf dem Bauernhof anfielen, decken zu können. Stella hatte unglaublich viel Respekt vor dem, was Mechtild leistete.

Stella klopfte die Stiefel ab und sperrte die Haustür auf, die sie ein paar Minuten lang offen stehen ließ, um durchzulüften. ... Es war kalt im Haus, deshalb behielt sie die Jacke erst mal an.

»Adam, ich sollte jetzt auflegen«, sagte sie, als sie in der Küche eine Portion Lasagne auf einen Teller lud und in die Mikrowelle stellte. »Es wird viel zu teuer für dich. Ich möchte nicht, dass du dein ganzes Wochengehalt für ein Telefonat mit mir verschwendest.«

»Mach dir deswegen keine Sorgen! Ich will unbedingt bei dir sein, wenn dein neues Jahr beginnt.«

»Ich muss Holz von draußen reinholen. Wir telefonieren einfach später noch mal, okay?«

Als Stella mit einem Korb voller Brennholz zurückkam, war es schon viertel vor Zwölf. Sie knüllte altes Zeitungspapier zusammen, richtete die Scheite darüber im Kamin auf und machte Feuer. Dann stellte sie das Radio an, um den Countdown zu hören, wenn es losging.

»Gleich ist es so weit«, sagte der Moderator. »Holt den Sekt aus dem Kühlschrank, und stellt die Gläser bereit! Nur noch fünf Minuten, dann verabschieden wir uns von dem Jahr, in dem ein Bayer Papst wurde und Deutschland mit Angela Merkel erstmals eine Frau als Bundeskanzlerin bekommen hat! Freuen wir uns auf das Jahr 2006, in dem Deutschland Gastgeber der Fußballweltmeisterschaft sein wird!«

Ihr Handy klingelte erneut, und Adams Name leuchtete auf dem Display auf. Stella lächelte. Doch gerade, als sie abheben wollte, hörte sie ein merkwürdiges Geräusch. Ein leidvolles Ächzen, das überging in ein Knarzen ... Eigentlich war das für Stella nicht weiter verwunderlich, denn die alte Villa gab oft ähnliche Laute von sich – doch dieses Geräusch war von draußen gekommen und hatte ziemlich unheilvoll geklungen.

»Der Countdown beginnt!«, verkündete der Moderator. »Zehn, neun, acht ...«

Stella warf einen Blick nach draußen. Im schwachen Lichtkreis, der aus dem Wohnzimmer in den Garten fiel, war nichts zu erkennen.

» ... sieben, sechs, fünf ...«

Erneut dieses unheimliche Ächzen ... Konnte es sein, dass es von einem der beiden Gewächshäuser kam? Immerhin lag meterhoch Schnee auf den Glasdächern! War nicht heute Morgen im Radio durchgesagt worden, dass manch ein Gebäude in der Umgebung aufgrund der aktuellen Schneelasten einsturzgefährdet war?

» ... vier, drei, zwei ...«

Stella öffnete die Terrassentür. Ein leises Knacken war zu hören, als würde Glas splittern. Ein dumpfer Druck machte sich in ihrem Bauch breit. Gerade als Stella ihre Stiefel holen wollte, gab das kleinere der beiden Gewächshäuser ein so leidvolles Geräusch von sich, dass sich Stella die Nackenhaare aufstellten. Sie wandte sich um und ahnte schon, was sie in diesem Moment mit ansehen würde: Das Glasdach brach, ein großer Teil des Gewächshauses stürzte ein und begrub all die Pflanzen darin unter sich.

Das Feuerwerk ging los: Der Himmel explodierte in den buntesten Farben. Aber Stella sah nur die Trümmer dessen, was ihre Mutter aufgebaut hatte.

»Frohes neues Jahr!«, wünschte der Moderator im Radio.

»Was soll das nur für ein Jahr werden?«, fragte sich Stella.

Nach allem, was hinter ihr lag, war es schwer, sich vorzustellen, was nun folgen würde ...